21世纪新闻传播学系列教材

《新闻写作教程》教学参考书

# 新闻作品选读

刘明华　张征　选编



中国人民大学出版社

**图书在版编目（CIP）数据**

新闻作品选读/刘明华，张征选编.
北京：中国人民大学出版社，2002
（《新闻写作教程》教学参考书）

ISBN 978-7-300-04501-6
Ⅰ. 新…
Ⅱ. ①刘…②张…
Ⅲ. 新闻-作品集-世界
Ⅳ. I15

中国版本图书馆 CIP 数据核字（2002）第 098077 号

21 世纪新闻传播学系列教材
《新闻写作教程》教学参考书
**新闻作品选读**
刘明华　张 征　选编

| | | | |
|---|---|---|---|
| **出版发行** | 中国人民大学出版社 | | |
| **社　　址** | 北京中关村大街 31 号 | **邮政编码** | 100080 |
| **电　　话** | 010－62511242（总编室） | | 010－62511770（质管部） |
| | 010－82501766（邮购部） | | 010－62514148（门市部） |
| | 010－62515195（发行公司） | | 010－62515275（盗版举报） |
| **网　　址** | http://www.crup.com.cn | | |
| | http://www.ttrnet.com（人大教研网） | | |
| **经　　销** | 新华书店 | | |
| **印　　刷** | 运河（唐山）印务有限公司 | | |
| **开　　本** | 890×1240 毫米 1/32 | **版　　次** | 2003 年 5 月第 1 版 |
| **印　　张** | 19.875 | **印　　次** | 2022 年 5 月第 18 次印刷 |
| **字　　数** | 633 000 | **定　　价** | 39.80 元 |

# 选编说明

本书是与《新闻写作教程》（中国人民大学出版社 2002 年 3 月出版）配套的辅助性教材。因此，在内容和报道方式上，我们大致按《新闻写作教程》的章节序列，有重点地选编了一些优秀的新闻作品，以供教学使用。

同时，本书在消息部分也选用了一些专业性新闻佳作，包括人物新闻、科技新闻、经济新闻，以及当代较为流行的“精确新闻”。此外，还收入了少量西方记者的作品，其中绝大部分选自新华社主办的《参考消息》，以扩大我们的鉴赏范围。个别主题还配选了不同作者的作品，以供对比研究。

为了给读者留下更多的思考空间，书中未对新闻作品一一进行评析，而是换了一种方式，采用分组综合提示的办法，或说明某种体裁的特点，或指出一个大致的思考范围，并且每组选出一篇，简要分析其写作方法，供学习参考。我们期待读者有更多自己的发现。

本书选入的大多是近10年来的作品，我们特别注意挑选了近两三年的新作，但也保留了少量较早的经典性篇章。总体上为由近及远排列。

新闻佳作甚多，由于篇幅和我们的接触范围、鉴别水平有限，难免挂一漏万。

编选过程中，得到了原文作者及其所在新闻单位的大力支持；中国人民大学出版社的司马兰、李颜女士也为本书的出版作了大量工作，在此，一并表示深深的谢意。

本书消息部分的作品选编与阅读提示由刘明华负责；通讯部分的作品选编与阅读提示由张征负责。

阅读与分析新闻佳作，从采与写两个方面汲取有益的经验，是学习新闻采访与写作的重要方法之一。但愿本书对广大新闻爱好者能有所帮助。

**选编者**

2003年1月于中国人民大学新闻学院

# 目　录

## 上编　消　息

### 事实说话

## 新闻角度



## 新闻导语

## 新闻背景

## 短新闻

## 一般动态消息

## 非事件性消息

## 新闻素描　现场目击

## 新闻述评



## 解释性消息

## 预测性消息



## 服务性消息



## 精确新闻

## 人物新闻

## 科技新闻



## 经济新闻

# 下编　通　讯

## 人物通讯

## 事件通讯



## 工作通讯

## 社会观察通讯



## 风貌通讯

## 特　写



## 专　访

# 上编　消息

# 事实说话

现代生活节奏的改变使年轻父母
对孩子7点半上学越来越不适应

## 上课能否晚一点儿

**本报讯（记者邓兴军　张颖　张桂涵）**　近日，记者接到某孩子家长电话，说现在的孩子每天上学的时间太早了，这与不少年轻家长的工作生活时间发生了“冲突”，建议学校早晨让孩子晚一点上学。

昨天早上5点30分，记者在海淀区香山路看到，寒风中昏黄的路灯下，三三两两的学生已经骑车上学了。6点钟，颐和园附近的几所中学里教室的灯已经亮了。6点30分，北京某中学第一批学生已经到校了。7点钟，记者来到另一所中学门口，一个穿黑红相间棉衣的学生说，现在是进校高峰期。记者在沿途看到，不管是街上骑车的人还是坐公车的人，学生占的比例都在60%以上。7点20分以后，路上几乎看不到上学的学生了。

在332路中关村车站，送女儿上学的家长王炼说："学生这么早上学，不仅孩子困，家长也困。另外天黑路远，不送也不行。"刚送完孩子的家长孙均枫抱怨说："孩子7点多进校了，可是我9点才上班。现在，回家吧，太远；上班吧，太早。大冷的天，这一个多小时只好在大街上□□。"教师井妍说，在开家长会的时候，家长总是埋怨与孩子没有交流的机会，说自己还没有起床，孩子就上学去了，等下班了孩子又要忙于做作业。由于学生上学过早，部分学生来不及吃早餐。

一位教一年级的女老师则对记者说："我们也觉得应该改改早上上学的时间，尤其现在到了冬天，孩子们即便住在附近也得6点半起床，到校的时候天还没亮。晚上睡得又早，好多孩子八九点钟就睡，不在最佳睡眠时间睡觉效率也不高呀!"

最近，国际上有不少研究报告指出，青少年的"内部时钟"令他们较晚才休息，需要在早上多睡一点儿。有关研究也发现，推迟高中的上课时间能有助于提升学生的成绩及改善学生纪律问题。美国一家研究组织建议，将过去高中生7点半前的到校时间全面推迟四五十分钟。

北京联合大学副教授郝天慈认为，上午8点钟上课比较合适，同时压缩中午学生休息时间。另外，随着冬夏季节变化，也应有适当调整，冬天晚点儿，夏天早点儿，避免学生上学的时候天色暗，确保学生的人身安全。

关于学生早上到校的时间问题，记者咨询了有关教育行政部门。东城区教委中教科科长说，教育部、市教委、区教委对学校几点钟上早自习没有统一规定，学校可以自行安排。宣武区教委中教科一位老师说中学的早自习一般在7点半，具体时间学校可以自己定，没有明文规定。小教科的老师则明确说，小学应该没有早自习。从减轻学生的负担出发，要求学校不要办早自习，但没有相关的具体文件。

（《北京青年报》，2002-12-23）

# 长江上游仍在砍树

**新华社攀枝花（1998年）8月19日电 （记者熊小立　黎大东）** 长江上游地区大片森林仍在遭受数千把斧头和电锯的砍伐。记者近日随世界银行组织的14名生态、环保和人类学专家考察雅砻江下游的二滩水电站库区生态环境，见到江面漂浮着上游漂运下来的上万根三四米长、脸盆般粗的木头，小舟左冲右突一个多小时后才驶离码头。行出不到1000米，数万根粗木密密麻麻地塞满了几百米宽的江面。

攀枝花市一位林业干部告诉记者，这仅是雅砻江沿岸近期所砍伐树木的很少一部分。由于二滩水电站关闸蓄水拦住了漂木的去路，大量木头在上面几个水运站捞上岸运走了，漂下来的只是"漏网之鱼"。他说，仅沿江国有森林工业企业今年就至少砍伐了30万立方米的木材，相当于砍光了5万亩原始森林。而流域各县乡伐木企业的砍伐量更大。

世行专家组成员、四川省林业科学院研究员刘仕俊说，四川宜宾市以上的长江三大干支流中，金沙江、大渡河两岸的森林早已所剩无几。雅砻江主要流经人烟稀少、交通闭塞的横断山脉，但现在，这条江两岸的森林资源也遭到了十分严重的破坏。

全长1517公里的雅砻江主要流经四川省甘孜、凉山、攀枝花等地方州。因水急谷深，沿江所伐树木主要以顺江漂流的形式运往下游，然后再装上火车经成昆铁路运出。

记者在几天的采访中看到，雅砻江下游两岸目前仅存些残次林木，水土流失严重。当地老乡说："每一场暴雨都造成洪水和滑坡、塌方。以前江水一年四季都是清的，现在变成'黄河'了。"

# 评说罢跪　沉重命题

广州某大学一些学生认为，为钱跪一次并不可耻，下跪的人比孙天帅更勇敢。此事引起一位老师对应试教育的尖锐批评。

**本报讯（记者张洪潮）**　当那个不下跪的孙天帅受到人们的普遍

赞扬时，有的大学生却认为："只要有钱，跪一次又有什么了不起!"

广州某大学语文教学中心的孙副教授上周在家里接受记者采访时，披露了他的学生在一次命题作文时表达的上述观念。他说，赞扬孙天帅有骨气的人显然占了多数，有些学生还对一些不惜牺牲人格尊严拜倒在金钱、权力面前的社会现象进行了抨击。但是，有的学生却表达了这样一些观点：

——下跪的人并不是向谁下跪，而是向现实、金钱低头罢了。可悲并不可耻。下跪的人可能比孙天帅更勇敢，需要更多的勇气。

——一个人暂时忍辱可以保障一家的温饱。

——难道要用死去的躯壳来发扬民族自尊吗？

——故事的主人公（指孙天帅）是不是教育电影看得太多了，一时间英雄主义冲上头脑，才有这么一次惊人的壮举？

以"孙天帅罢跪事件"为素材写一篇评论文章，这是孙老师给外语系 96 级学生布置的一次写作作业。孙天帅曾是珠海"瑞进"公司的一个打工仔，在韩国女老板去年制造的一起罚跪事件中，他是 100 多个工人中唯一不跪的人。孙老师说："这位穷不夺志、大义凛然捍卫民族尊严的小伙子的事迹，一直在激励着我。我也希望用这个故事来激励我的学生，唤起他们的写作激情。"

据孙老师介绍，他 11 月上旬改完学生的作文。他对有些学生文章中反映出来的不正确的价值取向，感到痛心和忧虑。于是，在一个星期五的上午，他神情严肃地走上讲台，在黑板上抄录了有些学生的上述观点，打算在讲评作文时给予正确的引导。

在接受记者采访时，今年 50 岁的孙老师心情沉重地回忆说："当时，我在黑板上写，学生在讲台下笑。我自以为他们会有一番热烈的讨论。然而，想不到的事情发生了，近 80 人的教室里，居然立刻有 5 人举手赞同黑板上的观点，即使是在作文中称赞孙天帅的同学，也没表示异议。发言中也是赞同的观点占了上风……"

孙老师说，连日来，他一直在思索着这次写作课反映出的几个非常严肃的问题：当金钱和人格尊严发生冲突时，究竟该怎样取舍？富贵不能淫，贫贱不能移，威武不能屈，这种最传统的民族气节，该如何发扬光大？荣辱意识和人格意识为什么会在一些年轻人中趋于淡薄？据记者了解，他已把自己的思考写进一篇题为《救救教育》的文章中，文章对"应试教育"中忽视学生人格塑造及爱国主义教育的倾向，给予了尖锐的批评。他认为："思想道德教育，似乎到了最严峻的时刻!"

（《羊城晚报》，1996-12-12）

中美学者以新发掘史实指出

## 八国联军劫毁了无法弥补的文献宝藏

**据新华社北京8月29日电（记者黄燕　李希光）** 参加国际图联大会的中美学者用他们新发掘出的史实，揭露96年前八国联军在北京劫掠和毁坏当时翰林院的罪行，称八国联军的暴行毁灭了"代表着几个世纪的中国文化积累的文献宝藏"，其罪孽深重不亚于2000年前古罗马统帅凯撒烧毁埃及亚历山大图书馆。

1900年，英、美、俄、日、德、法、意、奥八国组成的联军2000多人，以"保护使馆"为名，攻陷了北京并大肆劫掠。

美国得克萨斯大学奥斯汀分校教授唐纳德·小戴维斯和中国中山大学教授程焕文向与会代表公布关于1900年八国联军劫毁中国典籍的新史料时指出："现在无法准确弄清翰林院藏书楼的典藏内容，因为没有任何有关翰林院藏书的史料流传下来。现在所知道的是收藏在翰林院中的文献都是失掉了就无法补偿的无价之宝，其中有15世纪初期明代皇帝敕纂的著名百科全书《永乐大典》和《四库全书》底本。"唐纳德·小戴维斯说："《永乐大典》是中国历史上最大的一部百科全书，由明成祖朱棣敕纂于永乐元年（1403年）至永乐五年（1407年），全书22 877卷，分装10 095册，约3.7亿字，是18世纪法国的狄德罗所编的著名百科全书的12倍。"

小戴维斯引用他和程焕文共同发现的史料，描绘英国人和其他国家使馆的人员涌入翰林院藏书楼抢劫的情形："一些古籍雕版版片被弄到英国使馆区，英国海军陆战队用版片堵碉堡枪眼，小孩们把版片砌成做游戏的防御工事……"

这位美国权威的图书馆史专家说："翰林院及其数世纪积累下来的收藏在几个小时内已荡然无存。这种对文化的有意毁灭，即使是作为在被占领城市实施的报复，也是不可饶恕的。"

小戴维斯说，现存于世界各地的《永乐大典》约370册，共810卷，50年代初期，当时的苏联将沙俄和日本劫走的64册《永乐大典》归还了中国；德意志民主共和国1955年亦归还了3册；迄今美国国会图书馆藏的41册尚未归还。除此之外，究竟还有多少《永乐大典》残本流散在欧洲和日本的研究图书馆或私人手中，不得而知。

程焕文说，英国曾有人诬称是中国人自己毁掉了翰林院。但最近他在当时一个英国目击者留下的日记中发现的一张照片证实，八国联军在把翰林院洗劫一空后，将其摧毁。

（《人民日报》，1996-08-30）

# 世界银行否认中国在世行项目中使用劳改犯人

**新华社华盛顿（1995年）12月20日电（记者应谦　翟景升）** 世界银行官员20日在此间举行新闻发布会，否认美籍华人吴弘达关于中国在世界银行资助的项目中使用劳改犯人的指控。

今年10月下旬，吴弘达曾声称，中国在世界银行资助的新疆塔里木盆地的一个项目中“正在使用来自21个劳改农场的数万名犯人”。

世行官员说，世界银行的高级官员为此在华盛顿总部、常驻北京代表处和塔里木项目现场都进行了广泛的调查。世行还把调查范围扩大到其在中国新疆的所有项目，并同时检查了世行在中国所有159个项目的业务情况。经过6个星期的调查，世行得出的结论是“没有发现任何能证实吴弘达先生指控的情况”。

为此，世行已于12月初宣布“没有发现任何证据说明塔里木项目与使用劳改犯有关；没有发现世行资金以任何方式被转移或被滥用；没有发现世行项目直接或间接地从劳改农场或军事‘特别农场’获益的证据。”

世界银行20日还发表报告说，世界银行对其在中国新疆项目的执行情况感到满意。

# NGO 全会代表批评西方
# 新闻媒介缺乏公正

**新华社北京（1995 年）9 月 5 日电（记者张丹　陈瑶）**　在今天上午举行的非政府组织妇女论坛第五次全会上，中国一位资深女记者批评西方主流媒介热衷于针对大会的消极面报道，呼吁西方传媒消除对发展中国家的偏见，做到客观公正。

中国首都女新闻工作者协会代表熊蕾的发言引起在场千余听众的共鸣，不到一刻钟的发言多次被热烈的掌声打断。

熊蕾说，西方主流社会的媒介对发展中国家抱有“强烈的偏见”。以这次 NGO 妇女论坛为例，西方媒介避重就轻，把关注的焦点放在车祸、游行、流亡西藏妇女问题上，连篇累牍地报道，对大会主题“平等、发展、和平”以及两万多名与会妇女代表毫不关心。

她说：“他们总是在搜罗事端，如果找不到事端就炮制一个。”

她呼吁与会者联合起来改变西方媒介对发展中国家的偏见。她说：“让他们立即改变态度是不容易的，但我们要借这次大会的机会联合起来，施加压力让他们改变态度。”

今天上午的全会以“媒介、文化和通讯”为主题。这是本次大会第二次以该主题举行全会。

大会主持人卡姆拉-巴辛表达了对熊蕾女士讲话的支持。她说，关于 NGO 论坛的报道，有些国家很不充分，有些国家的媒体以消极内容为主。这些现象应该得到纠正。她说：“要正确地报道这里的一切。”

美国“公正和客观报道”组织代表罗拉-弗兰德斯认为西方主流社会媒介根本不关心发展中国家。她以讽刺的口吻说：“我来自号称‘世界新闻之都’的纽约，但我对你们的想法和生活完全一无所知，这当然应该‘归功’于我们的广播、电视和报纸。”

她说，西方媒介这种混淆视听的做法不仅针对发展中国家，在对西方国家本身的报道中也很普遍。美国传媒充斥着对暴力、灾难的报道，对妇女保健、基层妇女组织等广大妇女关心的内容却很少见。

坐在听众席前排的巴基斯坦妇女法扎拉-马姆塔丝说，西方媒介的片面报道对一些发展中国家的社会动乱负有责任，这种现象应该彻底改变。

在两天前举行的一场相同主题全会上，与会代表也批评了西方媒介对此次妇女论坛的不公正报道。加拿大广播公司著名记者朱迪-雷碧克说："大多数关于本次大会的报道都是关于取得签证的困难、天气不好、帐篷倒了、墙塌了，还有厕所问题。"

她指出西方媒介忽略了妇女发展这个主题，并呼吁代表们一致努力以找到一个"终止这种报道的有效办法"。

## 长哈铁路沿线漏洒粮食严重

**本报讯（记者肖玉华）** 记者近日乘573次列车从长春到德惠市采访，发现长哈铁路沿线漏洒粮食十分严重，凭车窗可以清楚地看到路轨两侧均撒满金黄色的粮食，一直到德惠车站，用金灿灿的粮道来形容一点都不过分。

车到德惠，下车后，记者在路轨旁蹲下来，仔细地看了一下，在与铁轨平行的石子和泥土里，撒满了粮食，有玉米、黄豆、高粱、小豆等，一平方米路面收拣半斤粮食是不成问题的。这个车站的站长高焕新说："这个问题，我们也觉察到了，很想通过新闻媒介呼吁一下。铁路运输途中粮食漏洒情况确实严重，不仅从长春到德惠一线，甚至一直到哈尔滨，以及其他线路，都不同程度地存在这一问题。拿我站来说，每天都有装有大量粮食的火车从这里经过，有的车皮，粮食顺着缝隙一路漏洒，我们既心疼又无能为力。"

高站长说："漏洒主要是因为从事粮食经营者缺乏珍惜粮食的观念，管理上的漏洞很多。比如，粮袋封口不严，有些经营者为降低运输成本，使用破旧麻袋。再则，目前铁路沿线盗抢粮食现象也时有发生。"

要解决这个问题，应由粮食、铁路、公安等社会各方面配合，堵塞漏洞，严格管理，最大限度地减少粮食在运输中的损失浪费。

（《光明日报》，1995-06-11）

你说它“科学”？分明在搞迷信
你说搞迷信？却有营业执照

## “周易应用研究所”值得研究

**本报讯（记者李利民）**　武昌都府堤一爿不到10平方米的门面打出“周易应用研究所”的招牌。6日中午，记者目睹了这里“研究人员”的工作情形：为几名青年人“科学预测”吉凶祸福。

令人惊讶的是，“研究所”墙上，端端正正挂着一份镶铝合金框的“营业执照”，“经营范围”是“周易应用研究、生命科学、社会科学开发”。执照注明为个体工商户，注册资金9000元，发照时间是1994年10月，有效期4年。

记者看到，一长须老者铺张白纸，为欲到广东谋职的某房地产公司职工蒋小姐预测前途。“预测”的结果是，她不能与属蛇的人交往，否则会“折财”。老者还建议她改名，因为她的名字“水”太多。蒋小姐付出“咨询费”80元。

另一位工厂女业务员花30元算了八卦后还不满意，又花200元做了包括生老病死、婚姻家庭、未来运气等内容的“全息”预测。

记者随即采访发照单位，一位负责人特地去“研究所”察看，证实他们的所作所为确有与执照经营范围不相符之处。他说，当初发照请示过上级，答复是：周易应用研究属技术咨询服务，可以搞。

这位负责人表示，将对这家研究所的违规行为进行纠正和制止，加强管理，对类似经营单位的审批也将加以限制。

（《长江日报》，1995-02-10）

沈阳卫生检疫局检查发现

## 许多进口食品竟是洋垃圾

**本报讯（记者韩明惠）**　沈阳卫生检疫局最近对沈阳市场上的进口食品卫生状况进行的检查发现，许多大商场经销的进口食品竟是些“洋垃圾”。

经对 42 家商业企业检查，在数百个品种中，发现有 131 个品种已超过保质期，95 个品种无“两期”（生产期和保质期）或“两期”标识不明显。一种日本生产的口香糖，小包装注明的有效期为 18 个月，生产日期分别是 1978 年 9 月、10 月、11 月、12 月，已超过保质期十多年。荷兰产的子母牌全脂淡奶、美国产的雀巢婴儿奶粉、中国香港的飞象牌整香菇等均已超期。沈阳某超级市场销售的 200 余种进口食品中，竟有 101 个品种严重超过保质期，其余的有 48 种包装物上无“两期”标识，实际上也都超过保质期。在一家食品商场，一种标明是中国香港嘉顿公司生产的威化饼干，包装注明保质期是两年，但生产日期已被人为刮掉。针对上述情况，沈阳卫生检疫局依法对经营过期食品的 5 家公司、商店或宾馆给予了停业整顿、罚款等行政处罚。

据沈阳卫生检疫局负责人介绍，我国进口食品市场存在的问题相当严重。一是国外的一些公司、商人，把一些在本国无法销售、滞销的食品及超过保质期或临近保质期限的食品，向第三世界国家倾销，以次充好，牟取暴利。而我国一些进出口公司、商业企业，或不明情况上当受骗，或利欲熏心，廉价购进。二是一些进口食品经销者逃避卫生检疫机关的监督管理，不申报进口食品卫生监督检验，私自进市场销售，有些根本就是走私货。三是一些进口食品批发、零售企业明知进口食品已经超期，仍向消费者出售。四是国内一些不法之徒仿冒生产经营进口食品，致使消费者利益受到严重损害。

（《健康报》，1994-05-26）

## “大核”运行逾一年　辐射低于乘飞机

**本报讯（记者欧阳佳　钱飞鸣）**　广东大亚湾核电站运行已逾一年，公众关心的环境辐射监测到底如何？日前，香港皇家天文台函复记者采访称：“广东核电厂自 1993 年投产后，香港境内记录到的环境辐射水平并未有增加。”

这家天文台同时指出，该台从 1983 年起对核电厂投产前环境进行本底环境辐射监测共 10 年，从 1992 年起在香港各地设 10 个站常规收集环境样本，包括空气中尘粒、气体碘、海水、泥土、食用水、动植物等多个项目，在京士柏辐射实验室进行分析。整个监测网络24小时不停量度，并设有读数超过预定指标自动报警系统。不过，这个遍布全港，其中包括距离大亚湾12公里的坪州监测站的监测系统，在捕捉大亚湾核电辐射污染方面竟是“一无所获”。

最近，香港报载专为应付大亚湾核电辐射而建立的屯门医院辐射伤患者处理中心，曾收治一名在大亚湾钓鱼被疑辐射伤害的男子。当时医院警铃和全院医务人员传呼机同时响起，全院进入紧急状态。而后经辐射探测器检查，该名男子只是患上皮炎，并未受辐射污染。这家成立近一年的辐射应急医院终年冷落，今次首度运作，却是一场虚惊。

被评为今年“全球最佳电站”的广东大亚湾核电站，经国家和“大核”本厂的监测机构一年多监测，结果表明：废液排放量低于国家标准88%，废气排放量低于国家标准98%，固体废物产量为原设计的1/10。

国家专业医院对“大核”工作人员例行体检发现，工作一年尚不及深圳至北京的一趟高空飞行所受辐射量，只相当于一次普通X光透视所受辐射量。

国家“大核”及香港皇家天文台3个独立监测系统的共同结论是：广东大亚湾核电站运行一年，环境仍维持本底水平。记者从市区来到核电厂，看到的是四周草地葱绿，花香鸟语，一派生机，空气比城里要清新许多，深感核电乃当今最清洁之能源。

（《深圳特区报》，1994-12-30）

# 大陆记者旁听台中地方法院对“七·二一”事件的审理

**新华社台中（1991年）8月14日电(记者范丽青)**　本社记者和中新社记者今天上午到台中地方法院旁听了对大陆“闽狮渔”2295、2294号船的7名渔民因7月21日在台湾海峡与台湾“三鑫财”号渔船发生纠纷而被台中“地检署”起诉一案的辩论庭。

台中“地检署”的“检察官”在宣读的“起诉书”中说，吴勇（又名吴清勇）、吴清贫、邱狮、邱强度、蔡银章、邱国荣、蔡亚焕（15岁的少年）7人是“涉嫌海洋行劫罪”。

法院所传到庭的“证人”是纠纷事件的另一方——台轮“三鑫财”号的7名船员。

在“庭讯”中，“审判长”对应讯的渔民逐个提问：“是不是利用双方渔船交缠的机会，想要抢劫台湾船?”7名大陆渔民均断然否认这一指控，表示他们到台轮上去并搬走台轮上的一些东西，是为了要求台轮的船长与“闽狮渔”2294号的船长协商损坏大陆船渔网的赔偿问题。

“审判长”在完成对7名大陆渔民的逐个讯问后，传当事的“三鑫财”号船长萧清山出庭“作证”。

萧清山与7名大陆渔民在事件的许多细节上各执一词，在对辩时各说各话。但双方都承认，事件的起因是由于双方的渔网交缠。事件发生于下午3点多钟，5点左右台方赔钱，大陆渔船还东西，事件结束。至6点钟左右，台湾军舰才出现。

萧清山声称他在海上行船捕鱼已20年，过去从未遇到过像今次这样与大陆船渔网交缠的事。在回答两网相缠属哪一方的过失时，他一直没有做出正面回答。而在回答“审判长”关于“你认为大陆船是故意制造交缠事件”这一问题时，萧清山说：“我是以前听说过，有大陆船在海峡抢我们台湾船。”萧清山还表示，当支援他的两艘台轮开过来时，他与“闽狮渔”2294号船长蔡成家之间的交涉已经完成，支援的台轮问萧“有没有怎么样”，萧回答“他们（指大陆船）也没有怎么样，已经解决了”。萧清山还表示：“我们支援的两艘船过来时，蔡成家叫我告诉他们，不要对吴勇的船怎么样（指采取行动）。”吴勇的船并没有开走，而是“就在附近绕圈子，歪来歪去”。

由于吴勇、吴清贫兄弟在应讯时表示不知道自己的生日，台中法院的“审判长”当庭委托两位大陆记者在报道中写出，协助查清。

台中法院对这一案件的庭讯将继续进行。

### 昔日山秃水浊　今朝青山绿水

## “绿色政绩”使金寨告别贫困

**本报讯（记者白筠　郝新平）**　与当前全球气候升温的情况正相

反，我国安徽省金寨县近10年的平均气温与30年前相比略有下降；空气的相对湿度保持在对人类最适宜的75%左右。县气象局的同志告诉记者，这是因为该县良好的森林植被起了调节气候的作用。

记者最近到位于大别山北麓、拥有101座千米以上高山的金寨县采访，置身于群山叠翠、万壑披绿之中，领略了杜甫名句“造化钟神秀，阴阳割昏晓”的意境。但是，这郁郁葱葱的绿色屏障并非来自神的造化，而是县委、县政府注重“绿色政绩”的结果。

10年前的金寨，毁林开荒严重。“小山开到顶，大山开到腰。”山秃，水浑，灾多，人穷：1980年森林覆盖率从建国初期的70%下降到38.6%。1982年统计，水土流失的面积占全县总面积的62.4%，年流失土壤600万吨。1958年到1978年平均每两年发生一次伏旱，间隔期比过去缩短一半。金寨人从大自然的惩罚中警醒：兴不好林，就富不了民。县委、县政府领导全县人民“咬定青山不放松”，坚决采取封山育林、停垦还林等强化山林管理的措施，森林植被迅速恢复。去年年底，全县森林覆盖率已达59.8%。县内两大水库上游的马宗岭、白马寨林区森林覆盖率已达95%以上，对涵养水源、控制水土流失起到了良好的作用。

森林是大自然的总调度室。金寨县近10年降水量与蒸发量的差值为1960年至1980年平均值的3.5倍，这说明土壤水分在增加；太阳总辐射量也在变小，说明光合作用增多，热量利用率变大。这些都有利于农作物的生长。

治山兴林不仅为金寨带来了良好的生态效益，也带来了显著的经济效益。全县结合育林、还林，初步建立了林、桑、栗、茶、果等十大生产基地，林业生态经济已具雏形。群众高兴地说，山变绿，水变清，穷山窝里产金（板栗）银（茧丝）。

（《健康报》，1990-06-26）

# 码头服务员蛮横粗野<br>吴市长备尝旅客之苦

**本报讯（记者杨泓）** 吴官正市长昨日清晨“微服”出访武汉港15码头，尝到了劣质服务的苦头后说：“武汉的服务工作没抓好，市长挨骂活该!"

15日晚，两位外地同志找到吴市长家里反映："武汉市有些旅社、码头的服务态度太差了!"昨晨5点多，吴市长起床，披一件大衣，徒步半小时来到武汉港15码头。6点半刚过，一位旅客匆匆来到码头有礼貌地问道："这是去上海的船吗?"站在那儿的几名服务员没有一个搭理他。吴市长忙上前给这位旅客"帮腔"："这是不是6号轮?""不是!莫讲这些鬼话!"一个服务员不耐烦地开口了，说话就像"甩砖头"。

"咦，同志，怎么这种态度?"吴市长又问。

"态度?你想扯皮么?走开些!"

"我不想扯皮，想看看……"

"看看?省委书记来看都不怕，莫说你。记住，我是×××号!"这位服务员拍起胸来。另一名服务员一边把手里的剪刀等物塞过来，一边嚷："站在这里想收票?剪刀给你，给你!也不看看你那个样子!"几名刚才不理旅客的服务员"呼"地涌过来……

吴市长挨了一顿骂归来，下了一个决心：武汉市的服务质量非抓不可了!

昨日下午，吴市长在市政府机关备白开水几杯，请来省、市新闻单位的几名记者征询对服务工作的意见。他向记者感喟道："我活了40多岁，第一次挨这样的骂，不好受，可武汉市的老百姓和来汉的客人该挨了多少这样的骂哟!一些车站、码头、商店、旅社服务态度差，服务水平低，让群众'拿钱买气受'，我感到很难过，我这个当市长的该检讨!""×××号服务员的态度给了我深刻教育。看来，要充分发挥中心城市的综合服务能力，从我这个市长开始，各级领导必须把提高服务质量当作改革的一项重要内容来抓。抓不好，挨骂活该!"

(《长江日报》，1985-03-17)

# 陕北有煤海

**新华社西安(1984年)10月18日电(记者冯森龄)** 记者新近去陕西北部的神木、府谷等地采访，所到之处几乎都见到了煤，简直像是走进了煤的海洋。

在许多村庄，我们看到农户门前屋后堆放着煤，大大小小的矿点放着煤，有些地方连院墙、猪圈、厕所也是用煤块垒的。

在乌兰木伦河等河谷，裸露在岸边的一条条煤层呈现在我们面前。同行的人目测了一下，有的煤层的厚度达七八米，比两层楼房还高。

一些产煤的现场，更使我们开了眼界。其中店塔乡雁毛村的农民在河滩挖煤时，把河床表面薄薄的一层流沙和碎石清除掉，下面就是一大片平坦的煤田。人们在这里先挖下一尺多宽的深槽，然后就像切豆腐一样，用钢钎和榔头一块块地把煤切下来，搬上架子车运到河边。

神木县委顾问张凤翼告诉记者，当地洪水季节可热闹哩。河岸尚未开采的煤，附近已经开采、未及运走的煤，被冲得顺水而下。有一次，大约 28 立方米的大煤块给冲到了下游。沿河一些农村把发洪水当作捞煤的好机会，有的村子一次就捞到了 4 000 多吨煤。许多农户捞一次煤就足够烧一年。

因为煤多，据说逢年过节当地群众形成了一个习惯，就是家家户户在院里或门前垒成塔形的煤堆，高一二米不等，点燃起来，煤火彻夜通红，人们围着煤火堆谈笑玩耍。

这里到底有多少煤？据正在进行勘探工作的几位工程技术人员介绍，根据他们最近六年的普查，仅在神木、府谷县境内初步探明的地质储量即达数百亿吨之多。而随着勘查工作的开展，新的煤炭资源又在陕北其他地方陆续发现，因此有人说这一带煤藏多得估不透是有道理的。专家们还兴致勃勃地说，这里不仅煤多，而且埋藏浅，地质构造简单，容易开采，煤质也非常好。它所含的灰分、硫、磷的比例之小好于国家规定的标准和国际商品煤的要求，不用洗选就可以作为商品煤在国际市场销售；衡量煤炭质量的发热量为 7 000 大卡左右，在国内外同样是数得着的。

据了解，陕北的煤海把国际经济界人士也一批批地吸引来了。一位外国专家实地考察后，连连赞叹："绝妙！绝妙！"美国一位"老煤炭"说：我平生几十年去过好多国家，但还没有见过这样量大而质优的煤田。

# 美曾为伊提供炭疽病菌

**俄罗斯《消息报》(2002 年) 10 月 2 日报道** 前几天，美国参议院军事委员会举行了听证会，会上参议员伯德拿出了证明萨达姆制造大规模杀伤性武器时不是没有受到美国帮助的材料。

1985 年至 1986 年，美国当局给伊拉克原子能委员会寄去了几个带有炭疽菌、肉毒素，甚至热病病毒的试管。从前率领过联合国核查人员小组的塔克尔说：“虽然不能说美国政府为伊拉克提供了用于制造生物武器的足够原料，但是如果以为巴格达会把这些材料用作和平目的，那就太天真了。”

伯德向美国的现国防部长、鹰派主要人物拉姆斯菲尔德提醒他同萨达姆的会见。1983 年 12 月 20 日，拉姆斯菲尔德作为里根总统的中东特使曾在巴格达同伊拉克总统握手。他还提到美国人曾为伊拉克军队提供过有关伊朗军队的情报，为萨达姆供应过坦克和其他军事装备。他说：“是我们自己培养出了像萨达姆这样的怪人。”

# 满目疮痍尽悲伤

## ——杰宁难民营见闻

**法新社西岸杰宁难民营外 (2002 年) 4 月 15 日电** 一周前，以色列的坦克和推土机迫使巴勒斯坦人离开千疮百孔的杰宁难民营。如今，驱使他们离开的是空气中弥漫的令人作呕的死亡气息。

30 岁的哈希姆·纳图尔说：“我今天早上决定离开，因为腐烂的尸体散发出阵阵恶臭。”他如今住在联合国在几英里外搭建的临时帐篷里。他说：“气味实在让人忍无可忍。”

巴勒斯坦人说，以色列军队在难民营里实施了大屠杀。以方自 3 月 29 日在西岸发动旨在摧毁“恐怖主义设施”的军事行动以来，在杰宁难民营发生的战斗最为残酷。

这种说法可能还需要几个月的时间才能得到证实或否定。不过几乎没有人否认，杰宁难民营现在是人道主义灾难区。

国际红十字会将遭到以色列袭击的杰宁难民营比做地震区。

该组织的发言人攀尚·吕塞尔在日内瓦接受本社记者采访时说："国际红十字会的成员今天去了难民营的一小片地区，他们看到的就像是地震过后的情景：房屋倒塌、瓦砾遍地、公路遭到破坏。"

国际红十字会成员杰茜卡·巴里说："没有水，人们急需生活必需品，大多数家庭都与亲人失去了联系。"

在和沙龙政府进行了为期6天的紧张谈判后，巴里和其他红十字会工作人员今天进入了难民营，向人们分发药品。

她说，难民营里到底死了多少人还无从知晓。

纳图尔说："大多数尸体被埋在瓦砾下，所以不知道到底有多少人被打死。"

16岁的贾迈勒·祖贝迪说，4月7日，以色列军人让他所在街区的所有男人举着双手走出来。

祖贝迪说，这些人被赶到附近的一处空地上，被勒令脱掉衣服，然后趴在地上。

祖贝迪面无表情地说："住在我家隔壁的贾迈勒·萨巴在脱裤子时，被他们打死了。"

身为医生的纳伊姆·加赞尼说："我问他们为什么抓我。他们说，他们要带走所有青壮年男子，因为他们不知道我们中的哪个会去打仗。"

现年27岁的阿卜杜拉曼·苏比德说："我现在自由了，可我不敢回家。"他说："我们已经家破人亡了。我母亲和哥哥在战斗中被打死，我的两个哥哥被抓走了，我不知道妻子现在怎样。我必须先找到她。"

## 普京惊叹：十年科学家少了一半

**美联社莫斯科（2002年）3月20日电**　俄罗斯总统普京在克里姆林宫的一次会议上说，自从苏联解体以来，俄罗斯科学家的数量减少了一半。这次会议讨论的主题是，政府该如何支持经费不足的俄罗斯研究中心以参与全世界最尖端的科学研究。

普京在开幕辞中说："选择国家科学的发展道路就必须确立国家

的立场。”

苏联号称拥有世界上人数最多的科学家，但自 1991 年苏联解体后国家投入的科研经费就大大减少，导致科研人员流往国外或去私营企业找工作。

普京说，苏联解体以来俄罗斯科学家的数量减少了一半。过去 5 年中，约 80 万名年轻科研人员离开了科研界，目前俄罗斯科学家的平均年龄为 56 岁，大部分实验室使用的还是苏联时代的设备。

据俄塔社报道，总统安全委员会第一副秘书弗拉季斯拉夫·舍尔秋克说，有 20 万名俄罗斯科学家远走国外。

普京说，俄罗斯拥有世界上 10％的科学家，但生产出的高科技产品只占全世界总量的 1％。

工业和科技部长伊利亚·克列巴诺夫说，俄罗斯只有 9％的企业使用了高新科技，而主要工业化国家中使用新科技企业的比例则超过 90％。

舍尔秋克说，政府可能会关闭一些效率低下的研究中心。对于余下的科研中心，政府则会在 2010 年之前将拨给的经费增加 5 倍。

数年前制定的一项法令规定，科研经费要占政府每年支出的 4％，但这一目标从未曾达到过。

# 阅读提示

事实说话是新闻写作的基本方法，也是新闻作品的基本特征。

的确，选择本身就是“说话”。——大千世界，为什么独独报道这件事而不报道那件事？这其中就明显地包含着传播者的诉求意图。

只是，不同类型的新闻，“说话”色彩的强弱有所不同罢了。譬如，一般的外事往来方面的报道，显然也在“说话”，但“说话”的意图大多并不明显。相反，一些针对性很强的新闻，为了对社会事物发表意见，说话的意味就很鲜明。在这种情况下，事实的选择也就显得格外重要了。

收入这本书的作品，在事实说话方面各有所长。本组选用的几篇文章，特点尤为突出。

阅读时请注意思考：

1. 它们要向读者说什么？为了反映新闻的主题，各自选择了什么样的事实？不同类型的事实发挥了怎样的作用？

2. 归纳起来，新闻用来说话的事实大致有哪些类型？在采写上它们对记者提出了怎样的要求？

3. 不同的文章，记者在运用事实表达观点方面有哪些技巧值得学习？

以《“大核”运行逾一年　辐射低于乘飞机》为例。

香港市民非常担心核辐射对他们的健康造成危害。这篇新闻具有很强的针对性，目的就是要解除香港600多万市民的疑虑。用怎样的事实来说明“没问题”，从而让他们安心？

——用权威性的综合材料：香港皇家天文台自1993年核电站投产后测试和记录的环境辐射水平未有增加。

写作中记者充分展开了这部分事实。在第二段具体地报告了这家天文台的监测时间、监测范围、监测内容、负责数据分析的实验室名称、距大亚湾最近的监测站等等。这里对事实的细写，使读者没有怀疑的余地，为后面进一步用事实“论证”做了很好的铺垫。

——用典型个例。消息第三段写了个一场虚惊的例子。这个例子曾经被媒体炒作，引起关注。但是，经专门医院检查，证实只是皮炎，并不是受到辐射。

——用精确的统计数字说话。第四段写国家和“大核”本厂监测机构得到的监测结果，给出了具体数据，很有说服力。

——用对比性事实。第五段写“大核”工作人员一年所受到的辐射量，还不及自深圳至北京乘一趟飞机所受到的辐射量，与一次普通的X光透视受到的辐射量相等。

由于事实选择适当，表现方式巧妙，“大核”未对环境造成辐射污染这一主题便得到了强化。

如果说本文有何不足，那么，第四段提到的“被评为今年‘全球最佳电站’”一语，未交代什么机构、何种范围评定的，是一个小小的遗憾。

（刘明华）

# 新闻角度

内蒙古阿拉善右旗：

## 做个牲畜好辛苦

**据新华社巴彦浩特（2002 年）3 月 19 日电** 在沙尘源头采访，记者时常遇到倒毙在戈壁滩和沙漠中的驼羊的尸骨，而觅食的驼羊也形容憔悴。记者不禁叹息：在这里做个牲畜好辛苦。

在阿拉善右旗努日盖苏木一个叫梭梭井的地方，牧民白桂珍告诉记者："这几年沙尘暴越来越猛，一场大风过后，就能在草场中找到死羊。"

走进额济纳旗苏泊淖尔苏木牧民达布罕家，我们惊奇地发现，每只山羊都戴着一只口罩。达布罕老人解释说："哪是口罩呀，这是给山羊补喂饲料。"因为，喂饲料时，饥饿的羊群一哄而上抢食，弱小的羊就被挤伤甚至挤死，无奈发明了这个土办法，让老伴和女儿缝了这些袋子，里面装上饲料分别挂到羊的嘴上，给羊实行“分餐制”。

在沙尘源头阿拉善，骆驼和羊群想吃上柔软的青草几乎是奢望，沙尘源头的驼羊赖以充饥的是一些扎嘴的灌木丛。盟农牧局副局长李福锁说：“过去阿拉善 1 亩草场平均产 35 公斤干草，现在只能产 10 多公斤，90%以上的草场沙化了。过去草场上有 160 多种牧草，现在只剩 20 多种。”

（《北京日报》，2002-03-20）

## 浦东磁悬浮铁路轮廓初显

**新华社上海（2002 年）1 月 20 日电（记者吴宇）** 没有媒体的声张，没有平常建设工地的喧闹，世界上第一条投入商业运行的高速磁悬浮铁路正在平静中快速推进。

记者看到，10 个月前还是一片农舍田地的龙阳路地铁站旁，已矗立起一座钢梁穹顶的巨型建筑；以此为起点，一排混凝土高架拔地而起，蜿蜒伸向 30 公里外的浦东国际机场；驱动磁悬浮列车的关键设备——轨道梁，正被龙门吊轻舒猿臂，一根根铺设到位……仿佛是不经意间，全球瞩目的浦东磁悬浮铁路已轮廓初显。

据上海磁悬浮交通发展有限公司夏国忠介绍，从 2001 年 3 月开工至今，浦东磁悬浮项目的线路下部结构、龙阳路车站、维修基地和两个牵引变电站的土建工程已基本完成，中方负责的制梁基地已生产出 500 多根轨道梁，占工程所需总量的 1/5，从德国蒂森克虏伯等公司引进的设备已到货 5 400 多吨。

然而，浦东磁悬浮项目迅速“启动”以来，却极少在此间媒体露面，显得异常平静。对此，夏国忠解释说，由于浦东项目是磁悬浮技术第一次投入商业运营，有大量意想不到的复杂问题需要协调处理，同时，作为一项具有探索试验性质的技术引进工程，浦东磁悬浮项目投资高达近百亿元人民币，其成败对中德两国经济界、科技界至关重要，因此，凡事论证再论证，谨慎再谨慎，少说多做，成了中德双方共同遵守的原则。双方都在默默努力，实现一个共同目标：2003 年初，让浦东高速磁悬浮列车顺利“飞”起来。

“质量责任重于泰山”　心系人民无私解剖

# 三峡工程“自我曝光”

**本报讯（记者金长江　徐爱民　于翔汉）**　今天，记者在三峡工程展览馆看到，馆内增加了一个令人瞩目的新展区：三峡工程质量缺陷警示展。

记者通过有关会议和馆内工作人员了解到，这是中国三峡总公司为提高全员质量意识、确保一流工程质量所采取的重要措施之一，总经理陆佑楣于今年5月份亲自提议，以后多次过问、督办，副总经理贺恭为该展览确定名称、审改前言。

“千年大计，国运所系。”三峡工程施工质量是全国人民普遍关心的问题。江泽民、李鹏、朱镕基等党和国家领导人每次考察三峡工程，都特别强调要重视工程质量。国务院三建委还专门成立了以钱正英为组长、张光斗为副组长的质量检查专家组，适时来工地调研、检查。

为了规范质量管理，业主、监理、施工、设计等参建各方制定了一整套质量保证体系网络，对作业面实行24小时旁站监理，项目部24小时留人值守。对重要施工部位，业主中国三峡总公司还聘请了国外知名监理公司为质量管理提供咨询服务。

质量保证体系虽然已经建立起来，但工程施工中的常见病和多发病仍时有发生。今年8月份以来，在永久船闸输水系统、泄洪坝段和左导墙坝段的混凝土浇筑中，就出现了跑模、蜂窝麻面等质量缺陷，其主要原因是施工等有关环节的工作人员责任心不强，检查监督不力，没有认真贯彻质量保证措施。

质量缺陷在国际著名的水电工程施工中也是常见的。但是，由于三峡工程在国计民生中的重要地位，它的质量标准必须是“一流”。为了让广大建设者通过这些质量缺陷，看清问题产生的原因，吸取深刻教训，从而自我加压，避免此类或其他缺陷的发生，中国三峡总公司决定，今后凡出现工程质量事故或缺陷，都要进行展览，还要组织参观。据介绍，展览的内容将随着工程的进展不断补充，时间跨度从

1993 年准备工程建设到 2009 年三峡工程竣工。

中国三峡总公司总工程师张超然告诉记者，1 到 11 月份，三峡工程评定单元项目 11 907 个，合格率 100%，优良率 76.3%，之所以搞“警示展览”，目的是正视不足，向更高标准看齐。中国科学院院士、中国工程院副院长潘家铮认为，这种展览非常好，有利于我们采取改正措施。一位不愿透露姓名的工程师说，“展览”对我们的触动非常大，施工质量的好坏不是单位和个人的荣辱问题，而是关系到国家和人民的利益，关系到千秋万代的问题。

（《三峡工程报》，1999-12-28）

# 取下神像挂地图

**本报讯（通讯员李钧德　记者王方杰）**　东黑河是豫南一个只有 100 多户人家的小村庄，在县级以上的地图上从来不见踪影。但在当地人觉得最神圣的中堂位置，却有 20 多户农家取掉神像挂上了各色各样的地图。

东黑河位于河南省上蔡县东北部，地势低洼，村民们因十年九涝一贫如洗，在茅草屋里度日月。不傍城不邻镇，谁要跑一趟五六十里外的县城，都是轰动全村的新闻。东黑河穷，东黑河闭塞，东黑河又很无奈。除了偶然外出看见别处的繁华产生瞬间的梦想，就是在家里挂一幅全神图。每逢春节，一把香火，几个响头，图的是万事如意，生财有望。然而，神仙求遍了，东黑河依然穷得叮当响，过着光嫁姑娘不娶媳妇的苦日子。

当外面的风终于吹来时，东黑河人开始探头探脑地闯世界。1986 年春节过后，最远只到过县城，家里从未满过仓的李满仓，带着俩刚成年的儿子，拿着从当民办教师的邻居家借来的一幅河南省地图，徒步北上郑州。凭着庄稼人的吃苦耐劳和诚实守信，三年时间，他们学会了修理钟表家电的全套技术，到沿海贩了一阵手表零件，瞅准农村黑白电视销售的空档，建起了一个覆盖几个地市的家电经销网络。1989 年春节，拥有 10 万元家产的李满仓，在全村第一个用地图换下了自己敬了几十年的全神图。

李满仓这一惊世骇俗的举动，让村里的年轻人彻夜难眠。几天之后，他们不约而同地进行了神像和地图的“交接”仪式。从此，广州、大连、北京、新疆，到处都出现了三五结伴的东黑河人。地图把东黑河与外面的世界拉得越来越近，东黑河人的腿也越来越长。每到农闲季节，80%以上的青壮劳力都会拿着一张地图走出去，做木工，搞建筑。他们用勤劳的双手盖起了一座座钢筋水泥或红砖青瓦的楼房，挣来了儿女的学费，赡养了自己的老人。

青年木工李列到大连奋斗了几年后，在那里办起了自己的家具商场，被村民们戏称为“东黑河的常驻大使”。36 岁的李世英从走村串户替公家收粮，到成立自己的农副产品购销公司，走南闯北，手头总不离一本地图册。生意越做越大，他们家的地图也由县、地区到省次第更换，今年换了第四次，变成全国地图了。在他家的《中国政区图》上，有三分之一的省份用铅笔、钢笔、圆珠笔划上了各种记号。他说：“咱也知道啥叫地大物博，东黑河到底在哪里了。凡是图上画过的，我都去过了。总有一天，我会把地图上的所有省市都划上几道。”

年过花甲的李陈氏，尽管没上过学，没学过地理，但她认识地图上的新乡、北京、西安、上海，儿行千里母担忧，她的 4 个儿子在那些地方打工或工作。看着地图上一片黄绿色包围着的城市，好像儿子就在身边。

东黑河周围的农民，也开始喜欢地图了。上蔡县新华书店说，1993 年，农民从他们那儿买走了 17 500 幅地图。

（《中国青年报》，1994-04-26）

# 北京向外国记者介绍<br>新修订的《北京城市总体规划》

**中新社北京（1994 年）3 月 2 日电** 北京市在严格控制老市区建筑高度以维护古都风貌的同时，准备“网开一面”，在东北郊的望京小区内，兴建一批超高层建筑，其中包括一座 88 层、300 米高的区厦。

北京市规划部门的主要官员，今天在向外国驻京记者介绍国务院新批复的《北京城市总体规划》时，透露了上述信息。

望京小区是北京市近期重点发展的一座卫星城镇，城里规划了占地 210 公顷的商务中心区。

按照新修订的北京城市规划，在未来的 20 年里，北京将加速发展第三产业，改变过去“有城少市”的不方便状况，除在望京小区内开辟商业中心区外，在城市中心的建国门一带还将新建占地约 70 公顷的商务中心区，在二环路沿线也将建设相当规模的金融、商务、信息等公共建筑，满足第三产业发展的需要。

据主管北京市规划的这些官员们介绍，望京小区里还预留了第四使馆区的建设用地。现在北京已建成第一、第二使馆区，正在建设第三使馆区。

他们在回答外国记者提出的奥运申办未果、总体规划是否作了调整的问题时，明确地表示：对奥运会的体育设施在规划用地上仍然给予了充分的保留。如果说有调整的话，只是其中一部分体育设施的建设将推后进行，而整个城市基础设施和环境建设方面的规划不仅没有改变，而且将加快实施。

据悉，在今后七年里，北京市以平均每年 100 个亿人民币的投入，重点建设一大批城市基础设施大型骨干工程，包括电力基地、南水北调、陕西天然气进京、地铁和高速路、立交桥等。这些工程将采用建设——经营——转让（BOT）方式，鼓励外商参与。

## 《北京城市总体规划》中外关注<br>北京市政府举行情况介绍会

**本报讯** 3 月 2 日下午，北京市政府在国际俱乐部举行情况介绍会，向驻华使馆官员、外国记者等介绍了有关《北京城市总体规划》的情况。

作为中国首都，北京城市总体规划为中外人士所关注，各国驻华使馆新闻、经济官员和驻京记者等 90 余人，出席了情况介绍会。

介绍会由市政府副秘书长、新闻发言人丁维竣主持，首都规划建设委员会副主任宣祥鎏、首规委办公室主任赵知敬、北京市城市规划管理局局长平永泉、北京城市规划设计研究院院长柯焕章，分别就国务院批复、《北京城市总体规划》的修改制定和主要内容、实施总体规划、投资环境等作了介绍，并回答了记者提出的问题。

（《北京日报》，1994-03-03）

## 中国家禽家畜业出现“减肥热”

**中新社上海（1986年）2月24日电（记者林明杰）** 随着健美运动在中国各大城市走红，家禽家畜业也兴起了“减肥热”。最先动作的是五畜之首——猪，据悉，从今年起，中国开始在150个县建设商品瘦肉猪生产基地。

过去农村最爱养厚膘肥猪，可现在肥肉成了挂在菜场里的滞销货，人们情愿多掏腰包去买精瘦肉。瘦肉型猪的培育成为当务之急。北京、上海、江苏、浙江、湖北、黑龙江等六省、市均已培育成功瘦肉率在60%左右的新猪种。上海的瘦肉猪不仅瘦肉率高，肉质鲜美，而且生长快，日增重600克，一胎产仔数相当于国外瘦肉猪的两胎。在不少农村，用“肥猪满圈”来形容五畜兴旺已不恰当了。

以肥美著称的北京烤鸭，为迎合人们怕“肥”的心理，也在采用瘦肉率高的鸭。今年春节，上海市场推出一种“芙蓉”瘦肉鸭，即刻售罄。这种瘦肉鸭乃上海农业科学院育成的新鸭种，它体大而不肥，肉厚而不油，味鲜而质嫩，且生长迅速，孵化后8周，体重即可达3千克。江苏、浙江、广东、广西、安徽、江西、吉林等地，纷纷向上海购买此鸭种。

## 华罗庚的最后一天

**中新社北京（1985年）6月15日电（记者戴亚平）** 中国著名数学家华罗庚在东京逝世的噩耗传来后，本社记者向有关方面了解了这位教授在世的最后一天的情况。

6月12日，是华罗庚教授访问日本的第10天。为准备到东京大学向日本数学界同仁作学术报告，11日晚上没有休息好，深夜服下安眠药后才入睡。12日下午2时，华罗庚教授与日本知名数学家会晤，近3点钟回到旅馆，稍事休息后到东京大学作学术报告。

6月12日下午4时整，学术报告会开始举行。华罗庚教授走上讲台作报告。

华罗庚教授已是74岁高龄，在国内曾遇过两次心肌梗塞的危险。近几年，由于他腿疾日益严重，活动不便，只好坐轮椅。6月12日在东京大学作学术报告时，他离开轮椅，自始至终站在讲台上讲演。

华罗庚教授先用国语演讲，由译员译成日语。他感到经过翻译很费时，征得主人同意后，改用英语演讲。华罗庚教授脱下西装上衣，接着又解下领带，兴致勃勃地讲演。

演讲规定时间已超过，华罗庚问会议主席："我可以延长几分钟吗?"主席点头同意。他圆满地结束了整个学术报告，历时65分钟。这时是东京时间17时16分。

华罗庚教授迎着热烈的掌声走下讲台，迈向轮椅。突然，他从轮椅上滑下来，身边的人没有扶住。华罗庚教授倒在地上。在场的医生立即抢救，替华罗庚做人工呼吸和心脏按摩。东京急救站医生也携带心脏起搏器和心脏监测仪迅速赶到东京大学。接着，东京大学著名心脏病专家杉木教授也闻讯赶来指挥抢救工作。

18时15分，华罗庚教授被送进东京大学医学部急诊室。经过日本医生全力抢救无效，华罗庚教授的心脏停止了跳动。

几年来，华罗庚抱着多病之躯，走遍了国内的山山水水，走访了许多国家。他经常用"青山处处埋忠骨，何必马革裹尸还"的诗句来劝慰他的朋友们。

不久前，华罗庚教授曾说过：他剩下的时间最多只有五年，他要用所有的时间工作。华罗庚教授毕生驰骋在"数学王国"里，他最后在数学讲坛上走完生命之路。

## 全国优秀新闻工作者<br>表彰大会在京开幕

**新华社北京（1984年）11月28日电（记者郭玲春）** 以新闻报道为己任的350余名记者、编辑、播音员，今天成为被报道的新闻人物。这些常年活跃于社会各阶层，反映人民群众的成就、愿望和呼声的新闻群英荟萃北京，参加建国 35 年来首次举行的全国优秀新闻工作者表彰大会。

出席大会的代表被誉为“党的十一届三中全会以来在新闻战线上有卓越成就的优秀分子”。当同行向他们投以敬羡的目光时，前来祝贺的中宣部副部长郁文对他们以及整个新闻队伍提出了更高的要求：坚持新闻工作的党性原则；坚持辩证唯物主义的思想路线；加强知识修养，发扬艰苦奋斗的精神，争取成为“名家”。思路敏锐的优秀新闻工作者体味着这一番讲话的深意，有的记录下讲话要点。一位与会者对记者说：“讲得深刻，很有针对性。”

中国记协主席吴冷西委托副主席秦川向大会提交的报告中，向人们展示了近年来新闻战线的业绩：报刊上开展“实践是检验真理的惟一标准”的讨论；新闻界关于工作重点转移方针的宣传和各项成就的报道；批判“阶级斗争为纲”的“左”倾指导思想，以及为社会主义精神文明建设、贯彻党的知识分子政策、维护世界和平、争取实现祖国统一大业的宣传鼓动工作。回顾的同时，又提出了一个引人思考的议题：在每十个中国人有一份报纸、各层次的广播电视网已初步建成、全国又面临着一场伟大历史变革的今天，新闻工作怎样与这奔腾向前的时代相适应？他提出，每个新闻工作者应当是这场伟大变革的忠实记录者和热情传播者，并且要善于运用新闻手段把党的政策变为亿万人民群众的行动。他希望已为全国 30 万名新闻工作者树立榜样的优秀新闻战士再作努力，在改革的浪潮中改革我们的新闻工作。

党和国家领导人对大会的关注，使与会者受到鼓舞。彭真向大会送来题词：“向人民忠实的喉舌、优秀的社会主义新闻工作者致贺。”徐向前写道：“新闻工作者要发扬党的实事求是、密切联系群众的优良作风。”聂荣臻嘱人代笔，写来一封热情洋溢的长信。乌兰夫、陆定一也题词对大会表示祝贺。宋任穷打来电话预贺大会的成功。

记者在今天的大会上还感受到一股清新的气息：这一新闻工作者的集会与加速中的社会节奏正相吻合。首都各新闻单位负责人冯健、钱抵千、徐才、徐惟诚、刘爱芝的讲话和广播电视部副部长谢文清的书面发言都言简意赅，有七个发言的整个开幕式总共进行了一个小时。

中国记协副主席王揖主持了今天的大会。

# 学习南京市绿化经验
# 要注意三点不足之处

**新华社南京（1982年）2月18日电（记者周俊增）** 南京市的绿化工作搞得比较好，近来到这里学习绿化经验的人越来越多。怎样对待南京的绿化工作？南京市园林设计研究所助理工程师杨万金最近对记者说："学习南京市绿化经验，要注意避免三点不足之处。"

南京市目前有大小400多条街道，有树木20多万株，为解放前的100倍，城市绿地面积达9万多亩，全市已基本绿化，并以"绿化城市"而闻名中外。但是，杨万金指出，从城市建设发展的要求看，南京市在绿化建设上暴露出一些缺点。了解这些问题，对于前来参观取经的人富有教益。

第一，五六十年代绿化的街道，树干定高一般为2.5米，太低了，影响交通安全。1978年一年，光是为行道树碰坏的车辆涂漆就花了4万多元。公共汽车为了避免与行道树相撞，不得不在离路边3米远就停车，这不仅有碍交通安全，也降低了道路利用率。杨万金说，今后大中城市行道树定干应在4米高左右为宜，最低也不能少于3.5米。

第二，行道树在栽植时打洞普遍偏小。由于打洞小，树根扎得浅，在大风袭击下南京市发生过4次大面积倒树。行道树的倒伏又造成了停电、停水，交通中断，给生产和人民生活都造成很大损失和不便。实践证明，今后打洞以长宽各两米，深一米为好。

第三，树的品种单一，悬铃木（法国梧桐）太多。全市几百条街道绝大部分种的是法国梧桐。这种树有树冠大、遮荫好的优点。但由于新叶长出后，每半个月就脱一次绒毛，在空气中飘散，造成空气污染，形成了公害。这也是应该注意的。

# 峰会的尴尬

**美联社约翰内斯堡（2002年）8月30日电** 尽管参加地球峰会

的代表们在唇枪舌剑地争论保护地球迅速减少的资源的最好办法，但他们自己并没有率先垂范。

为期 10 天的地球峰会号称是有史以来规模最大的联合国会议。预料会议将产生 300 吨到 400 吨垃圾，到目前为止，只有其中的 20％正在得到回收处理。

会议厅里摆放了盛放可回收物品的废物箱，但结果里面塞满的却是各种各样无法回收利用的废物。

数百个组织在峰会上散发了无数的小册子、新闻稿和宣传手册，希望引起与会者对它们各项事业的关注。会议组织者估计，整个会议将消耗掉 500 万页纸张。

峰会的代表们还在耗费其他资源。平均每个代表每天要用水 200 升，约翰内斯堡的用电量也因为这次会议而猛增。

## 为联合国制定新千年行动路线

**美联社联合国（2000 年）9 月 2 日电** 让 150 位世界领导人来到这里，使他们在联合国聚首三天，结果很可能是近代历史上最紧张的政治时刻之一。

世界上所有的问题都将被拿到联合国千年首脑会议的桌面上来讨论。这次会议将于星期三（9 月 6 日）到星期五在这个世界机构在纽约的总部举行。

联合国秘书长科菲·安南希望所有的领导人，无论是大国的领导人，还是小国的领导人，都能做出承诺。他邀请这些国家元首和政府首脑来联合国，为这个成立了 55 年的世界机构，同时也为世界本身制订一条在新千年中的新的行动路线。

古巴领导人菲德尔·卡斯特罗是美国的劲敌，但他在第三世界却受到普遍赞赏。预计，他将成为媒体关注的中心人物。被美国总统克林顿推着前进的以色列总理巴拉克和巴勒斯坦领导人阿拉法特也将成为媒体关注的焦点。克林顿希望一次三方会议能够使和平会谈进行下去。

俄罗斯总统普京这一次将进行自他就任以来对美国的首次访问。伊朗总统穆罕默德·哈塔米预计将成为反政府示威攻击的靶子。

有许多关于宿敌们可能会碰面的猜测。联合国大会主席古里拉布说，他希望卡斯特罗和克林顿能够举行面对面会谈，而且他已表示愿意为他们的会谈提供场所。对克林顿将会在一次小心翼翼安排的场合意外“撞上”哈塔米的推测非常普遍。同时，许多人怀疑刚果的战斗者们和埃塞俄比亚人与厄立特里亚人会不会悄悄找到一个时刻举行会谈。

在这口沸腾的政治大锅里，来自小国和穷国的领导人大概不能争取到媒体对他们的关注。然而，古里拉布说，他们和代表着富国和强大国家的领导人将会互相举行会谈。

他说：“这本身就将是一个成就。正如我们在国内所说的那样，通过走到一起，他们将坐在‘同一棵大树下’，共同考虑我们的共同未来。”

## 多产母亲　高产作家

**合众国际社纽约（1991年）3月30日电**　丹尼尔·斯蒂尔有9个孩子，其中5个孩子还不满12岁，可她却每7个月写一本小说。

她所写的25部小说都是畅销书，总共售出了1.3亿本。斯蒂尔因其小说连续381周高居《纽约时报》畅销书排行榜而被列入《吉尼斯世界纪录大全》。

根据她的小说《变化》（连续29周名列精装畅销书排行榜，并连续20周名列平装畅销书排行榜）改编的电视连续剧由谢里尔·拉德和迈克尔·诺里主演，于4月1日开始在全国广播公司播映。

《变化》讲的是两个中年人恋爱的故事。经过一番波折，两人终成眷属，过上了幸福的生活。这是斯蒂尔小说的一个很大的特点——大团圆结局。

《变化》一剧的执行制片人克莱默说，斯蒂尔小说的另一特点是主题一般是结婚、生育、死亡、堕入情网和感情破裂。这些问题具有普遍意义。另外，小说中的人物并不都是富人，也有平民。

克莱默将与全国广播公司和斯蒂尔长期合作，把她的全部小说搬上荧屏。最近将开拍的有《爸爸》和《帕洛米诺》。

克莱默说，这是一种可与迈克尔·杰克逊在音乐界的成功现象相媲美的出版业现象。还没有人在全世界卖出过这么多书。如果你光顾各个机场的书店，你就能看到书架上陈列着十几种她的书。

斯蒂尔不仅拥有众多的女性读者，她也常常从男主人公的角度娓娓述说人们悲欢离合的故事，因而也颇能打动男性读者。由于她日程安排很紧，所以几乎无暇顾及电视剧的拍摄工作。但克莱默说："她总是问我们，'他们什么时候哭？要多长时间才能出现第一次热泪盈眶的场面？'"

斯蒂尔很少接受公开采访——她是出版界的嘉宝——所以公众很难一睹其风采。因此，电视台经常收到许多询问她在什么商店买首饰和衣物的信件。克莱默说："她的容貌不是倾国倾城，但仍不失是位非常漂亮的女性。"

# 阅读提示

角度是新闻采写不可轻视，也是不可回避的问题。采访角度选得好，可以发现与发掘出丰富的新闻矿藏；写作角度选得好，可以大大增强新闻的传播效果。

收入本组的作品，在选择角度方面都有值得称道之处。

阅读时，请注意分析：作品所反映的事实可以从哪几个角度进行报道？哪一种角度最为可取？为什么？作品现在选择的是怎样的角度，效果如何？

对有的事件，例如北京城市总体规划问题，我们同时收入了两篇角度各异的作品，请作比较评析。

试以《浦东磁悬浮铁路轮廓初显》一文为例：

这件事可以正面写工程进度；可以写中德良好的合作关系；也可以写工人的劳动热情、工程技术人员的负责精神。总之，可写的角度不少。但是，本文放弃了其他角度，而是选择了一个“静”——“平静”这样一个角度。导语开门见山地说：“没有媒体的声张，没有平常建设工地的喧闹，世界上第一条投入商业运行的高速磁悬浮铁路正在平静中快速推进。”

静与快，是一个对比。静——不大肆宣传，也是浦东磁悬浮铁路建设的一大特点。记者从这个角度切入，使读者感到十分新鲜，给人留下的印象十分深刻。

本来，作为中国经济快速发展的一个象征性的工程项目，按惯用的做法是要大做文章的，然而，没有。这本身就有新闻性。记者是在比较中选定这个角度的。

消息在最后一段回过头来对“平静”作了解释。作者让夏国忠出面，说明“论证再论证，谨慎再谨慎，少说多做”这一原则的由来，使读者明白了其中的缘由。这样写，消息的内涵就更丰富了，它比单纯地报道“快速推进”重要得多。

（刘明华）

# 新闻导语

消失近 20 年——

## 京城又见大碗茶

**本报讯（记者贾晓燕　东城区记者站记者王小平）**　消失近 20 年的大碗茶又回来了！昨天，记者在王府井吴裕泰茶店看到，不少人捧着大瓷碗专心致志喝茶，一派悠然自得。

一进门，只见 5 张方桌旁坐满了人。老年人有，年轻人也有，他们大都是逛街逛累了，到这儿来休息的，细看桌上的青瓷大碗，形状像个斗笠，上面用不同文字写着 96 个“寿”字，古色古香。一对来自门头沟的老夫妇说：“喝大碗茶是老北京的习俗，可惜我们已有 10 多年没喝到大碗茶了，今儿个碰巧路过这儿，说什么也要喝上一碗。”

该店一位负责人介绍，大碗茶是他们新近推出的一项服务，花茶、绿茶、苦丁茶，每碗两元钱，可以免费续一碗，凡持《老年证》的老年人喝茶一律免费。今年春节期间的一天，到店里喝大碗茶的人特别多，竟出现了排队喝茶的场面，当天卖出大碗茶500碗。

据了解，目前本市只有新东安商场地下一层、老舍茶馆等几处有大碗茶卖，而像吴裕泰这样原汁原味的大碗茶已非常少见。眼下，很多年轻人也喜欢带着朋友来这儿坐一坐，因为喝大碗茶既经济又实惠，还能重新体验老北京的感觉，何乐而不为呢？

（《北京日报》，2001-02-21）

# 雪域高原互联网上拜年忙

**据新华社拉萨（2001年）1月30日电（记者尕玛多吉）** 王悦从网上许多贺卡中挑选了一张有“善财童子”和倒写“福”字的大红贺卡，再敲上几句温馨祝福的话语，鼠标轻点，他远在广州的朋友就收到了这份来自雪域高原的新年祝福。

春节期间，高原古城拉萨街头的一间间小“网吧”迎来送往，热闹非凡，这里成了投身西部开发的有志青年与亲朋好友在新春佳节“团圆”的场所，他们或在网上发送贺卡，或在网上互致问候，畅叙亲情友情。

记者走进位于布达拉宫东侧的一间“网吧”，只见十几台电脑前座无虚席，王悦已经向在内地省市的亲人朋友发了十几张贺卡。他说：“这几天，一些平时很少联系的同学收到来自西藏的贺卡后，惊奇地打来电话说原以为远隔千里，现在却感到近在咫尺。”毕业于广东省邮电学校的王悦告诉记者，两年前选择到祖国西南边陲西藏工作，就是想在艰苦的环境中锻炼一下自己，但事实上西藏要比想象中好得多。“网吧”的老板告诉记者，这几天平均每天都有20多人通过互联网拜年。

据自治区邮电通信部门的负责人介绍，作为祖国西部经济发展相对落后的一个省区，近年来西藏一直努力夯实基础，在邮电通信方面实施适度超前发展战略，各地区所在地相继开通了光缆，基本实现县县通电话，并进入长途自动交换网，目前仅拉萨市就有“网吧”

38家。

（《光明日报》，2001-01-31）

## 中国地铁列车今天穿过天安门广场

**本报北京天安门9月28日15时15分讯（记者李丹　雷风行）** 5分钟前，一列银灰色的地铁列车，在仅距地面2.8米的地下，首次穿过世界最大的广场——天安门广场。

这是首都向它的共和国母亲50大寿献上的一份最珍贵的礼物。

今天通车试运营的地下铁道西起距天安门3公里的复兴门，东至距天安门8公里的八王坟，全长13.5公里的线路坐落在神州第一街长安街超浅埋层之下。

为此，承担西单、天安门、王府井等首都心脏地段地铁施工设计重担的铁道部隧道工程局、铁道部第十六工程局和铁道部第三勘测设计院的建设者们苦苦奋斗了十个春秋。参加世界建筑师大会的各国专家参观后曾惊叹“中国又创造了一个奇迹”。

国务院副总理温家宝、日本国驻中国大使谷野作太郎等中外贵宾与地铁建设的功臣们，作为通车后的首批乘客，一起登上了国产新型电动地铁客车。从长安街东部的八王坟到天安门，列车运行刚好17分钟。

30年前的国庆节，北京建成了从苹果园到北京站全长23.6公里的地铁1号线，结束了中国无地铁的历史。

15年前的国庆节前夕，北京又开通运营了16.1公里的地铁第二期环线。

早在5年前，北京地铁的年客运量就已突破5亿，而现在，平均每天乘坐地铁的旅客已达140万。

北京地铁虽然在当今世界43个国家117个有地铁的城市中，开通年代和运营里程均排在30位以后，但却创下了满载率和单车运营公里两项“世界之最”。

投资75.7亿元人民币的地铁“复八段”的今日开通，使北京地铁通车总里程由原来的41.6公里增加到55.1公里，超过了香港的43.2公里，成为中国六个城市地铁之最。同时也使中国城市地铁的总里程逼近150公里。

目前，中国除北京、天津、香港、台北、上海、广州已开通地铁外，青岛、南京、重庆、深圳、高雄等城市也正在或计划建设地铁。

自1863年伦敦建成世界上第一条地铁到136年后的今天，全世界的地铁长度已接近6 000公里。

（《人民铁道报》，1999-09-29）

# 史小六，你不要命了

**本报讯（记者焱灯）** 昨天下午，读者顾健向本报发来紧急传真：史小六，你为了脱逃手术费，竟然左臂伤口内带着引流条就失踪了，请你立刻回到中国康复研究中心博爱医院接受紧急治疗，否则你有感染截肢甚至丧命的危险。

据记者向为史小六实施手术的中国康复研究中心博爱医院骨科副主任医师王安庆了解，8月8日晚11时10分，一名左前臂尺动脉、尺静脉、尺神经和前臂屈肌腱都被砍断，因失血过多已经休克，血压仅40毫米～60毫米汞柱，呈濒死状态的病人被送到医院。

在无人交纳手术费的情况下，几位大夫经过3个半小时的手术，血管、神经、肌腱等部位对接准确，病人被救活了。清醒后的伤者自述叫史小六，男，32岁，安徽省铁营行政村人。

手术、住院等费用共五六千元，随后而来的史小六的妻子王小侠和亲属史杰在仅交了800元钱后说："手术费不成问题，我们回家取钱去。"便一去不返。但是，当8月12日下午，医生们正要给史小六处理伤口，取出处理伤口用的引流条时，他却带着引流条"失踪"了。

据王安庆大夫介绍，伤病员欠费失踪，按医院规定，主管大夫、护士在被扣发工资的同时，还要受处分。然而最为要命的是，在史小六尚未愈合的伤口深处，还留有治疗用的引流条，他的前臂随时可能受到感染。至今天上午，"失踪"的史小六还是没有回到医院。为了救史小六的命，博爱医院公布了67213322转3213或3215的电话，博爱医院的骨科医生24小时等候随时为史小六处理伤口。

（《北京晚报》，1999-08-14）

# 爱德华兹创造跨世纪纪录

**新华社哥德堡（1995年）8月7日电（记者杨明　马小林）** 爱德华兹大笑，爱德华兹大叫，爱德华兹兴奋得乱喊乱跳。

这位大器晚成的英国选手今天在第五届世界田径锦标赛男子三级跳远决赛中，以18米29的辉煌腾越创造了一项属于21世纪的纪录。

他那如同脱离了地心引力的三级腾越打破了他10分钟前第一次试跳时创造的18米16的世界纪录，更超过了他赛前保持的17米98的全球最好成绩。随着新记录的诞生，这位两个儿子的父亲成为人类历史上第一个突破三级跳18米大关的传奇人物，被这里的记者形容为“跨世纪的飞鸟”。

由于爱德华兹被视为本届大赛最有希望破世界纪录的选手，瑞典国王、王后和国际奥委会主席萨马兰奇今天也到场观看比赛。

当这位看上去身材并不健壮的选手第一次文静地站在助跑道上时，许多人怀疑这个牧师的儿子能否创造奇迹。

爱德华兹飞快地助跑，有力地腾越……

奇迹诞生了！

巨大的显示牌上亮出“18米16”。看台上爆发出疯狂的欢呼声。爱德华兹自己也吃惊地抱住头。梦想终于变成现实。

今年，29岁的爱德华兹曾4次跳出18米以上的成绩，但由于超风速全都不能列为世界纪录。今天，连风神似乎也格外关照他，仅以每秒1.3米的顺风成全了他非凡的跳跃。

爱德华兹第二次站在跑道上，开始创造新的奇迹。

完美的助跑，完美的起跳，三道优美的弧线使他几乎飞跃到沙坑的尽头。

“18米29”，一段不可思议的距离，一项跨世纪的辉煌纪录出现在观众眼前。

爱德华兹摇着头，捂着脸。连他自己似乎也不敢相信眼前发生的一切。

14年前便开始练三级跳的这位老将过去并没有取得过显赫的成绩。他在1988年和1992年的奥运会上都没有进入决赛，只是在上届世界锦标赛上获得过铜牌。今年，他突然惊人地崛起，成绩几乎提高了一米。

连续两次打破世界纪录、稳获金牌后，爱德华兹放弃了3次试跳，百慕大的韦尔曼和多米尼加的罗曼分别夺得银牌和铜牌。

赛后，曾当过物理研究员的爱德华兹对记者说："我破世界纪录的秘密是什么？就是保持最快的助跑和起跳，不达目的绝不罢休。"

### "一枝花"取代"一支剑"

## 湖北电视塔撤掉洋烟广告

**本报讯（记者孙昌林）** 7月6日，油漆工人刷完最后一笔，至此，湖北电视塔完成了由"一枝花"取代"一支剑"的"脱胎换骨"过程。"KENT"（健牌香烟）广告盘踞武汉龟山之巅已成历史。

湖北电视塔位于武汉长江大桥旁的龟山顶，曾有"亚洲桅杆"之称。1992年5月，香港东方广告有限公司看中了这独特之处，以每年90万元港币广告费，与湖北电视塔签订了为期3年的合同，将"KENT"的广告做到电视塔上。

这一洋烟广告像剑一样刺向江城上空，也刺伤了武汉人的心，许多市民对洋烟广告傲视武汉表示不满。

今年初，在武汉市人代会上，几十名人大代表呼吁取消"KENT"广告，并希望通过地方立法禁止在公共场所吸烟，对香烟广告的传播加以限制。

强大的舆论压力，迫使湖北电视塔提前11个月终止了与香港东方广告有限公司的合同，并付出10%的违约金。消息传出，国内外十多家企业、公司争相要在电视塔上做广告，最后，"汉货精品"武汉油脂化学厂的"一枝花"争得广告权。

武汉市卫生局长方天人得知这一消息后，高兴地说："两年多来，我们一直不断向省、市有关部门呼吁，把洋烟广告从电视塔上除掉，今天终于实现了，这是一件顺民心的好事。"

（《健康报》，1994-07-10）

# 叶乔波壮别体坛

**新华社北京（1994年）6月5日电（记者李月柱　王道源）**　一身戎装，一部轮椅，一面国旗，一个军礼。叶乔波以这庄严而悲壮的一幕，结束了今晚在首都体育馆为她隆重举行的“叶乔波冰坛生涯20年专题晚会”，同时也结束了她拼搏冰坛20年的赛场生涯。

就在两天前，叶乔波在北京度过了她30岁的生日。这位冰坛骄子10岁走上冰面，历尽艰辛，在速滑界老一代人的精心指导下，从长春市少年体校，到八一队，进国家队，直至称雄世界冰坛，一次次地战胜伤痛，战胜挫折，战胜自我，在中国的冰雪史上，创造了前所未有的辉煌。20年中，她征战百余场，共获得133枚奖牌，仅在世界大赛中就赢得金牌23枚，成为众多运动员中披金挂银的佼佼者。她在第十六届冬奥会上获得两枚银牌，为中国队实现了在冬奥会上奖牌“零”的突破。她又连续两年夺得世界短距离速滑锦标赛女子全能冠军，成为世界冰坛上第一位获此殊荣的中国人。今年2月，在第十七届冬奥会上，她再次带伤拼搏，演出了“靠一条半腿”摘取奖牌的悲壮一幕，为中华民族留下了催人奋进的“乔波精神”。

祖国人民始终关心爱戴着为中国体育事业立下丰功伟绩的叶乔波，并给予她很高的荣誉：她曾连续3次入选全国十佳运动员，这在冬季项目运动员中是绝无仅有的；她还当选1992年全国十大杰出青年，并名列榜首。同年5月，中央军委主席江泽民亲自签署命令，授予她“体坛尖兵”荣誉称号。她膝关节手术后，国家体委、总政治部、沈阳军区等单位精心安排她治疗、养伤，使她的伤情得以大大好转，不久即可离开轮椅、丢掉拐杖，从事自己新的事业了。正是为了弘扬她留给后人的宝贵的“乔波精神”，也是为了帮助她开拓未来的崭新的事业，推动正在勃兴的中国冰雪运动的进一步发展，由解放军报社、中央人民广播电台、中央电视台、中国国际广播电台和武汉松刚乙肝研究中心联合主办，沈阳军区政治部和中国冬季运动中心协办，隆重举行了这台名为“冰之魂”的专题晚会。这台别开生面的晚会，以爱国主义为主调，以叶乔波拼搏冰坛20年的奋斗经历为线索，在冰面上用歌舞、朗诵、相声、小品等人们喜闻乐见的艺术形式，讲述了叶乔波从一个普通中国女孩成长为世界名将的经历。特别是冰面上那一队队如流云般滑行的小运动员的勃勃英姿，更给这台告别晚会增添了新的生机和活力。叶乔波在晚会将结束时激动地说：“此刻，我就要跟这块洒满我汗水和泪水的冰场告别了，我真舍不得离开这片寄托我的青春和理想的地方，舍不得离开与我同甘共苦的战友们。然而，无情的伤痛逼得我不得不离开它。请大家相信，我不会倒下！我也相信在不久的将来，会有后人圆我追求的金牌梦。乔波还会为完成这个梦想，继续为祖国拼搏，尽心尽力地开拓新的事业!”

中共中央政治局委员、国务委员李铁映，国务委员兼国防部长迟浩田，国家体委主任伍绍祖，中国滑冰协会名誉主席李德生，以及近百名将军和万余名各界群众，参加了今天的晚会，与这位叱咤冰坛的巾帼英雄一起，依依惜别她拼搏奋斗 20 年的赛场生涯。

# 再给后代五千年

**本报讯（记者范敬宜）** “我们能不能再给子孙后代五千年?”当全国人大常委会副委员长费孝通提出这个看似突兀的问题时，在场者始则愕然，继则沉思。

费孝通是在江苏省宜兴市政府最近于北京人民大会堂召开的一次新闻发布会上说这句话的。他在听完市长介绍宜兴发展环境保护产业的情况后作了简短精彩的即席发言。

这位著名社会学家说：世界在进步，科学在发展，但是应该看到，破坏性的科学比建设性的科学发展得快，环境恶化已成为全人类最担忧的问题。

他举例说，近十年来，我国乡镇企业有了迅速发展，这是件大好事情。但是也要十分注意防止对农村的工业污染，否则后果不堪设想。

几年前，费老访问美国时，看到一位名叫 King 的学者写的书：《五千年的奇迹》。书中说，中国农业的最大特点，是它的土地耕种了五千年，活力没有遇到破坏。这是人类的奇迹。费老由此发出感慨：“这是我们祖先留下的福泽，现在的问题是，我们能不能再给子孙后代五千年这样的环境?”

费老讲完，全场肃然动容。即将赴巴西出席联合国环境与发展大会的国家环保局局长曲格平频频颔首说：“改革开放在呼唤环保产业的发展。”

这使记者联想到，不久前在江苏农村采访时，经常见到墙上写着这样一条精警动人的标语：“为子孙后代留下青山绿水蓝天白云。”如果在“留下”后面加上“五千年”，岂不更能深入人心？

（《经济日报》，1992-06-01）

# 嗜好肉食者　当心结肠癌

**台湾《民众日报》（1991 年）4 月 25 日报道**　爱吃肉的人注意了！一份最近的报告指出，每天摄取动物肉的人，与完全不吃肉的人相较，引起结肠癌的危险率相差两倍以上。美国医师威林特研究证实了这一点。

威林特医师自 1980 年至 1986 年期间，对美国 8 万余位护士进行调查，发现其中的 150 人罹患结肠癌。他还发现每天吃牛、羊、猪等瘦肉的人的致病率，较之每月只吃一次的人高 2.5 倍。

此外，他还证实吃里脊肉次数愈低的人，其致病率也愈低。威林特医生认为，同样的调查结果也适用男性，他说“减少吃瘦肉，当然较之吃得过多，对健康来得好，如果完全不吃那就更好”。瘦肉与结肠癌的因果关系曾被医学界指出过，不过正式证实乃是首次。

# 古老剧种重振精神

**新华社北京（1990 年）11 月 30 日电（记者郭玲春）**　重庆川剧院昨晚以历史剧《孔雀胆》告别首都观众。巴渝风情之大剧小戏晋京半月，公演 10 场，为此间人士所盛赞。

川剧重抖精神，当归功于山城领导扶助。年初，市委提出“繁荣文艺，川剧一马当先”之决策，随即有调查组深入剧院并见诸行动。市委书记肖秧于某次现场办公中，拍板拨款 70 万作剧团经费，又为中青年无房户解决困难。嗣后，川剧院专设剧场，拟定成立以清唱为主的茶座，以弘扬有200年历史的巴蜀文化。

受此感召，同仁一鼓作气：整治机构，辅佐新秀。半年间紧锣密鼓，推出三台大戏，七台传统折子剧目。新编历史戏、通俗推理喜剧自成风格；川剧声腔演唱会诸派门人联袂，生旦净丑各有专擅；一时间，“川剧热”旋起山城，成果卓著，遂来京作汇报演出。

领导知音，剧人同心。此番出川一行96人，住北京一小巷简陋旅舍，多人居一室，领队的市文化局长也无例外。平日练声练乐，便在地下室过道中。众人说：川剧振兴，一靠国家，二需艰苦奋斗。

# 请别在自家“水缸”中嬉戏

## 有关部门吁请公众强化环保意识

**本报讯（记者王晶珠）**　当您荡舟北戴河燕塞湖时，是否想到，您面前这载着穿梭般游船的湖水，就是您以及和您一样的旅游者还有当地居民赖以生存的饮用水源！

这听起来似乎不可思议：人，怎能在自家的“水缸”中嬉戏？但现实就是如此。原因是为了那每年40多万元的旅游收入！国家环保局局长曲格平最近在全国爱卫会第8次委员会扩大会议上，对这种急功近利、得不偿失的做法深表忧虑。

曲格平介绍说，国外非常重视保护水源。许多国家的水源地都派重兵把守，不允许任何无关人员靠近，但在我国，像燕塞湖这种情况并不是独一无二的。这无异于听凭别人弄脏自家的水缸。环保部门最近对44个城市的90多个水源地进行了调查，结果有51个不符合饮用水卫生标准，最严重者细菌总数超标4 172倍。地下水污染事件也时有发生。曲格平强调指出，地下水一旦污染，净化起来非常困难。现在一些地下水源在几米、几十米甚至几百米的深处都能查到污染物。

建设部副部长叶如棠也在这次会议上大声疾呼：要强化公民的环保意识和社会责任感，保护好水资源。他认为，无论是农村改水，还是城镇供水，都要求有个良好的水环境。而我国城市每年因排放污水而受到污染的水资源量达2 300亿吨～2 800亿吨，占总量的8.5%～

10.4%。他建议爱卫会召集水利、环保、农业、建设、卫生等部门开个专门会议，把全国范围内已作为或将作为饮用水源的河流、湖泊，分期、分批、分级确定保护和治理目标，并以流域所在的省市政府为主，进行统一规划，逐步实施。

据悉，全国爱卫会主任李铁映已经表示，爱卫会要做好统筹协调和监督检查工作，加强水源防护和加快被污染水源的治理。

（《健康报》，1988-12-10）

## 台风袭击浙江　杭州面目全非

**新华社杭州（1988年）8月8日电（记者虞云达）**　今天杭州市民一早发现，这座著名风景名胜城市已经面目全非了。

在风雨交加洪水袭击中，全市水、电、公共交通全部中断。人行道上的合抱大树连根拔起，横倒街头。市政府门前200多米的人民路两旁，数十株巨伞似的法国梧桐，如今横七竖八地躺在大街上。

副市长李志雄今天对记者说，第七号台风中心今日凌晨三时至八时猛袭杭州，并落下110毫米的大暴雨。全市116条输电线被吹倒压断90条。全市20多条主要街道的大树被吹倒折断，成为路障。全市停电，自来水厂因供电中断而停水。杭州与全省各县的电信联络也被台风切断。

由于杭州市停电停水，中断电信，加上铁路沿线大量树木倒在铁轨上，到今晚8时记者发稿为止，杭州铁路分局已有23趟货车、4列客车停开。杭州机场民航飞机不能起降。

记者从今天下午3时由沈祖伦省长召集各有关厅、局负责人参加的办公会议上了解到，今年第七号台风于8月7日24时左右在象山县丹城镇附近登陆后，台风中心以每小时30公里的速度向西北方向斜穿浙江省，先后经过奉化、余姚、上虞、绍兴、嵊县、萧山、杭州、湖州等市（县），于8日中午前后移出浙江省进入安徽省境内。受台风袭击的地区大批农田受淹，农房被毁，棉花络麻等经济作物损失严重。宁波、舟山两市沿海沉没渔船14艘，失踪渔船7条，渔民死亡2名，失踪110名。杭州市有58条船在钱塘江沉没。

# 今日轻舟再过小三峡
# 又闻两岸猿声啼不住

**新华社成都（1986年）8月22日电（记者卢东华）** 中国古代大诗人李白描绘的“两岸猿声啼不住，轻舟已过万重山”的景象，如今又在小三峡再现。

不久前，记者应中国青年旅行社旅游服务公司和宜昌长江旅游公司的邀请，在长江三峡进行了畅游。当记者乘坐的船行至小三峡的滴翠峡时，只见林木葱茏的两岸山峦上，出现了10多只棕色的猿，它们或在青石上匍匐，或在茂密的林木中攀援，或互相追逐嬉戏。船上的游客，无不被这罕见的动人的情景所吸引。据介绍，小三峡曾有过“两岸猿声啼不住”的奇景。后来，这里的植被遭到破坏，林木遭到砍伐，猿迹渐稀，直至消失。据同船的巫山县志办公室主任鲁良朝介绍，小三峡发现猿群，是近几年的事。据不完全统计，这里约有五六百只猿，多集中在滴翠峡20公里的两岸。此外，这里距大神农架仅百余里。所以，除金丝猴外，还有熊、羚羊、香獐、锦鸡、豹等30多种动物出没。

现在，在1 000多公顷的保护区内，已设立了专门机构，对这里的动植物资源进行研究和保护。

# 长江究竟有多长？源头在哪里？

**新华社武汉（1978年）1月13日电** 长江究竟有多长？源头在哪里？经长江流域规划办公室组织勘查的结果表明：长江的源头不在巴颜喀拉山南麓，而是在唐古拉山脉主峰各拉丹冬雪山西南侧的沱沱河；长江全长不止5 800公里，而是6 300公里，比美国的密西西比河还要长，仅次于南美洲的亚马逊河和非洲的尼罗河。

为了准确查明长江情况，更好地开发利用长江水力资源，长江流域规划办公室组织的调查组对长江源头地区进行了勘查，取得了不少第一手资料。这次勘查证实，长江源头地区主要有5条较大的水流，它们是楚玛尔河、沱沱河、朵尔曲(目前地图上名为得列楚卡河)、布曲(拜渡河)和当曲(阿克达木河)。其中沱沱河最长,计 375 公里,当曲第二,其余较短。按照“河源惟远”的原则,沱沱河应为长江正源。

经中国科学院地理研究所按地图重新量算，长江从江源到宜宾一段长 3 496 公里，宜宾以下仍为 2 884 公里，其中减去因荆江裁弯缩短的 80 公里，合计全长 6 300 公里。1974 年,我国测绘工作者曾对青藏公路以西地区进行了测绘工作,正确地反映了长江江源地区的山脉、水系情况,为这次江源勘查创造了条件。

## 别了！钞票上的民族文化

**美联社罗马（2001 年）12 月 22 日电** 再见啦，卡拉瓦乔。再见啦，贝尔尼尼。（这两人都是意大利画家——本报注）我们不愿看到你们离去。但是，欧洲银行新发行的欧元钞票上已经没有了著名艺术家的位置。

再见了，奥地利 50 先令票面上的弗洛伊德。再见了，塞尚和你的苹果。再见了，阿波罗和亚历山大大帝。

在欧洲各地，3 亿人正在与他们日常生活中密切相关的一部分告别：法郎、马克、里拉、先令、盾、埃斯库多和比塞塔……

在欧洲一体化名义下取消的是民族文化的一切象征。有着“小王子”和王蛇吞食大象图案的蓝色 50 法郎钞票被送进历史的粉碎机。以童话著名的格林兄弟也随着德国的 1 000 马克成为过去而不再与人们相见。

取代它们的是印着欧洲建筑式样的 7 种纸币。对民族自尊心的唯一安慰将是欧元的硬币，采纳欧元的 12 个国家可以在这小小的硬币的一面自由选择一种图案。

## 信心缩水 股票莫谈

**《今日美国报》（2001 年）2 月 28 日报道** 在当今的美国，你可以谈体育、谈电影，但就是不能谈股票。原因很简单：一年来，纳斯达克指数缩水 49.7%，15 种主要股票下跌了 25%以上。难怪一位投资者说：“我甚至不再看每月的结算单。那太痛苦了。”

下面是美林公司账户上五种主要股票的表现（前面数字代表 2000 年 2 月 24 日的价格，后面数字代表 2001 年 2 月 26 日的价格，单位为美元，括号内为升跌幅）：

思科系统：68.63—26.06（－62%）

通用电气：43.67—47.98（＋9.9%）

朗讯：56.00—12.59（－77.5%）

微软：94.75—59.56（－37.1%）

英特尔：57.13—29.50（－48.4%）

股市大跌似乎消磨了小投资者追踪华尔街每处弯转曲折的信心和热情。具体表现如下：

**交易** 嘉信理财公司 2001 年 1 月的日平均股票交易数达 28.18 万笔，与 2000 年 1 月相比下降了 26%。

**投资俱乐部** 过去两年来，全国投资商协会所属俱乐部的会员减少了 23%。俱乐部数量减少 5%，降至 3.5 万个。

**投资者的情绪** 在美国个体投资者协会对会员进行的一次民意测验中，认为行情看跌的投资者从 2 月 7 日的 14.4%增加到 2 月 21 日的 38.6%；认为看涨的则从两周前的 56%下降到 26.3%。

# 奥斯卡金像悉数被盗

**路透社洛杉矶（2000 年）3 月 17 日电** 就连好莱坞也编造不出这样的故事：为了侦破一起神秘的盗窃案，一个联合特别行动组成立了；联邦调查局也被请来了；一条特殊的电话热线开通了，悬赏破案的赏金是 5 万美元。

什么被偷了？英王皇冠上的珠宝？比尔·盖茨的财产？都不是。被盗的东西是对洛杉矶市来说要重要得多的东西：奥斯卡金像不见了！

美国电影艺术和科学学院的官员们今天证实，今年奥斯卡奖的总共 55 座金像在一家运输公司于洛杉矶以南的工业城市贝尔装货时全部被盗。

但是，电影艺术和科学学院的行政负责人布鲁斯·戴维斯告诉记者，3 月 26 日的颁奖典礼将按计划进行——每年全世界大约有 10 亿人收看这一盛典。

他还说，学院目前还有 20 多座金像；奥斯卡奖的制造商——芝加哥的 R.S. 欧文斯公司正在赶制 25 到 30 座金像，以便下周交货。

R.S. 欧文斯的老板兼创始人，79 岁的欧文·西格尔在芝加哥说，学院“将有足够的时间拿到它们”。他说，公司从 14 号就开始加班加点，将在周末把金像做好，并在下周初交货。

每座奥斯卡金像高 13.5 英寸（34 厘米），重 8.5 磅（3.8 公斤）。金像由不列颠合金（一种高级焊锡）制成，再镀上铜、镍、银和 24K 黄金。

据悉这些金像是一个星期前被盗的。

## 咔嚓一生　摄下多少风流人物

### ——著名摄影记者艾格纳逝世

**美联社马萨诸塞州大巴灵顿（1999 年）3 月 30 日电**　以阿尔贝特·爱因斯坦站在一块黑板前和墨索里尼拧鼻子等照片闻名于世的摄影记者卢西恩·艾格纳昨天在一家私人疗养院去世，终年 97 岁。

出生于匈牙利的艾格纳是第一批尝试用 35 毫米镜头的照相机抓拍欧洲战前景象的摄影记者之一。那幅关于意大利独裁者贝尼托·墨索里尼的照片是他于 1935 年在英法两国试图说服墨索里尼放弃与希特勒结盟的会议上拍摄的。他之所以能拍下这幅照片，唯一原因就是他的照相机不显眼。

1938 年，当战争阴影逼近时，艾格纳逃到了巴黎。那张关于爱因斯坦的照片是 1941 年在普林斯顿大学的教室中拍摄的。照片中的爱因斯坦衣服皱皱巴巴、裤子松松垮垮地站在一块黑板前面。艾格纳曾说：“爱因斯坦喜欢这张照片。爱因斯坦认为这是别人给他拍过的最好照片。”艾格纳回忆道，爱因斯坦曾经送给他一首用德文写成的小诗，对“当你忙于科学研究时可能连裤子也会丢掉”表现了轻松安然的态度。

在他拍摄的成千上万张照片中，他没有特别的偏爱。他说：“一位父亲偏爱某些孩子不好。”

他的其他著名照片还记录了一位法国水手和女友于法国国庆日在街头跳舞、露出得意笑容的希特勒和纽约市长菲奥雷格·拉瓜迪亚等形象。

他在1954年到大巴灵顿开办一家肖像摄影馆之前还曾为“美国之音”担任撰稿人、电台播音员、剧本作家和制片人。

## 再见，莫尔斯电码

**路透社伦敦（1999年）2月2日电**　发出“泰坦尼克”号遇难信号和第二次世界大战结束消息的莫尔斯电码，昨天成为科学技术无情发展的牺牲品。

对在海上遭遇危难的人来说，三点三横和三点曾代表着SOS——众所周知的轮船遇难求救信号。

现在，莫尔斯电码正在被所有超过300吨的轮船上安装的卫星“救难信号”系统取代，这些轮船必须装载卫星和无线电设备以发送和接收遇难警报。

国际海事组织的罗杰·科恩说：“莫尔斯系统曾在贸易和历史的发展中发挥过无法估量的作用——但是这套系统已经过时了。”

莫尔斯电码是马萨诸塞州的人像画家萨缪尔·莫尔斯于1832年发明的——其功能恰好足够应付横跨大西洋的海上航行。

这套系统可称为因特网的19世纪的前辈，在其鼎盛时期被人们赞誉为“思想的瞬时大道”。

到莫尔斯去世的1872年，世界上已建立了65万英里的电报线路和3万英里的水下电缆。

马可尼发明无线电后，莫尔斯电码又有了崭新的用途。1899年，人们首次用莫尔斯电码报道了英吉利海峡的一次海难。

1912年“泰坦尼克”号发出“SOS。速来。我们撞上了冰山”这条重大消息后，悲剧降临。

几英里之外的“加利福尼亚”号客轮本应能够救起数百条生命，但是这条船上的报务员不值班，因此没有收到这条信息。从此以后，所有的轮船都开始了全天候的无线电信号监听。

## 数风流　看“公牛”

### ——芝加哥公牛队再获 NBA 总冠军

**美联社盐湖城（1998 年）6 月 14 日电**　在盐湖城犹他爵士队主场，看迈克尔·乔丹如何投中最后两球，从而以一分优势为公牛队夺取本赛季 NBA 总冠军，你不得不相信，天才就是天才！

还有 42 秒钟全场比赛即将结束，由于斯托克顿刚刚投中一个三分球，爵士队以 86∶83 领先公牛。这时，球到了乔丹手中。关键时刻，只见他带球突破防线，挥腕出球。两分！比分改写为 86∶85。

倒数第一球：离全场比赛结束还有 5 秒钟就要结束。公牛队仍然落后一分。可进攻的一方不单是爵士队，还偏偏是爵士队的领军人物“邮差”马龙。爵士队即使不进球，光拖延时间，胜利似乎也唾手可得。猛然间，强壮的马龙手中之球已失！抬眼看，断球者正是乔丹！马龙大惊之下猛回头，乔丹已运球突进三米线。只见乔丹急忙后仰，身子都快向后跌倒了，仍不慌不忙长臂出球。那长了眼睛的球稳稳地进了篮筐。又是两分！87∶86！公牛队以一分优势拿下了本赛季 NBA 总冠军决赛的第 6 场比赛，从而以 4∶2 力克爵士队，夺得总冠军。

赛后，乔丹说：“在我们所赢得的所有总冠军当中，这是最艰难的一次。”

所谓伟大球星，就是总能在危难时刻力挽狂澜、克敌制胜的球坛风云人物。乔丹当之无愧！

这位 NBA 历史上无可争议的伟大球星，当天无可争议地再度被评为 NBA 最有价值球员！

## “王尔德”重返都柏林

**美联社爱尔兰都柏林（1997 年）11 月 19 日电**　近百年以前，过早离开人世的剧作家和才子奥斯卡·王尔德终于在这个月回到了他度过了半生的都柏林：他低头垂肩，面带自负的笑容，高居在梅里恩广场的一块岩石上。

这一次，多数都柏林人都喜欢上了他们所看到的形象：一个由花岗岩、玉、瓷和石英雕刻而成的色彩鲜艳的王尔德。

两个黑色石柱上以王尔德的笔迹刻着一些他最值得人们引用的句子。

在这两个石柱的顶端分别雕有一位怀孕的女子和一个赤裸的男性躯体。

在这座人们对随处可见的雕像和纪念碑大多视而不见的城市里，王尔德的雕像却不断激起人们的兴趣。

慢跑的人们会停下来读一读他们最喜欢的语句；采购的人们也会把袋子放在一边，对雕塑家丹尼·奥斯本大胆的色彩设计褒贬一番。

王尔德曾因与年轻男子调情而遭到起诉并被监禁 3 年。这使他一蹶不振，终于在 1900 年 46 岁时逝世于巴黎。

## 希腊总统扬言如再次失败将永不申办

**美联社雅典（1996 年）10 月 27 日电** 希腊总统 25 日扬言，如果雅典申办 2004 年奥运会失败的话，希腊就将永远不申办奥运会。

斯特法诺普洛斯总统说："没有一个城市像雅典这样耐心地等待国际奥委会的决定。然而，我要表达我对失去百年奥运会的痛苦心情。我认为，在我们国家没有赢得这届奥运会举办权的情况下，就不应当再提出作为候选城市。"

总统是在会见国际奥委会的德国委员托马斯·巴赫时说这番话的。巴赫正率领一个委员会考察 11 个申办 2004 年奥运会的城市。

巴赫在结束了对雅典的三天考察后说："那是总统个人的讲话，不会影响我们的观点。"巴赫拒绝谈论他的委员会对雅典的评论，但他提到三点"积极的印象"，即"富有创造性的文化项目"、政府的强力支持、反对党和全体人民对奥运会的热情。

希腊曾申办 1996 年奥运会，希望能在雅典纪念现代奥林匹克运动 100 周年。但是雅典基础设施不佳使国际奥委会把举办权授予了亚特兰大。

雅典的失利引起一片喧哗，当时的总统卡拉曼利斯指责国际奥委会把奥林匹克运动出卖给了美国公司。直到今年，希腊才把心中的不平放到一边，申办2004年奥运会。

## 要记录不要命

**路透社华盛顿（1996年）4月11日电** 美国出版的《吉尼斯世界纪录大全》一开头就有一句短短的告诫语："一切想创造的人都得自己冒很大的风险。"

7岁的杰西卡·杜布罗夫要创造纪录的努力终于以不幸告终。她希望飞过全美国的飞机今天在怀俄明州夏延郊外坠毁，她、她的父亲和她的飞行教练全都丧生。她本来想要打破加利福尼亚州圣胡安——卡皮斯特拉诺的托尼·阿利恩吉纳创造的纪录。托尼·阿利恩吉纳1988年9月时成了飞全美国的最年轻飞行员。

《吉尼斯世界纪录大全》已不再开辟"最年轻飞机驾驶员"这一类目，因为担心鼓励不安全的飞行。

杰西卡的死亡并不是为创纪录而造成的第一个死亡事件。在各种项目上创造的"最佳成绩"得到承认的世界上，竞赛者经常遇到危险。1984年，犹他州的27名矿工希望打破24小时内采煤数量最多的世界纪录，结果却被一场大火困在深深的地下，这场大火将他们的矿井变成了熊熊烈火的死亡坑道。

1989年，为创造新的世界水上速度纪录，当水上滑行艇竞速比赛选手克雷格·阿方斯在以时速595公里多的速度在水上飞快地滑行时，他的喷气动力艇失去控制空翻了几次，造成了阿方斯的严重内伤，他在被送到当地一家医院的几分钟后死去。

1989年，《吉尼斯世界纪录大全》删去几乎一切有关吃的纪录，指出吞下从自行车零部件到冰激凌的各种各样东西的各种尝试"必须认为是极其不可取的"。

《吉尼斯世界纪录大全》里仍然保留的唯一"暴食"纪录——世界上最大的杂食者的纪录——是"为了怀旧的目的"，它详述了法国人米夏埃尔·洛蒂托的胃口，他在不同的时候吃下了6个枝形吊灯、一台电子计算机、一架小飞机和一口棺材。

《吉尼斯世界纪录大全》的告诫语看来对那些决心成为纪录创造者的人没有产生多大的影响。去年，一个 45 岁男子死于心脏病。当时他参加一个登山队试图集体登上高达 914 米以上的所有英格兰山峰。

## 砂石地上的怪异现象

### ——津巴布韦一山村雷击成灾

**美联社（1990 年）报道** 在津巴布韦东北偏远山村的小河边，16 岁的穆昆比正在洗衣服。正当她拧干衣服的时候，一道雷电打到她脚下的砂石上，使她成为雨季里遭雷殛的第 93 个人。

据警方统计，在从 11 月到次年 3 月的雨季里，这个地区每年有 100 多人被雷电击毙。据专家们说，这是世界上雷击致死人数最多的地方。今年早些时候，6 名村民在屋里烤火，在暴雨大作的夜空中交叉的片状闪电突然进屋，夺去了他们的生命。一次遭雷殛死亡人数最多的惨祸发生在 1975 年，一道雷电打死了 21 个人。

专家们说，这里雷殛特别多，主要原因是全国到处是密实的砂土地，雷电无法很快消散，因而在接触点上造成更加猛烈的电击。在边远地区，为了免遭水淹，许多房屋建在石头山上的裸露岩石上，因而很容易遭雷击。

专家们说，文化水平低和迷信盛行是造成伤亡高的另一个原因。村民们认为雷电是祖先在发怒。巫婆神汉们则声称他们能够随心所欲地召唤雷电。在这种情况下，工程技术人员劝说村民们在房顶上安装避雷针的努力一直没有成功。村民们认为避雷针会使他们看做吉祥之物的猫头鹰不敢落在房上。

（《参考消息》，1990-05-13）

# 阅读提示

导语是消息的“眼睛”。导语写得好坏，直接关系到消息的成败。因此，具有敬业精神的新闻记者，总是认真地推敲导语。

这里选择的作品，不论是事件性消息还是非事件性消息，各自都有一条不俗的新闻导语。其中几篇外国同行的作品，他们所写的导语也都很有特点，值得玩味。

阅读时，请注意思考：1. 该篇作品的导语属哪种类型？文字表现技巧如何？2. 总的来看，优秀的新闻导语应具备哪些特点，它们对记者提出了怎样的要求？

请选择一篇作品，试改写一下它的导语，看看换一种写法效果有何不同；或者，指出它的不足，力争写出超过原文的更好的导语。

《湖北电视塔撤掉洋烟广告》一文，导语值得称道。这条导语虽然是“概述型”的，但概述得并不枯燥，文字十分生动。原因之一是动词用得好："刷完最后一笔"的"刷"，带动感，有可视效果。而且，拉近了新闻事件的时间距离。"'一枝花'取代'一支剑'"中的"取代"，"盘踞龟山之巅"的"盘踞"，都用得恰到好处。

试将这条导语改为：

迫于舆论压力，湖北电视塔提前11个月中止了与香港东方广告有限公司的合同，今天终于撤掉了健牌香烟广告。

这样一改，文字拖沓，改掉了原文中的神和韵，使导语显得了无生气，效果就差多了。

（刘明华）

# 新闻背景

悬泉汉简研究认为2 100年前

## 敦煌也曾山清水秀

**本报敦煌5月7日专电（特约通讯员李周明）** 在距今2 100年以前，敦煌大部分地区有水源和丰富的绿色植被，这是甘肃省考古专家在对敦煌悬泉汉简分析研究后作出的结论。

甘肃省文物研究所研究员何双全认为，汉代悬泉遗址是发现汉简数量最多的遗址，在进行全面清理发掘过程中，出土简牍35 000余枚，其中有字的悬泉汉简23 000余枚，所有简牍以木质为主，竹质很少。初步鉴定有油松、红松、胡杨、红柳等，材质的使用与文书的性质、内容、级别有密切关系。油松、红松质细不易变形，多用于级别较高的官府文书、诏书、律令、重要簿籍的书写；胡杨、红柳质粗易变形，多用于一般文件的抄写。这些木材中松木均来源于外地，胡杨、红柳则产于当地。

如此之大的使用量，说明当地大量存在胡杨和红柳，但也表明当时的文字办公对生态环境造成了破坏。

邮驿性质的悬泉置拥有大量马匹，汉简记载“每天都有人员出外割草、运水”，可以证明当地水源充足、水草茂盛。由此可见，当时的敦煌郡（今敦煌市至安西县）境内也是绿色满目，一派秀美风光。

（《文汇报》，2002-05-08）

### 上海新技校命名意味深长

## 工人李斌的名字成为校名

### 李斌同时获10万元重奖

**据新华社上海4月25日电（记者姜微　徐寿松）**　以一名一线生产工人的名字命名的学校今天在上海揭牌。这个以上海液压泵厂的数控调试工李斌之名来命名的“李斌学校”，将重点培养中高级技术工人，以改善目前上海技术工人队伍薄弱的现状。

据悉，李斌是多年的全国劳模，中华技术能手和全国十大杰出工人，具有精湛的技术，是数控机床应用方面的专家型技术工人。十年来，李斌一直工作在操作机床的生产一线，与他所在的班组一起，通过不断的技术革新，开发新产品，为企业增加销售、降低成本3 000多万元。从1995年起，上海工业系统即成立了“李斌班组”，掀起“学李斌，学技术”的热潮。

上海电气集团总公司副董事长马新生说，要建设工业新高地，技术工人队伍是与企业经营者、专业科研人员并列的三支不可或缺的队伍之一。前两支队伍建设已形成了有效的机制和载体，而目前技术工人队伍的现状却非常严峻。有数据表明，目前上海工业高级技工占技工总数的比例只有8.7%，这与发达国家高达30%到40%的比例相去甚远。更严峻的是，现在上海工业高级技工大龄化趋势日益凸现。

上海工业党委的一位负责人说，现在社会上有一种普遍的“白领情结”，年轻人以当白领为荣，不愿当工人；当了工人也不乐意钻研技术，致使有些技术含量高的产品无人生产。

据悉，上海电气集团今天对李斌给予10万元现金和1台价值3.5万元的手提电脑的重奖；对于全国模范班组——“李斌班组”给予5万元的奖励。

同时，电气集团从分散在十数个行业中的50个学习型、智能型班组中，评选出10个“李斌式班组”，每个班组奖励1万元；并从优秀的技术工人中层层挑选出10个职工，授予“李斌式职工”称号，每人奖励5 000元。

（《中国青年报》，2002-04-26）

# 6 000蝈蝈孵化成活<br>伴虫鸣登香山成新乐

**本报讯（记者徐军　通讯员刘国栋）**　喜欢登香山的人将添新乐：今春，园林工人孵化的6 000只蝈蝈卵成活了，搁不多久，漫山遍野翠生生的蝈蝈的低吟浅唱，会给登香山活动增色不少。

久居北京的人或许知道，香山有二宝，春夏的蝈蝈，深秋的红叶。近些年，红叶年年红，却不闻蝈蝈声了，诸多原因致使蝈蝈消失了。去年，园林工人从京郊延庆、平谷、密云和河北省易县等地，捕捉了1 000对蝈蝈散养山上，绝迹多年的蝈蝈回来了。“蝈蝈蝈蝈蝈蝈蝈蝈!”清脆似金铃的叫声重新勾起老北京人对香山的回忆。据园林工人观察，去年初来乍到的蝈蝈，在秋天已繁衍后代，生儿育女了。虫卵成活率虽不高，今年春夏却听到它们的鸣叫。去年入冬，园林工人多方拜访人工繁育蝈蝈的行家，探索经验，增长知识。从平谷县和天津宝坻等地购置虫卵，自己动手繁育蝈蝈。今年春夏，香山公园还会组织人力赴京郊河北等地捕捉蝈蝈，补充虫源。

中国科学院昆虫专家到香山实地考察后说，历史上香山是蝈蝈的主要产地，这里的“大翅子”、“草上白”曾名噪京城。香山公园加大科技含量，走野生放养和人工哺育结合的道路，给蝈蝈良好的生存空间。几年后，这里的蝈蝈定会成为一景的。

（《北京日报》，2002-03-13）

“海洋并非取之不尽，同样需要保护”

## 象山漂流瓶登陆日本

**本报宁波2月6日电（记者徐锦庚）** 一条喜讯今天在浙江省象山县渔民中传开：去年9月由象山渔民亲手放漂的环保漂流瓶，1月12日漂到了日本冲绳县津坚岛附近海域，被当地渔民发现。

日本海上保安总部1月31日发布消息称：1月12日，一位80多岁的老渔民在津坚岛东边约13公里的海面上发现了几个红色漂流瓶，内装有一封用中文和英文书写的关于保护海洋环境的倡议信。日本方面认为，“至今还没有听到过同样的瓶子在日本沿岸漂流或着陆的消息，因此可以说这是第一次。”

这些漂流瓶随着海洋暖流在东海上漂流了近4个月，直线旅程达800公里左右。

去年9月15日，在象山举行的第四届中国开渔节上，象山渔民举行了隆重的祭海仪式，放养了一批鱼、蟹、虾等水产品幼苗，以示对大海的感谢和回报，并放漂了18只红、黄、蓝三种颜色的环保漂流瓶。瓶内的“蓝色保护宣言书”中介绍了象山“蓝色保护者”志愿行动的情况，并向世人呼吁：善待海洋就是善待人类自己。在放漂之前，这些漂流瓶经过了近万名象山人手接手的传递。象山渔民说：“以前我们总以为大海是取之不尽的，现在渔业资源的衰退已警告我们，大海同样需要保护。”

据悉，放漂环保漂流瓶在国内尚属首创。

（《光明日报》，2002-02-07）

中国历史上第一个“官窑”再现神韵

## 慈溪上林湖越窑青瓷出炉

**本报讯（记者徐锦庚）** “九秋风露越窑开，夺得千峰翠色来。”沉寂了上千年的浙江慈溪上林湖越窑青瓷如今重放光彩。在日前举行的杭州西湖博览会上，首批出炉的50多件青瓷引起轰动，展出一结束即被抢购一空。

首批出炉的这50多件青瓷，包括人物注子、鸡首壶、八棱瓶、倒流壶、平口牡丹瓶、原始瓷罐、瓷碗7个品种，造型独特，上面的人物峨冠博带，神态举止栩栩如生，样式和成色均达到了古代青瓷鼎盛时期的水平。

上林湖越窑位于慈溪市匡堰镇的上林湖畔，始于东汉，兴起于魏晋南北朝，鼎盛于唐宋时期，是中国历史上第一个“官窑”。这里不仅是中国青瓷文化的发祥地，还是“海上陶瓷之路”的发源地。1988年，上林湖越窑遗址被国务院批准为国家级重点文物保护单位，目前有120多处越窑遗址。近年来，海内外一些专家学者频频到上林湖越窑遗址进行考察研究，青瓷文化的研究日渐升温。慈溪市因势利导，研究开发了越窑青瓷工艺，把恢复上林湖越窑青瓷作为挖掘民族文化瑰宝，推动旅游产业发展的重头戏。

（《光明日报》，2001-12-03）

## 新疆乌奎高速公路建成通车

**本报乌鲁木齐报道（记者宋铭宝）** 投资51亿元，世界银行在中国贷款额最大的公路建设项目——新疆乌奎高速公路11月3日建成通车。它全长265.5公里，是继新疆吐（吐鲁番）乌（乌鲁木齐）大（大黄山）公路建成通车后，新疆建成的第二条高速公路。至此，新疆的高速公路里程已达550公里。

乌奎公路由乌鲁木齐至奎屯，按照国际高标准设计建造，路基宽28米，双向四车道。乌奎公路所经过的区域面积占全疆总面积9.5%，人口占18.8%，工农业总产值占47%，重工业产值占77.6%。这一区域被称作天山北坡经济发达带，发展前景广阔。

乌奎高速公路是国家规划的“五纵七横”国道主干线连云港至霍尔果斯的重要组成部分，也是新疆通往中亚、西亚和欧洲的运输通道。它的建成通车，对加快国道主干线建设步伐，改善投资环境，具有极为重要的意义。

（《中国商报》，2000-11-06）

人有爱心鸟有情

# 青岛呵护生态人鸟同乐

**本报青岛4月10日电（记者宋学春　赵永新）** 虽然已经过了海鸥北飞的正常时间，前往青岛观光的游人却惊喜地发现，仍有成群结队的海鸥翱翔在青岛湾，恋恋不舍。是什么原因使得海鸥“乐不思蜀”？答案是6年前青岛市林业局与青岛晚报社联合发起的“挽留海鸥”行动。

地处山东半岛黄海之滨的青岛，依山傍海，气候宜人，是海鸥等沿海候鸟迁徙的主要通道，有“中国东部候鸟驿站”之称。尽管该市在保护鸟类方面做出了很大努力，但捕杀、买卖鸟类的现象仍屡禁不止。为唤醒广大市民的爱鸟、护鸟意识，青岛市林业局与青岛晚报社决定以挽留海鸥行动为切入点，从1996年冬天开始，在青岛湾投放饲料，吸引更多的海鸥来此“作客”。

倡议发出后，得到了青岛市民的积极响应，越来越多的热心人捐款捐物、到海边投放饲料、喂养海鸥。据不完全统计，6年来社会各界共捐款近10万元，参与挽留海鸥行动的市民达20余万人次。

人有爱心鸟亦有情。据鸟类专家介绍，每年到青岛湾过冬的海鸥明显增多，由6年前的几十只增加到目前的上千只，种类由原来的一两种增加到八九种，逗留的时间延长了1个多月。如今，海鸥已是青岛市民心目中的“市鸟”，人鸥同乐成为岛城亮丽的新景观。于冲副市长告诉记者：“挽留海鸥行动不仅留住了美丽的海鸥，而且激发了市民热爱大自然、热爱野生动物的美好情感。这一行动影响的不仅是一代人，而且是几代人——试想今天喂养过海鸥的孩子，他们和他们的子女还会拿起猎枪瞄准可爱的鸟儿吗？”

（《人民日报》，2000-04-11）

东史郎讼案又一铁证　南京大屠杀不容抵赖

# 我市发现1938年日本印制的《最新南京地图》

## 图上南京“旧最高法院”对面清清楚楚地标明有多处水塘

**本报讯（记者耿建扩）** 记者昨天在天同集团职工宋向阳家看到了一幅日本占领南京后1938年10月由日本人自己出版的《最新南京地图》，图上南京“旧最高法院”对面清楚地标明有多处水塘，从而为东史郎诉讼案又提供了新的铁证，当年日军制造的“南京大屠杀”暴行不容抵赖。

亲身经历了南京大屠杀的日本老人东史郎因其撰写的《我们的南京步兵队——一个召集兵体验的南京大屠杀》一书揭露了日军暴行真相而受到日本右翼势力百般围攻。日本右翼势力指使东史郎的战友桥本光治以书中关于其虐杀一个中国人的记载不符合事实为名，将这位86岁的老人告上法庭。

在本案历时6年的审理过程中，日本东京地方法院、东京高等法院、东京最高法院三级法院都颠倒黑白，歪曲事实真相，均判决东史郎败诉。败诉的理由是：东史郎书中所写日本兵把中国人装进邮袋里，浇上汽油，捆上手榴弹，拉了弦以后，再推进水塘里的危险行为，是没有道理的，实行也是不可能的，因此那是谎言；南京中山路是一条繁华街道，南京最高法院对面不可能有水塘。为声援东史郎，我国南京市的爆破专家用试验证明了东史郎所记事件的真实性。南京公证处还提供了6名证人证明当时南京最高法院对面确实有水塘的保全证言公证，以及当时的水塘图纸清单公证、航拍照片公证，推翻了日本法院关于当时“旧最高法院”对面不可能有水塘的论断。

石家庄天同集团青年职工宋向阳，向记者展示的这张日军侵占南京后由日本人自己印制的《最新南京地图》长约68厘米，宽约49.5厘米，比例尺为：1/20 000。地图左框外用汉语繁体字标有：昭和十三年十月十日发行。发行者：出光卫。发行所：至诚堂（上海吴淞路四六三)。著作权者兼印刷者：小山吉三。印刷所：日本名所图绘社，东京市日本桥区滨町三丁目五十一番地。电话：茅场町（66）三四二八番。

今年31岁的宋向阳自80年代末开始收藏各种地图，尤喜收藏日本地图。他一直关注着东史郎诉讼案的进展。当听到东京最高法院判决东史郎败诉的消息后，他满怀激愤地致信本报，要求展示这张珍贵的地图。并介绍说，目前还没有看到有关日本人自己绘制的地图，来证实当年南京“旧最高法院”对面有不少水塘的报道。

（《石家庄日报》，2000-01-27）

我国目前最大的一宗无形资产评估价值额项目敲定

## “袁隆平”品牌价值为1 000亿元

**本报讯（记者邹放平　邹晓宏）**　6月24日，由国家国资局授权的湖南四达资产评估事务所正式认定：国家杂交水稻工程技术研究中心“袁隆平”品牌价值为1 000亿元（人民币）。这是我国迄今为止，无形资产评估价值额最大的一宗项目。

袁隆平通过多年的艰苦努力，率先在全世界成功地研制出三系法和两系法杂交水稻，并于1976年开始推广。杂交水稻与常规稻比较，每公顷年增产1.6吨，已累计种植2.01亿公顷，累计增产粮食3亿吨。目前已有美国、日本、巴西等20多个国家引种推广，为解决世界人口的粮食问题发挥了重大作用。为此，袁隆平获得了我国第一个“特等发明奖”和8个国际大奖，被誉为“杂交水稻之父”。

评估“袁隆平”品牌采用的是《国有资产评估管理办法》规定的“收益现值法”。它以21年来杂交水稻推广的面积、产量、效益等作为评估参数；然后根据杂交水稻未来发展趋势（包括推广应用和技术发展）以及人口增长和人类对粮食需求变化，预测一定时期内杂交水稻的种植面积、产量及其带来的效益。在此基础上折算出“袁隆平”品牌的预期收益，得出了“袁隆平”品牌的价值额度。此次评估，还不包括袁隆平在杂交优势利用领域的学术贡献、社会贡献和间接经济效益。

为了保证这一全国价值额最大项目评估的客观、公正、科学，评估工作历时 210 天，对 21 年来每年杂交水稻的育种组合、推广面积、产量产值、新增效益及上升幅度等方面的情况进行了系统调查分析，获得各种数据达 11 万余组，仅参数资料就有一尺多厚。另外，还获得了全国 100 多位有关专家的支持。

“袁隆平”品牌是世界级名牌。参加项目论证的专家们认为，利用“袁隆平”品牌效应，对于推进我国种业产业化、集团化进程，展示我国无形资产的实力，利用和保护知识产权，参与国际经济技术谈判及驰名品牌竞争，促进科技成果转化都有十分重大的意义。

另外，这次还对杂交水稻中心的技术成果“组合和不育系”进行了评估，其价值为 1.4 亿元。

（《湖南日报》，1998-06-25）

叩开国际资本市场大门

## 宝钢获世界权威机构“主权评级”

**本报讯（记者阮海儿）** 11 月 14 日，宝钢总经理谢企华向上海新闻界人士宣布：宝钢日前已获美国标准普尔公司对其债信能力的正式评级。这家国际权威机构将宝钢评为与中国主权级同级，即 $BBB^+$。

债信评级是指一个主权国家或一家独立企业去国际市场以发债方式融资时，评级机构对其偿还能力的评价。任何一个发行体惟有取得国际权威评级机构的评级后，才能进入国际债务资本市场。评级的高低，还直接影响着国际资本市场的接受程度和评级对象的筹资成本水平。

据标准普尔公司有关负责人称，他们是首次对中国非金融机构的国企评级，也是首次将中国的一个评级对象视为无主权担保的独立企业。据悉，标准普尔给宝钢的评级比日本最优秀的钢铁企业新日铁还要高一级。

已获进入国际资本市场“入场券”的宝钢，将在适当时机，到国外资本市场发行经国家批准数额的债券，以推进企业的快速扩张。

（《中国冶金报》，1997-12-04）

“特别信封”装着医家一片情

# 苏州中医院为化验单“穿衣”

**本报讯（记者郝如一）** 苏州市中医院在方便病人上可谓动足了脑筋，就连那不起眼的化验单也不放过。从去年9月至今，该院出具的1.8万余份门诊化验报告单都被套上了便于领取又清洁卫生的“特别信封”。此举受到病人的普遍好评。

几十年来，我国的医院都沿用一种只方便医家操作却可能导致病家交叉感染的门诊化验单发放“模式”——一只铁夹挂在化验室门口，出具的报告单不管哪天的，也不问做什么项目的，统统往夹子上一夹，任由病人自己去查找。结果，病人争先恐后去抢那只夹子，一张张地查找，找不到的着急，一旁等着的着急，有时还会在查找过程中弄丢几张单子，不仅贻误了病人的诊疗，甚至造成医患纠纷。各种病人的化验单，无论是查粪验尿还是验血的，都夹在一块，原已污染的纸张间交叉污染不可避免。

苏州市中医院在创建文明单位的过程中，设计印刷了一种“特别信封”，面上统一印有“祝您健康”红色字样，再分成“临检”、“免疫”、“细菌”、“生化”4大类。每只“信封”都由检验人员将化验单装入其中，再开具病人姓名和出单日期。“信封”分类置于4只塑料文件筐内，放置在门诊大厅入口处的值班主任“大堂桌”上。病人来取单时，只要报出姓名、检查日期或项目，“信封”很快就被查出并递到你手上。

（《健康报》，1997-06-27）

# 雷州市渔民出海遇难<br>水产局领导见死不救

**本报讯（记者韩浩）** 记者昨日在雷州市采访时，听到当地干部群众纷纷指责在“七·一一”海难中见死不救的市水产局某些领导。市纪委和市检察院正在认真查处这一事件。

7月11日上午8时，雷州市企水镇、纪家镇附近海面突然遭风暴袭击，有多艘近海作业的渔船被风浪掀翻，多位渔民落水，生命危急。

至上午11时，风浪减弱，落海的渔民仍在顽强搏斗。这时，企水镇西坡管理区的村民找到停泊在企水港的“渔政海监905号”船的冼船长，请他开船救人，而冼船长回答说：“调动这艘船要经过雷州市水产局副局长兼渔政海监大队长钟进的批准。”几经周折，该船职工黄永三终于在当天中午1时左右与钟进通电话。黄永三向钟进汇报了出海渔民遇险的情况，请他调“渔政海监905号”船救人，岂料，钟进竟说：“一定要先收钱（指燃料费和人工费），才能开船。”黄永三再三请求道：“能不能先救了人再说?”钟进却不同意。接着，企水镇渔监站站长黄其林，企水镇委副书记陈玉、副镇长冯亚生都先后给钟进打了电话，说明现在筹钱来不及了，请他下令开船救人，可是钟进还是不同意。没办法，陈玉打电话给雷州市水产局局长。局长的回答是，该船由钟进主管，要动用得找他。陈玉说：“请局长以救人为重，通知钟进开船救人。”局长答应给钟进打电话。可是，“渔政海监905号”船没有得到钟进开船救人的命令，相反，冼船长在当天下午3时20分，接到钟进在他的中文BP上的留言。留言称：“关于救难的事，要收费才开船。”据统计，这次海难，企水与纪家两镇共有死难者12名，如果“渔政海监905号”船能及时开船救人，死亡人数是可以减少的。

雷州市不少干部指出，1979年国家水产总局发布《渔政船管理暂行办法》的第一条第四款规定，渔政船有海难救助的义务。这一规定，为什么雷州市水产局个别领导不执行?

（《南方日报》，1996-08-05）

## 东北又闻虎啸声

**新华社哈尔滨（1994年）4月3日电（记者高淑华）** 世界濒危动物——东北虎，最近又在中国东北山林中多次出现。专家认为，这是由于这一地区森林覆盖面积增加及中国政府和人民对东北虎保护的结果。

不久前，黑龙江省东方红林业局官员苗利平等人乘汽车途经乌苏里江畔奇源林场附近的老虎岭时，看到一只色彩斑斓的雌性东北虎在吮吸石壁上的山泉水，旁边还有三只圆头圆脑、身长各约1米、高约50厘米的虎仔在戏耍。

此外，在小兴安岭、完达山和老爷岭等地，也有人多次听到东北虎的啸声或发现其踪迹。

东北林业大学从1980年以来就跟踪研究东北虎的一个专家组证实，在中国东北部，东北虎的野生种群在1990年只有约30只，此后开始呈增长趋势。

东北虎在全世界老虎的8个亚种中个体最大，主要生活在中国东北及俄罗斯的西伯利亚寒温地带。它们一般独居：以虎尿圈占地域，每只虎需10多平方公里的森林空间才能生存。而且，东北虎的择偶性极强。一只发情雌虎往往要走很长的路才能寻到一只雄虎，如一方不中意就不能交配。雌虎只好继续寻找，常常是还未找到“如意郎君”，其发情期已过。

正是由于自然繁殖困难、生态环境恶化、人为捕杀等原因，野生东北虎的数量本世纪以来急剧下降，目前，全世界已不足300只。国际野生动物基金会早就将东北虎列为世界10大濒危动物物种之一。

中国早在50年代就将东北虎列为国家一级重点保护动物，并禁止狩猎东北虎。1989年，吉林省蛟河县农民张国军等3人因猎杀东北虎被判处有期徒刑6年。今年1月，中国又公开销毁了没收的50公斤虎骨，尽管虎骨一直是名贵的传统中药材。中国还建立了好几个东北虎森林自然保护区，总面积超过10万公顷。最早的一个在黑龙江省，建于1958年。

1986年，中国濒危珍稀野生动物管理办公室与黑龙江省有关部门在黑龙江省海林县横道河子投资1 000万元人民币建立了猫科动物饲养繁育中心，人工饲养和繁育东北虎。这个中心从北京、上海、成都、广州等动物园调来了10余只东北虎进行饲养繁育。目前，中心每年用于饲料、设备及医疗的费用高达300万元人民币。

中心工作人员在春、秋、冬三季，每天下午3点半给虎喂食，夏季4点喂食。为此，他们每天要杀3头活牛，还要辅以牛奶、鸡蛋、黄油、猪骨、钙粉、维生素及狗肉等。

有趣的是，每到周日，这里的成年虎却得不到食物。而每周五，饲养人员却给每只虎都送来活鸡或活兔。他们先在笼舍外撩逗老虎，刺激其野性，然后再把活鸡、活兔投入笼中，老虎便急不可待地扑上去撕吃起来。繁育中心负责人刘昕晨解释说："这样做主要是为了锻炼东北虎的捕食和忍受饥饿的能力，为它们将来回归大自然创造条件。"

过去一直认为东北虎的繁殖是季节性的。但是刘昕晨说，这种季节性是可以通过科学管理和加强营养加以改变的。在中心的东北虎已能在全年每个季节繁殖，尽管生育高峰期仍在 6 月到 8 月。东北虎的孕期一般在 107 天到 108 天。

研究人员还发现，如果不加控制，1 只雄虎与 5 只雌虎在 35 天的交配期内一般交配 333 次，结果却只有 3 只雌虎怀孕。但是，如果在每次交配后将雄虎与雌虎隔开 12 小时，并将交配期缩短为 24 天，这样，尽管只有 51 次交配，5 只雌虎却全部怀孕，而且，产仔总数从 8 头增至 14 头。

由于圈养的东北虎仍有很强的择偶性，繁殖工作是艰难的。一般来说，首先要把雄虎调到发情的雌虎邻近的笼舍，让双方互相熟悉，培养感情。即使如此，也常有"婚配"失败的情况。一只绰号叫"北京公子"的雄虎是 1986 年从北京动物园调来中心的。1987 年，工作人员试图让它与 001 号雌虎"婚配"，它拒不顺从，还咬伤了雌虎。但当把体格健壮的 014 号雌虎"介绍"给它时，它却与之"一见钟情"，并从此不再理睬任何其他雌虎。

经过 7 年多的努力，这个中心已繁殖了 20 胎共 67 只小虎，其中有 58 只存活。编号为 001 的雌虎已生育 7 胎共 20 只小虎，最多一胎生 5 只。无论是产仔率还是成活率，这个中心均创造了世界纪录。目前，"中心"虎群总数已从最初的 10 余只增至 73 只，成为世界上最大的东北虎饲养繁育中心。

中心的负责人刘昕晨透露说，他们已制订了让其笼养的东北虎回归大自然的计划，到 2003 年，可望有一批笼养的东北虎被放归山林，以补充和发展野生东北虎的种群数量。

北上寻美梦　圆在车城中

# 华西村农民一次订购250辆“捷达”

揭开了轿车成批进入中国普通家庭的新纪元

**本报讯(记者苑德莉　吴兴林　常新　通讯员曹正厚)**　4日，两位风尘仆仆的农民走进一汽销售公司，一开口就要买250辆捷达轿车。

农民来自江苏省江阴市华西村，为村民办理购车事项。这项购车协议的签订，既表明“捷达”在国内市场走俏，又揭开了轿车成批进入中国普通家庭的新纪元。

如果说，50年代一汽人造“东风”、产“红旗”，让共和国的缔造者们“坐上了自己的小汽车”，那么，现在，一汽人是把供车的目标对准了中国的每一个家庭。以生产轿车为龙头的第三次创业使一汽焕发了青春。在轿车的生产与选型上，一汽选中了德国大众公司的“捷达”、“高尔夫”。这两种轿车以其精巧的外形、可靠的质量和快捷、省油的鲜明特点风靡整个欧洲，也赢得国人的青睐。

华西村素有“江南第一村”的美称。全村420户、1420人，去年人均收入超过亚洲“四小龙”，村民家家有小洋楼，户户室内宾馆化，似乎就缺一辆嘀嘀响，一溜烟的小轿车。去年，这个村从一汽购买了3辆奥迪轿车。今年元月中旬，一汽集团公司副总经理李治国等去无锡开会，应邀到华西村参观。当华西人从一汽人口中知道捷达轿车是最理想的家庭用车时，全村家家都决定买一辆。春节一过，未到元宵节，华西村就派人来到一汽，签订购买捷达轿车的合同，同时还签订了购买3辆红旗高级轿车的合同。

采访中，李治国向记者讲了这样一件事：1991年夏，他在法国巴黎参加世界汽车制造商年会时，法国瓦里奥公司的代表问一位中国代表：“请问，在中国小轿车何时能进入普通家庭?”中汽公司的一位同志说：“也许10年左右吧。”这位法国人听罢，傲慢地站起来，夹起皮包就走，边走边说，中国轿车不能进入普通家庭，和中国还有什么买卖可做?当时，李治国心里别提有多难受了。这次华西村农民到长春成批买轿车，李治国激动地称之为“划时代之举”!

(《长春日报》，1993-02-11)

# 中原我军占领南阳

**新华社郑州一九四八年十一月五日电** 在人民解放军伟大的胜利的攻势下，南阳守敌王凌云于四日下午弃城南逃，我军当即占领南阳。南阳为古宛县，三国时曹操与张绣曾于此城发生争夺战。后汉光武帝刘秀，曾于此地起兵，发动反对王莽王朝的战争，创立了后汉王朝。民间所传二十八宿，即刘秀的二十八个主要干部，多是出生于南阳一带。在过去一年中，匪首蒋介石极重视南阳，曾于此设立所谓绥靖区，以王凌云为司令官，企图阻遏人民解放军向南发展的道路。上月，白匪崇禧使用黄维兵团三个军的力量，经营整月，企图打通信阳、南阳间的运输道路，始终未能达到目的。最近蒋匪因全局败坏，被迫将整个南部战线近百个师的兵力集中于以徐州为中心和以汉口为中心的两个地区，两星期前已放弃开封，现又放弃南阳。从此，河南全境除豫北之新乡、安阳，豫西之灵宝、阌乡，豫南之确山、信阳、潢川、光山、商城、固始等地尚有残敌外，已全部为我解放。去年七月，南线人民解放军开始向敌后实行英勇的进军以来，一年多时间内，除歼灭了大量的国民党正规部队以外，最大的成绩，就是在大别山区（鄂豫区）、皖西区、豫西区、陕南区、桐柏区、江汉区、江淮区（即皖东一带）恢复和建立了稳固的根据地，创立了七个军区，并极大地扩大了豫皖苏军区老根据地。除江淮军区属于苏北军区管辖外，其余各军区，统属于中原军区管辖。豫皖苏区、豫西区、陕南区、桐柏区现已连成一片，没有敌人的阻隔。这四个军区并已和华北连成一片。我武装力量，除补上野战军和地方军一年多激烈战争的消耗以外，还增加了大约二十万人左右，今后当有更大的发展。白匪崇禧经常说："不怕共产党凶，只怕共产党生根。"他是怕对了。我们在所有江淮河汉区域，不仅是树木，而且是森林了。不仅生了根，而且枝叶茂盛了。在去年下半年的一个极短时间内，我们在这一区域曾经过早地执行分配土地的政策。犯了一些策略上的"左"的错误，但是随即纠正了，普遍地利用了抗日时期的经验，执行了减租减息的社会政策和各阶层合理负担的财政政策。这样，就将一切可能联合或中立的社会阶层，均联合或中立起来，集中力量，反对国民党反动统治势力及乡村中为最广大群众所痛恨的少数恶霸分子。这一策略，是明显地成功了，敌人已经完全孤立起来。在我强大的野战军和地方军配合打击之下，困守各个孤立据点内的敌人，如开封、南阳等处，被迫弃城逃窜。南阳守敌王凌云统率的军队是第二军、第六十四军以及一些民团，现向襄阳逃窜。襄阳也是国民党的一个所谓“绥靖区”，第一任司令官康泽被俘后，接手的是从新疆调来的宋希濂。最近宋希濂升任了徐州的副总司令兼前线指挥所主任去代替原任的杜聿明。杜聿明则刚从徐州飞达东北，一战惨败，又逃到了葫芦岛。王凌云到襄阳，大概是接替宋希濂当司令官。但是从南阳到襄阳,并没有走得多远,襄阳还是一个孤立据点,王凌云如不再逃,康泽的命运是在等着他的。

## 榜上无名

**日本《读卖新闻》（2002年）2月28日报道** 26日，美国国防部发表了题为《国际社会对恐怖战争的贡献》的资料，其中列出26个支持反恐怖战争的国家，但日本却榜上无名。

日本政府27日对此表示了强烈不满。外务省发言人服部则夫在记者招待会上表示，美方虽然承认了错误，向日方道歉，并将对资料进行修正，但这“依然令人感到非常遗憾”。

不过，当晚小泉首相表示：“布什总统访日时在国会进行的演说中曾亲口对日本的支援表示感谢。这是我亲耳所闻，是最值得信赖的。”对此表现出了冷静对应的态度。

在1991年的海湾战争中，尽管日本提供了130亿美元的资金，但受伊拉克侵略的科威特在美国报纸上刊登告示，对30个国家表示感谢，其中也没有包含日本。

## 马可尼，“真正的地球村英雄”

### 意大利纪念无线电问世100周年

**路透社罗马（2001年）12月12日电** 100年前的今天，古列尔莫·马可尼在大西洋彼岸收到三声微弱的无线电信号，从此宣告无线电的诞生，而曾拒绝向他提供资金的意大利于今天举行活动，纪念这位20世纪最伟大的发明家。

凭借此项实验，马可尼证明电报可以传送到数千英里以外，为现代无线电技术和未来的数字时代奠定了基础。

为纪念这一事件，意大利的科学家把月球当作卫星天线，从马可尼的出生地博洛尼亚附近向世界上的业余无线电爱好者发射了信号，政治家们也在罗马举行的纪念活动上表示了敬意。

意大利总理西尔维奥·贝卢斯科尼在邮电博物馆举行的由马可尼女儿埃莱特拉出席的纪念仪式上说："我们必须记住全球化的首位主要提倡者是意大利人——马可尼本人。"

邮电部长毛里齐奥·加斯帕里称马可尼为"意大利神话、真正的地球村英雄"。他说无线电现在仍是自由的象征，这一点可以在喀布尔看出来，当强硬的塔利班政府垮台后，当地居民做的第一件事就是打开收音机。

马可尼曾在意大利一所大学的入学考试中失利，之后他自修了理科课程。1901年，27岁的马可尼决心将自己的理论付诸实践，进行一次跨大西洋的无线信号传送。

12月12日这天午后刚过，马可尼迎着强烈的大风和静电干扰，听到了用莫尔斯电码表示的三个S字母的啪嗒声，标志着无线电从此诞生。

该无线电信号从马可尼在康沃尔建的一个发射台发出，传到了3 500公里以外纽芬兰海岸一个狂风呼啸的悬崖上，马可尼和他的助手乔治·肯普在那里收到了信号，由此证明地球表面的弯曲不会阻碍无线电信号的传送。

1909年，"无线电之父"马可尼和德国物理学家布劳恩共同获得了诺贝尔物理学奖。

马可尼于1937年在罗马与世长辞。作为他所处时代最著名人物之一，马可尼得到了国内外人民的敬仰。

# 昆曲国宝洛城演出《烂柯山》
# 计镇华、梁谷音唱做俱佳

**本报艾尔蒙地市报道（记者张菁芳）** 上海昆剧团两位国宝级昆曲演员计镇华与梁谷音，十九日下午在赵氏演艺中心演出，唱做达炉火纯青之境，倾倒现场观众。

计镇华与梁谷音两位在中国得过多次“梅花”、“白玉兰”等戏剧大奖的国家一级演员，19日下午以天衣无缝的搭档默契，将昆曲代表剧目《烂柯山》诠释得既深刻又无奈。两个小时的戏，观众随着两位昆曲演员丝丝入扣的演出，一起进入大起大落的人生悲喜剧。

昆曲骨子老戏《烂柯山》又名《马前泼水》、《朱买臣休妻》，叙述读书人朱买臣多年求取仕途不遂，其妻崔氏不耐清贫逼其写下休书，另嫁他人，朱买臣随后高中金榜，崔氏欲再回头，无奈“覆水难收”，崔氏最后发疯跳水而亡。全剧分“吵家”、“逼休”、“痴梦”及“泼水”四折，人物性格及情绪层次分明，是老生与正旦飙戏的精彩对手戏。

“吵家”一折，朱买臣一出场，即是一身穷酸的黑袍扮相。多年考试不中，朱买臣不断接受妻子崔氏的数落与刁难，自觉愧对妻子，朱买臣对崔氏不断打躬作揖、又哄又让、低声下气的窝囊形象，对照崔氏的尖酸苛刻，不仅凸显“贫贱夫妻百事哀”的戏剧主轴，也为其后的剧情及人物性格转折预作铺陈。其中朱买臣想“做官”却被崔氏调侃为“做梦”的一段，相当生动。

“逼休”一折，是朱买臣从穷转志再转苦，情绪转折很大的内心戏。穷怕了的崔氏，火辣辣、横眉竖眼地强逼朱买臣写下休书欲嫁他人，朱买臣苦苦哀求，“一写休书，日后相见就隔千山万水”，村妇见识的崔氏冷冷地回以“我还见你这穷鬼怎么”，悲愤下，朱买臣警告崔氏日后他若功成名就，两人街头相遇时，崔氏可不要马前相求，崔氏回以“你若做了官，我就是做叫花子，也不来求你”，一句看不起朱买臣的决绝话，斩断了夫妻二十年的恩情。

面对崔氏无情地离去，朱买臣神恍惚、泪淋漓，“她因困苦求新偶，我为贫穷别故妻”。

强忍泪水，朱买臣告诉自己“男子汉大丈夫，提得起撇得下，不要哭、不许哭”，但背转身，双手的颤动又生动表达出内心的悲恸，最后还是忍不住大哭“呵呀，妻呀”。

此折戏，计镇华将朱买臣内心的凄苦，刻画得刻骨铭心，教人动容。

“痴梦”一折，是旦角的重头独角戏，崔氏知道朱买臣金榜题名后，情绪的转折从刚开始的自惭形秽到懊悔自怜，对照之前逼丈夫写休书时的跋扈形象，是一强烈对比。崔氏在梦中，梦到朱买臣派人带着凤冠霞帔来迎她，闻着豪华铺设那一段狂笑，更加凸显角色的悲哀。

昆曲丰富的文学性、舞蹈性及音乐性，在“痴梦”一折充分展露。不同于正旦的演出，梁谷音在这折戏加进花旦及泼辣的形式，动作夸张，喜怒哀乐的表演幅度相当大，有各种情绪的笑，至最后又哭又笑，是非常高难度的表演。

高潮戏“泼水”，朱买臣高中后，夫妻在马前相认的情境与形象反差，充满对比戏剧性。见到昔日故妻“蓬头赤足如贱泥”，朱买臣百感交集，对崔氏又怜又恨，崔氏一步步向前地“收了我回去吧”，朱买臣一步步后退地“怕悠悠众口怎收伊”，充满两难的戏剧张力。

最后朱买臣命差役泼一盆水在马前，表示若崔氏能将水收起就迎她回家。

此时只见崔氏歇斯底里地欲收回泼出去的水，一面却又哭着“收不起，收不起”。

最后她面对滔滔的江水，幻想自己收起水后，朱买臣就会收她回去，她在“水收起来了，朱买臣，收了奴家回去吧”的痴笑中，被水淹没结束生命，予人叹息的结尾。

除了男女主角出神入化的演技教人赞叹外，出身上海昆剧院的伍贻杰，一人分饰媒婆、张木匠及衙役，洗练的口白与串场，也对全剧起画龙点睛之效。美西昆曲社马兴华的院公及名票邱陆荣的衙婆，虽是龙套，也都相当称职。

（《世界日报》①，2001-05-21）

---

① 《世界日报》为美国最大的华文综合性日刊报纸，全国发行，读者以华裔人群为主。——本书编者注

# 名演员白云自杀

**法新社台北（1982年）8月30日电** 台湾《联合报》今天报道，40年代初期有中国华伦天奴（美国名演员——编者注）之称的电影男星白云，上周在日月潭自杀。日月潭在中国台湾中部，是个游览胜地。

白云原名杨维汉，广东潮州人，终年64岁。他死后，并没有人为他伤心落泪。

他的尸体是星期五傍晚在湖边一个亭子里被发现的。死者衣袋中有一封遗书，表明由于自己身患癌症，又难耐晚年孤凄，只得自杀以了此残生。

他在遗书中表示希望朋友们将他的尸体火化，但至今无一人前来认尸。

当地法医昨天验尸结束后，便将尸体转交某镇的镇公所处理。

白云的遗体将在一个公共坟场埋葬。预计，不会有人为这位红极一时的电影明星送殡。

白云出生在马来西亚，在一个富有的华人家庭中长大。1937年中日战争爆发时，他的父母将他送回中国。

在战时的陪都重庆，白云试图参加抗战，但最终却成了演员。

白云面目英俊，受过良好的教育，进入电影界后不久便成了家喻户晓的演员。他拍过许多部影片，同当时几乎所有的女星都合拍过影片。

有一次，他与女影星兼歌星周璇同台演出话剧《西厢记》，一些坐在前排的女观众竟向他投金戒指。

白云注重仪表。在他全盛时期，他的衣柜里有300套西服，6套晚礼服，100件衬衫，300条领带，75双皮鞋。

他3度结婚，3次离婚。

白云曾在若干香港拍摄的粤语片中演出过，但观众早就把他忘掉了。

1965年白云来到台湾，企图重操舞台事业，但失败了。

有一段时间，他靠当私人教师教授英语勉强糊口。

白云曾在台湾中部的台中经营一家酒店，但又一次失败了。

人们在他的衣袋里发现了他的名片，上面仍印着他是台中市那家酒店的经理。

其实，早在两年前，他就离开那个职位了。

# 阅读提示

背景交代在新闻写作，尤其是在消息写作中占有重要地位。缺少必要的背景交代，往往很难说明问题，很难达到预期的报道目的。新闻写作必须学会运用背景材料。

本组作品在背景材料的选择、穿插方面各有可圈可点之处。

阅读时，请注意分析：

1. 作品中哪些内容是新闻事实本身，哪些是背景材料。

2. 不同作品中背景材料的类型、作用。

3. 不同作品在使用背景材料方面有哪些技巧。

4. 如果将新闻作品中的背景材料去掉，在报道效果上有何差异。

《东北又闻虎啸声》一文，背景材料十分丰富，是背景材料的穿插运用，使这篇报道具有了深刻的内涵。

消息的前三段写的是虎啸声与虎的踪迹。这是最近（有人听到、看到）的新闻事实。然而，事实很简单，也有些模糊。消息如果只写到这一步为止，不仅内容过于单薄、信息量太少，读者还会留有许多疑问：东北虎在野生动物中的地位、处境如何？为什么又会听到虎啸声？在保护东北虎方面我们做了哪些工作？

正是大量的、不同类型各司其职的背景材料，回答了这些问题，使新闻的主题从一般动态上升到了保护珍稀野生动物的高度。

消息的第五段用知识性背景说明了东北虎的习性，强调了自然繁殖之难。接下来的一个自然段，用知识性、资料性背景顺理成章地告诉人们，东北虎在全世界已不足300只，成了世界10大濒危动物物种之一。

从第七段开始，直到全文结束，消息用大量的背景材料介绍了我国保护东北虎的情况，介绍了猫科动物饲养繁育中心的工作，说明了我国政府在保护东北虎方面所作的努力。正是这些背景材料，不但提升了新闻的主题，还使新闻具有了很强的知识性、趣味性与科学性，大大增强了新闻的厚度。

调遣背景材料，与记者的视野、说话意识、提炼主题的能力，都有直接关系。

另外，本书其他部分的新闻作品之中，也有背景交代十分精彩之作。例如“新闻导语”部分的《咔嚓一生　摄下多少风流人物》、《再见，莫尔斯电码》等篇，新闻中的背景材料都丰富多彩，写得也非常有趣，值得学习。

（刘明华）

新闻作品选读
XINWEN ZUOPIN XUANDU

# 短新闻

## 3 000“的哥”急寻断指

### 断指从遗落到送达医院只用了半小时

**本报上海消息** 3月21日下午，上海市3 000辆出租车紧急行动，为一位伤员寻找遗失在出租车上的断指。经过大家的共同努力，最终使这位已经绝望的断指伤员接指成功。

据中央电视台报道，3月21日中午，松江某汽车配件厂的机床工张栋由于操作不慎，右手食指不幸被机床截断。同事忙将张栋送医院抢救，结果忙中出错，将断指遗落在出租车上。如此一来，医生无法进行手术。更让人着急的是出租车的发票也不知道弄到哪儿去了。于是同事们经过回忆，根据出租车的颜色拨通了强生公司的服务电话。服务人员一听这个情况，全体总动员，强生所属的3 000

辆出租车同时收到调度中心的紧急呼叫，寻找断指。3分钟后，司机徐贵宝确认伤者是他送往医院的，立即说服车中的乘客下车，直接驾车赶往伤者所在医院。就这样，张栋的断指从遗落到送达医院，只用了半个小时，没有延误手术的时间。昨天记者见到张栋，被告知手术十分成功。

（《北京晚报》，2002-03-23）

## 暖融融的“压岁钱”

**本报讯（通讯员洪新轩　记者王绍雄）**　2月9日，飘忽的毛毛细雨给人们带来了几丝寒意，中共江西省南昌市委第一会议室里却暖意融融：市领导正在给家庭经济困难的学生发“压岁钱”。

当南昌二中的胡晨晖同学从领导手中接过“压岁钱”时，感动得流泪了。在他两岁那年，父亲病故，母亲为了让小晨晖能上学，早出晚归做工，积劳成疾。他深知，如果不是党和政府关照，他哪能上学！

在南昌市委、市政府今天举行的“为了孩子、为了明天——南昌市爱心基金会资助特困学生助学金发放仪式”上，来自南昌市各学校的417名特困中小学生，共接受了30万元专款捐赠。2000年6月，南昌市爱心基金会开展了声势浩大的爱心工程，170多个单位、10万市民以空前的热情参与，捐款147余万元，资助了许多贫困学生，近百个家庭还与特困生建立了长期的一帮一资助关系。

（《光明日报》，2002-02-10）

多哈会议闭幕

WTO工作人员赠给标志历史性瞬间的珍贵礼物

## 本报记者将入世槌带回国

**本报多哈专电（特派记者郭强　侯振威）**　多哈时间13日晚10时，曾经见证中国入世的萨尔瓦大厅里结束了一天的议程后，工作人员迅速清场，时间不长，空旷的大厅里只剩下高高摞起的椅子和堆放在地上的写着代表团名字的椅套。

在这堆凌乱的椅套中，记者找出了印有“CHINA”字号的椅套。这时，一位WTO的工作人员走过来，当得知记者来自中国时，这位名叫哈里发的工作人员主动上前与记者握手，口中还不断说“Congratulation”（恭喜，恭喜）。当记者提出能否将中国入世时印有中国席位标志的椅套作为纪念物带回中国时，他干脆地说，“No problem”（没问题）。当记者提出想将10日中国入世时大会主席敲响的木槌带回国时，工作人员同样非常干脆。工作人员对记者说，木槌对中国来说意义非同一般，它见证了一个重要时刻的到来。

（《北京晚报》，2001-11-15）

## 从厦门眺金门　吴伯雄发感慨

**本报讯（记者董立利）**　台湾政界知名人士吴伯雄等一行昨日上午在厦门环岛路通过望远镜看金门，颇有一番感慨。

吴伯雄说，38年前，他当兵就在对面的金门，时代变化很快，如今，至少厦门与金门永远不会像以前那样枪口相对了。“三通”是必然趋势，说不定将来厦门、金门之间还会修桥通船。

吴伯雄祖籍永定下洋思贤村，此次是作为世界客属总会总会长，前往龙岩参加世界客属第十六届恳亲大会，途经厦门的。他说，他的哥哥生前就希望他回乡祭祖，这次能回来，他真的很高兴。思贤村480多户1 800多人都姓吴。他这次回来，要为村里的乡亲发奖学金、助老金等。

吴伯雄一行昨天还饱览了厦门美丽的风光。他说，没想到，在厦门的街头还会碰到熟人。在轮渡码头、在鼓浪屿等地，都有来厦台湾同胞，向吴伯雄问候。厦台两地人员往来之频繁超出了他的预料。当记者问是否有一种回家的感觉时，吴伯雄高兴地说，那当然，他在这里有很多朋友呢。

据悉，吴伯雄是第一次来厦门，也是台湾第一位来祖国大陆的国民党副主席。

（《厦门商报》，2000-11-20）

## 八闽“茶老大” 上网卖乌龙

**本报福州报道（记者宋京生）** 日前，在福建省内享有“茶王”美誉的何锦能，在平和县电信局申请了一个163上网账号和一个E-mail地址，成为该县第一位拥有Internet账户的私营企业主，也成为该省首位上网卖茶的“茶老大”。

何锦能是乌龙茶佳茗——白芽奇兰茶的发现者和“白芽奇兰”商标的注册人。多年来，他重视产品质量、市场营销、品牌创建。他对记者自信地称：“不久后我将在网上卖乌龙佳茗——白芽奇兰茶，让全世界的茶友都分享到闽茶之王的珍贵。”

（《中国商报》，2000-03-27）

## 出国机票换成CT软件

### 安徽省立儿童医院拒绝“免费午餐”

**本报讯（记者冯立中）** 安徽省立儿童医院的领导在设备添置中，没有接受外商“邀请”到国外考察，而是用考察的费用换回了医院急需的螺旋CT软件包。此事近日在该院被传为佳话。

去年年末，安徽省立儿童医院决定引进一台急需的螺旋CT。经医院和外贸部门共同进行采购招标，在对设备的性能、价格、服务等多方综合分析的基础上，医院选定了美国某公司生产的螺旋CT。在签署采购协议时，外方代表发出邀请，称医院可以有3个免费到美国考察的指标，而且考察费用已列入谈妥的设备费中，医院不必为此再掏腰包。

院长杨斌一听大喜，他正为无钱再购置和这台设备配套的先进软件而犯愁。他马上表示，放弃出国考察的名额，将这笔约10万元的费用用于购置配套的软件包。就这样，在螺旋CT到货时，先进的软件包也随同来到了医院。

据专家介绍，有了这套软件，这台螺旋CT可以模拟人成像，进行血管重建及虚拟内窥镜，将使设备的技术性能明显上一个台阶。

（《健康报》，2000-02-16）

不赞成　不支持　不允许　不接受

# 陈敏章反对“克隆人”研究

**本报讯（记者张荔子）**　卫生部部长陈敏章昨日明确表示，反对“克隆人”的研究。

昨天，卫生部召集在京医学、伦理学等方面的专家，座谈研讨“克隆羊”的科学意义及其带来的影响，并听取大家对发展医学生物技术的建议。陈敏章部长参加了座谈。他表示，克隆羊是科学技术的一大进步，具有突破性的意义；对“克隆人”研究的态度我们是明确的：不赞成，不支持，不允许，不接受。陈敏章部长希望向全民普及有关克隆问题的科学知识，并动员各部门支持科技事业的发展，为人类造福。

（《健康报》，1997-03-20）

# 中美就知识产权谈判达成协议

快讯一：中美知识产权谈判仍在继续

**新华社北京（1995年）2月26日18时48分电**　中美两国的代表今天在这里继续就知识产权保护问题进行谈判。

有消息说，谈判将持续到今天夜间晚些时候。

快讯二：中美知识产权谈判达成一致

**新华社北京2月26日19时13分电**　中美两国代表今天在这里就知识产权保护问题达成一致。

据可靠人士称，谈判双方正在准备草签协议的文本。

快讯三：中美知识产权谈判达成协议

**新华社北京2月26日22时29分电**　中美两国的谈判代表今天

在这里就知识产权保护问题达成协议，从而避免了双方间的一场贸易战。

于本月15日开始的新一轮中美知识产权磋商今天结束，外经贸部副部长孙振宇和美国贸易副代表巴尔舍夫斯基分别签署了两国政府的换函。

**(上述三稿作者：张益俊)**

# 柯受良驾摩托车成功飞越长城

**新华社北京（1992年）11月15日电** 有“中国特技王”美誉的香港艺人柯受良今天在京冀交界处的金山岭长城上完成了一次历史性的飞跃。在万余名手握一把冷汗的观众期待下，他驾驶摩托车成功飞越万里长城。

上午11点40分，在简短的祭祀仪式后，39岁的柯受良在助跑台上发动了他的250CC摩托车，并以100迈速度腾空跃过长城烽火台上空约30米宽的豁口，准确地着落在宽4米的接应台上。

柯受良的这一跃不仅从河北滦平县跃到了北京密云县，而且是人类史上第一个做此尝试并获得成功的人。这也是他10余年驾车特技表演生涯的最后一跃。

身披花环的柯受良成功后激动地说，中国是一个有着悠久历史的古国，长城是中华民族的骄傲，飞越长城理应由中国人来完成，“我为能代表中国人首先飞越长城而感到非常自豪”。

# 金发碧眼学苏绣

**本报讯（记者范敬宜）** 对于来自大洋彼岸的美国中年女教师凯塞琳·雷金来说，她在苏州旅游的最大收获，不是欣赏了“东方威尼斯”的绮丽风光，而是获得了苏州刺绣研究所颁发的学习证书。

把学习刺绣作为一个旅游项目，是为了满足部分国外女旅游者的好奇心理。通过两天的学习，掌握一些苏绣的基本技法，绣出几朵最简单的花儿，足够她们回国后向亲友们炫耀一阵了。而刺绣研究所也因此获得一定的经济收入。

与凯塞琳·雷金同时接受紫红证书的，还有8位不同国籍的女旅游者，年龄最大的已60多岁。授证仪式在研究所古色古香的会客厅举行，两侧的苏绣屏风代表着传统与现代的截然不同的风格。她们的丈夫们站在身后，卖力地为妻子的伟大成绩热烈鼓掌。

5月的一天，记者目睹这一场景时首先想到的是：应该给开发出这个旅游新项目的人一份“点子奖”，因为他们为各地旅游业提供了可以举一反三的新思路。比如，让金发碧眼的外国女郎在茅盾的故乡当一天采桑女，也许比仅仅观赏一番丝绸展览要有吸引力得多。

（《经济日报》，1992-06-19）

# 伊拉克入侵科威特

**新华社科威特（1990年）8月2日电（记者计文）** 科威特国防部发言人宣布，伊拉克军队于今天凌晨入侵科威特。

这位发言人通过科威特电台说，伊拉克军队今天凌晨两点越过边界，占领了科威特领土上的一些哨所。

这位发言人对伊拉克使用武力解决两国争端表示遗憾。他要求伊拉克停止入侵行动，立即撤出其入侵部队。

新华社记者在凌晨5时听到了枪炮声。到发稿时为止，枪炮声仍不绝于耳。

# 许海峰获得奥运会第一块金牌

**新华社洛杉矶（1984年）7月29日电（记者高殿民）** 中国神枪手许海峰今天上午在这里获得了男子自选手枪比赛的金牌。

这是中国选手获得的第一块奥运会金牌，也是本届奥运会的第一块金牌。

他的成绩是569环。

# 天安门事件完全是革命行动

**新华社北京（1978年）11月15日讯** 中共北京市委在最近举行的常委扩大会议上宣布：一九七六年清明节广大群众到天安门广场沉痛悼念敬爱的周总理，愤怒声讨“四人帮”，完全是革命行动。

会上宣布：一九七六年清明节，广大群众到天安门广场悼念我们敬爱的周总理，完全是出于对周总理的无限爱戴、无限怀念和深切哀悼的心情；完全是出于对“四人帮”祸国殃民的滔天罪行的深切痛恨，它反映了全国亿万人民的心愿。广大群众沉痛悼念敬爱的周总理，愤怒声讨“四人帮”，完全是革命行动。对于因悼念周总理、反对“四人帮”而受到迫害的同志要一律平反，恢复名誉。

# 我三十万大军胜利南渡长江

（一九四九年四月二十二日）

**新华社长江前线二十二日二时电** 英勇的人民解放军二十一日已有大约三十万人渡过长江。渡江战斗于二十日午夜开始，地点在芜湖、安庆之间。国民党反动派经营了三个半月的长江防线，遇着人民解放军好似摧枯拉朽，军无斗志，纷纷溃退。长江风平浪静，我军万船齐放，直取对岸，不到二十四小时，三十万人民解放军即已突破敌阵，占领南岸广大地区，现正向繁昌、铜陵、青阳、荻港、鲁港诸城进击中。人民解放军正以自己的英雄式的战斗，坚决地执行毛主席朱总司令的命令。

# 百万雄师出动消灭日寇

**新华社延安一九四五年八月十二日五时电** 延安总部消息：据前方报告：我华北、华中、华南百万雄师，于接到朱总司令命令后，先后整装出动，向所有城镇和交通要道两侧大举进攻。贺龙、聂荣臻、吕正操、李运昌等部，更分头向蒙古、绥远、察哈尔、热河、辽宁、吉林迅速进军，配合红军及外蒙军队作战，该线已前进三十里至八十里不等。各地民兵亦持各式武器随军行动，攻城、袭敌、破路。万里云烟，一片杀喊。中华男儿正以坚决战斗动作，最后解决日本帝国主义。

## 华美回家

**美联社美国圣迭戈（2002年）8月4日电** 大熊猫华美憨态可掬的形象已经成了圣迭戈市的标志：T恤衫、广告、电话簿，她的身影随处可见。她是第一只在美国出生并成长到青春期的大熊猫，如今，这个城市要向她说“再见”了。

根据中美两国的协议，华美的父母从1996年起租借给美国，而它们所有的后代在长到3岁时都要送还中国。

华美将在8月21日度过三周岁的生日。中国尚未提出要回华美的时间，但估计她将在初秋离开。

华美出生后就一直追捧她的大熊猫迷们悲痛不已。加利福尼亚州南部的高速公路上出现了一幅幅广告牌，上面画着孤独寂寞的华美在挥动黑色的手掌，旁边写着：“亲爱的，再见了！”自称“华美迷”的一些人聚在一起录制一则向华美道别的电视广告片。

尽管华美的体重只有87.8公斤，但她已经长得跟妈妈白云一样高了。

## 飞来横财　诚实奉还

**埃菲社马尼拉（2002年）5月29日电** 据当地媒体报道，一位菲律宾女教师日前向教育部归还了错发给她的13万多美元。

这位名叫玛丽莲的教师本月本应收到132美元的薪水，但因人为失误，她的工资额后面被加上了3个零，成为了13.2万美元。这位教师当即向教育部报告了这一事件。

教育部长劳尔·罗科说：“这位教师不但没有利用这一失误，反而主动纠正了这一错误，这是高贵和尊严的典型代表。阿罗约总统决定向这位女教师颁发‘诚实奖’。”

## “9·11”——美国人心中永远的痛

**美联社纽约（2001年）12月11日电** 在白宫，在外层空间，在工厂，在遍布世界的美国大使馆里，美国人和他们的盟友今天都停下来纪念“9·11”事件发生3个月。

美国东部时间上午8点46分，白宫开始了纪念活动，一阵咚咚鼓声之后奏响了美国国歌。

布什总统说：“在9月11日遇难的每一个无辜的人对于某个人来说都是世界上最重要的人。每一个生命的消逝都熄灭了一个世界。”

在国会大厦、司法部、运输部和五角大楼等华盛顿其他地方，也举行了纪念活动。

在纽约市，消防人员、警察和建筑工人在世贸中心所在地进行模拟搜寻和清理，作为一次跨宗教祈祷仪式。一个孤独的喇叭手吹出一曲悠缓、悲伤的《星条旗永不落》。

## 吸烟1支减寿11分钟

**德新社伦敦（2000年）12月31日电** 今天公布的令人震惊的新统计数据显示，烟民每吸一支烟就减寿11分钟。

在《每日镜报》上发表的这份报告说，每包烟（含有20支烟）将减寿3小时40分钟，而且烟民平均每天吸16支烟的话，那他将减寿6年半。

玛丽·肖大夫和布里斯托尔大学的研究人员所作的统计工作以男性烟民为对象，他们都是从17岁就开始吸烟，并一直持续到71岁时去世为止。

# 肯尼迪遇刺丧命
# 约翰逊继任美国总统

**路透社达拉斯（1963 年）11 月 22 日电** 急电：肯尼迪总统今天在这遭到刺客枪击身死。

总统与夫人同乘一辆车中，刺客发三弹，命中总统头部。

总统被紧急送入医院，并经输血，但不久身死。

官方消息说，总统下午一时逝世。

副总统约翰逊将继任总统。

# 阅读提示

时效是新闻报道的永恒要求。短，是保障新闻时效的手段之一。短，也是增加媒体信息承载量、突出新闻要害的重要途径。因此，我们特意选用了一组短新闻中的上乘之作，供大家学习、研究。

阅读时请注意分析：

1. 短新闻的价值何在？

2. 这些新闻是怎样做到短小精悍的？——在内容上，它们做了怎样的取舍？在文字上，又有哪些表现技巧？

3. 短新闻的写作对记者提出了怎样的要求？

以《许海峰获得奥运会第一块金牌》为例，这篇快讯全文不到100字，语言极为简练，信息要点十分突出，不仅可以做到快速发稿，也便于读者迅即接受。

写作上的基本特点是大刀阔斧地省略事件的过程，省略细节，只写要害。一句话导语高度浓缩了事实梗概；第二段背景段只用两句话就说明了这块金牌的地位；第三段报告具体成绩，满足读者需要，也是不可缺少的。

可见，短，首先是提炼、凝缩的艺术。关键是了解读者需要，明确报道意图，瞬间判断新闻价值。写作上用短段落、跳跃式结构，依重要程度展示相关的信息点，也是短新闻惯用的表现手法。

（刘明华）

# 一般动态消息

## 奉节楼群成功起爆
## 千年古城瞬间消失

**据新华社今日讯（记者马晓春　徐壮志）**　18声巨响结束了近10个月的奉节老城爆破，在9栋大楼几乎同时坍塌掀起的烟尘中，有着2 300多年历史的古城奉节，将随三峡水库的建成而长眠江底。

上午10时53分，解放军理工大学工程兵工程学院副院长张再同下达了起爆命令，奉节老城最后一次大规模爆破准时进行。记者在爆破现场看到，包括奉节老城现代标志建筑建设银行大楼在内的9栋大楼同时起爆，仅仅8秒钟，刚才还巍然屹立的楼群就变成了一堆瓦砾。

奉节爆破工程项目负责人、解放军理工大学工程兵工程学院爆破专家蔡金贤说，今天起爆的楼房共6万平方米，都是奉节老城标志性建筑，其中14层的建设银行是三峡库区清库中的最高建筑。清库中最大规模的这次爆破，共打孔3万余个，装药800公斤，采用了先进的控制爆破技术，不仅对每一座大楼的倾倒方向、抛掷距离等实现了有效控制，而且对噪声、震动和灰尘都进行了控制，达到了安全、高效、节能、保护文物和环境的理想效果。

据工程兵工程学院教授薛峰松介绍，今年1月以来，担负奉节老城主要爆破任务的工程兵工程学院的技术人员，面对十分复杂的爆破环境，充分发挥技术优势和敢打硬仗的顽强作风，精心勘察设计，精心组织施工，成功爆破大楼100栋，总面积达28万余平方米。特别是最近1个月中，平均每天爆破2栋大楼，爆破的难度、密度前所未有。这种创纪录的爆破速度，有力地保证了奉节拆除任务的按期完成，也为三峡工程建设做出了应有的贡献。

奉节县隶属重庆市，地处长江三峡西端，历史上文人墨客荟萃，自然景观壮丽，是著名的文化旅游胜地，也是即将被三峡水库淹没的5座县城之一。据奉节县有关领导介绍，奉节老城居住5万人，这些居民全部要在2003年6月三峡工程蓄水发电前搬迁，老城绝大部分建筑要随之拆除，拆迁任务十分繁重。目前，全县移民大建设、大安置、大搬迁、大清库已基本结束。其中，拆除房屋总面积150余万平方米，清运垃圾25万多吨。

老城西侧10公里处，奉节新城已经建成。据介绍，新城依山而建，楼群错落有致，面积比老城大一倍。目前，5万多居民已在这里开始了新的生活。1年后，如果有人询问这里的居民："你的老家在哪里?"他们可能会说："我的老家，在水下。"

（《北京晚报》，2002-11-04）

# 中国核准《京都议定书》

**据新华社约翰内斯堡（2002年）9月3日电（记者熊思浩　王群）**　中国国务院总理朱镕基3日在约翰内斯堡可持续发展世界首脑会议上讲话时宣布，中国已核准《〈联合国气候变化框架公约〉京都议定书》。

朱镕基指出，这显示了中国参与国际环境合作，促进世界可持续发展的积极姿态。

中国常驻联合国代表王英凡大使已于8月30日向联合国秘书长安南交存了中国政府核准《〈联合国气候变化框架公约〉京都议定书》的核准书。《京都议定书》签订于1997年12月11日，中国于1998年5月29日签署了该议定书。

中国政府认为，《联合国气候变化框架公约》及其《京都议定书》为国际合作应对气候变化确立了基本原则，提供了有效框架和规则，应当得到普遍遵守。欧盟各成员国及日本已批准了议定书。中国希望其他发达国家尽快批准或核准议定书，使其能够在今年内生效。

美国人口仅占全球人口的3%至4%，而所排放的二氧化碳却占全球排放量的25%以上。美国曾于1998年11月签署了《京都议定书》。但去年3月，布什政府以“减少温室气体排放将会影响美国经济发展”和“发展中国家也应该承担减排和限排温室气体的义务”为借口，宣布拒绝执行《京都议定书》。

《京都议定书》需要在占全球温室气体排放量55%的至少55个国家批准之后才具有国际法效力。

（《北京娱乐信报》，2002-09-04）

## 国航客机首次成功飞越北极“飞行禁区”

**据新华社北京（2002年）8月19日电（记者林红梅）** 北京时间8月19日15时40分，波音747—400型2472号客机平稳地降落在北京首都国际机场。机身上的五星红旗在阳光照射下熠熠生辉。

这架中国国际航空公司的客机8月18日纽约时间14时19分（北京时间2时19分）从美国纽约机场起飞，沿途飞越了美国、俄罗斯、蒙古，从北极上空直飞而过，抵达北京。全程11 700公里，共在空中飞行13小时，飞行平稳，运行良好。中国民航总局华北管理局副局长王家奇说，这标志着国航成功征服了北极“飞行禁区”。

国航总裁王开元宣布，继这次飞行成功后，国航将在国内率先开通北京至纽约直航航线。

国航副总裁张学仁介绍说，地球上北纬78度以北为北极飞行区域，北极气候寒冷，通信信号传播困难，太阳黑子活动频繁，历史上曾被视为“飞行禁区”。目前，每周有40多个航班穿梭在北极上空。中国的民航飞机以往曾飞行纽约，但航线绕过了北极，跨太平洋经停旧金山或安克雷奇至纽约，全程17小时。

据了解，国航北京至纽约直通航线将从9月27日开通，每周一、三、五从北京、纽约分别起飞。

（《北京日报》，2002-08-20）

# 科学巨匠霍金来了

**本报讯（记者郑蔚）** 昨天上午，英国维珍航空公司从伦敦到上海浦东国际机场的VS250航班牵动了很多人的心——因为素有“爱因斯坦之后最杰出的科学思想家”之称的英国理论物理学家斯蒂芬·霍金教授，将乘坐该航班飞抵上海。

VS250航班原定上午10点15分抵达浦东机场。9点的时候，机场广播：从伦敦飞往上海的VS250航班，因故晚点两小时，将于12点10分抵达。

12点钟，两名维珍航空公司的商务人员出现在登机桥口，证实航班将在12点10分准时到达。一位维珍航的小姐解释说，因为飞机发生机械故障，原定8日16点从伦敦希斯罗机场起飞的航班，临时换机后在17点12分才起飞，飞行中一切正常。

12点10分，维珍航的一架A340—300客机钻出云层，翩然而降，向登机桥缓缓靠来。在场的几家媒体的记者纷纷围在登机桥口，等待客舱门打开。维珍航的一位商务小姐，登机后出来宣布：霍金先生暂不接受媒体采访，希望现场不要摄像和拍照。

在所有的乘客离去后，这位科学巨匠终于出现在我们面前。“卢伽雷病”——这种运动神经元疾病在30多年前就将他击倒在轮椅上，但至今无法摧毁他的意志和生命力。60岁的霍金自己操控着前部装有电脑显示屏和语音合成器的轮椅向我们“走”来。经过11个小时的飞行，他累了，但脸上依然流露着淡淡的微笑。在霍金的身后，是他的夫人伊莲娜·霍金，以及三位护理人员和一位负责机械、电脑维护的助手。无论霍金到世界的什么地方，都必须这么出行。

霍金教授的弟子、霍金著作《时间简史》和《果壳中的宇宙》中文版译者吴忠超博士上前向霍金致意，霍金露出了率真的笑容。这是霍金自1985年之后的第二次访华。

维珍航一位不愿透露姓名的空姐说，霍金乘坐的是头等舱，在飞行中他离开了轮椅，坐在头等舱的沙发椅上。她说："霍金先生的脾气非常和善。"

昨天下午，霍金教授在虹桥机场内的国航大厦小憩后，即驱车前往杭州。明天，他将在杭州香格里拉接受媒体的采访，已经有100多家国内外的媒体报名参加。8月15日，他将在杭州浙江大学作题为《膜的新奇世界》的公开演讲。吴忠超博士透露说，为了让更多的年轻人理解"无边界的宇宙"，霍金正在写《时间简史》的少年版。原定该书将在今年6月出版，但因故推迟了。愿它能早一点出现在我们的案头上。

（《文汇报》，2002-08-10）

五星红旗在极地和北京同时升起

## "北极科考之家"亮相朗伊尔宾

**本报挪威朗伊尔宾7月30日电（记者李仁臣　杨健）**　雄壮的《义勇军进行曲》回荡在北极明亮的"夜"空。五星红旗在新揭牌的伊力特·沐林北极科学探险考察临时基地和天安门广场同时升起。此刻是北京时间7月30日凌晨5时11分。

仰望五星红旗，地质学家刘嘉麒研究员激动地说："从此，进行北极科考的研究人员终于在这远离祖国的土地上有了一个温暖的家。这是我们的北极科考之家。"冰川学家张文敬研究员说："我爱冰川，我爱北极，我更爱祖国。看到国旗在这里升起，作为中国人，我感到无比自豪。"

科考队队长、中国科学探险协会主席高登义介绍，我国科学家正式介入北极地区科学考察研究，始于20世纪90年代。他们在北极科学研究中取得的不俗成果，使得我国在国际北极科学委员会中占有了一席之地。作为《斯瓦尔巴德条约》的签字国，我国在该地区拥有相应的权益，这更为科学家们进行深入的北极科学研究提供了有利的条件。这次中国科学探险协会借助企业的力量，在此建立一个临时性的科学探险考察基地，目的在于为未来两年内我国科学家的北极科考提供物质基础，也为将来建立永久性的中国北极科学考察站探索道路。

当地时间7月26日和7月27日清晨，科考队员分两批到达斯瓦尔巴德群岛的朗伊尔宾城，投入紧张的科考准备工作。

（《人民日报》，2002-07-31）

## 凤凰卫视女主持人刘海若从深度昏迷中苏醒

**新华社北京（2002年）8月9日电（记者崔军强）** 北京宣武医院今天下午向媒体透露，正在此间接受治疗的香港凤凰卫视节目主持人刘海若已从昏迷中苏醒过来。

刘海若是在两个星期前苏醒过来的，随后病情持续好转。据她的主治医生凌锋教授描述，昨天下午，躺在病床上的刘海若开始发出声音，能准确辨认周围的亲人并一一喊出他们的名字，这令她的家人欣喜异常。在其他医生的帮助下，刘海若面对凌锋，用清晰的声调缓缓说出“凌锋主任”四个字。这是她苏醒后说的最长的一句话。

凌锋说，近一个月来，刘海若的体温基本维持在正常范围内，未出现明显的感染症状，每天进食近500毫升肉汤和果汁，这对她的康复十分有益。

据凌锋介绍，刘海若目前已能按意识做出动作。例如当凌锋喊“5”的时候，刘海若会伸出五个手指，还会用“拜拜”和凌锋说再见。更令凌锋兴奋的是，刘海若准确地说出了自己的英文名字，并能指出自己最熟悉的“凤凰”两个字。

院方表示，刘海若从深度昏迷中苏醒过来后，会继续接受营养支持、高压氧、中药和针灸等综合治疗，医护人员将帮助她强化站立功能和语言功能的训练。凌锋认为，从目前的情况来看，刘海若可以按意识做出动作，四肢能自主活动，而且扎针时有痛感，因此瘫痪的可能性很小。凌锋相信刘海若会有站起来的一天。

刘海若是在3个月前英国发生的一次火车事故中不幸遭受重创的，应其亲属的要求于6月8日转至北京宣武医院，当时刘海若处于深度昏迷状态。

## 梁锦松与伏明霞低调完婚

**新华社香港（2002年）7月30日电（记者曲北林）** 伏明霞已经同香港财政司司长梁锦松结婚。梁锦松在今晚给香港媒体的声明中首次证实，他们两人于7月15日在美国夏威夷檀香山举行了婚礼。梁锦松说，他们的婚事完全是个人私事，希望低调处理。

梁锦松今年50岁，是香港政府中的第三号官员。有人称他是香港的“财神爷”，也有人称他是香港的“钻石王老五”（富有的单身汉）。

伏明霞与梁锦松去年3月在香港首次相遇。当时梁锦松以香港财政司司长的身份出席“香港杰出领袖”颁奖典礼。伏明霞受邀请，担任颁奖嘉宾。两个人恰好被安排坐在一起。

伏明霞后来回忆说，当时觉得梁锦松很有趣，总能逗她笑，尽管当时聊得非常开心，却并不知道梁锦松是何方神圣。

梁锦松毕业于香港大学，主修的专业是经济及统计学，去年出任财政司司长。在此之前，他是摩根大通亚太区主席，收入比现在高得多。

身高1.75米的梁锦松最喜欢的运动是高尔夫球。

1998年，梁锦松与前任妻子谭淑芬离婚，没有子女。他们二人是大学同学，毕业后结婚。

## 10年来最强沙尘暴袭击北方

**本报北京讯（记者李宗品）** 10年以来最大的一次沙尘暴目前已席卷我国北方8省、自治区、直辖市的140万平方公里，影响人口达1.3亿。中央气象台发布的最新天气预报显示，在未来两三天里，中国北方的部分地区仍将有扬沙或沙尘暴天气。

昨天，整个北京城“灰头土脸”，能见度最低不足50米。有关专家表示，这是近7年北京遭遇的污染最重的一次强沙尘暴。

上午9时40分，黄沙静静地弥漫在大街小巷的每一个角落。京城的空间从上到下，整个昏黄昏黄的。几乎所有的出租车都打开了车前灯。记者从首都机场空管局了解到，由于能见度太低，昨天超过80%的航班不同程度延误，并从下午2时开始控制流量。地面交通也堵得厉害。除了外出办公务，市民能不出门的谁也不愿意出去受沙尘的罪，免得黄沙钻得满头满脸都是，甚至嘴里、鼻孔、眼睛里都有细沙渗入。

昨天下午3时30分，国家环保总局最新监测，昨天北京上空可吸入颗粒物约1 500毫克/立方米，超标10倍以上，而总悬浮颗粒物高达14 000多微克/平方米，超标近100倍。

专家指出，沙尘暴可能诱发过敏性疾病、流行病及传染病。即使是身体健康的人，如果长时间吸入粉尘，也会出现咳嗽、气喘等多种不适症状，导致流行病发作。此外，大风跨越几千公里，将沿途的病菌吹到下风向地区，其中可能包括一些传染病菌。

专家认为，抵抗力较差的老年人、婴幼儿以及患有呼吸道过敏性疾病的人群，更应该尽可能远离粉尘源。市民必须在室外活动时，最好用湿毛巾、纱巾保护眼睛和口，但需要提醒的是，这种简单防护对病毒不起作用。他还建议人们多喝水，多吃清淡食物。

（《北京日报》，2002-03-21）

# 中国足球梦圆世界杯

**新华社沈阳（2001年）10月7日电（记者杨明　蔡拥军　范春生）**　44年的梦想今晚成真，7次艰难的冲击终得回报。中国男子足球队今晚在沈阳五里河体育场以1∶0取胜阿曼队后，宣告中国人将首次登上世界杯足球赛的赛场。

中国队今晚并没以赏心悦目的大比分庆祝胜利，B组垫底的阿曼队在潮湿的绿茵场上顽强地阻击着平局就可出线的中国队。在6万名观众激昂的国歌声中，于根伟在第36分钟时，利用郝海东一记巧妙的头球摆渡，在禁区内一脚劲射，将中国队送进世界杯决赛圈。

终场哨响后，五里河体育场沸腾了。三届世界杯元老范志毅跪在绿茵场上喜极而泣；主教练米卢蒂诺维奇被队员们抬起庆祝；曾任中国足协主席十几年的年维泗喃喃地说：“终于等到了这一天，终于盼到了这一刻……”不了解中国足球艰难历程的人无法理解世界杯出线对中国人意味着什么。从时间的跨度和情感的投入上说，世界杯出线和北京申办奥运会成功一样令中国人狂喜。

对于数亿中国球迷来说，这胜利的一刻让他们等得无比辛苦。今天，中国队在主教练米卢蒂诺维奇的率领下，终于以6战5胜1平积16分的出色战绩，提前两轮赢得世界杯决赛圈入场券。

经过8年国内联赛的磨砺，中国队在十强赛中以成熟的心态和空前的团结，两胜阿联酋、连败阿曼、勇擒乌兹别克斯坦、作客战平卡塔尔队，以不败战绩实现了这次历史性的突破。

国际足联副主席郑梦准赛后说：“中国足球有了明显的进步。我毫不怀疑，中国足球的进步对世界足球运动发展具有重大意义。”

米卢在新闻发布会上说：“我为中国人民感到高兴。中国足球具备了取得更大成绩的条件。”中国足协官员董华说：“中国足球这次虽然迈出了一小步，但却是重要的一步。”

在这次十强赛之前，中国足球冲击世界杯的历史留给人们更多的是失望和苦涩的记忆。1981年的“饮恨新西兰”、1985年的“5·19”事件、1989年的“黑色三分钟”、1993年的“兵败伊尔比德”、1997年的“金州欲哭无泪”，连续20年出线受挫的惨痛经历深深刺痛了中国人的心灵。

中国队出线仅仅算了却了人们的一桩心愿，中国足球的排名依然是亚洲第五。摆脱急功近利情绪，扎实地抓青少年队伍和足球基础建设，确立正确的足球理念和价值取向，是中国足球面临的新课题。

## 广西南丹矿区发生重大灌水事故

### 初步认定70多人死亡

**本报南宁8月3日电** （记者郑盛丰　庞革平　罗昌爱）　广西南丹县大厂镇龙泉矿冶总厂下属拉甲坡锡矿厂于7月17日发生一起矿井灌水特大事故，初步认定死亡70多人。为迅速查清事件真相，由国家经贸委主任李荣融率领的中央调查组一行 6 人今日飞抵广西。

事故原因是矿工作业时打穿了一个灌满水以防塌陷的废矿井，导致作业矿井灌透。瞬间，涌灌的废水使作业的民工和管理人员无法外逃，酿成特大事故。

事故发生 10 天后，南宁有关媒体接到举报，事件开始暴露。7 月 27 日，广西多家媒体记者赶赴调查采访，其间受到盯梢、跟踪和阻挠，有关责任人试图隐藏真相。

为查清事件真相，自治区党委书记曹伯纯于 8 月 1 日率领有关部门负责人赶到现场调查，当天组成由王汉民任组长的调查组，展开全面调查。今天上午，曹伯纯在通报这一事件时说，事件一定要查个水落石出。同时，事故发生了这么长时间，竟然一直捂住不报，必须严肃追究知情不报者的责任。据悉，作为这起事故重要责任人的矿厂老板黎东明等已被监控。

（《人民日报》，2001-08-04）

# 青藏铁路全线开工

**本报格尔木 6 月 29 日电（记者朱海燕　江耀明　王维）**　今天，在这里朱镕基宣布青藏铁路全线开工，横空出世的莽莽昆仑，迎来“阅尽人间春色”的历史一刻。

开工仪式在格尔木和拉萨同时举行。当朱镕基微笑着迈入格尔木主会场时，7 000 多名群众起立，用力鼓掌一分钟。他宣读了江泽民总书记的贺信。贺信说，建设青藏铁路，是党中央作出的一项重大决策，对加快西部地区特别是西藏的经济和社会发展，具有重要意义。人们记得，去年 11 月 10 日深夜，江泽民对青藏铁路作出的重要批示，使搁浅 22 年的“天路工程”再次启动。

会场外，撒拉族代表马秀琴、藏族代表德措激动万分，用手机向千里之外的家人通报开工盛况。

青藏线全长 1956 公里，其中西格段 814 公里，1984 年投入运营。这次开工的格拉段为 1 110 公里，其中 960 公里在海拔 4 000 米以上，唐古拉山口达 5 072 米。为攻克 550 公里的冻土层，我国三代科技工作者在风火山战斗 40 多个春秋，设立 28 个观测点，取得

1 200万个数据，获得29项科技成果。

在雪域高原建设世界海拔最高的铁路，是党中央三代领导人萦绕于胸的夙愿：1973年毛泽东提出修建青藏铁路，要与尼泊尔的铁路接轨；1983年，邓小平有话，铁路进藏，还是走青藏路好！今天，两代伟人的宏愿，将要在第三代领导人手上变为现实。

此项工程，是共产党人实践“三个代表”思想的伟大杰作。由于没有铁路，西藏人年均拥有煤炭只有1.2公斤，每吨运输成本高达600多元。西藏是旅游胜地，去年，国内7 000多万人出游，而西藏仅接纳15万人，旅游收入才占自治区总收入的5%。西藏自治区副主席多吉扳着手指算账：青藏铁路使青海大得其利，17年总产值增长了11倍，铁路通拉萨，我们的步子决不小于青海。

朱镕基希望铁路建设者作业面不要太大，保护生态环境，爱护一草一木。为做到这一点，国务院将工期由5年调为6年。世界第三极的珍稀野生动植物基因库的可可西里，路基被桥梁取代，野生家族永远快乐地生活在原始生态王国里。

（《中国铁道建筑报》，2001-07-04）

实施西部大开发战略　加强四国友好与合作

## 澜沧江—湄公河商船正式通航

这是中国西部进入东南亚的最近出海通道

**本报景洪电（记者李启昌　赵汝碧）**　昨日上午，随着18声礼炮的轰鸣，在中国云南西双版纳傣族自治州首府的景洪港，由中国、老挝、缅甸、泰国政府联合举办的澜沧江—湄公河商船通航典礼隆重举行。至此，中国西部有了一条进入东南亚最近的出海通道，中国与沿岸3国的友好交往全面进入了“合作开发，持续发展，共同受益”的新阶段。

澜沧江—湄公河是亚洲唯一的一条连六国的国际河流。发源于中国青海省唐古拉山，全长4 880千米，中国内河2 130千米，流经中国、老挝、缅甸、泰国、柬埔寨、越南6国。最后在越南胡志明市附近流入南中国海。过去，由于众多原因，这条具有极大开发潜力的国际性河流未能造福于沿岸各国人民，仅是一条布满险情的原始航道。

从20世纪90年代初开始，随着中国改革开放大潮的兴起，特别是西部大开发战略的全面实施，我国与东南亚国家友好关系进一步密切，为全面整治和开通这条“东方多瑙河”式的黄金水道创造了良机，在中央和各部委的大力支持下，云南省与沿岸各国政府和人民友好合作，共同努力，终于在新世纪开局之年，使这条世界瞩目的亚洲大河成功实现四国通航，翻开了造福于东南亚各国人民的新的历史篇章。

据国内外权威人士介绍，随着澜—湄航道的正式通航，对内，为沟通我国西部特别是西南地区与东南亚国家的联系，为实现睦邻友好“走出去”的开放战略，创造了难得机遇。这是中央提出西部大开发决策以来，在西部地区交通基础设施建设中第一个取得突破性进展和成效的重大项目，它将使进出西南地区的进出口货物、人员比绕道东部沿海港口进入东南亚、南亚的运距缩短了3 000千米～4 000千米。对外，为推动我国与沿岸各国开展多层次、全方位、宽领域的经贸合作，促进人员交往，加强次区域地区的经济合作展示了美好前景。

通航典礼结束后，首批4条载货航船通过景洪港联检大楼办理出境手续，开锚启航。

代表中国政府前来出席通航典礼的交通部部长黄镇东、云南省代省长徐荣凯与老、缅、泰代表团的领导为通航剪彩，并在景洪港种下了象征着四国长期友好合作、共同发展进步的纪念树。云南省常务副省长牛绍尧主持了通航典礼。

（*《云南日报》*，2001-06-27）

# 周庄万船娘闪亮登船

**中新社苏州（2001年）4月30日电**　“中国第一水乡”周庄120名船娘，经过为期一个月的集中培训，已在周庄闪亮登船，喜迎“五一”八方来客。

今年APEC财长会议期间，将有30多个国家的财长光临周庄。为隆重推出这些掌管着90％旅游船只的船娘，尽展水乡风光，周庄镇对“万船娘”进行统一考核，获优秀的船娘，方有接待各国财长的资格。

在一个月的培训期间，周庄船娘学习了英语百句、话说历史、吴歌山调、船娘礼仪等基本功。经过“全新包装”后，担负“五一”旅游黄金周的水乡导游任务，并以此作为“实战演习”，为迎接 APEC 会议在该镇举办活动做准备。

周庄“万船娘”是水乡周庄的著名旅游品牌，备受海内外游客的青睐，盛名远扬。游客们来周庄，都要坐上船娘的手摇船，在碧波荡漾的梦里水乡，听一曲吴歌小调，摇一摇水上轻舟，一睹“蓝印花布服饰船娘”的风采，真正体会到江南水乡古镇的独特韵味。

## 我国加紧实施<br>“伸入地球内部望远镜”工程

**中新社南京（2001 年）2 月 14 日电**　“伸入地球内部望远镜”工程目前正在华东的黄海边加紧实施。科学家们将在这里打一个深 5 000米的科学钻孔，以了解地球内部的秘密。

该项目是 1997 年 6 月被列为国家重大科学工程的，中国为此专门成立了大陆科学钻探工程中心，1998 年 4 月项目得到国际大陆钻探委员会批准，并获得 150 万美元工程费用和部分工程仪器使用的资助，1999 年 9 月工程正式启动。

担任这一项目的首席科学家、大陆科学钻探工程中心的许志琴院士介绍说：“大陆科学钻探在世界上已经实施了近 30 年，有 13 个国家打了近百口科学钻孔，其中 4 000 米至 5 000 米以上的深孔有 20 口，最深的已达 12 000 多米。中国这次实施的科学钻探井井深 5 000 米，终孔直径 155 毫米。”

据悉，此次科学钻探的具体位置在连云港市的东海县境内，紧靠中国最大的郯（城）庐（山）断裂带，而郯城历史上曾发生过 8.5 级大地震。海内外科学家一致认为这里是“大陆动力学”研究的宝地。

在谈到大陆科学钻探的意义时，许志琴说：“通过对岩石圈的直接观察，可以使人们了解和认识大洋和大陆的板块运动、地壳应力与地震、火山过程、深部资源、生命起源、全球变化和气候多样性等一系列基础的地球科学问题。”他认为，大陆科学钻探在人类认识自然、探索未知领域方面的重要意义并不逊于载人航天。

许志琴介绍：“中国已经围绕正确选孔做了大量调查，完成了160公里的地表反射剖面，并实施两口预先导孔，一孔为430米，一孔为1 000米，获得大量测井数据，推测了靶区深部地质结构，这些先行启动的工程和科学研究将对工程的正式实施起到重要的奠基作用。”

这位科学家还透露：中国的第一口大陆科学钻井工程的实施时间为5年。另外，中国还计划在青藏高原上打一口10 000米的超深井，并在2010年前实施。

### 集思广益编制好“十五”计划

## 国家计委问计于民

**本报讯（记者王政）** 冬日的北京寒气袭人，可在今天下午召开的国家计委“十五”计划问计求策座谈会的会议室里，却显得温暖如春。

“我国每年有几千亿元废旧设备报废，其中约60%至90%的废旧部件可以再利用。目前美国有3300个废旧部件再制造企业，1996年产值就达到530亿美元，欧盟从2002年起废旧汽车的可再生利用率将达到85%……”

“效益如何?”石家庄铁道学院教授易新乾话音未落，国家计委主任曾培炎就表示出浓厚兴趣。

“经济效益很好，社会效益也不错!”

“要注意防止出现新的假冒伪劣哦!”国家计委副主任王春正的提醒，引发会场一片笑声。

随后，福建省上杭县下都乡和睦村农民刘兴发就农村户籍制度改革，海军装备部技术部原部长郑明少将就实施海洋战略，全国政协委员、山东经济学院教授郭松海就职工住房问题，中国农业大学博士李道亮就储备农业生产能力，甘肃省静宁县党校副校长李忠良就西部开发中的县域经济结构调整等问题，发表了建议。国家计委主任曾培炎，副主任王春正、汪洋，以及十几位有关司局的司长一起参加了座谈会，认真听取了这些建议，并详细了解有关情况。

为贯彻好中央五中全会精神，提高计划编制的参与度，今年10月，国家计委采取公开征文的形式，动员全社会为“十五”计划献计献策。这一举措在社会各界引起了强烈反响，在不到两个月的时间里，共收到专家学者、企业家、工人、农民、解放军、在校大中专生、公务员、离退休干部等发来的各类信函、电子邮件4000多份。他们中年龄最大的86岁，最小的只有10岁。建议内容涵盖了国民经济和社会发展的各个方面，其中发展战略、结构调整、体制改革、西部开发、对外开放、人民生活、生态环境、城镇化、地区经济以及基础设施建设等方面是大家关心的焦点。

国家计委对这些建议非常重视，专门成立了征文工作小组，对每一封来信都进行了编号、登记和分类，经汇总、摘编后，报送“十五”《纲要》起草小组和有关司局研究参考。

国家计委在组织“十五”《纲要》起草中，已召开各类咨询会、研讨会、座谈会30多次。公开举办这样的座谈会还是首次，今后此类会议的召开将逐步走向制度化、经常化和公开化。

（《人民日报》，2000-12-17）

## 法警背起生病被告

**本报讯（记者杨永辉　实习记者王雪莲　通讯员吴怡）**　前天，西城法院正常开庭。法警11083号把一个行动不便的女被告背上了三楼的法庭。当旁听的市民见到法警背上来一个戴着手铐的被告时，大厅立刻安静下来。

据目击者吴小姐介绍，她在11月29日去西城区法院办事时就看到过这一幕。当时女被告深埋着头，不时地发出啜泣声。背进三楼休息室时，法警的额头已渗出了汗水，女被告则流出了眼泪。

昨天，女被告告诉记者，今年6月她被确诊患有椎管狭窄症，两腿走路十分困难。被法警背起时，她问过法警的姓名，可法警没有回答。

11083号法警叫贾文家，今年26岁，在西城法院已工作6年。昨天，记者采访了他。“我没觉得这个举动有啥大不了，她一个老太太，得了病走路很困难，虽然是被告人，但作为法警帮她这个忙是我的职责。”据他介绍，那天背着老太太从楼下上来时，正赶上大厅里有50多个等候旁听的市民。见他背着个戴手铐的，本来乱哄哄的大厅顿时安静下来。“那会儿，我听见背上的老太太哭了，我能感觉到她低下头，把脸靠在我肩膀上。”

目前，该妇女已被宣判犯有贪污罪，判处有期徒刑11年。宣判结束后，已成犯人的中年妇女仍由法警一步步地背下楼梯。

记者注意到，在此之前，我国司法界连续出现了一些意义深远的变化。诸如：罪犯在未受到法院判决前一律改称犯罪嫌疑人；抚顺推出了“零口供”；有些地方刷有“坦白从宽，抗拒从严”字样的墙壁被画上了山水画等。这从一个侧面昭示了我国司法制度正在进行着一场前所未有的变革。

为此，本报记者采访了最高人民检察院民事行政检察厅杨立新厅长，杨厅长认为，从罪犯到犯罪嫌疑人称谓的改变以及法警背着行动不便的被告人到庭，反映了我国司法体制改革的进程，更重要的是体现了对人的人格的尊重。

（《北京青年报》，2000-12-16）

# 跨越55年的朝韩首脑会面

**新华社平壤（2000年）6月13日电** 周二上午，韩国总统金大中抵达这里。朝鲜半岛北南双方领导人在半岛分裂55年后首次握手。

朝鲜民主人民共和国最高领导人金正日在顺安机场迎接金大中。两位领导人进行了简短的交谈。

“很高兴见到你，我早就想见到你。”金大中在走下舷梯后对金正日说。

两位笑容满面的领导人并肩走在红地毯上，在军乐的伴奏下检阅仪仗队。他们还不停地向群情激昂的人群挥手。

一位朝鲜官员早些时候告诉新华社记者，朝鲜方面给予金大中最高的礼仪安排，要给他一个“意外的惊喜”。

随后，这两位领导人同乘一辆黑色轿车离开机场向平壤驶去。

在机场迎接金大中一行的还有朝鲜最高人民会议常任委员会委员长金永南。

近100万当地居民沿机场通往金大中下榻的百花园国宾馆的10多公里的街道欢迎金大中。车队通过的时候，欢迎人群中爆发出一阵阵欢呼。

人们预计，在金大中对平壤的3天访问中，双方领导人将举行两轮会谈。他们将重申1972年7月4日签署的《南北联合声明》中阐述的关于民族统一的三个基本原则，并就实现民族和解与团结、交流与合作、和平与统一以及其他问题交换意见。这将是1945年朝鲜半岛分裂以来的首次双边高峰会晤。

金大中在离开汉城之前发表讲话，希望这次首脑会晤成为非军事化区南北方人民加强理解的机会。他说：“有了更好的相互理解，和平与合作的机会就会增加。”他认为首脑会晤本身就具有重大意义，在南北对峙长达半个多世纪后，会晤就是向着南北和解与合作的巨大进步。他还表示，希望此次访问将成为那些离散家庭团聚的转折点。

金大中一行由180人组成，包括3名内阁成员，7名总统高级秘书，现代、LG、三星和SK等大公司的高级管理人员，以及24名来自各行各业的人士。

分析家认为，商业界人士参与这次首脑会晤之行意味着经济合作将是本次会晤的主要议题之一。

## 李登辉在抗议声中下台

**新华社北京（2000年）3月24日电** 迫于民意的巨大压力，李登辉今天上午宣布辞去国民党主席职务。同他一起辞职的，还有国民党中央秘书长黄昆辉等国民党中央党务主管。

连续7天聚集在国民党中央党部大楼前要求李登辉立即下台的抗议群众，在获悉李登辉辞职后发出热烈的欢呼。

国民党现任副主席连战将代理主席职务，并出任新设立的“国民党改造委员会”召集人。国民党党章规定，党主席辞职后，由第一副主席代理，3个月内国民党要召开代表大会推举新主席。

国民党3月18日在变更台湾地区领导人的活动中惨败后，岛内要求李登辉下台的呼声强烈。3月19日国民党高层宣布，李登辉将在9月召开的国民党临时代表大会上辞职。但国民党内要求李登辉立即下台的呼声强烈。从18日至今，群众抗议活动持续不断，并从台北的国民党中央党部大楼外蔓延到台湾全岛及海外。

另据报道，在台湾领导人选举中得票为第二位的“独立参选人”宋楚瑜日前已决定筹组新政党，新政党名称暂定为“新台湾人民党”，简称“新民党”。

## 赴南医疗队星夜启程

### 张文康王陇德为队员送行

**本报讯（记者卢宗正）** 昨天凌晨，我国赴南斯拉夫医疗队随中国政府处理驻南大使馆遭北约轰炸事件专门小组乘专机前往炮火纷飞的贝尔格莱德，紧急救援遭以美国为首的北约疯狂轰炸的中国驻南斯拉夫大使馆的受伤人员。卫生部部长张文康、副部长王陇德代表部党组为队员们送行。张文康说，以美国为首的北约的暴行，理所当然引起全中国人民的愤慨，受到全中国人民的强烈谴责。卫生部已做好一切准备，全力以赴完成伤病员的救治和接送任务。

赴南医疗队由北京医院的9名中青年医护骨干组成。他们是胸科主任医师甄文俊（队长）、骨科副主任医师薛庆云、脑外科副主任医师姜宏志、普外科主治医师奚恒（临时党支部书记）、心内科主治医师佟佳宾、麻醉科主治医师左明章、主管护师刘惠俐（副队长）、护师栾晓林和护师马芳。年龄最大的队员43岁，最年轻的28岁。有的刚刚结婚不久，有的孩子才一岁，但他们接到参加赴南医疗队的命令时无一退缩。当时，在班的队员匆匆回家与亲人道别，拿起简单的行装又赶回了医院；没当班的几分钟内就赶到了医院，投入紧张的准备工作。他们表示，有12亿同胞作坚强后盾，什么样的困难也能够克服。

张文康部长勉励他们：你们不仅代表北京医院，也代表卫生部，更代表全中国的医务工作者。待到凯旋时，卫生部党组全体成员会去迎接你们。医疗队员们表示，一定要听从指挥，团结奋斗，不怕牺牲，决不辜负卫生部和全国医务工作者的重托。前往送行的王陇德副部长也勉励他们：要发扬不怕疲劳、艰苦奋斗的优良作风，把前线英雄们的伤病减少到最低程度。

队员们出发了，战友们出发了。“祝大家胜利归来!”一声声珍重，一个个祝福，一双双紧握的手，与人们心中的强烈义愤交织在一起，凝成一股不可战胜的力量。

（《健康报》，1999-05-10）

# 三峡工程实现大江截流

**新华社三峡工地（1997年）11月8日电（记者唐卫彬　严文斌　刘晖）**　今天，世界上最大的水利枢纽工程——三峡工程成功实现了大江截流。江泽民主席向全世界宣告，多少代中国人开发和利用三峡资源的梦想正在变为现实。

中共中央总书记、国家主席江泽民，国务院总理李鹏和5 000多名中外来宾一起在现场目睹了截流盛况。海内外亿万关注三峡工程的目光通过电视直播在此聚焦。

上午8时52分，李鹏下达合龙令。三颗绿色信号弹腾空而起，上百辆自卸车轰鸣着冲上堤头，轮番将成吨的石料倾入江中。

下午3时15分，上游堤堰龙口溅起最后一朵浪花，两岸钳形围堰终于对接在一起。世界第三大河汹涌的江水被迫改道，从南侧的“人造长江”——导流明渠奔腾而下。

3时30分，工地上空升起三颗绿色信号弹。李鹏宣布：“大江截流成功!”顿时，参加仪式的人群发出雷鸣般的欢呼声，与鞭炮声、鼓乐声和车船的鸣笛声一起，在西陵峡谷久久回响。五彩缤纷的气球冉冉升起。

在如潮的掌声中，江泽民发表讲话说：三峡工程实现大江截流是“中国现代化建设的一件大事，也是人类改造和利用自然史上的一个壮举”。他说，在长江三峡兴建的这一世界上规模最大、综合效益最广泛的水利水电工程，将对中国国民经济的发展起到重大促进作用，它是一项造福今人、泽被子孙的千秋功业。

仪式结束后，江泽民、李鹏乘车来到截流现场，与两岸会合的建设者们握手致贺。江泽民勉励建设者艰苦奋斗，开拓进取，确保2003年实现首批机组发电。

大江截流标志着三峡一期工程完成，二期工程开始。建设者们将在长江上下游两道围堰之间修建世界第一大坝和世界上最大水电站。

今天的大江合龙只进行了六个半小时，中国人民的三峡梦却持续了近一个世纪。

长江洪水一直是中华民族的心腹之患。早在本世纪初，孙中山先生就提出了三峡工程设想。新中国成立后，三峡工程又凝聚了以毛泽东、邓小平和江泽民为代表的三代中央领导集体的心血。

1994年开工建设的三峡工程预计总投资2 000多亿元，是中国2 000多年来继万里长城之后最宏伟的工程。它于2009年建成后，将大大减轻长江中下游的洪水威胁，改善险峻的川江航道，并极大地缓解中国能源紧张的局面。

# 中国恢复对香港行使主权<br>江泽民宣告香港进入新时代

**新华社香港（1997年）7月1日电（记者周宗敏　李怀林　罗政）**　中华民族期待了一个半世纪的历史性一幕今天在全世界瞩目下成为现实：1997年7月1日零时零分，五星红旗在香港升起，米字旗在几秒钟前降下。从这一刻起，中国恢复对香港行使主权，英国在香港长达156年的殖民统治宣告终结。

在中英两国政府举行香港政权交接仪式的香港会展中心新翼五楼大会堂，中国国家主席江泽民庄严宣告："1997年7月1日这一天，将作为值得人们永远纪念的日子载入史册。经历了百年沧桑的香港回归祖国，标志着香港同胞从此成为祖国这块土地上的真正主人，香港的发展从此进入一个崭新的时代。"

坐满4000多位中外嘉宾的椭圆形大厅里响起经久不息的掌声。

这个将永载史册的场面通过电视直播传遍了全球。

交接仪式于6月30日23时42分正式开始。中英仪仗队入场后，双方礼号手吹响礼号。

23时46分，在嘹亮的礼号和热烈的掌声中，国家主席江泽民、国务院总理李鹏、副总理钱其琛、中央军委副主席张万年、香港特别行政区首任行政长官董建华步入会场登上主席台主礼台。英国方面在主席台主礼台上就座的有查尔斯王子、首相布莱尔、外交大臣库克、离任港督彭定康、国防参谋长格思里。

仪仗队行举枪礼仪后，查尔斯王子致辞。他说，这一重要而特殊的仪式标志着香港在150多年英国统治之后，交还给中华人民共和国。他向那些把“一国两制”构想变为《中英联合声明》的人致敬，并对那些为谈判《联合声明》的实施细节而辛勤工作的人们表示敬意。

查尔斯说，香港向世界表明，生机勃勃和稳定可以成为成功社会的明显特征。

当象征香港政权交接的降升旗仪式开始举行时，全场的目光集中到竖立在主礼台前两侧的旗杆上。

23时59分，英国米字旗和香港旗在英国国歌声中徐徐下降。在香港悬挂了150多年的米字旗在50秒钟落下旗杆。

零时整！中华人民共和国国歌奏响，五星红旗在紫荆花区旗相伴下冉冉升起。

雷鸣般的掌声响起，在大会堂内久久回荡，许多人眼里噙满泪花。

为了这神圣的一刻，中国人民奋争了一个半世纪。包括港岛、九龙、“新界”在内的香港地区，自古以来就是中国的领土。1840年鸦片战争后，英国以武力强迫清政府签订3个不平等条约，强行割让和“租借”这一地区。在以后漫长的岁月中，中国人民从来就没有停止过抗争。

今天，香港终于回到祖国怀抱，中国国家元首第一次站在了香港这块国土上。

江泽民主席走向主礼台前的讲台发表讲话。他说，历史将会记住提出“一国两制”创造性构想的邓小平先生。我们正是按照“一国两制”伟大构想指明的方向，通过外交谈判成功地解决了香港问题，终于实现了香港回归祖国。

提到邓小平的名字，全场充满了对这位香港回归大业当之无愧的奠基人的敬意，许多人不约而同地把目光转向坐在主席台上的邓小平夫人、年过八旬的卓琳女士。邓小平生前多次深情地表示，香港回归祖国的时候，即使是坐在轮椅上也要到香港去看一看。但几个月前他带着遗憾离开了人世。卓琳出席今天的仪式，可以说了却了邓小平这份夙愿。

江泽民在讲话中重申：香港回归后，中国政府将坚定不移地执行“一国两制”、“港人治港”、高度自治的基本方针，保持香港原有的社会、经济制度和生活方式不变，法律基本不变。

他说，香港回归后，中央人民政府负责管理香港的外交事务和防务，香港特别行政区依据基本法享有行政管理权、立法权、独立的司法权和终审权。香港居民依法享有各项权利和自由。香港特别行政区将循序渐进地发展适合香港实际情况的民主制度。

江泽民表示，所有国家和地区在香港的正当经济利益将受到法律保护。他希望世界上一切在香港有投资与贸易利益的国家和地区，继续为促进香港的繁荣稳定作出努力。

江泽民的讲话激起全场一阵阵热烈的掌声。

零时 10 分，香港政权交接仪式结束。

出席交接仪式的有 40 多个国家和地区的代表，近百个国家驻香港的总领事、领事，30 个国际和地区组织的负责人以及一些世界知名政界人士。

香港各界人士的代表，澳门、台湾同胞的代表，以及 30 多个国家和地区的华侨、华人代表也出席了交接仪式。

来自世界各地 700 多家新闻媒体的 8 000 多名记者采访报道了这历史性的一幕。

## 奥林匹克公园发生炸弹爆炸

**新华社亚特兰大（1996 年）7 月 27 日电（记者杨明）** 今天凌晨 1 点 15 分左右，亚特兰大奥运会主新闻中心近旁的奥林匹克公园内发生一起爆炸事件。据悉，至 2 点 30 分，已有 4 人死亡，约 200

人受伤。

爆炸发生时，奥林匹克公园内人山人海。在奥林匹克公园的一个白色帐篷舞台上，一颗炸弹突然发生爆炸。公园里的人立即四散奔跑，四五十辆警车迅速赶到，上百名警察和保安人员立刻将爆炸现场包围。

记者在现场看到，一名伤势严重的受伤者躺在地上，血迹长达五六米，几名救护人员正在抢救。还有两人手臂受伤，已经被送上救护车。

一位名叫戴纳尔的目击者说："我看见一个大火团冲天而起，一个人的一条腿被炸上天。"

另一位叫泰瑞的目击者说："我旁边的一个小伙子臀部被炸伤，他的血溅在我的裤子上。"

从现场直播的电视上看，受伤者躺在地上，四处都是，有的抱着头躲在椅子和障碍物下，有的身上流着血，有的受到极大的惊吓。

据悉，在爆炸发生时，奥林匹克公园内起码有 5 万人。爆炸地点是一个临时搭起的帐篷舞台。当时，许多观众正在观看表演。

当爆炸发生时，大约还有上百名采访奥运会的记者正在新闻中心工作，那声闷响像是一声炸雷，敏感的记者们立刻纷纷赶往爆炸现场，但警方很快地封锁了道路。

奥林匹克公园位于亚特兰大市中心。每天夜晚，数以万计的市民和游客都在公园里观看演出。虽然亚特兰大在奥运会期间加强了保安工作，但是，奥林匹克公园是个对公众开放的地方，警察和保安人员只是在公园里面维持秩序，并不对公众进行安全检查。

在奥运会开幕式举行前几个小时，采访奥运会的电视记者大楼里发生了炸弹警报，全部记者都被疏散出来，但是，后来并没有发生什么情况。几天前，在中国花样游泳队训练时，也曾响起过炸弹警报，但随后被证实是一场虚惊。另外，亚特兰大警方还在这几天中接到过几个匿名电话，说在某地放置了炸弹，但最后都没有出事。

从爆炸声响起到凌晨 2 点 40 分，警方还没有正式公布死伤人数，也没有宣布拘捕任何嫌疑犯。目前，情况还在继续调查中。

# 寻人信发往山东

**本报讯（记者张洪潮）**　广州中医药大学昨晚向山东发出一封"寻人信"，希望找回一名在入学报到后因经济困难不辞而别的农村学生。

记者昨天下午5时在该校学生处看到了这封即将用快件发往山东省寿光市招生办公室的"寻人信"。信中说，这个学生名叫姜永涛，是山东省寿光市一中应届高中毕业生，父母都是农民。9月5日晚，他由父亲陪同到广州中医药大学报到，领了一些生活用品，但未办理其他入学手续。次日早晨，姜永涛留下学校发的生活用品，悄然离校。

以614分的成绩被广州中医药大学录取的姜永涛，为何不辞而别？校方在他写给学校另一名山东籍学生的信中，找到了答案。信中说："我们家太穷，根本负担不起这里的生活费用。另外，因为凑不起学杂费，我拖到3号才出发，没有打上票，我们爷俩糊里糊涂地上了卧铺车厢，光车票就花了我们一大半钱。没有办法，我们只好回家……"

姜永涛是广东高校去年实行收费制度以来首例因经济困难而自动离开大学校园的学生。广东省高教厅有关人士认为，这表明政府和学校为保证"穷孩子"有书读而建立的奖学金、贷学金制度，尚未能"深入人心"。

不过，在广州中医药大学，人们目前最关心的，还是怎样让姜永涛重返校园。

据学校党委副书记何柏苍介绍，姜永涛父子俩离校当天，学校曾派多名老师和学生到广州车站通过广播寻找他们，可是，直到深夜仍未见他们的踪影。

广州中医药大学本周早些时候举行新生工作会，专题讨论了帮助姜永涛返回广州读书的多项措施，其中包括以学校的名义写信给山东省寿光市招生部门，恳请他们找到姜永涛并转达学校的心声——校方将尽全力解决他遇到的经济困难，保证他不会因交不起学杂费（每学年1 500元）和缺乏生活费而影响学业。

广东省高教厅负责人今天上午也向记者表示：欢迎姜永涛快快归来。

**编者按：**姜永涛能否重返校园？相信人们都会关心。本报将作追踪报道。敬请读者留意。

（《羊城晚报》，1995-09-15）

游客称深圳和世界的距离近了

## 四百余外国人享受签证便利捷足先登

**本报讯（记者苏荣才　刘晓平）**　昨天上午8时20分，当来自北欧瑞典的伊丽斯·布吉塔女士穿过深圳皇岗口岸边检通道，踏上特区的土地时，等候在此的深圳各界人士对她报以热烈欢迎的掌声。作为享受"72小时便利政策"的第一位进入深圳旅游的外籍人士，布吉塔女士感到非常荣幸，她兴奋地说："我觉得深圳和世界的距离又拉近了一步。"

12月1日是国务院有关部门《关于为到香港的外国人组团进深圳经济特区旅游提供便利的管理办法》实施的第一天。根据该《管理办法》，对到港的外国人可由指定的旅行社组团从深圳皇岗、罗湖、蛇口3个口岸进入深圳经济特区，在特区范围内旅游观光可以停留72小时，并免填"入出境登记卡"。这一项新举措在日前公布后，引起香港旅游界和海外游客的极大兴趣。

昨晨8时过后，满载外国游客的近10辆巴士经香港落马洲陆续停靠在深圳皇岗口岸。这些来自日本、韩国、新加坡、美国、加拿大、澳大利亚等地的游客对能成为"72小时便利政策"实施后首批来深的"幸运者"感到欣喜异常。

为迎接首批享受签证便利的外国游客，深圳市政府和有关部门昨天上午在皇岗口岸举行了热烈的欢迎仪式。市长助理、市旅游协会会长冯裕林代表市政府和全市人民对首批外国游客的到来表示欢迎。他说，为到港外国人组团赴深圳特区旅游提供便利，是国家给予深圳的又一项优惠政策。市委、市政府正全力以赴实施好这一新措施，迎接世界各国的贵宾。美国商业公司总裁马诺彰先生代表外国游客讲了话。他说，很高兴看到世界各国人民能更容易地来到深圳，能亲眼看一看深圳发生的变化。

据了解，为配合"72小时便利政策"的实施，我市口岸、旅游、公安、特检等部门纷纷采取措施，充实人力，强化管理和服务的职能。我市15家星级宾馆酒店和4个著名景点在昨天还为在当日来深的外国游客免费提供客房和游览服务。市旅游总公司、深圳国旅社昨天中午在天安大厦设宴招待了部分外国游客。

至昨晚10时记者发稿时止,12月1日经香港组团享受签证便利进入特区的外国游客共有来自世界各国和地区的29个旅行团的422人。

（《深圳特区报》，1994-12-02）

## 向劳模鞠一躬

**本报讯（记者刘英贵　周子平）**　文化宫大厅里一片寂静，坐在前排的劳模们胸戴红花，肩披红色绸带，聚精会神地倾听分局长王冉的总结报告。

11月12日下午3时，齐齐哈尔铁路分局正在召开安全生产3 000天祝捷大会。分局长的讲话，句句叩击着人们的心扉。他说：“有个火车司机叫董振东，他的父母一瘫一傻。不幸的是，5年前，他的妻子得了脑溢血，瘫痪在床，董振东一个人担负着全家十几口人的生活担子。出乘前，要一次做好两三天的饭，送到老人和妻子的床前。更不幸的是，去年春的一天，妻子病情突然恶化，董振东本想请假照料妻子，但当时车间人手紧，他话到嘴边又咽了回去。当他驾驶机车刚走完单程，单位领导和亲友就赶来了。到医院后，他看到的是妻子的遗容。他曾向妻子许诺：‘再有两年，我就实现安全行车25年，那时，我就退休，好好伺候你，等我两年吧！’他猛地扑到妻子冰冷的身上，放声大哭：‘亚芳，我对不住你！’”

讲到这里，王冉同志再也抑制不住内心的激动，泪水夺眶而出。他泣不成声了。坐在主席台上的铁道部部长韩杼滨和黑龙江省省长邵奇惠也跟着落起泪来。顿时，会场里一片抽泣声。

许久,人们才渐渐恢复了情绪。王冉用手绢擦了擦脸上的泪珠,嗓门提高了些:“在我们分局,正是有了像董振东这样的职工,才有安全生产的今天。我作为分局长,向你们深深地鞠一躬,谢谢你们啦!”

王冉离开讲台，站好立正的姿势，向劳模们恭恭敬敬地弯下了腰……

（《人民铁道报》，1992-11-17）

# 《中国日报》出了个好点子

**本报讯（记者范敬宜）** 5月21日，百余中外新闻文化界人士在北京前门饭店梨园剧场度过了一个愉快的夜晚。他们是应《中国日报》之邀，参加该报创刊11周年庆祝活动和英文《文化娱乐指南》一书首发式的。

尽管没有阔绰的排场、丰盛的晚宴，全部“享受”只是观看了75分钟北京京剧院演出的京剧，却没有任何人认为这样做过于简慢。

据悉，这次活动只花了2 500元，包括戏票、茶水，还不到当前某些同类活动两桌酒席的费用。

围坐在一张张红木八仙桌旁的来宾，一边看戏，一边品茗或低声交谈，他们陶醉在中国传统“戏园子”的独特氛围中。金发碧眼的外国专家占了来宾的一半。他们绝大多数是第一次看中国京剧，在喧天的锣鼓声中显得既好奇又激动。三个剧目——《盗仙草》、《拾玉镯》、《十八罗汉斗悟空》——显然是根据“老外”的接受能力安排的。记者坐在后排，虽然看不见他们的面部表情，但从座中不断爆发的热烈掌声和一个个笑得颤动不止的肩膀，可以感觉到：他们看懂了，而且看得十分开心。

当《中国日报》总编辑陈砾和他的助手们走向每张桌子表示谢意时，人们纷纷询问：这样高明的点子是怎么想出来的？

中国国际广播电台副台长张振华以赞赏的口吻对记者说：“不费多少钱，不费多少事，也不费多少时间，办得彼此轻松，皆大欢喜，这本身就是一种改革——特别是观念上的改革。”

（《经济日报》，1992-05-23）

# “伏契克是英雄的共产党人”

## ——盖世太保监狱看守的证词

**新华社布拉格（1990年）8月26日电（记者刘天白）** “我用生命担保，《绞刑架下的报告》确是伏契克在狱中所著”，“伏契克是英雄的共产党人。”

一位当年在关押伏契克的盖世太保监狱服务的捷克看守雅罗斯拉夫·霍拉最近这样强调指出。

捷《红色权利报》6月中旬刊登了他对记者的谈话，8月23日又刊登了他作证的文章。

霍拉说，他是伏契克写这部著作的目击者。他和其他两名捷克看守，曾冒着生命危险掩护伏契克写作，并把他在险恶环境中写下的一页页手稿偷偷带出监狱。

最近，捷国内出现一股全盘否定伏契克，并怀疑《绞刑架下的报告》是否属实的风潮。霍拉是针对这股风潮发表谈话和撰写文章的。他说："为了历史的真实，我不能沉默。"霍拉认为，伏契克虽然身受酷刑，面对死亡，但仍坚贞不屈。他十分乐观，丝毫不像许多人那样消沉。"他是我在监狱中所认识的共产党人英雄之一。"

这位在捷北部的杰钦市安度晚年的老人说："我很想看到，那些不顾事实的人，如果处在伏契克的境遇下会如何表现。"

霍拉是目前健在的两名当年的监狱看守之一，另一名看守不久前也曾发表文章，捍卫伏契克的声誉。

捷公安部门的有关研究机构最近对《绞刑架下的报告》的手稿进行了鉴定，证明它确是伏契克的笔迹。

伏契克曾是德国法西斯占领期间捷共中央地下领导人之一。1942年4月24日被捕，1943年9月8日在柏林被法西斯杀害。在世界上广为流传的《绞刑架下的报告》就是他在布拉格德国法西斯监狱中，在3名捷克看守的帮助下，于1943年4月13日至6月9日期间完成的。在这部著作中，伏契克描述了他和其他共产党人在狱中不屈不挠的斗争以及他们对生活的热爱和对自由的向往，无情揭露了法西斯刽子手的凶残，并为世人留下了不巧的名言："人们，我爱你们，你们要警惕啊!"

# 邓小平会见意大利记者

**新华社北京（1980年）4月17日电（记者孟帆　周慈朴）**　中共中央副主席邓小平今天在这里会见了随意共中央代表团来访的记者

和驻京意大利记者，回答了他们提出的问题。

邓小平在人民大会堂新疆厅前会见意大利记者。他看到大家时说："你们好。你们来了这么大的一个记者团，这证明大家非常关心中意两党恢复了中断多年的关系。对这件事，中国共产党很高兴，中国人民也很高兴，我相信意大利人民也是高兴的。记者朋友们既然随同代表团来中国访问，我想你们总不会反对吧。"

邓小平问随同来访的记者中是否有一半是意共党员。

一位记者回答说："不到一半。"

邓小平接着问："你们中间是不是大多数人同意中意两党恢复关系？"

顿时，气氛活跃。许多记者举手表示同意。

邓小平笑容满面地说："那么大家一块儿鼓掌。"

一阵热烈掌声后，邓小平说："意大利共产党不仅在意大利占有重要的地位，而且在整个欧洲、国际共产主义运动和国际政治生活中也占有重要的地位。它是争取人类进步的重要力量，是争取世界和平、安全和稳定的重要力量。"

邓小平接着说："中国共产党的目标也是争取人类进步。在当前严峻的国际形势下，我们党面临的重要任务也是争取世界和平、安全和稳定。在这个意义上来说，两党在现在这个时刻恢复良好的同志关系，具有重要意义。所以，我们很重视贝林格同志、巴叶塔同志率领代表团来中国访问。我们两党有相当多的共同点，也有不同的意见，但这不要紧，重要的是寻求更多的共同点。"

接着，邓小平回答记者提出的问题。

**记者：**意大利舆论对意共代表团来中国访问是满意的，作为记者，我想问一下最近发生了什么事情促使意中两党恢复了关系？

**邓小平：**我们面临着共同的国际问题。当然，解决这些问题，要靠大家的共同努力。所谓"大家"，不光是指共产党。

**记者：**请你谈谈对欧洲共产主义的看法。

**邓小平：**这是一个在探索中的问题。欧洲的共产党也在探索中。我们处于亚洲，同欧洲相隔万里，了解不够。我们很有兴趣对新事物进行探索。事物总是要通过实践来检验的。

**记者：**您刚才说中意两党有不同观点，您是否可以说说你们之间有哪些分歧？

**邓小平：**无可讳言，分歧是有的。但肯定比过去少。今天我们把分歧摆在一边。

**记者：**当中国反击越南时，你是否注意到意共对你们持攻击的立场？

邓小平把手一摆，说："那没有关系。"

**记者：**中国领导人是否认为战争不可避免？

**邓小平：**我们一直认为，总有一天要打起来，但是争取一个相当长时期的和平环境是可能的。就中国来说，我们希望至少20年不打仗。可以争取国际局势的缓和，问题是采用什么方法。总之，80年代不好过。

**记者：**中国人大刚刚通过任命赵紫阳为国务院副总理，他是否会担任总理？

**邓小平：**这不是个人可以回答的问题。他现在是主持国务院工作的常务副总理。

**记者：**您对中国同苏联的争论有什么看法？

**邓小平：**中苏关系已经超出争论的范围。苏联把100万军队摆在我国边界，还在我国周围闹事，例如在越南、在柬埔寨、在老挝、在阿富汗。我们现在面临着苏联的严重威胁，这不是一般争论问题。

**记者：**你们同美国发展关系是暂时性的还是长远的？

**邓小平：**我国同美国保持友好关系不是权宜之计，而是长期的、战略性的政策。

这时，贝林格同志率领的意共中央代表团来到会见大厅，邓小平回答记者问题就此结束。

# 埃及亚历山大图书馆正式开馆

**美联社埃及亚历山大（2002年）10月16日电**　各国总统和王公贵族今天参加了埃及亚历山大图书馆的开馆典礼，这所图书馆是那座古代曾以思想和言论自由著称的亚历山大图书馆的现代版本。

据说，亚历山大图书馆在4世纪被烧毁，它以前曾藏有50万册书卷。新图书馆虽然在这方面无法和老馆相比，但馆内存放的数字档案却多达100亿个网页。

埃及总统穆巴拉克对在大阅览室就座的来宾们说："埃及竭尽所能要使新落成的亚历山大图书馆从理念上是传递文明的，从内容上是现代的，从作用和范围上是国际的。"来宾包括法国总统希拉克、西班牙王后索菲娅、约旦王后拉尼娅、希腊总统科斯蒂斯·斯特凡诺普洛斯和其他 300 多位各国显要。

开馆典礼上播放了来自世界各地的音乐，多数音乐的主题都是呼唤和平。

自去年 10 月"试营业"以来，亚历山大图书馆举办了多次会议、展览和音乐会。从下周开始，图书馆将向学者和游客开放。开馆庆祝活动将持续到下个月。

亚历山大图书馆耗资 2.3 亿美元，获得了来自世界各地的经济资助和后勤支持。这座图书馆希望能反映古代亚历山大图书馆的精神风貌。古代的亚历山大图书馆是公元前 295 年前后由亚历山大大帝的继任者托勒密一世创建的。

## 华盛顿熊猫访客逾百万

### 动物园数人头　6 岁男孩成为幸运儿

**《华盛顿邮报》(2001 年) 5 月 3 日讯**　来自中国大陆的大熊猫"添添"和"美香"，自从将近 4 个月前开始亮相以来，一直是华盛顿国家动物园最受欢迎的明星。3 日上午熊猫园照例挤满大批游客，结果一名害羞的 6 岁男孩幸运地成为第 100 万名造访这对国家动物园新宠的访客。

麦修·佛达低着头盯着自己的运动鞋，由父亲马克代表，对着大批电视摄影机和记者发言。马克说："我们是参加他的学校的参观活动到动物园来。我们不知道他们今天在寻找第 100 万名访客，突然之间他们把他从队伍里拉出来。他实在幸运。这是他第一次到这里来看熊猫，他也很喜欢熊猫。"

园方在上午 10 点举行庆祝活动，颁赠礼物给小麦修，包括 1 000 元基金、一台数位照相机、一台行李搬运车、一个背包、动物园礼品店的熊猫产品，以及把他的名字刻在一块砖头上，准备展示在预定

2003年落成的新熊猫馆。

园里那对备受关爱的年轻熊猫，对他们惹出的这些排场毫无所觉。3岁大的雄熊猫“添添”还算赏脸，从窝里爬出来，走进铺满竹子的公开观赏区，坐在石头上，把头埋进装着蜂蜜的纸箱开怀大吃。两岁的雌熊猫“美香”一直躲在里面睡觉，从头到尾没有现身。

园方说，这对熊猫从1月10日开始公开展示以来，就成为最热门的观赏对象。动物园主管丽莎·史蒂文斯说，以前大熊猫“玲玲”和“欣欣”还活着的时候，他们并没有计算参观人数，现在才终于知道大熊猫有多么受欢迎。

史蒂文斯说，这两只熊猫来到美国后，体重分别增加了大约35磅，而且还在继续成长。“添添”目前约有250磅，“美香”大约170磅。她说：“它们非常健康，而且这些年轻的熊猫非常有趣。我们没有看过它们打架，不过有时它们玩耍前，会向对方吼叫和伸出手掌去打对方，可是从来没有真的打过。”

（原载《世界日报》，2001-05-04）

# 阅读提示

动态消息是媒介用得最多的新闻品种。

决定动态消息好坏的，一是内容，二是写作技巧，内容是关键。我们在分析、评价新闻作品时，应从内容与形式、采访与写作两个方面来看。

这里选用的动态消息，就内容而言，它们所反映的事件都有很强的新闻价值，都是能够引起读者兴趣的事件。在写法上，也都各有特点，值得一读。

阅读时请注意分析：

1. 该篇作品在捕捉事件、在采访方法上有何特点？

2. 写作上有何成功之处？

3. 消息的导语如何？背景运用是否得当？主体结构是否合理？

4. 消息是否回答了读者关心的问题？

《“北极科考之家”亮相朗伊尔宾》一文，其长处，首先是突出了时间与心理的接近性。作者用“此刻”来反映升旗活动，并将北极升旗与天安门升旗在时间上的契合凸显出来，使读者既感鲜活，又感亲切。其次，这篇动态消息用了一个描述型导语，用简洁的语言写出了北极特有的夜色，用“雄壮”、“回荡”传达了现场状况与气氛，将读者带入了特定的情境之中。第三，消息引用两位科学家的话，说明了建“科考之家”的意义，道出了科考人员的心声，使消息更明了、更有思想深度。最后，消息背景用得好，解释了多项读者关心的问题，增加了新闻的信息量。

写消息，尤其是动态消息，做到滴水不漏并非易事。如果挑剔的话，我想，在“科考队员分两批到达斯瓦尔巴德群岛的朗伊尔宾城”一句之首，加上“××名”，给一个具体的人数，应该更好些。

（刘明华）

# 非事件性消息

治个咳嗽千余元

## “大处方”背后有“猫腻”

**据新华社武汉8月12日电（记者陈熹　俞俭）** 武昌的杨先生日前带着两岁的女儿到市儿童医院看病，没想到治个“咳嗽”花去1 000多元。

据了解，杨先生被导医引到专治哮喘的陈教授诊室，陈教授问了几句，让他先带女儿去验血，然后开处方。验血结果正常，费用却花去300元。处方一划价，药费加治疗费765元。有医务人员小声提醒杨先生：“你的药开多了。”

杨先生回家后发现，处方上写的是“贝亚宁6盒、力欣奇4盒……”，而病历上没有“贝亚宁”和“臣功华芬愈美颗”这两味药，“力欣奇”也只有2盒。药品说明书显示，6盒“贝亚宁”可以用

5个月。

此事经媒体披露后，有10多位读者指认找陈教授看病有同样遭遇。青山区一女士称，今年7月，她3岁的女儿被陈教授诊断为哮喘，开出1 500多元的药，但孩子的病不到一周就痊愈了，一大半药浪费了。

武汉市儿童医院一位科室主任坦言：陈教授为杨先生的孩子所开处方中，只有普米克喷雾（价格97.8元）是“精髓”，其他均为辅助药。几名医生揭出“大处方”背后的“猫腻”：各类药品的回扣率已达10%左右，有的大夫一个月累计开出10万元的药品，每月仅回扣就能拿到八九千元。

据透露，武汉市儿童医院已决定解聘这名医师，武汉市卫生局也已介入此事。

（《人民日报》，2002-08-14）

# 油盐酱醋精量细算

**本报讯（记者李学梅）** 从9月份开始，佩戴着统一胸牌的调查员可能会在居委会大妈的陪伴下敲开您家的门，拿着小秤对您家的柴米油盐进行称量，详细了解您的生活习惯。历时三个月、涉及全市1.7万名市民的“北京市居民营养与健康状况调查”昨天正式启动。

“营养+健康”的调查在本市还是首次。北京市疾病预防控制中心将从全市随机抽出1 240户家庭，由调查员上门为您做一次全面的营养和健康状况测查。他们不仅要了解您是否有家庭慢性病史，还会问您是否吸烟、饮酒、运动，在为您量过身高体重后，还要测您的腰围和血压。同时要将被测居民的血样尿样送进实验室，获得血红蛋白、血糖、维生素、矿物质等项内容的报告。最复杂的要算是膳食跟踪调查了，调查员会连续三天在您家“蹲守”，专盯您的菜篮子和餐桌，精确掌握您家3天内油盐酱醋和所有食物的消费量，从而获得您每天的食物和营养素摄入量、饮食习惯等信息。

据市卫生局疾控处处长赵涛介绍，此次大规模的“营养+健康”调查是全国居民营养与健康状况调查的一部分，对于掌握本市居民的营养状况和与其相关的慢性病发病情况有十分重要的作用，明年公布的结果将以白皮书的形式提交政府，为政府制定与膳食营养相关的社会保障政策提供第一手资料。今后本市每五年就要举行一次这方面的调查。

（《北京日报》，2002-08-20）

## 云居寺 4 000 隋唐石经待救

**本报讯（记者赵婷）** 云居寺石经回藏三年了，回藏的辽金石经怎样了？山上正在风化的隋唐石经现状如何？在辽金石经发现 45 周年之际，记者走访了云居寺。

1999 年 9 月 9 日，云居寺 10 082 块辽金石经入藏恒温、恒湿、密闭、充氮的地宫。三年来，地宫每天有专人管理，由文物科职工负责 24 小时监测压缩机、制氮机的运行情况。经过三年的运行观察，地宫内温度保持在 25℃，相对湿度 46％～52％，氮气含量平均高于 98％，均达到标准要求。回藏三年，虽然观察不到什么明显的变化，但专家学者们普遍认为石经回藏地宫是目前最有把握的保护办法。

石经回藏不是石经保护的结束。回藏三年，云居寺管理处为地宫投入运行维护经费 60 万元，开支巨大。研究更科学、更合理、更实用的新的保护方法，是云居寺管理处以及众多专家学者的新课题。山上仍面临风化威胁的 4 196 块隋唐时期刻造的石经板也牵动着人们关注的目光。云居寺石经山藏经洞区，有 9 个藏经洞，这些石经自 1956 年发掘整理后，除雷音洞继续开放外，其他 8 洞仍以石门封锢。据这里的工作人员介绍，把手伸进洞中触摸石经板，可以感觉到板上有沙尘脱落。每逢雨季，能清晰地听到洞中滴水的声音。这些在洞中封藏了 40 余年的石经板究竟风化到什么程度，在没有打开藏经洞之前没有人能说清楚。在对游人开放的雷音洞里，后壁的石经板因常年受山中潮气的侵蚀，其中有十几块表皮开始成片脱落，有的表层隆起，呈中空状态，上面的字迹随时可能剥落。

三年前，辽金石经回藏庆典上，云居寺发出呼吁请社会各界人士为抢救隋唐石经献计献策。目前，已征集到 8 种保护方案。同时，云居寺文物管理处委托北京古建研究所设计了石经山雷音洞藏经区保护方案，已上报国家文物局。

昨天，谢辰生、罗哲文、徐苹芳、王丹华、黄炳章、吴梦麟等老专家相聚云居寺，参加石经文化研讨会。同时，一个房山石经拓片展在寺中开幕。其中有朱砂所拓的《袁敬施刻金刚经碑》，文字清晰，书法秀美，此碑是北京不多见的唐代穹碑。

房山石经的保护没有止步，也不是一劳永逸的，为保护这座世界上最大、最古老的石刻博物馆，我们仍需继续努力。

（《北京日报》，2002-08-09）

# 刚出生差点踹倒接生婆

## 广西象州县神奇小子5月大就已能提水12公斤

**据新华社讯** 老人说婴儿七坐八爬九长牙，但广西象州县水晶乡甫上村裕生屯却有这样一个神奇小子，才5个半月大，竟能在其父的手掌上玩“金鸡独立”，还能双腿夹住其父的脖子“倒挂金钩”，双手提起满满共重12公斤的水！7月18日，记者来到他家，亲眼目睹了他的超常表演。

这个神奇小子今年元月30日出生，到现在才5个半月大，体重7公斤，身高63厘米。乍一看，他和别的孩子没有什么两样，但据其母亲李桂梅介绍，他在娘肚子里时就特别有力气，常常把母亲踢得生痛。出生那天，接生婆为他洗澡，他一脚踹到阿婆怀里，差点把阿婆踹倒。

其父梁木清说，大概是3个月大的时候，有一次见他双腿蹬得那么有力，就试着让他站在自己的手掌上，他居然站住了。

差不多4个月的时候，有一次在铝桶里洗完澡，把他抱起时，他双手竟把装有半桶水的铝桶一起抓起来。

发现了他的超常能力后，梁木清就经常跟他玩些如在手掌上站立、在脖子上倒挂和提重物等游戏，他也乐于配合，使得全村老小开心不已。

（《广州日报》，2002-07-21）

### 猕猴哥住进星级宾馆　鼠小弟聆听背景音乐

## 中国实验动物“处优养尊”

### 福利状况已接近国际标准

**本报讯（记者张咏晴）**　猕猴住进了三星级宾馆，白兔呼吸着“航天级”的新鲜空气，“鼠小弟”每天聆听轻柔的背景音乐……在昨天举行的2002年上海“国际实验动物科学大会”上，我国科学家发表报告指出，过去10年，中国实验动物的福利状况大幅提高，已接近国际标准。

“这是一群为生命科学事业献身的小精灵。”上海实验动物管理委员会副主任、中国农业科学院刘瑞三研究员在报告中表示，实验动物被称为“活的试剂”，它们是人类疾病的替代模型，同时又是异体器官移植的主要供体。“善待实验动物与否，代表了一个国家的文明和科学水平。”

目前，我国在北京、天津、云南、上海设有4个国家级实验动物中心，2个国家级研究所，全国拥有1 000余个实验动物机构。与20年前“瓦罐养鼠”相比，实验动物的现有居住环境、营养饲料等得到大幅改善。以中科院上海实验动物中心为例，“鼠宾馆”都是无菌中央空调间，恒温、恒湿，空气中的灰尘直径不大于0.001微米，并安装了国内最先进的环保设备，严格处理排放的气体和污水。

中国科学家还提出了“善待动物”的基本原则。其中包括：给予需要的动物以镇静剂、麻醉剂；给予动物人道处死、实施安乐死；温和抚慰，减少动物过激反应；为实验动物树立“安灵碑”等。此外，“实验动物许可证管理办法”和持证上岗制度也已在我国正式实施，确保动物获得人道待遇。

“我亲眼看到了中国的实验动物事业，只用不到10年时间走完了西方30多年的路。”在本届大会上，包括前国际实验动物学会主席鲁塞尔教授在内的专家组充分肯定了中国的成绩。国际实验动物评价与信赖协会也在大会上宣布，对上海实验动物中心进行考评后，将给予国际认证。

（《文汇报》，2002-05-08）

# 北京经历罕见暖冬

**新华社北京（2002年）2月23日电（记者孙晓胜）** 春节才过去没几天，北海公园的水面上已经可以看到游船了。北京人在即将过去的“暖冬”里，真切体会变化莫测的季节带来的新鲜与无奈。

记者从北京市气象台了解到，今天北京的最高气温达到13摄氏度，而前天的最高气温为15.5摄氏度。气象专家认为，北京正在经历一个历史上罕见的“暖冬”。

气象资料显示，今年1月，北京市平均气温为0.1摄氏度，比常年高出3.8摄氏度。1月4日，日极端最高气温值高达14.3摄氏度。无论是平均气温、极端最高气温，均突破同期历史最高。气象部门预计，今年2月的平均气温将比常年高出4摄氏度左右。

气象专家崔继良说，往年北京1月的气温是一年中最冷的，而今年却没有出现低于零下10摄氏度的气温。另外，自去年年底至今，北京市未有降雪天气出现，这在历史上也属罕见。

气象专家认为，暖冬带给北京城的影响是多方面的，冬季气温偏高可以让市民少烧几块蜂窝煤，但可能会导致降水减少，形成沙尘天气，还有干燥的天气会让人们染上恼人的流行性感冒。

但市民们更愿意看到暖冬带来的好消息。现在，走在北京的大街小巷，已经能明显感受到春天的气息，长安街两旁的草坪渐渐变绿，公园里的迎春花也开始迫不及待地绽放。

精明的商家也学会了紧盯着温度计做生意。北京许多商场撤下了羽绒服、皮衣，改打“清凉牌”，凉鞋和裙装已经摆上了货架。由于“暖冬”的影响，北京市今年春季植树造林也将提前到3月初，比往年早半个月开始。

据了解，北京自上个世纪80年代以来，冬季气温逐渐转为偏高，1986年至1998年北京市曾连续出现过13个暖冬。

## 政府民营联手　打造人才“硅谷”

# 尚志山沟走出一批软件制造娃

**本报讯（通讯员朱伟华　齐光瑞）** 当在北京未来软件制作公司打工的黑龙江省尚志市乌吉密乡农民李刚将7个月的劳动所得交到父亲手里时，他的老父亲喜极而泣，逢人便讲：“才读初中的儿子就能跑到北京去干科学家干的事儿，而且几个月就挣了这么多钱，要不是市政府和北京未来软件公司搞的人才培训基地，我儿子哪能从这山沟里出息呀！”

尚志市地处完达山腹地，由于信息闭塞，经营门路少，当地经济状况十分落后。怎样才能走出一条既能振兴当地经济，又能帮助老乡们脱贫致富的路子呢？尚志市委、市政府与北京未来软件公司总裁栾树生协商，决定搞一个软件制作人才培训基地，一来能为提高当地山民的文化素质尽份力，二来也可让山民发家致富，以此振兴当地经济。于是，由尚志市政府出土地和厂房，未来公司出资建设软件人才基地，经过一番改造，投资达2 000万元的“北京未来尚志软件人才培训基地”建成了。他们从北京、上海等地的一些大专院校和科研机构，聘请有经验的教师，采取理论与实践相结合的方式，让学员边学边参与一些简单的软件制作。基地不但供学员吃住，有的还可以拿到200元左右的工资。首期分别来自尚志市各乡镇的101名初高中毕业生，经过一年多的强化培训，就有部分学生能参与公司的一些软件制作。年底，他们又将一些学生送到北京总部，让他们从事国内外软件项目开发、生产、销售及服务等工作。到目前为止，他们共培训了四期200多名学员，这些学生均在北京、深圳、广州、上海、哈尔滨等地的一些软件公司工作，其中有的学生年薪已达十万元。

（《光明日报》，2002-02-20）

## 平垸行洪退田还湖带来历史性大转折

# 洞庭湖长大五分之一

**本报讯（记者万茂华　赵成新　李志林　王利亚）** 洞庭湖变大了！经过三年规模空前的综合治理，洞庭湖面积扩大五分之一。这个自明清以来不断萎缩的湖泊，终于出现了历史性大转折。

12月25日，省有关部门的权威统计表明：1998年以来，我省已对220处阻洪堤垸实施了平垸行洪、退田还湖，洞庭湖蓄洪能力增加27亿立方米，蓄水面积扩大554平方公里。水利专家称，整治后的洞庭湖如果再遇到1998年那样的特大洪水，水位可平均降低0.1米。岳阳城陵矶的水文标尺上，凶猛的洪水再也爬不到那令人毛骨悚然的高度了。

长大了的洞庭湖别是一番景象。隆冬时节，记者在湖区采访看到，原来人丁兴旺的华容县小集成垸、汉寿县青山湖垸已无人迹。成千上万的白鹭、野鸭、天鹅在栖息、飞翔，成片的杨树在风中摇曳着，赶走了冬天的苍凉。

据史料记载，明朝嘉靖年间，洞庭湖号称“八百里洞庭”，洪水期湖面达6 000平方公里。此后数百年泥沙淤积，盲目开垦，致使“堤垸如鳞”。在实施综合治理前，这个长江水系重要调节湖泊的面积减少到2 691平方公里。湖面锐减，调蓄能力削弱，灾害频频发生，湖区人民深受水患之苦。仅以1998年为例，洪涝灾害造成的直接经济损失就达197亿元。洞庭湖失去了宝地的光彩，成为一块不得安宁的险地。

治理洞庭湖，还历史的本来面貌！1998年特大洪水过后，党中央、国务院对整治洞庭湖极为重视，投资70多亿元支持我省。改变单纯加高加固大堤“堵”的传统办法，实施以疏导为主的综合治理方略，湖区30个县（市、区）及大型农场实施了平垸行洪、退田还湖、移民建镇。广大群众对治理洞庭湖期盼已久，表现出极大的热情，使这项浩大工程进展顺利。三年中，湖区8.4万农户、30多万群众告别故土，实施大迁移，成为湖湘史上的一大壮举。澧县的澧南垸、西官垸是治理的重点地区，许多老人虽难舍故土，但更感谢党和政府让他们离开了“水窝子”。两个垸子7万多人有序搬迁，实现了安居乐业。“平垸行洪还洞庭浩浩荡荡，移民建镇让百姓世代安康”，搬迁户新居门上贴的这副对联反映了湖区人民的共同心声。

人与自然在洞庭湖开始和谐相处。随着治理的深入，烟波浩淼的八百里洞庭将再现人间。

（《湖南日报》，2001-12-26）

## 开天辟地第一回

# 浙江贫困农民依法享有最低生活保障

**本报讯（记者周建国）** 我国农民依法享受社会保障的历史在浙江开篇。到今年12月中旬，浙江现有的23.2万名贫困农民全部依法享受政府提供的最低生活保障。

这一保障制度以法规形式写入了10月1日开始施行的《浙江省最低生活保障办法》。据省政府法制办负责人介绍，以法规形式将农民列入社会保障的保护范围，此举为全国首创。

在绍兴市马山镇渔港村，原先年收入只有480元的64岁农民封秋娥，再也不用为明年的生计发愁了。按照《保障办法》，她和孙子明年可以获得2 200多元的保障金，直至她家的人均收入超过当地最低生活保障线为止。这些钱全部由绍兴市和马山镇政府的财政支出。现在马山镇有90户148名低收入农民获得政府的援助。绍兴市民政局同志表示："以往，我们对申请保障金的农民半年审批一次，按年发放。如今我们按《保障办法》规定，按季发放到每户农民手中。"

曾经是贫困县的泰顺县，已有1万多名农民获得了最低生活保障金。每个提出"低保"申请的农民，其所在村委会都要在村里发布不少于7天的公告，以体现公开、公平、公正原则。

《保障办法》根据农村居民每月粮油、干鲜菜、肉禽蛋、衣着被褥和教育、医疗等费用，确定最低生活保障线，凡家庭人均收入不足最低生活保障的部分全部由当地财政保底，并以现金形式按双月或季度发放。

早在1996年，我省就着手建立城乡一体的最低生活保障制度。但由于没有法规保障，申请和审批的程序不规范，资金来源没有保证，尤其在经济欠发达地区，低收入农民的利益得不到有效保障。

作为近年来中国经济发展最快的省份之一，浙江多数农民已脱贫致富，各级政府的财政收入日渐充裕。让少数贫困农民享受社会保障制度，是建立市场经济体制的重大配套措施。

“《浙江省最低生活保障办法》的实施，将使浙江贫困农民从过去享受解急济困式的关怀转变到有了法制保障，”省民政厅有关人士说，“如果有的贫困农民基本生活失去保障，他们可以以‘不作为’或‘侵权’为由，依法申请行政复议直至提起行政诉讼。”

据悉，为顺利启动农村“低保”制度，省财政今年投入了 1 400 多万元，主要投向欠发达地区。目前，我省每季共有 2 700 多万元资金用于支付农民的“低保”费用。

（《浙江日报》，2001-12-18）

达拉特旗禁牧一年多成效出人意料

## 禁牧禁出个大发展

**本报树林召讯（记者谭玉兰　张俊在）**　达拉特旗从 2000 年 4 月 1 日起全面禁牧，一年多来，成效出人意料。到今年 6 月末，全旗大小畜达 105.3 万头（只），较上年同期增长 62%，较禁牧前增长 21.3%，创历史最高纪录。主要畜种绒山羊的个体平均产绒量由 0.3 公斤提高到 0.4 公斤。尽管连年干旱，植被覆盖率已由 1999 年的 28.4%恢复到目前的 45.3%，提高 16.9%。群众高兴地说，没想到禁牧禁出个大发展。

达旗地处黄河南岸，鄂尔多斯高原北端，沙化和水土流失面积占全旗总面积的 76.5%，发源于鄂尔多斯高原的 10 条黄河一级支流纵贯全旗，每年向黄河输送泥沙 4 000 多万吨。多年来，达旗非常重视生态建设，但由于边建设边放牧，且长年超载过牧，致使建设速度远远赶不上沙化速度。在西部大开发战略的推动下，达旗旗委、旗政府主要领导在充分调研的基础上痛下决心：全旗全面禁牧，牲畜舍饲圈养，使植被自然恢复。经旗人民代表大会审议批准，旗政府向全旗发出了《禁牧令》，出台了《达拉特旗禁牧实施办法》。

“羊留下个放，没留下个圈。”尽管旗委、旗政府提前半年就做了禁牧宣传动员工作，但农牧民养畜世代以放牧为主，对禁牧舍饲一时难以接受。他们宰杀和大量出栏牧畜。到 2000 年 6 月末，全旗大小畜总数由 86.8 万头（只），锐减到 65 万头（只），下降 25%。面对这种状况，旗委、旗政府领导毫不动摇。他们首先是通过各种途径做好农牧民的思想工作，讲全旗年产粮食3亿多公斤，各类农作物秸秆和优质牧草6.5亿公斤以上，圈养牲畜的条件得天独厚。其次是派干部下基层、进农户，大力推广秸秆“两贮三化”等舍饲实用技术。三是扶持示范户，发挥典型引路作用。四是制定优惠政策，帮助养殖户协调贷款，推进舍饲养畜。这一系列措施的推行，使一大批舍饲养畜大户迅速涌现。亲眼看到舍饲养畜的好处后，农牧民舍饲养畜的积极性空前高涨，他们多方筹集资金，主动外出购买牲畜。仅今年上半年，全旗共买回牲畜21万头（只）。

目前，全旗已建成标准化棚圈1.28万处64万平方米，购进饲草料加工机具2 000台（套），建成青贮、微贮窖7 803处，秸秆利用率已由禁牧前的不足15%提高到40%。禁牧圈养不仅促进了畜牧业的大发展，还促进了种植结构的大调整。今年，达旗种植青贮玉米和优质牧草38万亩，占总播面积的35%，首次超过了粮食作物的播种面积。禁牧一年多，植被恢复令人惊喜，覆盖率一下子提高16.9%。干部群众纷纷议论：真是人治一小片，天治万里川。

（《内蒙古日报》，2001-08-06）

### 1 800亿给人错误印象　北京市副市长郑重说明

## 举办奥运只需16亿美元

**本报讯（记者周华公）**　在昨天的北京市人大常委会第28次会议上，北京市常务副市长孟学农郑重表示：北京举办2008年奥运会只需16亿美元左右。

孟副市长向市人大常委会委员解释说，在北京申奥成功后，一些媒体在报道北京举办奥运会时，给人以错误的印象，即北京举办奥运要花1 800亿元人民币。由于这个原因，国际和国内已经有一些人士对北京用1 800亿元人民币举办奥运表示困惑，这使北京面临了一定的压力。孟副市长指出，1 800亿元人民币实际上是北京未来5年内城市交通和环境治理等重大项目的建设投入，其中900亿元人民币用于基础设施建设，这并非专指举办奥运会的资金。

他还表示，举办奥运会16亿美元资金就已经足够，这笔资金将主要来自出让奥运节目电视转播权所得资金、参加比赛的国家和地区的代表团所交的一定资金和国际奥委会提供的资金。其中，按照预算结余的1 800万美元则用于设立第三世界体育发展基金。孟副市长表示，北京将用120亿元到130亿元人民币进行奥运会体育场馆建设。

（《京华时报》，2001-08-03）

昔日曾发不义财　如今悔悟播新绿

## 灵武一批甘草老板治沙“赎罪”

**本报讯（记者周崇华　通讯员史振亚）**　今年开春以来，宁夏灵武市一批曾以采挖、收购、贩运甘草为业的“甘草老板”、“生态罪人”，面对家乡日趋严重的荒漠化现状，放下“屠刀”，进军沙漠，播撒新绿。半年多来，他们亲手植起的三条总长达100公里的绿色长廊，使历经劫难的草原在点点新绿中重现生机。

地处毛乌素沙漠边缘的灵武市白土岗乡有各类草原150多万亩，其中甘草生长面积达30多万亩。十多年来，甘草这一野生固沙植物非但没有受到应有的保护，反而成了一些人发财致富的“聚宝盆”，并逐步形成个体甘草加工企业十多个，收购贩运甘草大户30多家。

采挖、贩运甘草获取高额利润的背后，是上百万亩草原变得千疮百孔，民不聊生，仅白土岗乡土地沙化面积就达70%以上。当地“甘草老板”王占森一次上山收购甘草时，被眼前滚滚流沙和寸草不生的惨相震惊了。下山后，他立即停止甘草收购，并与当地数十个甘草贩子签订协议，不做甘草生意，坚决保护草原。他还自愿加入村里的草原巡逻队，进山保护草场。去年6月，国务院关于禁止采挖甘草的禁令发布后，王占森又决定响应国家号召，投资治沙，还绿“赎罪”。他说服家人把贩卖甘草挣来的20多万元投进荒漠，目前已在草原种树一万多棵，种草百余亩。在他的带领下，今年以来，马希江等十多名昔日的甘草贩子和百余户农牧民也加入治沙行列，植树18万株，并在过去毁之殆尽的荒漠地里种植牧草 1 000 多亩。

（《法制日报》，2001-07-24）

# 战略导弹部队　青年才俊辈出

**本报讯（记者何天进　特约记者伍旭东）**　“点火！”“点火！”“点火！”随着一枚枚神剑的腾飞，备受世人瞩目的中国战略导弹部队，迎来了 35 岁生日。从雷霆万钧的导弹发射场，到藏雷纳电的“地宫”；从静谧神秘的实验室，到播种科技圣火的讲台，到处留有年轻的导弹健儿拼搏奋进的汗水。

某导弹旅大学生士兵徐海波，在科技强军舞台上大显身手后，部队拨出 30 万元专项经费，支持他和另一名大学生战士搞科研，在军内外传为佳话。像这样高素质的青年士兵，在战略导弹部队已不是个别，而是已形成一个群体。每年新补入的兵员中，拥有大专以上学历的逐年增多，给部队作训注入了生机与活力。

导弹部队的发射营长、连长，是导弹发射的直接指挥者，其素质的高低直接影响部队的战斗力。为此，第二炮兵先后出台了多个法规性文件，对青年发射人才的选拔、任用，制订了严格的考核标准。目前，二炮部队 90%以上的发射营长、连长具有大学本科学历。

在二炮的科研院所，拥有博士、硕士等高学历的人才占青年科技干部六成以上，还有相当数量的高学历人才走进了基层作战部队。在这些博士、硕士中，有 25 岁的高级工程师、28 岁的副教授、34 岁的教授等，他们成为打赢未来高技术战争的重要人才资源。

为了让更多年轻优秀人才脱颖而出，第二炮兵还启动了“神剑人才工程”，建起总部、基地、旅团三级“尖子人才库”，对“入库”人员的选拔、培养、调动，实行专门管理，提供培训、进修、外出深造的机会，帮助他们不断提高自身素质，使其成为既懂指挥又懂管理还懂技术的复合型人才，并逐步充实到旅团主官岗位。

大批高素质青年人才得到重用，有力推动了部队的现代化建设。近年来，二炮取得的数百项战法、训法和训练改革成果，大部分出自青年之手。他们指挥的部队多次圆满完成各种演习和训练发射任务。

（《中国青年报》，2001-06-08）

# 北京城告别沉重的粪桶

**本报讯（记者赵新义）** 随着21世纪的到来，北京市最后32座旧厕所日前被封闭，东城区环卫局5名背粪工永远告别了掏粪工作。

解放前，北京城里的厕所，全部由人工背粪清淘。当时还有粪商、粪霸积粪赢利。20世纪六七十年代，北京市开始第一次厕所革命，逐步以冲水式厕所机械化抽粪车代替了人工清淘厕所。经过20多年时间，北京市仅剩下东城区32座死坑式厕所，东城区有关部门投资1 000多万元，终于在新世纪到来之前清除了这块“死角”。

记者日前采访了时传祥的三儿子，北京市总工会副主席时纯利，他说：父亲是一名掏粪工人，他热爱清洁工作，提出了“宁愿一人脏，换来万家净”的口号，1959年在全国群英会上，受到刘少奇、朱德等老一辈革命家接见。为接好父亲班，我们兄妹四人，全都在北京市环卫系统工作。我是几个月前才到工会工作的。说起北京的环卫工作，时纯利高兴地说：目前，北京市共有4 500多座公共厕所，全部进行了设备改造，改造后的厕所地面一律铺设了防滑地砖，开设了天窗增加采光亮度，设计了百叶窗换气，中间修了夹壁墙增大通风，还设立专人负责制，一天要冲扫两次。

记者在北京生活多年，过去，闻着味就能找到厕所；而现在不同了，就是有人指给你说这儿就是厕所，而你却不敢贸然进去。比如在北京平安大街上的厕所就十分别致，外面房顶上挂着琉璃瓦，房檐上钉着檩条；里面面积有200多平方米，红外线感应冲水器，充满清新气息的磨花玻璃，真是既古朴又现代。

据了解，如今京城新建的厕所，更是体现以人为本的精神。以前男、女厕所面积大多是平均分配，而现在根据男女不同生理特点，女厕面积普遍比男厕面积大30%。王府井大街上女厕内设有独立化妆台、梳妆镜，墙壁上还铆有“鹿鸣翠谷”壁画，男厕里的壁画则为“黄山雪皑”。

（《人民政协报》，2001-01-04）

“十百千万”工程提高了乡医水平

# 大庆乡间又见“赤脚医生”

**本报讯（记者衣晓峰）** 林甸县黎明乡六旬老人王桂芹，患外伤性关节炎四处求医问药，先后用去千余元，却久治不愈。闻讯上门的乡医陈玉春，按《农村常见病多发病治疗手册》一书中所记载的简便方剂，采用膏药贴敷，结果仅花3.4元就为老太太医好了伤痛。年初以来，大庆市卫生局开展了农村中医药“十百千万”工程，使广大农民花最少钱就能享受到有效、经济、合理的医疗服务。

这项被列为黑龙江省2000年实事、大事推进项目，并被纳入全省农村中医工作要点的“十百千万”工程，主要内容是针对东北农村40多种常见病，筛选、整理出百余个偏方、验方和“简、便、验、廉”的中医小处方，同时分期分批培训1 300多位乡村医生，为全市百万农民兄弟的身体健康“保驾护航”。

为此，大庆市卫生局在全市范围内挑选一批有基层工作经验、有名望的中医药专家，编辑、出版了《农村常见病多发病治疗手册》。书中选取东北地区特别是黑龙江省农村地区45种常见病，以中医病症命名，以中医基本理论为指导，以简、便、验、廉的中药为主要治疗手段，每症之后均附有自编的用药歌诀，便于记忆和掌握。

在编发手册的同时，市卫生局利用农闲“挂锄”时间，对四县一区1 327名乡医进行半个月的封闭轮训，授课教师均是市、县中医院正、副主任医师，教学时数在130小时以上。乡医们学习热情空前高涨，无不珍惜这一提高理论水平、业务素养和实用技术的机会。学员中有60多岁的村卫生所所长，有县卫校刚毕业的学生。大同区林源镇一位女乡医，尽管近期就要临产，但在丈夫的陪伴下，挺着肚子坚持参加培训，没落下一节课，直到将鲜红的结业证书捧到手，才安心地住院待产。

实施“十百千万”工程，巩固、壮大了乡村医生队伍，进一步修补、完善了农村医疗预防保健网网底。为将这项农村卫生工作落到实处，市政府拨出10万元专款，给全市706个村卫生所的村医配备了出诊箱、听诊器、血压计、针灸针等“家什”。当目睹这些乡医身背药兜、骑着摩托车，活跃在阡陌、村屯时，朴实的农民亲切地说：看，咱农民自己的“赤脚医生”又回来啦！

（《健康报》，2000-09-22）

### 缺乏水危机意识　过量超采地下水

## 华北“地下水漏斗”世界最大

**据新华社（2000年）7月18日电（记者陈芳　周吉仲　杨守勇）**因过量超采地下水，我国华北地区已经形成世界最大的“地下水漏斗”。专家指出，大漏斗不仅伴随着地面沉降、海水入侵，也预示着这一地区今后的可持续发展将会面临更大问题。

地处渤海之滨的河北沧州市由于缺水，如今只能依靠超采地下水来发展经济，成为我国“成长”最快的地下水漏斗群之一。目前，沧州市中心地面整体沉降已达1.68米。长此以往，“桑田变沧海”绝非杞人忧天。

首都北京，降水、地表水和地下水这“三盆水”如今都面临着前所未有的严峻形势。市水利局有关负责人说，北京是在靠水库多年的“积蓄”维持供水。由于地表水不够用，地下水出现了严重超采，导致去年一年全市地下水位下降了两米。

事实上，沧州、北京的情况只不过是整个华北地区的缩影。偌大的华北平原几乎没有入境和过境的大河流，近年来随着降水的减少和工农业发展对水的需求不断增加，华北已成为我国最缺水的地区之一，人均水资源量位居全国后三位。

严重缺水使人们不得不把目光盯在地下。目前，河北省机井已达9万余眼，占全国的1/4以上，近年来共超采地下水几百亿立方米，其中属于不可再生的深层地下水达200多亿立方米。河北水利专家英若智说，大量超采地下水使华北地区地下水位大幅下降，仅河北境内就出现了20多个漏斗区，加上北京、天津地区，影响面积达5万平方公里左右。

伴随“地下水漏斗”，这一地区地面也在沉降，还引发了一系列环境问题：铁路路基、建筑物、地下管道等下沉、开裂，堤防和河道行洪出现危机，南运河部分堤段已经下沉了 1 米左右。地矿部门测定，华北地区 49 个县市地面裂缝达到 400 多条。秦皇岛市海水倒灌面积已有 55 平方公里，许多工业冷却设备被大量腐蚀。由于地下水位下降，河北每年有 4 万多眼机井报废，一半以上的机井只能出半管水或少半管水，机泵被迫多次更新，加重了农民负担。

专家强调指出，大漏斗的形成并不仅仅表明我们仍在超采地下水，它还表明水危机意识还没有真正深入人心。为了维持今天的发展，人们一直在喝“子孙水”。长此以往，深层地下水将被喝光、用光，我们将来的可持续发展就成了“无本之木”，这才是影响千秋万代的大事情。

（《北京青年报》，2000-07-19）

## 鼠标+泥土　安徽农民抢商机

**本报合肥讯（记者何其琛）**　几年前，网络对于农民似乎是风马牛不相及，然而时过境迁，新千年前后，安徽灵璧县、全椒县、岳西县等地农民均在因特网上抢得商机。

记者了解到，在灵璧县虞姬乡，农民每天从网上搜寻到蔬菜行情，又把当地每天的蔬菜行情输入网络，寻找商机，并以此吸引外地客商。有消息说，该县现在仅蔬菜年销售收入就达 8 000 万元。无独有偶，离灵璧县不远的滁州市全椒县西王镇农民身处山区，竟也在中国商品交易网络上建站进入因特网，并以此引来很多订单。据记者了解，该地生产的绿环牌酱鸭、盐水鸭、光鸭、板鸭等 14 个系列的鸭产品通过因特网牵线已进入广州“好又多”、南京苏果等国内 50 余家超市，甚至出口到日本、新加坡等地，在国家级贫困县、革命老区——大别山的岳西县，农民王永安 1998 年在因特网上推销本地农民手工制作的布鞋。同年 6 月，他得到了美国一家贸易公司通过电子邮件发出的 700 双布鞋的订单。现在，王永安注册了国际一级域名（http：//www. yangshang. com），设立了中文简体、中文繁体及英 3 个版本的网站，而他在当地老乡家订购的布鞋也通过因特网远销美国、日本、英国、芬兰等10多个国家。

业内人士就此认为，农民利用网络营销，能克服许多实际困难，顺利地在网上介绍和展示他们的商品，给购买者提供了一个了解农产品的渠道，本身就是件令人惊喜的事。网络营销只需1台电脑、1根电话线，就把你要推销的农副产品告诉访问者，成本低、可操作性强，是交通不便、消息闭塞地区农产品流通的一种切实可行的方式。

（《中国商报》，2000-07-17）

# 中国人属艾滋病易感人群

**本报讯（通讯员万树红　孙捷　记者郑莉丽）**　解放军302医院传染病研究所一项基因研究课题日前得出结论：我国人群属于艾滋病易感人群。

302医院传染病研究所副所长、留美博士王福生教授负责的这项课题是和美国Mount Sinai医学院的国际合作课题。该课题以中国人趋化因子受体第5号（CCR5）基因突变及艾滋病感染病（HIV-1）遗传易感性的评估为主要内容，采用多聚酶链反应扩增、单链多态性基因克隆和脱氧核糖核酸序列分析等一系列分子遗传学方法，与旅美学者蒋建东教授携手合作，对我国普通人群中1 300名受检者进行了CCR5、CCR2和基质细胞衍生因子（SDF-1）等基因的突变和多态性等研究，初步阐明了我国普通人群CCR5、CCR2和SDF-1基因的突变率分别为0.12%、17%和34.7%。这一研究结果显示，我国普通人群和美国白人相比，对嗜单核细胞的艾滋病毒感染的抵抗力明显降低，在分子水平上我国人群对艾滋病毒的易感性较大。

CCR5突变者具有抵抗艾滋病毒感染的能力。有关人士发现，美国白人CCR5突变率高达10%左右，而黑人的突变率则较低，表明黑人更易感染艾滋病。302医院进行的这项研究，首次对中国人群中CCR5突变等进行了大样本调查，其结果不仅直接与我国艾滋病的预防及卫生部门制定相关的政策有着重大关系，还可以通过基因分析，了解病人的病程发展及预后，并为基因治疗艾滋病提供了可能。

（《健康报》，2000-02-19）

刺鼻气味袭击昆东铁小

# 小学生戴着口罩上课

昆明市日用化工厂对学校反映无动于衷

**本报讯（记者黄莺）** 对于昆明铁路局昆东中心小学的师生来说，新学期的来临并没有给他们带来重逢的快乐，因为，刺鼻的气味和持续不断的噪音已让学校难以正常上课。

昆东铁小位于官渡区牛街庄。9月份昆明市经济技术开发区建在该校南面仅一墙之隔的市日用化工厂开始运行生产，从工厂散发出的大量异常难闻的气味借着东南风弥漫在校园各处；鼓风机及烟囱发出的轰鸣声扰得师生们难以正常上课。该厂投产不到一月，学校的许多师生不同程度出现了头昏、恶心、呕吐等症状。

10月19日，记者来到昆东铁小，一进校园，持续不断的“隆隆”声就灌入耳中，难闻的气味一阵强似一阵。正在操场上体育课的不少孩子戴起了口罩。在气味最浓的一间教室，拥有50多名学生的空间里本应充分通风透气，如今却门窗紧闭，担心过多的带有怪味的空气进入室内。上课的学生们有的掩着鼻子，有的戴着口罩。几位老师告诉记者：“今天还不算严重，天阴的时候，这股气味异常浓重，久久不能散去。以前上课时，课堂气氛很活跃，现在发觉很难调动起孩子们的积极性，课堂显得死气沉沉的。”孩子们也七嘴八舌地说：“以前一下课，我们都喜欢到操场上玩，现在大家都躲在教室里不愿出去。这股味太难闻了。”

昆东铁小的陈校长担忧地说：“为了这件事，我们多次向厂方和有关部门反映，始终未得到明确答复。现在我们最担心的是，气体会不会影响孩子们的健康。”徐书记则坚定地表示：“这件事的解决无论有多困难，我们一定要反映到底，希望能早日还孩子们一个安静、清爽的学习环境。”

（《春城晚报》，1999-11-03）

我国扶贫史上的一项创举

# 跨省兴建华西村　就地移民 6 000 人

**本报讯（记者陆念祖）**　一项由华西村无偿提供资金、技术、管理，在宁夏银川地区再造一个华西村，帮助 6 000 人脱贫奔小康的世纪工程已全面启动。

10 月下旬起，宁夏 104 名从移民中挑选出来的知识青年在华西村接受为期 1 至 3 年的技术培训。与此相策应的宁夏华西村基础设施建设和移民工作也正紧锣密鼓地进行着。

根据这项工程计划，宁夏回族自治区将从南部山区的极贫困地带移民 6 000 人，到银川市 30 公里外的华西村安家落户，在已划出的 2 万亩荒地上陆续建起农业、工业、中心集镇、旅游、养殖 5 大区，争取 3 年内解决这一部分人的温饱，到本世纪末实现小康。目前，宁夏华西村已完成 150 多户贫困户的移民搬迁、3 000 亩的土地平整。

华西移地建村扶贫的决策始于今年 6 月中旬。全国人大代表、村党委书记吴仁宝在考察了该地区后，深深感到在这些严重缺水、交通闭塞、土地贫瘠的山区难以实施扶贫计划。他大胆地提出移地开发建新村的设想，当即得到陪同考察的中国扶贫基金会副会长何载的首肯。他称赞这一举措开创了我国扶贫史上的先例，具有划时代的意义。宁夏回族自治区党委书记黄璜表示要把宁夏华西村办成东西合作扶贫开发的样板。自治区迅即成立了工作班子，由主管农业的副主席周生贤亲自挂帅，工作人员深入实地考察选址，制订建设规划。区人民政府制订出了优惠政策，并从扶贫资金上给予倾斜。华西村党委派出党委副书记瞿建明等 3 名骨干常驻宁夏负责筹建新村，同时积极做好新村民的培训工作，计划 3 年内为宁夏培训 1 000 名骨干，为新村正常运行奠定人才基础。

（《江阴日报》，1995-11-06）

# 中国大型建设工地上两支形影不离的队伍

**新华社北京（1995年）8月17日电（记者杨新河　王兆麟）**一边是大型掘土机挥舞着长臂进行挖掘，一边是人们拿着探铲、毛刷小心翼翼地进行清理。

这是记者在北京至深圳高速公路河北段工地上见到的情景。与公路施工现场相距不远的那支特殊队伍就是文物工作者，他们正在把地下埋藏的文物仔细地清理出来。

这条贯穿中国南北的高速公路，全长2 000余公里，采用分段施工办法。河北南部路段于去年夏天动工，在此之前的1992年，由中国社会科学院考古研究所副研究员朱岩石率领的一支200人的文物考古队就开始在这条公路上勘探发掘。仅在石家庄至安阳段长216公里的路基下，就发现了35处古遗址，出土文物3万余件。

朱岩石介绍说，中国文物法规定，兴建大型项目，文物部门必须先行勘探和抢救性发掘，未经文物部门许可，工程是不能动工的。

高速公路是中国近年来占地面积最大的建设项目。90年代初中国开始高速公路建设，到今年末通车里程将达到2 000公里以上。据交通部官员介绍，各地至少还有10条高速公路在施工，每条路上都有这样一支考古队在配合工作，成为同道路施工并肩工作的一支队伍。

京深高速公路是以北京为中心向全国呈辐射状的公路干线中的一条，经过的华北平原是中国2 000多年前诸侯国燕国、赵国、中山国故地，又是几代封建王朝建都的京畿之地，国家和省级重点文物保护单位的数量居全国第一。河北省文物研究所所长谢飞说："在华北平原每挖一锹土，都可能挖出文物来。"

在这里的建设工地上，常常可看到建筑工程队和文物考古队双方配合默契地工作。漳河畔近4公顷丘陵地，是为筑路而选定的取土场，经勘探发现这里有240余座汉墓，尽管公路施工工期很紧，但推土机手们还是耐心地看着考古人员像绣花似的一件件清理出文物后才开动机械。

负责京深高速公路河北段施工的高级工程师刘敏志说，文物部门提前介入，既保护了文物又避免了在施工中发现重要文物必须停工或移址所造成的巨大浪费和工期延误。

这条公路经过地段有一处叫邺城的古遗址，1 500 年前著名的政治家曹操在中原建立霸业，把邺城作为曹魏的都城，之后有 6 个王朝都在这里建都。如今的邺城已成为废墟。公路原设计想从邺城遗址直线穿过，文物部门指出这座遗址是中国城市发展史上具有举足轻重地位的国家级重点文物单位，应该保护。

记者沿正在施工中的公路南行，只见施工线路已从邺城遗址西 800 米处绕过。刘敏志说，附近的一座大桥也因此而西移，使投资增加了 1 000 万元。

为这条高速公路提供贷款的世界银行高级专家组高度赞扬中国公路和文物部门密切配合的做法，认为这是中国贯彻既对文物保护有利，又对基本建设有利方针的典范。

这个方针是中国政府早在建国之初进行大规模建设时就已制订出来的。50 年代北京市修建一条东西大道时要从迄今世界上保留最完整、最小的城堡——团城穿过，此举引起了文物古建专家们的异议。当时周恩来总理多方听取意见，并登上团城观察两个多小时后决定，马路要修，团城也要保，两全其美的办法是马路改道。

从现今的北京交通图上可以看出，北京城内主要干道都是笔直的，唯独北海公园团城附近一段向南绕了个弯。周恩来总理妥善处理了团城的保护问题之后，随即主持确定了“重点保护，重点发掘，既对文物保护有利，又对基本建设有利”的“两重两利”方针。

中国自 80 年代进入更大规模建设新时期，修公路、铁路，建工厂和电站，发展乡镇企业，都遇到文物保护问题。避免重蹈西方一些国家在工业化和城市化过程中对文物造成破坏的覆辙，中国于 1982 年制定了文物保护法，其后又陆续颁布了具体的法规和细则。

世界瞩目的三峡工程是中国贯彻“两重两利”方针的又一次大规模行动。三峡大坝动工前，坝址文物已全部清理发掘完毕。目前从全国范围调集的 30 多支考古队又分赴将被淹没的库区，在 600 多平方公里范围内展开文物勘察抢救性发掘。

春运航空市场谁唱主角

## 10万"打工仔"将乘机返乡

**本报讯（记者邓锦良）** 今年我市春运航空市场客源出现"民工唱主角"的新现象。据各航空公司统计，乘坐飞机返乡过年的民工总数将达10万人次，占客流量的近一半。

据了解，我市往年春节期间航空客流量占首位的是港澳同胞及海外华侨，今年被民工所取代。主要原因是我市一些民工所在的公司、工厂生产任务饱满，均比往年推迟放假。为做到生产放假两不误，民工所在的厂家宁可多花钱，为他们预订或包下节前的机票。另外，一些民工存有"难得飞一回"的心理，平时省吃俭用，自己掏钱乘飞机返乡过年。还有些民工买不到长途火车票，迫于无奈，改乘飞机。据统计，今年春节期间深圳机场加班和包机超过100班，其中60%以上的座位已被民工团体所包。此外还有大量的民工在售票厅排队买散票。

（《深圳特区报》，1994-01-21）

## 河南21万农户用上新式厕所

**本报讯（记者曾繁玉）** 过去见到下乡干部不以为然的河南一些地区的农民，如今一见到下乡干部，就亲热地邀请到家去看新式厕所，并伸出大拇指说，政府真给俺们办了件好事。

据了解，自虞城、扶沟、郸城、清丰、密县等县市推广"双瓮式"厕所以来，目前河南省已有21万多农户用上了这种厕所。

河南农民旧观念的突变，是发生在得知"双瓮式"厕所既卫生又能提高肥效的好处之后。试点县有的村干部刚开始还担心群众不接受，自己带头改厕。没想到，群众看到后说，办这样的好事不用带头。

"厕所走婆家"的故事在虞城县更是不胫而走。故事说，改厕已两年多的花庄，有个姑娘出嫁到另一个未改厕的乡后，怎么也不习惯婆家又脏又臭的旧式厕所。小两口一合计，从娘家拉来了两套“双瓮式”厕所预制配件，并表示愿意帮助婆家全村都搞起新厕所。文集乡预制了500套改厕配件，几天之内就被抢购一空。郸城县钱店镇杨砦村一对青年夫妇，在新宅基地上盖起4间瓦房的同时，房后修起了一个砖瓦结构的“双瓮式”厕所，可他家的厨房却是临时搭的茅草棚。女主人告诉参观者：“厨房可以先将就，厕所得先修起来。”

（《健康报》，1990-07-24）

### 用不得　留不得　扔不得

## 数亿只农药废瓶无“家”可归

**本报讯（记者李兵）**　山东省嘉祥县一位农民最近来信说，我家有农药废瓶50多个。卖，没人要；交，无人收；扔了，污染环境；堆在家里，又时时担心老人、孩子误用中毒。真不知咋办才好。类似来信，本报已收到数十封。

由于缺乏有效的回收处理渠道，近年来，全国每年约有数亿只装过有毒农药的废瓶长期无“家”可归，成了亿万农民“看着操心、堆着揪心、乱扔又不忍心”的一大心病。

据卫生部门统计，仅去年全国食物中毒事故中，农药中毒就高达305起，造成2 826人中毒、80人死亡，其中相当部分与误用废农药瓶有关。因为在农民家里，农药废瓶很难妥善管理，往往与食品、药品的空瓶混放，其标签又极易脱落，导致中毒事故屡有发生。

卫生部门告诫说，有些农药还可经皮肤侵入人体，在儿童玩耍或搬动时也可引起中毒。特别是农药废瓶乱扔会对植物、水源、土壤及居住环境造成污染，导致更大范围的长期、慢性危害。

农药废瓶究竟“家”在何方呢？

据商业部门有关同志讲，过去，农药废瓶都是由商业回收系统收购的。但收购站一无清消残毒设施，二无专门库房，回收的废农药瓶只好与食品、医药等废瓶混放，极易扩大污染。加之回收数量多，地域分散，利润较低，故近几年已极少收购。他们建议，这类有毒废包装，最好是谁生产谁回收。

化工部有关同志介绍说，农药大多是一厂产品销各地，且各厂品种、包装不尽一致。由农药厂自建如此庞大的回收网殊为艰难。目前，一方面是农药瓶货源紧张，价格上涨，另一方面却有大量空瓶浪费。如能由农药管理使用部门集中返回，可收一举多得之效。

全国农业植保总站高级农艺师宗振环对记者说，以前由各基层植保站统一购药喷洒，便于废瓶回收；而现在农药进入千家万户，由各户单独喷洒，这样就很难集中处理废瓶。当前就连很多植保站也堆着大量废瓶无法处理。

在前不久举行的全国农药登记审评会上，30多位委员联名呼吁：尽快颁布农药使用管理法规，解决农药生产、使用、回收、管理等方面各不相通的问题，希望有关部门能统一协调，尽快解决农药废瓶回收处理问题。

（《健康报》，1987-08-08）

# 网上冲浪　冲淡真情

**法新社华盛顿（2000年）2月16日电**　斯坦福大学将于今天发表的一项研究报告称，美国超过1/3的网民每天在网上冲浪的时间超过5个小时，相应地花给家庭和朋友的时间减少了。

该项关于因特网对社会的影响的首次大规模研究发现，人们花在网上的时间越多，越沉迷于此。这项研究是由该大学的社会数量研究所进行的，两家很有影响的日报进行了复核。

《纽约时报》援引该研究所主任诺曼·尼的话说："人们使用因特网的时间越多，跟人的接触越少。"

他对《华盛顿邮报》的记者说："我们正在从一个你认识所有邻居、联系所有朋友、每天同很多人打交道的社会过渡到一个实用型社会，它的特点是人们的交往隔着很远的距离。"

诺曼·尼预测说因特网的使用者与社会隔绝的趋势将会增强。

这项研究是在12月对2 689个家庭的4 113名成人调查的基础上做出的，它发现使用因特网的美国人达55%。

在网民中，有15%的人每天上网的时间少于1小时，49%的人上网1到5个小时，22%的人上网5到10个小时，14%的人超过10个小时。

## 驻日美军惹祸多

**美联社华盛顿（2001年）2月10日电** 根据《日美共同防御条约》，大约有4.7万美军驻扎在日本。其中大约有2/3驻扎在东京西南1 600公里处的冲绳。以下是驻日美军行为不检引起双方关系紧张的记录：

——美国海军驻冲绳最高司令厄尔·黑尔斯通在电子邮件中称当地日本官员是“一群混蛋”。他因此于本月6日向日方表示道歉。

——一名美国海军军人今年1月14日因涉嫌在一次争吵中将冲绳一家酒吧老板的手指打断而被逮捕。

——一名美国海军陆战队队员今年1月9日因调戏一名16岁冲绳少女而被捕。

——两架美国F—16战机2000年11月13日在日本北部相撞，从而再次引起当地人对自身安全的担心。

——一名美国海军陆战队队员2000年7月3日因私闯民宅并调戏少女而被捕。据说，他当时走进一个没有上锁的公寓，爬上一名14岁女孩的床并调戏她。后被闻讯赶来的女孩母亲报警。

——1995年，3名美国军人强奸一名12岁日本少女，导致数以万计的日本人游行抗议。

## 船舰对空气的污染不容低估

**德国《法兰克福汇报》（1997年）11月5日报道** 美国科学家认为，船舰对全球空气的污染迄今被大大低估了。据美国匹兹堡大学的两位学者科比特和菲施贝克的计算，全世界用柴油发动的货船和军舰漏逸的氮和硫差不多为德国全国的两倍。每年从各大洋上进入大气的二氧化氮共计约1 000万吨，二氧化硫850万吨。以每吨燃料计算，其他任何一个动力系统对环境的污染都没有重型船只上的发动机严重。

据这些研究人员说，其原因在于机器老化，尤其是由于自70年代初石油危机以来人们喜爱使用便宜、质量差的柴油。废气不仅污染公海上空的空气。含二氧化硫和二氧化氮的烟雾往往在大气中存留多日，然后被风、雨和雪冲散。

现在已登记的大型船只有一半以上装备了所谓“低速二冲程十字头柴油发动机”。这种主要为大吨位船只设计的机器放出的有害物质最多：平均每吨柴油排放二氧化氮87公斤。在较小的机器，即所谓的“中速四冲程柴油发动机”，每吨燃料释放二氧化氮57公斤。

专家们认为，按照今天的技术条件，35%～50%的二氧化氮排放量是可以避免的。但今年9月国际海洋组织规定，每年只更换老化船只的1.5%。这远远不能明显降低空气污染。

琴声铿锵悦耳　浪声浑厚醉人

## 鼓浪屿——中国的“钢琴之岛”

**路透社鼓浪屿（1992年）4月28日电**　当你在老式宅第旁的林荫路上漫步时，悦耳的钢琴声会穿过开满花朵的树木不断传来。

现在，因海浪轻轻拍击海岸而得名的鼓浪屿正为它再次成为中国的“钢琴之岛”而自豪。

厦门音乐学校负责人殷承典说：“在鼓浪屿，人们喜欢西方的古典音乐。而在中国的其他地方，情况与鼓浪屿不同，人们喜欢卡拉OK。”

厦门音乐学校坐落在俯视大海的山坡上，是一座通风条件很好的石制大建筑。

殷承典的学校建于1990年，这所学校原来是一所美国教会学校。创办这所学校的宗旨是让鼓浪屿的儿童受到更为系统的音乐教育，继承和发扬鼓浪屿为之自豪的热爱音乐的传统。

厦门音乐学校的学生大多是本地人。这些学生有很多机会表现他们对音乐的热爱。有时几个家庭凑在一起就能举办个演奏会。

鼓浪屿的音乐界人士估计，本地至少有大约200个音乐家庭。而鼓浪屿的人口总数为 2 万人。这个面积不到 2 平方公里的小岛上，有 600 多架钢琴。

殷承典现年 53 岁。他出身于厦门的一个典型音乐贵族之家。他的父亲是位银行经理，1925 年建起了他们家在山顶的宅第。在 1949 年中国共产党接管政权之前，殷承典的父亲逃出了中国大陆，但是这个家庭的大部分成员留了下来，产生了几位中国最好的音乐天才。

他的兄弟殷承宗是国际上著名的钢琴演奏家，自 1983 年以来一直居住在美国。他的另一位兄弟是一个男中音歌手，现在住在美国的洛杉矶。他的姐姐是中国第一位上了录音唱盘的女高音歌手，在 30 年代红极一时。

殷承典没有子女，但是他保持了他的家族的音乐传统并为鼓浪屿培养下一代音乐人才。

不久前，在殷承典主持的聚会上，他的学生给他们的教师、父母和同学演奏了节目。年仅 7 岁的周先演奏了巴赫的一支小步舞曲，给周先钢琴伴奏的是一个同周先年龄相同的孩子，这个孩子演奏时，琴凳上垫了几本厚书，否则这个小孩够不着钢琴的键盘。

和煦的阳光透过窗户洒落在古老的房间里，不时传来海浪拍击海岸的声音。此时此刻，鼓浪屿音乐传统的继承者们正孜孜不倦地训练他们的手指，探索着西方最有名的乐曲的美妙。

# 阅读提示

从本组收入的作品可以看到，非事件性新闻有着无限广阔的报道空间，它是丰富报道题材、满足读者求知需要的重要途径，也是记者承担社会责任、主动反映社会生活、监督社会进程的有效手段。

阅读作品时，请思考：

1. 好的非事件性新闻的构成要件是什么？

2. 非事件性新闻的写作需注意哪些问题？

3. 非事件性新闻在采访上对记者提出了怎样的要求？

《中国实验动物“处优养尊”》一文，是一篇很好的非事件性新闻。它反映了一个鲜为人知、令人好奇的领域，给人以新鲜感；同时，因为“善养动物是文明的体现”，实验动物的处境又体现了一个国家的经济与科技水平，所以，这篇新闻又有很强的宣传意义。

非事件性新闻可以反映单个事物，如《刚出生差点踹倒接生婆》，但大多数非事件性新闻具有综合的特点，往往在更大的范围、更广阔的领域反映社会现象与社会问题。关于实验动物的报道就是这样。它有“点”——中国科学院上海实验动物中心的情况，也有“面”——全国实验动物机构的情况。

本文既有知识性又有思想深度。消息的第二段和第五段分别介绍了实验动物的价值、我国实验动物事业的发展速度，使新闻超出了就事论事的范围。

导语写得很活。对猕猴、白兔、“鼠小弟”处境的描写，轻松活泼，引人入胜。这说明，非事件性新闻也需要有一个精彩的导语，文章写作也需要，同时也有条件讲究表现技巧。

（刘明华）

新闻作品选读
XINWEN ZUOPIN XUANDU

# 新闻素描　现场目击

## 惊心钱塘潮

**本报综合报道**　钱塘九溪的大潮8日下午3时左右涌到桥边，远远望去，一道白线缓缓推进。

白线到达一桥桥墩时，突然向上翻，最高水位竟然与铁路桥持平。面前的江水瞬时像被抽空一样，还没等人反应过来，翻滚的大潮腾空而至，冲过防波堤，迅速向珊瑚沙水闸方向涌去，只听得砰的一声巨响，浪竟然蹿起达十余米高。岸上的人逃跑不及，被浪头打倒在地。停在路边的十多辆汽车被浪头抛到数米开外，更有一辆飞越了绿化带而撞上一辆反向行驶的出租车。

### 小车像树叶一样飞出去

下午3时40分，九溪水厂附近的沿江马路隔离带两侧，横七竖八地躺着 11 辆受到不同程度损坏的小车。有目击者指着一辆底朝天的普桑说："我看到潮水来的时候，那车是像树叶一样飞出去的。"据说受潮水冲击的不止这 11 辆车，损伤较轻的都已经开走了。受害的车主一个个掏出手机拨着保险公司的电话，心里越急，电话就越打不通。

9 月 8 日，钱江潮高 11.2 米，这是自 1949 年钱塘江围垦以来天文潮与风暴潮相遇最大的一次潮位。当日下午，杭州有上百名观潮者被巨浪掀翻在地，一名大连来杭的游客伤势严重，抢救无效死亡。

### 报贩老王观潮倾家荡产

来自内蒙古的老王是第一次看潮，8 日，他看潮看得倾家荡产。

老王在杭州以卖报为生，看着杭州人都在谈论潮水的事，也想看看风暴潮是什么样子。于是吭哧吭哧骑着自行车从市区来到九溪，还带上了全部家当：骑着卖报的自行车，拿着一个很便宜的傻瓜相机，里面装的是柯达胶卷。

远远看到潮水来了，他把自行车停在路边，刚按了两下快门，他最想看的潮水就已经罩了他一身。相机进水了，手机失效了，更惨的是他的自行车被压在一辆富康车下报废了。

（《广州日报》，2002-09-10）

## 山鹰精神永存

——北大悼念山鹰社遇难学生

**新华社北京（2002 年）8 月 26 日电（记者李江涛）** 从上午 8 时开始，到北大大讲堂东厅的灵堂里悼念的师生络绎不绝。至下午 3 点，人数已达到一两千人。

灵堂正中，五张年轻的面庞正凝视着这熟悉的校园，眼眸中仿佛还流露出壮志未酬的遗憾。灵堂外，一幅白底黑字横幅写道："哀哉痛哉，希峰英魂；吾歌吾泣，山鹰精神。"微风吹过，白纸沙沙地响动，如阵阵哭泣声回响在燕园上空。

未名湖畔的山鹰社训练基地，5位遇难学生不久前还在这里洒下苦练的汗水。如今，物虽在人已去，他们已长眠在西藏的雪山。三条十米来长的白色横幅上，写满了全国各地人们的悼词。基地大门上扎满了小白花、小纸鹤。人工岩壁前，摆满了人们送来的鲜花、哈达和水果。五名遇难学生生前登山的照片前围着一群人，照片上那份令人羡慕的年轻、自信、朝气，让人难以相信，他们在人生中最美的季节已永远离开了这个世界。

下午4时许，北大召开山鹰社遇难学生追思会。学校主要领导、山鹰社成员、遇难学生亲属及师生代表等数百人参加。如此隆重地追念遇难的学生，这在近年来的北大还很少见。

会上，北大党委副书记王登峰宣读学校的决定：山鹰社登山队在攀登西藏希夏邦马西峰过程中遇难的雷宇、林礼清、杨磊、卢臻、张兴佰被授予“登山勇士”和“共青团标兵”的称号，并号召北大学生向他们学习。

## 北大授予山难学子“登山勇士”称号

**本报讯（记者戚海燕）** 昨天下午，北大师生召开追思会，悼念和追忆在攀登希夏邦马西峰中遭遇雪崩遇难的雷宇、林礼清、杨磊、卢臻和张兴佰同学。学校决定授予5名学子“登山勇士”称号，北大团委决定授予5名学子“共青团标兵”称号。

北大校长许智宏胸戴白花，含泪讲话。他代表全校师生向遇难队员表示沉痛哀悼，向遇难者家属表示亲切慰问，并高度赞扬了山鹰社同学“探索自然，超越自我，团结协作，拼搏进取”的精神。他说：“北大山鹰社此次登山行动虽然由于不可抗拒的自然因素而受到巨大的挫折，但他们这种可贵的山鹰精神却不应因挫折而舍弃，我相信，北大山鹰社将从此次山难中吸取经验，接受教训，变得更加坚强，更加成熟。学校也会一如既往地支持山鹰社的活动，支持北大学生的登山事业！”

**雷　宇**：22岁，以优异成绩被免试推荐攻读电子学系硕士学位，山鹰社前任社长。

林礼清：24 岁，以优异成绩被免试推荐攻读信息科学中心硕士学位，任攀登队队长。

杨　磊：21 岁，担任山鹰社资料部部长。

卢　臻：21 岁，任山鹰社装备部部长。

张兴佰：21 岁，任山鹰社训练部部长。

（《北京日报》，2002-08-27）

# 延续文脉清河坊

**本报讯（记者袁亚平）**　“市声到海迷红雾，花气涨天成彩云。一代繁华如昨日，御街灯火月纷纷。”元代诗人萨都剌描写杭州清河坊的诗句，其意境在今日清河坊重现。

5 月 2 日上午，吴山北麓的清河坊历史街区里，灯笼高悬，旗幡飘拂。游人络绎不绝，在这条近 500 米的步行街寻找历史的足迹。公元 589 年之后，清河坊一直是杭州城区的中心和商贾云集之地。历史街区中遗留有唐朝天门、南宋御街、明于谦故居、清胡雪岩故居、胡庆余堂国药号及一批晚清和民国时期的建筑，凝聚着历史文化信息和时代特征。去年 10 月 18 日，经过修复的清河坊历史街区开街。

上午 9 时，位于清河坊街首的华宝斋正式开业。浙江省委常委、杭州市委书记王国平，浙江大学党委书记张浚生，以及 100 多名书画家和各界人士，徐徐步入幽雅的天井、雕窗的客厅，轻踏木楼梯，上了二楼的回廊和书房，欣赏陈列的甲骨文、钟鼎文、商周金文、秦汉瓦当和汉画像……

华宝斋的店堂里，身穿宋服的男女正在现场忙碌着，有的刷黑压纸木版印刷，有的穿针引线装订书籍。那长长的博古书架上，展示着 3 000 多种线装书，有历史文献类，金石拓片类，佛教经典类，文学小说类，名人手札类，还有 10 卷本《毛泽东手书精选》，不少人静静翻看。

清河坊街上，创始于清顺治六年的方回春堂，创办于清嘉庆十三年的种德堂，老中医坐堂，中药味幽香。王星记扇子店、孔凤春香粉店、万隆火腿店、王顺兴面馆、翁隆盛茶庄，“老字号”商铺里人来人往。

清河坊街区管委会的同志告诉记者，这里景观布局倾向于朴素、清淡的清末民初的杭城风貌，突出传统的商业文化、药业文化和人居文化。现在清河坊最多一天的客流量突破了30万人次。

（《人民日报》，2002-05-03）

## 摸顶赐福

**新华社北京（2002年）3月19日电（记者李术峰）** 佛灯齐明，法号声声，北京藏传佛教寺庙雍和宫今天迎来盛大佛事活动。第十一世班禅额尔德尼·确吉杰布来到这里，主持隆重的无量寿佛灌顶法会，为僧众摸顶赐福，祝福万物众生长寿平安，祝福僧俗人民吉祥幸福。

北京雍和宫是中国除藏区以外，在内地保存最完整、规模最大的一处藏传佛教寺庙，迄今已有300年历史。当十一世班禅到达时，僧众列队而立，对大师莅临雍和宫致以热烈欢迎。

在法号和诵经声中，十一世班禅先后到高26米的弥勒佛像和宗喀巴佛像前诵经，并敬献特制的有吉祥图案的彩绸哈达和袈裟。在法轮殿内宗喀巴像前，十一世班禅端坐法台，为在场的150多名僧人进行无量寿佛灌顶，诵长寿灌顶经，教授僧人爱国爱教，护国利民；并为雍和宫僧人、全国各藏区在藏语系高级佛学院学习的活佛摸顶，赐“金刚结”。灌顶活动始终严格按照藏传佛教仪轨进行，十一世班禅仪表庄重，声音洪亮，对各种法器运用自如，使在场僧人十分敬重。

班禅是藏传佛教格鲁派最大的活佛之一，历世班禅大师坚持爱国爱教，为祖国统一和民族团结做出了不可磨灭的贡献。第十一世班禅额尔德尼·确吉杰布生于1990年2月13日（藏历12月19日），1995年11月29日，经扎什伦布寺寻访，金瓶掣签选出，报经国务院批准继任。

春节刚过，民工潮提前涌来，京城活儿难找。
昨天，崇文门三角地——

# 上百民工苦等雇主

**本报讯（记者梁凤鸣）** “你是几级厨师，有证吗？”刚和一名手里拿着“厨师”字样卡片的外地民工搭上话儿，周围立刻有七八个脑袋同时凑了上来。昨天下午4时，崇文门三角地聚集了上百名自称“厨师”的外地民工，但据记者观察，历时1个小时，没有一个“厨师”如愿。

在一家店铺门旁，一名20多岁的小伙子蹲在角落里，面前扔着一地的烟头。他已经来4天了，还没碰见一个雇主。小伙子自称姓赵，山东菏泽人，三级厨师，有证书。他告诉记者，北京站东街的所有餐馆，他挨家问了两遍，也没找成一份工作。

城里的工作一年比一年难找，民工潮也因此一年比一年提前。在手持“厨师”、“配菜”、“面点”字样卡片的人群中，记者看见一个与众不同的人物，他拿在手里的卡片比别人大许多，上面从油条、炒肝到牛肉拉面写得密密麻麻。这位河南口音的民工把记者当成了老板，急切地推销自己。在北京打了10年的工，他的感觉是工作一年比一年难找。头些年，过完十五再出家门也不难找到工作，这几年是过完初一心里就开始发慌。急于进城找工作，乡下过年东家串、西家看的风俗也跟着变了，一说出去打工，没给亲戚朋友拜年，人家也能理解了。临走，这位河南人坚持给记者留电话，并一再叮嘱如果用人一定和他联系。

增大找到工作的把握，也是导致民工潮提前到来的原因。一个来自湖北的瘦小民工说，为了找工作，初五没过他就从家里出来了，谁知还是有人比他出来得早。过完十五才算过完年，怎么现在都出来得这么早？对记者的问题，他咧了下嘴：“过完十五，黄花儿菜都凉了，还到哪儿找事做。”

记者昨天还了解到，在三角地找工作的不少民工初三、初四就从家里出来了，原因是他们算计得很周到，选择节前铁路票价还没上浮时，提前回了乡，趁着刚过完初一，春运返城高峰没有到来，铁路票价有所下浮返城，这样可以省下不少路费。

下午5时多，记者离开三角地时，那些站得密密麻麻、满怀期盼的民工仍旧没有散去。

（《北京日报》，2002-02-21）

美国客人赞叹“非常好”

全旺村民笑言“挺自豪”

## 卡特观摩村民选举

**本报讯（记者胡珂珂）** 昨天，一个普通的星期三，昆山市周庄镇全旺村的860名村民各自投出了神圣的一票，直选自己心目中的村民委员会主任和委员。美国前总统卡特自愿来观摩这个苏州乡村村委会的整个选举过程，做一名普通而又特殊的外国观众。

上午7点30分，全旺村第七届村民委员会选举大会会场的附近，人们正陆陆续续地赶向目的地，有骑摩托的小伙、脸色庄重的中年男子、包着头巾的老太，还有身怀六甲的准妈妈。8点45分，卡特带着一贯的微笑步入选举会场，他的到来引来如潮的掌声。

全旺村有1 129人，选民925人。这次选举实到投票人数805人，55人委托投票。一般的民主选举中，实际投票率能达到选民人数的百分之六七十就相当不错了，而这次全旺村的这个比率超过了90％。难怪卡特说：“我认为这是一次非常好的选举，我能来观摩这次村民选举感到非常的荣幸。”这次选举从一开始的提名就很公开，801个选民直接提名，最后按得票的高低张榜公布比应选名额多一个的候选人名单，最后才由选民对候选人直接进行差额选举。

在选举大会上，76岁的吴荣春老汉站起来要求提点建议，他说：“我希望村委会能为大家解决三个困难，一是该建个老年活动中心，二是幼儿园的建立，三是我们卫生村的公共厕所不能少。”话音未落，掌声响起。候选人毫不含糊，马上当场答复了吴老汉的问题。卡特后来接受记者采访时说：“20年前我来过苏州，今天来发现苏州发生了巨变。我看到了中国农村的新面貌，也看到了全旺村的村民已经懂得自己有更多的权利来决定他们的未来。”

最后的选举结果终于浮出水面，赵小毛以559票当选全旺村村民委员会主任，顾杏英等 4 人当选村民委员会委员。“我想选的领导基本上都选上了，真的挺自豪的。”四组村民朱巧生悄悄地告诉记者。

（《苏州日报》，2001-09-06）

## 中奥成功　北京“今夜无人入睡”

**中新社北京（2001 年）7 月 14 日（记者夏宇华）**　烟花腾空，鞭炮声四起——今夜的北京沉浸在欢乐之中，人们用各种方式庆贺北京获得 2008 年的奥运会主办权，度过了一个不眠之夜。

中华世纪坛今晚人如海，歌如潮。来自祖国大陆、香港、台湾的体育明星、歌星、影星和各界群众欢聚一堂，泪水在掌声、欢呼声中尽情地流淌。中国领导人江泽民、李鹏、朱镕基、李瑞环、胡锦涛、尉健行等出现在欢乐的人群中，与人们共同分享胜利的喜悦。

天安门广场成了欢乐的海洋，数十万群众自发地聚集到这里。长长的车流经过广场时发出长鸣，但很快就被人群的欢呼声所淹没。数十面代表各高校的旗帜迎风招展，在震耳欲聋的威风锣鼓声中，人们齐声高呼：北京！北京！北京！

国家主席江泽民兴致勃勃地登上天安门城楼向人群挥手致意，并指挥民众同唱《歌唱祖国》，天安门城楼上下万众一心，同声高唱，场面感人至深，把自发的庆祝活动引向了高潮。

曾喊出“振兴中华”的时代最强音的北京大学学生冒雨在学校的露天广场观看申奥投票的现场直播，当国际奥委会主席萨马兰奇宣布北京获胜时，欢呼声迅即响遍了这所百年学府的每一个角落，无数支手臂丛林般地伸向空中，“我爱中国”、“我爱北京”、“中华腾飞”、“民族复兴”等嘹亮的口号响彻了北京的夜空。

位于北京使馆区三里屯的“酒吧街”今晚成了“疯狂”的世界，不同肤色、不同种族的男女老少在同一时刻挥舞着手中的五星红旗同唱《义勇军进行曲》，任手中的啤酒、香槟、彩片随意飞洒，人们用带着点儿刻意的尖叫声接纳着来自四面八方的善意“攻击”。

中国侨界知名人士聚集在北京华侨大厦关注着莫斯科。当那个历史性的时刻到来时，华侨大厦沸腾了，早已准备好了的中国狮子狂舞起来，人们兴奋地举起中国国旗和奥运五环旗，踩响遍地的欢乐球，营造着中国过节放鞭炮的气氛。

## 拉萨出现罕见双日环气象奇观

### 当地人称数十年来首见

**新华社拉萨（2001年）5月1日电** 今天上午，一片蓝天的拉萨上空出现了罕见的双日环气象奇观。

成千上万的市民用肉眼看到，明亮的太阳被两个极巨大的彩色同心圆环包裹，环的主色呈橙红，并递减为黄绿蓝白等色。圆环极其规则，犹如用圆规画出来的一般。

记者看到，内环的直径有约20个太阳大小，从太阳边缘往外，整个内环区内呈锅底般的墨黑色，衬托得圆心处的太阳分外耀目；而外环的直径则有40个太阳大小，环区内色彩为深蓝色。这两个圆环形成了一顶巨大的“帽子”，几乎笼罩了整个拉萨城区。

几位在西藏工作多年的老记者和工作人员皆称是第一次目睹如此壮观的天象。

西藏自治区气象局高级工程师、藏族第一代气象专家普布卓玛告诉记者，她在青藏高原各种环境中工作数十年，也是第一次目击到这样的气象奇观。她认为，这是一次相当罕见的双日环或日晕气象过程。日环或日晕的形成，一般跟高空水气较多、地面温度较高、太阳光线过强等有关系。但如此大规模的双日环出现的具体原因，尚需作进一步分析。

今天是五一国际劳动节，拉萨天气晴朗，处处热闹欢腾，到户外过林卡的市民和络绎不绝的海内外旅游者皆被这双日环吸引，纷纷仰头注视或拍照。一些朝圣者称其是“太平盛世，佛光显现”。

### 10时22分登岸　游程123.58公里

## 张健劈浪50小时完成壮举

**本报山东蓬莱上午快讯（记者张军）** 今天上午10时20分左

右，与海浪搏斗了50小时20分的张健，成功登上了登陆点蓬莱东沙滩，完成了中国第一人横渡渤海海峡的壮举。随行的国际级游泳裁判周玉成宣布：张健登陆的准确时间为10时22分，直线游距109公里，全部游程123.58公里。

在张健即将登陆之前，他的大弟弟王波跳入海水中迎接。上岸后，几名警察上来搀扶，并把他扶上早已等候的救护车，直奔医院去做身体检查。在登上救护车之前，记者观察张健所穿的泳衣，四道拉锁有些发白，身上有两道被拉链磨出的血印子，肩部、肘部、胸部都有淤血。

早就翘首等待张健登陆的成千上万的群众，站满了两公里的海岸线，很多群众激动地跳进海水中迎接他，海水漫过了人们的腰部。张健上岸后，群众更是情不自禁地往前拥，争睹张健的风采，祝贺他横渡成功，几十名警察拼命维护秩序也无济于事。在岸边的马路上，汽车排了足有1公里多长，不少车要跟着救护车去医院。

（《北京晚报》，2000-08-10）

蜀道易　易于履平地　关隘通　西部正崛起

# 今天，秦岭启开山门

**本报西安9月6日电（记者姜书范　朱海燕　通讯员符勇）**　被诗人李白称为“黄鹤之飞尚不得过，猿猱欲度愁攀援”的秦岭，今天打开山门，任春风横渡。这个逞强了万千年的“天下大阻”终于屈服了，仿佛成为铁路建设者脚下的“袖珍盆景”。

上午9时，在嘹亮的乐曲声中，铁道部副部长蔡庆华朗声宣布：“秦岭隧道全线贯通。”他称，这是中国铁路隧道建设史上一座不朽的里程碑，是中华民族征服大自然的伟大壮举。

秦岭石砭峪，鞭炮齐鸣，人潮涌动。会场外，老百姓不停地挥动着“奔小康”的彩旗，山坡上，姑娘们跳起当地的民间舞蹈“庆丰收”。一位老大爷对一位汽车司机说：“我步行穿隧道，你开车翻秦岭，保准我是冠军。”

修建西康铁路，是中华民族百年梦想。由于交通闭塞，经济落后，秦岭深处曾出现过“傻子村”、“光棍村”。陕南是绿色宝库，因不通铁路，每年生活用柴就用去18.8万立方米林木，这样下去，再有20年，绿色的陕南将要变成黄土高原。

为走活西部经济战略之棋，党中央、国务院决定修建267.8公里的西康铁路，打通一条南北大通道，解开陕北和华南的经济死结，而凿通秦岭则是这一决战中的关键之仗。18.46公里的秦岭一线和二线隧道为中国第一、世界第六长隧，科研课题达24项。它的施工引起全世界广泛关注。“美国之音”有言传出：“以中国目前的科学技术水平和施工能力，要打通秦岭隧道，为时过早。”

但是，在传说鲁班学艺的秦岭，中国铁路建设者发扬鲁班精神，依靠一流的管理和现代科学技术，驾驭世界上最先进的隧道施工设备TBM，创造出五六类围岩月掘进509米的全国最高纪录，贯通时间比计划提前了32天。德国TBM专家凯明由衷地赞叹道：“中国铁路工人了不起!”

拄着拐杖，步行30多里来看热闹的张富贵老大爷对记者说：“解放前，我几个兄妹，因吃不饱饭，被饿死了，爹娘才给我取名‘富贵’，可一辈子也没享到富贵。今天，秦岭打通了，富贵的日子就不远了。”他说话时，激动的泪水挂在脸上。

（《中国铁道建筑报》，1999-09-11）

# 千只纸鹤送钟书

昨天上午10:00，清华大学经管学院一位姓王的同学给报社热线打来电话，说早上7:00他上课经过清华大学南北主干道，发现两旁的树上挂满了近千只“白色的纸鹤”。据同学们说，这些都是为怀念钱钟书先生而由学生们亲手折的。

**本报讯（记者谭卫平　实习记者闫书芳）**　记者接到热线后于13:00赶到了清华大学，还没走到校园内的南北主干道，便远远看见树与树之间，有许多白色的看似纸片的东西在风中轻轻飘起。走近一看，果然是用一根根绳子串起的近千只白色的纸鹤。

王同学告诉记者，他也不知道这些白色的纸鹤是哪个系的同学折的。为了查到折鹤的同学，他亲自跑到了学校的团委。

自动化系的刘新宇同学帮助记者在清华 20 日的网站上查到了许多篇由学生们自己写的纪念钱钟书的文章。他向记者介绍，“水木清华”的 BBS 网站 20 日的十大热门话题之首就是钱钟书先生去世，全校有几千人都在利用校园网怀念钱钟书先生。

清华大学的一位环卫工人向记者证实，昨天早上 7 时左右，有五六名男生在学校的南北主干道两旁用一根根细绳把许多只白色的纸鹤一个个串起，拴在两旁。环卫工人问他们为什么要挂这么多纸鹤，他们说是为了纪念。

据记者了解，钱钟书先生于 1929 年以英文满分的成绩考入了清华大学外文系。当时钱钟书到清华读书时的志愿是：“横扫清华图书馆。”被全校公认为“才子”。1933 年夏天，钱钟书先生从清华大学外文系毕业，获得文学士学位。清华大学教授挽留他留校攻读西洋文学研究生，被他谢绝了。1938 年钱钟书在巴黎接到清华大学文学院院长冯友兰的信邀他返国，聘他为清华大学外文系教授。钱钟书先生于 1938 年到 1939 年在清华大学任教一年。

据清华大学团委的老师说，清华大学纪念钱钟书先生的活动才刚刚开始。

（《北京青年报》，1998-12-22）

# 别了，“不列颠尼亚”

**新华社香港 1997 年 7 月 1 日电（记者周婷　杨兴）**　在香港飘扬了 150 多年的英国米字旗最后一次在这里降落后，接载查尔斯王子和离任港督彭定康回国的英国皇家游轮“不列颠尼亚”号驶离维多利亚港湾——这是英国撤离香港的最后时刻。

英国的告别仪式是 30 日下午在港岛半山上的港督府拉开序幕的。在蒙蒙细雨中，末任港督告别了这个曾居住过 25 任港督的庭院。

下午 4 时 30 分，面色凝重的彭定康注视着港督旗帜在“日落余音”的号角声中降下旗杆。根据传统，每一位港督离任时，都举行降旗仪式。但这一次不同：永远都不会有另一面港督旗帜从这里升起。

4时40分，代表英国女王统治了香港5年的彭定康登上带有皇家标记的黑色“劳斯莱斯”，最后一次离开了港督府。

掩映在绿树丛中的港督府于1885年建成，在以后的一个多世纪中，包括彭定康在内的许多港督曾对其进行过大规模改建、扩建和装修。随着末代港督的离去，这座古典风格的白色建筑成为历史的陈迹。

晚6时15分，象征英国管治结束的告别仪式在距离驻港英军总部不远的添马舰东面举行。停泊在港湾中的皇家游轮“不列颠尼亚”号和邻近大厦上悬挂的巨幅紫荆花图案，恰好构成这个“日落仪式”的背景。

此时，雨越下越大，查尔斯王子在雨中宣读英国女王赠言：“英国国旗就要降下，中国国旗将飘扬于香港上空。150多年的英国管治即将告终。”

7时45分，广场上灯光渐暗，开始了当天港岛上的第二次降旗仪式。156年前，是一个叫爱德华·贝尔彻的英国舰长带领士兵占领了港岛，在这里升起了英国国旗；今天，另一名英国海军士兵在“威尔士亲王”军营旁的这个地方降下了米字旗。

当然，最为世人瞩目的是子夜时分中英香港政权交接仪式上的易帜。在1997年6月30日的最后一分钟，米字旗在香港最后一次降下，长达一个半世纪的殖民统治宣告终结。

在新的一天来临的第一分钟，五星红旗伴着《义勇军进行曲》冉冉升起，中国从此恢复对香港行使主权。与此同时，五星红旗在英军添马舰营区升起。两分钟前，“威尔士亲王”军营移交给中国人民解放军，解放军开始接管香港防务。

零时40分，刚刚参加了交接仪式的查尔斯王子和第28任港督彭定康登上“不列颠尼亚”号的甲板。在英国军舰“漆咸”号及悬挂中国国旗和香港特别行政区区旗的香港水警汽艇护卫下，将于1997年年底退役的“不列颠尼亚”号很快消失在南海的夜幕中。

从1841年1月26日英国远征军第一次将米字旗插上港岛，至1997年7月1日五星红旗在香港升起，一共过去了156年5个月零4天。大英帝国从海上来，又从海上去。

# 虎林笑看虎怕牛

**本报讯（记者孟仁泉）** 最近，记者在哈尔滨的松北新区“东北虎林园”，目睹了一次“牛斗虎”的奇观，感到很有意思。

原来，这个“虎林”是半年前建立的，目的是为了保护野生动物，把濒临灭绝的兽中之王从动物园的铁笼子里请出来，“放虎归林”，进行野化训练，以提高东北虎的野外捕食能力和生存本领，准备最终让它们回到大自然里去，好让这些在地球上威风了几百万年的宝贝不至于断种绝代。虎林园也向游人开放，游客可在管理处购买鸡、牛等动物喂虎，观赏猛虎扑食的场景，同时受到环境保护意识的教育。8月1日，我们一批参加全国报纸总编辑新闻摄影研讨会的摄影记者，扛着长短镜头、大小相机，买了一头牛犊去喂虎林园里的30只老虎，满心想拍一幅精彩绝妙的“群虎争食图”，结果却大大出乎意料。

当我们驱车进入36万平方米的虎林园，将牛犊放入虎口——草丛边一个六七平方米的喂食台下时，人们焦急地瞪大了眼睛，预料凶猛的东北虎会立刻从四面八方出现。然而，足足有三分钟光景没有动静，而后才见一头肥硕的兽王懒洋洋地钻出草丛，小心地走近小牛。小牛则紧张地用蹄子刨着地，发出一声声沉重的低吼，给自己鼓劲壮胆。它低头耸肩，把一对犄角高高挺起，严阵以待，准备迎击来犯者。相持约十几分钟后，又来了六只老虎，但谁也不主动出击，最后还是第一只老虎扑向小牛，将小牛按在地上。人们不禁替小牛捏一把汗，心想：小牛完了！谁知顽强的小牛蓦地一顶，兽王倒退两步，别的老虎则眼巴巴地在一旁静观。小牛越斗越勇，兽王狼狈逃回草丛。见此情景，人们哄然大笑。

老虎居然会怕牛！有人说是因为今天这头牛了不起，应该封它为“英雄牛”；有人说是过去铁笼子里的“铁饭碗”把老虎喂懒喂馋了，使得虎性消退；还有人说是虎林园的“大锅饭”把兽王们喂散了，虎心不齐，才让一头小牛逃脱了七只老虎之口。最幽默的要数黑龙江日报社社长贾士祥，他说：“这些老虎在计划经济体制下吃‘等食’吃惯了，丧失了自己的觅食能力，看来还得经过一番锻炼，才能适应市场经济的竞争呢!”

（《人民日报》，1996-08-19）

## 深圳街头追破车

**本报讯（记者刘澍泉　康哲）**　俗话说，“按下葫芦浮起了瓢”，这两年投诉“的士”的人少了，可是投诉中小巴“脏、乱、破”的人却多了，瞅着深圳街头满地跑的营运中小巴，且不说深圳市常坐中小巴的老百姓早已有微辞，就是初到深圳的外地旅客也大都纳闷：“你说这深圳明摆着就是一个现代大城市，怎么一上中巴、小巴就到了乡下了？”

于是，我们两位记者在全市部分主要交通路段，骑摩托车时而跟踪，时而上车，实地考察了营运中小巴。

**（9时整，振华路与京华街交界处）**　记者观察到路过该段的营运中小巴车身多有被刮伤痕迹，而对“伤口”的处理方法则五花八门：

有的裸露着不理，从银湖开往蛇口的一辆中巴上露着两块锅盖大的黑色疮疤，招摇过市；有的贴上简便易用的“不干胶”，一辆超载5人的415路小巴居然用两块黄色的包装胶带纸贴在创伤处；从东门到机场的一辆507小巴后窗玻璃破裂，贴在玻璃处的胶带纸下部脱落，仿佛清朝遗少拖着长辫；火车站开往莲花山的一小巴车上“公共小巴”四字只剩下三个，原来的“公”字处被修补后喷上了一片黄色的新漆……

**（10时左右，鹿丹村）**　记者发现，车牌安挂不规范的现象也存在：

龙岗某运输公司一小巴车尾不见车牌；而一501线路的营运小巴则用铅线歪歪斜斜地吊在车后；某439路小巴，车牌掉漆严重，字迹难以辨认；大齐运输公司一营运车在原车牌上斜插一出租车黄牌，显得不伦不类。

**（11时整，滨河路一带）**　记者登上一车号7477的407路线小巴，车内倒也收拾得较为干净，只是一路大喷黑烟，把在后面骑摩托车跟踪的记者熏得够呛。营运小巴“喷云吐雾”一方面污染了环境，同时又让汽车蒙上一层黑纱。记者发现一507线路的小巴车窗已被黑烟熏得如同锅底，车窗窗帘甚至脏得看不见图案。

**（11 时 30 分，火车站）** 记者拦住一车牌为 T—12—1156 的 533 路小巴，真是不看不知道，车上 6 个座位的靠背枕头处已破烂不堪，用胶带纸随便缠绕几圈，包扎得如同刚下战线的伤员，靠背有的露出钢板，有的则露出发黄的海绵。

记者在深圳街头追了半天“破车”，这偶尔一见的“破车”给人留下了深刻而不舒服的印象，这令人不悦的形象实在难以和深圳相配。营运中小巴的脏破原因仅仅是司机所说的“没钱修理”吗？

（《深圳特区报》，1994-11-14）

## 1991 年岁末的莫斯科

**新华社莫斯科（1991）年 12 月 30 日电（记者俱孟军）** 1991 年岁末。莫斯科风雪弥漫。克里姆林宫屋顶上已不见印有锤子和镰刀的鲜艳红旗；附近的街头，人们踏着积雪在食品店前排起长长的队伍……

莫斯科红场是苏联历史的见证人：1991 年 12 月 25 日 19 时 38 分，飘扬了 69 个春秋的苏联国旗，在沉沉夜色中悄然降下。然而，近几天来自各地的人们依然来到这里拜谒苏维埃国家缔造者的陵墓。从 1924 年 1 月起，共有 7.2 亿人瞻仰了伟大革命导师列宁的遗容。红场上，一位从吉尔吉斯牧区远道而来的老年妇女对记者说：“遗憾的是，列宁创建的国家没有了，我们引为骄傲的莫斯科已不再是各族人民的首都。”

与红场毗邻的特维尔大街(原高尔基大街)上的气温为零下 13.5 摄氏度。一家食品店前,50 多人耐心地等候购买鲜牛奶。现在,食品短缺成为市民最为关心的头号问题,许多家庭主妇一天到晚奔走街头,抢购食品。在新阿尔巴特街(原加里宁大街),记者挤进莫斯科最大的一家食品店,这里按“合同价格”高价出售的食品依然供不应求。

近日来，面值 200 卢布、500 卢布、1 000 卢布的货币接连投入市场流通。物价随之也扶摇直上：原来不到 200 卢布的男西服现在高达 2 400 卢布；12 月份刚刚生产并印有标价 2 300 卢布的女大衣，一到商店又涨到 2 700 卢布；莫斯科人爱喝的首都牌伏特加酒卖到 220

卢布一瓶。记者见一位年轻人花310卢布买了一瓶白兰地，接过来一看：这种亚美尼亚首都埃里温生产的白兰地标价却为23卢布80戈比。据报道，职工工资的增长远不能抵消日益加剧的通货膨胀，莫斯科市民的实际收入已经降低了31%。

今天，原苏联外交部设备完好的新闻中心已是空空荡荡。外交部新闻局值班热线电话早已沉默不语。俄罗斯朋友告诉记者，苏联外交部3 000多名职工正在等待命运的安排，因为俄罗斯外交部只需为数不多的外交专业人才。报载，原苏联80多个部委撤销后，3.6万多名国家职工加入了莫斯科本已庞大的“寻找职业的队伍”。

夜幕降临时分，记者又来到切列穆什金自由市场。在这里，物品应有尽有，价格则高得惊人。猪、牛肉每公斤达120至150卢布；黄瓜每公斤要价110卢布；便宜的土豆也涨到25卢布1公斤。人群中，一位拄着拐杖的老人在伸手乞讨。据询问，她每月退休金最近增加后才只有205卢布。

夜色朦胧中人们通过电视听到和看到俄罗斯总统叶利钦的新年贺词。他说，1991年对俄罗斯及前苏联其他共和国是“困难的一年”，“我们将很艰难地进入1992年”……

# 荣高棠大叫：郎平不要哭，要笑！

**《羊城晚报》洛杉矶（1984年）8月8日急电　（特派记者苏少泉）**　当中国女排的张蓉芳最后一击，中国队以3∶0将美国队打败后，在现场观战的中国代表团顾问荣高棠、路金栋、黄中以及中国香港知名人士霍英东先生都跳了起来，冲出贵宾席，向中国女排祝贺。中国姑娘们兴奋地互相拥抱。

荣高棠大声叫：郎平不要哭，要笑！荣高棠对记者说，相信全国10亿人都注视着这场比赛。女排姑娘们没有辜负祖国人民的期望，出色地完成了任务。霍英东先生说，中国女排太出色了。3∶0直落取胜，是最大的光荣。这面金牌分量特别重。

日本队总教练山田重雄说，中国女排确实不简单。在第一战以1∶3失利的阴影下，能以3∶0取胜，实在是太了不起了。她们以自己的超卓技艺向世界证明她们是最强的。袁伟民说，中国女排今天发挥了很好的水平，姑娘们充满了必胜的信心，很好地完成了赛前的部署，赢得这面金牌，我们十分兴奋。美国女排教练赛林格说：中国队不愧为金牌队伍。我对中国队的获胜表示佩服。美国队在第一局追成14平而未能取胜，注定了我们全局的失败。

# 抢 菜 记

**本报讯（记者王赤兵）** 昨天中午11点50分左右，丹东商场进来一拖车小白菜。拖拉机停在商场院内，菜还没卸。这时，记者看到有两个中年女同志，一个站在地上，一个站在拖拉机上，正往自己的提兜里装小白菜。她们已把提兜装得满满登登还觉得不够。

12点，拖拉机从院内开出，停在商场大门对面的砖墙下，准备卸菜。此时，从商场大门走出来五六个身穿白大衣的男女营业员，有的拎着麻袋，有的拿着大筐、纸盒子和口袋，来到拖拉机旁，一不问价，二不说买多少，各自给自己装菜。一个戴眼镜的卖菜女营业员视而不见。不一会儿，他们个个满载而归，大摇大摆地回到商场蔬菜组。跟着上来几个人，大伙叽叽喳喳地在柜台下把菜分开。

这时买菜的群众已有20余人，按秩序排好了队。快要卖了，忽然队伍前面又出现三个中年妇女。尽管她们没穿白大衣，没戴标记，但记者认得她们是商场百货组、食品组的营业员。先是蔬菜组019号营业员自己装了一大筐放在墙边，之后又给那三个营业员各自叉了一份。在这期间，有一个大个子男营业员，趿拉着拖鞋，拿个小麻袋，到菜堆上装满一袋子，背回院内，不久，骑上自行车扬长而去。

由于营业员不按秩序卖菜，队伍乱了。这时又从商场大门里走来一些拿纸箱子、塑料口袋、筐、提兜的营业员来抢装小白菜。其中有个戴前进帽、穿棕色短袖上衣的小伙子先扒出一大堆，接着是卖豆制品的只穿个背心的小伙也装了一袋子，还有家具组的一个留着小黑胡子的营业员也装了半麻袋。一个佩带408证章的女营业员到菜堆前装了一水桶……030号和06号营业员还帮着他们装。

几名买菜的打起来了。记者因去拉架，暂时停止了一阵观察。12点40分，菜已剩下不多了。记者也不想看下去了。

忽然，在商场院内墙上一张“营业员试题”的告示，吸引了记者，上面写道：

“什么是商业道德？”

“柜台矛盾表现在哪些方面，产生这些矛盾的原因是什么？怎样处理这些矛盾？”

“部组长的职责是什么？”

“定于 20 日交卷。”

今天正好 20 日，不知这些抢菜的营业员怎样作答？领导者又用什么标准评卷？

（《丹东日报》，1983-08-20）

# 我军横渡长江情景

**新华社长江前线 1949 年 4 月 23 日电（前线记者阎吾）** 人民解放军在安庆、芜湖间某地敌前强渡长江时的情景：二十一日黄昏，江北某地解放军的阵地上空，突然升起银光四射的发光弹，顷刻，整个北岸阵地发出了震天动地的雷鸣，从解放军的炮兵阵地上，无数道火线飞向南岸，接着整个南岸国民党匪军的阵地就完全陷于一片火海中。炽烈的炮火映红了江面和天空。接着，从各个港口涌出了无数只大小船只。它们立即散布江面，像箭似的向南飞驰而去。北岸的江边，站满了当地的居民、民工和解放军的指战员们，大家都屏息凝视着火光掩映的江面，等候着。忽然，在南岸飞起了登陆的信号，枪炮声、杀喊声连续不断。北岸所有的人立时迸发出一片欢呼：“过去了！”“过去了！”无数船只继续从各港口涌出来，加速向对岸驰去。对岸的解放军则开始不断发出前进的信号，前后各部队间联络的号音不断响起。在宽阔的江面上，解放军的指挥灯不断闪耀着。渐渐枪响声、喊杀声越来越远了。工兵们紧张地安排起许多码头，无数民工忙着把无数的弹药、器材、粮食、菜蔬送到船上，随着大军运过江去。这时，在大江南岸，布满了无数匆匆登岸的解放军，到处可以听到船工们和解放军战士们兴奋而亲热的告别声：“同志们，再见了！”“老乡们，辛苦了！南京再见！”

（原载《东北日报》，1949-04-25）

# 延安庆祝日寇无条件投降

**《解放日报》延安（1945年）8月16日特讯** 中国人民艰苦奋斗，忍受牺牲，坚持了8年抗战，最后胜利的日子终于到来了！昨日上午日皇宣布无条件投降的消息传出后，全市轰动，万人欢腾，街上张灯结彩，国旗飘扬，各处黑板报都用大字报道消息。晚间东南北各区到处举行火炬游行，全市灯火辉煌，欢呼声从各处发出；霎时，鼓乐喧天，无数火炬照亮山岭河畔。机关与群众的乐队、秧歌队，纷纷出发游行。新市场的商人来回奔跑欢呼报信，寻找着柴棍，扎起火炬参加游行。当实验工厂、联政宣传队、大众剧院、延大、完小等10余支秧歌队在新市场十字街口汇合时，市民高呼："中华民族解放万岁！""苏联红军胜利万岁！""动员起来支援前线，保卫边区！""制止蒋介石发动内战！"声震山谷。斯大林元帅、毛主席、朱总司令的巨幅画像在熊熊火炬中高高举起，象征着中苏两国人民的大团结。在蜂拥来去的人群中，有一位拄着拐杖的荣誉军人被群众拥戴着。他十分感动而吃力地说："8年啦，我的血没有白流……"他是参加平型关大战而光荣负伤的。今天他是亲眼看到胜利了！一个卖瓜果的小贩欢喜得跳起来，把筐子里的桃梨，一枚一枚地向空中抛掷，高呼"不要钱的胜利果，请大家自由吃呀！"群众报以热烈的掌声。庆祝的人潮水一样地继续涌来，秧歌队越跳越大，完全卷成一片人海了。人们唱着："前进，人民的解放军，解除敌人的武装，去恢复交通和城镇，坚决大胆，迅速向前进！谁敢阻挡，就把他消灭得干干净净！"欢欣鼓舞，达于极点。美军观察组闻讯后亦乘汽车随秧歌队致庆。街道行人，纷纷议论："苏联才宣战两天，日本就要求投降，可见红军力量是在全世界伟大无比了！"昨晚，全市灯火彻夜未灭。中国人民在极度狂欢中，没有忘记摆在前面的紧急任务：把在华敌伪军全部解除武装，把8年来人民艰苦抗战果实紧紧掌握在自己手中。

## 受伤的体操运动员回国前参观联合国

**路透社联合国（1999年）5月21日电（记者安东尼·古德曼）** 去年7月在纽约参加运动会时，脊柱严重受伤的中国年轻的体操运动员桑兰，今天坐在轮椅里参观了联合国，她将于23日回国。

在中国驻联合国大使秦华孙的护卫下，她坐在安理会会议厅中国标牌后的座位上，还努力去举安理会主席挥举的小木槌。

6月份将满18岁、但看上去要小得多的桑兰，在去年夏天友好运动会热身时受伤。

身着黑色裤装，后面跟着一群联合国工作人员、记者和摄影师，桑兰在联合国代表休息厅一张绣着中国长城的挂毯附近拍了照片。然后，她观看了一个雕着成昆铁路的精制牙雕。挂毯与牙雕都是中国赠送给联合国的礼物。

她通过一位翻译告诉提问者：她把联合国看做是世界和平的象征。

她提到本周早些时候在纽约港参观一艘现在被用作博物馆的航空母舰时说，她希望所有的航空母舰都变成博物馆。

桑兰说她将在北京继续治疗，并聘请私人教师继续学习，特别是电脑方面的学习。

## 肃穆的葬礼传出和平的呼声

**美联社耶路撒冷（1995年）11月6日电** 世界领导人今天引人注目地聚集在这里参加以色列遇害总理拉宾的葬礼。他们对他在战争与和平问题上表现出来的不屈不挠的勇气表示致敬。拉宾泪痕满面的孙女在一篇动人的悼词中讲述了她失去她的“个人英雄”的痛苦。

拉宾被完全按照军队的礼仪安葬在一座能俯瞰他73年前出生的这个动荡城市的小山头赫茨尔山的一片松林丛中。参加他葬礼的不仅有同这个犹太国家有着密切关系的西方国家领导人，而且还有阿拉伯国家的国家元首。这表明，拉宾历时3年的和平努力已经改变了中东。

佩雷斯在拉宾于4日遇害之后挑起了领导这个为拉宾的遇害而感到震惊和悲痛的民族的重任。

这是一个盛大的场面：约旦国王侯赛因系着红白相间的阿拉伯头巾，埃及总统穆巴拉克则在耶路撒冷发表讲话，赞扬这位以色列领导人。约旦国王在仪式上发表讲话说："你作为一名战士而活着，你作为一名争取和平的战士而死去。"

最伤感的话语出自于拉宾17岁的孙女诺娅·本·阿尔齐之口。她说，她想说的是一个男人而不是一个和平缔造者的事情。

克林顿总统率领一个20多人的代表团前来参加葬礼。

40多位世界领导人来到以色列参加拉宾的葬礼，以此表示他们的悼念之情。这在几年前是不可想象的。最引人注目的是阿拉伯国家的领导人的到来，其中有约旦国王侯赛因、埃及总统穆巴拉克、阿曼和卡塔尔的大臣，尽管它们同以色列没有正式的外交关系。

这些阿拉伯领导人自耶路撒冷置于以色列的统治之下以来第一次来到这个城市，尽管有可能出现政治危机。阿拉伯领导人不承认以色列对整个耶路撒冷提出的领土要求，因担心进一步加强以色列的这一领土要求而避免对耶路撒冷的访问。

最后发言的是拉宾的助手埃坦·哈贝尔，他拿出了一张带着血迹的纸。这是拉宾在和平集会上唱的"和平之歌"的歌词，他在遇刺之前几分钟塞进了衣服的口袋里。

人们扶着灵柩走了约180米，来到位于松林丛中的墓地。一面蓝白相间、印着大卫王之星的旗帜徐徐从灵柩上揭开，而后又盖在了坟墓上。参加葬礼的人群依次掬着土，徐徐洒向灵柩。

为了向这位曾作为军队参谋长而领导以色列进行战争而后又领导以色列同巴解组织和约旦媾和的英雄致敬，葬礼开始前全国鸣笛两分钟。

笛声响起时，以色列的一切都处于沉寂之中，司机停下了车，走下来默哀。

当灵车徐徐从大街上行进时，以色列人悲痛欲绝地站在道路两旁，向他们的领导人告别，住院的病人穿着病号服也来到了大街上。

这个有500万人口的国家大约有100万人排队在议会大厦前瞻仰拉宾的遗体，许多人流着泪，有几十人晕了过去。

阿拉法特没有前往耶路撒冷参加葬礼。但他的自治政府的部长们出席了今天的葬礼。

拉宾最棘手的使命是同叙利亚媾和，他在这一方面一直没有取得成功。叙利亚政府今天就拉宾遇害一事发表了第一篇评论。它说，它仍将致力于和平，但又告诉以色列不要浪费时间。

## 莫斯科老妇的辛酸泪

**美国《今日美国报》莫斯科（1991年）12月17日报道（记者杰克·凯利）** 苏联经济危机的严重程度，从64岁的马洛费耶娃老泪纵横的脸上看得再清楚不过了。

这位瘦小的孀妇一连4小时站在地铁通道里哭哭啼啼，想把她最好的朋友——一只瘦弱的牧羊犬“恰帕”卖掉。

像她这样的人并不罕见。数十名饥饿的妇女，不顾大雪和严寒，站在过道两旁出卖从子女的小三轮车到自己的结婚戒指之类的物品。

这些人都在设法凑够维持下星期生活的钱。

沃洛塔娃说：“我们每星期都不得不从家里拿些东西出来卖。”她手上拿着一本照相簿寻找买主，以前那是放她的结婚照片用的。

她说：“我们拿走孩子们的玩具时，他们大哭，我们告诉他们，这是迫不得已。”

不远处，有些乞丐，其中包括抱小孩的母亲在地铁通道寻求施舍。

苏联民航机由于汽油短缺无法飞行，乘汽车旅行也受到了限制，地铁和火车成了最好的旅行工具。近几周，儿童也加入了乞讨或在街角演奏乐器以讨取食物和赏钱者的行列。演奏小提琴和吉他的孩子随处可见，有时父母陪着他们，负责收钱。

13岁的娜塔莎说，是母亲要她出来的。她一边拉琴，一边兜售母亲手工制的小布垫。她说：“我宁愿去上学，这里太冷，手都冻疼了。”

马洛费耶娃仍然抱着她的狗。傍晚，她央求过路人给她点吃的和钱，把那只狗带回家去。

她说，每月的养老金240卢布，只够买几个面包、一些胡萝卜和一块熬汤用的骨头。

那只狗是在她丈夫4年前患癌症病逝后朋友们送给她的。

“它一直是我最好的朋友，我知道它将成为你们的朋友。”

马洛费耶娃对一对年轻的衣着考究的夫妇说：“求求你们啦，我自己今晚都没吃的，更没东西给它吃了。”

经过20分钟的讨价还价，这对夫妇终于同意了，并给马洛费耶娃50卢布——够买几个面包的钱。

## 中国向毛泽东告别的仪式非常感人

**法新社北京（1976年）9月18日电（记者比昂尼克）** 中国向毛泽东告别的仪式是庄严的，朴素的，非常感人。

当北京站的大钟敲响3点的时候，我是在火车站广场上同成千上万中国群众在一起的唯一的外国人。

人群默哀了3分钟，他们把行李放在地上，双手下垂，两眼注视着毛主席的巨幅画像，画像已经围上了黑黄两色的丧纱。

一点声息都听不到，一切活动完全停止，全市一动不动。

钟敲到第3下的时候，火车头上凄厉的汽笛声打破了沉寂。

就在这同时，车站广场周围的扩音器里传来了中国哀乐的悲伤的旋律。

所有在场的人一下子低下了头。人人眼睛都朝地上看。他们中间有：背着婴儿的农村妇女，人民解放军的老战士，穿着老式黑衣服的农民，臂上戴着黑纱和白菊花、胸口上别着毛像章的青年，还有孩子们。

我周围的人都哭了起来，没有任何过分的动作和哀嚎，保持了完全的尊严。

这是感情极其强烈的时刻，我再也不觉得我是外人了。我同人们一样感到悲伤，再也抑制不住自己的眼泪。

到火车上和工厂里的汽笛停下来以后，许多人还低着头。

有人擦干了眼泪，其他人若有所失地仰望着他们的“伟大导师”的遗像。

啊，毛真的逝世了。

# 阅读提示

新闻素描与现场目击的共同特点，是用现场的活的事实说话，采访方法主要是现场观察。二者的区别在于，素描更注重描写，注重通过人物情态、现场情景、事件细节的再现，来反映活动中的新闻事件，传达新闻现场特有的气氛，一般多用于正面报道；现场目击有录以备考的作用。如同拍照一样，它忠实地记录下现场情况，使报道具有无可辩驳的力量，大多用于报道负面事物，如本组收入的《抢菜记》、《深圳街头追破车》便是。

阅读这类报道，请注意分析：

1. 决定新闻素描或现场目击作品优劣的首要条件是什么？它对记者提出了怎样的要求？

2. 新闻素描与现场目击的写作，大体需要注意哪些问题？

3. 典型细节、背景材料，在新闻素描、现场目击中具有怎样的作用？

《别了，“不列颠尼亚”》之所以成为佳作，首先是因其描述的是历史大事件中的一个历史性场面。事实的历史价值决定了新闻素描的价值。这就是所谓“新闻的魅力来自事实本身”。其次，本篇作品所写的情与景，它所使用的细节，都有历史的典型性，有丰富的画外语言。写彭定康“面色凝重”，写“不列颠尼亚”号“消失在南海的夜幕之中”，都是传情达意之笔，使人可以从中获得理性与感性的双重满足。第三，本文将背景材料的穿插与现实场景的描写相叠加，使消息有很大的报道空间，有丰富的信息内涵，做到了活而不浅。可见，情景新闻也少不了背景材料的补充。

（刘明华）

# 新闻述评

途中堵车等候花时不少
刚入景点不久限时已到

## 假日旅游只一个“累”字

**新华社北京（2002年）5月6日电** 旅游已成为衣食无愁的中国人一个新的消费趋向。然而，在“五一”长假即将结束的时候，准备返程的各地游客普遍感到，这几天在北京游览犹如走马观花似的“赶场”，不仅没有得到身心放松，反而觉得特别疲惫。

中国人的假日旅游何时才能真正从“观光游览”走向“休闲度假”？

来自山东济南的邹康女士一家7口，5月3日乘坐游3路公共汽车赴长城游览。早7点从安定门出发，按固定行程游览明皇宫、居庸关、八达岭、定陵、九龙游乐园5个景点。除去坐车的时间，每个景点参观不到2小时。

上午11点，在距离八达岭长城3公里处，由于堵车，一家人不得不下车跑了3公里才来到长城脚下，还没有爬上一个烽火台，规定的时间快到了，只好“夹”着孩子跑回车站。

下午3点半，到定陵地宫。当一家人手持每人50元的门票来到门口时，被拥挤排队的人流惊呆了。好不容易排到了门口，已只剩半个小时了。“当家的”当即发号施令：“跑着看!”一家人一溜小跑出了地宫。坐上车，大家才回过味儿来，只看到了3把石椅，还不知道哪个是皇帝坐的，哪个是皇后坐的。更有甚者，同车的几位老人，连地宫的门都没来得及进，白白花了门票钱。

晚上7点返回安定门，整整奔波了12个小时。这时，一家人已“衣冠不整”、“蓬头垢面”。坐在路边台阶上的邹康，怀抱着熟睡的孩子对记者说：“7口人车票、门票花了2 000多元，什么也没来得及看，回想起来感觉只有一个字‘累’!”

几天来，记者采访听到类似“赶场”的故事还很多。游客普遍反映，能不能少安排几个景点，在一处看个仔细，玩个痛快。在黄金周多获得一点经济利益本可以理解，但旅游线路安排得过紧、过密，使游客陷于被动奔波之中，望而生畏，反而砸了自己的牌子。

据悉，“五一”期间，北京19家主要景点中12家达到或超过最佳接待容量。一天十几个小时，参观数个景点，这么多人，照片中几乎找不到“主角”，试问能玩得轻松吗？

假日旅游为什么会出现“赶场”现象，北京旅游学院旅游研究所徐菊凤认为，当前中国人的旅游还停留在观光游览阶段，尚未发展到休闲度假。这主要是由于我国的旅游刚刚起步，很多人慕名前往名胜古迹、名山大川，总希望一次多看几个景点，这才有了一日几游。与此相对，“休闲度假”式的旅游在我国也正逐渐兴起，形成了一些“环城市度假带”。这部分相对成熟的旅游消费群体，往往避开高峰的知名景点，而选择一些自然风光较好的地方放松。

应该说，假日旅游南北大流动的“爆棚”现象目前已经得到一定程度的缓解。尽管北京也高度重视，做好了各方面的假日接待工作，但从实际情况看，尚显粗放。记者了解到，一些景点5月1日到3日人满为患，而后几天游客明显减少。游客也抱怨，早知如此，还不如晚几天来。可见，旅游预告系统还有待完善。诸如这些问题，正是管理部门和研究机构需要进一步研究的。

## 转嫁危机　损人利己

### ——日元贬值危害亚洲经济

**本报讯（记者许炳润）**　中国的亚洲经济专家近日指出，几周来日元的迅速贬值会危害亚洲地区经济。他们警告说日本政府对日元贬值的纵容会使日元汇价继续走低，甚至会导致这一地区货币新一轮的竞争性贬值。

国务院发展研究中心对外经济部副部长赵晋平昨天对记者说："日元的进一步下跌会给其他亚洲货币带来很大压力，从而损害亚洲经济来之不易的稳定局面。"

对于日本政府默许日元贬值的意图，专家们的认识是一致的：日本政府意欲利用日元贬值扩大出口，同时利用进口货物价格的上扬克服其国内的通货紧缩。

外交学院的江瑞平教授指出，日本目标中的这些好处都将以中国、韩国和东南亚国家的损失为代价。这些国家的经济都不同程度地依靠出口，日元贬值会使它们的很多出口产品在价格上处于相对劣势。江教授说，如果日元进一步走弱，一些亚洲国家为了维持其产品价格的竞争优势，很可能也将自己的货币大幅贬值。他说："日本政府对日元下跌的漠不关心的态度只能加深它不负责任的形象。"

从9月以来，日元对美元的汇率已下降15%。亚洲国家对1997年和1998年的贬值风潮仍心有余悸，日元新一轮的走弱引起了它们的极大担忧。韩国政府已公开表示反对日本政府听任日元贬值。

在一片反对声中，日本方面不为所动。他们的策略是如果日元升值就进入市场干预；而如果日元贬值则放任不管。日本政府一些人甚至指责中国。他们说中国的人民币的汇率被低估，从而使中国不公平地获得了出口竞争优势。

日元对美元的汇率在星期四（12月27日）跌到了132.08比1的

三年以来的最低点。昨天（12 月 28 日）日元反弹至 131 比 1，原因是抛售日元的力量减弱。外汇市场分析师和交易员认为日元近期的下降速度已快得离谱，日本政府可能会干预。

日本政府对市场的这一猜测迅速地做出了反应。首相小泉纯一郎昨天说："日元的走势应由市场决定。"其潜台词是："我们什么都不会做。"

在日本的经济决策者看来，使日元贬值是他们在此刻为刺激经济所能采取的唯一手段。目前，日本国内的利率已降至零，几轮的财政投入刺激也没能取得任何效果。但是，中国社会科学院日本研究所经济室主任张淑英对记者说，日本经济当前的困境是其经济结构的问题造成的，而日元贬值不能解决其结构问题。

国务院发展研究中心的赵晋平认为，有迹象表明日本政府纵容日元贬值得到了美国的支持。美国通常是不会容忍日元以如此之快的速度贬值的。但是在"9·11"事件之后，美国急于强化与传统盟友的关系，对日本在经济领域的行动采取放任的态度。另外，在当前的情况下，日元走弱在一定范围内有利于美国。由于受"9·11"事件的打击，美元汇率下跌，与美国维持强势美元的目标相违背。日元走低实际上缓解了美元的颓势。但是，赵晋平警告说如果日元进一步下滑，也会对美国的出口造成很大损害。

针对人民币应该升值的观点，摩根斯坦利亚洲公司的执行董事、经济学家谢国忠认为这种观点是不合逻辑的。从 1990 年到 2000 年，日本的贸易顺差是 10 500 亿美元，是同一时期中国贸易顺差的 13.5 倍。一个国家在贸易中的收支对它的汇率的形成起到非常关键的作用。谢国忠说，由此可见，是日元更应该升值，而不是人民币。他指出，一些日本人宣扬人民币应该升值的目的一是转移人们对日元的注意力，二是增加人民币的升值压力，削弱中国出口产品在价格上的竞争力，使中国承受货币升值带来的巨大贸易赤字。他指出："这种想法是不合常理的，也是不现实的。"

（《中国日报》，2001-12-29）

年均 20 万人搂草原发菜，众多山羊啃吃草根树皮，
2 亿亩草原遭严重破坏

# 不吃发菜，少穿羊绒，行不行

**本报讯（记者李国章　孟宪江）**　今春，一次比一次严重的沙尘暴席卷我国北方广大地区，这在历史上是罕见的。据了解，造成这一现象的原因很多，其中不得不引起我们重视和反思的两个原因，就是人们大量乱搂发菜和山羊大量啃食草根树皮而破坏了草原植被。据国家林业局的消息，近十年来，到内蒙古、甘肃、宁夏等地搂发菜的总人数竟然高达 200 万人，每年仅进入内蒙古阿拉善盟搂发菜的农牧民就有 10 万人。在内蒙古等地，已有 2 亿多亩草原因搂发菜而遭到了严重破坏，其中，有 0.6 亿亩草原完全沙化。

专家认为，发菜并无多少营养或药用价值，而搂发菜对草原生态环境却有着巨大的破坏力。有关部门对乱搂发菜早有禁令，可为什么还有那么多人肆意妄为呢？除了执法不严、制止不力等原因外，主要还是因为发菜与“发财”谐音，在我国南方以及东南亚一带颇有市场，卖价很高。利益驱使部分人不顾一切地涌向西北发菜产区。有关人士认为，要从根本上解决这个问题，必须坚决禁止发菜交易。

环顾祖国大西北，人们还会发现，越来越多的山羊在年复一年地啃食着草根树皮。山羊的综合经济价值较高，羊绒也曾一度在国际市场上被称为软黄金。可山羊的超载放牧对生态环境的危害作用也深为人知，所以，目前世界上不少国家为保护本国的生态环境，限养山羊，而把市场需求的羊绒转向从别国进口，同时也把破坏生态环境的代价转嫁给了别人。

我国一些地区为了短期经济利益，选择了发展羊绒产业，羊绒产业带动了山羊养殖。据统计，截止到 1999 年底，我国山羊的存栏数已达到 1.1 亿只，并且每年的自然繁殖增长速度是 3%～5%。目前我国羊绒制品严重过剩，其中羊绒衫的年产量为 1 000 多万件，而库存积压量却高达 500 多万件。有关专家估计，一只山羊一年毁坏的植被不少于两亩，这 1 亿多只山羊一年毁坏的草原就有 2 亿多亩，如此

算来，真让人触目惊心。

今春，人们对沙尘暴的危害有了进一步的切身感受，值此之际，有识之士指出：发菜和羊绒都不是生活必需品，而用巨大的甚至是无法挽回的生态环境损失来换取二者带来的区区经济效益，实在不值得！沙尘暴再次告诉人们：植树种草是建设性的，应抓紧进行，同时必须首先制止人为的破坏！因为破坏容易建设难。而且，许多被破坏的东西是今后无论花多少钱也弥补不了的。

（《经济日报》，2000-04-28）

## “天体大十字”预言宣告破产

**新华社北京（1999年）8月18日电（记者南振中　姜岩）**　世界各地的天文学家证实，8月18日没有发生特殊的天文现象，更没有发生地球毁灭这样的大劫难。世界各地的人们像往常那样度过了平静的一天，“天体大十字”这一“末世论”预言宣告破产。

400多年前，法国的诺查丹玛斯写了一本名叫《大预言》的书，其中提到1999年地球将出现大劫难。到了本世纪70年代，日本人五岛勉对这本书进行了解释，说在1999年8月18日太阳、月亮和九大行星将组成一个十字架的形状，并称这种“恐怖大十字”将给地球带来毁灭性灾难。

法国里昂天文台专家鲁特利对本社记者说，他不知道有8月18日“天体大十字”一说。在与里昂天文台的其他专家共同核对过行星位置排列后，他说8月18日太阳系行星位置排列不但没有组成所谓的“大十字”，而且根本没有出现任何特殊的排列。

在五岛勉的家乡日本，18日是一个极其平凡的日子，没有重大的天灾人祸。当地新闻界和老百姓根本没有把五岛勉的预言当回事儿。日本国立天文台宣传部部长渡边润一副教授在接受本社记者采访时说：“18日这一天，九大行星的排列并没有构成十字架的形状。即使九大行星排列成十字架形，也不会对地球产生什么影响。它们对地球的引力远不及月球对地球的引力。‘天体大十字’预言没有任何科学根据。”

英国阿马天文台台长、著名天文学家马克·贝利教授在接受本社记者采访时说，18 日是普普通通的一天，“天体大十字”预言不攻自破，这再次证明该预言纯属无稽之谈。他指出：“行星的位置排列与地球上所发生的日常事件之间是毫不相关的。”英国拉瑟福德·阿普尔顿实验室的行星研究专家艾伦·彭尼博士指出，由于行星对地球的引力作用比月球对地球的作用小得多，行星的排列从科学上来说对地球根本构不成什么影响。

美国世界观察研究所的新闻官玛丽·科伦接受本社记者采访时说：“美国人不相信这些邪说，人们像往常一样工作和生活。”在美国俄勒冈医科大学从事研究的旅美研究人员杨爱玲博士说，我们应当相信科学，不要相信那些毫无根据的异端邪说。

北京天文台副台长赵刚说：“从科学家的观点来看，18 日的天象没有什么特别之处。”南京紫金山天文台副台长严俊指出，每到世纪末都有一些人为了达到某种目的而散布一些耸人听闻的言论，19 世纪末也有类似“世界末日”的说法，事实证明这种预言非常荒谬。

## 南京四“鹤”难齐飞

**本报讯（记者杨国民　牛文）**　南京地区方圆 30 公里范围内，四家石化企业由于分属于不同部门和地区管理，彼此间的经济联系和协作关系被割裂，协作难以正常进行，资源得不到充分利用，且上游企业向下游生产延伸，下游企业向上游原料生产扩展，“大而全”、重复建设愈演愈烈。这一现象已引起经济界和有关部门的严重关注。

扬子石化公司、金陵石化公司、仪征化纤公司、南京化学工业公司是分别隶属于中国石油化工总公司、纺织总会和江苏省的大型骨干企业。这 4 大石化企业本是一个相互依存紧密联系的工业生产体系，在生产上应相互衔接，彼此供应原料、半成品和成品。扬子石化主要生产乙烯及化纤原料 PTA；金陵石化主要生产成品油、化肥和精细化工产品；南化公司主要从事无机化工；仪征化纤主要生产聚酯化纤产品。扬子石化可向仪化提供化纤原料 PTA 和乙二醇，向金陵石化提供化工原料苯和邻二甲苯，向南化提供苯和化肥原料重沥青；金陵石化可为扬子石化提供乙烯原料和石脑油；南化可为扬子石化提供硫酸、硝酸、烧碱等石化原料。

本报曾经于1992年8月31日在一版头条以原国家主席李先念的题词“大雾共长江一色，扬子与仪征齐飞”为题，报道了这两家特大型企业自主调整供需关系，携手参与市场竞争的经验。但可惜这良好的协作关系由于企业隶属关系复杂而难以持续。几家企业常常在原料供应的数量、价格上争执不下，互不相让，甚至已签订的供货合同都难以正常履行。

为了做到“不受制于人”，只得往“全”的方向发展。在扬子已有年产45万吨PTA生产能力并计划改造到年产60万吨的情况下，仪征却向上游原料生产扩展，“八五”期间新建了年产25万吨PTA生产装置，“九五”又提出再新建年产35万吨PTA生产装置，并要求配套新建PTA所需原料年产50万吨PX等装置。扬子则向下游生产延伸，要求新上年产10万吨瓶用聚酯切片。据有关部门测算，如扬子和仪征充分发挥两公司专业化分工协作的整体优势，可节省上百亿元资金。另一方面，在金陵石化本已有较强炼油能力的情况下，扬子石化又先后上了两套炼油装置，同时，扬子石化还继续与金陵石化雷同，向成品油方向发展。现在，仅一江之隔，扬子石化与金陵石化共有5套常减压炼油装置，各自年炼油能力分别为500万吨和700万吨，但均开工不足。

“大而全”，重复建设，资源利用不充分，已经严重影响了这4家企业在国内外市场的竞争力。据了解，1996年，除南化公司外，其他3家企业利润均出现大幅度下滑。有关人士普遍认为，这种状况已经到了非解决不可的地步了。

（《经济日报》，1997-01-29）

# 中国足球旧时代的终结

——关于辽宁足球队降级的反思之二

**新华社沈阳（1995年）11月22日电（记者于力）** 辽宁队被淘汰出全国足球甲A联赛，震惊了中国足坛。

许多人为“十冠王”的这一结局感到惋惜、痛心。在深刻的反思中，一些有识之士指出，这是旧体制的失败，它宣告了一个旧的足球时代的终结，同时也标志着符合世界足球发展潮流的职业化新体制在中国站住了脚。

辽宁队的失败，看似偶然，实属必然。一些球迷认为，表面看来输的是足球，实际上输的是体制。作为中国足球在计划经济条件下生存、发展的一面镜子，辽宁足球代表着一个时代。当中国足球开始进入市场，面对迅猛发展的足球职业化浪潮，辽宁足球仍一味留恋昔日的辉煌，踯躅不前。体制上的落伍，使辽宁队的“生产力”难以得到解放，在绿茵场上的较量中力不从心，先是在1994年全国首届职业联赛上从冠军跌落到第四名，今年被毫不留情地挤出甲A 12强。

绿茵场上的争夺，从某种意义上说是人才的较量。辽宁足球仍沿袭计划经济条件下的旧体制，在各俱乐部激烈的人才大战中明显处于劣势，不仅引不进外面的优秀球员，连自己的优秀球员也纷纷“弃暗投明”。一连串球迷心中闪光的名字在辽宁队的名单里消失：今年初，1994年中国唯一的足球先生、最佳球员黎兵被广东宏远俱乐部以64万元“买”走，国家队守门员徐韬和国脚孙伟、马林等也改换门庭。辽宁队大伤元气，以这样的阵容出战，结果可想而知。

足球需要大的投入，球场上的较量也是经济实力的较量。各省市纷纷成立足球俱乐部，成为足球队雄厚的经济后盾，而辽宁队则成为甲A 12支球队中唯一没有社会资金支持，靠“皇粮”度日的球队。在各俱乐部队员月薪达到数千乃至万元已不足为奇的今天，辽宁队在第三季度竟然连每月千儿八百元的工资都发不出，以致球员想罢赛罢练，只好暂借体委事业经费。一个靠借债度日的球队在球场上的士气可想而知，至于引进外援，就更是天方夜谭了。

经济实力最差的队在绿茵场上成为表现最差的队，也就不足为怪了。

大力开展足球职业化，实行俱乐部制，是当前世界足球发展的大趋势，也是中国足球改革的方向。辽宁足球队在这一重大的转变中，落后了一大步，并为此付出了惨重的代价。

# 本溪知何去？茫茫烟尘蔽！

**本报讯（记者王亚东）**　当你亲自到本溪走一走、看一看，便会清楚：是本溪地区的烟尘污染，遮住了卫星的“千里眼”。

**污染名列榜首**。在国家环境保护局的档案中，我国城市大气污染之最，本溪名列榜首。说来也不奇怪，在该市 43.2 平方公里的城区中，分布着 420 多家工厂，其中排污企业竟达 200 多家，大小数百个烟囱林立。铁厂、焦化厂的“黑龙”（冒黑烟的烟囱），炼钢厂的“黄龙”，水泥厂的“灰龙”，在本溪上空翻腾，遮天蔽日，弥漫一片，覆盖了整个市区。全年有近一半的时间，能见度只有 30 至 50 米。不要说卫星的“眼睛”失灵，就连站在市郊 600 米高的平顶山上俯看本溪，也是烟气笼罩，难于看清其真面目。

本溪不仅大气受到污染，水源也遭到了破坏。进入市区的太子河，两岸几十个排污口，每年无情地把两亿多吨工业和生活污水排入其中。这条曾经清澈、洁净的清水河，如今已变成油迹漂浮、浑浊不堪的污水沟，使与该市毗邻的丹东、辽阳、鞍山等市也深受其害。

**污染已造成苦果。**受环境污染之害，本溪人民首当其冲。据了解，该市呼吸道疾病、肝炎、癌症发病率普遍升高。冬季呼吸道疾病死亡率高达 0.68‰，癌症死亡率由 1973 年的 0.26‰，增到 1985 年的0.54‰，其中肺癌死亡率增加了 2.2 倍。记者在采访中听到这样两件事：在沈阳一家医院，当医生将一位患者的胸部切开后便断言：“他是本溪人。”再一看病历，果然言中。本溪有个乡，几年征兵，没有一个青年体检合格，查询原因，大部分都与环境污染有关。

本溪人民饱尝了环境污染之苦后，渴望改善环境质量。在近年历届市人代会上，提案最多的要数环境问题。市民们大声疾呼：“救救本溪。”并提出“谁能治理好污染，我们就选谁当市长”。

**不能再欠“环境债”了。**面对严重的环境污染和广大群众的肺腑之言，本溪市的父母官们更是痛心疾首。本溪是从日伪时期建立起来的工业原材料基地，钢铁、水泥、化工、发电等厂大多建在市区。有些企业，30年代的设备至今仍在使用，不少企业的技术装备也都是四五十年代的水平。落后的设备造成“三废”排放量大，加上产业结构和城市布局不合理，工厂和居民区混杂在一起，又是四面环山的地形，使烟尘不能及时逸散。

这种几十年欠下的“环境债”，要想几年还清，谈何容易。今年初，国务院环境保护委员会组织冶金、煤炭、建材、环保等部门，对本溪的环境污染进行了一次全面调查，提出了解决污染问题的途径和办法。经测算，对本溪的污染治理需投资3.6亿元。本溪通过自身渠道，每年可筹集2 000万元，按8年时间完成治理任务，平均每年还有2 500万元的缺口。为解决这一问题，国务院环保委调查组和其他有关单位提出了筹款的建议，但如何落实，至今还没有着落，但愿它没有在“公文旅行”。

**后悔药吃不得。**本溪的环境状况只是我国环境恶化的一个缩影，全国很多地方也都不同程度地存在类似问题。尤其工业生产发达的地区，环境保护早该列入各级政府的议事日程。可是在某些领导的头脑中，总把治理环境看成是软指标或额外负担，造成经济发展与环境保护不能同步进行，使某些地区的环境有进一步恶化的趋势。如果等环境危及到经济发展、人民生活和社会安定时再治理，将为时晚矣，并对不起我们的子孙后代。本溪的教训告诉我们，绝不能走“先建设，后治理”的老路。

（《经济日报》，1988-08-09）

## 日本又在粉饰侵略历史

**美国《纽约时报》东京（2002年）10月30日报道（记者霍华德·弗伦奇）**　从新建军事历史博物馆墙上的文字来看，日本在整个20世纪所付出的生命和财产的代价不是为了征服亚洲其他国家，倒是为了国家独立而斗争。

这座博物馆还将裕仁天皇描述成一位无私的政治家：他结束第二次世界大战是因为担心更多无辜的人失去生命，而不在意“自己的前途”。馆中丝毫没有提到不久前大量学术研究得出的成论：在败局早已注定的情况下，裕仁天皇仍然要求他的军队继续战斗。许多历史学家指出，他这样做是为了保住自己的王位。

这座博物馆是具有挑衅性的靖国神社的附加品。靖国神社供奉了日本在现代战争中的250万名阵亡人员，其中包括国际社会认定的14名二战战犯。这座博物馆日复一日地向参观者展示靖国神社对日本军国主义历史毫不悔改的态度。

博物馆从第一间展厅就开始透出沙文主义色彩。在一篇颂扬由英勇的战士抵抗不知名入侵者而换来的2 600年独立史的文章上方，悬挂着古代皇宫卫士的遗物—— 一把饰有金色穗带的军刀。接下来的展厅使参观者飞快地回顾了几个世纪的历史，将日本描绘成一个总是处于守势、从未当过侵略者的国家。

许多参观者在博物馆一些展品前失声痛哭。那是一些写给家人的遗书和神风敢死队员的官方画像。画像上那些面带稚气、身着军装的飞行员目光茫然地望着前方。其中一人写道："我已经知道我为何出生以及作为一个男人我必须死在哪里。当我平静地走向死亡时，我希望你们为我感到自豪。"

馆中文章援引了裕仁天皇在日美两国因日本突袭珍珠港而开战前夕说的一番话。天皇用平静的语气说："在一个所有海洋都是兄弟的世界上，为什么风和浪静还要发生如此激烈的碰撞?"紧随其后的注释是美国"迫使日本参战的计划"。

在这里，臭名昭著的"南京大屠杀"（国际史学家指出，日本在1937年12月屠杀了10万到30万中国人）变成了"南京事件"。根据当时的报道，日本人展开了杀人比赛，奸淫了成千上万名妇女。然而，在讲到1944年美国轰炸两座日本城市之前，博物馆里的文章一直没有提及战争中的平民死亡人数。这篇文章在谈到南京时说："中国军队一败涂地，伤亡惨重。居民又可以在这个城市过上安宁的生活了。"

一名参观博物馆的中国大学生在看到有关南京的文字时气得直喘粗气，怒不可遏地摇了摇头。她说："这就是我们两个国家永远不能成为真正朋友的原因。我们怎么能够信任一个继续厚颜无耻编造历史的国家?"

博物馆中描述的历史令人想起了去年发给日本各个学区（并遭到强烈反对）的带有浓厚民族主义色彩的历史教科书。和那些教科书一样，这座博物馆旨在用强硬姿态取代日本的主流文化。

许多参观者在离开时都受到了这座博物馆观点的强烈影响，而另外一些人则十分反感这套民族主义教条。

## 三八线那边静悄悄

**西班牙《国家报》(2002) 年 5 月 29 日报道** 朝鲜足球曾经辉煌一时，但是，现在当世界杯大赛在离它不远的地方即将开赛之际，三八线那边静悄悄。

这个国家既没有卫星电视，也没有因特网，所以，世界杯赛仅在离边界 60 公里的地方举行，就好像在火星上举行一样。

朝鲜曾经令亚洲足球在世界上光彩过，那是在 1966 年的英格兰世界杯赛上，它以 1∶0 战胜意大利队，进入四分之一决赛。

那是在冷战时期，世界足坛上只有欧洲与南美洲球队，其他大陆的球队都得不到承认，非洲、亚洲和大洋洲合在一起在世界杯决赛圈只分到一个名额。非洲各国球队一气之下，对世界杯进行抵制。

这个名额就由朝鲜、韩国和澳大利亚争夺。在当时紧张的政治气氛中，韩国退出角逐。澳大利亚因与朝鲜没有外交关系，于是两国的比赛就在中立国柬埔寨进行，柬埔寨的西哈努克亲王下令体育场里的观众一半为朝鲜队助威，一半充当澳大利亚队的拉拉队。比赛结果是朝鲜队获胜，得到了进军英格兰的入场券。

朝鲜队受到了东道主英国人民的支持，朝鲜队踢球时，很多人为它加油助威。第一场它输给苏联队，第二场与智利队踢平，第三场必须要战胜意大利队，它才能进入四分之一决赛。实力强大的意大利队未能阻挡住朝鲜队的快速进攻，以 0∶1 败北。对这场比赛的评论已不是一般的溢美之词，一位英国记者写道：“罗马帝国的崩溃，也比不上这场球赛的失败。”在那以前，从来没有一支亚洲球队进入四分之一决赛，从此以后，也没有哪支亚洲球队进入四分之一决赛。

后来，朝鲜队再也没有参加过世界杯赛，但是它的影响就像一部史诗，依然存在。半年前，英国记者戈登前往朝鲜采访了那支英雄球队的 7 名健在的队员。他的报道使得有关战胜意大利队的英雄们受到迫害的谣传不攻自破，而且他们仍然是这个国家里的偶像。

可是 2002 年世界杯赛就在它的近邻举行时，朝鲜却是悄无声息。

# 巴勒斯坦：进地狱？一起去！

**美国《华盛顿邮报》（2002 年）4 月 1 日报道** 被以军封锁在办公室中的阿拉法特的形象已经使世界目瞪口呆——保镖们簇拥在身旁，冲锋枪摆放在手边，一间无窗的屋子，摇曳的烛光映衬着他灰黄的面孔。

这些照片掩盖了关键的一点——虽然阿拉法特身处困境，然而他的复仇者、以色列总理沙龙也同样如此。沙龙的困境在于，在一场以色列在武器、技术和训练方面拥有巨大优势的冲突中，追求军事上的胜利并不足取。沙龙对巴勒斯坦城镇和难民营的进攻越是猛烈，他惩罚阿拉法特的手段越是冷酷无情，以色列"胜利"的定义就越是捉摸不定。

以巴冲突不仅仅是两个民族争夺一块土地的斗争，它是一场自我毁灭的民族意志的角逐。

74 岁的沙龙在他一生中相当多的时间里，都在策划如何智胜、刁难或杀死阿拉法特。对他来说，目前与这位巴勒斯坦领袖的僵局同样让他沮丧。沙龙越是勒紧阿拉法特的套索，国际上——尤其是欧洲和阿拉伯世界——坚持认为阿拉法特是最终解决巴以危机不可或缺人选的呼声就越是强烈。沙龙越是坚持要把阿拉法特驱逐出巴勒斯坦领土，他就越是让自己内阁中的温和派感到惊恐。如果这些温和派落荒而逃，他的执政联盟将会垮台。

如果如沙龙所愿，阿拉法特遭到驱逐，阿拉法特在阿拉伯世界和巴勒斯坦人心目中的英雄形象将更加伟大。以色列的安全官员说，如果阿拉法特被以军打死——不管是不是意外，他的死很可能会激起连年的恐怖袭击浪潮。

加沙地带的巴勒斯坦安全首脑穆罕默德·达赫兰说："如果沙龙想把阿拉法特和我们送进地狱，我向你保证，我们会让沙龙和我们一起进地狱。"

# 在世界性的里程碑前反思人口问题

**美国《纽约时报》联合国（1999年）9月19日报道（记者巴巴拉·克罗塞特）** 10月12日，这个世界就要正式宣布世界人口达到60亿，当此之际，我们有理由重新审视一下中国和印度。在这两个国家之间仍然横亘着心理和政治的高墙。印度有10亿人口，中国有12亿，两个国家加在一起占整个世界人口的1/3还多。它们的道路再次岔开——这一次是在人口问题上。

中国制订了一对夫妇只生一个孩子的严厉政策，还在经济、农村土地所有权和社会服务方面进行了一系列广泛的改革——这个国家开始腾飞。这些全面而又深刻的改革在许多方面结出了硕果。

另一方面，与中国相比，印度在推行基本的经济和社会改革方面则落在后面。如果目前这种趋势持续下去，印度人口将在今后半个世纪里超过中国，成为世界上人口最多的国家。

联合国的材料表明，将近83%的中国人具有读写能力；只有53%的印度人能读能写（印度方面说是64%），而且这些人中大多数还是男人。中国小学女童的入学率达到99.9%；印度将近1/3的女童上不了学。一半以上五岁以下的印度儿童营养不良，体重不足。一半左右的印度人口每天的生活费用不足1美元。

对于一个开放的社会来说，令人惊奇的是，印度在通信方面也落在中国后面。中国每千人中有56部电话；印度只有19部。中国每千人中有6台个人电脑，而印度只有2.1台。在经济上，中国的出口是印度出口量的5倍还多。

事情并非一直如此。诺贝尔经济学奖获得者阿马蒂亚·森指出，印度在50年代领先于中国。但是，在过去20年里，中国的情况发生了变化，现代化、自由市场经济的实行和现在的样板选举已经在消灭农村贫困和改变思维定式方面取得了进展。经济改革也在一代人的时间里改变了城市的面貌。

森上周在纽约发表讲话说，光靠民主可能是不够的，经济发展还需要许多别的因素，其中包括控制人口。他还指出，许多对中国持批评态度的人往往忽视中国政府为人民提供的受教育机会；没有认识到中国普遍的卫生保健制度延长了人们的寿命。因此，“中国扩大了不同于一般意义的自由”。

华盛顿世界观察研究所所长莱斯特·布朗说：“在谈论人口增长问题时，关键不是印度是否是一个民主国家，而是是否有一个有效的领导。所谓有效领导，我指的是这样一种领导人，他们不回避问题，愿意讨论问题以及讨论这个问题对下一代和下下一代意味着什么。”

塔夫利恩·辛格是印度最为尖刻的政治专栏作家之一。她认为，一旦缺少政治意愿，其他什么也没用。她最近在《今日印度》半月刊上向政界人士提出了许多问题。她写道：“举个例子，能否请我们的各个政党解释一下，独立50年了，可是，为什么一般印度儿童给人的印象总是骨瘦如柴、两腿细长、光着脚丫，靠在路口乞讨过活？”

### 国际森林研究中心总干事指出

## 阻止森林大火应使用经济“武器”

**路透社新加坡（1997年）9月2日电**　一位森林专家对本社记者说，用来同印度尼西亚全国每年发生的森林大火做斗争的主要武器应当是经济因素，而不应当是水。这些大火使这个国家和它的邻国笼罩在烟雾中，从而使环境受到严重污染。

在印度尼西亚的国际森林研究中心总干事杰夫·塞耶说：“派出消防队员和满载着水的飞机也无法扑灭这些大火。”

他在电话采访中对记者说：“制止这些大火再次发生的方法是改变这个地区的经济因素和改进建设的方法。”

文莱、印尼、马来西亚和新加坡的高级官员上星期制定的一项计划的核心是从空中对苏门答腊和婆罗洲燃烧的森林投掷水弹打出隔离火墙来。他们还讨论了人工降雨的方法。

这项计划还有待4国政府的批准。火灾是由于印度尼西亚为了清理建设用地放火造成的，结果火势失去控制。

评论员说，今年火灾的规模是人们自从1982—1983年婆罗洲发生森林大火以来所未曾见过的。那场大火破坏了3.3万平方公里的土地。

印度尼西亚环境部长估计，每年大火破坏的林木大约有 3 000 万立方米，造成的损失达 840 亿美元。

浓浓的烟幕还造成了经济的损失。本月烟雾曾使得吉隆坡短时间关闭了机场，印度尼西亚也多次关闭机场。航运也由于能见度差而受到损失。

但是环境保护主义者对于在建设规模迅速扩大的印度尼西亚能够制止工厂和汽车的污染物超标排放和改进燎荒的做法并不抱有信心。在印度尼西亚，大公司急于谋求利润；而食不果腹的农民使用火作为清理土地的最快的方法。

天气也加剧了问题的严重性。雅加达的一位官员说，加里曼丹和苏门答腊廖内群岛的火灾由于厄尔尼诺现象造成的干旱而更加严重了。

# 阅读提示

兼有报道与评论两种职能的新闻述评，是新闻媒体引导舆论的重要手段。记者要认真研究述评的写作艺术。

这里选用了几篇国内与国外媒体的述评。国内的述评，主观意见表达得更为直接、尖锐，提倡什么反对什么，旗帜更为鲜明，使新闻更有指导性；国外媒体的述评，看去更注重论据，注重分析，更含蓄一些。

阅读作品时，请注意思考：

1. 决定新闻述评作品优劣的因素是什么？

2. 述评写作怎样运用事实？

3. 怎样写才能使述评更具可读性？

《不吃发菜，少穿羊绒，行不行》一文，面向全民，从消费角度，提出了一个尖锐的问题，强调了不吃发菜，少穿羊绒，保护环境的紧迫性。

述评用算大账的方法，摆事实，讲道理。第一段出示的200万人搂发菜、2亿多亩草原遭到严重破坏，以及第四段介绍的1亿多只山羊毁坏草原的情况，都有震撼作用。

文章的说服力来自分析。作者用专家的话破除了对发菜的迷信；同时，告诉人们，我国羊绒制品已严重过剩；而世界上不少国家为了保护本国环境，在本国限养山羊，却从国外进口羊绒，将环境代价转嫁给了别国。这些分析对短视的经济行为是有力的一击，可以发人深思。

述评从沙尘暴写起，以沙尘暴结尾，既贴近读者，又造成一种紧迫感，末段语气带有强烈的感情色彩，有回味余地，都是值得肯定的。

几篇西方记者的述评，其共同特点是观点新，有新的发现，可以起到勾玄的作用；客观色彩很强，作者尽可能引用他人，尤其是权威人士的话表达自己的观点；开篇巧妙，对比性背景用得好，使述评颇有味道。这些都说明，兼有评论成分的述评，也是可以写得生动活泼的。

（刘明华）

# 解释性消息

800年树龄缘何依然枝繁叶茂？

## 专家破解团城古树之谜

**本报讯（记者梁凤鸣）** 古人在北海团城地下建有一套完整的收集、涵养天然降水的系统。这是市科委去年立项的一个课题最近得出的结论。至此，团城内古树几百年来即便在没有浇灌的情况下，也始终郁郁葱葱，长势明显好于其他地方古树的原因有了科学的解释。

团城距今已有800多年历史，城内有树龄300年以上的古树17棵，其中的"遮荫侯"油松和"白袍将军"白皮松树龄更高达800年。此外，还有树龄大于100年的古树21棵。据测量，团城地面高于四周地面4米至5米，高于北海水面5.63米，但数百年来，即便在无人管理的年代，这些古树也明显比其他古树生长茁壮。团城还有一个奇怪的现象：大雨如注，街头巷尾水流成河；团城地面却只是湿漉漉的，形不成径流。而古建筑，如正阳门箭楼、鼓楼、北海白塔、万里长城，一般都有泄水石槽（吐水嘴），但团城却没有一条排水明沟，城墙上也没有一个泄水石槽。那么，水到哪里去了？

最早试图破解这些问题的北海公园副园长沈方介绍，团城的奥秘是从一块青砖正式开始揭开的。一次，因养护古树需要，在地面上起出一块青砖，发现这块砖与普通青砖不一样，上大下小，成倒梯形，砖与砖之间没有用灰浆勾缝，砖内多气孔，吸水性强，特别利于地面雨水渗透到地下。由此，原以为城内地面布置的9个石板雨水口是渗排污水的说法也发生动摇。派人下去，发现每个雨水口均与地下涵洞相通，而涵洞用砖也是渗透性极强的，这样既可以在雨天收集雨水，又可以涵养雨水，在干旱时向周围土壤中渗水，冬天还能起到提高土壤温度的作用。经专家采用热释光法等科技手段探查，结果显示：青砖一种为明代烧制的，一种是清代烧制的，同时还探明了涵洞几乎围绕团城一周。

专家计算，北京年平均天然降水量为595毫米，团城面积为5 760平方米，每年可从天然降水得到3 427立方米。而团城土体的最大蓄水能力为4 037立方米，也就是说，在多年平均降水量情况下，一年的降水量均可储存在团城的涵洞中，供给团城树木。

这一发现意义重大。市园林局专家表示，古人在团城的这种做法，充分利用了天然降水。北京是缺水的城市，每年珍贵的降水大量流失、蒸发了。如果能把这种收集天然降水的做法推广开，对减少绿化喷灌量，节约水资源无疑是大有益处的。

（《北京日报》，2002-08-24）

# 法国选民为何再次选择希拉克

**新华社巴黎（2002年）5月6日电（记者徐振强）** 法国现任总统希拉克在5日第二轮大选投票中，以得票超过82%的压倒优势击败了极右势力代表、国民阵线主席勒庞，从而得以再次入主爱丽舍宫。这表明，法国的传统左右两翼政党和绝大多数选民反对以勒庞为代表的极右势力抬头，不赞成勒庞主张的极端民族主义、排外主义和反对欧洲统一的政见。

从表面看，希拉克高票当选得益于选民投票率的大幅度提高，因为有大约80%的法国选民参加了本轮投票，而首轮选举的投票率只有70%。但是，首轮选举得票率不到20%的希拉克却在第二轮中以绝对优势击败勒庞，这固然是希拉克和右翼政党的胜利，但更反映了法国选民反对极右势力上台的强烈意愿。

勒庞鼓吹极端民族主义和种族主义，他最著名的口号是“法国人优先”。他认为，法国人在所有社会福利方面都应享有国民优先的权利，外来人口是造成法国失业率高、社会犯罪活动频繁的根源，应该把外国人都赶走。他还要求法国退出欧盟。然而，就是这样的一个极右势力代表人物却在4月21日的首轮投票中击败左翼社会党候选人、现任总理若斯潘，与希拉克共同进入第二轮选举。

第一轮投票的意外结果并不代表勒庞及其代表的极右势力拥有广泛的民众基础，而只是在很大程度上反映了选民对社会党政府5年来在改善社会治安、发展经济和增加就业等方面的政绩不满。从首轮投票后到5月1日，法国各地群众连续举行声势浩大的反对极右势力的游行示威，强烈抗议勒庞进入总统选举的第二轮选举。众多左翼选民原来并不支持希拉克，但是在面临“极右势力威胁”的紧急关头改变了主意，在第二轮投票中转而把票投给了希拉克。在普通选民中，有不少人因不满社会现状在第一轮投票时拒绝投票或投了废票，但现在为了反对极右势力，他们也走向了投票站，投了支持希拉克的票。

法国各主流政党也表现出了空前的团结。社会党阵营内部的不团结导致选票过于分散，一度在第一轮投票中帮了勒庞的大忙。左翼经过权衡利弊，决定以大局为重，做出了支持希拉克、阻挡极右势力的决策。社会党、法国共产党和绿党人士纷纷呼吁选民投票反对极右，支持希拉克。有影响力的工会组织、雇主组织——法国企业运动、文艺界、体育界以及前总统德斯坦等法国社会各界也都先后表态支持希拉克击败勒庞，从而抑制极右势力。在第二轮投票中传统左右两翼“联合”对应极右的格局扩大了支持希拉克连任总统的选民队伍。

但此间一些人士人为，82%的得票率并不意味着选民对希拉克本人82%的支持率，希拉克领导的新政府仍然在治安、经济增长和失业率等问题上面临艰巨的任务。总统大选的尘埃未定，法国政界和选民已经把目光转向下一阶段的国民议会选举，转向新总统和即将出现的新总理将给法国人民带来什么。

## 鸡蛋价格　跌至谷底

**本报讯（通讯员杨文　记者陈高宏）**　“4 个鸡蛋才抵 1 根黄瓜的价，两个西红柿可换 8 个鸡蛋！”在北京马连道农贸市场，一位一次买了 5 公斤鸡蛋的中年妇女对记者说：“现在的鸡蛋可真便宜，多买点儿回家腌着吃。”

眼下，北京、上海、河北、黑龙江等地，鸡蛋价已降至十多年来的最低水平，每 500 克仅一块八九。就连历来处在高价区的广州、深圳，目前的鸡蛋价格也跌至每公斤 3 元以下。

来自全国食品信息网的消息说，3 月上旬，全国鸡蛋市场的平均价比去年年底下降了 17%，比 1998 年同期下降 35%左右。

鸡蛋价格何以有如此大的跌幅？业内有关人士分析说，主要原因还在于鸡蛋市场总体供过于求。据统计，去年全国禽蛋总产量（其中鸡蛋占 7 成以上）达到 2 100 万吨，比上年增长 5%左右，今年仍将保持稳定增长的态势。就人均消费量而言，我国已达 17 公斤之多，比发达国家人均占有量 13.6 公斤多出 3 公斤以上。

事实上，鸡蛋市场供过于求、价格下降的背后因素是粮食价格下跌，而使饲养蛋鸡的比较效益凸现，刺激了养鸡户的热情。来自 29 个省、自治区、直辖市的统计资料显示，1999 年底鸡蛋的平均售价比上年下降 16.8%，而玉米价格的跌幅则达到 24%，鸡蛋和玉米的比价由 1998 年的 1∶5.5 变为 1999 年底的 1∶6.24。

与此同时，近年来许多养鸡大户靠科技进步使鸡蛋单产得以提高。目前，江苏、山东、河北等一些鸡蛋重点产区，养鸡专业户大多喂养罗曼鸡和海兰鸡，经营好的每只鸡可年产 13 公斤，有的可达 15 公斤，比前几年普遍增产 2 公斤左右，既降低了成本，又增强了抗风险能力。

那么，鸡蛋市场后市情况怎样呢？有关人士预计，下半年鸡蛋市场供大于求的态势将继续存在，蛋价仍将在低水平上徘徊，养殖大户仍可微利经营。

这位人士同时指出，目前的市场蛋价已跌至谷底，一些小户的经营已受到冲击，但这些恰恰是蛋鸡饲养结构调整的有利时机。随着人们生活水平的日益提高和对绿色食品的追求，草鸡蛋（土种鸡蛋）身价大增，目前草鸡蛋和洋鸡蛋的差价已由50%扩大到80%，这就是变化了的市场对蛋鸡饲养户发出的结构调整信号。

（《中国商报》，2000-03-23）

## 中国“复关”为何如此艰难

**本报讯（记者陈宝玖）** 中国亿万百姓正以前所未有的热情关注着“复关”。

然而，中国“复关”却如此命运多舛、步履维艰。

是中国在“复关”进程中努力不够，还是遇到人为设置的障碍？

世人有目共睹，自1986年中国申请恢复关贸总协定缔约国地位以来，中国政府结合本国国情并根据国际贸易规范对外贸体制作了一系列重大改革：

——先后取消了出口补贴和进口调节税，大幅度减少配额和许可证管理的商品清单，取消了进出口指令性计划，两年内取消2/3以上进口许可证，其他非关税措施也大幅度减少了。

——逐步降低关税，1992年，先后两次降低进口关税，涉及3 371种，关税总水平下调了7.3%。1993年底又降低2 898种，下降幅度8.8%。

——取消了全部进口替代商品清单，今后也不再制订这类清单。

——加快了外汇体制改革，实施了汇率并轨，建立了以市场为基础的、单一的、有管理的浮动汇制，实行人民币经常项目下有条件可兑换并逐步向人民币自由兑换过渡。

——颁布实施了《对外贸易法》，增强了外贸政策法规的透明度。清理了四批有关进出口管理的内部文件，公布了继续生效的文件。

——市场供求在价格决定中的作用越来越大，目前近90%的产品价格已由市场决定。

上述改革措施为有竞争力的外国商品进入中国市场创造了良好的环境，也使中国的外贸体制与关贸总协定的规范基本趋同。

中国的这一系列改革，得到了关贸总协定绝大多数成员国的赞赏。

到目前为止，“复关”谈判，中国工作组已开了17次工作组会议，分别就中国的外贸政策、双边关税和非关税减让进行了务实的磋商。特别是在第17次工作组会议上，缔约方与中国侧重就中国议定书要点进行了磋商，标志着中国“复关”谈判已进入多边讨论和起草议定书的阶段。

遗憾的是，在对中国议定书的多边讨论中，中方遇到了一些人为的障碍。个别缔约方，对中国“复关”提出了一些苛刻要价，甚至无视中国是发展中国家这一基本事实，试图禁止中国引用关贸总协定与发展中国家地位有关的条款；在外资企业国产化率问题上还提出了比对待发展中国家还高的要求。对这些无理要求中国显然是不能接受的。

中国谈判代表团团长、对外经贸部副部长谷永江在各种场合多次强调中国“复关”的两项基本原则：第一，不得剥夺中国享受关贸总协定和世界贸易组织赋予缔约方的任何权利以及赋予发展中国家的权利；第二，必须确保中国“复关”权利与义务平衡，中国承担的义务原则上不能超过一个发展中国家应承担的义务。

试问，倘若要求中国承担像发达国家那样多的、甚至更多的义务，使中国“复关”无论从短期或长期利益来看都弊大于利，那么中国又有什么必要“复关”呢?

据了解，尽管有个别缔约方从中作梗，中国依旧真诚地希望“复关”并成为世界贸易组织的创始成员。为此，中国准备在7月底在日内瓦召开的第18次中国工作组会议上，提出一个一揽子解决的方案，促使谈判在年内完成，其中包括中国能够接受的议定书条款、修改过的工业产品减让表、农产品减让表、服务贸易减让表，供缔约方做出选择。如果缔约方接受这一方案，那么谈判将会在年底完成。如果个别缔约方依然坚持无理的苛刻条件，拒绝这一方案，那就把事情做绝了。这样，中国8年来为申请“复关”所做的一切努力就徒劳了，中国在谈判进程中所做的一切承诺也自然一概无效。中国是决不会为“复关”而不惜一切代价的。当然，这并不是说，中国不改革开放了，中国将继续自己的改革开放，但开放的进程和各个部门的优先顺序将根据中国自身的经济发展需要而定。

应该说，中国和广大缔约方都不希望看到这样的结果。这对于8

年来不断改革开放并努力向关贸总协定规则靠拢的中国来说是极不公正的，对于世界贸易组织普遍性原则也是严重的损害。

广大缔约方已越来越清醒地认识到，拖延中国“复关”，意味着推迟中国承诺的关税减让的实施，以及中国在乌拉圭回合最后文件所承担的义务的履行。这将极为不利于各缔约方充分利用中国经济发展和广阔市场的机遇。到头来，个别从中作梗的缔约国难免成为众矢之的，而且本身也会自受其害，自食其果。

改革开放使中国经济得到飞速发展，中国已经成为一个贸易大国，去年进出口总额已超过 1 900 亿美元，今年上半年外贸增长达到 25.4%。事情很明白，不仅中国需要关贸总协定，关贸总协定也需要中国，如果把中国这样一个有着广阔发展前途的贸易大国排除在世界贸易组织之外，这个世界贸易组织也就不能自称具有世界性的贸易组织。

（《经济参考报》，1994-07-24）

# 朝鲜核问题的由来

**新华社北京（1994 年）6 月 15 日电（记者王大军　江冶）** 最近，围绕朝鲜核问题的争执又趋加剧。

本月 10 日，国际原子能机构决定中止由该机构向朝鲜提供的援助，美国等主张要对朝鲜实施经济、军事制裁。对此，朝鲜反应强烈，并于 13 日宣布将很快退出国际原子能机构。

朝鲜核问题由来已久。海湾战争以后，美国以其卫星照片为据，提出怀疑朝鲜在平壤以北约 100 公里的宁边地区有用于研制核武器的设施，扬言必须要对朝鲜的核设施实行检查。朝鲜反复声明它没有制造核武器的打算和能力，同时指责美国在韩国部署核武器威胁它的安全。双方由此产生对立。后来，由于朝鲜同韩国签订了《朝鲜半岛无核化共同宣言》，朝鲜同国际原子能机构签订核安全协定并同意接受检查，半岛紧张的气氛才有所缓和。

1992 年 5 月至去年 2 月期间，朝鲜接受了国际原子能机构 6 次不定期核检查，但双方对检查的对象和结果意见不一致。去年 2 月，国际原子能机构理事会做出对朝鲜核设施进行强制性的“特别检查”决议，同时，美韩恢复举行曾于1992年暂停的“协作精神”联合军事演习。对此，朝鲜于去年3月12日宣布退出它于1985年底加入的《不扩散核武器条约》，半岛局势遂又紧张起来。

在这种情况下，美国同朝鲜举行了两轮副外长级会谈，美国在援助朝鲜改造核设施等问题上做出了一些许诺，朝随后宣布暂不退出《不扩散核武器条约》。在会谈中，双方同意将在两个月内举行第三次会谈，讨论解决核问题和全面改善双边关系等问题。然而，由于双方在一些问题上主张相左，第三次会谈一直未能实现。直到今年2月下旬，朝鲜同国际原子能机构和美国才达成妥协：朝鲜同意其7个核设施接受检查、南北恢复有关互换特使的接触、美韩同意停止今年度的联合军事演习、美国同意同朝鲜举行第三次高级会谈。但同时美国又提出两个条件，即国际原子能机构对朝鲜的核检查要被各方认可，南北方实现交换特使。由于这两个条件后来基本得到满足，半岛局势再次得以缓解，遂有了今年3月初国际原子能机构对朝鲜核设施的再次检查。

但是，由于国际原子能机构对这次检查的结果不满意，致使有关各方的意见尖锐对立。4月下旬，朝鲜向国际原子能机构表示要更换宁边5兆瓦核反应堆燃料棒，并邀请该机构派遣人员到现场监督。但是，国际原子能机构在表示谨慎的欢迎态度的同时又提出前提条件，要求朝鲜接受该机构对其核设施及运作过程的全面检查，朝鲜没有答应这一要求。5月初，在国际原子能机构表示不派人前往朝鲜监督核燃料棒的更换工作之后，朝鲜自行更换了核燃料棒。国际原子能机构认为，朝鲜这样做已无法判断朝鲜核反应堆生产的钚是否已移作他用。朝鲜则强调，它是在国际原子能机构在核反应堆和核废料设施上安装的监控设备监控之下更换该燃料棒的，其更换方法在技术上为今后接受检测留有充分的可能性。

国际原子能机构和朝鲜在这一问题上的严重分歧，使半岛出现的缓和急剧降温。在国际原子能机构最近宣布中止援助后，朝鲜外交部发言人发表声明表示：朝鲜将视该机构所有决议无效；不再接受其处于特殊地位时所接受的核安全连续性检查；再次宣布视联合国制裁是对朝宣战。

从朝鲜核问题出现的经纬来看，要解决问题只有通过有关各方有诚意的对话，制裁与对抗只能加剧朝鲜半岛的紧张局势。

# 我发展对南非贸易具有战略意义

**新华社北京（1994年）4月1日专电（记者王金余　实习生王晓红）** 对外经贸咨询公司总经理申永烈指出，扩大对南非贸易不仅具有扩大出口的现实经济意义，而且更重要的是，对我国有着深远的战略意义。

在3月22日到25日北京举行南非商品展览会期间，记者采访了申永烈。他认为，双边贸易的发展将对两国之间的外交关系产生积极影响。目前，南非同我国台湾保持着外交关系，在同我建交问题上始终态度暧昧，迟疑不决。今年4月大选后的新政府能否断然抛弃台湾，同我建立正常外交关系，迄今还是个谜。据分析，南非当局采取这种态度的重要原因之一，就是因为台湾同南非的年贸易额有二三十亿美元，而我同南非的贸易额去年才达到6亿多美元。

针对目前我国对外贸易对欧美、日本依赖过大的状况，曾两次去南非从事商务活动的申永烈说，扩大对南非贸易是实现贸易多元化的一个重要组成部分，因为南非的国内生产总值约占非洲所有国家国内生产总值总和的30%，南非的对外贸易额占非洲各国对外贸易总额的1/4左右。南非拥有极其丰富的战略矿物资源，如能顺利获得这些矿产品，对我国某些工业的健康发展具有重要意义。

他指出，我国特大型投资项目上海宝钢，由于某种原因，国内的铁矿砂均不能使用，只能采用澳大利亚的铁矿砂。面临这种状况，宝钢受人制约的风险很大。而南非拥有丰富的铁矿砂资源，而且品位高于澳大利亚，完全适用于宝钢。因此，南非如能源源不断地向宝钢供应铁矿砂，宝钢将立于不败之地。

由于历史原因，南非的金融、通信、交通运输等经济领域，不仅是南非的经济命脉，也控制着整个南部非洲。该地区已建立了东南非贸易优惠区，在关税等方面实行互惠政策。因此，我国商品从南非进入东南非洲是一条捷径。

申永烈认为，南非经济实力雄厚，资金充足，技术先进。据了解，在国际社会对南非几十年的制裁和禁运期间，南非不得不发展自己的军事技术，而且许多技术达到了世界领先水平。近年来随着形势的变化，这些军用技术逐步转化为民用。南非开发的不少技术和设备都比较适用于发展中国家，采矿、煤气化等技术对我国比较实用。

他最后说，南非同中国在政治上没有直接利害冲突，发展经贸关系对双方都有利，应当予以积极支持和鼓励。

## 北京酱油为啥脱销

**本报讯（记者段心强）** 前些天，北京的街头巷尾都在议论，酱油为啥突然脱销？我们走访了北京第二大酱油厂——宣武区酱油厂。

宣武区酱油厂多年失修。1974年经有关部门鉴定，应停产修建。厂里立即向商业局报告，商业局又向市级机关打报告，三年之间，写了22次，根本挂不上号。直到1977年底，市里才批准建新酱油厂，并给50亩地。指标下到区里，一位书记把地转给了产值高的汽车配件厂等单位。经力争，区委才从煤建管理处要出9亩地给了酱油厂。

计划批准后，只给钱，不拨料。酱油厂派人上下跑几百趟，工商局打报告13次，结果，划圈的多，办事的少，拖了两年，材料还没凑齐。

今年9月，老厂房险情严重，被迫切断电源，停止生产。宣武区酱油厂停产，一月少上市100万斤酱油。因而，全市酱油脱销半个多月，直接影响了居民的生活。

脱销后，市里采取紧急措施，日夜修缮老厂，并从郊区调酱油进城，这才使供应情况稍有好转。

（《市场报》，1979-12-15）

## 叙利亚缘何一反常态投赞成票

**美联社联合国（2002年）11月8日电** 叙利亚同其他14个安理会成员国一起投赞成票，要求伊拉克解除武装，否则将面临“严重后果”，甚至是战争。作为联合国安理会惟一的中东成员国，叙利亚的投票令其他安理会成员国、伊拉克和叙利亚国人吃惊。

叙利亚曾非常坚决地认为，没有必要制定新决议。但是，叙利亚最终选择保持它中东政策的一贯性，不支持老对手伊拉克。叙利亚驻联合国副代表法伊萨勒·梅克达德说，如果它们关注伊拉克、巴勒斯坦问题和阿拉伯—以色列冲突，叙利亚就支持安理会决议。

事件背后，最高级别的外交活动紧张进行，叙利亚驻联合国大使米哈伊尔·韦贝回到大马士革，引起人们的注目。叙利亚在西方最亲密朋友法国在投票前24小时扮演了关键角色。

在一阵急风暴雨式的高层接触中，法国和叙利亚外长7日发表讲话；法国总统雅克·希拉克在叙利亚总统巴沙尔·阿萨德之后发出呼吁；俄罗斯外长打电话给叙利亚外长；据一名美国高级官员说，美国国务卿鲍威尔向阿萨德发出了“口头讯息”。

当梅克达德解释叙利亚在安理会大会上投赞成票时，他说，大马士革得到了华盛顿、伦敦、巴黎和莫斯科的保证，说“这份决议不会被当作打击伊拉克的借口”。此外，该决议重申了安理会在解决伊拉克问题中的重要地位，保持了伊拉克的主权，并预计同联合国一道全面解决巴格达问题。

但开罗美国大学政治学教授瓦利德·卡日哈说，叙利亚投赞成票是因为一旦法国、俄罗斯和中国加入，反对就无效，叙利亚不想“与众不同”。他说：“对叙利亚来说，首要的是以色列和巴勒斯坦问题。在这个问题上，叙利亚不想被列入美国的黑名单。”

## 美国经济为何急剧下滑

**美国《基督教科学箴言报》（2001年）1月25日报道（记者戴维·弗朗西斯）** 圣路易斯一家供应汽车零件的公司的总经理纳尔逊·温赖特受到库存风暴的冲击。他的重要客户通用汽车公司最近发现销售点许多小货车没有卖出去，于是停止从温赖特的公司进保险杠和挡泥板。结果温赖特不得不让他的一家工厂停工两周。

从温赖特工业公司的工厂可以看到美国经济为什么几乎一夜之间就从繁荣接近衰退。

几十年来，美国企业仓库里往往有大量库存。生意兴旺时它们卖掉库存的产品，生意清淡时库存增加。

但是现在，在先进的电脑跟踪时代，产业界努力只生产需要的数量，从而不再需要大量库存。

结果是，一个行业增长放慢，如汽车业，可能迅速影响到像温赖特这样的公司以及经济的其他部门。

实际上，供货商与制造商的关系紧密是美国有史以来持续时间最长的扩张为什么差不多戛然而止的几个原因之一。

还有另一些因素的作用，它们为决策者们以后努力抵消商业周期的作用提供了教训。

一个因素是股市泡沫的破裂。投资者感到自己变穷了，债务负担加重了，企业和消费者花钱比较谨慎了。

其他少见的因素有：

工厂太多。在多数繁荣期接近尾声时，企业努力生产足够的产品满足需求。但这次不一样。企业投资很多，一直超前需求。衡量工厂繁忙程度的"生产能力利用率"在20世纪90年代繁荣期下降了。

华尔街影响一般家庭。近年来，股票价格急剧上升，特别是高技术和因特网股票。投资者对资本收益抱着很高的期望，花起钱来没有顾虑——这种现象称为"财富效应"。

个人储蓄总数降到零以下。消费者花掉全部收入，外加一些过去积存的财富。

去年春天技术股泡沫破裂，2000年是从1990年以来第一个股市下跌的年头。圣诞节销售不旺表明消费者已经减少开支。如果他们开始存钱，那么经济可能进一步减速。

联邦储备委员会正在努力确保消费者继续购买昂贵商品，保持对股票的兴趣，从而避免衰退。

现代通信。因特网和无所不包的电视新闻传播经济不景气的消息特别快，这就导致了自我加剧的过程。

债务过多。在无忧无虑的繁荣年月，企业和消费者都背上了大量债务。

在繁荣期，公司以"膨胀的价格"买回自己的股票，同时通过高价购买其他公司的股票，买下这些公司。结果，用一种尺度衡量，过去几年公司债务激增到2.3万亿美元。

同期，一般说来，公司未能从发行新股票中得到一分钱。纽约佩斯大学研究金融的经济学家罗伯特·帕克斯预言："将有许多公司付不起利息。我估计会出现一股破产浪潮。"

尽管如此，经济情况并非都是消极的。通货膨胀率仍然很低，这样联邦储备委员会可以继续下调利率以刺激生产和恢复信心。计算机和新经济大大提高了生产率。经济从生产商品向服务转变使它可以少受衰退的影响。商业扩张期变长了，收缩期变短了。

## 日本列岛为何最近地震频繁

**日本《产经新闻》(1993年) 1月27日报道** 在伊豆半岛东部，1月10日到18日持续发生群发地震，15日在钏路海上发生了里氏7.8级的大地震。19日发生了震源在日本海中部的6.9级地震，从北海道到中国地方的广泛区域都震动了。使日本列岛震动的这三次地震的机理是什么呢?

伊豆半岛东方海面的群发地震在9天当中累计达2 064次，其中有感地震35次。伊豆半岛附近是北美板块（原文如此）、欧亚板块和菲律宾海板块相碰撞的会合点。

东京大学地震研究所的沟上惠教授说："伊豆东部的群发地震今后反复发生的可能性很大，可以说是东海地震和首都圈直下型地震等大地震发生的'指示灯'。这些地震的原因都是由于菲律宾海板块的运动。"

关于15日发生的钏路海上地震，北海道大学理学系地震预知观测中心的分析表明，这次地震，起因是在北海道东侧钻进北美板块的太平洋板块内部在水平方向从南向北出现30至40公里长的断裂。

北海道大学理学部（地震学）副教授中西一郎等人分析了钏路海上地震的振动波形和余震的震源。结果查明，插入北美板块的太平洋板块的内部震源集中的二层构造的"地震频发面"下侧，发生了拉力造成的龟裂，板块以水平方向从南向北断裂，断层最终传到板块上面。

关于19日在日本海中部深度约500千米的太平洋板块内发生的6.9级地震，沟上教授说，这次地震是钏路海上的大规模地震引发的，也是那个板块内作用的力的分布变化的结果。

# 阅读提示

深度报道是时代的需要，是新闻媒体对读者的高质量的服务。解释性新闻是典型的深度报道，我们应当特别重视研究解释性新闻的写作技巧。

这里选用的几篇解释性新闻，题材广泛，从百姓日常生活中的小事，到国际大事，都有反映。它们用大背景说话，对信息进行综合梳理，为读者勾画了事件的“全像”，发挥了解疑释惑的作用。

阅读时，请分析：

1. 解释性新闻与一般动态新闻在背景材料的选择与运用方面有何不同？

2. 解释性新闻在采访上对记者提出了怎样的要求？

3. 怎样才能把解释性新闻写活？

《鸡蛋价格跌至谷底》一文，是一篇写得很好的解释性消息。北京、上海、河北、黑龙江等地，500 克鸡蛋仅卖一块八九，处于高价区的广州、深圳，也跌至每公斤3元以下。如果只报道现象不报道原因，无法消除读者心中的疑云，更无助于解决蛋价过低造成的问题。因此，解释原因，做深层的“病理”分析，就成了当务之急。

本文揭示了造成蛋价过低的三个因素，同时对前景做出了预测，提出了建议，这样，消息就可以发挥参谋的作用了。值得肯定的是，在解释的过程中，记者使用了大量的统计数字，用数字做了对比，使新闻具有丰富的信息量，使解释更有说服力。

消息的开头写得很活。短短几句引语，用具体事例说明了蛋价之低，使新闻有了现场感，显得很“实”。

（刘明华）

# 预测性消息

世界银行报告估计

## 未来50年全球经济扩4倍 人口增至90亿

**本报北京8月21日电（记者方祥生）** 刚刚公布的世界银行《2003年世界发展报告》估计，未来50年全球经济规模可能扩大4倍，全世界的国内生产总值有望达到140万亿美元，世界总人口将从目前的60亿增加到90亿。该报告警告说，如果不采取措施，不改善现行政策和体制，社会和环境压力有可能颠覆发展进程，导致贫困水平升高和全人类的生活质量下降。

报告指出，过去几十年里，一些国家的政策误导和管理不力造成了环境灾难、收入差距和社会动荡。世界上最富裕的20个国家的平均收入已经是最贫困的20个国家的37倍。全世界有13亿人口生活在已无承受能力的土地上。富国和穷国之间的差距以及生活在脆弱土地上的人口总数在过去40年都增加了一倍。

上个世纪，世界湿地消失了一半左右。未来30年，用水量预计会猛增50%，而污染和气候变化已经在威胁着供水量。20世纪50年代以来，全世界有近200万公顷的土地土质退化，占全部农田、牧场、森林和林地的23%，热带森林以每10年5%的速度减少。

如今，许多贫困人口依赖脆弱的自然资源为生。报告建议在地方、国家和全球层面上建立新的联盟，以更好地研究、解决这些问题。报告认为富裕国家必须进一步开放市场，减少抑制第三世界国家农民收入的农业补贴，必须增加向发展中国家提供的援助资金、药品和新技术。而发展中国家的政府则必须增强责任和透明度，确保贫困人口能够获得土地使用权以及享受教育、卫生和其他基本服务的机会。

报告认为，到本世纪中叶，世界人口的2/3将居住在城市，对能源、水、住房和教育的需求将是巨大的。到2025年，世界人口可能会有3/4生活在距海洋100公里以内的地方，从而对海洋生态系统带来巨大压力。

世界银行首席经济学家、高级副行长尼古拉斯·斯特恩说，50年后高达140万亿美元的世界经济规模，是目前的生产和消费模式根本无法维持的。要做出重大改变，必须从富裕国家入手，以保证穷人能够有机会参与，保证环境不会遭到破坏。

报告的主笔沙利兹说："在未来50年，世界人口将趋于稳定，大多数人将居住在城市，这是史无前例的。只要从长远考虑，立刻行动起来，我们就能够利用这些机会，走一条更具广泛参与性和可持续性的发展道路，在未来数十年实现大幅度减少贫困人口。"世界银行呼吁出席下周约翰内斯堡可持续发展世界首脑会议的代表，就目前能够采取哪些措施达成共识。

（《光明日报》，2002-08-22）

## 世界大米市场将供不应求

### 单产增速慢　人口增长快

**新华社雅温得（2002年8月11日电）（记者王文成）**　据最新一期《热带与地中海市场》周刊报道，在未来20多年内，由于大米单位面积产量增速减缓及人口增长等因素，世界大米市场前景将是求大于供。

这家周刊援引联合国粮农组织专家的预测说，到2015年，全球大米年需求量将从1997至1999年间的3.86亿吨增加到4.72亿吨，到2030年将增加到5.33亿吨。而大米单位面积产量的增速却在逐渐放慢，年增幅已从20世纪80年代的2.3%下降到90年代的1.1%。与此同时，全球人口的增长也将造成大米供应紧张。据统计，到2030年，全球人口将由目前的62亿增加到82亿。

报道说，去年世界大米总产量为3.972亿吨，仅比1996年增加1 610万吨。广大发展中国家的大米需求和生产量均占全球的80%。而最近几年来，这些国家对研究和开发灌溉技术的资金投入不够。

报道还指出，发展大米生产存在的问题还包括转基因新品种的趋同性导致作物抗病虫害能力减弱、不科学的种植方法污染环境并加速耕地的盐碱化、化学农药使用过量、温室效应气体排量增加等。

## 人口学专家首次计算出<br>“四二一”家庭比例上限值

**本报讯（记者李婷）**　“四二一”家庭是一种特定关系的人员组合。中国由于推行计划生育政策，出现了历史上从未有过的大量独生子女，因此许多人担心中国未来众多的“四二一”家庭会造成养老难的问题。近日，由北京大学社会学系教授郭志刚领导的一项课题，成功地推算出这一比例数的上限值，这在人口学研究领域是一个很大的突破。

这一研究显示，在现行生育政策不变的条件下，2030 年时城市 25 岁～49 岁年龄段中独生子女比例将达到最大值，相应“双独”（双方都是独生子女）婚姻的概率约为 34%，而农村在 2045 年才达到高点，这时该年龄段“双独”婚姻的概率只有 7%。

郭志刚据此分析说，如果再考虑迁移等多种因素，城市中“双独”婚姻的可能性还会降低。并且，由于“四二一”家庭的人口条件更多，还存在进一步降低的可能性。因此，实际上中国未来“四二一”家庭的可能性远没有人们想象的那样大。

（《中国人口报》，2001-02-12）

# 中国急需建立战略石油储备 确保国家能源安全

**本报讯（记者龚铮铮）** 去年以来国际石油价格风云诡谲，引起了人们对中国的国家能源安全的广泛关切，建议政府迅速建立一个战略石油储备的呼声日趋高涨。

国家经贸委经济研究咨询中心副主任李沈生说：“要减缓国际油价的震荡对我国能源安全的影响，当务之急是要建立一个国家战略石油储备。”李沈生认为由于中国是个石油消费大国，自 1993 年以来就成为石油净进口国，所以一个强大的战略石油储备是必须的。

李呼吁政府到 2010 年建立起一个 1 500 万吨的战略石油储备以防不时之需。李说：“由于中国自身石油生产和消费之间的差距日益扩大，将会越来越依赖进口。”李估计今年中国的石油进口量会超过 7 000 万吨，到 2005 年将达到 1 亿吨。1999 年，中国进口了 3 600 万吨石油。李认为今后 10 年，由于中国经济将以平均每年 7%的速度增长，到 2010 年对石油的需求量将从去年的 1.89 亿吨升至 2.96 亿吨。但是，国内的原油产量在这期间将徘徊于 1.6 亿吨至 1.7 亿吨之间。

国务院发展研究中心市场经济研究所副所长陈淮博士也认为由于国内原油价格从 1998 年开始同国际市场接轨，飘忽不定的国际油价对我们的能源安全和可持续发展构成了严重的威胁。陈说：“如果我们没有一个战略石油储备，将会处于十分被动的局面。”

近来不断飙升的国际油价对国内的炼油部门带来了巨大的压力。国内成品油的价格也不得不一涨再涨。国际油价目前是每桶30美元左右，今年5月曾经达到了自海湾战争以来的最高点——每桶37美元。而去年3月份时只有每桶不到10美元。

李沈生说："国际油价在今后10年仍将处于每桶20美元～25美元的相对高位水平。"最近，占世界石油产量近一半的国际石油输出国组织欧佩克达成协议，如果原油价格低于每桶22美元将减产。

李指出世界上主要的石油消费大国都建立起了石油储备。例如，日本的石油储备能保证它160天以上的供应。许多发展中国家，像巴西和印度，也不同程度地建立了战略石油储备。

国家石油和化学工业局副局长谢钟毓说，中国政府已经意识到了战略石油储备的重要性。谢在他的一份报告中指出，必须要建立一个由国家控制的石油储备。但同时，国内的石油企业也要尽量增加库存维持正常生产以稳定国内市场价格。

谢还说："我们在立足于加快国内石油勘探开发的同时必须走出去，开拓更多的渠道充分利用国外的石油资源。"他呼吁加强与俄罗斯和中亚地区石油资源丰富并与中国地缘政治关系密切的国家在石油勘探开发方面的合作。目前，中国80%的石油进口来自中东地区。

（《中国日报》，2000-08-20）

# 中国有能力解决未来16亿人口吃饭问题

**新华社北京（1995年）4月2日电（记者周长庆　江国成）**　研究表明，只要合理利用现有农业资源和充分挖掘科学技术潜力，中国在下世纪中叶人口达到16亿高峰时，仍可保持粮食基本自给。

中国人口众多，人均耕地以及水等农业资源远远低于世界平均水平。中国人能否自己养活自己，一直是人们关注的问题。

早在90年代初，中国农业科学院、北京农业大学、中国科学院分别采用不同的方法进行的研究表明：在现有技术和可预见的最佳经营管理方式条件下，中国粮食生产潜力在8亿至10亿吨之间，约为目前粮食年产量的两倍，以人均占有粮食 500 至 550 公斤计算，这些粮食可以养活 15.3 亿至 16.9 亿人。

据国家土地局介绍，中国实际耕地面积约为 1.25 亿公顷，比现在广泛使用的数字多 1/5。全国至少还可开垦耕地 800 多万公顷，所产粮食可供 1 亿人 1 年之需。

国家统计局等部门预测认为，下世纪 40 年代前后，中国人口在达到 16 亿的高峰后将逐步下降。届时，全国耕地可稳定在 1.13 亿公顷左右，仍可保证粮食总产基本满足需求。

以北京大学林毅夫博士为首的课题组在 1991 年至 1993 年对全国近 400 个地区、市的调查发现，中国粮食单产潜力一般相当于现有实际单产的两三倍。通过提高单产增加粮食总产，足以应付今后 50 年的需求。

这一课题组在全国 455 名水稻、小麦和玉米育种专家中开展的另一项调查表明，如果今后每年投资 1.3 亿元人民币改良三大作物品种，单产可大幅度提高。即使粮食面积不增加，总产仍可翻番。

中国广阔的草原、淡水湖泊、海洋、荒山、荒滩等资源在增加肉类、水产、海产品等食物方面潜力巨大。如全国 2.8 亿公顷草原单位面积载畜量，目前尚不及世界先进水平的一半。

农业部长刘江等官员和一些学者承认，对人口众多而资源有限的中国来说，保持粮食基本自给始终是严峻的挑战。目前中国农田水利基础设施薄弱，抵御自然灾害能力不强；对农业投资少；人均耕地和水资源仅占世界平均水平的 1/4 至 1/3，由于种粮利润低，农民务农积极性不高。

有鉴于此，着眼于本世纪末和 21 世纪的中国已采取一系列扶持农业的措施，如严格保护耕地，倡导发展资源节约型的农业，增加农业投入，加强农田水利基础设施建设。

由于耕地总面积难以扩大，中国把研制、推广先进适用的农业技术作为提高粮食单产、增加总产的重要途径，并决定在未来 6 年里引进 1 000 项先进农业科学技术。

全国每年从收割到消费各环节中损失和浪费的粮食约占总产的 15%。上述损耗若减少 1/3，全国就可节约粮食 2 000 多万吨，足以养活 5 000 万人。此外，全国每公顷消耗的种子若减少到农业发达国家的水平，每年还可节粮 840 万吨。

中国以粮食为原料的酒类总产量和人均占有量均居世界前列，年消耗粮食 1 200 万吨。李鹏总理前不久号召多用水果为原料酿酒，节约粮食。

此间观察家认为，中国发展农业既有其艰巨性，又有巨大潜力。只要采取切实的措施，充分挖掘潜力，中国人完全可以靠自己解决吃饭问题。

## 日本学者预测<br>50 年后中国将严重缺水

**《日本经济新闻》(2002 年) 6 月 10 日报道** 国立环境研究所和京都大学日前拟就的世界水供求预测结果显示：50 年后，中国将因淡水资源供不应求而出现严重缺水局面。其他发展中国家虽然用水量将增加，但由于全球气候变暖导致降水量增加，因而与现在相比，枯水的危险程度不会有太大变化。发达国家的水供求情况预计将依然接近目前的情况。

水需求情况是根据各国人口、产业结构变化、经济发展情况、自来水普及率，以及节水技术的发展等预测数据估算出来的。水供求情况则是通过对气候变化导致世界主要河流可利用水量变化进行计算，并经过与需求预测进行比较后得出的。

水需求量将大幅度增加的国家是人口增加和经济显著增长的中国和印度等国家。但由于对水供给情况的预测不同，中印两国的水供求情况面临的严重程度也不同。

预测认为，在中国，目前上海和广州等沿海地区产业发展较快，但今后东北地区将因人口增加和工业迅速发展而导致该地区水需求量急剧增加。另一方面，在上述两地区水的主要供给源长江等流域，虽然气候不断变暖但降水量却增加不多，因而将导致水供求情况面临严峻局面。特别是长江很可能出现枯水情况。

在印度，随着人口增加和经济发展，水的需求量将急剧增加。但气候变暖导致雨量增加，恒河流域的淡水资源增加，因而缺水的危险程度较小。

## 21世纪人类寿命不会延长？

**西班牙《国家报》（2001年）2月24日报道** 几年前，有人预言：20世纪末出生的人能活120岁。但一些专家指出，实际上不会如此。

20世纪初，美国妇女的平均寿命约为49岁。而在20世纪最后10年出生的女性，寿命将达到79岁。但这种进步也仅限于此：在21世纪最后几年出生的人，寿命将与现在的人差不多，女性约为85岁，男性约为80岁。

基因图谱公布以后，一些专家认为，在提高人类寿命方面，科学已经走到了极限。

美国芝加哥伊利诺伊大学的杰伊·奥利尚斯基指出："现在的人能活85岁就足够了，而当科学发展到可以让他们活100年的时候，他们早已不在人世了。"

在美国《科学》杂志最近刊登的一篇论文中，奥利尚斯基提出了他的论据："因为在生活方式、外科技术、抗氧化技术以及提高人类寿命的遗传工程等方面，不会有什么大的变化。"

奥利尚斯基认为，今后几年，人类寿命的延长将取决于对与衰老有关的疾病的治疗技术进一步完善，但这种延长无论如何也达不到100岁。

## 密西西比河谷有大地震危险

**路透社华盛顿（1999年）11月4日电** 地质学家们说，诸如圣路易斯和孟菲斯等位于密西西比河谷的城市面临遭到大地震袭击的危险。

他们在延伸到阿肯色州、密西西比州、肯塔基州、伊利诺伊州和田纳西州的新马德里断层区沿线发现了许多断层，它们与1994年给洛杉矶地区造成严重破坏的北里奇地震的断层相似。

在1811年和1812年，这一地区遭受过3次震级超过里氏7.0级的大地震的袭击。

博尔德科罗拉多大学和阿肯色大学的一个研究小组在《科学》杂志上撰文指出，他们已经找到解释这一地区的地震威胁为何如此严重的证据。

负责这项研究的卡尔·米勒说：“我们的证据表明，新马德里地震带确实是一个危险地区，它与最近根据卫星数据得出的有关这一地区地震灾害的研究报告是相抵触的。我们首次了解到这个地震‘引擎’的运转速度有多快，以及积蓄发生一次地震的能量需要多长时间。”

如果发生地震，不仅每次震动都很强烈，而且由于该河谷是由淤泥层构成的，因此这种震动会使土地在一种称为“液化”的过程中化为糊状。

## 中国的洪灾使人们从经济困难中看到光明

**路透社北京（1998年）8月20日电** 经济学家今天说，中国的洪灾毁坏了地里的庄稼，使工厂关门，并淹没了油井，但是，洪灾对经济总体的影响并不太大——甚至会对经济发展带来有益的影响。经济学家说，这次自1954年以来最严重的水灾给数百万人带来苦难，但是，这场洪水将增加对固定资产的投资，缓和因消费品和日用品供过于求而造成的经济紧缩。

香港一家公司的经济学家约翰·西尔说：“一场自然灾害会给受灾地区带来短期影响，但是就重建的投资而言，对宏观经济产生的影响是一种补偿。”

他说：“中国已经在为重建筹措资金，而且十分明显的是，相当大的一部分资金将用于灾区的重建。”

中国人民银行副行长刘明康今天宣布了一项计划，将发行1 000亿元人民币的债券为基础项目筹措资金。中国分析家说，新开支将用于重建灾区。

香港《文汇报》今天报道，中国将增加固定资产投资2 000亿元人民币以刺激经济增长。除了发行1 000亿元人民币的债券之外，北京还将发放1 000亿元人民币的银行贷款。

这种规模的一揽子开支将相当于年国内生产总值的约2%。中国官员估计，水灾造成的损失将达2 000亿元人民币，使今年的经济增长减掉0.5个百分点。

官方的新华社援引官员的话说，大规模的重建家园将刺激消费支出，这就抵消了因洪灾造成的损失。

荷兰国际集团巴林银行在上海的一位分析家说，他看到新一轮数十亿元的巨额投资开始了，预计中国国内将有大笔捐款帮助灾民。他说："这些现款本来都是人们在银行的存款，但一旦到了灾民手中，他们就要消费，而且合计是这么一大笔数额。"

这次水灾还在一定程度上缓和了经济紧缩的压力。自从去年10月以来，中国的通货膨胀一直是负增长，许多工厂开工不足。这位分析家说，洪灾是"抑制供应的一种自然的方法，而现在处于一种经济紧缩的环境下反而成了一件好事"。

洪灾已经使1/10的夏粮被毁，但是，即使是沿长江两岸的主要水稻和棉花产区被淹，能产生的一个可以补偿的效果是使农产品价格坚挺起来。

这位分析家说："当10%～12%的夏粮被毁，粮价将会上升，政府不需要支付补贴，这样反而解决了粮价疲软的问题。"

负责棉花收购的官员说，洪灾甚至都不会对中国库存250万吨棉花产生任何影响，这个库存量是世界上最大的。

洪水对大庆油田和中国东北地区的其他大的原油产区构成威胁。虽然影响很大，但是正发生在全球石油供过于求的时候，所以只是使产量稍微减少了一点。在洪水全部退去，所遭受的损失全部清理出来之前，这次洪灾对1998年国内生产总值的影响将不会看得很清楚。

但是，分析家西尔指出，中国的洪灾还会不断发生。他说："总之，洪灾总不致有太大的影响，因为不是只看一年的损失。今年的洪灾损失可能比前几年的损失要稍大一些，但是在今年第三和第四季度我们会看到固定资产投资的增加，这就会使损失抵消掉。"

# 阅读提示

预测性新闻是一种防患于未然的报道，是媒体发挥主观能动性、积极干预社会生活的有力手段。预测性新闻可以使人登高望远，它又是各行各业科学决策的参谋。在充满变数的21世纪，预测性新闻将发挥愈来愈重要的作用。

阅读本组报道，请注意分析：

1. 预测性新闻在采访上对记者提出了怎样的要求？

2. 预测性新闻的客观性怎样体现？

3. 如何使预测性新闻更具科学性，更有说服力？

《中国有能力解决未来16亿人口吃饭问题》是一篇针对性很强的预测性消息。西方有人认为，中国人口不断增加，未来将无力解决吃饭问题，对世界将造成威胁。针对这种带有政治偏见的负面预测，本文从正面做文章，说明中国有能力解决未来

16亿人口的吃饭问题，反驳了西方预言者的论断。这里首先反映了记者强烈的说话意识。

消息写作上的长处是：1. 信息源具有权威性。它引用的都是国家有关部门、有关学者调查研究的成果。2. 论据充分、具体，许多统计数字很有说服力。3. 消息逻辑性强，有分析，且体现了“两点论”，既说明了我国的资源条件、潜力，又承认我们某些方面落后的现状，列举了在粮食生产和消费过程中存在的问题，使消息显得很实在。

作为题外话，我们认为，在工业化、城市化的过程中，土地面积不断减少，环境问题日益严峻，尽管我国有能力解决未来16亿人口的吃饭问题，但媒体确实应当不断地敲响警钟，提醒国人注意保护土地，以造福子孙。

（刘明华）

# 服务性消息

长假加班　工资细算

## 专家提醒劳动者维护自己权益

**本报北京9月23日讯（记者白天亮）**　“十一”长假将至，有关专家提醒劳动者，假日加班工资一定要仔细算，注意维护自己的权益。

《劳动法》第四十四条规定，休息日安排劳动者加班工作的，应首先安排补休，不能补休的，则应支付不低于工资的200%的工资报酬。法定休假日安排劳动者加班工作的，应另外支付不低于工资的300%的工资报酬。实行轮班工作制的，法定休假日工作按加班处理。

在具体折算工资时，劳动者还需要了解相应的规则。正常情况下，用人单位按月发放的工资中不包括休息日的工资，所以，用人单位安排职工在休息日加班，应按正常工资的200%支付加班工资，而不能认为另外100%的加班工资已包括在正常发放的工资之中，只支付100%的加班工资。目前，职工全年月平均工作天数和工作时间分别为20.92天和167.4小时，职工的日工资和小时工资按此进行折算。

此外，劳动者还要清楚，国庆7天长假中，其中3天是法定休假日，另外4天是休息日。如果某个劳动者在这7天均加班的话，其中3天应按工资标准300%支付，另外4天只能按200%支付。

（《人民日报》，2002-09-24）

# 盲目美容呈低龄倾向

## 医生忠告：手术美容年轻女孩不宜

**本报讯（记者李国君）** 记者在医科院整形外科医院的采访中了解到，目前做美容手术的女性越来越多。但是目前手术美容领域存在不少误区，美容年龄低龄化以及美容目的不恰当等问题比较明显。

美容整形急诊中心的主任医师徐军告诉记者，以除皱手术为例，很多30岁刚过的年轻女士，就来咨询并准备进行手术，只因为“想使自己看起来像20岁的样子”。徐主任说：“这样做是不理智的，因为女性在30岁时，皱纹刚刚出现但并不明显，消除皱纹的手术对年轻女士不能产生预期的效果。”据他介绍，成功的除皱手术一般可以使人看上去年轻5至10岁，而且效果应该是持久的，在西方50至60岁的中老年妇女才是这种美容手术的主要消费对象。他建议，鉴于中国妇女自身的皮肤特点，应该至少在45岁之后才进行此类手术。

另外，许多单眼皮女生都对双眼皮心向往之，但并非每个女孩都适合重睑即双眼皮手术，有的时候做成双眼皮反而适得其反。最令医生忧虑的是，不少十几岁的女孩子也要来进行各种美容手术，这类人不在少数，她们感兴趣的手术主要包括：垫高鼻子、重睑术、做小酒窝，也有极端的例子——未发育成熟的少女要进行隆胸手术。对此徐主任说，在18岁之前，女孩子的面部轮廓尚未发育成熟，千万不要进行什么整容手术，那样不但不会“变美”，甚至会产生相反效果；尤其身体发育尚未成熟的年轻女孩，切忌盲目进行所谓美容手术，否则可能会影响正常发育，遗憾终生。徐主任说：“遇有此类病人，我们一律给予劝导，并拒绝为其手术。”他希望，要进行美容的女性一定要目的明确，选择有信誉的医院，并与医生进行交流，在获得可靠信息的情况下，采取最恰当的手术方式。

（《北京现代商报》，2002-08-27）

# 出门最好撑阳伞

**本报讯（记者唐开文　通讯员弓学忠）**　蓝天白云，艳阳高照，到昨天，京城紫外线指数已连续5天为最高级5级。市专业气象台提醒市民，高强度紫外线辐射还将持续一周左右，市民应尽量避免在10时至16时间做户外活动，外出一定要做好防晒准备工作，最好撑起阳伞来。

自11日以来，本市持续高温，再加上湿度降低，大气透明度好，紫外线辐射明显增强，紫外线指数一直维持在最高等级5级。

高强度紫外线让市民苦不堪言。昨天，在转河工地，工程负责人员小白说，上午去现场转了一小时，回到办公室，就感觉露在衣外的手臂生疼。几天来，在报社工作的王先生出门采访，随手都带着伞，他说，顾不上形象了，防晒是第一位的。儿童医院王志均大夫告诉记者，5天来，灼伤患儿与日俱增。

据介绍，当紫外线为0至2级时对人体无太大影响，外出时戴上太阳帽即可；紫外线达3至4级时，外出时除戴上太阳帽外还需使用太阳镜，并在身上涂上防晒霜，以避免皮肤受到太阳辐射的危害；当紫外线强度达到5级时，外出必须在阴凉处行走。

市专业气象台专家提醒市民，近几天外出要尽量避开10时至16时这段时间，在太阳下暴晒时间千万不可超过30分钟。此外，男同志户外活动时也应该涂抹防光系数15以上的防晒霜，并撑起阳伞来，别嫌麻烦。王大夫还认为，紫外线指数超过5级时，儿童不要做户外运动，出行时最好穿长衣长裤，做好各项防晒措施。

（《北京日报》，2002-07-16）

## 小心传染流脑、霍乱、登革热

**本报北京 4 月 25 日电（记者刘元）** 为防止正在一些国家蔓延的流脑、霍乱、登革热等疫情传入我国，国家质检总局今天发布了 3 起疫情公告。

据世界卫生组织 4 月 4 日报告，布基纳法索今年初暴发流行性脑膜炎，截至 4 月 3 日，已有病人 6 145 例，其中 813 人死亡（死亡率 13%）。来自上述地区的旅客，如有发烧、头痛、恶心、呕吐、颈项强直、皮肤粘膜瘀斑等症状的，要立即向出入境检验检疫机构申明，检验检疫人员应对其采取必要的控制措施。

据世界卫生组织报告，巴西里约热内卢州暴发登革热。目前里约热内卢州的登革热病人已超过 12 万人，死亡 40 人。来自上述地区的旅客，如有发烧、头痛、肌肉痛、皮疹和面、颈、胸部潮红（即三红症）等症状的，要立即向出入境检验检疫机构申明，检验检疫人员应对其采取必要的控制措施。

据世界卫生组织 4 月 5 日通报，马拉维暴发霍乱，截至 3 月 9 日，已发现病人 22 023 例，其中 609 例死亡。来自上述地区的旅客，如有呕吐、腹泻等症状的，要立即向出入境检验检疫机构申明，检验检疫人员应对霍乱染疫人和处于霍乱潜伏期的人采取控制措施。

（《中国青年报》，2002-04-26）

与普通鸡蛋营养成分基本相同，专家提醒

## 不要迷信柴鸡蛋

**本报讯（记者李思源　通讯员王惜纯）** 中国质量万里行促进会投诉办公室昨天发布今年第 1 号投诉警示提醒消费者，市场上所有新鲜鸡蛋的营养成分含量基本一样，老百姓心目中营养价值高的柴鸡蛋大部分也是通过配方饲料喂养，与普通鸡蛋差别并不大。

据北京市种禽公司有关负责人介绍，人们通常所说的柴鸡，是指在山坡上散养、吃虫儿而且不进鸡舍的鸡，体形较小。但现在市场上的许多柴鸡，都是用品种鸡与柴鸡杂交的，产蛋率高。这种鸡虽然也是散养，但已经变种了。他认为，养殖和种植是一个道理，就像黄瓜和丝瓜杂交，结出来的杂交黄瓜不可能保持黄瓜的原汁原味。

对此中国农业科学院畜牧研究所有关专家认为，现在有些人钻柴鸡蛋的空子，过分夸大其营养，投消费者所好。实际上，所有新鲜鸡蛋营养成分的含量都基本一样。所以消费者买鸡蛋不要迷信柴鸡蛋。

（《光明日报》，2002-01-12）

### 儿童医院近日连续收治肠梗阻患儿

## 柿子、黑枣诱发肠梗阻

**本报讯（记者侯晓菊）** 北京儿童医院近几天连续收治了4例因吃柿子、黑枣导致肠梗阻的患儿，医生因此提醒家长：柿子、黑枣不能多吃。

一名河北省三河县的7岁男孩，4天前开始频繁呕吐，并常说肚子疼，当地医院考虑是“胃肠炎”，治疗后孩子仍然呕吐，孩子的父母带他来到北京儿童医院就诊。大夫给孩子做了各种检查后发现，孩子的胃内有一个3厘米×3厘米黑褐色的椭圆形结石，而剖腹探查手术发现，在孩子的十二指肠降段内还有一个5厘米×3厘米×3厘米大小的长椭圆的粪石。

一名6岁的顺义男孩两天前无诱因出现肚子疼，后又开始呕吐。经北京儿童医院医生剖腹探查发现，在孩子的肠腔内有一个约4厘米×3厘米×3厘米的粪石，进行取石治疗后，孩子得到了救治。

这两个病人都与吃柿子或黑枣有关。据儿童医院外科副主任周红大夫介绍：柿子，尤其是生柿子和黑枣中含有丰富的鞣酸和果胶，与胃酸相遇后就会凝集，并与食物残渣聚集形成不溶于水的团块，停留在胃内就是胃石症，嵌于肠道就会形成粪石性肠梗阻。类似这样的病人，儿童医院每年要收治20余例，给孩子造成不必要的伤害。医生因此提醒：目前正是这些果品上市的季节，柿子、黑枣不能多吃，尤其不要空腹吃。如果吃了这些食物后孩子出现腹痛、呕吐等症状时，要及时到医院就诊。

（《北京晨报》，2001-12-13）

## 儿童体检都缺锌　只为卖你保健品

**本报讯（记者东量）**　“白大褂”让孩子们取尿样，三五分钟结果就出来了：个个缺钙、缺锌、缺铁。随后就向家长推荐补充微量元素的保健品。事后才得知，这些“白大褂”是某些保健品公司的推销员。这是近日发生在无锡的荒唐事。

据《扬子晚报》报道，无锡市新区、锡山市等地一些乡镇的儿童家长，近来陆续收到通知，请他们带孩子到指定医院去体检。

一位家长告诉记者，接到通知后即带女儿去镇医院，看到有10多个“白大褂”在忙碌，交了5元检测费后，“白大褂”就让她女儿去取尿样，不一会，几个“白大褂”向她围了过来，很严肃地告诉她，她女儿锌、钙都很缺，接着有板有眼地警告她及时补充钙、锌、铁等微量元素与孩子身体、智力发育的重要性，随即让她买北京某品牌的补锌、补钙保健品，一套4瓶，共120元。

据提供检测场所的某医院介绍，一些保健品公司以社区服务的名义到医院联系检测，医院以为是为儿童做好事，遂通知小学、幼儿园。而家长从小学、幼儿园接到通知，以为是政府、医院为儿童安排的保健活动。孰料这些保健品公司“葫芦”里卖的却是自己的保健品。

南京市儿童医院主管检验师曹医生和无锡市妇幼保健院医务科科长谢医生告诉记者，目前，医院检测儿童体内微量元素，通常采用血液和头发化验的办法，如果只采用尿检，则程序相当复杂，而且要依赖十分先进的仪器，至少需半天时间才有结果。

现在有不少保健品广告危言耸听，声称绝大多数少年儿童都缺少微量元素，其实在江苏地区，真正缺少微量元素的儿童还不到1/10，而且其中大多数完全可以通过调整饮食来解决，切不可滥用某些保健品盲目进补。微量元素如果补充过量，不仅对身体没好处，反而会带来很大的副作用。

（《中国商报》，2000-08-09）

# 中小学生是否要打这针甲肝疫苗

**本报讯（记者范又）** 近来，北京市一些中小学校里正在组织学生注射甲型肝炎疫苗。从发给学生的通知来看，这项工作是由卫生防疫部门和教育部门共同组织的，使用的是高质量的进口疫苗，打一针20年不会感染甲型肝炎，注射者每人收248元。几位犹豫中的家长问记者，这一针有没有必要打？记者今日到中国预防医学科学院采访，顺便向该院疾病控制处处长苏崇鳌研究员问起这件事。

苏崇鳌研究员首先建议，家长们在为孩子注射甲肝疫苗前，应带孩子到医院作一下甲肝抗体检测，如果检测结果是阳性，表明孩子已经感染过甲型肝炎并产生了免疫力，没有必要再注射疫苗。据调查，目前北京市65%以上的人都感染过甲型肝炎，已经具有免疫力；城区5岁儿童中，约有35%感染过甲型肝炎，农村5岁儿童中，约40%感染过甲型肝炎；10岁年龄组的儿童感染率更高，城区为40%以上，农村为80%以上。

如果孩子的甲肝抗体检测结果为阴性，苏崇鳌研究员建议给孩子使用国产甲肝疫苗。他说，我国浙江医科大学病毒学研究所研制生产的甲肝疫苗，免疫效果不比进口产品差，每人份的价格只有20元左右。

苏崇鳌研究员认为，甲肝疫苗适用于易感人群比较集中的地区，没有必要在未作抗体检测的人群中盲目地普遍接种甲肝疫苗。他还说，从免疫的长远效果考虑，对两三岁的低龄儿童，我们更不主张注射甲肝疫苗，儿童还是自然感染最好。因为年幼者自然感染甲型肝炎后，反应轻微，有的不出现症状，有的只发一两天低烧，此后便可产生终身免疫力，注射疫苗后，在幼年时期就很难再受到自然感染，而疫苗对人的保护是有一定期限的，如果过了保护期，成年时再感染甲型肝炎，症状大多比较重，需住院治疗。这方面的知识过去宣传得不够，以致许多群众盲目注射甲肝疫苗，据了解，现在不仅北京的学校中推行注射这种进口甲肝疫苗，广州、深圳、大连等许多大城市都在推行注射这种疫苗。

记者问，既然国产甲肝疫苗免疫效果不比进口产品差，价格又便宜许多，为什么要推广使用进口的？苏崇鳌研究员一针见血地指出，主要是受利益驱动，因为无论是使用进口产品还是使用国内产品，使用部门都只能按照一定比例提取批零差价，价格越高，实际差价自然也越高。

（《光明日报》，1997-11-13）

## 太空棉服装并无特殊防寒作用

### 专家说“太空棉大战”可以休矣！

**本报讯（记者王晶珠）** 如果您正打算买件太空棉大衣，劝您三思而后行。因为买一件同等厚度的腈纶棉服装既可以节约几十元钱，又能达到同样的保暖效果。中国预防医科院环境卫生与环境工程研究所最近研究证实，市面上销售的太空棉服装的保暖效果并不优于其他防寒服。

今冬“太空棉热”正不断升温。太空棉实际上就是无纺布上涂一层合金金属膜，再加一层薄薄的腈纶棉。照广告宣传说，其奥妙就在那银白色的金属膜上，它可将人体散发出的热量再辐射人体，以减少人体的热量损失，从而达到防寒保暖效果。

张希仲研究员和戴自祝副研究员说，从传热学原理来看，辐射传热是依靠物体表面对外发射电磁波来传递热量的一种非接触传热方式。任何物体辐射散热量的大小都取决于它的表面温度和黑度（黑度越小反射能力越强），但辐射传热量的总效果是高温向低温传送。虽然太空棉金属膜的黑度较小，但却被罩在衣服里子（一层衬布）里，与作为热源的人体进行辐射换热的只是衬布层，金属膜并没起作用。由于衬布与金属膜是紧贴着的，温差小，虽然两者之间也有一些辐射换热作用，但量很小。因此，宣传中的那种说法在理论上是站不住脚的。

研究人员经过对比实验，得到了同理论上完全一致的结果：太空棉和相同厚度的腈纶棉（即去掉金属膜的太空棉）热阻值基本一样。太空棉的金属膜在其直接面对辐射热源时具有防辐射热的作用，而当太空棉表面上覆盖一层衬布后，其防辐射性能大大减少或消失。而模拟人体穿着太空棉和腈纶棉服装实验则得出这样的结论：太空棉服装中金属膜的朝向对保暖效果无影响，与太空棉相同重量的腈纶棉制成服装，其保暖性还稍好于太空棉服装。

据研究人员介绍，宇航员穿的真正的太空棉是很复杂的全密封结构，它是由包括内部冷却、加热等装置的很多层组成的，最外面是一层金属层，这个金属层确有阻止热辐射和抑制宇宙射线辐射的作用，但盲目地将其应用到日常生活中则得不偿失。

目前仅北京就有 300 多家工厂生产太空棉服装，各地还在竞相上太空棉生产线。专家呼吁：这场太空棉大战可以休矣！

（《健康报》，1992-01-21）

## 预期开心事　也可促健康

**路透社华盛顿（2002 年）11 月 6 日电**　美国研究人员今天提出，笑容可能是最佳的药物，而且甚至对开怀一笑的预期也能提高免疫系统功能并减轻压力。

欧文加利福尼亚大学的一个研究小组指出，仅是对开心或好笑事情的期待就可以提高内啡肽和其他引起愉悦和放松感的激素的水平，减少压力激素的产生。

主持此项研究的家庭医学副教授李·伯克在电话采访中说："这确有其事。我们的研究显示，甚至提前几天预知自己会涉及一件趣事都会降低压力激素的水平，提高有助于放松的化学物质的水平。"

他领导的小组对 16 名男性进行了测试，这些试验对象都一致认为某一盘录像带很好笑。其中一半人被提前 3 天告知他们会观看这盘录像带。

预先得到消息的人立刻开始出现生理变化。他们的皮质醇（一种压力激素）水平下降了 39%，肾上腺素水平下降了 70%，而使人感觉愉悦的激素内啡肽增加了 27%，生长激素的水平上升了 87%。

伯克说："生长激素对免疫系统非常有益。"

伯克和其他科学家早已指出，观看滑稽电影或被笑话逗笑可能使紧张激素水平和血压降低。但证实对娱乐的预期也具有同样效果还是第一次。

# 橄榄油可防肠癌

**法新社巴黎（2000年）1月24日电** 根据旨在为地中海式饮食赢得有益健康的美名而进行的最新研究，橄榄油也许可以预防结肠癌。

巴塞罗那赫尔曼斯·特里亚斯·普霍尔医学院的研究人员在《英国医学杂志肠道专刊》上报告了他们的研究成果。

总共108只老鼠被均匀地分成了几组，每组分别喂以富含红花油、鱼油或橄榄油的食物。每组的老鼠又被一分为二，其中的一半再喂以致癌物质。在给老鼠喂食19周后，研究人员解剖了这些老鼠。他们想看看在老鼠的肠子上有没有肿瘤或肿瘤的前兆。喂食了富含红花油食物的老鼠比吃含鱼油或含橄榄油食物的老鼠有更多的癌变前期组织，如肠息肉。它们的血液里花生四烯酸的浓度很高。花生四烯酸是一种主要的致癌物质。

研究人员说，这是第一次针对橄榄油的特性所进行的实验室研究。橄榄油含有一种不同的脂肪酸分子n9。研究人员认为，橄榄油的这些功能主要来自于诸如角鲨烯、类黄酮和多酚之类的成分，它们能保护细胞免受所谓的自由基的侵害——自由基是一些能破坏细胞的健康并使细胞恶化的原子团。

# 怎样打出最好的领带结

**路透社伦敦（1999年）3月4日电** 英国两位物理学家解决了困扰人们100多年的难题——怎样打出最好的领带结。

剑桥大学卡文迪什实验所的托马斯·芬克和毛勇（音）利用一个数学模型得出了一些用来把4种最常见的打结方法归类的方程式，并且导出了6种“外形美观令人愉悦”的新结。

这项发表在科学杂志《自然》上的研究报告说，用普通的领带可以打出85种结，但是只有4种是人们最常用的，它们是活结、温莎结、半温莎结和普拉特结。

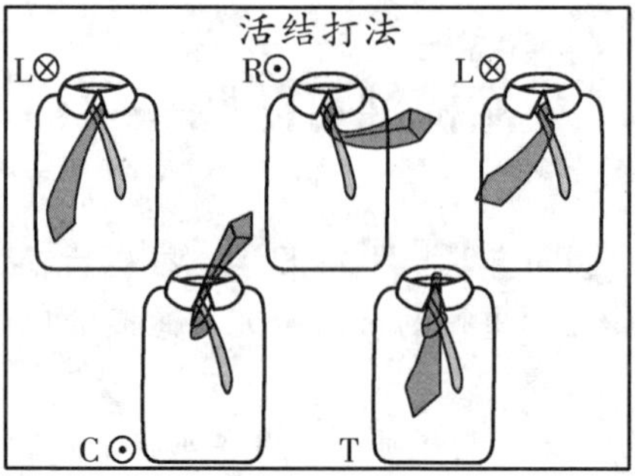


芬克和毛根据结的大小及形状对这些结进行了归类，并且使用一个三角点阵（一个纵横交错的网络）来代表不同的打结顺序。

通过沿着点阵中的路线“随机行走”，他们为这些结设计了一些数学公式。

最简单的是活结，起源于19世纪末期的英格兰。1936年放弃王位与美国离婚女人沃利斯·辛普森结婚的温莎公爵据认为是温莎结的发明人。半温莎结是温莎结的一种简单形式。

迄今最新式的结是1989年出现的普拉特结。这种结的形状依赖于打领带时右中左的缠绕次数。对称平衡的普拉特结非常结实并且不易变形。

这两位物理学家对一条领带可以打这么多的结感到非常惊讶，但是很多结经不起对称和平衡的美学检验。

**十种打领带的方法**

（起始位置是窄端在右，宽端在左，并且宽端在上）

| 名称 | 动作顺序 |
|---|---|
| | L⊙R⊗C⊙T |
| 活结 | L⊗R⊙L⊗C⊙T |
| 普拉特结 | L⊙C⊗R⊙L⊗C⊙T |
| 半温莎结 | L⊗R⊙C⊗L⊙R⊗C⊙T |
| 卡文迪什结 | L⊙R⊗L⊙C⊗R⊙L⊗C⊙T |
| | L⊙C⊗R⊙C⊗L⊙R⊗C⊙T |
| | L⊗R⊙L⊗C⊙R⊗L⊙R⊗C⊙T |

续前表

| 名称 | 动作顺序 |
|---|---|
| 温莎结 | L⊗C⊙R⊗L⊙C⊗R⊙L⊗C⊙T<br>L⊙R⊗C⊙L⊗R⊙C⊗L⊙R⊗C⊙T<br>L⊙C⊗R⊙C⊗L⊙C⊗R⊙L⊗C⊙T |

符号说明

⊙：表示相对于身体由内向外绕半圈。

⊗：表示相对于身体由外向内绕半圈。

L：表示由右往左绕。

R：表示由左往右绕。

C：表示由左边或者右边绕到中间。

T：是结束动作，表示领带的宽端从身体下面穿出，然后穿过刚刚做出的环。

# 阅读提示

服务性新闻是最贴近读者的一个新闻品种。在人们提高生存与生活质量的愿望不断增强的时代，服务性新闻具有无限广阔的市场。因此，它也是媒体吸引和维系受众的强有力的手段。

这里收入的几篇消息，都体现了服务性新闻的基本特点——站在受众、消费者、生活者的立场，为他们着想，热情周到地为他们提供最新的服务性、消费性信息与实用方法。

阅读本组作品，请思考：

1. 服务性新闻与广告性新闻有何不同？
2. 服务性新闻的新闻性表现在哪里？
3. 一篇优秀的服务性新闻需具备哪些条件？

《太空棉服装并无特殊防寒作用》是服务性消息中的佳作。它的优点在于：首先，它是真正的服务性新闻，不是广告。因为它没有站在太空棉服装厂一边，说太空棉的好话，而是为太空棉大战泼了一盆冷水，在消费者容易被误导之际，及时地给大家提了个醒儿，提供了一个新的、有用的信息和消费建议，当了一回好参谋。其次，它讲透了其中的道理，而且，它是用业内权威人士的话，用他们对比实验的结果来阐明道理的，亦即，消息具有很强的科学性。第三，消息在普通太空棉服装之外，又增加了一笔，于文章倒数第二段，介绍了宇航员穿的太空服的特点，为消息增添了知识性；末尾一段说明北京已有 300 多家工厂在生产太空棉服装，使新闻的信息量更为丰富。最后，本文用“直呼式”导语开篇，用第二人称“您”来呼唤读者，造成亲切感，使这篇服务性消息有了一副和蔼可亲的笑脸，更易于为读者所接受。

（刘明华）

# 精确新闻

## 5.6 万吨沙尘飘落北京

**本报北京 3 月 26 日电（记者林英　通讯员刘娟）**　记者从中国环境监测总站获悉：前几日袭击北京的两次沙尘天气，给北京城留下的沙尘高达 5.6 万吨。国家环保总局沙尘暴项目研究组的研究结果表明，这些沙尘大多来自蒙古国和我国内蒙古浑善达克、科尔沁沙地。

据沙尘暴项目研究组旭辉博士介绍，对卫星资料和地面监测数据进行综合分析得出的结果表明，3 月 15 日～17 日的沙尘天气初始源位于蒙古国中南部，进入我国后，在浑善达克沙地、科尔沁沙地及边缘地带沙尘源得到了极大加强，大量沙尘随着大风经过高空传输到达北京地区，加上本地扬尘，沙尘量达到 2.6 万吨；3 月 17 日～20 日沙尘初始源位于哈萨克斯坦和俄罗斯一带，在我国南北疆沙漠区、河西走廊、河套以西广大的沙尘源区得到加强，从蒙古东南部、中南部和新疆塔克拉玛干沙漠边缘三条路径叠加传入我国。专家们分析说，由于地理位置的原因，落在北京地区的沙尘主要还是来自北路，经高空传输随后沉降落入北京，此次沙尘天气的沙尘量为3万吨。专家们还指出，对环境监测数据的分析表明，沙化耕地是沙尘暴重要起源地之一，沙尘源存在的主要原因是自然要素与人为活动的交错，干旱和滥垦、滥牧、滥伐、滥挖、过度使用水资源是造成草场和土地沙化的重要原因。

（《光明日报》，2002-03-27）

全国第二次水土流失遥感调查显示

## 356万平方公里国土水土流失

**本报北京1月21日电（记者郑北鹰）** 记者从水利部获悉，全国第二次水土流失遥感调查已获得重大成果。经调查，全国现有水土流失面积356万平方公里，其中受水力侵蚀的水土流失面积165万平方公里，受风力侵蚀的为191万平方公里，在水蚀和风蚀中有26万平方公里的水土流失面积为水蚀风蚀沙区。

调查结果表明，全国水土流失面广量大，山区、丘陵区、风沙区，农村、城市都存在不同程度的水土流失问题。水利部副部长陈雷在水利部今天召开的新闻发布会上说，改革开放以来，我国水土保持生态建设取得很大成就，预防监督工作得到加强，有效地控制了人为水土流失，水土保持综合治理在局部地区成效显著。黄河中游地区年平均减少入河泥沙3亿吨。与1990年全国第一次遥感调查结果进行初步比较，全国水土流失面积由367万平方公里减少到356万平方公里，总面积减少了11万平方公里。但我国水土流失防治任务仍然十分艰巨，西部地区，特别是大江大河的中游地区，水土流失严重、生态恶化的趋势尚未得到有效遏制。因此，必须充分认识防治水土流失的紧迫性、艰巨性和长期性，进一步加强水土流失综合治理。

陈雷说，水利部依据这次遥感调查成果，划定了全国水土流失重点防治区。在水土流失重点预防保护区，实施大面积保护；在开发建设比较集中的地区，实施重点监督，有效遏制人为造成新的水土流失；在水土流失严重的长江、黄河上中游地区和风沙区，开展水土保持生态环境建设和退耕还林，坚持生态、经济和社会三大效益统筹兼顾。同时，依靠大自然的力量，充分发挥生态的自我修复能力，加快生态环境建设步伐。

（《光明日报》，2002-01-22）

## 每10天挖断一条光缆

### 电信呼吁别再转包工程

**本报讯（记者王正鹏）** 海淀区远大路西口地下光缆被挖断，导致20万手机用户和近千固定电话无法通话。近日，此事原因已查明：北京城建二公司的野蛮施工酿成了这一事故。北京电信有关人士说，今年，北京地下光缆已被挖断33条，平均每10天就有一条光缆被挖断，仅抢修费就花去1 220万元。

据悉，目前北京共有1.4万公里地下光缆，可以称得上北京的“神经系统”，关系城市通信的命脉。然而，这个“神经系统”却屡遭不测：去年被挖断32条，花去1 000多万元的抢修费；今年已被挖断33条，花去了1 220万元抢修费。为确保北京的“神经”安全，北京电信呼吁各施工单位不要转包工程，并严格按协议施工。

（《北京晨报》，2001-12-06）

## 深圳部分外来劳务工劳动安全状况堪忧
## 去年伤残万余人　死亡80多人

**本报讯（记者孙覆海）** 为深圳的经济奇迹做出巨大贡献的外来劳务工，他们中的一部分人目前劳动安全状况令人忧虑。这是记者近3个月来对深圳部分外来劳务工进行调查后发现的。

从1998年底至1999年3月上旬，记者从深圳市负责鉴定工伤的7个法医室，获得了他们在1998年鉴定的12 189例工伤情况。对此的分类统计表明：伤残程度为1%～29%的有10 336人；伤残程度为30%～49%的有533人；伤残程度为50%～100%的有472人；有伤无残的有848人。

法医告诉记者，他们所鉴定的工伤中，90%以上都是断指、断掌或断臂。

比因工致伤致残更为严重的，是因工伤死亡。深圳市劳动局官员向记者透露，1998年深圳市工伤死亡80多人。

综上调查，1998年深圳有这样两个数字：

——每天有31人因工致伤致残；

——每4天半有1人因工伤死亡。

职业病问题也令人触目惊心。据深圳市防疫站提供的材料说，“目前全市有工业企业9 582家，作业工人133.5万人。其中涉及有毒有害的企业4 031家，占42.7%；有毒有害作业工人11.6万人，占8.69%”；“近年经我市职业病诊断组诊断为各类急、慢性职业中毒的有69种，中毒人数371人，其中死亡23人。”

据记者调查发现，出工伤事故的多是外来劳务工，这部分人群具有年龄小、流动性大、文化层次偏低的特点。工伤事故大多发生在台资、港资等“三来一补”企业及个体私营企业。

关于工伤原因，记者分析大约有这么几条：机器设备陈旧落后；没有或不落实安全防范措施；老板强令工人加班加点，超负荷工作；工人营养不良，健康状况不好；工人文化素质较低，又缺少岗前培训。

一位法医对记者补充说：工伤事故状况之所以这么严重，还有一个重要原因，就是政府有关部门监管不力。

一位劳动部门的干部也补充说：政府有关部门对于引进外资认识上有误区，指导思想不对头。有的乡镇提出“不惜任何代价为外商外企创造投资软环境”。而所谓“软环境”，说穿了就是牺牲工人的人身安全，牺牲原则，牺牲政府的政策、法规。

在采访中，许多方面的人士都对记者提出：外来劳务工是弱势人群，他们的合法权益最需要保障。而现在这部分人群恰恰是保护的“空白地带”。这个问题亟须引起有关方面包括工会组织的高度重视。

（《工人日报》，1999-03-30）

# 地球3分钟　净增500人

**新华社华盛顿（1996年）7月13日电（记者唐霄　肖成林）** 随便问一个美国人，全世界有多少人？他默想一会可能告诉你：50多亿。可你再问他每分钟地球上增加多少人？恐怕就极少有人能够回答正确了。为了让普通美国人、尤其是孩子们了解世界人口问题多么严峻，美国人口零增长组织在世界人口日这天举办了一场别开生面的“3分钟新闻发布会”。

7月11日中午，酷暑之中的华盛顿热得让人心烦，可是当记者提前10分钟赶到发布会现场——位于国会东街的东部高级中学门前时，那里已经聚集了一群学生家长、老师、新闻记者和过路行人。

11点左右，人口零增长组织的负责人彼德·科斯特迈耶先生站到了校门前的一小块空地中央。他说：“人们很难想象数百万乃至数十亿人口到底有多少，也很难理解当今世界的人口增长率是个什么概念。我想我们今天找到了一个方法向大家展示世界人口问题多么严峻。”

“罗马帝国时期，世界人口仅有2.5亿，那时全球大约每小时增加1个人。”科斯特迈耶话音未落，一个举着“公元1年”牌子的黑人小姑娘站到他身边。“19世纪工业革命开始时，世界人口10亿左右，每分钟增加8人。”8个学生举着“工业革命”的牌子缓缓走来，围到他身边。“20世纪初，全球每分钟增加19人，世界人口20亿。”19个学生一下聚集到他身边，空地中央被站满了。

“现在的地球是个什么情景呢？1分钟要增167人，每3分钟净增500人，1个星期要增加1个费城的人口，1个月增加1个弗吉尼亚州，1年增加1个德国……”就在科斯特迈耶讲演之际，近500名穿着代表世界五大洲红、黄、蓝、绿、白五色T恤的学生一下子聚拢到他身边，空地顿时拥挤起来，人群把科斯特迈耶也淹没了。

一个叫翠西的学生告诉记者，学生们正在放暑假，几天前老师和人口零增长组织的人向大家说起世界人口问题，自己很受触动，就参加了这个活动。所有学生除了表演时穿的T恤可以留作纪念外，没有任何报酬。

人口零增长组织传播部的几位女士向记者介绍说，成立于1968年的该组织是个全国性的非营利民间组织，它的宗旨是呼吁人们行动起来采取措施降低世界人口增长率，创造一个可持续发展的地球环境。在1999年世界60亿人口日到来之际，该组织还将组织控制人口的宣传活动。

## 农民办张结婚证　竟被收费千余元

**新华社济南（1995年）12月1日电（记者刘广军　丁锡国）**结婚本是人生一大喜事，但山东省邹平县礼参镇东崔村农民刁勇，一想起前些天办理婚姻登记被收了13项费用1 220.50元，就怎么也高兴不起来。

他和爱人朱锦绣同是1972年出生，临去镇政府婚姻登记处登记时，父亲给了他1 300元钱，叮嘱他买些结婚用品，谁知到了那里钱都花到登记上还不够。婚姻登记处让先去镇计生办交钱，计生办收保证金400元，准生证费180元，母子平安保险费50元，新婚费20元，立档费0.50元，订1996年《祝你幸福》杂志费36元。接着婚姻登记处收结婚纪念照相费100元、礼品费36元，晚婚费80元，社会养老保险费500元，赡养协议书费30元，婚姻登记手续费18元，婚姻登记工本费20元。加起来总共13项，1 470.50元。后来多亏一位当干部的熟人讲情，少交了一个人的250元社会养老保险费，才领回了结婚证。

在刁勇刚布置好的新房里，他一边拿出一摞收费单据给记者看，一边说："真没想到，办张结婚证要收这么多钱。按理说，这些收费项目大多数是办好事，不过也要看农民愿不愿办，有没有能力办，像这样都往结婚登记上搀和，不交就不给登记，还不是强扭着让农民掏钱吗？"

来刁家帮忙的村民崔刚插话说："现在结婚登记滥收费在农村挺普遍的，我登记比刁勇花得还多。可我在淄博市上班的表哥，登记只花了20元。"

据记者了解，今年6月，山东省政府办公厅曾转发了省民政厅关于坚决纠正借办理婚姻登记搭车收费等问题的报告，明确规定婚姻登记管理机关应严格按照国家规定标准收取婚姻证件工本费，不得搭车收费。

## 中国一日：数字与希望

**新华社北京（1994年）9月20日电（记者薛建华　胡创伟）**一年365天，中国一日知何似？研读中国经济运行最新情况通报，你会发现串串生动鲜明而又令人惊讶的数字：

每天，中国人要消费近6 000万公斤猪肉、1 000多万公斤食油和7.5亿公斤粮食。如此巨大的“胃口”足以令任何政治家挠头，而中国的粮油市场却多年保持稳定。

许多外国经济专家说，中国是世界上仅存的最大市场。仅仅是一天，中国人就会买下近6万台电视机、12万只手表；仅仅是一天，中国城乡就会开通电话1万多门，销售绸缎200多万米。每天，中国人的消费总额超过30亿元人民币，每天存入银行的还有8.8亿元人民币，而这些数字几乎天天还在被刷新。

海外游客形容今天的中国是“站在脚手架上的国家”：每天，中国城镇新增住宅73万平方米；农村新增住宅156万平方米。每天，中国各种交通运输工具要运送旅客1 800万人次，相当于瑞典、芬兰、挪威和冰岛四国人口的总和；今年夏季，中国仅仅是铁路就承运旅客2亿多人次。

平均一天，中国有600多万册杂志出版，邮寄函件1 500多万份；平均一天，中国要发行报纸5 000多万份，而这约需400辆中型货运汽车方能装载。

改革开放给中国带来了巨大的变化。现在，中国每天实际利用外资近1亿美元，融资规模仅次于美国而居世界第二位。15年来，中国协议利用外资累计已达2 400多亿美元。

如今中国许多重要工业品一天的产量，已远远超过45年前旧中国1年的产量。如：日产钢24万吨，是1949年全年产量的1.5倍；日产原油近40万吨，是1949年全年产量的3倍多。现在中国每5天创造的国民收入，就相当于1949年1年的国民收入。

中国一直是世界上人口最多的国家，全国人口现已达 11.7 亿人。如今，每天仍有近 6 万人出生，1 年就将新增 1 600 多万人，比澳大利亚的总人口还要多。

去年，中国平均每天创造的国内生产总值近 86 亿元人民币，据国际货币基金组织统计，已居于世界各国前列。可是，按人均计算，中国却仍然属于较落后的发展中国家。

崛起与沉重同步，希望与困顿同在。中国目前尚有 8 000 万贫困人口，但用 7 年即 2 500 天消灭贫困的“扶贫攻坚计划”正在加紧实施中。

联合国人口问题专家曾把“中国现象”称之为“奇迹中的奇迹”，因为，中国毕竟以只占世界 7%的耕地，养活了占世界 22%的人口。

## 百家“三资”企业调查表明：在华投资大有可为

**新华社北京（1990 年）9 月 14 日电（记者陆国元　张伟弟　周正平）**　记者最近在华东沿海对百家“三资”企业进行的一次调查表明，尽管大多数外商对大陆“单调”、“枯燥”的业余生活有所抱怨，但 90%以上的外方伙伴对在华投资的前景表示乐观。

这项调查是于今年 6 至 8 月间进行的。记者就这些企业的赢利、自主权、当地基础设施和优惠政策等 12 个问题，随机选择了福建、浙江、上海、江苏和山东 5 个省市的 100 家中外合资、合作和独资企业，逐家进行了走访调查。

这 100 家外商投资企业均已开业投产，其中 39 家已在原有注册资本的基础上追加了投资，另有 8 家也表明将于近期追加投资的意向。

接受调查的百家企业中，有 77 家已获得可观的利润。尚未赢利的 23 家企业中，因经营不善而亏损的仅有 8 家，其余 15 家则因快速折旧、还贷负担或刚刚投产等原因而未能获利，但它们认为赢利只是早晚的事。

日商独资的厦门浦田服装有限公司总经理佐藤忠良在接受记者采访时说：“厦门地区的基础设施已相当完备，与海外相差无几。”

另外99家企业在对当地基础设施进行评价时，回答“较好”的有39家，回答“一般”和“较差”的分别为22家和18家。

51岁的中美合资无锡华美糖果有限公司总经理佛雷德·高尔文坦率地说：“与东南亚一些国家相比，中国有关外资的法规和政策不够多，也不细，我们从中受益不大。”将近20家企业发表了与他相似的意见。

然而另外80家企业则持不同的看法，它们将各自的成绩归功于中国的优惠政策，尽管其中18家认为这些政策落实得还不够理想。

调查结果表明，76％的企业对中国员工的素质表示满意。上海大众汽车有限公司董事马丁·波斯特博士评价说，勤劳、智慧、积极和坦诚的中方合作者是联邦德国技术得以发挥效益的重要保证。

这家总投资近10亿元的中德合资企业，迄今已为国内市场生产了6万辆桑塔纳轿车，每年还出口8万台发动机。

在回答调查中的其他问题时，74％的企业认为政府的帮助是“实实在在的”，是外商投资企业的支柱；而17％的企业则表示“没有得到政府多大的帮助。”

82％的企业认为他们拥有较充分的自主权，能够独立自主管理企业；另外18家则声称它们时常受到企业外部主要是某些政府部门的牵制和干预。

大多数外商对出于追求事业的成功而选择来华工作并不后悔。中日合资的南通力王有限公司总经理加藤纪生从企业成立便来华工作，至今已有7年。

他操着一口流利的汉语说，南通力王投产一年后，日本力王就先后关闭了它在中国台湾和韩国的分厂，而将资金转移到中国。7年来，这家企业所获利润，已达到注册资本的6倍。

## 不问政治　张冠李戴

**俄罗斯《晨报》(2002年) 7月29日报道**　美国伦茨研究所对大学生关心政治的情况进行了调查，结果令人担忧。

知道鲍威尔任何职的学生不到一半，有12％的学生认定鲍威尔主管国防。

不知道拉姆斯菲尔德是五角大楼头目的有62%。有5%的大学生认为拉姆斯菲尔德是总统国家安全顾问，1%的学生错认为他是国务卿。只有19%的学生知道美国总统国家安全顾问是赖斯。

学生对外国领导人的情况也知之甚少。只有35%的学生知道以色列总理是沙龙，竟有4%的人认为阿拉法特是以色列总理。至于英国首相，只有不到40%的学生知道是布莱尔。竟有一名学生认定布莱尔是美国国防部长。

# 中国亟待普及艾滋病知识

**路透社西班牙巴塞罗那（2002年）7月9日电** 据今天公布的一项调查显示，中国民众对于艾滋病的认识欠缺到了令人吃惊的地步，大约有1/6的中国人从没听说过这种已经夺走了2 500万人生命的极具破坏性的病魔。在那些听说过艾滋病的人中间，将近3/4的人不知道艾滋病的成因，几乎有90%的人不知道如何及早诊断。

这次调查是由中国国家计划生育委员会和美国疾病防治中心在2000年12月共同进行的，随机抽查了7 000名年龄在15岁～49岁之间的人，调查结果在本届巴塞罗那世界艾滋病大会上发表。这也是首次就中国人对于艾滋病的认识情况进行的大规模调查。

虽然91%的人知道艾滋病是一种传染病，但52%的人不知道艾滋病会通过输血传播，81%的人不知道艾滋病可以通过吸毒者共用针头传播，85%的人不知道艾滋病可以由受感染母体传染给胎儿。大约17%接受调查的人说他们从来没有听说过艾滋病。虽然74%接受调查的人知道艾滋病可以避免，但77%的人不知道正确使用避孕套可以防止感染艾滋病。

中国的艾滋病问题越来越多地为国际社会所关注，在未来几年，中国的艾滋病病例预计可能会迅速增加。这份调查报告就是在这样一个背景下发表的。

联合国在上个月警告说，中国正处在艾滋病灾难的边缘，其严重程度难以想象。联合国艾滋病规划署说，截止到去年年底，中国共有大约150万人感染了艾滋病病毒。如果不采取有效的防治措施，这个数字在2010年将达到1 000万！

# 全球有8亿人在挨饿

**埃菲社华盛顿（2000年）2月10日电** “争取人人都有面包”组织今天在此发表一份研究报告指出，全世界有8亿多人在挨饿，美国是“惟一一个有较多饥民的工业化国家”。

这个由2 000多个教会组成的机构在其《消灭饥饿计划》中指出，“美国人只要每天拿出几个美分，就可使该国的饥饿现象减少一半”。

该机构主席戴维·贝克曼说：“尽管我们很想把我们的社会看做是慷慨大方的，但这个世界最富有的国家在反饥饿斗争中所作出的努力却比其他任何一个发达国家都少。”

报告指出，在最近50年中，有将近4亿人死于食品匮乏和卫生条件恶劣。这个数字是在20世纪发生的所有战争中死亡人数的3倍。

报告还说，“30年前，患营养不良症的人数为9.5亿人。在发展中国家，每3个人中就有1人营养不良。不过，这种营养不良状况已有明显好转。现在，每5个人中患营养不良症的还不到1人。在发展中国家，约有7.91亿人在挨饿。”

“争取人人都有面包”组织还说，由于2000年的到来，各国政府和私营企业为解决可能出现的计算机“千年虫”问题耗资5 000多亿美元。“然而，每年只要拿出约60亿美元，就能使饥饿问题得到真正的改观”。据该组织统计，美国现在约有3 100万人有可能会沦为饥民。

# 俄罗斯人最担心什么？

**俄通社—塔斯社莫斯科（1999年）11月28日电** 据独立研究中心最新民意测验表明，俄罗斯人认为，2000年俄将遇到诸多问题，其中首推金融和经济问题。

47.3％接受调查的俄罗斯人担心明年金融形势恶化、国家财政困难、金融危机、经济灾难和失业等问题。其中尤以担心金融状况恶化的人最多，占23.2％。

受调查者认为俄罗斯未来千年潜在的问题还有：计算机系统出现重大紊乱（占 13.5%）、环境恶化（占 4.5%）、总统选举（占 4.4%）、灾难性的交通事故（占 1.7%）、流行病蔓延（占 1.2%）、腐败和犯罪现象加剧（占 0.7%）、毒品泛滥（占 0.5%）。

调查表明，俄罗斯人所关心的并不单单是俄罗斯自己的问题。5.1%的受调查者认为可能出现新的战争，4.7%的人认为国际冲突有升级的危险。

# 阅读提示

精确新闻的基本特点，是以精确的数字——量化了的事实，来反映有新闻价值、值得注意的客观事物。有的媒体也称其为“数字新闻”。这种新闻具有很强的说服力。

提供数字来源，巧妙地使用数字，在数字之外添加必要的背景材料，都是精确新闻常用的手法。

阅读时，首先请注意思考：数字在新闻报道中的作用、常用的数字表现方法、使用数字应注意的问题。

收入本组的作品各有特点，请注意具体文章具体分析，指出它们在写作上的长处或者不足，还可逆向思维，试着不用精确的数字，看效果会怎样。

《中国一日：数字与希望》，是一篇典型的精确新闻。开宗明义，作者表明本文就是要用数字说话。这也是一篇策划性报道的代表作。

它的巧妙之处在于：用一日来调遣数字，从

而，通过时间上的一个小小的角度，反映出了空间上的一个宏伟的、令人惊叹的图景，使人耳目一新。

数字之外，消息又引用了国际上的一些评价，借他人之口，强化了新闻主题。

消息的导语文字简洁，单刀直入，像数字本身一样精练，也值得称道。

精确新闻的精确指的是数字。数字是由人调查、统计而来；记者使用数字也是有所选择的。这其中都有人为加工的成分。对此，我们既要认识到精确新闻的“说话意识”，本着真实的原则严肃地运用数字，又要破除对精确新闻的迷信，正确对待这一报道方式。

（刘明华）

# 人物新闻

## 于景珑——专跟脏乱较劲的博士

**本报讯（记者王学锋）** 从让脏兮兮的公厕变成环保厕所，到让小区污水不再横流的水资源再生项目，在加拿大搞了十几年环境和生态工程的于景珑博士，留学归来后，偏偏和北京城的环境脏乱较上了劲儿，而且乐此不疲。

今天上午见到于景珑时，他刚参加完北京厕所研讨会。说起整治市容，于景珑的想法和别人不太一样，“每个人都有义务铲除城市不文明现象，但我更得琢磨怎么用自己学的东西，办别人做不了的事情”。

这位专攻生物环境专业的“海归派”，2000 年回国后办的第一件事，就是与人合作，在北京建不用下水道的新型免冲水生态厕所。到目前为止，在归国留学生帮助下，光海淀就新建了23座技术领先世界的环保公厕，“采用光机电一体化的方式，结合生物科技，通过反应器即时将排泄物变成肥料，从而有效解决公厕脏乱等各种问题”。

接着，担任北京昊业怡生技术总监的于景珑又配合市政部门在方庄建城市粪便销纳站，“过去车过玉蜓桥就能闻到一股子怪味儿”，他带记者来到桥东北角一个大花坛后边的空地，一个非常现代的粪便销纳站在苍翠的树林中显现出来，“整个宣武区的粪便都在这儿处理”。他研发了新的生物技术，利用微生物“吃掉”发臭物质，到了跟前儿也闻不到异味。于景珑说，根据规划，还要再建9个这样的销纳站，以解决长期困扰居民的粪便污染和“臭烘烘”问题，再往后，臭水沟、臭河都要纳入他自己的整治计划。

同期回国的创业学子们大都办起网站、软件公司，也都陆续买房置业了，在国外干了十几年环境和生态工程的于景珑却痴心不改，一门心思琢磨怎么让北京更漂亮，不少项目还要倒贴钱。“前两天朋友从加拿大回来，第一句话就是，北京真是变了。”于景珑这样解释自己乐于“打扫北京卫生”的原因：如果北京不想治理环境，再有技术也找不到施展的空间。

（《北京晚报》，2002-09-08）

# 我去可可西里保护藏羚羊

今天下午3点多，38岁的杨震将踏上前往西宁的火车，40多个小时后，他将在格尔木与另外9名志愿者会合，然后一起奔赴可可西里，保护藏羚羊。杨震是首批入选的10个志愿者中唯一的北京人。

**本报讯（记者崔守信　郑媛）**　昨天下午，行将出发的杨震在家中接受了记者的采访。对这次能够如此顺利地入选，他感到非常兴奋。

从地板上堆着的专业服装和用具就看得出，杨震是一个典型的野外旅游发烧友。他说，他原来在北京市西城区环保局工作，今年1月份刚刚辞职开了自己的公司，从事环保工程项目。在参加工作后的十几年里，他曾利用假期或出差机会，踏遍了祖国的名山大川。去年

“五一”和“十一”，他还分别从云南和四川两次只身入藏。

然而，此次去做志愿者毕竟不同于以往的旅游，当被问及是否会带上随身听或食物等“奢侈品”时，杨震笑了，他说：“我已做好准备，对生活方面的条件只要能忍过来就行。随身携带的惟一一个包里，除了羽绒衣裤、睡袋及必要的设备外，就是大量的电池，因为保护区离格尔木管理局有一天一夜的路程，此行遇到的最大难题是没有电。”此外，他特意添置的装备，包括一部数码摄像机和一个野外防潮充气垫。这些准备总共花了将近5万块钱。

幸运的杨震被他的朋友们所羡慕，许多不相识的人也想和他认识。唯一的阻力来自于父母，二老听人描述说可可西里是无人区，盗猎者如何凶残，开始并不太赞成他的行为，对此，杨震只能多做解释和安慰工作。“好在后来他们也理解，还反过来帮我准备东西。”

由于这次出去的时间比较长，在某些地方肯定没有手机信号，杨震的生意必然会受到影响，不过他认为，和保护藏羚羊比起来，这种生意上的损失可以“忽略不计”。

（《北京青年报》，2002-05-05）

# 维吾尔族农民阿不都拉洪<br>珍藏毛主席照片15 000张

**本报洛浦3月24日讯（记者王蓓）** 70岁的维吾尔族农民阿不都拉洪有一笔丰厚的精神财富，那就是珍藏了30多年的15 000张伟大领袖毛泽东主席的照片。

3月23日，记者沿着柳叶杏花掩映的村路，来到洛浦县布亚乡库木阿孜玛村，拜访阿不都拉的福，我们怎么能忘记毛主席呢？老人从一只老式木柜里拿出毛主席的照片给我们看，那些大小不等的照片，大多是20世纪60年代收集的。他还有50多枚毛主席像章，一块毛主席青年时的铝制画像挂在屋子正中，阿不都拉洪老人读过几年书，4岁时父亲去世，孤儿寡母在解放前受尽屈辱，解放后生活大改变，他当了小队的会计，乡亲们写个字、村里写个标语都找阿不都拉洪。毛主席去世后，阿不都拉洪决定把毛主席的照片保存下来，让子孙后代永远记住毛主席的恩情。30年过去了，毛主席的像章和照片成了文物，不少人找到老人，想用高出原价 10 倍的价格买，老人断然拒绝，他说我虽然还不富，毛主席像是不卖的。

今年初，干部“三同”住进了村里。他感到共产党干部的好作风又回来了。他拿出珍藏了 30 多年的毛主席照片给工作组队员看，并且慷慨地把 6 300 张毛主席照片赠送给乡里，让领导转送给农村的党员、团员、中小学教师。阿不都拉洪说，35 岁以下的不少年轻人都不认识毛主席了，他们没有见过照片，不知道毛主席是我们的大救星，不知道解放前我们过的是什么日子。我把毛主席的照片送给乡亲们，让他们世世代代永远不忘本，记住毛主席。

（《新疆日报》，2001-03-25）

# 按“智”分配造就亿万富翁

## 张廷璧教授成为荆楚科学家首富

**本报讯（记者卢平川）**　武汉中华会计师事务所最近对红桃 K 集团资产进行了审计。昨日得出的审计结论表明，该集团技术负责人张廷璧教授个人资产已达 1.3 118 亿元。

此外，张教授还拥有一幢 400 多万元的别墅、一辆价值 80 多万元的豪华轿车。

在我省众多科学家中，张廷璧是首位拥有亿元资产的科学家。

今年 62 岁的张廷璧是武汉大学生命科学院教授，1992 年前一直在大学从事科研和教学工作。这一年，他在研究天然植物色素课题时产生了一个科学构想——在中国推广运用德国科学家费舍尔 1930 年获诺贝尔奖的发明成果叶啉铁，并以生物学方法解决叶啉铁工业化生产这一世界性难题，以较低成本防治缺铁性贫血。这一想法得到谢圣明等创业者的支持，他们果断投入 50 万元进行研究开发，终于成功生产出了既有高科技含量，又价廉物美的大众化保健品——红桃 K 生血剂。

1996 年，红桃 K 集团在明晰产权时，张教授持有集团 10％以上的股份，成为集团董事局 8 位董事之一。

从 1997 年至今，红桃 K 生血剂连续 3 年销售超过 10 亿元。最近，“红桃 K”被国家工商局评为生物保健品行业惟一的中国驰名商标。

（《湖北日报》，2000-02-23）

跳入长江漩涡探明暗洞　以身体充当堵漏坐标

## 王老汉救下大武汉

**本报昨晚 7 时武汉专电（特派记者依旺　李雯）**　面对激流漩涡，68 岁老人王占成只身跳进江水，寻找到长江干堤漏洞的那一刻，不仅使武汉免于没顶，也使自己成为江城家喻户晓的英雄人物。

7 月 31 日中午 12 点多，丹水池段长江干堤附近的中南石化公司家属大院一片寂静。突然有人高喊：“涨水啦，涨水啦！”听到这一嗓子，刚喝了二两“双沟大曲”，正躺在沙发上打盹的离休老干部王占成，抓起背心冲出家门，随着人群奔向大堤。情况非常紧急，内堤距离防水墙 10 米地面塌陷，大窟窿呼呼往上喷水，水柱近 1 米。这时战士、民兵、下岗职工、大院家属都已飞身上堤。大伙用砂石袋往上压，一下子就被水冲到一边。后来武警战士手挽手想用身体堵口，也无济于事。“我琢磨外堤肯定有个大窟窿跟里面通了。”一直不言不语的王占成突然冒出一句，接着说：“我得下水看看。”一边唠叨，一边扒背心、脱凉鞋，爬上了防水墙。堤上堤下几千人，看见的人都喊：“别跳，危险！”“这老头不要命啦！”话音未落，“扑通”一声，王占成纵身跳进长江。外堤早已被淹，一米七七的大个儿，站在水里只露个脑袋。老人用脚往前镑，可脚下绊着不少烂树枝，挡住了洞口找不到。刚好这时有一艘机船经过，波涛荡起树枝，江面上立刻出现漩涡。王占成于是抱了一根又粗又长的木头开始向漩涡中心摸索。“当时我长了个心眼儿，抱根木头防身。就是漩涡把我吸进洞，大木头卡在洞口，也好想办法脱身。”老人后来这样回忆。这时，恰巧他一脚踩在大窟窿的边沿上，洞宽足有一米。他冲着岸上大喊：“我找到窟窿眼儿了！”说话的工夫，就有 10 来个棒小伙儿跳下江，齐刷刷地围着老人站成一圈儿。

紧接着开始了一场保堤大战。装砂的装砂，背袋的背袋，投掷的投掷。可是，砂石袋太轻，投下水就被打散了、冲跑了，根本不起作用。后来，有人跑到一家招待所，抱回来一大堆床单，把沙袋包在床单里投下水，果然“嗖嗖”地就被吸进洞，经过 2 000 多人 1.5 小时苦战，用去上百吨砂石外加 44 条床单，终于保堤成功。在此期间，王占成一直站在洞口为大伙充当“坐标”。

事后，水利专家实地勘测说，这种险情叫浊水漏洞，也就是内外堤已经有暗流相通，如果发现不及时，大堤将瞬间决口。

当天傍晚，武汉市一位副市长来到王占成家，送上一枚“五一”劳动奖章和一万元奖金，感谢他带领大伙挺身堵漏，保全了油库，保全了京广铁路，保住了武汉！

昨天下午 5 点，记者反复寻找，终于敲响了王占成家的大门。眼前这位有传奇色彩的老人浑身精瘦，古铜色皮肤透着油亮，国字脸上一双眼睛特别有神。老人年轻时在渤海湾里打过鱼，后来横渡长江得过奖。参军扛枪，抗美援朝过江，至今左脚踝里还残留三块炮弹片。1954 年抗洪时，他就获得“一等功臣”的称号。“本来人老了身体也有病，怕他再下水，可一个没看住，又跳下去了。”老伴儿傅桂芝嘴上数落，眼角瞟着老头却充满自豪。

（《北京晨报》，1998-08-06）

# 吴劳模怒拒高价奖牌

**本报讯（记者王希剑　通讯员李郁林　刘石燕）**　8 月 11 日上午，年届花甲的省劳动模范吴佑民从涟源市安平镇梅塘村匆匆赶到涟源市委大院，找到市委宣传部领导反映情况，气愤地说：“现在这么搞太没有名堂了，领一块奖牌要交 800 块钱，这花票子买的牌牌我们不稀罕，这种歪风早就该刹一刹了！”

梅塘村地处涟源偏僻山区，过去经济条件十分落后。吴佑民担任村党支部书记以来，带领村民艰苦奋斗，甩掉贫困帽，集体经济一年一个台阶，今年人均纯收入可达 1 500 多元。该村多次被评为省、地、市先进单位，他本人也荣获省劳动模范、优秀党员等称号。

8 月 12 日下午，记者获悉吴劳模怒拒高价奖牌的消息，立即赶到村里采访。从村办公楼看到，3 间荣誉室里挂满了各类奖状、锦旗和牌匾。吴劳模指着这些奖牌说："以前我们获奖心里实在，不仅不要花钱，上级还要奖励我们。近两年就不同了，获奖要交钱，少则上百，多则上千。"提到他最近怒拒奖牌的事，他就来气了。他说，前些天，"上面"来了3个人，老缠着他说，梅塘村是老典型，最近又荣获省里的先进，要交800元钱领奖牌。吴劳模一听，气不打一处来，毫不客气地说："先进是干出来的，不是花钱买的。出那么多钱买荣誉，就是捧回了奖牌，我们也觉得脸上无光。何况乱花农民的血汗钱实在于心不忍，这牌牌我们不要了！"来人只好气冲冲地走了。

临别时，吴劳模心情沉重地对记者说：类似的事近两年他先后碰到过10多次。这回，他终于憋不住了，便麻着胆子顶了一回。

（《湖南日报》，1996-08-21）

# 下岗职工卢海生承包百亩荒山

**本报南昌7月23日电（通讯员迭春孝　记者周良平）**　今年43岁、端了20余年"铁饭碗"的卢海生原先也没有想到，自己会告别"大锅饭"，单枪匹马闯市场，成了承包100多亩荒山的"林场主"。

卢海生是南昌铁路局工程总公司鹰潭二公司职工，因近年来工程任务锐减，从今年5月1日起，成了下岗职工。精明而有心计的他经反复考虑并请专业人员考察论证，承租了鹰潭市月湖区白露镇上桂村的丘陵荒山约150亩，租期为20年。他专程从浙江聘请了农艺师为技术顾问，雇用了一批小工，修建起上山便道，搭建了工棚，拉通了电力线。卢海生规划种植经济价值较高的雷竹、桃树、杨梅树等。在成林收益之前，他计划先辅种红薯、花生，现已开始养猪、鸭，鱼塘也正在修建中。

雄心勃勃的卢海生计划经过三年奋斗，创办出一个以果木为主、养殖业为辅的个人经济实体。这个计划实施约需30万元。卢海生倾其个人所有，加上借款和向银行贷款（以个人商品住房为抵押），现已投入20余万元。目前，卢海生正日以继夜地在自己的"领地"操劳，已种下30亩雷竹。

卢海生背水一战下"海"，不仅在鹰潭铁路地区引起轰动，在路外也引起强烈反响。6月下旬，鹰潭市委书记刘祖三驱车来到卢海生承包的山上，鼓励卢海生“大胆往前走”，并且赞扬他在引导当地村民脱贫上带了一个好头。刘祖三还当场嘱咐当地镇、村的负责同志，给予卢海生大力支持。鹰潭铁路二公司的党政领导也向全段倡导卢海生的精神：上岗无名，就业有路！

（《人民铁道报》，1997-07-25）

# “老外”开始怕“老乡”

**本报讯（记者范敬宜）** 刚从美国考察归来的农民企业家沈其南，举止潇洒地走进会客室，递给记者的名片不是一张，而是三张。

三张名片印着他三个不同的职务，吴江医疗保健品总厂厂长、吴江爱克欣医用材料有限公司董事长、苏州大唐医疗用品有限公司董事长。这还不是他的全部头衔。

12 年前，他只是江苏省吴江县北库镇房管所一名从未接触过外国人的军队转业干部。他从一家只有 3 000 元资金的小服装厂起步发展到今天的规模，据说走过了“不堪回首”的艰辛历程。为了把产品推销出去，他曾每天和同伴一起，两手拎着十几套西装，穿梭于上海南京路的服装商店，有时中午只吃一枚橘子充饥。

如今，这位“大老板”掌管着三个合资企业，两个中资企业，连续三年外贸收购值达到 1.4 亿元，为全省之冠。但他仍雄心勃勃，正在筹划到国外办厂。他对国内外市场情况和国际惯例的熟悉程度，以及与外商谈判的精明干练，不仅使他名噪江南，而且使经验丰富的异国商贾甘拜下风。

沈其南打向国际市场的产品不少，其王牌是一种带 X 线跟踪线的新型手术用纱布。进行内腔手术时使用这种纱布，可以避免把纱布遗留在腔内，发生相声里说的“干脆在肚皮上安个拉链”的情况。这项产品质量绝对安全可靠，通过美国 FDA（联邦食品药物化妆品管理局）的严格检验，从而在美国占领了同类用品市场的 40%。

讲究信用使沈其南在外商中树立了信誉。有一次，一位外商断言他不可能按期交货，并打赌说如果自己输了，甘愿在纽约摩天大楼请客，并“在临街的落地窗前吻一下沈先生的臀部”。结果沈其南赢了。尽管他“宽大为怀”，没让这位洋人出洋相，但此事流传甚广，增添了沈其南的传奇色彩。

引起记者采访沈其南欲望的，是听苏州市的领导同志谈起，经过十多年发展外向型经济的锻炼，乡镇企业越来越成熟地跨向国际市场，“老乡怕老外”的状况正在逐步变为“老乡联老外”、“老乡变老外”。经过5月5日同沈其南的4小时长谈，证实这种说法并非夸大，而且还可以加上一句：在有些地方，“老外”开始怕“老乡”了。

（《经济日报》，1992-05-28）

不恋高薪恋乡土

## 王文远神针惠大众

**本报讯（记者牛耕耘　郑士生）**　美国人愿出20万美金“买”走他的“一针”；日本商人拿来“随签生效”的合同：月薪38万日元，别墅、诊所各一栋，汽车、电话样样全……

这些不同肤色的巨贾“说客”变着法儿打他的主意，可他斩钉截铁地说：“我的事业在祖国。中国有11亿人口，这里的病人更需要我……”

王文远，北京卫戍区医院副主任医师。他的“一针”确实神奇。去年六七月份，他到新疆“支边”，同乘一趟火车的加拿大的大卫·爱德华博士，因“受风”突发面部神经麻痹，口眼歪斜，躲在包厢里茶饭不思。他知道后，只在博士肩上“一针一穴”，不出1小时，博士就恢复了常态。至今，他已为8万名患者解除了病痛。

（《北京日报》，1991-04-04）

## 读者你猜：他的职称是……

**本报讯（记者王华基）**　人们称他为“鬼马浩”的广东顺德县第二建筑设计院院长梁昆浩，近日又前往法国巴黎，指导正在那里兴建的一座“中国城”的施工。这项在世界上称得上规模宏大和极具特色的工程，全部建筑、装修设计均出自这位自学成才者之手。

现年46岁的梁昆浩，小学毕业后便随父当“泥水仔”。在实践中长期坚持自学，使他的建筑设计走向世界。在南粤大地，一座座格调新颖的建筑记录着他闪光的轨迹：

——他参与设计的“顺德旅游贸易中心”，吸取香港“新世界”的格局和广州白天鹅宾馆的内庭特色。设计得气魄宏伟，外国游客见了连声称赞“不可思议”！

——采用并列式庭园组合处理，体现岭南庭园艺术风格的珠海宾馆，曾获国家优秀设计银质奖。他是该工程的主要设计者之一。

——集城廓之雄、园林之美于一体，成为珠海游览一景的“九洲城”，曾获省优秀设计三等奖。他也是主要设计者之一。

——由他主持设计的顺峰山仙泉宾馆、海南琼苑宾馆等，都以其诗情画意和非凡气派，令人赞叹不已！

可是谁会想到，取得如此巨大成就的梁昆浩，至今仍是一个助理建筑师。巴黎“中国城”的投资者对此却毫不介意。他们参观过梁昆浩设计的珠海宾馆和九洲城后，对他在中国庭园建筑方面的独特设计风格和手法赞不绝口，表示他们不在乎梁昆浩具有什么技术职称，特地聘请他设计这一投资3亿法郎的庞大工程。

1988年，梁昆浩曾申报过高级建筑师的专业职务，但未能如愿。对此，有人认为，梁昆浩学历低，理论基础薄弱；有人认为他没写过多少篇论文。然而那一座座令人击赏的宏伟建筑，不正说明他的真才实学吗？不正是他的形象化了的“论文”吗？

当然，国家对梁昆浩的贡献是予以充分肯定的。1988年，他获得国家人事部授予的“有突出贡献的中青年专家”称号，曾当选为广东省劳动模范，得过国家“五一”劳动奖章，全国总工会曾授予他“自学成才标兵”称号，城乡建设部也曾授予他“优秀科技工作者”称号。

然而，他还只是个助理建筑师……

（《羊城晚报》，1990-05-29）

## 好啊！诚实永存

**本报讯（记者聂黎生　徐杰　姚翔）**　一位年轻的女售货员昨天来到本报，要求登一则广告，寻找她接待过的一位外国顾客。因她在卖给他酸奶时，少找了钱。

她叫张建华，26 岁，是北京市东单大街祥泰义食品店的售货员。11 月 3 日，她错把一张 50 元外汇券当成了 5 元。

“那位顾客看上去像是欧美留学生。星期一下午 6 点左右，他来买酸奶。走后没多久，我就发现钱找错了。”小张说。

“我马上追出去找他，但他已经不见了。我一连两个晚上没睡好，担心我的过失会带来很坏的影响。最后，我决定在《中国日报》上登广告找人。”小张说。

“当时还有许多其他顾客，而且这也是我头一回见到外汇券。”她解释说。

虽然她每月的工资只有 51 元（约合 13.8 美元），但对于高于她工资两倍的广告费，这位妇女似乎并没有被吓倒。

广告部工作人员问她为什么不找她自己的单位报销广告费，她说：“因为这是我自己的过错。”

《中国日报》给她的广告（见本报今天第 8 版）以特殊优惠。商店领导得知此事后，决定给她经济补助。

（《中国日报》，1986-11-06）

# 81 岁俞振飞登台演《醉写》

**新华社北京（1982 年）11 月 21 日电（记者郭玲春）** 一出昆曲《太白醉写》今晚征服了首都上千名观众。著名艺术家俞振飞先生以 81 岁高龄在北京人民剧场登台演出，这在戏剧史上也可传为佳话。

且看台上的俞老，飘逸潇洒，他的气质、神态分明是唐代大诗人李白的形象，一出场那两句诗和几步路便把“酒中仙”的醉态活画了出来。听他念白铿锵，嗓音清亮，倘没有深厚的艺术造诣，岂能有今日的舞台功力！

再看台下的俞老，思路锐敏，神情豪爽。记者请他谈谈此番登台的感受，他却谦逊地自称是来向北京观众汇报的。随之，便谈起偕同来京的上海昆剧团，谈起昆剧界的后起之秀，谈起才华方露的弟子和学生。

再好的演员，也是要退出舞台的。享有盛誉的俞老，又何以在耄耋之年重度粉墨春秋？10 月，俞老在西安演出，每至李白下跪或醉卧金殿时，台下总是一片“满堂彩”。人们不止仰慕他的演技，更赞叹他奋发、昂扬的精神。这便是他用“身教”，给青年演员的一种启示，一种促进。

俞老说，他已经没有“戏瘾”了。演戏当然不如二三十年前，但是，耿耿于怀的，是要将几十年的艺术积累传诸后人。

他要留给后辈的，是艺术的精益求精。看这出《醉写》，便要看一个“醉”字：只见翰林学士李白，双眼朦胧，两腿渐沉，虽是“狂”态，却见深沉。俞老告诉我们，他 30 多岁学这出戏，直到 50 岁才敢登台。难的是怎样演出“分量”，那就是诗人的傲骨及儒雅、书卷气。塑造这样的形象，没有几十年孜孜以求的努力，没有很好的文化素养，是办不到的。

他传给后辈的，还有艺术上不断革新的精神。这出《醉写》，剧名便是他改的，多年实践，内容也几番更动。直到年初，他又建议把李白咏诗，用“琴曲”谱写改作唱词，日后青年们登台便可沿用。就在昨天，81 岁的俞老又走进排练场，再次排练已演过数百场的《醉写》，而且仍旧一丝不苟，近尾声时，他停下跟同台们低声切磋。

俞老上台，那是因为他寄希望于下一代。他的学生岳美缇画了一幅竹，请他题字，他挥笔录写董必武的诗：“竹叶青青不肯黄，枝条楚楚耐严霜，昭苏万物春风里，更有笋尖出土忙。”不久前，他为昆剧团青年演员们题《减字木兰花》一首，下半阙表达了这位艺术家的愿望：“盛时新唱，应喜后来居我上。老健还加，愿作春泥更护花。”

俞老今日卸妆，明朝便要去即将召开的全国政协会议报到，与各界人士共商国是。他更关心的，是文艺新局面的开创。对此，他是充满了信心的。他说：后来有人，事业有望！

## 乔副教授登门纠正误诊

**本报讯（记者李德元　通讯员陈治家）**　山西医学院第一附属医院副主任医师、副教授乔岱，勇于纠正诊断错误，登门向病人赔礼道歉。病人称赞他具有高尚的医德。

9 月 20 日，太原无线电专用设备厂李宝琳到山医一院看病。乔岱和李怀玉大夫给他作了胃镜检查，发现食管外面有一肿块。他们又让病人作了病理切片检查。时隔20天以后，患者拿着病理报告让乔大夫看结果。乔大夫当时正在紧张查房，接过病人的病理报告，又看了看病历记录，就下了“食道癌”的诊断。

查房结束后，乔大夫又翻出那位病人的病历记录查看。他想起20天前给这位病人作胃镜检查，食道外面的肿块初步认为不是食道癌。病人送来的病理切片也正常。他发现自己显然下错了诊断。乔大夫想，这一错，不知会给病人和家属带来多大的思想压力。当即给太原无线电专用设备厂打电话，厂办公室同志答应一定转告病人。乔大夫放下电话，觉得如果下午才告之，病人全家中午这顿饭就吃不好。于是，他又问清病人住址，骑上自行车于正午12点钟赶到了病人家里。他向病人及其全家承认自己诊断错误，叫他们不要背思想包袱，并详细交代病人该如何治疗。患者全家见年近六旬的老人，不顾自己是一个高年资大夫的面子，饿着肚子登门检讨，深受感动，于是便写信给医院党委表扬乔岱大夫。

（《健康报》，1982-11-07）

## 爵士乐大师汉普顿谢幕人生

**美联社纽约（2002年）8月31日电**　1936年的那一天，莱昂内尔·汉普顿在曼哈顿参加演出时，人们不仅在舞台上看到一个音乐奇迹，而且还亲眼目睹了美国种族关系的突破。

电颤琴演奏大师汉普顿于今天去世。在60多年的演艺生涯中，汉普顿逐渐成为爵士乐历史上最伟大的演奏家之一。他打破了白人和黑人不能公开同台演出的禁忌。

汉普顿的乐队经理菲尔·莱欣说，这位爵士乐大师在西奈山医疗中心因心脏病逝世，享年94岁。汉普顿在1995年两度中风，近年来健康状况日渐衰退。

在60多年的演艺生涯中，汉普顿曾在白宫为杜鲁门、艾森豪威尔、约翰逊、尼克松、卡特、里根和布什等多位总统演奏爵士乐。汉普顿曾经说，他为杜鲁门总统演奏时，他的乐队是第一个在白宫演出的黑人乐队。

1997年，汉普顿被授予总统荣誉勋章——他在领奖仪式上穿着借来的西装和鞋袜，因为他所有的衣服以及乐队的大部分装备都在两天前的一场大火中被烧毁了。

汉普顿的爵士音乐旋律优美、节奏强劲，但观众也为他的个人魅力所倾倒——灿烂的笑容、用不完的精力和极富感染力的演奏风格。汉普顿有时也在乐队中担任击鼓、演唱和钢琴伴奏的角色。

汉普顿还是一位作曲家，他最著名的曲子是在1937年创作的《飞回家去》。在此后的半个世纪中，这首曲子被演奏了300多次。

# 曼德拉向往故乡潺潺溪水

**路透社开普敦（1999年）5月4日电** 南非总统纳尔逊·曼德拉期待着在6月2日的选举之后享受他当之无愧的退休生活，但他说，如果职责召唤，他仍将会为他热爱的祖国服务。

曼德拉在南非国家电视台5月4日播出的电视访谈节目中说："我有26个孙辈，3个曾孙辈。现在，我将有机会坐下来帮他们设计未来。"

他谈到他的新任妻子、前莫桑比克第一夫人格拉萨·马谢尔时说："我妻子是一位非常迷人的女士，如今我能在不大受政府职责干扰的情况下享受她的陪伴。"他是在去年80岁生日那一天与马谢尔结婚的。

曼德拉说："我将仍是非国大的一名忠实而守纪的成员，是一名爱国的南非人。无论需要我承担什么重任，我都会把其他所有事情放在一边，尽力去做。"

曼德拉总统想念在他因反对种族隔离而身陷囹圄的27年间长大的孩子们，他将在6月的选举之后卸任。曼德拉将把职位转交给当然继承者塔博·姆贝基。

曼德拉总统说，在他的孙辈上学期间，他将在他约翰内斯堡富裕的家中度过退休后的大部分时光，但他也会到他妻子在马普托的家以及他的故乡古努村看看。

他说："我还要去我的故乡、我出生的地方古努村，去看伴我成长的那些山岭、岩石和溪谷，我来到城市时只有23岁。那里的寸寸绿草、潺潺水声都深深地牵动着我的心。"

曼德拉说，他所属的非国大党在上台执政时没有受过任何训练，也犯过许多错误，但与自欧洲定居者300年前首次抵达这片大陆以来强加在南非黑人身上的任何一届政府相比，这个党有更好的业绩。

这位昔日的政治犯、今日世界知名的政治家说，他生平的所有业绩都不应归功于他个人的品质，而应归功于他是非国大的一员。

他说："我让公众去决定他们应该怎样看待我，是否应该把我看成一位老人，仅仅因为年长而应该受到尊敬。但是，我希望自己被看做一名普通的南非人，和其他人一起为祖国做出了自己卑微的贡献。"

# 阅读提示

有人说，新闻报道从人开始到人结束，意即新闻报道总是以人为中心。人物消息是人物报道的重要方式，值得认真研究其写作技巧。

人物消息与人物通讯的区别何在？纵观本组文章，可以发现，人物消息与一般消息一样，其特点仍然是“简括”二字。它不是详写人物，而是为人物做剪影、画速写。此外，它们大多依托与人物有关的新闻事件写人，使人物消息带有动态新闻的特点。但也不完全如此。《“老外”开始怕“老乡”》——关于沈其南的那篇消息，并未用新近发生的事实来带动，但也是消息，可以说，它们属于人物新闻中的“非事件性消息”。

本组还收入了一篇讣闻。讣闻——报道人物逝世的消息，也是人物消息之一种。西方有专门采写人物讣闻的记者。讣闻写作也是一种艺术，值得研究。

阅读本组作品，首先应思考：写好人物消息的关键在哪里？采写人物消息对记者有怎样的要求？

对于动态性的、肖像式的、讣闻类的人物消息，不妨分类进行研究，把握它们各自的写作规律。范敬宜、郭玲春二位作者所写的人物新闻，形象性较强，带有文学色彩，他们在人物新闻的写作上做了很多尝试，值得特别吟味；西方记者写人也有可借鉴之处。例如，《曼德拉向往故乡潺潺溪水》，角度新颖，人情味十足，就很有内涵，颇具可读性。

（刘明华）

# 科技新闻

湘西考古重大发现

## 两万秦简“复活”秦史

**据新华社长沙 7 月 14 日电（记者明星）** 寄往洞庭的邮书、2 200 年前的乘法口诀表、军粮的月消耗量……湘西龙山县里耶古城最近出土的两万枚秦简，以文字的形式将秦王朝的历史生动地“复活”了！

“这是一套极为重要的百科全书般的日志式实录。发现年代这么早、数量这么多、内容这么重要的简牍，在中国尚属首次。它是继兵马俑以后，秦代考古的又一惊世发现，蕴涵着巨大的学术价值。”今天上午，湖南省考古研究所副所长郭伟民向新华社记者披露了这一发现。

始建于公元前 221 年的秦朝，是中国封建社会的开端，其创始者秦始皇在位期间，大兴“焚书坑儒”，许多珍贵的典籍和文献被焚毁。在正史中，对秦朝行政制度的记载寥寥数语，社会生活的记载更是不足千字。有关秦人、秦国、秦朝的记载大多数是后人的追忆。

负责发掘和清理简牍的张春龙副研究员介绍，里耶古城出土的两万枚简牍约有20余万字，字体属古隶，内容多为官署档案，涉及当时社会政治、经济、文化的各个层面，有通邮、军备、算术、记事、行政设置、职官、民族等。提到的地名有迁陵、洞庭（郡）、临沅、弋阳、酉阳、沅陵、阳陵等数十处，职官有司空、司马丞、守丞、令守等，多附有人名，如：“迁陵守丞腾”。

首批清洗的几十枚简牍正浸泡在专用的药水中。记者看到，这些简牍仍保持竹木质地，墨迹清晰。一枚上书“四八三十二、五八四十”，这是2 200年前的乘法口诀表；一枚上书“越人以城邑反蛮”，记载了当时的民族关系；一枚讲述竟陵人向迁陵县借船的情况。其中还有多枚简牍涉及对洞庭郡某一行政建制的讨论。有的简文还记载某一月份中当地驻军粮食的消耗量。大部分简牍记载的是秦王嬴政统一中国称始皇帝后的秦代，其纪年由二十六年到三十七年，一年不少，记事详细到月、日。

（《北京日报》，2002-07-15）

## 原子能院生产杀死邮件炭疽菌的电子束设备

**本报讯（通讯员陈琴）** 11月15日，由中国原子能科学研究院为北京市公安局生产能杀死邮件中炭疽菌的电子束设备的合同正式签字生效。

美国“9·11”事件后，恐怖分子利用邮件、邮包等携带炭疽菌来危害社会和人类生命安全，并造成了严重的后果。中国原子能科学研究院的核技术专家研制了能杀死邮件中炭疽菌的电子束设备，可防止恐怖分子利用邮件携带生物细菌危害社会和人类。

这种用于邮件消毒灭菌的新型电子束装置是一种自屏蔽的台式设备，体积不到2立方米，放置在普通房间内就能工作，不需要任何额外屏蔽防护设施。该装置能够产生强流高能电子束，杀死包括炭疽菌在内的所有生物细菌。一台这样的装置，在一天内能完成对数万封信件的消毒灭菌工作。它不会对人体产生任何危害。经处理后的邮件也不会有任何放射性。

目前，美国有关公司也正与原子能院联系由该院向美方供货的有关事宜。

（《中国核工业报》，2001-11-28）

## 我国第一台类人型机器人亮相

**本报讯（记者姜宁　王握文）**　在中国第一台两足机器人 10 周岁时，中国第一台类人型机器人呱呱落地。今天，这个高 1.4 米、重 20 公斤的“新生儿”在国防科技大学首次亮相。有关专家称，类人型机器人的问世，标志着我国机器人技术已跻身国际先进行列。

记者在实验现场看到，与 10 年前通过鉴定的两足步行机器人相比，这台我国独立研制的名为“先行者”的类人型机器人，如今不仅“长”出了身躯、脖子、头部与双臂，还具备了简单的语言功能，其行走功能更是今非昔比：行走频率从每 6 秒 1 步，到每秒 2 步；从只能平地静态步行，到能转弯上坡自如的动态步行；从只能在已知环境步行，到可在小偏差、不确定环境行走。

据有关专家介绍，类人型机器人适用于广泛的应用领域，不仅可以在有辐射、有粉尘、有毒等环境中代替人们作业，而且可以在康复医学上形成一种动力型假肢，协助截瘫病人实现行走的梦想。

与此同时，机器人相关课题研究，也取得长足进展。机器人神经网络系统、生理视觉系统、双手协调系统等成果，先后获国家或军队科技成果进步奖。在国家 863 计划和国家自然科学基金的支持下，随着相关研究课题的不断深入，中国类人型机器人将更加聪明伶俐。

机器人基础研究的“水涨”，带动了应用型机器人的“船高”——全自主无人驾驶汽车、核化侦察机器人、地面移动智能机器人等相继问世，形成了军用机器人系列。

在军用智能机器人实验室，一群类似大螃蟹的爬行物，引起记者的浓厚兴趣。实验室主任马宏绪博士告诉记者，这就是当今国际间普遍重视发展的微型机器人，又叫昆虫机器人。随着纳米技术的发展，其体积可制成昆虫大小，能完成许多特殊环境中人类难以从事的工作，军事应用前景十分广阔。

（《解放军报》，2000-11-30）

西北农林科大放出“生物原子弹”

## 世界首例体细胞克隆山羊诞生

标志我国在这一领域达到世界先进水平

**本报讯（记者李亚新　孙海华）**　昨天中午12时58分，伴着几声“咩咩”的稚嫩叫声，一只活泼可爱的青灰色小山羊在杨凌呱呱坠地。这只被“生物原子弹”催生的名叫“元元”的小家伙，是世界第一例体细胞克隆山羊。它的出世标志着我国在这一领域达到世界先进水平。

这只小山羊体重2 800克，身长36厘米，身高30厘米，是经今年1月14日将山羊体细胞克隆胚胎植入受体母羊获得的，一切发育正常。据介绍，这只体细胞克隆山羊，是从一只济宁青山羊的耳朵上取得皮细胞，经培养后移植到去核卵母细胞内，重新发育后植入另一只山羊体内，其孕期与传统的授精生殖孕期大致相同。自1997年克隆羊“多利”在英国诞生后，美、日、法等国相继成功地获得了体细胞克隆牛。就成年体细胞克隆山羊而言，目前在世界上尚属首例。

负责这项研究的中国西北农林科技大学动物科学和动物医学教授张涌，多年来从事哺乳动物发育生物工程的理论和技术研究，曾在国内率先攻克了家畜胚胎分割、冻胚分割技术难关。后来，他揭示了山羊和牛卵母细胞与颗粒细胞的互作规律以及卵母细胞发生、发育和成熟分子的调控规律，在世界上首次将山羊腔前卵泡卵母细胞体外培养至成熟，并获得卵裂胚。1990年，获得世界首批胚胎克隆山羊，后又获得世界首批G1、G2、G3、G4和G5代共45只胚胎克隆山羊和世界首例体外传代的滋养层细胞克隆山羊，形成了目前世界上最大的胚胎克隆羊群体。1997年，又获得中国首例冷冻胚胎克隆牛。据张教授介绍，为获得公认，他们将邀请国家有关权威机构对“元元”及其供体的DNA进行核实验证。

（《西安晚报》，2000-06-17）

## “金种子”下凡

**本报讯（记者李春雷　任和平　赵维昌）**　58岁的邯郸县四留固村农民谢登云做梦也没想到，他竟然与航天部攀上了亲家。12月18日，当航天部命名的国内首家“航天育种基地”在村头正式挂牌时，当中国航天育种中心主任赵志伟教授把最新验制的玉米种子交给他时，这个在滏阳河畔耕种半生的老农禁不住老泪纵横。

航天育种是我国育种事业的最新成果。经太空环境特殊验制的种子可增产20%至100%。如此尖端科技是如何与这位农民联系起来了呢？

四留固村地处滏阳河畔，土肥水美。高中文化的谢登云是个科技迷，他曾带领乡亲们三下上海，五下广州，引进甜玉米、雪桃、黑小麦等优良品种，使该村成为远近闻名的富裕村。今年9月，新华社发布我国第一艘航天试验飞船将要升天的消息后，老谢彻夜难眠。为了获得太空种子，他决心斗胆闯一闯航天部。9月中旬，他背着一包家乡的土壤和一壶家乡的井水，坐火车直奔北京，在航天部门外的招待所里住了半个月，每天到育种中心去恳求，去讲述农民的期盼。老谢苦苦求种的精神撼动了航天部。也是事有凑巧，航天育种试验成功后，航天部也有意在北方寻找一处合适的基地进行大批繁育。于是对他带来的水土进行化验，结果完全合格。10月初，几名育种专家先后两次来到谢的家乡，对土壤、水质和气候条件进行更严密的检测。让专家们惊喜的是，滏阳河畔正是他们理想的良繁基地。

10月15日，双方在京正式签约。航天部保证提供最新验制的各类太空种子，四留固村负责提供首期200亩繁育基地。

12月18日，航天部育种中心主任赵志伟教授再次来到四留固村。于是便出现了本文开篇时那动人的一幕。据悉，航天部直接在农村设点育种，在我国还是首例。

赵教授说，该基地繁育的大批育种将推广到全国，届时将会引爆农业种植史上一场巨大的革命。当然，对当地经济的拉动作用更是不可估量。

看着黄澄澄的从天上下凡的“金种子”，三里五乡的农民们抬起谢登云，高兴得恨不能把他抛到天上去。

（《邯郸日报》，1999-12-28）

世界第六　中国第一

## 四医大西京医院活体小肠移植成功

**本报讯（记者宫春凤　本报通讯员宋超　郑红蔓）**　6月3日，正在第四军医大学西京医院胃肠外科进行康复治疗的河南农民杨润生，再也按捺不住急迫的心情，终于向医生提出要去看望正在接受抗排异反应治疗的儿子杨锋。14天前，西京医院23个学科协作，60余名专家教授联手，切取了他150厘米小肠，成功地移植给了他仅剩40厘米小肠的儿子杨锋。现在，自己能吃饭，能走路，恢复得蛮好。可杨锋呢？下午4时30分，当他推开特护病房的门，看到杨锋那原本黄瘦的脸竟红润了许多，不禁高兴地连声说：“俺娃胖了！”

44岁的杨润生和他18岁的儿子杨锋，是今年3月21日一同住进西京医院的。此前，正在河南卢氏县卫生学校上学的杨锋突患肠梗阻导致肠坏死，在当地医院接受了小肠切除术，小肠仅剩40厘米。术后，杨锋严重腹泻，体重飞快下降，1.85米高的大小伙子只剩下35公斤重，生命难以为继。去年11月，杨润生带杨锋慕名来西京医院求治，经检查，被确诊为短肠综合症。西京医院领导对此十分重视，立即组织专家教授会诊，决定采取活体小肠移植这一有效方法，挽救杨锋年轻的生命。

活体小肠移植就是从健康人身上切取部分小肠作为供肠移植给患者。为减轻移植后严重的免疫排斥反应，一般选择与患者有直接血缘关系的亲属作为供体。这种手术因涉及两个人的生命安全，被医学界视为器官移植领域的制高点，至今，世界上只有美、英、日3国能做，且仅有5例成功，在我国（包括台湾、香港、澳门地区）尚属空白。为确保万无一失，西京医院专门成立了小肠移植领导小组，制定出周密稳妥的手术方案，并做好了术前的一切物质和技术准备。救子心切的杨润生积极配合。

5月20日，西京医院胃肠外科、麻醉科、心血管外科、矫形外科、内科、检验科、药剂科等23个科室协作，王为忠、吴国生等60多名专家教授联手，对患者父子同时实施手术。他们先切取杨润生150厘米小肠，经灌洗后分别与杨锋的血管及肠管吻合。经过13个小时，手术顺利完成。这一成果标志着我国器官移植手术已达到世界先进水平。

（《陕西日报》，1999-06-04）

# 春蚕到死丝未尽

**本报讯（记者雷健）**　“春蚕到死丝方尽”的历史，由于一项高新技术的开发成功，已被改写为“春蚕到死丝未尽”。这是记者8日在国家“八五”重点科技攻关项目——蛹蛋白长纤维技术研究鉴定会上获得的信息。

蚕蛹历来被认为不能出丝，只能用作饲料或他用。始于1991年的蛹蛋白长纤维技术研究，是将蛹经过核辐照后提取出蛋白质，然后利用现代技术纺丝。1992年4月，江泽民总书记在中国核动力研究设计院考察时，获悉该院正在进行的这个研究项目，把“春蚕到死丝方尽”这句诗改为“春蚕到死丝未尽”。

1992年，这项研究被列入国家“八五”重点科技攻关计划。中国核动力研究院首先对蛹蛋白长纤维的技术研究做了大量工作。之后，四川三线经济技术联合发展总公司在有关部门和厂家的协作支持下，继续攻关。这项成果采用了当代先进的高分子技术、化纤技术和生化技术，解决了高蛋白含量的蛹蛋白提取技术和脱脂、脱臭、脱色以及蛋白质分子量的控制技术，解决了蛹蛋白同PVA共混纺丝技术和蛹蛋白同黏胶共混纺丝的共混比例和纺丝工艺技术，使得从蚕蛹中获取丝成为现实。用这种丝织的衣服面料，其各项指标与纯丝相仿，大大优于化纤产品。据悉，我国每年有30万吨蚕蛹，用这种国内外首创技术可获20万吨蛋白纤维，产值可达上百亿元，不仅为我国丝绸工业和纺织工业提供了新的材料来源，而且社会经济效益巨大，前景良好。

（《四川日报》，1995-06-09）

# 我国科学家首次确认雅鲁藏布江大峡谷为世界第一大峡谷

**新华社北京（1994年）4月17日电（记者张继民）** 壮美的祖国山河又被我国科学家首次确认一项新的世界之最：深达5 382米的雅鲁藏布江大峡谷是地球上最深的峡谷。从此，过去曾先后被称为世界第一大峡谷的深达2 133米的美国科罗拉多大峡谷、深达3 200米的秘鲁科尔卡大峡谷将退居次要地位。

这项重大成果是中国科学院地理学家杨逸畴、大气物理学家高登义、植物学家李渤生日前一致推出的，并得到国际第四纪研究联合会主席、中国科学院院士刘东生教授的赞同和支持。据了解，他们不辞艰险，曾多次深入雅鲁藏布江大峡谷考察，对这里的地质、地貌、植被和水气通量等学科的研究深度，具有公认的权威地位。

为确认雅鲁藏布江大峡谷是世界上无与伦比的大峡谷，这些研究人员以1∶50 000地形图和航测图为依据，为7 782米的南迦巴瓦峰和7 234米的佳拉白垒峰的峡谷处作一标准剖面，然后又横跨大峡谷作两条比较性剖面。计算结果表明，切开喜马拉雅山脉的雅鲁藏布江大峡谷，平均深度在5 000米以上，最深的地方为5 382米。

这些科学探险者还向记者出示了他们在实地踏勘时获得的数据。雅鲁藏布江大峡谷谷底最窄处在钢朗附近，仅为74米。一般宽在80米至200米之间，大峡谷从米林县派区算起，朝东围绕南迦巴瓦峰作马蹄形弯曲后，又向南延伸到墨脱县的希浪附近，全长为370公里。在大峡谷中穿行绝大部分路段的杨逸畴研究员说，截面呈V字形的大峡谷，因个别地段江水汹涌异常，紧贴300多米高的岩石峭壁奔腾下泄，迄今为止，还没有人徒步贯通雅鲁藏布江大峡谷。

研究人员进而指出，这条大峡谷的存在，等于为印度暖湿水汽的北进提供了一个大通道，使人们通常认定的亚热带北限在这里又向北延伸约6个纬度。因此，大峡谷内热带雨林密布，到处郁郁葱葱，风景如画。这也为各种动物提供了良好的栖息地。在峡谷内，虎、猴、蛇、翔羊和野猪等，均有所见。同时，雅鲁藏布江大峡谷也是世界上海拔最高的大峡谷。

雅鲁藏布江大峡谷是怎样形成的？这些研究人员认为，距今200多万年以前的上新世，青藏高原开始强烈隆起。急流滚滚的雅鲁藏布江寻找地壳的薄弱处，它围绕南迦巴瓦峰，至少在不同方向的三组地质构造断裂带处下切侵蚀，从而造就了现今的峡谷奇观。

## 首例配子输卵管内移植男婴在京诞生

**本报讯（记者孙敬尧）** 我国大陆首例配子输卵管内移植的男婴，昨日9点17分在北医大三院降生。男婴出生时体重2 900克，身长49厘米。这是北医大张丽珠教授、刘斌副教授领导的生殖工程组继试管婴儿之后获得的又一成果。

产妇是位结婚7年患原发性不孕症的北京女工，今年33岁。1987年7月2日，她在北医大三院接受了配子输卵管内移植术。7月12日检查，尿妊娠反应呈阳性。8月3日“B超”检查见到胎囊、胎芽及胎心搏动，表明临床妊娠成功。

配子输卵管内移植术是“试管婴儿”派生的一种新方法。它们之间的区别是：试管婴儿主要是解决有排卵能力而输卵管堵塞的不孕症；配子输卵管内移植法则适用于患子宫内膜异位症、严重宫颈疾患及不明原因而输卵管完好的不孕症，它是将手术取出的卵子连同已经处理的其丈夫的精子一起注入输卵管壶腹部，待卵子在输卵管内受精后移向子宫着床。配子输卵管内移植法由于授精、着床都在体内，因而更利于胎儿的生长发育。

刚刚为这位女工做完剖宫产手术的张丽珠教授告诉记者，配子输卵管内移植的英文名称叫GIFT，是配子、输卵管内、移植这3个词的英文字头缩写。这一缩写正好是英文“礼物”的意思。用这种方法出生的婴儿，可以说是医生送给母亲的一件“礼物”。

（《健康报》，1988-03-19）

# 三只“慧眼”各有千秋

**本报讯（记者倪平）** 中国科学院声学所东海研究站研制成功三只“慧眼”：一只可以看清水下几十米地层剖面，一只可以探测 2 000 米远的水下鱼群；还有一只可以透视人体内脏的各种病症。它们的名称是浅地层剖面仪、多波束渔探仪和超声波诊断仪，本月 15 日，这三个项目分别荣获市人民政府科技成果一、二等奖。

东海研究站以往主要研究水声物理和水声工程，从军用转向民用后，选择课题时注意切合国民经济的需要。这次得一等奖的 QPY－1 浅地层剖面仪，在三个海区十几个港口使用，与国外同类产品相比，穿透能力相当，记录面貌清晰，达到国际上 70 年代水平。

获二等奖的多波束渔探仪，能在水平 360 度范围内发现鱼群，最远能在 2 000 米左右范围探知水下鱼群。渔轮用它指挥围网作业，曾经取得一网 20 万公斤的好成绩。这种渔探仪，既改变了凭经验目测下网，也改变了只测船下部分鱼群的状况，与国外现在采用的同类型产品相比，并不逊色。

适用于人体腹部、妇科、产科等多种疾病的临床诊断的超声波诊断仪，可以像电视那样展示人体肝、肾、脾、胰腺、膀胱等器官的动态，诊断时病人无痛苦、无创伤。该仪器经上海市第六人民医院、中山医院和肿瘤医院临床试用，性能稳定，图像清晰。去年专家们鉴定时指出，该仪器的质量国内最佳，可与 1979 年国外类似产品相媲美。鉴定会上，有同志用仪器一试，瞬息间查出“结石”。有了这样的仪器，有些疾病可立见分晓。

东海研究站接连取得出色成果，在于有一支很好的科研队伍，有较强的学科带头人。室主任向大威理论基础好，技术水平较高。几位课题组长有强烈的事业心，往往随船数十天悉心研究观察，有的科研人员随船到鼓浪屿，专心研究，忘记领略风光胜景。

（《文汇报》，1982－07－27）

# 我国科学工作者观察到超高能粒子事例

**新华社北京（1978年）10月18日电（记者顾迈南）** 我国新建的世界上海拔最高的高山乳胶室，在观测研究宇宙线时，观察到了能量超过400万亿电子伏特的粒子事例，为研究超高能核作用提供了有用的资料。

在广阔无垠的宇宙空间，穿行着许多不同能量的粒子流，这种粒子流叫宇宙线。其中多数粒子在宇宙空间传播过程中衰变和消失，只有一小部分高能量粒子流到达地球上空并与高空大气相互作用，极小部分到达地球表面和深部。这中间的大量粒子是次级宇宙线。这些宇宙“来客”能量极大，我国这次观测到的超高能粒子事例，如果用加速器产生，要用相当于目前世界上最大加速器（5 000亿电子伏特）的千倍以上的能量才能产生。由于这些超高能粒子数量极少，在通常情况下很难观测到。

敬爱的周总理生前很重视有关宇宙线的科学研究工作。1972年中国科学院高能物理研究所(当时是原子能研究所一部)云南宇宙线观测站发现了一个可能的重质量荷电粒子事例。对于这个事例,周总理亲自过问并指示多设几个宇宙线观测站,以继续加强这方面的研究。为了落实周总理生前的这一指示,1977年8月,高能物理研究所的科学工作者在西藏驻军和藏族同胞的帮助下,战胜高山缺氧等种种困难,在拉萨附近海拔5 500米的甘巴拉山上,建造了目前世界上海拔最高的高山乳胶室(已公布的世界最高的宇宙线观测站为海拔5 200米)。这次能量超过400万亿电子伏特的粒子事例,就是这个高山乳胶室观察到的。

乳胶室是由铅板和感光材料（如爱克斯光片、乳胶片）互相交替叠合而成的，来自宇宙空间的高能和超高能粒子在与高空大气原子核或乳胶室的铅板相互作用后，在爱克斯光片或乳胶片上留下不同的痕迹。科学工作者经过测量分析，进一步对这些痕迹进行研究，就可以确定宇宙线的各种粒子的能量和方位等参量,从而探索超高能作用的规律。乳胶室的铅板越多、面积越大、位置越高,观测到超高能粒子的机会就越多。我国新建的这个高山乳胶室的规模为13吨铅板。最近从这个乳胶室取回的1 300张爱克斯光片,经初步测量,找到了若干个超高能粒子事例,现正进一步测量分析,对超高能现象进行深入研究。

## “幽灵岛”

**新华社莫斯科（1958年）5月7日电** 前不久在离北美洲东海岸400海里的地方发现了一个不大的岛，岛上还长有树木，然而就在发现以后不久就消失了。这是苏联最近一期《环球》杂志报道的。

这家杂志说，世界上有不少这样时隐时现的“幽灵岛”。

最著名的“幽灵岛”之一是位于地中海西西里岛以南25海里的格雷海姆岛。100年来，它曾经一再出现和消失。最近一次出现，是在1950年。可是正当外交家们喋喋不休地为岛屿主权争执的时候，它又突然隐没水中。

前不太久，在南美洲北海岸附近，一艘英国军舰从特立尼达岛开到了附近突然出现的一个小岛上，在岛上举行了庄严的升旗式，宣布这个岛为英国所有。然而，几天以后，这个岛就突然没入大洋中去了。人们甚至没有来得及给这个岛命名和把它绘进地图中。

岛屿的消失，有时会造成一些悲剧。19世纪后半期，太平洋中库卡群岛（新西兰东北）中的图阿纳基岛就发生了这样的惨剧。一天清早，渔民们出海去了。傍晚归来，岛已消失。在几小时前还住着13 000人的岛的所在地只剩下了一片汪洋。

《环球》杂志说，这些事件可以用海底地震和火山爆发的结果来解释。

然而,南太平洋中的道格蒂—艾兰岛的奇怪行踪却未必能用火山活动来解释。几十年来,不同国家的海员们曾经陆续报道过这个岛的存在。可是当科学家们去找这个岛,想把它标在地图上的时候,在这个岛所应在的位置却什么也未找到,相反,他们测得的这里海洋深度达到4 500米。这种情况未必能用火山活动来解释。这个谜尚待今后努力解决。

## 翼龙：史前动物中的怀特兄弟

**路透社华盛顿（2002年）7月21日电** 许多人可能通过科幻电

影对翼龙有所了解，这是一种与恐龙生活在同时代的已经灭绝的会飞的爬行动物。

翼龙是最早学会飞行的脊椎动物。它们经历了1.6亿年的繁盛期，直到6 500万年前来自地球外的一颗巨大陨石撞击地球时，它们才同近亲恐龙一起灭绝。

当巴西科学家亚历山大·凯尔纳和迪奥赫内斯·德·阿尔梅达日前宣布发现了翼龙家族中最为奇特的一只翼龙的化石时，这种古老的有翼生物又重新吸引了人们的目光。

他们发现的这只翼龙头部有一个巨大的骨质冠突。它的喙和现代鸟类相似，为我们了解这种会飞的爬行动物如何捕食提供了线索。

凯尔纳在接受采访时说："遗憾的是，我们对翼龙知之甚少。"他说，翼龙轻巧的体形和脆弱的骨骼使它们很少留下化石。已知的样本很多是在巴西、德国、英国和美国堪萨斯州的遗址出土的。凯尔纳说："这些样本往往是残破的碎片。"

最早的翼龙与第一批恐龙大约在同一时期出现，即约为2.25亿年前。三叠纪时期的翼龙比后来那些生活在侏罗纪和白垩纪时期的翼龙体形稍小。

科学家们还在争论，同样从早期形式的爬行动物进化而来的翼龙和恐龙之间到底有着紧密的还是松散的联系。

巴西科学家发现的这只翼龙生活在距今1.1亿年前，它的翼展将近4.5米，属于较大型的翼龙，但远远称不上是最大的。最小的翼龙的翼展约是20厘米。但大型翼龙的翼展可达10米到11米。

翼龙是史前动物中的怀特兄弟，即最早学会飞行的动物。当昆虫已经飞上天空时，在翼龙之前，还没有哪类脊椎动物——如鱼、两栖动物、爬行动物、鸟类和哺乳动物这些有脊柱的动物——具备上天飞翔的能力。

意大利翼龙专家达拉·韦基亚说："与鸟类不同，翼龙的翼翅是一层伸展的薄膜，由一根手指向外扩伸形成。与蝙蝠不同，这层薄膜只从一根手指展开，里面有一些纤维枝节来保持翼翅的形状。"

科学家说，许多翼龙生活在海边，很可能以捕食鱼类为生。

# 阅读提示

发达国家都曾采用，并且现在还在实践着科技强国的方略。科技报道在强国富民、在人类进步的过程中发挥着十分重要的作用。

科技报道包括科技成果、科技界动态、科技界人物、科学珍闻等等。

阅读本组文章，请思考：

1. 怎样做，才能达到新闻性、科学性、可读性的统一？

2. 写活科技新闻的方法是什么？

3. 科技报道对科技记者提出了怎样的要求？

《首例配子输卵管内移植男婴在京诞生》一文，报道的既是科技成果，也是科技动态。其特点是文字简洁，在500多字的短消息中，将读者感兴趣的内容交待得一清二楚。第三段是关键部分，它解释了配子输卵管内移植术的涵义，使新闻具有很强的科学性；消息导语用准确的婴儿出生时间、体重、身长，传达了具体的信息，令人深信不疑；结尾用“刚刚为这位女工做完剖宫手术的张丽珠教授告诉记者……”这样一种表现方式，再次增强了新闻的时效性，并且通过张教授的解释，使消息带有了人情味。这样，记者在这篇短新闻里，就做到了新闻性、科学性与可读性的有机结合。这是科学选材的结果，是深入现场的结果，也是记者深厚的文字功底的体现。

（刘明华）

# 经济新闻

乐倒 10 万人　7 天 30 吨　多方都受益

## “麻小节”带出产业链

**本报讯（记者杨滨）**　今天凌晨 2 时，热闹了 7 天的“簋街麻小节”终于落下帷幕。据簋街管理办公室统计，“麻小节”期间约有 10 万人“进街”品尝小龙虾 30 多吨。簋街管理办主任徐亚娟兴奋地告诉记者：“麻小节”的热卖还带动了簋街上啤酒、出租车等一系列生意的红火。今后，“麻小节”将作为簋街的传统节日不定期举办。

尽管有所准备，但此次“麻小节”引发的市场效应还是让许多人“吃了一惊”。7 天里，簋街小龙虾的价格由平时的每 500 克 3 元至 5 元暴涨到 8 元至 9 元，大钟寺、红桥市场的小龙虾全部供应簋街，仍然供不应求，许多商户索性直接奔北京西站要货或从山东、浙江订货，批发商也因此大赚了一笔；吃“麻小”，喝啤酒，啤酒的销量也因此不甘落后，是平时的3倍；客人一多，餐馆的服务员忙得不亦乐乎，于是簋街上家家贴出了招服务员的启事，有关方面统计，“麻小节”期间簋街共提供了200个左右的就业岗位；需要出租车服务的客人也多了起来，每天深夜，街边趴活儿的出租车长龙又成了簋街一景；此外，印刷品、一次性杯筷、餐巾纸都成了“麻小节”上的俏货……小龙虾的魅力让人刮目相看。

（《北京晚报》，2002-09-04）

席殊书屋突破500家

## 中国最大图书连锁店霸气显现

**商报讯（记者江丽）** 全国最大的连锁书店席殊书屋日前已突破500家。席殊书屋总裁席殊昨天表示，下一步的目标是要做中国除新华书店之外最大的零售图书网络和最大的图书零售商。

500多家连锁店使席殊毫无争议地成为中国民营图书业最大的图书零售商。席殊表示，席殊书屋去年的销售额是1.7亿元，今年预计可达到2.5亿元。据业内人士估计，这样的连锁店规模，实际上已对书业的“龙头老大”新华书店构成了“抢、逼、围”态势。

席殊是第一个将特许经营引入中国图书业的人。席殊书屋1997年7月正式启动特许经营加盟连锁计划，当年年底连锁店超过100家。2001年9月突破300家大关，成为中国最大的图书连锁店，席殊也因此被称为“中国民营书业第一人”。

在不到一年的时间里，席殊书屋又快速地发展到了500家。据席殊书屋连锁总部负责人介绍，席殊书屋的核心竞争力是“连锁店、俱乐部、网上书店”三位一体的独特、不易复制的商业模式。其最大的好处是通过席殊好书俱乐部会员制和旌旗席殊网上书店，提升连锁店的销售业绩及在当地市场的竞争力。

席殊表示，500多家连锁店是一个新的起点，席殊书屋已经拥有足够大的分销能力，下一步要推进全系统的大销售，成为新华书店系统之外最大的图书流通渠道。9月底，500多家全国连锁店将推出50

家著名出版社500种重点新书大联展。

（《北京现代商报》，2002-08-27）

门插销损坏的高达80%，无拖鞋的占53%，
无挂钩的占30%，昏暗无灯的占40%

## 商场试衣间八成面积不足1平方米

**本报讯（记者曹宇婷）** 最爱逛街的李小姐却最不爱试衣服，因为用她的话来说就是试衣服让她身心疲惫。本来应该是一件很放松的事情,为什么会让人感到如此疲惫呢？记者日前以消费者的身份走访了京城几家大型商场，结果发现大商场的试衣间条件的确堪忧。

在记者看到的100余家专营店中，试衣间面积不足一平方米的占75%，以布帘做遮挡的占30%，其中包括淑女屋、ONLY等知名品牌。门插销损坏的高达80%，无拖鞋的占53%，无挂钩的占30%，昏暗无灯的占40%，而内设镜子的只有20%。

在丰联广场missk专卖店，记者发现尽管试衣间有几个，但都有如鸽子笼一样大小。面积刚好够顾客转身，没有挂钩，皮包和脱下的衣服只好全堆在椅子上。而且在试衣的过程中，帘子屡次被其他小姐拉开。记者在采访中了解到，在打折服装区或商品打折期间，一些商家还暂停使用试衣间。

某商场负责人在接受记者采访时表示，他们只负责将整个店面租给厂商，试衣间的面积由厂家自己决定。厂家出于营业面积的考虑，可能会忽视试衣间的面积。他认为，试衣间的狭小会引起消费者的不满，也会对商场产生不良影响，今后引进新品牌时会考虑与厂商协商，争取为消费者创造一个良好的购物环境。

对此问题，厂家作何解释呢？某品牌的负责人告诉记者，试衣间狭小，他们也有难言的苦衷，商场给的地方就那么大，还要考虑到库房、放货量等因素，因此试衣间面积只能缩小。他也表示，商场并不对品牌的试衣间面积进行干涉，一般情况下只审核店面整体形象是否与商场一致。对于试衣间插销损坏等问题，他说，很少有消费者向厂

家反映。

中国消费者协会投诉与法律事务部主任王前虎认为，在试衣间的问题上，消费者至少有两项权益要受到保护，第一是个人隐私和人格尊严不受侵犯的权利；第二是安全权。保障消费者的安全是经营者的一项义务。如果消费者的权益受到了侵害，消费者有权通过各种方式来保障自己的权利。

（《北京现代商报》，2002 年 8 月 2 日）

## 寻找“家轿梦”

### 申城数十万市民连日潮涌各大车展

**本报讯（记者陈惟　实习生严丹虹）**　热门车 POLO 的车门，在短短几分钟内就被拉开了数十次，展区围观的人里三层外三层。昨天，淮海路上亮出了“汽车秀”，五个和平汽车展位吸引了 20 多万市民观看车展。加上世纪公园的永达汽车展和上海展览中心的上海家庭与私人商务车展，节假日看车展赏名车，成为长假中的一大时尚。

各大展商在办展中绞尽脑汁。淮海路的汽车展将“车文化”与“都市风情”融合在一起，世纪公园外有众车争艳，内有春色满园，而上海展览中心里车展与房展相映生辉。从国产的“神秘小子”POLO、赛欧，到进口的宝马、丰田，从家庭用车到商务车，从越野车到跑车，三大车展几乎展示了上海汽车市场上出现的所有品牌，琳琅满目的车型让人目不暇接。

记者了解到，如今市民买车最讲究的是车的安全性和耐用性。流线型的车身，真皮座椅等外观和内饰虽然很重要，但是从长久来看，像安全气囊这些性能“要素”才是车的“根”。一位男士站在 POLO 前，眼睛贴着车身，把整辆车上上下下看了个仔细。之后又迫不及待地钻进车里，踩了踩脚刹，试了试油门，眯着眼笑着表示满意。他说：“10 万到 15 万的家轿又经济又实惠，是我们考虑买车的首选。”但也有不少人只是带着好奇的心理来看看的，并不想马上买车。一位市民道出了苦衷：“买一辆 10 万元的车，牌照就要交 1 万 5。加上以后的各种费用，真是买车容易，养车难呀!”

（《文汇报》，2002-05-04）

## 地铁“超市”挑战老牌“汉堡”店

# 1元包子挑战3.5元汉堡

**本报讯（记者蒋朔）** 独霸北京地铁快餐天下8年的百万庄园汉堡店最近遇到严峻挑战。五一节前，以连锁经营著称的物美集团在14个地铁站点开设“超市”，主要销售快速食品，如膨化食品、饮料、蒸包等，其中蒸包只卖1元钱。由于“超市”价格比百万庄园便宜，刚出现就备受顾客欢迎。

在雍和宫地铁站口，地铁“超市”门庭若市。12平方米的小店内经常有五六个人围在收款机旁等着结账。售货员吴小姐说，开业几天来生意特别火，每天至少有五六百顾客，营业额超过3 000元。“光小蒸包每天就卖出100多个。”记者发现，超市内的饮料、冰棍、膨化食品最受欢迎，顾客多为外地游客和北京的青年男女。

一位顾客说，地铁“超市”的价格很便宜，比如一听可乐，百万庄园要2.5元，这里只要2元。绿箭口香糖，这里1.3元，百万庄园2元。这里卖的蒸包，1元钱一个，而百万庄园的汉堡包需要3.5元。在位置更好的地铁站厅内，百万庄园汉堡店的生意则相对冷清。女售货员说，自从物美超市开业后，每天销售额就由1 200多元下降到1 000元左右。

物美集团副总裁张斌说，物美在地上有150多家连锁店，去年销售额达到25亿元。因为采购规模大，所以进价很低，在价格方面有优势。地铁是大众运输工具，每天运送120万人次。这些乘客有各种各样的需求。地铁“超市”定位是为乘客提供快捷、干净的食品和饮料。“比如1元钱一个的热蒸包，就是上班族早餐的很好选择。”他最后表示，百万庄园主要经营汉堡包，和物美超市既有竞争性，也有互补性，希望双方能共同发展。

（《北京青年报》，2002-05-04）

近日河西区梅江道上的光电磁材公司门外
忽然冒出一个临时垃圾场，虽不很大，
但却产生了出人意料的后果——

# 外商为什么走了？

**本报讯（记者黄助　通讯员吴锦洪）**　昨天，天津光电磁材有限公司专门给前不久来津洽谈订货的加拿大客商克里斯多弗·哈顿先生打去国际长途电话，询问有关订单的落实情况。对方非常客气地问："公司大门外面的垃圾场清走了吗？"然后十分委婉地表示，订货的事情等等再说吧。

坐落在河西区梅江道上的光电磁材公司，是我国北方地区最大的磁材生产基地，从德国引进的生产线具有国际先进水平，高科技磁芯产品广泛应用于通讯、电力等领域，出口美国、日本等十几个国家。国庆节前夕，光电磁材公司对面的空地上忽然冒出一个临时垃圾场，每天有大量的生活垃圾倾倒在这里。垃圾外溢，空气污浊，大群苍蝇飞进厂区、车间，严重影响了对卫生环境要求甚高的磁芯产品生产。

10月3日，加拿大OMEGA5有限公司总经理克里斯多弗·哈顿先生带着200万元人民币的意向订单，慕名首次来到光电磁材公司洽谈订购磁芯产品。哈顿先生参观了生产线和生产情况，表示非常满意。但当他走出公司大门，看见对面堆积的垃圾时，皱起眉头问："这里怎么会这样？"随后，哈顿先生不再提订货之事便回国了。10月5日，日本三菱电机株式会社采购课课长金井基裕先生也来到光电磁材公司，准备订购200万元人民币的磁芯产品。当他看到车间里苍蝇乱飞、职工们为保证产品质量不得不追打苍蝇时，面露惊诧，没说什么很快就回国了。

光电磁材公司负责人很遗憾地对记者直言："也难怪外商有想法。这样的环境怎能生产出高科技高质量的磁芯产品？我们呼吁尽快将此垃圾场移到他处。"

据临时垃圾场的主管部门——河西区环卫局的同志解释说，原来封闭的梅江道垃圾转运站由于修路拆掉了，然后选了这块空地作为临时露天垃圾场。当时，并不知道这里还有一个生产单位。

记者昨天来到现场，看到与光电磁材公司一路之隔的空地上仍然堆着不少生活垃圾。这个临时垃圾场并不很大，但就在无意之中却影响了外商来津做生意的信心。看来，创造良好的投资环境，需要引起整个社会重视，需要大家的共同努力。

（《今晚报》，2001-10-15）

# 宝钢向“反倾销”讨回说法

## 该公司应诉美国、印尼两起反倾销案获胜

**本报讯（记者中新）** 美国国际贸易委员会日前做出终审裁定：我国宝钢出口美国的冷轧板，在调查期内没有给美国国内同类企业造成实质性危害。这意味着历时一年的宝钢应诉美国反倾销案终于获胜，我国的冷轧板从此可自由进入美国市场，而不会被征收任何形式的反倾销税。

在此之前，宝钢应诉印尼反倾销案也取得初步胜利。

据报道，去年6月，美国8家企业联合向包括中国在内的12个国家出口到美国的冷轧板，提起反倾销调查。同年9月，印尼钢管生产商协会也向包括中国在内的4个国家出口到印尼的无缝钢管提起反倾销调查。作为中国向美国、印尼出口冷轧板和无缝钢管的主要钢铁企业，宝钢决定积极应诉，向美国、印尼讨一个说法。

宝钢应诉美国、印尼反倾销案获胜，对我国其他行业的出口贸易具有重要的借鉴意义。随着我国对外贸易全面复苏，反倾销应诉已经成为中国企业面临的共同课题。以冶金行业为例，截至去年年底，国外对中国冶金产品的反倾销案件超过40起，可是诉讼结果令人遗憾，中方胜诉不到20%。这个事实表明，中国企业应诉国外反倾销案，只有勇气是远远不够的。

（《中国商报》，2000-08-09）

# 8 000 万元保不住一个名牌

## ——发生在武汉无线电厂的尴尬事

**本报讯（记者卢平川　实习生余琼）**　“长江音响，你的理想！”这句曾经响遍大江南北的广告词，如今听不到了。

昨日，我们来到地处汉口黄金地段的武汉无线电厂。厂门口挂着10多块服装公司的招牌，偌大的办公楼里冷冷清清，一片狼藉，偶尔走进几个领退休金的老工人。

几位职工告诉我们：“如今，大部分职工下岗回家，工厂主要靠租房、卖存货和加工几个小产品维持。”

三年前在武汉企业界，武汉无线电厂与“富有”两字联系在一起。

1996年，该厂年销售额1.6亿元、利润2 200万元，拥有上亿元固定资产。通过多年发展积累，该厂除流动资金外（没贷银行一分钱），还有8 000万元“闲钱”。这在武汉市属国有企业中绝无仅有，在全国也不多见。

由于对开发新产品“看不准”，这8 000万元一直放在银行。1997年6月，老厂长光荣退休，以为交给了后任一个“保险箱”。但没想到风云突变，VCD成为市场主角。在VCD产品冲击下，“长江音响”节节败退。全厂2 000多名职工坐吃山空，不到三年时间，8 000万元存款被花光。

面对企业如今的惨状，许多职工伤心地说：“我们曾经以为仅凭8 000万元存款的利息，工厂不生产，大家每月的工资也能够发。怎么都没想到，企业垮起来这样快。”

据专家介绍，在80年代成长起来的一批汉货名牌中，“长江音响”是最后一个败下阵来的。汉货名牌纷纷夭折这一现象，值得我们深思。

（《湖北日报》，1999-07-28）

无形资产胜似广告

## 林州争注“红旗渠”商标

**本报讯（记者李根林　李丽萍）**　“红旗渠”3个字在林州市成了抢手货。目前，已有9家企业在国家工商局领到了33类“红旗渠”牌商标注册证，23家企业正与已注册的公司就商标的使用或转让进行谈判，在省和国家工商局直接申办有关注册手续的18家企业也有望获得批准。

林州是举世闻名的“人造天河”红旗渠的故乡，60年代林州人民在极端困难的条件下修建红旗渠，当时主要功能是解决人畜吃水困难问题，满足农业灌溉需要，90年代初自然景色优美的红旗渠又发展起了旅游业，如今林州人又发现了“红旗渠”这3个字本身就是一笔无形的财富。

专家估计，“红旗渠”无形资产超过一个亿。安阳卷烟厂1994年开发的“红旗渠”牌烟现已年创利税4亿元。现在，随着“红旗渠”在国内外知名度的提高，“红旗渠”作为一种商标也越来越抢手。

打“红旗渠”商标为林州市的经济发展注入了新的活力。过去，这个市生产的白酒、啤酒、水泥、铝型材、扑克牌等产品质量不错，只因知名度低而销路不畅，更名“红旗渠”在国家工商局注册后便走俏全国，企业效益十分可观。林州市政府正请有关部门对“红旗渠”这一无形资产进行评估，并积极筹建“红旗渠集团”。

（《河南日报》，1999-07-20）

投资33亿　负债65亿

## 河南两个重点项目贪大求洋酿苦果

**新华社郑州（1994年）4月26日电（记者郭献文　古文洪）**
总投资33亿元的河南省两个重点建设项目——中原制药厂和中州铝

厂，因在建设中“求洋”、“贪大”，目前累计负债已达65亿多元，已陷入严重资不抵债的困境。

坐落于郑州西郊的中原制药厂，是“七五”、“八五”期间国内医药行业投资规模最大的项目之一。这家总投资13.26亿元、设计年产5 000吨维生素C的制药厂，因引进不成熟的“洋技术”，从1992年投料试车后一直不能正常生产，被迫于1996年10月停产。目前工厂关门，职工放假，现代化厂房和设备闲置，试产亏损加贷款本息，累计负债高达30多亿元，负债率为226%。

据介绍，中原制药厂从国外引进的4套生产装置中有3套存在较严重问题，最终产品维生素C生产装置至今没有正常生产。后经多方了解才得知，生产这一设备的瑞士一家公司只是一个20多人的小型工程公司，根本没有维生素C生产的专利技术，他们拥有的仅是一项小型试验成果，而且没有经过工业化应用试验。

投资19.8亿元于1993年建成投产的中州铝厂，因建设中贪大求全，至今已累计亏损3.5亿元。在总投资中只有1.02亿元由“拨改贷”转为资本金，其余都是利息偏高的银行贷款，目前贷款本息负债达35亿元，负债率高达148%。

据介绍，目前中铝实际年生产能力不足20万吨，而征地、设备选型、铁路专用线、厂区管网以及生活区等却是按120万吨的年生产能力规划铺建的。

这两个项目在河南省上下引起很大震动。省委主要领导同志提出“要深刻总结教训”，省有关部门和企业界、理论界也就此展开了讨论。一些经济理论界人士指出，这两个项目是在行政审批制度下盲目抢项目、争投资、比速度酿成的苦果。

河南省政府一位负责人认为，造成中原制药厂失败的主要原因是建设过程中盲目追求“国际先进水平”，高价引进国外尚处于试验阶段的技术工艺，之后又错过了利用国内技术力量攻破难关、抢占市场的机遇；中州铝厂的主要教训则在于违背了当初确定的“由小到大、分步实施”的原则，盲目“铺摊子、上规模”，将一些远景规划和本应分步施工的工程盲目上马。

据了解，河南省在总结教训的基础上，正按中央统一部署抓紧制定进一步推进投融资体制改革、避免类似悲剧重演的具体措施。

# 王封矿四千余职工实现“整体转移”

**本报讯（记者肖建中　张立新　卞书田）**　1996年，当77岁高龄的王封矿挖尽最后一锨煤的时候，4 200名矿工没有因封井而失业，竟然奇迹般靠自身力量完成了“整体转移”。

日前，煤炭部部长王森浩在焦作矿务局考察时连连称赞：了不起！王封矿这一历史性变化，让我们看到了全国煤炭行业振兴的希望。

王封矿，1919年建，我省最老的煤矿。解放47年，出煤4 500万吨，为国家做出了巨大贡献。1990年，王封掀去了它辉煌的最后一页，被核准为“无能力矿井”。报废在即，他们遇到了前所未有的难题，封井后4 200名在册矿工怎么办？

穷则思变。这变可不容易：煤矿长期处于计划经济体制下，不论盈亏，全由国家包起来，如今面对市场经济的冲击缺少招架之力，于是有人寄希望于“等、靠、要”。

开会、讨论、分析，王封人战胜了自己。国家有困难，一味向上伸手，只能是等过了时机，靠懒了思想，要短了志气。只有面对现实，瞄准市场，自己给自己找出路，才是衰老报废矿井的惟一希望。

观念一转天地宽。他们建立了适应市场经济的管理机制，没有技术自己学，缺少资金向内挖，没有项目自己找。天道酬勤，几年来，王封矿先后上了烧碱厂、电子设备厂、铁合金厂、氧化锆厂等8个像模像样的厂。到今年王封彻底封井时，4 200名矿工已陆续告别地下巷道，走进了陌生的工厂。12月下旬记者前去采访时，看到煤炭部部长手写的“焦作王封工业集团有限公司”的牌子高高悬置在办公楼的上方，我们细细地品味了这一历史性变化的丰富内涵。

百尺竿头，更进一步。闯过了市场经济这一关，王封又提出了“精耕细作”，由过去的粗放经营改为集约经营。通过加强管理减少浪费，通过技术进步降低成本，并对现有项目补项配套，走内涵发展的路子。如他们曾拟再建一个烧碱厂，由原来的2 400吨扩大到1.2万吨，后经市场调查，从经济效益上看，扩大外延不如发展内涵，于是决定对原有的烧碱、盐酸、液氧进行深加工，系列产品环环相扣，步步升值，投入减少了，效益增加了。

回首当初，王封矿面临的是矿井报废、4 200名职工安置的严峻现实，而今天他们已实现了“整体转移”，产品有5大系列40多个品种，预计产值可达1.5亿元左右，且有很可观的利润。曾经培育了全国劳模丁百元的王封矿，现已改名为焦作王封工业集团有限公司，他们的总经理张少卿日前对我们感慨地说，企业要活得有滋有味，必须痛下决心，真正实现两个根本性转变。

（《河南日报》，1996-12-26）

## 美日汽车贸易高级谈判开始

**新华社日内瓦（1995年）6月26日电（记者杨起　班玮）**　美、日汽车贸易高级谈判今晚在日内瓦以坎特向桥本赠送一把竹刀的戏剧性场面开始。

美、日汽车贸易谈判延续已近两年，至今未获任何结果。美方5月16日宣布，若双方在6月28日之前仍然达不成协议，美国将从这一天开始实施制裁，对日本输往美国的13种豪华轿车征收100%的惩罚性关税。这将给日本汽车制造商每年造成59亿美元的损失。

为了避免爆发贸易战，双方4位副部级官员自本月22日起在日内瓦紧张地展开了谈判，但进展甚微。双方于是决定提高谈判级别，由美国贸易代表米基·坎特和日本通产大臣桥本龙太郎直接晤谈，以作最后努力。

坎特与桥本的谈判于日内瓦当地时间晚8点半开始。开始前安排了一次简短的与记者会面、让记者拍照的活动。他们满面笑容地走向记者，站定之后，坎特出人意料地向桥本亮出了一把在日本剑道中所使用的很长的竹刀，说：“这是我特意给您带来的。”坎特接着面对记者说：“桥本大臣精通此道。剑道的精神就是勇敢、诚实、正直和耐心。”桥本应声答道：“毫无疑问，和坎特先生晤谈是需要耐心的。我非常希望我们能礼貌地进行会谈。”桥本抓住竹刀的一头，对准自己的脖子，说：“这可要使我损失惨重喽！”说完双方大笑。

有记者问，双方的谈判是否必须在28日前结束？桥本答道：“美国定下的期限与我们毫不相关。我们不能在美国的法律约束下谈判。

我们只想按照国际规则和世界贸易组织规则进行谈判。我也想告诉你们，这场谈判是非常艰难的。”

记者问坎特，最后期限定在哪一天？坎特说，6 月 28 日。记者又追问：“会不会延长？”已经转身退场的桥本又扭过头来答道：“这是‘美国造’的期限。”

在坎特和桥本会晤之前，双方在日内瓦进行了副部级谈判，其主要内容是美国要求日本开放汽车市场，增加购买美国生产的汽车及零配件，并在国内增加销售美国汽车的网点。

每天开发 5 个新品种　每 3 秒钟生产一辆自行车

## “中华”自行车出口世界第一

去年出口 130 万辆　创汇 1.8 亿美元

**本报讯（记者钱汉江　通讯员李恒白）**　每天开发 5 个新品种，每分钟变换一种色彩，每 3 秒钟生产一辆自行车，一进入深圳中华自行车（集团）股份公司，参观者都能感受到现代化大生产的快节奏和高效率。去年，这家全国闻名的企业出口自行车 130 万辆，在全世界林林总总的自行车厂中，稳居冠军宝座。

世界自行车市场和其他市场一样，行情变幻莫测。为了把握潮流，中华自行车集团在香港成立了海外市场部，高薪聘请一位有多年推销经验的外籍人士出任经理，专门开拓国际市场。这位金发碧眼的洋经理不负众望，一年中有半年时间在欧、美市场奔波，行程累计达 40 余万公里。在充分掌握国际市场动向的基础上，中华自行车集团把销售目标放在发达国家的消费者身上。这一消费阶层的购买能力高，对自行车的需求大，不仅需要郊游车、爬山车、赛车，而且需求健身车和各种各样的儿童用车；对自行车的要求也比较苛刻，不仅要求花样新，而且工艺要精湛，品种要繁多，对价格倒不斤斤计较。针对国际市场的要求，中华自行车集团贯彻多品种、小批量的经营方针，开发并生产 8 000 多个品种的自行车，其中绝大部分是高档自行车，充分满足了国际市场的需要。去年，该公司共销售自行车 184 万辆，2/3 销往国际市场。

中华自行车集团坚持生产高档车，质量精益求精，使得出口单价大幅度提高。1992年，该公司出口自行车平均单价在100美元左右，去年提高到138美元，增幅超过了30%。出口单价的提高又带动了经济效益的提高，去年该公司的税后利润超过1.9亿元，比上一年增长58%。

（《深圳特区报》，1994-01-14）

# “东北现象”引起各方关注

**新华社北京(1991年)3月20日电(记者赵玉庆　刘广军　马义)** 经济发展曾经居全国前列的东北三省近年来工业生产步履维艰，去年黑龙江、辽宁和吉林工业增长率分居全国倒数第二、第四和第五位，经济效益也处于落后地位。这一异常情况正在引起各方关注，称之为“东北现象”。

据统计资料表明，1990年东北三省工业总产值仅比上年增长0.6%，与全国平均增长7.6%的水平相差甚远；预算内企业实现利税下跌25%至45%，明显大于全国平均18.5%的降幅。今年头两个月工业生产虽有回升，但仍未摆脱困境。

东北是我国的“工业巨人”。论实力，东北三省拥有大庆、鞍钢、一汽等1 700多家国营大中型企业，占全国总数的1/7强，机械、冶金、石油、煤炭、化工、建材等行业在全国占有举足轻重的地位。论条件，东北三省资源丰富，交通发达，科技力量雄厚，发展经济可谓得天独厚。

“工业巨人”步履蹒跚、行动迟滞的反常表现，催人深思：

——东北工业结构“一头沉”，重工业产值占2/3，产品多为大型机械装备和基础原材料，当国家压缩基建规模，实行经济调整时，便显得船“沉”难掉头，适应不了市场的急剧变化。

——大中型企业比重大，国家指令性计划任务重，经营机制缺乏活力。产品平价调出多，原材料则议价购进多，去年仅辽宁省因“高进低出”就多支出了30亿元。

——骨干企业大多建于“一五”时期，为国家建设奉献了“大半辈子”，而今已“青春”耗尽，设备陈旧，工艺落后。由于无力进行大规模技术改造，2/3 的设备落后于全国先进水平。

有人形容东北是一个“被链子锁住的巨人”，锁住了手脚，也锁住了思想。在商品经济的舞台上，东北明显没有南方沿海开放地区活跃。去年东北三省为启动市场举办的一些展销会，唱“主角”的多是外地企业，本地企业反倒只是“跑跑龙套”。同样在东北，吉林化学工业公司、沈阳电缆厂、哈尔滨锅炉厂等一批先进企业锐意改革，脱颖而出，但有些企业还没有摆脱传统的产品经济模式，迈不开搞活的步子。

“东北现象”已开始唤起 9 900 万东北人的忧患意识，特别是在经济领导部门和经济理论界引起很大震动。他们普遍认为，重振“工业巨人”雄风的根本途径是深化改革，调整经济结构，扎扎实实地搞活大中型企业。为此，黑龙江省已经制定了搞活大中型企业的八条措施，吉林省也开始实施企业组织结构和产品结构调整的“大动作”，辽宁省正在组织经济界、企业界人士探讨“东北现象”的深层次根源，进一步解放思想。

## 新加坡虚位待专才

**英国《金融时报》(2002 年) 10 月 11 日报道**　1997 年，许多受金融危机打击的东南亚国家声讨外国投机商和新殖民主义者，但新加坡却对外国专业人员虚位以待。

凭借吸引外国直接投资的威力，这个城市国家已经比自己过去的殖民统治者英国更富有。现在，通过放宽移民限制和给外国人提供便宜的住房，它发起了吸引全球专业人士的新运动。

新加坡总理吴作栋说：“我们必须欢迎外国人才带来的知识。新加坡必须变成一座全球性的大都市，一个能让来自不同国家的人都感到宾至如归的开放社会。”

这是新加坡一个重要的政策改变。过去，为了减少对外来劳工的依赖，它曾向外来劳工的雇主征税。但是，政府的“外来人才”政策不是着眼于包容更多的外国佣人，而是要吸引一流的专业人员来完成本国经济从制造业向服务业的顺利转型，以及帮助新加坡国有公司取得全球性的影响力。

新加坡政府在美国、欧洲、中国和印度设立了“接触新加坡”办公室，对本国公司雇用和安置海外人才的花费实行减税优惠。

新加坡发展银行和东方海皇轮船公司这样的国有公司任命了外国人做总经理。这些人又带来了一批外国管理人员。新加坡航空公司还首次任命一位外国人参加其董事会。

同时，从建筑师到工程师等各种外国专业人员纷至沓来。仅从数量上判断，外来人才政策已经取得了巨大成功。自该政策出台以来，新加坡外来专业人员增加了1倍，目前约有9万人。

新加坡官方的态度很明确。当它努力发展生物医学、通信技术、教育和艺术等新产业时，新加坡将需要更多的外来人才。

# 阅读提示

经济新闻是当代媒体报道的重头戏。采写经济新闻具有相当的难度，因此，要当一名合格的经济记者也需要付出相当大的努力。

阅读本组作品，请分析：

1. 采写经济新闻需要记者有怎样的视野？

2. 怎样报道才能让经济新闻成为经济工作的参谋？

3. 怎样使经济新闻具有可读性？

这里收入的几篇作品，有经济成就、经济工作经验报道，也有批评性、分析性报道。经济报道范围很广，种类很多。无论哪一种类型的报道，都要求记者有冷静的头脑，客观的态度，对经济规律、行业特点的了解，对经济生活的深入观察与思考。它们是经济新闻客观性、科学性的保证。

《寻找“家轿梦”》属经济新闻，它反映了现场情景，使新闻带有很强的现场感；《美日汽车贸易高级谈判开始》一文，巧妙地写了人物言行的几个有趣的细节，把生硬的经济谈判写得很活。可见，适当反映现场情况是写活经济新闻的手段。

经济新闻少不了数字。数字务必准确，同时，数字也可以巧用。本组收入的几篇消息，只要认真分析，都可以给我们提供有益的启示。

（刘明华）

# 下编　通讯

# 人物通讯

## 她的琴声令小泽征尔流泪

### ——记旅日上海二胡演奏家姜建华

◇ 本报记者　邢晓芳

她，曾经两度令小泽征尔泪流满面，卡拉扬在听完她的演奏后，用双手捧起她的额头，说："你用两根弦拉出了我心里真正的音乐!"她，就是出生于上海的旅日二胡演奏家——姜建华。在旅日16年之后，姜建华把她首次归国个人专场音乐会放在了9月3日的上海大剧院。

## 3万观众掌声响起

1978年，著名指挥家小泽征尔访问中国时，被姜建华的琴声感动得泪流满面，那一年她还不到17岁。为了再一次聆听那刻骨铭心的琴声，小泽征尔于次年专程赴中央音乐学院，并带去了日本NHK电视台摄制组。其记录片在世界各地放映时，小泽征尔再次为姜建华的一曲《二泉映月》而热泪盈眶的镜头，在千万人心中留下了深刻的记忆。

在那之前，从小跟随舅舅、哥哥摆弄二胡的姜建华，从未想到二胡——这件中国民间最平凡普及的乐器具有如此神奇的魅力，居然能在异国音乐大师心中唤起这样巨大的感情冲击。1979年，姜建华应小泽征尔邀请，赴美参加TANG WOOD夏季音乐节。在可以容纳3万人的露天体育场内，姜建华在小泽征尔的指挥下，和波士顿交响乐团合作演出了二胡协奏曲《江湖水》。当3万余名观众的掌声席卷而来时，姜建华惊呆了，她说："打那一刻起，我对二胡有了前所未有的信心，我看到了中国民族音乐在世界舞台上无限美好的前景。"

## 卡拉扬和"最感动人的琴声"

1980年，世界著名指挥大师卡拉扬访问中国。在倾听了姜建华的琴声之后，卡拉扬走上台去，用颤抖的双手捧起姜建华年轻的额头，对她说："这是世界上最感动人的琴声，你用两根弦拉出了我心里真正的音乐。"

时隔9年之后，在柏林爱乐乐团艺术总监卡拉扬的邀请下，姜建华随客席指挥小泽征尔参加其音乐季演出，演奏二胡协奏曲《风影》。演出那天恰逢卡拉扬去世，消息传出，姜建华含泪拉起二胡，声色悲凄令全场观众动容，一时成为欧洲乐界的共同话题。

## 梦中出现故乡的小河

作为一名杰出的演奏家，多年来姜建华保持着一年100多场独奏音乐会的记录。

姜建华当初选择去日本，是因为小泽征尔的一句话——“你要在世界舞台上为中国人争气!”16年里，姜建华用自己的努力使二胡走向世界：她演奏了坂本龙一和苏聪的《末代皇帝》、喜多郎的《丝绸之路》、杨立青的《悲歌》、刘天华的《空山鸟语》和比才的《卡门序曲》……16年来，她从每次上台要向观众介绍二胡的构造和特点，到今天她在日本的大学里创立了二胡专业课程，二胡的旋律已频繁地出现在日本电视剧、演歌和广告之中。

走遍30多个国家，姜建华仍然忘不了上海，忘不了故乡。“因为要回来演出了，我连着几天做梦，梦到儿时家后面的小河。”其实，那条小河早已化为血中的深情，在她的弓弦之间汩汩流淌……

（《文汇报》，2002-08-23）

# 吹卖嫖赌贪“五毒书记”为何官场平步青云

◇ 黄广明

自命为“荆楚一帅才”的张二江，可能做梦都没有想到，有朝一日他会以“五毒书记”的外号扬名天下。2002 年 1 月 29 日，湖北省委书记俞正声在省委召开的典型案例通报电视电话会议上痛斥张“吹、卖（官）、嫖、赌、贪”五毒俱全，从此“五毒书记”之称不胫而走，成了 2002 年反腐的标志性词汇之一。

2 月底，湖北省检察院对张二江案侦查终结并移送起诉。张被指控的罪名主要包括：1995 年至 2001 年，张二江在担任丹江口市市长、市委书记和天门市市委书记期间，利用职务之便，为他人谋取利益，收受他人贿赂 39 次，共计人民币 77 万余元，美元 4 300 元，先后 14 次支取公款 10.8 万元用于个人开支和送给亲戚朋友。

这些数字，与时下某些贪官动辄数百万上千万的犯罪数额相比，并不足以引人注目。所以，在张的“五毒”中，“贪”被排在最后一位。排在第一位的是“吹”，知情人一眼就能看出，“吹”主要指的是 1998 年前后发生在丹江口市的“统计浮夸风”，其时张二江正担任丹江口市市委书记。而“五毒”中传播最广的是“嫖”，张在接受纪委审查时供认，他从担任丹江口市市长开始，10 余年间利用职权玩弄女性超过百人，其中有想升职的下属机关干部，有希望办“农转非”的宾馆服务员，也有从街上带回的“三陪女”，其中细节令人发指。

让人感兴趣的是，如此一个“五毒俱全”的人物，十几年间是如何在官场上平步青云，由代市长而市长，由市长而市委书记的呢？

## 一个“优秀人才”的仕途

在武汉大学珞珈山脚下，有一座鲲鹏展翅的雕塑颇为引人注目，这是武大 77、78 级校友毕业前捐钱修建的，寓意学业有成，大展宏图。作为武大历史系 78 级学生及校学生会主席，张二江正是这项动议的发起人和组织者之一。上大学前，张二江当过 6 年兵，还做过邮递员。根据一篇报道，他是南下干部子弟，在他年少时，父亲在“文化大革命”中受打击离世。

即使在阅历丰富者众多的“新三级”学生中，张二江也显得卓尔不群。“喜欢当官，爱高谈阔论，热心社交，是公认有才华的。”他当年的一位同学回忆说，“但他有细微之处，哪位同学病了，家里有困难，都很关心”，“我们同学对他印象都不错”。

有趣的是，位居高官后生活腐化的张二江，大学期间甚至没有女朋友，他的同学回忆说，他最大的业余爱好是练毛笔字。

张二江在上学期间就表示了从政的强烈愿望，并在学生干部模拟政治操练中颇有建树，担任武汉大学学生会主席，当选为全国学联委员，基本上达到了一个学生干部所能做到的极限。

根据张的履历表，毕业后他被分配到湖北省冶金局，担任团委书记。两年之后的 1984 年，他又调到刚刚组建的厅级单位湖北省委经济工作部。在经济工作部，30 出头的张由科级晋升到副处级，但没有实职，任副处级调研员。1986 年，他被下派到嘉鱼县挂职任县委副书记。下派和挂职锻炼被认为是提拔干部的前奏和必经程序。但这一次的下派并没有给张二江带来实质性的升迁。1987 年，张从嘉鱼县回到经济工作部，担任调研室副处长。

1987 年，湖北省委经济工作部被撤销，与此同时，湖北省监察厅成立，据介绍，当时经济工作部 80％的干部都转移到了监察厅，张二江也调到监察厅某处任副处长。但仅仅 3 个月后，张又调到省政府研究室任副处长。知情人称，张认为监察厅不好发展，便通过各种关系谋求调动。张曾对熟人说过，“我办具体的事不行，但宏观方面还可以。”张一直认为自己不是等闲之辈，做事喜欢独当一面。从他两次主动的调动看，都是从单一职能部门到了宏观综合部门。

从学生会主席到省直机关的年轻副处长，张二江有无特殊背景不得而知，但知情人认为对张来说这应该是水到渠成的，张“脑瓜灵，办事干练”，又是名牌大学毕业并担任过学生会主席及全国学联委员，在当时看来是一个优秀人才，可能被省里作为后备干部培养对象。

省直机关的工作对一个有政治抱负的人来说，是远远不够的。张二江很清楚这一点，他的出路仍然在“下面”：到基层担任实职，主政一方，证明了自己的能力后再谋求更高层次的发展。1988 年，张的机会终于来了，湖北省决定从省直机关中下派一批干部到基层出任党政领导，这次下派不同于一般短期的挂职锻炼，而是要扎根基层，连户口都要迁过去。

张二江报了名，并得到省委组织部批准，到边远的鄂西北县级市丹江口出任代理市长，不久后在市人代会上顺理成章地当选为市长。

丹江口市以道教名山武当山及丹江口水库闻名，同时也以贫困闻名。但对张二江来说，这也许正是一种机遇。后来的事实证明他果然很好地利用了这个机遇。如果能使一个贫困县脱贫，这便是最大的一单政绩，足以奠定一个官员升迁的坚实基础。

1997 年，北京一家知名杂志刊登了一篇题为《张二江：十年鏖战丹江口》的报告文学，在这篇洋洋 10 000 多字的长文的开头，引用了一首出处不详的“民谣”：“丹江口来了个张二江，家家户户满粮仓。就是碰上了鸡猴年，也能吃上个肚儿圆。”作者显然想把张二江描绘成丹江口人的衣食父母。

张二江是 1988 年初到丹江口担任市长的。据《十堰统计年鉴》记录，丹江口 1988 年的国内生产总值（GDP）为 5.033 8 亿元，仅比他上任前的 1987 年的 4.266 6 亿元增加了 7 000 多万元，这个较为平稳的数字一直持续到 1992 年，为 8.228 4 亿元。

1993 年，这个市的 GDP 猛然蹿到 16.116 1 亿元，比上年增加了近 8 个亿！此后，更是连年翻筋斗，1995 年的 GDP 达到了 38.550 2 亿元，财政收入 1.75 亿元，分别比上年增长 35.2%、70.4%，丹江口宣布“全面脱贫”。1996 年，张二江被提任十堰市市委常委、丹江口市市委书记。此后丹江口的统计数字继续年年上升，1998 年，丹江口市年报 GDP82.6 亿元，财政收入 2.85 亿元，农民年人均收入 2 545 元，获湖北省“十强”县市称号。

1999 年底，数家媒体（包括本报在内）聚焦丹江口，揭穿了当地骇人听闻的统计数字造假黑幕。湖北省为此进行了一场统计数字“挤水”运动，丹江口一地在此次运动中挤“水”总量占全省的 5%。2001 年，有关方面做出权威统计，丹江口市 2000 年国内生产总值、财政收入分别比 1998 年缩水近 50%和 40%，仅相当于 1995 年水平。丹江口在获“十强”县市称号两年之后，又申请重新列入国家扶贫开发重点县市。

而此时，从“数字政绩”中获益最大的张二江已经调省直管市天门市任市委书记。

## 双重人格和官场逻辑

时至今日，张二江数字造假、数字升官的丑闻已大白于天下，但记者到丹江口采访时，丹江口市工业局一位干部谈到此事时轻描淡写地说：“丹江口前几年工作做也做了一些，吹也吹了一些，浮夸风各地都有，只不过把丹江口做了一个典型，有的地方可能比丹江口更厉害。”而丹江口市统计局办公室一位人士则说，虚报有一些制度上的原因，如果当年上面不搞一些不必要的评比，下面也就没有必要弄虚作假。这显然不是个别干部的看法。张二江的继任者张达华，就在全市统计工作大会上说：“现在弄虚作假的各地都有，我们丹江口的问题，好比几个人横穿马路，有交警值班，其中有一个人被抓住了。”

类似的说法是记者在丹江口采访，尤其是在政府机关干部中采访时听到最多的。很多外人以为惊世骇俗的东西，他们却习以为常。作为官场内部人士，对自己的事务，他们似乎有一种独特的价值逻辑和行为规则。而对张二江的评价和张二江本人的行为，也经常处于这样的一种悖论之中。

丹江口市一位政协常委说，张二江来丹江口的头两年，“工作状态好”，经常下乡搞调研，有朝气。他是知识分子，又从省城下来，较之一些从山沟里出来的干部，思维开阔，观念先进，有点子，敢想敢干。但几年之后，他在与另一位领导的权力斗争中获胜，脚跟站稳，特别是当他当了市委书记后，有人捧场，有人送礼，就发生了变化，后期群众反映很大。

丹江口市纪委一位领导并不认为张二江在丹江口十年有什么明显的堕落轨迹。就工作能力而言，“在同级干部中算是优秀的”。但“能干”和“能贪”则一点都不矛盾，经常是同时进行。

一个典型的案例是武当山索道工程项目，这被公认是张二江的“政绩”之一。1996 年 6 月，湖北省某公司通过张二江承接了工程。同年底，这家公司在索道工程建设中缺少资金，找建行十堰分行贷款。银行要求公司提供担保单位，公司董事长便请张二江帮忙，张指示丹江口市电力局为该公司担保获得贷款1 720万元，索道工程得以建成。同年11月，他指使该公司在武汉购买价格16万元的住房一套，供其在武汉的情妇居住。

张二江曾给人留下廉洁、勤政的印象，大会小会上都强调要做一名清官。有一年，他推荐一本叫《清官策》的书，其中介绍了一些历史上有名的清官事迹，成为丹江口市大小干部的必读书。1998年底张调到天门任市委书记后，这种廉洁的形象依旧未变。有人亲眼见到他在吃饭时向在座的干部们训话："历史上凡是贪污腐化的，没有一个讨好的……"弄得大家十分尴尬。天门市纪委一位干部介绍，2000年夏天，张二江下到一个乡镇指导抗旱工作，乡镇干部从成箱的矿泉水中抽出一瓶给他，他当即说："一瓶矿泉水就要两块钱，有一杯白开水就行了嘛。"

不过，张二江在另一些场合讲的话却显得自相矛盾。天门市纪委书记王宪龙透露，有一次市纪委召开反腐败会议，张二江在总结时即席发言，称中国历史上没有真正意义上的清官。"所谓清官不过是统治阶级为了维护自身利益杜撰出来的，而且，清官死后连打补丁的官袍都穿不上。"听得大家一头雾水，他却拂袖而去。

当然，那些真正能够近距离接触张二江的人，是不会一头雾水的，他们显然知道自己应该干什么，应该怎么干。

在他主政的丹江口和天门市，买官卖官已是公开的秘密。此次张二江事发，因涉嫌行贿而受查处的就有8人，被查处的显然只是行贿者中的少数。丹江口市委组织部一位副部长说，在张离开丹江口前，提拔干部已经到了"随心所欲"的地步。对想提拔的人，他通常示意组织部"考察一下"，但是，"有的干部考察一次不合格，考察两次不合格，他还坚持提拔"，"组织部只起到盖章的作用"。而提拔的动力，不言自明。以春节"拜年"来说，要想保住官的，一般送5 000元左右，"要求进步"的则要数万元乃至更多。在天门官场一则流传颇广的故事是：一名乡镇党委书记想做交通局长，送上10万，以为十拿九稳，哪知最后安排到一个"非要害部门"，遂感叹道："行情变了，行情变了。"

与钱相比，张二江收受更多的是"性贿赂"。据报道，张二江在丹江口和天门任职期间，与张二江发生不正当关系的100多人中，有15名党政机关干部，其中7人得到提拔，2人的丈夫得到升迁。天门市妇联一干部，与张二江发生多次关系，先让张给组织部打招呼调到交通局，到交通局后不满意，又要求调任教委办公室副主任兼招生办副主任。与张二江发生关系的女干部中，多人像她这样频繁换岗位，当地群众讥为“一夜春梦，终身受益”。

但在张二江被移送起诉的罪行中，并不包括上述内容。有关人士称，“性贿赂”还属于司法领域中的灰色地带，现行刑法中没有相关条文与之对应。而“性贿赂”的普遍性和危害性在一个案件中暴露得如此充分，还属首次，它应该引起司法理论界和实务界的重视。

## 张二江的“下级学”

1993年，张二江还在担任丹江口市长时，与人合著了一本书《下级学》，由湖北某出版社出版。张二江在后记中说，这本书是根据他的“初步思路”撰写的，作者把“下级学”作为“政治学的一个分支”，并称“创立下级学的宗旨，是使人们成为优秀的下级，在于探讨、帮助并使每一个下级获得成功，而且争取最大的成功”。

在“下级的晋升与成功”一章中，作者写道：“与上级领导关系如何，是下级晋升成功与否的一个十分重要的因素。有些人单纯地认为，是太阳总会发光的……而不屑顾及与上级关系如何，这是一种十分幼稚而不切实际的想法。”至于如何赢得上级的好感，作者提供了许多技巧和方法，有些探讨得相当细腻。比如“在你赞美上级时，要掌握一定的技巧和原则”，“首先，要选择上级最喜欢或最欣赏的事和人加以赞美”，“不要在赞美上级的同时赞美他人，除非是上级喜欢的人，即使你赞美他人也是给上级作铺垫而且要适时适度”，“赞美最好由第三者尤其是上级最信赖的人转达效果更佳，而且也显示了你对上级的尊敬”……

这显然是张二江官场哲学的核心。

“很讨上面喜欢”是许多人对张二江的评价。一位知情人士说，以前有上级领导下去检查工作时，张二江往往亲自下厨，交待师傅谁的口味重谁的口味轻。

知情人说，在一次私下场合，有人“刁难”张二江一个问题：假如你看到有人饿倒在地，而与你同行的一位上级叫你不要管此事，你还救不救此人？应该说，问题从道义合理的角度给出答案并不难，但张二江略加思忖后说："还要看具体情况，如果我反对上级，连为老百姓做事的机会都没有了，我不会做这件事。"

显然，张二江这样的官场哲学，身体力行者绝非张二江一人。《下级学》中说，作者曾对丹江口市经委、人事局、财办、政府政研室及两个乡镇的在职各类干部职工进行过一项问卷调查，内容是假设以下5项之和为100%，你认为，事业成功的因素各占百分之几？结果统计平均值为：智慧24%，专门技术15%，经验15%，其他人际关系13%，"得分"最多的是上级关系，达33%。不少曾为张二江下属的干部也有机会在张二江身上实践他的"下级学"，张二江要钱，就给他送钱；张二江好色，就给他送女人甚至自己投怀送抱；张二江喜欢书法，丹江口市面上的书画装裱店生意就格外好。

## 事发：偶然和必然

1999年初，张二江从丹江口调任天门市市委书记，在他尚未赴职时，反映他贪财好色的举报信就如雪片般寄往天门各单位。其中寄给天门宾馆的一封信说："你们天门来了一个大流氓，请看管好你们的服务员。"市里为了"维护新书记的形象"，紧急下令收缴这些信件，不料越收越多，最后只能"从源头治理"，到邮局截流这些信件。

湖北省纪委一位干部介绍，张二江在下面做官十多年，丹江口与天门都有不少举报，仅省纪委调查他就有五次，有一次吓得他躲到武当山"养病"，但结果都"查无实据"。

是不是这一次次不了了之助长了张二江的胆量不得而知，但据知情人说，他在私下场合多次对"告状"表示了不屑。另一方面，张二江总是显得信心十足，甚至是自负。有人亲眼见到他在公开场合顶撞他的直接上级十堰市的领导，这在官场是不多见的。一般认为，张二江的这种底气，来自他在省城广泛而且过硬的人际关系。知情人士称，张二江有性情的一面，尽管著有"下级学"，但在实践中，却未必是最精通此哲学的人。张二江缺乏韬光养晦的低调作风，这给他的仕途埋下了隐患。

2001年7月11日，张二江在接到省纪委"汇报工作"的电话通知后，预感事情不妙，当即伏案疾书，分别给当时两位主要的省领导写信，写完后嘱咐一位亲戚：如果他在两天内未回天门，就将这两封信急速发出。信中写道："办案人员急于立功，限制人身自由，靠威逼、恐吓搞口供"，"我身患重病，如耽误治疗，一命呜呼，将使楚中失一良将，阴间多一冤魂……"

但是，这次，这两封信并没能帮他化解风险。省领导如期收到了信，但将它们批转到了省纪委。

据省纪委办案人员介绍，在审查张二江的过程中，张起初十分"狂妄"，自称"荆楚一帅才"，处理他将是"湖北经济的重大损失"，"不让我回去天门160万人民怎么办"云云。

直接导致张二江被查处的可以说是一件极其偶然的事件。2000年春节前后，天门市一位从事棉花生意的业主为了获得棉花经营许可证，先后送了张二江10万元。9月，张二江到武汉出差，打电话找到一个关系亲近的朋友，问他：最近有个民营企业家朋友送了一笔钱，你干过公安又搞过监察，怎么处理才安全？这位朋友指点迷津：钱放在我这里保管，由我向送钱人写张借条，你转交给送钱人。张说：行，钱你先拿去经营，赚了钱咱俩分利，出了事就算你借的。2001年6月，天门市原常务副市长傅文尧因经济问题被省纪委"双规"，供出了张收受这10万元钱的事。

张二江为官10多年，受到举报无数，其中数字造假、买官卖官、玩弄女性等劣迹都到了路人皆知的地步，都能平安无事，最后却栽在了这么一件本来被处理得天衣无缝的"小事"上，让人无法相信它的偶然性，最有可能的推测只能是：过去维系张二江官场逻辑的东西，在某个环节上出了问题。

（《南方周末》，2002-03-22）

# 当代毕昇

## ——记两院院士王选

◇ 本报记者　王光荣

中国科学院院士和中国工程院院士王选被人们誉为“当代毕昇”。他研制的汉字激光照排系统引发了我国印刷业“告别铅与火，迈入光与电”的一场技术革命。他主持开发的华光和方正电子出版系统，占据国内99%的报业市场和90%的书刊(黑白)出版业市场，以及海外80%的华文报业市场，并打入日本、韩国，取得了巨大的经济和社会效益。

## 跨领域研究，跨越式发展

1958年，王选教授从北京大学数学力学系毕业并留校在无线电系当了助教。在此后的3年里，王选一直在计算机硬件第一线上跌打滚爬。然而，1961年他却对自己的研究领域作了重大的调整，以他的话来说，是“从硬件转向软件，但不放弃硬件，而是从事软硬件相结合的研究，以探讨软件对未来计算机体系结构的影响”。

当问及调整研究方向的原因时，王选说：“当时我阅读了国外许多文献，20世纪50年代国外有名的计算机体系结构使我赞叹不已，同时不断问自己，为什么只能欣赏别人的成果，而不能有自己的创新思想？我试图寻找创造的源泉，即那些创新构思的背景，逐步领悟到程序和应用对硬件设计是非常重要的，只有了解软件，才算真正懂得计算机。后来的实践证明，我的选择是正确的。软硬件两方面的知识和实践是我能够承担激光照排系统研制的决定性因素。这一选择使我深切地体会到，跨领域研究是取得创新成果的重要因素，就像控制论发明者维纳说的那样：‘在已经建立起来的学科之间的无人空白区上去耕耘，最能取得丰硕成果。’”

1974年8月，我国制定了国家重点项目“汉字信息处理工程”(简称

“748 工程”)。北京大学从 1975 年开始从事其子项目“汉字精密照排系统”的研究工作,王选作为技术负责人领导这一科研项目。他在调研了国际技术发展方向后于 1976 年做出决策:跨过日本流行的第二代光学机械式照排系统、欧美流行的第三代阴极射线管式照排系统,直接研制国外尚无商品的第四代激光照排系统,采取跨越式发展的技术路线。

对于这一创造性想法,王选有他自己深刻的思考。经过对国内外状况细致的调查分析,他坚信数字式存储(第四代机)将是代表技术发展的方向。科学研究有时可以采取这种迂回策略,用创新的设计,绕过按常规方式发展会遇到的巨大困难,实现技术发展的跨越,往往能够走出一条事半功倍的捷径。

## 淡泊名利,献身科学

王选常说,科学研究本身带来的愉快是最大的报酬,是一种高级享受。几十年来,他淡泊名利,把全部精力奉献给了自己热爱的科学事业。

1975 年王选开始研究激光照排时,正病休在家。为了解国外的研究状况和发展动向,他常拖着病体到中国科技情报所查阅资料。当时条件很艰苦,没有项目经费。王选常为节省 5 分钱的公交车费,提前一站下车;为节省复印费,许多资料都是手抄。而在此后长达 18 年的科研道路上,王选几乎放弃了所有节假日。

但王选从来没有埋怨过生活,他深知科研的乐趣在哪里。他十分推崇这样一句话:“献身于科学研究就没有权利再像普通人那样活法,必然会失掉常人所能享受到的不少乐趣,但也会得到常人享受不到的很多乐趣。”几十年的科研攻关,有三件事让王选教授兴奋不已:一是在攻克技术难关时,冥思苦想,几周睡不好觉,忽然一天半夜灵机一动,想出绝招,使问题迎刃而解。这种愉快和享受是难以形容的。二是自己的研究成果被广泛采用,这种成就感是金钱所买不来的,是最大的酬报。三是发现年轻的杰出人才并委之以重任。

## 扶植新秀,乐为人梯

1993 年,56 岁的王选又一次做出了令人震惊的决定:退出科研第一线，全力扶持年轻人。他说："今后看我贡献的大小，主要看培育出多少个年轻人。"

有些人开始又不理解了，人家60多岁的老人在一线搞科研的也很多，王选是不是想"见好就收"？但王选心里很清楚，他深刻地意识到并非每个领域的科学研究都欢迎年长者。计算机技术发展日新月异，年轻人具有明显的优势。他说自己的两次创造高峰——1964年从事软硬件研究和1975年研制激光照排项目，分别只有27岁和38岁。

慧眼金睛，识千里良驹。在王选教授培养下，一批敢于创新、勇于拼搏的青年科学家走到了科研前沿。1993年方正研究院任命肖建国（36岁）、阳振坤（28岁）、汤炽（28岁）三位年轻人担任研究室主任。肖建国主持完成了第一个中文彩色报纸编排系统，汤炽提出并主持实现了采用面向对象技术的新一代排版软件；而阳振坤博士也领导完成了由我国独立研制的PostScript Lever 2照排系统。王选教授杰出的科技成就和人格魅力，感召了一大批年轻的科技工作者。他们正在为我国的计算机信息处理事业奉献着青春和才智。

（《光明日报》，2002-02-01）

# 教育局长的好榜样

## ——追记湖南桂东县教育局局长胡昭程

◇ 本报记者　唐湘岳

地处湘粤赣边界的桂东县，是国家和湖南省贫困县。然而，这里的土地上却有着一座座现代化的学校；这里的小学适龄儿童入学率达99.3％，巩固率达99.9％；初中生入学率100％，巩固率达98.1％。

贫困地区办出了发达地区的教育！然而历尽艰辛，用自己的生命参与创造这一奇迹的桂东县教育局长胡昭程，却在2000年12月21日走完了他52年的人生里程。父老乡亲们敬仰他、怀念他。一幅挽联说出了人们对他的评价和思念——“一腔热血倾教育，两袖清风为人民”。

### 山区教育的奇迹

1994年，胡昭程向县委县政府提出一个大胆的改革方案：调整学校布局，重新规划布点学校107所，撤并81所学校。

桂东县的学校80％是干打垒校舍，危房面积曾上升到3.5万平方米，这些干打垒校舍要全部改造，至少需要1亿元资金，桂东的财力无力承受。

胡昭程认为：“穷县办教育，更要讲效益。撒胡椒面不如攥紧拳头。”可一些乡村干部不愿撤校，怕影响自己的形象。胡昭程耐心做干部和群众的思想工作，解释教育规律，讲清教育投资与效益的关系。学校调整布局一举成功，学校数减少了近一半，校均规模扩大了1.5倍。桂东走出了一条贫困地区通过调整学校布局，优化教育资源配置，提高办学效益，推进素质教育的发展之路，受到教育部、省、市领导的充分肯定。

胡昭程认为，学校无小事，事事关育人。为了规范教学，全县从校长到炊事员都建立了岗位职责，对教学计划、课程安排、教学时间都有具体要求，并实行检查通报制度。为了培养学生良好的生活习惯，对全县学校提出了校园环境“四化”、“十无”要求：绿化、美化、硬化、净化；无破门窗、无破课桌、无垃圾、无乱写乱画、无放养禽畜……制订了《桂东县学校管理六条规定》。

几个教师第一次出山，好奇地俯在铁轨上倾听火车的声音，这深深触动了胡昭程。他认识到，要提高教学质量，必须实行“走出引进、开放办学”的教育思路。为此，该县先后与清华大学附中、附小，北京朝阳中学，湖南师大，郴州市一完小鉴定了帮教协议。10余年来全县派出45批516名教师去北京“学艺取经”，600多名教师到长沙和郴州拜师学艺，还邀请北京和长沙的专家学者来桂东讲学示范。引进或自创教改实验课题，在全县形成了大教改大教研的氛围。教师素质得到提高，143名教师收回了请调报告。

## 一腔热血倾教育

胡昭程走了，可他的办公桌上，还静静地躺着指南针、皮卷尺和规划图。人们说这是他生前随身携带的三件宝贝。

这几年全县新建扩建近百所学校，每所学校的选址、划线、验收，胡昭程都要到场。为了给每所学校选择合适的地点，他像当年的焦裕禄一样跑遍了全县的山山水水。进入施工阶段，他每到一所学校都先拿出规划图看施工是否走样，再掏出卷尺量一量房子的规格是否合乎要求，然后拿出指南针，看采光通风是否合理。1997年兴建县一中校舍，胡昭程亲自带人采购瓷砖，他对质量不放心，对500万块瓷砖一箱一箱地检查，从上午8点一直干到晚上8点，整整用了12个小时。胡昭程说：“教育的钱来之不易。我们要把一分钱掰作两分钱花，大手大脚是对人民犯罪。”桂东的教育经费发挥了最大的效益，创造了数千万元基建工程没有招待费的记录，先后争取到了世界银行贷款、贫困地区义务教育工程、香港苗圃行动等多方资金的支持。

县教育局党组书记邓兴南说：“没有人不钦佩胡昭程的为人。有了成绩总是归功于群众，工作的失误总在自己身上找原因。每次评先进他都把指标让给别人。1999年郴州市授予他‘十佳教育公仆’称号，颁奖仪式上，他却没到，上山慰问教师去了。”

胡昭程的家有6口人：当教师的妻子，80高龄的父母和两个孩子。记者想看看他的全家福。悲伤的妻子张彩云竟拿不出一张完整的全家福。“不是我们感情不好，是老胡太忙太忙了。”张彩云的话饱含泪水：“人家成双成对散步、看电影，而我总是站在窗前等他、盼他回家吃饭。晚上回得晚，一大早又走，双休日从来不休息。1994年涨大水，家里进两尺深的水，打电话通知他，他不回家，在乡下抗灾。我两次得肺病住院，他也不在家。直到这一回，他在长沙动手术，我陪他。他说，这辈子最对不起的就是你。你看，现在我病了，才有机会在一起。”

胡昭程认为，教育局长是教育形象的活广告。群众信得过教育局长就信得过教育局，信得过教育局就会全力支持教育事业。他告诫家人和同事：“我们桂东沙田是毛主席当年亲自颁发《三大纪律八项注意》的地方。我们一定要模范遵守党的纪律，不以权谋私。”

妻子张彩云患病后不适合上讲台了，局里照顾她调换轻松一点的工作，胡昭程知道后，硬是追回了调令，继续让她当班主任。女儿胡婷中专毕业，指望父亲在教育部门安排就业，可父亲没有这样做，直到去世前一天，女儿还在待业。

这几年桂东教育基建工程数千万元，胡昭程办建筑公司的弟弟却没有争到一分钱的业务，胡昭程对弟弟说：“你到别处竞争，不要挨我桂东教育工程的边。”

胡昭程下乡从来不领补贴，局里造了个节假日加班的补助表，胡昭程挥笔划去自己的名字。他拒绝了基建工地发给他的长筒雨靴，坚持穿自己的鞋子在工地上奔忙。偶尔因私事坐公家的小车，他把汽油费交到财务室。局长当了多年，买房子的时候，他家仅有3 000元积蓄，只好找银行贷款。

## 在生命最后的日子里

近年来，胡昭程经常感到腹部隐隐作痛，但只是悄悄用手按住，无暇顾及。直到2000年9月28日，他才趁到省教育厅汇报工作的机会，去医院检查，诊断为：巨块型弥漫型晚期肝癌。生命已进入倒计时。他把不幸瞒住亲人，全身心投入最后的冲刺。

从9月28日到12月21日，短暂而又漫长的84天，他时时忍受着病痛的折磨，多次到省教育厅、体委和郴州市政府、教委汇报工作，亲自指挥郴州市青少年运动会在桂东召开的筹备工作，向省里递交了关于改造桥头和大塘乡校舍危房的报告。

10 月 20 日深夜，他被一阵风雨声惊醒，赶快爬起来，在窗前踱来踱去，焦虑不已，他给县教育局的同志打电话，叮嘱仔细检查校舍的危房，千万不要出问题。

11 月 2 日，他由妻子搀扶着来到即将竣工的县一中运动场，最后一次检查工程质量，可他再没有力气扯动那熟悉的卷尺。他最后一回检阅运动会开幕式团体操排练，并嘱咐再加一面大鼓，增加雄壮的气氛。寒风凛冽，一位教师心疼地给局长披上围巾，另一位教师含着眼泪为局长撑开雨伞。胡昭程忍着剧烈的疼痛，挺立着，犹如一棵不倒的松树。人们怎会想到，这竟是胡昭程壮丽人生的闭幕式！

（《光明日报》，2001-02-05）

# “三盲院长案”系列报道

◇ 袁成本

## （之一）

### “三盲院长案”发回重审<br>三座小楼来源令人生疑<br>糊涂账目笔笔仍未查明

令人瞩目的原山西省绛县法院副院长姚晓红贪污、非法拘禁案又起波澜。山西省高级法院以“部分事实不清，证据不足”为由，于11月24日做出裁定：撤销运城地区中院的一审刑事附带民事判决，发回原审法院重审。

今年8月18日，姚晓红因贪污罪被运城市中级法院判处无期徒刑，并没收个人财产5万元，追缴赃款16.75万元；因非法拘禁罪被判处有期徒刑3年。两罪并罚，决定执行无期徒刑。

判决后，姚晓红以“原判事实不清，证据不足，不构成犯罪”为由，提出上诉。同案其他被告人也都认为自己不构成犯罪。

姚晓红被舆论称为文盲、法盲加流氓的恶棍，他从一个司机“成长”为法院副院长之后，在绛县法院组织了一个带黑社会性质的犯罪团伙。在短短几年时间内，这个团伙吊打捆绑群众数千人，非法拘禁300多人，犯下一桩又一桩令人发指的罪行（本报8月26日对此有详细报道）。

姚晓红的经济犯罪确实没有查清，当地百姓强烈要求上级派调查组再次进驻绛县，彻底清算这个团伙的罪行。姚晓红与妻子月工资500多元，然而，他在供着两个上学的女儿的同时，在县城至少置办了3处房产，均为两层楼房，价值少说也有50万元。

姚晓红多年分管法院财务。该院1996年的全部账目、其他几年的关键账目均被销毁。因为姚不会写字，他拿钱后几乎从不签名，而让会计或“秘书”记在本子上，他承认算数，不承认则说“会计贪污了”，所以出现了一笔笔糊涂账。

据知情者透露，绛县安裕镇一个叫耿春林的人，从信用社贷款10.8万元，逾期后被姚晓红分管的经二庭分3次追回，但经二庭只给了信用社1万元利息，剩下的钱全部被姚“拿”走了。在姚晓红那里，这样的账目，绝不只一笔！

当地群众干部对姚晓红案的最终结局，正拭目以待。

（《法制日报》，1999-12-07）

## （之二）

### 姚晓红重被收监<br>“三盲院长案”一波三折<br>中纪委、最高院派员进驻山西高院

发生在山西省绛县的“三盲院长案”（详见本报8月26日、12月7日报道），又有新情况。

12月10日，作恶多端的姚晓红终于被收监。次日，中纪委、最高人民法院派员进驻山西省高级人民法院。正在北京的姚案专案组副组长、山西省检察院运城分院副检察长翟北安也被紧急召回。

12月13日下午，运城地区检察分院决定重新起诉姚晓红。据悉，运城地区中级人民法院将在半个月内再次审理姚晓红案。有关办案人员表示，不能让姚案拖到2000年。

姚晓红是一个文盲、法盲加流氓的恶棍，在当上绛县法院副院长后，组织了一个带黑社会色彩的流氓恶势力团伙，犯下了无数起令人发指的罪行。今年1月17日，在中央领导同志的关注下，姚因非法拘禁、报复陷害、贪污、挪用公款被捕。然而，自6月4日到12月10日半年多时间内，他一直在闻喜县一家医院“保外就医”。这家医院距绛县县城20余公里。据知情者反映，姚在这里可以随时把涉案人员叫到病房，订立攻守同盟，并威胁、拉拢证人。

姚晓红犯罪团伙的“果子”结在绛县，其“根”则盘到了运城和

太原。

姚案判决后，山西省检察院运城分院认为姚还犯有报复陷害罪，原判定性不准，提出抗诉；山西省检察院则认为姚不构成报复陷害，不派员出庭支持抗诉。姚晓红则为自己做了无罪辩护，并提出上诉。

11月24日，山西省高级人民法院以“部分事实不清，证据不足”为由，做出裁定：撤销一审判决，发回运城中院重审。

所谓的“事实不清”是指姚的贪污部分。原审法院认定姚贪污16.75万元，其中的两笔共6万元的部分证据，检察院没有随卷移送。据内行人介绍，要弄清这点“事实”，补充这点“证据”，顶多需要半天时间，而有关办案人员在拖了3个多月后才裁定“发回重审”。

据绛县的干部群众举报，姚晓红团伙的罪行，只露出了冰山一角。

另据反映，姚晓红通过金钱和后门，将几十名亲属、心腹安插到绛县法院、检察院、纪检委、人大、交通局征费所、土地局等一些要害部门，成为威胁绛县人民的极大隐患。在姚的这些“兵马”中，文化程度高则初中毕业，低则文盲、半文盲。在姚被捕后，“姚家丁”仍然威风不减。今年6月5日，他的外甥、外甥女婿、表内弟3人分别被任命为县法院审判员；8月5日，姚晓红在山西省高院开车的小舅子，被任命为绛县检察院的检察员。姚晓红有个文化水平与他不相上下的哥哥，1993年还在大街上补轮胎，1995年则“成长”为一个镇的派出所所长。前不久，差点被提拔为公安局副局长。

绛县的广大干部群众，强烈要求彻底清算姚晓红犯罪团伙的罪行，并查清“姚家丁”的来路和背景，以根除威胁绛县人民生命财产安全的隐患。

（《法制日报》，1999-12-17）

## （之三）

## “三盲”副院长又被带上审判台<br>姚当庭称自己是“有功者”，应被表扬

今天“三盲”副院长姚晓红再一次被带上审判台。他是因为涉嫌

报复陷害、非法拘禁、贪污、挪用公款而被检察机关提起公诉的。

今年7月7日上午至9日深夜，姚曾被带上过这个审判台。8月，运城地区中级法院以非法拘禁罪和贪污罪数罪并罚判处姚晓红无期徒刑，剥夺政治权利终身，并没收个人财产5万元，追缴非法所得16.75万元。对此，姚提出上诉，检察机关则提起抗诉。11月，山西省高级法院将该案发回重审。

“三盲”副院长的罪行震惊了中南海，一些中央领导同志纷纷作出批示。

同第一次开庭一样，今天，姚晓红及其他4名涉案人都为自己做无罪辩护。他们对所犯罪行或矢口否认，或相互推诿。针对非法拘禁孙银师8名亲属、马晓燕等2人的指控，姚晓红是这样辩解的：任何一个公检法人员都会这样做的。姚自称自己是“有功者”、“应该被表扬者”。

姚的“精彩”发言使旁听席上几次传出笑声。

今天质证的一个重点是报复陷害。今年元月，几名殴打法院干警、某庭庭长赵新民（现为城关法庭庭长）的凶手供认：因为姚怀疑赵举报他，姚便指使他们诱骗赵出来喝酒，以酒为“媒”打伤赵的脸部，让其无法出门见人。因为县上要开“两会”了，怕赵举报，后来他们直接去了赵家，在家里将其打伤。在庭审中，他们全部翻供，说他们没有受姚的指使，是自己去打的赵。但他们又承认：姚曾把他们叫到办公室，并给看了举报信，“好像”也说过举报人“好像”是赵新民。

检察机关认定，姚晓红的报复陷害罪铁板钉钉。

这里还有个插曲。近几天，记者在北京和运城几次收到一个陌生男子的神秘电话，称要提供姚晓红新的犯罪线索，并问清了记者在运城的住处。今天下午，该男子出现了。原来，他是姚晓红的小舅子赵某，前不久刚被聘为绛县检察院的检察员。他与姚的妻子等人指责本报以前的报道“严重失实”，并告知欲委托律师起诉本报及文章作者。

姚的亲属们对“三盲”一词提出质疑：姚小学毕业，怎么会是文盲？姚的“法律水平”在法庭上你也看得出来，怎么能叫“法盲”？至于“流氓恶棍”，更是人格污辱。

另外，对姚“生活”、“工作”中的一些细节，他们也纷纷提出辩解。如：姚喝人奶，他是用人奶做“药引子”；对姚的家产检察机关也做出评估，只值 17 万元，本报在报道中严重夸大，等等。

在庭审中，已被收监的姚晓红只上了两次厕所，而在 7 月份的庭审中，在医院病房里休养多日的姚以吃药、上厕所为由，共 11 次打断庭审。今天中午休庭时，姚案的重要举报人樊江在法院门口差点“尝”到姚家人的老拳，幸亏电视台记者赶来才解了围。

今天开庭持续到 21 时 30 分。明天，姚案将继续审理。

（《法制日报》，1999-12-29）

**资料：**“三盲院长案”系列报道，堪称 1999 年最引人注目的系列报道之一。这组稿件简洁、犀利，行文干净利索，突出了《法制日报》反映民众呼声、鞭挞假恶丑的一贯办报作风。这是一组成功的系列报道。

“三盲院长”东窗事发后，《法制日报》一直关注着这桩案件。在办案最困难的时候，通过内参等形式对“专案组”予以支持。因为“三盲院长”姚晓红本人根底颇深，案发后，有人坚持“姚只是工作中有错误，顶多给判个三年两年”。一审判决后，山西高级法院以“事实不清，证据不足”为由，发回重审。在关键时刻，《法制日报》更是加大了舆论监督的力度，一直追踪到二审判决。姚晓红的家人多次发出威胁，但作者不为所动。

（注：有关最后审判的报道在 2000 年发表）

## “三盲院长案”即将宣判
## 一名同案被告人昨天死亡

震惊全国的“三盲院长案”今天继续开庭审理，姚晓红“因病”被法警抬上被告席。

与前几天不同的是，今天在审判台上只有姚晓红、田东林、赵五、魏文焕 4 名被告人，同案另一名被告人刘俊峰于今天下午死亡。据知情者透露，刘的死亡与醉酒有关。法警到刘俊峰家传他到庭时，发现他不省人事，刘被送到医院后不治而亡。

刘俊峰今年 29 岁，原任绛县法院城关法庭助审员。检察机关指控，姚晓红在担任法院副院长期间，得知有人告发其违法行为，便怀疑该院干警赵竞喻、赵新民。姚指使法院临时工赵五及干警许峰、赵满江（均另案处理）等人，以喝酒为名，将二赵诱出喝酒。以醉酒为名，打伤他们的脸部，让其无法见人，以避过县里的“两会”。由于种种原因，“鸿门宴”一直没有得手。1997年5月7日晚上12点，赵五、许峰纠集刘俊峰，将赵新民殴打致伤，赵新民的老母亲在儿子被打后粒米未进，5天后死亡。

去年年初，几名涉案被告人交待了这一事实。3月10日，刘俊峰因涉嫌报复陷害被检察机关立案侦查，同时，被运城地区公安处刑事拘留，3月17日被取保候审，在庭审中，刘翻供。

由于刘俊峰突然死亡，有关他的诉讼程序随之终止。

在今天的庭审中，公诉人出示了检察机关2000年元月2日调查的新证据，更加充分地证明了姚晓红的贪污罪行。检察官为了打击犯罪不辞劳苦的工作作风，在旁听席上引来啧啧赞扬之声。今天，公诉人对姚晓红“滥施淫威、为所欲为、无法无天、称霸一方”进行了有力的控诉，他请求法院对姚依法“从重判处”。

辩护律师为姚晓红作了无罪辩护。她说：姚晓红的非法拘禁、报复陷害、贪污、挪用公款4项罪名均不成立。在这位来自天津某律师事务所的女律师的嘴里，姚的罪行好像是包括本报在内的一些新闻媒体制造的。她说：新闻媒体把姚晓红描绘成一个十足的恶棍，激起了全国人民的极大愤慨，她请求法庭不要受舆论“误导”。

在法庭上，姚晓红因为“身体原因”，不作最后辩论和最后陈述。但谈及向受害人赔偿时，姚颇有“底气”地说：那些被非法拘禁的百姓“都在犯罪”。

另外据悉，近日本报报道姚案审理的消息到达绛县，在当地又一次引起轰动。当得知姚“准备”起诉本报等媒体后，一些群众纷纷举报姚晓红团伙新的犯罪线索。

庭审结束时，审判长宣布：姚案将于近日宣判。

（《法制日报》，2000-01-04）

# 生命的留言

◇ 张严平　谢金虎

年仅 37 岁的陆幼青面对死亡的那份平静、坦然、尊严与快乐，让众多人思考活着的意义。

## “不到生命的最后一刻，我绝不放弃！”

病房很安静，床前的一篮鲜花散发着淡淡的幽香。自 11 月 11 日陆幼青把《生命的留言——〈死亡日记〉》送给他的妻子和女儿之后，已谢绝一切新闻媒体的采访。我们在一位朋友的引导下以非正式的形式在上海普陀中心医院见到了他。

他躺在病床上，用沙哑的嗓音微笑着说：“我正在继续与死神谈判。”

他的妻子牧言在一旁告诉我们，陆幼青正在经历最艰难的时刻，肿胀已经由腿发展到胸部，并且腹腔开始积水，身体每次改变一个微小的姿势都需要别人的帮助。尽管如此，陆幼青仍然不止一次地对家人和医生说：“不到生命的最后一刻，我绝不放弃！”

陆幼青现在每天坚持在妻子的搀扶下围着床走两圈，晚上还要听中央电视台的新闻联播，更多的时候是和妻子一起回忆过去的幸福岁月。他常常提到他们每年都要在家中的院子里栽种那些向日葵，那是他最喜爱的植物，由他自己设计的那本《死亡日记》的封面，就是一朵盛开的金色的向日葵！

妻子轻轻打开那本小书，给我们读了丈夫写下的话：“向日葵笑脸为形，真金如色，且懂得寻找阳光。”

一股热流打湿心房，在这个美丽生命的最后日子，我们听到了灵魂的歌唱。

## “他站在铁轨上，听着死亡列车的汽笛，心中十分清楚生活中最重要的是什么。”

陆幼青第一次接到不祥的信号是1994年圣诞节后的第一天，他觉得胃疼，吃不下东西，以为是老胃病又犯了，哪知到医院一检查，化验单上写的竟是“胃癌晚期”。

那个冬天他的心寒冷痛苦。32岁的人生是最有创造力的年华。他1985年从华东师范大学中文系毕业后，做过教师，后下海与朋友合作开办广告公司，很快闯出了一片自己的天地。他有一同读过大学的贤惠妻子，有可爱的女儿。然而，“胃癌晚期”四个字如生命中的“黑客”把这一切都搅乱了。他措手不及！

习惯于做选择题的思维方式使陆幼青慢慢冷静下来。痛苦之后，他开始给自己做各种各样的选择题：“哭能治病吗？如果不能，那就以后再哭吧。有人战胜过癌症吗？如果有，我为什么不试？答案简单明了，就是这些简单的符号使我学会了与‘狼’共舞的生活。”

检查结果出来后的第10天，他便做了手术。为了减轻麻醉剂日后对大脑思考的影响，他请求使用半身麻醉，手术后的十天十夜，他强忍着疼痛一声不吭。他的胃被切除了4/5，为了尽快康复，他强迫自己多吃东西。手术3个月后，他又开始了工作。

此时的他，已经是开始感受到生命重要的人，事业和生活在他的眼里都有了与以往不同的境界，他变得更豁达更开放。生活着是美丽的，工作着是快乐的，很多时候，他几乎忘记了自己是一个癌症病患者。

不幸的是仅仅4年之后，他又一次遭遇劫难。1998年夏天，陆幼青再次被确诊为患腮腺恶性肿瘤，他做了第二次手术。术后医生为他安排了24次化疗，但做到第6次时，他拒绝了。“人有死亡的尊严，应该自己选择死亡的方式。”与其在这种按部就班的程序中死去，不如将余下的生命去做一些新的尝试。他在《死亡日记》中写道：“我是中国式流水线治疗的反叛者。”

陆幼青转而向中医求治。他跑了很多医院，访了很多民间大夫，尝试过各种偏方以及特殊疗法，为的是抓住哪怕万分之一的希望。

然而，万分之一的希望也破灭了。第二次手术只有半年，腮腺恶性肿瘤再次复发，且来势凶猛。他脖子上的肿瘤长得已有网球大小，进而向前胸发展。不久，医生宣判：他只剩下100天的生命。

陆幼青哭了，他与妻子相拥而泣。毕竟事实是如此的残酷：他就要抛弃精彩的事业、温暖的家庭，抛开种种美好，去为黑色的死亡准备祭礼。

看到庭院里自己和妻子亲手栽种的向日葵，朝向阳光，努力地开放着。他的心热了。他再一次做选择题：死亡能逃避吗？既然死亡无法逃避，为什么不珍惜走向死亡途中的每一天，让生命多一些快乐与美丽呢！他相信，死亡会终结生命，但不会终结感情的联系。他坚信，生命因结局而美丽。于是，他对自己说："写吧。"

## "生命真是个奇迹，不管在哪一个段落，都有美丽的风景，只要不轻易地关上梦想的窗户……"

2000年8月3日是陆幼青10岁女儿的生日，他写下第一篇《死亡日记》。

这之后，他每天早晨6时准时起床，坐在电脑前写当天的日记。他说，他每天花在写作上的三四个小时，是苦苦等来的一天中最愉快的时刻。

9月，他的体力明显下降，常常会体验到生命失控和流失的感觉，坐在那儿，突然就会睡着了。他已无力坐在电脑桌前，便改用便携电脑，靠在床上继续写。

10月，他的身体状况急剧恶化，脖子、前胸、腰腹大大小小的肿瘤开始溃破，流出的液体散发出难闻的味道。麻醉药对他身体疼痛的减缓作用越来越小，医院里给他开出了镇痛强度最高的麻醉剂——多瑞吉，但很快多瑞吉的药效由原来的72小时减至36小时。他在日记中写道："有很多次，我怎么也写不下去了，身体的痛楚是如此的强烈，我必须不停地转换姿势，而每换一个姿势，身体上各个部位的疼痛要持续十来分钟才能平静，十来分钟后我又觉得需要下一次新的挪动来让我的身体感觉更舒服一点。"肿瘤疯狂地生长，癌细胞夺走了大量能量，他经常感觉饥饿，而长时间的浮肿已使他的食道和喉管严重变形，吃一点东西都会呛出来，要想吃饭只有等浮肿消退，这一等长则 6 小时，短也要 3 小时，他每天就在这种病态饥饿中煎熬着。陆幼青家里的阿姨每次和邻居说起这事都要哭："要是换成别人变成那个样子真的就不想活了，可他一点都不厌世，还一样和妻子女儿说说笑笑，从来没见过这样的人。"

陆幼青继续顽强地写着他的《死亡日记》。脖子上越长越大的肿瘤使他的颈椎不堪重负，后来他连电脑也敲不动了，就躺在床上口述，用录音机录下来，再由妻子整理出来。"我当然在受罪，但给予他人能使我感觉自己还活着。"

终于写到 10 月 23 日，陆幼青 37 岁的生日。他已耗尽体能，决定封笔。

73 篇、15 万字的《死亡日记》连同它的写作过程犹如一个生命的田径赛场，展示了一个站在死亡边缘上的生命的真实律动：他的钢铁般的意志，他的柔弱如丝般划过心头的伤痛，他的生的欢乐与渴望，他的死的尊严与从容，所有这一切，都使这场生命的比赛惊心动魄。

## "我努力维持着日记的美丽，不让疾病的颜色沾染，更不想让死亡的气息把它渗透。"

无论如何，陆幼青的时间已经不多了。就像他在告别读者和网友时说的："我自己知道，已经到了需要向人生说再见的时候了。"

10 月里的一个秋光明媚的日子，他"带着买第一套房子的心情"，和家人一起来到上海西面的福寿园，为自己挑选一块墓地。

近日，他又录制了日后自己在自己追悼会上的"悼词"。

他还有什么要说的吗？

对朋友，他已无法表尽心存的敬意。在他第一次确诊癌症并手术后，是朋友向他敞开工作的大门："来吧，我们需要你！"从此，他的事业飞速拓展，直到他的《死亡日记》发表以后，他所在的上海浦东房地产展销中心的员工们才知道，常常一连三四天加班加点不合眼的副总经理竟然早已身患绝症。"真诚的友情和尊重是真正的良药。"他在日记中写下这样的挚言！

对妻子，纵已说过千言万语，又何止“相知”二字了得！在他与死神对峙的日子里，是妻子对他的爱、对他作为一个癌症病人所选择的独有的生存方式的充分理解和支持，使他直到今天仍活得像一个大写的人。无论在怎样困难的情况下，妻子总是告诉他：“做你想做的事，你能行！”因此，他从没有被癌症打败的感觉，相反，他是胜利者。正是在6年与癌症对抗的过程中，他的事业发展，家庭生活改善。在生命的最后日子里，又是在妻子的支持下，他从死神的手中夺出一本《死亡日记》。“妻子给我的是真实的爱情，不仅仅是精神上的关爱和病榻前的照顾，更是一种理解。大难临头，还能想到对方，这是真爱情。”

还有他的女儿，女儿是他心中的第一啊！他把全部的日记都留给她，希望她在稍后的岁月里能读懂它，从中得到爱、快乐与智慧。

他还写了许多关于肿瘤病人的话，他的日记当初之所以决定上网发表，就是想要唤起社会对这一类病人生存状态的关注。

陆幼青没有想到的是，这场生命与生命的对话，在无数读到它们的男人、女人、老人、青年人、健康人、病人的心中刮起了大大小小的风暴，人们震惊着、感叹着、思索着。

什么是爱，什么是幸福？如何活，怎样死？人生最重要的是什么，人生最美丽的是什么？……

一位智者说过：“一旦你学会了怎样去死，你也就学会了怎样去活。”年仅37岁的陆幼青走在死亡面前的那份平静、坦然、尊严与快乐，让众多的人思考活着的意义。

起身告别，陆幼青拱手回送。他说：“我十分感谢各界朋友给予我的关注，这其实是一种对生命主题的关爱，我不过是个引子而已，惟其如此，我感到幸福！”

境界，让死亡也充满韵味。

陆幼青真的可以无怨无悔地走了。在他的梦中，将会永远地出现那幅曾经无数次地出现在他脑海中的美丽意境：在一座遥远的山里，向阳的山坡，有一种名叫向日葵的植物在生长，笑脸为形，真金如色，且懂得寻找阳光……

（新华社上海（2000年）11月24日电）

# 我是“蜘蛛人”

◇ 吴志刚

**背景** 他们在钢筋水泥森林的枝干上讨生活。一根随风飘荡的大绳，系着他们疲惫的身子以及一家人的期盼——他们的身子飘浮在城市高层建筑物的外墙上，他们的工作就是清洗或修补这一堵堵高得惊人的墙。

这项危险的职业被称做“蜘蛛人”、“壁虎行”。今天，在这座日益长高的城市，我们经常可以看到他们悬在高空的身影，却从来没人真正关注这群卑微的生命。当我成为他们当中的一员时，我深刻体味到了现实给予我们的苦难、平庸和尊严，还有幸福。

体验角色：高楼清洗工

体验时间：9 月 15 日、9 月 24 日、10 月 7 日

体验地点：南昌市各高楼外墙

## A. 关于蜘蛛人

那个阳光明媚的秋日，当我骑车从中山桥头省工商银行的大楼前驶过时，一阵纷纷扬扬的雨点打在我的额头。因了晴天不可能下雨的诧异，我抬头看天。却见高耸入云的银行大厦顶部，伸出三根长绳，每根长绳上像蜘蛛吐丝般悬吊着一个人，正是他们手中挥舞的冲洗枪喷出的水，如飞花溅玉般在空中碎裂成雨。我不免惊讶于他们身在高楼下临无地，却胜似闲庭信步的身手，当我的脖子终于有点酸的时候，才意识到这样的高度对于常人的不可想象。

我知道国外把这种职业叫做“蜘蛛人”。这个概念之所以由海外舶来，只缘于国外城市建筑高度的增长早于我们，所以才率先催生了这个行当。

“蜘蛛人”，这是一个相当形象但又多少有点怪异的称呼。人之既为蜘蛛，他就必须像蜘蛛一样在高空中织网、行走，具有蜘蛛一般的在陡直墙壁上攀爬的绝技。最近知道有关“蜘蛛人”的最惊人记录，是一个“蜘蛛人”徒手爬上法国的埃菲尔铁塔——国外的“蜘蛛人”已演变成一项冒险者的游戏，而我们城市里的这个群落，却是为了生活而把生命托付给那根长绳，这同样值得我们尊重和关注。

同事们听我解释了很久才弄明白“蜘蛛人”这个概念，当他们听说我要去体验这个角色时，纷纷嗤之以鼻：“我怀疑你有恐高症，保不准栽下来！”周刊主编在我临行前还深沉地拍着我的肩膀：“千万注意安全！”就凭这些，我就明白了那些飘荡在高楼间的人们，确实具有常人所没有的胆魄。

可是要真正进入“蜘蛛人”的世界却并不是一件容易的事。

首先找到他们就颇费周折。以前不经意间常看见他们在高楼间晃晃悠悠，但刻意找时却失了踪迹。后来才知道那几天创卫，许多地段不能施工。而据业内人士介绍，整个南昌市干这一行的，不会超过十支人马，往南昌的水泥森林里一撒，要立马找出来岂不是大海捞针？

再者“蜘蛛人”这个行当还有一定的封闭性。我好不容易找到一支施工队，人家听说我是记者，委婉些的会说：“我们这项手艺不传外人。”刻薄一点的则说：“你摔下来我们可担不起责任！”

## B. 我不能有恐高症

总算功夫不负有心人。连日转悠的我终于在长远公司附近一幢刚竣工的20层高楼上，发现了“蜘蛛人”的踪迹，于是不要命地往顶楼爬。这幢楼的电梯尚未使用，整整20层400多个台阶是我一步步挪上去的。我一打开顶楼的门，一股强劲的风立刻把浑身的汗珠吹成透心凉。只见顶楼上的电视接收塔基座上，捆绑着3根5厘米粗的尼龙绳。尼龙绳被绷得笔直，下面悬着的正是“蜘蛛人”！尼龙绳旁边，站着一个身体瘦小但非常结实的汉子，常年的户外作业，他的脸被日晒风吹成酱红色。这个汉子正从楼顶探出身去指挥着“蜘蛛人”施工，一见我走近，立刻警惕地说：“你注意不要绊上绳子，那可是命根子！”

我由衷地表示了自己的钦佩：“你们真是飞檐走壁，技艺超群！”

汉子竟出乎我意料的健谈："都是为了生活。在国外咱这叫'蜘蛛人'，早司空见惯了。"我说："你谈吐不俗。"汉子笑了，露出一排白牙："不瞒你说，我也曾是读书人！"

彼此谈得投机，他有些腼腆地递上了名片，并赶紧说明："这玩意儿是接工程用的。"

他的名片上写着："壁虎行 李润翔 主任"，"虽然大家叫我们'蜘蛛人'，但我更觉得自己像生活在墙上的壁虎，所以取了这个名字，主任是为了业务方便，我自封的。"李润翔担心我不明白，"我们都是从贵州山区来的。那里山高路险，人们从小就练就一身翻山越岭的本领，所以干这一行出道快！"

"我可以干这一行吗？"我趁机提出了自己的要求。

"我明白，你这叫体验生活。"这个贵州人倒是很机灵，"我愿意收你做徒弟，但你自己要吃得住这种苦。"

李润翔打量着我的身材："胖了点，但还凑合。你有没有高血压和恐高症？"

我惟恐他变卦，赶紧声明："我什么毛病也没有！"

"你要对自己负责，这可不是做游戏！我有个老乡去年在深圳学徒时从国贸摔了下去，那个惨，连全尸都拼不齐。"李润翔突然严肃起来。

我怀疑他是在对我进行心理考验，虽然怕得不行，但嘴上不服软："我玩过跳伞，这个高度我不怵。"

李润翔不再和我谈笑，他把我带到大楼的边缘："记者徒弟，你的磨难开始了。"

## C. 第一项训练

训练的第一项内容是适应高空反应。

猛然间站在20层高楼的边缘，高空风呼啸着从我的耳畔疾驰而过，脚下的大地似乎在流动，高层建筑物的雄伟一瞬间使我备感自身的渺小。低了头看脚下，汽车像甲虫，人群密密麻麻地蠕动。隔得太远，高空听不到市井喧嚣，有一种令人心悸的寂静。我的心跳猝然间加快了许多，血往脑袋上涌。我竟然有了放弃这段高度，飞身跳下高楼的幻觉！

多亏李润翔适时地提醒。“别看太久了，否则你非跳下去不可。”他告诉我，人在高处久了，往往有飞跃而下的冲动，而且你越盯着一个地方看，这种冲动越强烈。“所以，你心中必须重视这个高度，但是又不能总往楼下看。工作时你只要注意面前一平方米大小的墙壁就行了。那是对你有实际意义的距离。”

他的理论似是而非，但肯定来自实践，我无从反驳。

接下来的一天，李润翔在大楼的楼顶把我指挥得团团转。送工具、送水管、检查大绳的牢固程度、搅拌各种清洗剂、防水剂……

高空清洗队的主要工作有两项。一项是大楼的外墙清洗。现在城市的高层建筑多采用玻璃幕墙、铝合金外墙及瓷砖外墙，但由于空气污染难免蒙垢，定期清洗就必不可少。清洗的主要工具是高压水枪和专用酸性清洗剂。“蜘蛛人”还有一项工作是大楼的外墙防水。主要对象是以瓷板作为贴面的外墙。目前绝大部分高楼都存在外墙瓷板的接缝渗水的毛病，整治的惟一办法就是由“蜘蛛人”在接缝上先涂 1 次勾缝剂，再涂 2 次防水剂。高楼养活了这个群落，所以他们对高楼有一种特殊的感情。

一天下来，我的 3 位师兄在烈日下从高楼上三上三下，我也在楼顶边缘消磨了万丈雄心。腿已经不听自己的使唤，手早已被那些沉重的涂料桶磨起了血泡。惟一的收获是我对自己所处的高度几乎有了一种麻木感，我已经习惯了只看眼前，而不会拿所在高楼的高度和周边的景物对比。我突然想起了《庖丁解牛》，原来“目无全牛”确实是技艺的高境。

从高楼下到平地，我立刻发现脚踏实地是多么的亲切。但腿软绵绵的，像踩棉花，几乎都不知道怎样走路了。

李润翔扶着我，他感慨地说：“当年我第一次上楼也累得几乎要趴下，但为生计所迫，我不得不咬紧牙关挺了下来。”

第二天我全身发酸，不免打了退堂鼓，没有去找我的师傅。

### D. 心跳到了嗓子眼

就在我几乎要淡忘昔日的豪情时，9 月 24 日，中秋节，我突然接到李润翔的传呼：“记者同志，能否和我们几个外乡人一起过中秋节？”我的心底蓦然一动：原来我也曾有过关注普通人生存状态的初衷，为何一遭遇他们真实的生活就知难而退？

七转八拐，我终于找到了李润翔和师兄们在郊区租的平房。原来他们的身后，都背负着一个家庭：妻子、一个或两个未成年的孩子。他们租住在一起的原因是：以前在村里就是前后邻居，这行当讲究的是团队协作精神，所以大家住在一起容易形成相濡以沫的感情。“这就是你们本地人干不过我们的原因，”李润翔自豪地说，“我们彼此就像亲兄弟。”

妻子们大都30岁上下的年纪，贵州人特有的脸形和身材，多年提心吊胆的日子使她们形神俱疲，每个拥挤的家庭正中都供着观音像—— 那是保佑她们丈夫平安的。

吃的是自制的月饼，这种月饼的馅不是甜的，包的全是时鲜蔬菜。喝着师兄们从家乡带来的一种谷酒。李润翔感慨地说：“这比在家乡强多了。我们那里天无三日晴，地无三尺平。没啥耕地，窝在穷乡僻壤一辈子都得受穷，所以我们冒点险出来也值。娃们也有书读，虽然贵了点。”

李润翔介绍，“蜘蛛人”的报酬是按施工墙面的面积计算的，一般20元一个平方。如果有活干，每个人每天的收入至少是50元，多的可以达到100元。

中秋节的夜晚，他们照样要加班。

当我又一次站在高楼之巅的时候，才发现上次的磨炼真的有了效果，这就是我心态的平静。李润翔说我可以进入他培训计划的第二步：上绳见习。

这次清洗的强威大厦位于风景秀丽的百花洲旁，脚下是繁华的中山路和波光闪烁的南湖。

李润翔突然严肃起来，他一言不发地仔细检查绳具。他们实际上是坐在一个木板和绳索组成的篮子里，这个篮子又用活动绳扣联结到顺墙而下的主绳上，操作者松紧活动绳扣就可以控制自己在墙面的高度。

我把自己套进了板篮，身子悬空在楼台边，心突然无端地紧张起来，毕竟这是我第一次悬在这么高的空中。“注意平衡！活动扣不要松得太快！”李润翔轻轻一推，我顿时天旋地转地飘荡起来。我的手紧紧贴住冰冷光洁的瓷砖墙面，那墙面在中秋夜的月色照耀下泛着青辉，我的心几乎要跳到嗓子眼。好一会儿，我的大脑终于可以指挥自己了，我试了一下活动扣的灵活程度，顿时一下子滑下去好几尺，就在惊慌之际，自身的重量拉紧了活动扣，我猛然又停留在了空中。我的师兄们已在周围一言不发地涂着清洁剂，他们不善言辞，但那安然自若的神态分明鼓舞了我，我于是有了在空中呆下去的勇气。据李润翔说，新手惊惶失措导致在空中翻滚，而被绳子缠住身子是最危险的，那时候上不得上下不得下，足以惊去你七魂六魄。好在我尚有余勇闯过这一关。

上绳见习实际上无事可做，手上不必拿着刷子水枪，也不必像师兄们一样屁股下吊个水桶（里面装的是清洗剂或防水剂），只须随着师兄们上下左右滑动，掌握在高空中平衡自己的技巧。天上玉兔东升，脚下万家灯火，我分明有一种对于劳动的感动。这些平日决不会引起你注意的人们，他们以被生活逼出的胆魄，流自己的汗，吃自己的饭，一直固守着以体力换取生存的最原始的交换方式。他们卑微、平庸，但他们黝黑的脸，长满老茧的手和腿上被绳子勒出的深痕，证明他们还有我们许多人没有的人格尊严。

## E. 终于“无证上岗”了

再一次像只蜘蛛悬垂在空中时已是10多天之后，其时我已突破高空停留的心理障碍，可以参加施工了。我的屁股下面多了一只装满防水剂的塑料桶，手上多了一把刷子，我笨拙地在南昌海关附近刚竣工的一幢大楼上滑动。李润翔说着他的感觉：“在大楼外墙上，我觉得自己是自由的骑士。以前我打工时给泥工做下手，他们老嫌我在脚手架上笨手笨脚，我一气之下就离开了他们，终于找到自己的战场。”

那一天我记不住自己做了多少次刷墙动作，只知道下来后胳膊根本抬不起来。真正工作起来，我才发现真的忘了身在高空，眼前只有那壁立千仞的墙。

那天，我是“无证上岗”者——其实所有的高楼施工者都必须到劳动部门申领上岗证，考核合格的才有资格做“蜘蛛人”。

我向李润翔告别时，他拍着我的肩膀说：“我不会笑话你矫情做作，但我必须告诉你，你这只不过是走马观花，真正的生活是体验不出来的。”我无言。

李润翔今年31岁，他1986年考入贵州省建材工业学校硅酸盐专业，一年后，因母亲患风湿病瘫痪及父亲干活从山上摔下致瘫而辍学，从此开始打工。他说："我们没有选择工作的权利，但我们可以选择自尊。"

（《江南都市报》，1999-10-10）

# 帕米尔赤子

## ——记新疆乌恰县人民医院院长吴登云

◇ 本报记者 刘 虹 陈会扬

壮美的天山雪岭昂起了头，奔腾的克孜勒苏河唱起了歌，美丽的玉其塔什草原跳起了舞，热情的柯尔克孜牧民捧出了美酒。帕米尔高原动情地传颂着一个汉族医生的名字——吴登云。

在伟大祖国的最西端，在帕米尔高原上，壮丽的天山和巍峨的昆仑山交汇出一个“雄伟的山口”——乌恰。

新疆克孜勒苏柯尔克孜自治州乌恰县，就是这么一个三面高山环绕，雪岭逶迤，海拔在 1 760 米～6 146 米，平均每平方公里只有两人的边境小县。这里高寒缺氧，每年 167 天风沙弥漫，1.92 万平方公里大多为荒漠戈壁，以柯尔克孜族为主的 10 个民族 4 万多人居住在这里。

36 年前，一个年轻的汉族医生从万里之遥的江苏扬州来到这里，为这里的人民捧出一颗赤子之心，奉献了自己的一切。他，就是乌恰县人民医院院长吴登云。

柯尔克孜人民说，吴登云做的好事，就像高原天空上的星星，天天看得见，可就是数不清。

### 13 000 个日日夜夜，20 000 平方公里的荒漠大山，写满了人民医生的赤胆忠诚

1963 年，吴登云从扬州医专毕业后主动要求来到新疆。在乌鲁木齐，他在全体同学中第一个举起右手，报名来到“万山之祖”的帕米尔高原，来到离家乡扬州5 600公里的乌恰县。

坐了 7 天的大卡车，公路上半尺厚的沙土被车轮卷起，纷纷扬扬洒到身上。到了乌恰，浑身上下全是沙土，只有两个眼珠是黑的。在

这里，吴登云度过了最艰难的头3个月。这3个月，使他完成了把理想变为脚踏实地的行动的跨越。

柯尔克孜——著名的“马背民族”，大多在大山深处放牧。吴登云开始骑着马、骆驼和牦牛，翻山越岭送医送药。那是怎样艰辛的一次跨越啊！当时全县只有一辆吉普车，县医院只有3匹马。下乡的路以星期、以月来计算，山里还有狼和豹。吴登云肩背猎枪，鞋里藏着匕首，一个口袋里放着3发子弹，另一个口袋放听诊器，背着一袋糖水、一袋盐水、几斤馕和5公斤马料就出发了。

吉根乡离乌恰县城100多公里，海拔3 000多米。在这里，吴登云第一次走进毡房，让牧民们眼前一亮。多少年了，大山深处的牧民没见过骑马来的医生。700多人的吉根乡当时无医无药，毡房里躺着许多病人——感冒、肺心病、风心病。肺结核病人不停地咯血，拉肚子的已经直不起腰，吴登云心里非常难受。他一个毡房一个毡房地巡诊。

该吃饭了，由于大雪封山，运粮的骆驼上不来，大家只能喝奶。一开始光喝甜奶，直胀肚子，后来改喝酸奶，几天下来胃直反酸，一丁点儿青菜也见不到，这让来自江南水乡的吴登云非常难受。

然而，最令吴登云难过的，是自己对农牧民的许多疾病束手无策。离吉根乡9公里的一座毡房中，一位50多岁的妇女阑尾穿孔，已经昏死过去。吴登云多么想立刻把她送到县医院啊，可她已经上不去骆驼了。另一座毡房里有个牧民胃穿孔，吴登云火速跑到边防站给医院打电话求援，可医院没有车，吴登云眼睁睁地看着病人死去。这，给了年轻热情的吴登云极大刺激。“病人盼着我能给他们治病，可那么多的病我都治不了，我能算个医生吗？能治好病的医生才有价值，治不好病的医生就没有价值。”

他用自己微薄的工资买了4条狗，在狗身上反复开刀，肺切除、肠切除、胃切除、阑尾切除、植皮，什么都做。吴登云说，他的狗是世界上最痛苦的狗，他是世界上对狗最残忍的人。

到喀什地区医院进修，吴登云这样安排他的时间表：先到外科实习；然后到五官科，重点做白内障手术；然后见缝插针到妇产科，看人家做剖宫产、子宫全切术；晚上到放射科看片子，5 000多张片子一一研究；星期天到内科、儿科，看医生是怎么处理病人的。终于，吴登云成了一个“全科医生”，能在县医院的手术台上、能在乡卫生院的土坯房里、能在牧民的毡房里、能在边防哨卡里抢救病人，手术可以“从头做到脚，从皮肤做到骨头”。

大山里的农牧民患者有了自己的“救星”。乔拉斯塔村有位柯族妇女难产，吴登云飞身上马赶去。风在呼啸，雪花漫天飞舞，吴登云迷了路，走着走着又回到了原处。吴登云心急如焚，情急之中，他盯住远处一座朦胧的大山，快马加鞭，终于在天亮前赶到了。在毡房外焦急等候的牧民，看到浑身是雪的吴登云，欣喜万分。此刻，产妇已失血过多，心力衰竭，吴登云熟练地一阵忙碌，婴儿的长啼在毡房里响起。

36 年，13 000 个日日夜夜，吴登云走遍了乌恰的 30 个自然村、50 多个牧业点，每个山沟都留下了吴登云的足迹。上到 80 多岁的老人，下到几岁的孩子，农牧民们几乎没有不认识吴登云的。吴登云的青春，就是在那几千米高的冰山上、在寒风刺骨的马棚里、在滚滚而来的泥石流面前闪着光！

## 7 000 毫升鲜血，13 块皮肤，铸成血肉相连的民族深情

血浓于水。

在柯尔克孜族人心里，血是一个人的生命和灵魂。然而，吴登云竟把自己的“生命和灵魂”献给了各民族的病人，还有什么比这更让人感动的？

1966 年寒冬，吴登云到乌恰的第 3 年。

一名柯尔克孜族妇女患了功能性子宫出血，严重的贫血使她软软的双腿很难支撑枯瘦的身子，偶尔下床活动，挪几步就眼冒金星。

怎么办？吴登云决定为她输血，改善病人的身体状况。可哪儿来的血呢？医院没有血库，100 公里外的喀什远水解不了近渴，抽亲属的？柯尔克孜人当时对此还非常恐惧：“抽了血会死的。”年轻的吴登云决定自己献血给病人。

一个汉族医生的 300 毫升热血救了一位柯尔克孜族姐妹，更震撼了大山里幽居的农牧民！

吴登云却说：“我献点血，对健康损失不大，可救的是一条人命。一个人一辈子能救一条人命的机会不多，这是天底下最值得做的事。”

从那时起，吴登云每到危急时刻，就毫不犹豫地挽起袖子为病人献血。30多年来，他无偿献血30多次，共7 000多毫升，相当于一个成年人全身血液的总量！

提起这些，乌恰的各族群众无不热泪盈眶。哈里切的母亲1983年产后大出血，从乡里转到县医院，是吴登云的300毫升鲜血救了她。现在，当初降生的婴儿已经快17岁了。哈里切噙着热泪："如果没有吴院长，我就没有妈妈了。"

已经长成大姑娘的赵燕媛，小时候腹泻严重脱水，送到医院已经昏迷。吴登云决定为她输血，当时却找不到人来抽。吴登云把胳膊和注射器绑在床上，自己跪在地上，满头大汗地从自己血管中抽出鲜血。小生命得救了，家长提来两只老母鸡，要给吴登云补补身子。吴登云坚决不要，他说："治病救人，本来就是我们医生的责任。"

年过半百，吴登云的身体已经大不如前了，可他依然献血。1993年6月，阿图什供电公司的杨育青受伤，送到医院时脉搏、血压都没有了。已经53岁的吴登云一面向喀什求援，一面又挽起袖子："来，先抽我的血给伤员，稳住血压。"正是这300毫升"救命血"让死神却步了。献了血，吴登云照样站在手术台上。同事们劝他，他说："人家白求恩给伤员献血的时候，头发都白了。一个外国人都能做到，中国医生就做不到？何况我比白求恩年轻多了。"

终于有一天，吴登云挺不住了。

当吴登云再一次伸出胳膊时，护士大吃一惊：一个月前他才献过血，人体内红血球恢复得120天。护士不忍："再等等吧。"吴登云说："再等下去，病人就没命了。"

又是吴登云的热血挽救了病人的生命。而这时，吴登云两腿发软，身子飘飘忽忽地，一头栽倒在地上……

这就是吴登云。他说："病人躺在你面前，你能救却不救，那还叫医生吗？那还叫人吗？"

从此，吴登云的一家，包括儿子、儿媳、女儿都为危重病人无偿献血，乌恰县医院的各族职工也开始为病人献血。如今，乌恰县医院已经有了一张全体职工的血型表，只要危重病人需要，马上可以根据血型组织人员献血。吴登云用一个共产党员、人民医生的人格魅力，建起了一座无形的血库。

最令柯尔克孜人民难忘的，是吴登云为一名年仅两岁的婴儿植皮的壮举。

1971 年 12 月 1 日，波斯坦铁列克乡牧民买买提明抱着掉进火盆的婴儿，骑着骆驼走了两天来到乌恰县医院，愁得只会掉眼泪。

这时，已是午夜 12 点多了，吴登云一把抱起婴儿跑进了手术室。

婴儿全身 90%被烧伤，三度烧伤达 50%，小生命危在旦夕。

10 多天的抢救，婴儿熬过了休克、感染关，只剩下植皮了。送上海手术保险，可贫困的买买提明哪有钱！吴登云决定自己来试试。他用鸡皮试验了一下，结果失败了。怎么办？他把目光投向了婴儿的父亲，用父亲的皮肤，也许会成功。

买买提明终于听懂了吴登云的意思，他从来没听说过还有植皮这种事，以为植皮就是剥皮割肉，“那样，我会死的。”买买提明惊恐地连连摇头。

怎么办？吴登云想起了另一位汉族医生李贡。当时，他为了抢救一位藏族姑娘，从自己的腿上割下皮来为姑娘植上。吴登云对买买提明说：“我来献皮，用我的皮。”

“什么？割你的皮，你疯了！”医生护士绝不容许吴登云有这般举动，他们坚决不让他“割皮”。

吴登云决定自己来做。他准备好托盘，没有取皮刀，就用剃头刀代替，然后挽起裤脚，注射麻药。因为没有经验，麻药没打好，在下刀子的那一刻，一阵钻心的剧痛……吴登云一声没吭，从两条腿上割下 13 块拇指大小的皮肤，移植到了婴儿身上。

这就是吴登云，一个对民族兄弟充满了真情的医生。他说：“我和少数民族是兄弟。什么叫兄弟？就是把他们的痛苦当做自己的痛苦，竭尽全力去解除他们的痛苦。”

27 年后，买买提明父子再一次来到县城，看望梦里念过多少次的恩人吴登云。父子俩同吴登云紧紧拥抱，泪水长流，感动了在场的每个人。买买提明对儿子说：“我没有做到的事，吴医生做到了。你要一辈子记住，没有共产党的好医生吴登云，就没有你的今天。”儿子托合达西 20 多年一直在想念吴登云，他说：“您是我的第二个爸爸，是天底下最好的人。”

柯尔克孜族人民专门为他创作了一首“白衣圣人”的赞歌：“你深爱着人民，你用热血和生命护佑着我们，你是各民族生命的保护神，你是帕米尔忠诚的赤子!”

## 建起不走的队伍，留下浓浓的荫凉
## ——奉献岂止在手术台上

包尔汗，吉根乡卫生院院长，柯族医生，是吴登云熏陶、培养的“骏马”之一。包尔汗上小学6年级的时候，亲眼目睹了下乡巡诊的吴登云口对口把邻居一位病人口中的痰吸了出来，救了邻居的命。“当时，所有人都感动得哭了，我也热泪盈眶，我永远忘不了那个场面。从那时起，我就决心做一个吴登云那样的医生。”长大后，他也穿上了白大褂。吴登云每次下乡，都要手把手地教他怎么查病，怎么看心电图。更令人高兴的是，过去无医无药的吉根乡，如今已有8位柯族医护人员了。

这就是吴登云的“十年树人”计划。1984年，吴登云当上乌恰县医院院长后，决心建起一支土生土长、不走的医生队伍，解决大山深处群众缺医少药的困难。这是他最大的心愿，也是他最有远见的一步。

吐尔洪如今是县医院外科主任。他永远忘不了，是吴登云把他训练成了一个有用的医生。

1985年春天，吴登云想调乌鲁克恰提乡卫生院的吐尔洪到县医院工作，可吐尔洪的父亲库吐西就是不愿让儿子走，吴登云一次次地让副院长加帕尔做工作。

“库吐西大叔，又麻烦您了。吴院长让我转告您，吐尔洪还是到县里好。他有8年基层工作的经验，人又聪明，如果抓紧时间好好培养，肯定会有大出息。大叔，对骏马要放缰，爱孩子要关心他的前途啊!”

库吐西终于答应让儿子到外边闯了。吐尔洪先后到两家大医院进修，回来后组建了口腔科和泌尿科。

吴登云又手把手教他。“最好的培养方法，就是把刀子让给他们。”吐尔洪第一次做胃切除，吴登云先把胃的解剖图画出来，哪里是胃小弯、胃大弯，怎么结扎，仔细地讲解，然后再让吐尔洪复述一遍。手术时，吐尔洪主刀，吴登云边看边讲，既当导师又当助手。现在，吐尔洪成了业务上的一把好手。

1985年，一场强烈的地震把乌恰县城变成了一片废墟。吴登云和职工们在荒漠上支起16顶帐篷，白天治疗病人，晚上和空闲时间，他就一家一家地到进修的民族医生家里，帮他们办好生活必需品，给每个在外的进修医生写信，请他们放心。

12年来，先后有26名柯尔克孜族医务人员到各级医院进修学习。现在，县医院9个科室的正副主任中，少数民族有7名；3名副院长中，柯族占了两名。

吴登云对少数民族医生的影响不仅在医术上，上班脱岗、喝酒都是吴登云最痛恨的，让他发现了，不光要扣奖金，还要在全院做检查。现在，少数民族医生纪律严明，对病人认真负责。医院有12名柯族党员，都是受到吴登云的教育，并由他介绍入党的。

## 献了青春献终身，献了终身献子孙。这就是一个共产党人的选择

36年中，吴登云多次面临人生选择，而每一次选择，都展现了一个共产党人无私的胸怀。

1977年，老家的好友为他联系好了扬州医院烧伤科的工作，而且“一路绿灯”。朋友告诉他，那里新修的8层大楼非常美，而且很需要吴登云这样的医生。当时正在山里巡诊的吴登云，面对农牧民一双双渴求的眼睛，悄悄地把来信揣进了怀里。

1986年10月，江苏高邮县政府又给吴登云寄来了一份沉甸甸的信笺。家乡在想念她的儿子，家乡在召唤她的儿子，那封信如此热情洋溢，吴登云被深深地打动了。

全家人商量了好几个晚上。这时，县里的病人不知怎么知道了，一起给县委写了信，要求留住吴登云。县长阿山拜克·吐尔地对吴登云说：“你回家乡的心情我们完全理解，人非草木，孰能无情？但乌恰需要你呀！我代表几万乡亲恳请你，留下下来吧，好兄弟！”

吴登云感动了。他忘不了乌恰人民对他的深情厚谊。在牧民的毡房里，老乡为了让他吃好，一只羊没吃完，又要给他杀第二只羊；晚上，老乡总是给吴登云铺上厚厚的毡子，自己却垫得薄薄的；下大雪时，牧民们生怕冻坏了吴登云，用自己的皮大衣紧紧裹住吴登云的脚。

乌恰现在是贫穷，更需要几代人的努力来改变它，改变这里的缺医少药，作为一名共产党员，难道不应该担起这个责任吗？

吴登云选择了留。

1986年，吴登云的父亲病重。当吴登云好不容易赶到家时，看到父亲已被胃癌折磨得不像样子了。那天晚上，父子俩睡在一张床上，一夜没合眼，说不完的心里话。白天起床后，吴登云就给父亲做饭、熬鱼汤，心里却想着地震后不久的乌恰，想着医院。父亲看他心神不定的样子，便问他。吴登云说，现在自己已经当了院长，还有许多病人住在帐篷里，想回去……父亲听了，半天没开口。最后，父亲说："自古忠孝不能两全，你回去吧！我'去'了以后，你可能回不来，后事让你弟弟办，可你一定要把孙子的照片寄来，我想他……"

吴登云含着热泪离开了父亲。父亲去世时，他果然没能回家。吴登云痛心地说："父母养育了我，我却不能为他们尽孝送终。等我退休了，就回家乡给父母扫墓，把我这些年得的奖状、锦旗都放在他们墓前……"

吴燕是吴登云最疼爱的女儿，也是县医院的"白衣天使"。1997年，吴燕护送一位柯尔克孜族病人去乌鲁木齐会诊，返回乌恰时不幸遭遇车祸，光荣殉职。

吴燕走了，母亲杨晓安万分痛心："她本来正在休假，她本来可以不去的！"

吴燕献血救活的阿斯勒古丽、阿克勒古丽姐妹痛哭失声："是好妈妈吴燕救了我们，她永远活在我们心里。"

吴燕救过的王丽的母亲听到噩耗，从百里之外赶来，为吴燕洗脸、化妆，热泪洒落在吴燕苍白的脸上。她为吴燕填上塌陷的眼窝，抹上口红，让她像睡着了一样。

吴登云接到电话，一下子就瘫坐在床上。尔后，他双手抱着头，一声不响，不吃不喝。医院的职工拿着葡萄糖盐水，哭着要为他输液。吴登云猛地抬起头来："你们为啥都来了？病人怎么办？快回去！"这句平常的话，此时此刻却如此荡气回肠，不少人泪流满面，痛哭失声。

两个月中，吴登云没笑过一次。每天晚上，吴登云都要在天黑时独自到树林里静静地"等"吴燕。在黑暗中，他似乎看见吴燕微笑着叫着"爸爸"，向他飞奔而来……

是的，吴燕最知道爸爸的心思。多少次，吴登云教育女儿扎根边疆，奉献青春，吴燕成为一个负责的护士，她给病人输入自己的鲜血，为病人送鸡蛋送饭，主动要求到艰苦的岗位去工作。吴燕的身上，分明有着吴登云的影子。如今，女儿先他而去，长眠在这片父辈奋斗过的土地上。

然而，巨大的悲痛压不垮共产党人的铮铮铁骨，吴登云没有倒下。女儿离去的第二天，他就回到病房，回到了手术台上。吴登云从人生的磨难中重新站起来了，站在帕米尔高原上，站在人民中间，犹如高原上参天的白杨。

吴登云深情地说："如果还有第二次人生，我将毫不犹豫地选择新疆，选择乌恰！"

（《健康报》，1999-06-22）

# 导师母亲

◇ 安金鹏

一个贫穷的母亲，抚养出一个有出息的儿子。其中有不平凡的故事，有最感人的经历。

1997年7月28日，天津一中高三学生安金鹏在阿根廷举行的第38届国际奥林匹克数学竞赛中喜获金牌。当我们前往天津武清县农村采访这位19岁的青年时，这位朴素的农村小伙几乎是一字一泪地为我们讲述了他的母亲哺育他成长的故事——

## 不能让“穷”字耽误了娃的前程

1997年9月5日，是我离家去北京大学数学研究院报到的日子。炊烟一大早就在我家那幢破旧的农房上升腾，母亲在为我擀面，这面粉是母亲用5个鸡蛋向邻居换来的。

端着碗，我哭了。我撂下筷子跪到地上，眼泪一滴滴地滚落……

我的家在天津武清县大友垡村，我有一个天下最好的母亲，她今年47岁，名叫李艳霞。我家太穷了。我生下来的时候，奶奶便病倒在炕头上了。4岁那年，爷爷又患了支气管哮喘和半身不遂，家里欠的债一年比一年多。

7岁那年，我上学了。我的学费是妈妈找人借的。可我发现，自我从上学以后，妈妈反而不爱坐在我身边看我念书了。时间长了，我便明白了：我越是懂事，她便越是伤心，于是她就再也不看我用捆着小棍的铅笔头做作业了。

不过妈妈也有高兴的时候，学校里不论大考小考，我总能名列前茅，数学总是满分。在妈妈的鼓励下，我越学越快乐，我真的不知道天下还有什么比读书更快乐的事。

1994年6月,我被著名的天津一中破格录取,我欣喜若狂地跑回家,可我没想到,当我把喜讯告诉家人时,他们的脸上竟会堆满愁云。

晚上，我听到屋外有争吵声。原来是妈妈想把家里的那只刚怀上驹的毛驴卖掉，好让我上学，爸爸坚决不同意。他们的话让病重的爷爷听见，爷爷一急竟永远地离开了人世。

安葬完爷爷，家里又多了几千元的债。我再不提念书的事了，我把录取通知书叠好塞进枕套里，开始每天帮妈妈下地干活。过了两天，我和父亲同时发现，小毛驴不见了！爸爸铁青着脸责问妈妈："你把毛驴卖了？以后盘庄稼、卖粮食你去用手推、用肩扛啊？你卖毛驴的那几百块钱能供金鹏念一学期还是两个学期……"

那天，妈妈哭了！她用很凶很凶的声音吼爸爸："娃儿要念书有什么错？金鹏考上市一中在咱武清县是独一份呀，咱不能让穷字把娃的前程耽误了！我就是用手推，用肩扛也要让他念书去……"

上市一中后的那年秋天我回家拿冬衣，发现原来80公斤重的爸爸脸色蜡黄，瘦得皮包骨头地躺在炕上。爸爸得了肠息肉，医生让他尽快动手术。妈妈准备再去借钱，可爸爸死活不答应，他说亲戚朋友都借遍了，只借不还谁还愿意再借给咱呀！

那天，邻居还告诉我，我的母亲是用一种原始而悲壮的方式完成收割的。她没有足够的力气把麦子挑到场院去脱粒，也无钱雇人使用脱粒机，她是熟一块割一块，然后用平板车拉回家，晚上再在我家院里铺一块塑料布，然后用双手抓一大把麦秆在一块大石头上摔打脱粒……3亩地的麦子，靠她一个人割打，她累得站不住了就跪着割，膝盖磨出了血……

我不等邻居说完，便飞跑回家，大哭道："妈，我不念了……"

## 妈知道你是最能吃苦的孩子

妈妈最终把我赶回了学校，爸爸的手术也到底借钱做了，只是家里的债务顶了天——整整2.5万元！然而，我的妈妈居然仍有办法让我安心把书念下去。

妈妈为了不让我饿肚子，每个月都要步行10多里路去批发10公斤方便面渣给我送到学校。每个月底，妈妈总是扛着一个鼓鼓的面袋子，步行10里路到大沙河乡车站乘公汽来天津看我。而袋里除了方便面渣，还有妈妈从6里外的安平镇一家印刷厂要来的废纸——那是给我做演算的草稿纸；还有一大瓶黄豆辣酱和咸芥菜丝……

我是天津一中惟一在食堂连素菜也吃不起的学生，我只能顿顿买两个馒头。可我从来没有自卑过，我总觉得我妈妈是一个向苦难、向厄运抗争的英雄，做她的儿子我无上光荣！

我刚进天津一中的时候，第一堂英语课就把我听懵了！老师流利的口语和同学们熟练的配合让我感到差距太大了，那完全不是我在乡村中学里听到的英语。母亲来给我送钱的时候，我给她讲了怕英语跟不上的忧虑，谁知她竟一脸笑容地回答我："妈只知道你是个最能吃苦的孩子，妈不爱听你说难，因为一吃苦便不难了！"

我记住了妈妈的话。我有点口吃，有人告诉我，学好英语，首先就要让舌头听自己的话。于是我便捡一枚石子含在嘴里，然后开始拼命地背英语课文。舌头跟石子磨呀磨，有时血水就顺着嘴角流淌下来了。

半年过去了，小石子磨圆了，我的英语成绩期末进入了全班前三名。

1995年初，我报名参加了天津一中奥林匹克学校的预备班，选修物理和数学。一年后，我第一次参加全国奥林匹克知识竞赛天津赛区的比赛，就获得了物理一等奖和数学二等奖，我将代表天津去杭州参加全国物理奥赛。

拿一个全国一等奖送给妈妈，然后代表中国去参加世界物理奥赛去！谁知，成绩公布后我的愿望落空了！我仅得了二等奖，尽管这已是天津市参赛队员中的最好成绩，可要报答我那含辛茹苦的母亲，这成绩太轻太轻了啊！

## 妈，您的儿子成功了

1997年1月我在全国数学奥赛中，以满分的成绩取得第一名，顺利入选国家集训队，并在为期一个月的集训中取得10次测验总分名列第一的成绩。

为了准备这两科的奥赛，我已经有大半年没有见到母亲。我飞快地跑到邮局，给母亲报捷："妈，我们入选国家队的6名队员中，惟有您的儿子是地地道道的农家子弟，是首次参加全国数学奥赛便入选的队员，还是满分呢！……”

我在回天津做准备赴阿根廷参加国际数学奥赛的时候，收到了母亲托同学转给我的200元钱和一张字条：“妈妈为你自豪，要谦虚，要为国争光！”捧着这笔“巨款”和纸条，我哭了。

按规定，我赴阿根廷参加比赛的报名费和服装费应通通自理。

那天，我正在和同学们聊天，班主任和数学老师来了。他们是受学校委托，来检查我的准备情况的。当他们看着我依然穿着好心的老师和同学接济我的一身颜色、大小不太协调的衣服时，忙打开我的贮藏柜帮我挑选衣物。班主任指着我那件袖子接了两次、下摆接下3寸长的棉衣和那些补丁摞补丁的汗衫、背心说：“金鹏，这就是你全部的衣服啊？……”他突然流泪了。我一下不知所措，忙说：“老师，我不怕丢人的。我母亲告诉我，她从村里一位老先生口中听过这样一句话：‘腹有诗书气自华！’”

最终，我的出国服装费是由天津一中解决的。我带着满心的感激于1997年7月25日飞抵阿根廷的海滨城市巴尔德拉马。

7月27日，考试正式开始，从早晨8时30分到下午2时，我们要整整做五个半小时的试题。

第二天的闭幕式上，要公布成绩了。首先公布的是获铜牌的名单，又公布获银牌的名单，最后，公布金牌名单，第一个，第二个，第三个是安金鹏。我喜极而泣，心中默默地喊道：“妈，您的儿子成功了！”

## 妈妈，你是我最好的导师

我和另几位同学在第38届国际奥林匹克数学竞赛中分获金银牌的消息，当晚便被中央人民广播电台和中央电视台播出了。8月1日，当我们载誉归来时，中国科协和中国数学学会为我们在首都机场会客厅举行了隆重的欢迎仪式。此时，我却想回家，我想尽早见到我的妈妈，我要亲手把金灿灿的金牌挂在她的脖子上……

晚上10时许，我终于摸黑回到了朝思暮想的家门前。

母亲一把将我紧紧搂进怀里。朗朗的星空下，母亲把我搂得那样紧……我把那块金牌掏出来挂在她的脖子上，畅畅快快地哭了！

8月12日，天津一中校礼堂里座无虚席，全校师生齐聚在这里为我夺得奥赛金牌庆功。我的母亲，这位普普通通的农妇和市教育局的领导以及天津市著名的数学教授们一起坐在了主席台上。轮到我发言的时候，我根本没有讲稿，不是我不慎重，而是我有满肚子的话要说，它们用纸根本记不完。那天，我说了这样一席话——

> 我要用我的整个生命感激一个人，那就是哺育我成人的母亲。她是一个普通的农妇，可她教给我的做人的道理却可以激励我一生。母亲常对我说："妈没多少文化，可还记得小时候老师念过的高尔基的一句话——'贫困是一所最好的大学'哩！你要能在这个学堂里过了关，那咱天津、北京的大学就由你考哩！"
>
> 如果说贫困是一所最好的大学，那我就要说，我的农妇妈妈，她是我人生最好的导师……

# 北京有个李素丽

## ——21路公共汽车1333号车跟车记

◇郭　萍　吴晓向

### (一)

雨点如断线的珠子砸在雨伞上，她的脸上、胳膊上都溅上了雨水。她招呼乘客们上车。

拥挤的人群变得有序了：他们一个个在雨伞下跺脚，脱下雨衣，折好雨伞，抖去雨水，依次上车……

她就是李素丽。中等身材，30多岁。海蓝色的套装整洁可体，淡妆轻抹的脸上，闪动着一双笑眼。

### (二)

汽车启动了。李素丽折起雨伞，擦去脸上的雨水，理理自己的头发。随即，车厢里响起了甜润的声音：

"乘客同志们，您可能来自祖国的大江南北，四面八方。不管您来自何方，我都将用热情、友好、主动的态度为您提供周到的服务。您在途中有什么困难和要求，我会尽力帮助您！"

这声音吸引了所有乘客的目光。站在她面前的几个进京打工的人下意识地整理了一下自己的衣服。

这声音，引出了车厢一番议论：

"这售票员像在宾馆里工作。"

"可不，"另一位乘客的声音，"她的仪表和声音我看特像空中小姐。"

一位乘客动情地说："售票员给上车的人打伞，不多见了。"

"她的车我常坐，"一位乘客接过话茬，"冬天下雪，她捧着炉灰往脚踏板上撒，怕人上车时滑倒，心眼多好！"

## （三）

车厢外，雨还在下。车厢里，显得十分拥挤。

李素丽："乘客同志们，下面，请您准备好零钱，我将到您的身边售票……"

话音刚落，乘客们纷纷将钱递过来，你传给我，我传给她，小小车厢里，充满融洽的气氛。

一位50多岁的妇女把钱举过头顶，冲着李素丽喊："我买两张，一张我的，一张行李。"

李素丽接过钱，还给这位妇女甜甜的一笑。

## （四）

三里河站。

雨还在下。汽车进站。门口依然遮着那把花格雨伞。

李素丽招呼旅客们上下车："大爷、大娘，您慢走，穿好雨衣，别淋着了……"

汽车缓缓启动。李素丽突然发现有一位大娘急匆匆地朝汽车赶来，她拿起话筒："大娘别着急，司机和全体乘客都在等您呢！"

等老人走近，李素丽走下车搀扶老人上车。

## （五）

车厢里挤满了人。

李素丽："现在车上人比较多，不知年老的乘客都有座位没有？如果有我没看到的，请互相关照一下。"于是人们纷纷给老人让座，有六七位老人都落座了。李素丽发现有两位头发花白的老人还站着。

她挤到两位年轻人面前，细语轻声地说："请给老人让个座好吗？"

年轻人应声站起。两位老人也坐下了。

李素丽露出欣慰的笑容。

让者顺着李素丽的耳际向前望去，司机背后的挡板上，"乘客之家"四个大字赫然映入眼帘。

**“社会是一面镜子，你首先对它笑，它也就会对你笑。”**

——李素丽

## （六）

汽车穿街走巷，商店、树林、行人不时从窗外闪过。

车公庄站。一位胖胖的女士，用手捂着右腮，样子很痛苦。她上车后便找个座位坐下，两只眼目不转睛地盯着李素丽。

这位女士刚下去不久，怎么又上来了。记者主动招呼：

“哟，您也来了。”

“我闹牙呢，专门来坐她的车。”女士指指自己的右腮，同时又向李素丽亲昵地瞥了一眼。

“坐她的车能治牙痛？”我们颇为不解。

“可不。”女士认真地说，“这两天憋闷得慌，我一上火就牙痛，牙痛时就上她的车。听她说话，看她做事，心里特快活，一舒畅，就把痛给忘了。刚才坐了几站，感觉好多了。”这位性格外向的女士还自我介绍起来：“我就在三里河菜场上班，也是做服务工作的，像她这样把服务工作做到这份儿上真不易。”

## （七）

21 路，经委会站。

一位中年妇女扶着车门吃力地上了车，靠着车门不动了。李素丽转脸发现了她，立即走到靠近车门的一位乘客面前耳语几句，那位乘客点点头站起来。座位空了。

李素丽扶着那位中年妇女来到空位前，让她坐下。

原来，这是一位残疾人……

说到残疾人，记者当晚采访了李素丽另一个故事。

## （八）

普渡寺西巷 11 号。

这是一个典型的北京四合院。一间 10 多平方米的小屋。屋里除了床和桌子外没有什么像样的家具，我们就坐在了床上。小屋的主人叫张志忠。

“我们是《工人日报》记者，跟你随便聊聊。”

“是谈李大姐的事吧？”

小张还未开口，眼泪便流了下来：“每逢我上下班乘车，李大姐和司机说好，把车停在我面前，一开门我就能上车。我手脚不方便，视力也不好，她扶我上下车，帮我找座位，帮我打消残疾人的自卑感。前年我被单位辞掉了工作，心里很苦闷，我在绝望的时候，去找李大姐。见到她，我忍不住抱着她哭了。我觉得她就是我的亲姐姐，是她鼓起了我生活下去的勇气……”

泪珠从他的脸上滚落下来。

**“给乘客下个台阶，我的服务就上个台阶。”**

——李素丽

## （九）

车厢里。人头攒动。

一位戴墨镜的乘客摸着朝售票台挤去。

她从挎包里掏出一个纸包，放在售票台上。

“同志，你……”李素丽莫名其妙。

“姑娘，我就爱听你说话。这几天，我觉得你的嗓音有点哑，这点胖大海是我专门给你买的，泡着喝吧。”

车到站，乘客被扶着下车了。原来她是盲人。

## （十）

车厢里。

一位中年妇女走到李素丽身边：“姑娘，你太累了。我看你的脸色不太好。”

李素丽莞尔一笑：“大嫂，我挺好的。”

“可要保重身体呀。”大嫂说着把一大把鲜荔枝塞进李素丽手里，说，“这是新鲜荔枝，听说吃了补身子。”

李素丽难为情了："大嫂，这怎么行呢？"

"怎么不行！"大嫂说，"吃吧，我看着你吃。"

李素丽被逼无奈，吃了一颗。

大嫂爽朗地笑了，笑得那么开心。

## （十一）

月坛车站。

一位行动蹒跚的大娘被李素丽搀扶上车。然后又给老人找座位坐下。

"姑娘，你真好。"老人拉住李素丽的手心事重重地说："前两天我也坐公共汽车，没座位就靠售票台站着。谁知那个售票员说：'齁热的，你还敧着我，一边去！'硬把我轰走了。"

李素丽俯身宽慰说："大娘，别往心里去，以后会好的。"

汽车在运行，几站过去了。李素丽的服务让大娘激动不已。她蓦地站起身来，大声说："乘客同志们，你们看这个售票员的服务有多好，咱们为她鼓鼓掌吧！"

话音刚落，车厢里响起一片热烈掌声。

这掌声让李素丽愣神了，她眼含热泪连声说："谢谢大家，谢谢大家！"

车到军博站，大娘要下车了。她走到车门口又转过身来，用颤抖的声音说："让我们再给售票员鼓个掌吧！"

说着，她又鼓起掌来。车厢里掌声一片。

李素丽哭了。

司机也哭了。

## （十二）

西直门站。

乘客从车里鱼贯而出。

"那三位同志，看看你们的票好吗？"李素丽的声音集中了所有乘客的目光，车头前一两米处立着三个小伙子，其中一个不情愿地慢慢挪过来说："当然可以，我们有票。"可是，他翻遍了所有的衣服口袋，仍没有掏出票来。

“再好好找找。”李素丽依然面带微笑。

“没钱就别坐车，年纪轻轻的就逃票，多丢人!”车厢里，有的乘客数落起来。

“别这么说，他一准儿是丢了。”李素丽没有半点责怪的意思。

小伙子不好意思了，掏出一块五毛钱递给李素丽。李素丽脸上仍带着微笑：“下车买票就不是五毛钱了，按规定要加倍的。”

小伙子又递给李素丽一块五毛钱。同时还留给她一句话：“冲你，以后这样的事不会发生了。”

## (十三)

车在运行。

一个留着长头发的年轻人上了车，摆出一副玩世不恭的样子。

“啪”一口痰顺口而出，唾在地板上。小伙子抖着腿若无其事地看着窗外。

“同志，请你把痰蹭掉。”有人劝道。

小伙子鼻子里哼了一声，理也不理。

乘客们不满了：真不像话!

小伙子轻蔑地扬扬脑袋扫视一下众人，一副玩世不恭的神态，这一切李素丽看在眼里。

她走到小伙子身边，面带笑容地说：“这是公共场所，随地吐痰，污染环境，对您的健康也不利啊!”

没等李素丽把话讲完，小伙子冷冷地瞪了她一眼，示威似的又在洁净的地板上吐了一口痰。

车厢里乘客气愤了。

人们一齐把目光投向李素丽。

李素丽心里咯噔一下子，有股怒火直冲脑门，满脸憋得通红，她理了理头发，微笑又出现在她的脸上，她转身回到售票台，从自己的挎包里取出一团卫生纸，走到小伙子跟前，俯下身子，默默地擦去地板上的两块痰迹。

此刻，车厢里静极了，没有一点声响。

人们给她闪开一条回到售票台的通道。

谴责的目光一齐射向小伙子。

小伙子低下了“高贵”的头，再也没有抬起来。

到站下车了，小伙子拿着月票特意走近售票台，低声对李素丽说：“大姐，对不起。”

**“能使大家都快乐，我更快乐。”**

——李素丽

## (十四)

儿童医院站。

一位40多岁的男乘客上车后径直朝挂着意见本的座位走去，摘下本子便埋头写起来。

意见本上留下了这样一段文字：“从此窗口体现了北京人民的文明礼貌，希望其他车也能如此。”

“请问您贵姓?”记者走上前去问。

“我姓王，在石家庄电力部门工作。”他抬起头来并不介意地望着我们。

“怎么刚上车还没感受一下就往意见本上写呢?”我们不解地问。

“我来北京办事主要靠公共汽车，这趟车我坐过很多次了，服务就是不一样。”他指指正在售票的李素丽，感慨地说，“就说她吧，说的话，做的事，让人心里热乎乎的。我每一次上车都想写写自己的感受，可人多，不能如愿，这回，就是冲着意见本来的。”

## (十五)

西客站。

车到终点站，乘客们从车上鱼贯而下。

李素丽搀老人、扶小孩，嘴里不停地说：“请慢点走。”“欢迎再来乘我们的车。”

人们朝她微笑，向她招手，有的依依不舍。

最后下车的是位精神矍铄的老人。他走到李素丽跟前，激动地拉住李素丽的手：“听说过你的名字，我是特意来看看的，不虚此行啊，不虚此行。”

李素丽脸上泛起红晕：“谢谢您的鼓励，我做得还很不够。”

“不，你做得很好！”老人感情真挚地说，“你在身体力行，播洒文明。现在，许多人抱怨社会风气不好，其实，良好的社会风气要靠每一个社会成员去创造，去维护。姑娘啊，你没有抱怨，而是在用行动教育大家，感染大家，让大家都做文明人，我们应当感谢你！”

老人的话，留在了记者的采访本上。

采访本上也留下了他的期盼：“我们的社会需要她这样的人，应该好好宣传！”

## （十六）

西客站。21 路车队队部。

车队党支部书记梁良热情地接待了记者。

他抱来一摞意见本，还有许多表扬信：“李素丽是年初从 60 路调到我们车队的，8 个月里我们共收到了 277 封表扬意见和表扬信。”

读这些信，记者感到春风拂面：

车子一进站，我就感觉到有股莫名其妙的暖流迎面而来，烦躁的心情顿时清爽了许多，整洁的车辆给人一种欲乘之而后快的愿望，一路上乘务员小姐的服务更加春风拂面，一言一行，一颦一笑，显然是一位春天的使者，与此同时我们乘客也仿佛走进了神圣高雅的殿堂，每个人都有了绅士的风度，礼貌待人，尊老爱幼，以身作则，有问必答，急他人所急，想他人所想，这不就是人们这些年所期盼却很难得到的人与人之间的沟通与理解吗？有幸的是我们在 21 路 1333 公交车上目睹体会了这一切，回到驻地，心情久久难以平静，感慨之余，情感的思绪迫使我坐下来记下自己的所想所感，记下这难忘的一天。

通县 39760 部队 5 分队　金伯勤

1996 年 4 月 12 日

乘坐 21 路 1333 号车心情舒畅，真有上车如到家之感。我对这位售票员的工作态度深表钦佩。

北京西四大院胡同9号　张茂林

1996年3月

依依不舍下了车，我望着远去消失的汽车，感慨很多。如果说售票员是平凡的工作，那么，这位售票员已把它升华了，艺术化了，她把50年代到90年代的服务方法、服务水平有机地结合起来，使乘客在享受其热情服务的同时，又得到了语言等方面的艺术享受。

乘客　烜炀

1996年2月27日

我从这个乘务员身上看到了北京市风气变好的希望，如果有一半的服务员能像这位乘务员一样，北京该有多好。

华北电力大学　王金兰

1996年4月26日

## (十七)

下午4时许，空车驶离西客站。

李素丽下班了。

太阳西斜，她骑上自行车，踏上了回家的路。

笔直的大路向远处延伸，沿着这条路，她消失在人群中……

(《工人日报》，1996-10-04)

道德的最大秘密就是爱。爱意味着利他和奉献。
正如孔繁森同志所说：一个共产党人对人民的爱是——

# 爱的最高境界

◇ 林霓涛　裴大中

吴天祥，男，51岁，现任武昌区信访办副主任。1963年入伍，服役期间曾荣获团、师、军、军区的学雷锋标兵称号。1969年转业到武昌区后，年年是先进工作者、优秀共产党员。1993年获全国学雷锋先进个人称号。

他时时把群众的疾苦放在心上，以群众高兴不高兴、满意不满意、赞成不赞成，作为想问题、办事情的出发点和归宿。

## “为群众办事，嘴要甜，心更要热。”

信访办是个“清水衙门”，被戏称“一无权，二无钱，办事全凭一张嘴巴甜”。

吴天祥的观点是：“为群众办事，嘴要甜，心更要热。”虽然无权无钱，但只要“嘴甜心热”，还是可以为群众办好事、办实事的。

去年4月，武昌工程营几十户居民的下水管道被建筑施工破坏，粪便倒灌到3楼，楼上楼下一片狼藉。

苦不堪言的居民，情急之下，借来一辆汽车，准备到区政府去上访。

吴天祥闻讯立即骑车赶到现场，眼前的情景让他揪心：“连下脚的地方都难找，这些天叫群众怎么过？”

锁着粪水，老吴挨家挨户上门查看：“大家受苦了，是我们工作没做好，我代表区政府向你们道歉！”

一番话，说得众人消了气。接着老吴立即协调、督促有关部门动手解决问题。一连 3 天，他泡在现场同工人一起在粪水中抢修。

管道修好了，溢出的粪便却无人处理。

“不能再让群众受苦了!”趁“五一”节放假，老吴借来两只粪桶自己干了起来。住户们感动得又是端茶又是递烟，老吴一一谢绝，硬是在一上午连挑 40 桶，把溢出的粪便全部清理走了。

看着汗流浃背的老吴，住户心里涌动着热潮。他们联名致信市委领导，称“从吴天祥身上看到真正的公仆形象”。

## “帮群众排忧解难，四处‘钻营’，碰几鼻子灰算不得什么事。”

武昌自由路有位军属太婆刘春梅，祖传的私房解放前就租给一户姓杨的人家。刘太婆同女儿、外孙挤在一间 7 平方米的小屋，女婿在湛江服役，每次探亲只能独自睡地铺。

刘太婆不忍老看着难得见面的小夫妻不能团圆，想收回房子。去打官司，法院的判决执行不了，一拖就是 4 年。

吴天祥接待了刘太婆的上访，心里很清楚，这是个难题：刘太婆的要求合理合法，但总不能把杨家三代 6 口人往露天里赶呀!

一阵子，老吴成了区房地局的常客。找局长、副局长磨，他想若弄套“特困房”指标，问题便可迎刃而解，区房地局实在为难：“这两家都没登记过，排不上号。”

不行，老吴又去找分管副区长批条子：“刘太婆的女婿为国戍边，这事不能不管。”

但区房地局手头确无现房，要等，至少得一年多。

“这哪成?”顶着炎炎烈日，老吴过江去市房地局磨，来回折腾五六次，总算缠到一个二室一厅的“特困房”指标。

谁知，这指标两家都不要：刘太婆坚持要收回自己的房子；杨家则称太远，且要花 2 万元买房，坚决不干。

又卡了壳。老吴心想，只有在附近找户愿买房的人，腾出房子给杨家这一着了。

没有半句怨言，老吴利用晚上在司门口一带穿街走巷，花了一个多月，踏访 20 余户人家，终于在新河街找到一户姓秦的人家，撮成一桩三好合一好的事。

搬家时，老吴自掏150元租汽车，又请来熟人，帮忙搬了秦家又去搬杨家。

从要指标到促成连环套式的搬家，老吴简直削尖了脑袋到处钻。人所共知，社会上该有多少人为自己或为儿女搞房子打尽算盘，可吴天祥这是在为非亲非故的人办事啊！

老吴的女儿曾求过他把自家的房子换好点，他不置可否，带着女儿连看4家住房困难户，从此女儿不再提这桩事了。

11月8日下午，记者请老吴带路看看喜得安居的刘太婆。一进门，刘太婆急切地迎上来："吴主任，您家来得蛮好，隔壁厨房的烟子总往我屋里吹，快帮忙解决一下。"

没有一句客套和感激的话，新的要求却脱口而出，这似乎正是群众对吴天祥的无比信赖的真实写照。

## "有时候，一个帮助会改变一个人、一个家庭的命运。"

老吴每天接待上访者总在20人次左右。他说："有时候，一个帮助会改变一个人、一个家庭的命运。"

这话不假。武昌区口腔医院的汤盛成就是因老吴的热心帮助，改变了终生命运。

1993年春，小汤第一次走进信访接待室。当时他是个劳改释放人员，与妻子小周离婚，带着幼子与母亲同住，生活拮据。他为申请个体行医执照受阻上访。

那天正赶上老吴领了工资，得知小汤的窘境，老吴悄悄掏出50元钱，塞到小汤手中。

交谈中，老吴对小汤1982年因流氓斗殴罪被判刑两年的问题产生疑义，当晚便骑车把判决书拿到武汉大学，找法学教授马克昌咨询。马教授也认为小汤的问题不足以构成犯罪。

找律师、跑法院、上市人大，老吴多方联系，奔波大半年，终于在年底为小汤争取到公正结果：市中级法院宣布小汤无罪，恢复名誉和公职。

见小汤平反的事跑出点头绪，老吴又萌生帮助小汤与小周破镜重圆的念头："这两人感情上没大冲突，又有个孩子，主要是生活磨难多了，该为这家人抚平创伤。”

正值三伏天，老吴不顾路远去找小周做工作，一连跑了三次，终于劝得小周松了口。趁热打铁，老吴又到汉口小周父母家长谈两次。

几乎在办成平反的同时，老吴领着小汤和小周去办了复婚手续。

11 月 9 日，小汤忆起这段终身难忘的经历，从心底里发出感叹：“就算是自家人，也难得有这份韧劲和热情啊！”

## 人们说：他为群众办事，倾注了全部心血。而“巧劲”和“深情”，则增加了他的工作能量

问题到了信访办，多半是难啃的“腊骨头”。权力和能量有限，吴天祥就向社会求援。

今年 8 月，三轮车夫蒋承急帮两个青年抬玻璃，不料对方失手，玻璃把小蒋的 4 个脚趾砸断，两青年见状悄悄溜走。

蒋父投告无门，找到信访办。老吴帮着查寻几天，惟一的线索是听说这两青年当时要去某大学。老吴找到某大学，但这无头案实在难查。

最后，老吴请来电视台和报社记者，通过舆论呼吁，终于找出了这两个青年，使三轮车夫得到赔偿。

一个人做点好事并不难，难的是一辈子做好事。

用献血的营养费给孤寡老人买收音机，4 次跳进江中救人，对素不相识的人解囊相助……在武昌区工作近 30 年，这样的事吴天祥做得太多太多，人们早就数不清了。

许多被老吴帮助过的人想感谢他，竟无一人如愿。

一个正在服刑的父亲，得知自己无娘的儿女受到老吴的关怀，给儿子写信：“我会安心改造的，若知恩人的方向，我要跪着磕个响头。”

曾任过武昌区副区长的全国工商联执委、省人大常委会委员郑隆辉，一提起吴天祥就感慨不已。这位老人反复念叨着：“这样的好干部太难得，他把全部的心思都用在群众身上了！”

市委副书记李岩去年专门作出批示，号召全市信访干部向吴天祥同志学习。批示中指出：“关心人民群众的冷暖、安危，切实为老百姓办点好事、实事，人民群众是不会忘记的。”

（《武汉晚报》，1995-12-06）

# 师　魂

◇ 黄绍全　陈　朗

教了29年书的民办教师田沛发，在学校因缺师资面临关闭的当口，召回在外打工的大儿子，一起苦苦支撑起学校。当歹徒疯狂地抢砸学校时，父子俩挺身而出，儿子牺牲了，他也身负重伤。为了不让山里孩子辍学，他又召回了在广州打工的三儿子继续拿起教鞭。他说，这一切都是为了无悔的追求。

这就是田沛发：就是他同大儿子田金定一起，为保护学校财产、群众财物，保护年幼学生和村干部，被丧心病狂的歹徒砍伤，儿子金定惨死刀下；就是他从昏迷中醒来，就喊人拍电报召回在外打工的三儿子，继承哥哥的事业。

5月25日傍晚，记者在松桃自治县僻远的格老村，见到赤着双脚刚从田里回到家的村小学校长、苗胞田沛发。要不是黑黝黝的脸上赫然一道由耳朵到上唇的刀疤，简直无法置信眼前这单薄瘦弱的51岁老校长，怎样去凛然阻止狂徒的打杀。而田沛发谈起这一切时，没有"英雄的激情"，只淡淡地说："办学校教书是我的追求，没有可后悔的。"

去年10月14日深夜，一阵抓强盗的呼喊，打破格老苗寨宁静的夜空。住校看守的田沛发，冲出寝室，与村民一起将盗贼田先成和被盗的生猪一并抓获。村支书决定猪暂存学校，待次日处理。

第二天，当村支书、村主任来学校时，盗贼田先成纠集了6个歹徒来学校抢猪被阻止，这伙歹徒大打出手，村支书被几拳打中头部倒地，村主任制止的话音未落就被打倒在水田里。然后歹徒们手舞铁棍、柴刀冲向学校。一瞬间，办公桌凳、课桌椅、教室门窗被砸得七零八落。闻讯赶来的田沛发高呼着"不许打人"，"不许砸学校"，冲进教室将3名歹徒奋力拉出，红了眼的歹徒，竟将田沛发砍倒在地，鲜红的血流了一地。

田沛发当然不会坐视学校被破坏，办所学校不容易啊。这所小学，原来一直是由村里借一间民房当教室。1980年，作为民办教师、校长的田沛发，到村里一家家去动员、说服，终于集资建起了6间教室。为了苗家儿女上学不再自带凳子，他又用自己每月仅30多元的工资和自己家里的树木，为学校制作桌椅、门窗。为保护好得之不易的学校，他抛下家人独自住进学校看守，一住就是8年。

见田校长倒地流血，3年级学生田应明抱住歹徒的腿哀求："田校长是好人，求你们莫打了。"可狠心的歹徒，一脚踢翻小田应明，高高地举起木棒。田沛发挣扎着站起来，护住田应明，木棒重重地落在田沛发的头上，田沛发又倒在地上。

爱生如子的田校长，决不可能让歹徒残害学生。1966年，他成为全村惟一念完初中的人，回到这离县城100多公里，距牛朗镇30多公里，至今仍不通车的偏僻山村，接受当时大队的委派，当上民办教师，成了山村里知识的播火者后，全部心血就放在孩子身上。由他启蒙现在铜仁师专附中任教的曾必考吃惊地说：田老师太好了，怎么竟有人会杀他呢。这位中教一级、西南民院毕业的教师说：要不是当初田校长办起学校，我就不可能读下去了，田校长带我们采树种，打杉树球，为学校添置了电唱机和教学设备，还免了学杂费，学校获全县勤工俭学表扬，还拍了照呢。29年里，经他启蒙的苗家儿女有700多人，其中近10人读了大学成为教师、工程师，考上重点高中、中专的50多人，升入初中的就更多了。

听说学校被砸、父亲被打，田沛发的大儿子、学校代课教师田金定赶紧来到学校，为抓住歹徒，赤手空拳展开了英勇的搏斗。当他抓住一名歹徒时，其余的歹徒围住田金定，木棒、柴刀雨点般落向他的头、背、腰、腿。终于，田金定倒下了，再没站起来。村干部和群众赶来，歹徒们仓皇逃窜。但是，由于他的牵制，学校保住了，学生保住了，村干部和群众财物也保住了。

田沛发谈起儿子田金定时，思念、自豪之情溢于言表。那是80年代中期，学校由两个班增到6个班，孩子们不出村就可以读完小学。可是，僻远山村条件毕竟太差，公办教师来了又走，连代课教师都先后离校而去，虽田沛发痴心不改，怎奈独木难撑啊。到1989年8月，眼看开学在即，教师不能到位，140多学生面临失学厄运。无奈中，田沛发将学校面临的困境，写信告诉在广州打工的大儿子田金定，希望他能回到大山里。为了苗胞们视为圣殿的学校，田金定毅然放弃每月 500 元的工作，赶回村里当上了月工资几十元的代课教师，一干就是 5 年，直到出事前，年年村里不少青年外出打工邀请他同去，他都以孩子们的课放不下为由而推辞了。

田沛发父子俩苦苦支撑着濒于关闭的学校，成了山村苗胞心中的圣贤。田沛发多次受到省、地、县的表彰，获得“教育先进工作者”、“农教先进工作者”、“优秀教师”等称号，1991 年，教了 25 年书的民办教师田沛发，光荣加入了中国共产党。

干部、群众将田沛发父子抬进镇医院，负伤 30 多处的田金定，因伤势过重、失血过多而牺牲了。身中 13 刀的田沛发，5 天后醒过来，除了失去儿子的悲痛外，想到的是学校没人上课，学生面临失学，忧心如焚的他，叫人发电报，让在广州打工的三儿子田金成回来代课。才 5 天，金成辞了月薪 600 多元的工作，回到村小学接过哥哥的教鞭。伤痛中的田沛发，又用自己那份民办教师工资，请了一位代课教师。学校书声琅琅依旧，没有一个学生辍学，他这才稍微安下了心。

为了治伤、安葬金定，田沛发卖了两头猪、200 公斤大米，加上县政府补助的 1 200 元和金成带回的几百元钱，还背了近千元的债。

今年，有一贵阳老板看中田金成做雪糕的技术，出月薪 600 元请他帮忙，田金成没去，他说：我要帮父亲办好学校。

松桃自治县委、县政府授予田沛发、田金定“见义勇为英雄”称号，并将田沛发转为公办教师。可是，因田金定生前只是代课教师，现在爱人孩子生活失去来源，子女抚恤更是没有着落。金定 25 岁的爱人龙自菊流着泪看着两个年幼的孩子，无望地抽泣着：政府有没有点政策呀，娃儿还小咋个抚养，今后的日子咋个办哟。

（《贵州日报》，1995-06-06）

# 五叔五婶

◇ 蔡　平

## "咱们要去的寨子在哪儿?"

**这是《冰点》编辑收到的一封来信,信中说:"我是湖南轻工业学校常德教学站的一名在校生,我来自湖南湘西土家族苗族自治州,我给你们讲述我五叔五婶的真实故事……"**

先前,我五叔五婶辛勤劳动,披星戴月,还勉强可以养家糊口,供两个娃儿上学。可不幸的是,去年,我五婶染上了严重的乙肝。加上原来就很严重的妇科病,没钱买药,病情越来越重,一年多来,她一直卧病在床,生命垂危。但他们仍然咬着牙,想让两个娃儿考上大学。

我的两个弟弟学习都很争气,大弟陈长兵成绩很好,初中毕业,本可以上高中,考大学。因为没钱,只好以高出分数线40多分的成绩,报考了中专。小弟陈长将因为成绩优秀和竞赛获奖,提前被保送到全县最好的县民族中学。陈长兵开学要交学费了,1 000多元呀!家里拿不出。为了凑足这笔学费,五叔挑着100多斤重的木柴,翻越几座大山,走30多里山路,天天到城里去卖,连挑了二十几天,才换回300元钱,但还是不够。要知道,那是在酷热的6月,我五叔也是有病在身,身高还不足一米六呀!

临行前,我给湖南的长沙、常德,打了多次电话,没有找到常德教学站,也没有寄信人陈长佼的音信。

来到湘西土家族苗族自治州保靖县,县委宣传部的同志听了我的介绍,说:"一个孩子的信,不可全信,也不可不信,不是给你泼冷水,他的信是不是编的,你也不知道。"

他们带我来到县民族中学，按信中所说，五叔的小儿子陈长将，已提前被保送到这所全县最好的学校读书。

学校依山傍水，一栋栋漂亮的教学小楼，宽敞的操场，绿树成荫的校园小路。学生都是寄宿，每个学期，至少需要700多元，即便这样，能考上这所学校，也是全县多少万学生梦寐以求的，因为这里升学率很高，每年都有人直接被保送到全国重点大学读书。

校长失望地告诉我，翻遍学生记录，只有一个学生来自信中所说的清水乡沓湖村，但不是陈长将。没办法，我们只好由这个学生带路，到寨子里去找五叔五婶。

号称十万大山的湘西，山连着山，绿色的山峰一座比一座高，吉普车从县城开出两个多小时，再也走不动了，眼前是一条弯弯曲曲、只能走一人的狭窄山路，仰头看山顶，让人眼晕。我的腿有些发软，宣传部的同志在旁边打气："上吧，爬上去，就能见到五叔五婶了。"

憋足最后一口气，我们终于爬上了山顶，看着山下的小人和小房子，真有坐飞机的感觉。我大汗淋漓，气喘吁吁。以为快到了，揉着腿肚子豪迈地问："咱们要去的寨子在哪儿？"

带路的孩子伸手一指："看，翻过去就是。"

天哪，那是一座更高的大山！我一屁股坐在地上，再也不能动了。

我问带路的孩子："这路没错吧？"

他笑了："我每次回家都走，怎么会错？"

他看着我："今天是有车，只爬十几里。平时从那边走，爬四座山，都比这个高，要30多里呢。"

一行四人，由于我的拖累，行进的速度越来越慢，穿过小溪，就歇一次，踩过水田，也喘一会儿。山区长大的宣传部田部长，已经坐在山顶等我们了。

"快爬上来吧，记者同志，我身边的就是陈长佼，他信里说的都是真的。"仰头望去，田部长的白衬衫，在山顶上摇晃。我一下来了精神。

## "不供孩子上学，良心上过不去。"

编辑同志，我五婶病倒之后，家中的经济日见紧迫。五婶天天要吃药，两个弟弟在校寄宿，每月都要生活费。五叔东借西借，把家中能卖的都卖了。年初是一年农事最紧张的时期，买种子买化肥都要钱。到信用社借钱，家里有老账，人家不借。借高利贷，又还不起。全家人看着五叔，欲哭无泪。

为了增加收入，五叔到山上开了几亩荒地，白天干完这边的活，夜里借着月光到山上种花生。天旱时，从山下一桶一桶往山上背水浇地。收花生时，扛着锄头挖到半夜。艰难的生活使五叔更衰弱了，五婶的病却在加重。她悲哀地说，我只怕命苦，享不到两个娃儿的福了。

迈过齐膝高的门槛，从有灶台的旁门进去，四面，漆着桐油的杉木墙壁闪闪发亮，里面清凉舒适，穿过两间房子向左一拐，便是高大的堂屋。堂屋右边的大房子，是男主人的卧室，左边一间，是女主人的。六扇巨大的木门吱呀呀推开，宽敞的堂屋立刻明亮起来。墙壁上，贴着鲜艳的奖状。下面，是整齐的条石地基，勤劳致富的红纸横幅，颜色还没有褪尽。

一个面色焦黄的女人，垂着头，扶着墙，吃力地迈过门坎，一步一步从里面挪出来，她冲我咧了咧嘴，无力地坐在角落里的小木椅上，不再抬头。蓬乱的头发，盖着浮肿的脸。已是六月天气，她还穿着旧棉衣，灰色的破棉絮，从两边袖口耷拉出来，肥大的旧裤子，补着颜色不相衬的大补丁。聚拢来的乡亲，都用怜悯的眼光看她。写信的陈长佼告诉我："这就是我五婶。"

五叔陈远绍下田刚刚回来，背着大竹篓，矮矮的个子，说着难以听懂的当地土话。一身破旧的衣服，线背心漏着窟窿，光脚踩着双破解放鞋，没有鞋带，用两根稻草系着。鞋上沾满泥水。田部长拽了把椅子过来为我们充当翻译。

说起家里的事情，五叔很激动，声音很大。"这也是天灾人祸！去年两头大黄牛连着死了，今年和别人合买了一头小牛还不能耕地。他娘 4 年前就不好，这两年更厉害。孩子懂事，来信总问：'爸爸，家里没有牛，可怎么办哪，借别人家的牛用，还得还人家的工，会累坏你的。家里的花生收了没有？收了以后一定挂起来，不挂会发霉的。'"47 岁的土家族汉子，大声嚷着，满脸带笑，泪水却顺着黑黑的脸，不断地流下来。

爸爸妈妈，我前不久写的信不知您收到没有？怎么还没有寄钱来，我现在没有钱了，已经借了别人40块，请您再给我寄些钱吧。

爸爸，现在家里够您忙的了吧？又没有牛，不知那几亩田怎样犁，秧已经种下了吧？地里的油菜有没有锄草？花生玉米都要种了，爸爸妈妈，多保重身体，不要让儿子放心不下……

爸爸，您再寄点钱给我妈买药吧，汇款来时，在汇款单上给我写几句话吧！对于一个远离家乡心中又有所牵挂的人来说，家书无疑是最好的慰藉。

儿子 长兵

五叔能看懂儿子的信，却不会写回信。他能看懂儿子在要钱，五婶的病在要钱，却没有钱！他翻山越岭，卖柴卖炭，严重的支气管炎，使他爬山就像拉风箱。

五婶坐在堂屋的小椅子上，嗫嚅着说了一句什么，我一问田部长才知道，她说她难受，想吃口糖。

“他娘得这病该吃点营养，买不起。医生开的药也吃不起。前两年她还能硬撑着帮我干点，现在咬牙也干不动了。每天只能躺着，就这么熬着。孩子天资好，不供他们上学，当父母的良心上过不去。”五叔吸着鼻子，边哭边说，伸直胳膊，用脏衣袖擦眼泪。五婶在旁边默默听着，一声不吭。

## “毕业以后，把娘的病治好。”

亲爱的哥哥：

你知道吗？爸爸知道你要钱后，家里又没钱，就把花生种卖了60斤。二伯娘带去的50元，你千万不要用，留着下学期买衣服穿，下学期，我们家就没有钱给你了。

还记得你考上中专时的情景吗？爸爸妈妈都感到很高兴。舅妈奖给你一块手表，外婆冒着烈日为你送表。还有开学第一个月的生活费，是大伯伯奖给你的。你考上中专就像给家里撑起了一根柱子，亲戚们都为你高兴。请你千万不要辜负了爸爸妈妈对你的期望。

上次爸爸从你那回来，你期中考得不理想，我知道是因为你裤子被盗心理受影响。但亲戚们都问你的分数，爸爸实在不好开口，就说了个差不多，爸爸是为了你呀！爸爸起早摸黑，日夜操劳是为了你，你如果再不好好学习，争取考好期末考试，就对不起爸爸了。

最后再告诉你一个不幸的消息，妈妈的病又反（犯）了，家里没钱，只好借钱买点药。哥哥，妈妈是在舍命让你读书啊！

弟弟　长将

“长兵初中毕业，老师让他考高中，说他有发展前途，能上大学，可家里没钱，没有办法，只能让他念中专。他为母求医，要报考自治州卫生学校。去年，他考了第二名，超过分数线 40 多分。他从小学习就好，老师的评语总是优点，他二伯伯开始不相信，说你这评语是不是假的？怎么写的都是优点？”五叔说到这，挂着满脸的泪，嘿嘿地笑出声来。

“长兵上学，每月要 100 元生活，在学校里是最低的，可我只能给他几十元了。他舅妈看他学习好，奖励了一块手表，他把表卖了。他二伯伯奖励几十元钱，他也用上了。亲戚请他吃饭，怕他营养不够，给他夹菜，他吃两口就放下筷子说吃饱了。寒假回来，家里没钱，长兵就上山，找被雪压倒的树，拖回来，找来木匠，做成小椅子，挑到城里去卖。”

在灶房的屋顶上，还挂着几个没卖完的小木椅，墙上有墨写数字，记着做了多少，卖了多少。小木椅做工精致，但在偏远的山区，也只能卖到 5 元钱。

在自治州首府吉首卫生学校，我见到了 16 岁的陈长兵。他个子很矮，穿着整齐，梳着中分头。和五叔正相反，他很不爱讲话，却总是笑眯眯的。

我问他：“家里的情况，你都知道吗？”

“知道。我一定好好读书。”

“你的学习成绩怎样？”

“还可以吧。”

“将来准备怎么办？”

“毕业以后，把娘的病治好。”

学校学生科的同志，给我看了他的成绩表，陈长兵每学期的成绩，在班里都是前几名，但还没有达到获奖学金的标准。

中午，我请陈长兵吃饭。饭桌上，我对长兵说：“如果你能再努力一下，得到甲等奖学金，一年就可以替家里减轻160元的经济负担。”

他垂着头，没有说话。

“如果长将上了民族中学，家里更紧了，不能给你那么多生活费了。”

“我省着点，自己克服。”

“你多长时间没回去了?”

“寒假回来再没回去，回去没有钱。”

“你娘的病情现在怎样，你了解么?”

“不太了解，她现在怎样了?”

“她病得很重。”

长兵放下饭碗不说话了。

“如果家里实在供不起你们两人读书，怎么办?”

“那，那我就退学，让弟弟读，他比我有前途。”

“你舍得么?”

“……”

“学校里有困难补助，你为什么没有申请?”

“……”

猛抬头，我突然打住，不敢再问了。长兵的鼻翼正在急促地扇动，泪水已经直滴到碗里，他在努力控制自己，不哭出声来。

外面漆黑的星空，使我想起家乡的爸爸妈妈，此时劳累了一天的爸爸，又在为明天的生计发愁。为了我娘的病，为了我和弟弟的学习，繁重的劳动压在您身上，我是大儿子，我对不起您！您劳累了大半辈子，没有添置过一件好点的衣服，买过一双鞋子，睡过一次安稳觉，连一顿肉都没有吃饱过。爸爸！我知道您这是为什么。我做错了事，您从不骂我，您知道我长大了。爸爸，您的苦心我懂，我懂！

淅淅沥沥的春雨下个不停。今天是三八妇女节，是全世界妇女为之欢腾的日子，可是我的妈妈，却在辗转呻吟忍受煎熬。妈妈，我一闭上眼睛，就看见您憔悴的脸，几十年的辛苦，你没有享过一点福，现在病魔缠身，为了我们，您付出了全部。妈妈，我真恨自己，为什么不早生几年，早一点为您分忧，早一点挣钱给您治病，妈妈，我为什么这么小呀！

期末考试，化学考得不理想，没有达到前10名。为了日后的发展，必须学好化学。在不久的将来，中专生必将被淘汰，社会需要更高层次的人才，迫使我从现在开始，把基础打好，为将来的自学高考做准备。在今年，一定要报名参加自学考试，争取在中专毕业时，把大学课程也攻下来，坚决戒掉电视。每月再省下20元生活费存入银行。每晚临睡前做俯卧撑。每周读一本世界名著。记住，为前10名奋斗！为奖学金努力！不乱花一分钱！

## “这孩子太懂事了！”

“家里还有长兵和长将的来信吗？”我问五叔。

“有，有。”五叔忙不迭地端出一个大竹箩，在里面翻找着，“看，这是长将的优秀少先队员奖章，这是长兵的毕业证。”接着，他又抱来一个大抽屉，“看，这都是他俩的书。”

有长兵和长将过去的课本，都保存得非常完好，能看出两兄弟的认真和仔细。

但是长兵和长将的来信，大多被五叔五婶上厕所用掉了。“唉，我不知道这信还有用。”五叔有些着急。

我看着满墙的奖状说：“别找了，有这些就足够了。”

“是啊是啊，你看，这些都是长将的。”五叔直起身，骄傲地指着墙上。

由于两个孩子，五叔五婶没少在乡亲们面前风光，为这些，他们可以舍却性命。但实在过不下去的时候，实在扛不住的时候，五叔曾经狠着心找到长将的老师，提出让长将休学一年，帮助家里做点事。学校的老师和校长一听就急了，成绩这样好的孩子，怎么可以休学呢？他们坚决不同意。“钱不够，我们找希望工程。”

但是，一年过去了，希望工程没有消息。在此期间，倒是长将参加了县里和自治州的数学语文竞赛，获得一二等奖。县民族中学的两位校长看到长将的成绩，专门来调查，定下保送的事情。这是喜事，对五叔来说，却悲从中来。上民族中学，每学期700多元的费用，从哪里来呢？今年，长将的120元学费就已经交不上了。五叔又一次找到学校，怯生生地问学费能不能缓交。老师们难过极了，同情之下，却无力相助。学校终归不是慈善机构。尽了最大可能，只减免了30元学杂费。

陈长将的小学校长激动地给我介绍："这个孩子太懂事了，成绩在学校里每年都是第一名，每个任课老师对他印象都很好。全乡数学语文竞赛，他总是第一名。全县奥林匹克数学竞赛，他是一等奖。他不仅是班长，还是中队长。县民族中学为保送的事来过两次，第一次要三个，有他。第二次要两个，也有他。保送的合同已经签了，还没有告诉他，为的是让他踏实地参加期末考试。"

学校的瞿书记在旁边有些不平："世上的事就这么凑巧，学生素质好的，念不了，脑子条件差的，却老是有钱念书。我已经写了一篇论文，专门论述这个问题。先天素质一样的孩子，在乡村里读书，必然会受客观环境的限制。"

12岁的陈长将，身材矮小得可怜，像个七八岁的孩子。双肩向前扣着，有些驼背。谈话时，脸上始终没有一丝笑容，比起哥哥，他的心理压力似乎更重一些。但据乡亲们说，长将过去是个活泼开朗的孩子，爱说爱笑，招人喜爱，寨子里的人都愿意逗他玩，给他东西吃。此时他坐着小板凳，双手规矩地放在膝盖上，身子挺得笔直，一句一句简短地回答我的问题。

"长将，你多长时间回家一次？"

"两个星期。"

"回家都做些什么呢？"

"帮爸爸妈妈炒菜做饭放牛。"

"你能做饭？你够得着灶台吗？"

"够得着，站在板凳上。"

"你的衣服是谁给你买的呀？"

"哥哥穿过的。"

"鞋子呢？"

"爸爸买的。"

"你每月多少生活费呀？"

“一周 6 元。”

“你想上民族中学吗?”

“想去，可是……可是我家没钱。”

我低头记着，突然发现声音不对，再一抬头，小小的孩子正使劲仰头望着屋顶，泪水就在眼角边上，却不让它流出来。

我心头一阵酸痛，强控制着自己，转向校长。校长红着眼睛说：“每到星期日，住校学生都在操场上玩，只有他一个人，在教室里看书。上次他爸爸来了，想让他休学。这样的孩子，我们不能让他休学！希望工程只资助五年级以下的学生，他今年六年级了，没有办法了。”

在上五年级时，长将每周的生活费曾经只有 5 元。他自己悄悄每周省下 1 元，攒到 20 元时，他捏着钱，小心翼翼地交给父亲：“爸爸，我的棉衣实在不能穿了，能不能给我买件新的?”

五叔看着孩子手里的钱，一句话也说不出来。他咬牙又加上 20 元，给懂事的儿子添了件新棉衣。

来到宿舍，在长将的炕头，有一只破木箱，打开之后，里面只有一件换洗的单衣，一个饭盆，和几本《小蜜蜂》杂志。

我问长将：“这杂志谁给你买的。”

“我自己订的。”

12 岁的孩子，每周几元钱的生活费，他省吃俭用，为自己订了这本杂志。

“我不想休学，阿姨。”长将突然对我说，“我想上民族中学。”说着他又把头仰起来，看着屋顶。我不敢再看他。

临走，我掏出钱塞给长将。

“阿姨，我不要，我有。”

“你有什么!”我再也说不出话来。

瘦小的身影，迈着迟缓的步子，回到同学中去了。在一片欢声笑语中，陈长将没有再回头看我。

## “要是卖掉房子，还能混一阵儿。”

中午时分，在五叔的堂屋里，小饭桌摆好，一顿午饭，是五叔的几个兄弟分头凑的。老大拿来的鸡蛋，老二拿来的肉，老六出的豆瓣，青菜、花生米和米饭是五叔自己的。

五婶怕自己的乙肝传染别人，端着饭碗远远地坐在一边。她没有一点食欲，夹着一根青菜，看了半天，又放回碗里。

五叔的花生地，在对面一座大山上，远远看去，绿色当中，只有一块小小的浅黄色，这边地里的油菜籽，刚刚放倒一半，绿色的蒜苗，长得正高，五叔掐一根蒜苗，含在嘴里："这块地的蒜，已经卖了 90 元，估计还能卖上 100 元。"

"熬着吧，我们快熬出来了。"五叔端着饭碗充满希望地说，"我们想把房子便宜些卖掉，就是没人买，现在时兴住砖房子，没人再要这木屋。要是能卖掉还能混一阵儿，再熬 3 年，等长兵毕了业，就混过去了。"

3 年！长兵开学的 1 000 多元学费至今没有还上。已经 6 月了，长将上民族中学第一学期的 700 多元还没有着落。3 年，五婶的病能熬到哪一天？五叔的身体能撑到哪一天？长兵和长将在这 3 年中，能踏实地呆在课堂里吗？

在这个寨子里，五叔五婶的勤劳曾经是远近闻名的，他们的家境曾经是令人羡慕的。几个兄弟分家时，五叔只分到 3 口铁锅，他们白手起家，用自己的汗水，盖起了气派的房子，买来了两头大黄牛，养育了两个聪明懂事的孩子。

"实在熬不下去，他俩就只好有一个退学了。"五叔拿筷子的手突然停在空中。

吃过饭，我们就要上路。我掏出 100 元钱，田部长和另外一个同志也掏出钱来，我们凑在一起，交给五叔。

五叔的眼睛一下睁得大大的。他没有推辞，抓过钱来，使劲在手里窝来折去，又紧紧握住，从左手转到右手，右手转到左手，嘻嘻笑着，一句话也不说。

他实在太需要了。

离开村寨时，五叔没有送我们，他急匆匆地向我们招了招手，就小跑着向田里奔去。再回身时，已没有了他瘦小的身影，只有五婶面朝着我们，歪靠在墙上。

我不知道，在这苍莽的十万大山中，还有多少五叔五婶这样的父母，还有多少长兵长将这样的孩子。

（《中国青年报》，1995-06-29）

# 北京最后的粪桶

◇ 王伟群

这是北京仅存的几名背粪工人。他们是老知青，在北大荒生活了多年。回到故乡后，他们却背起了时传祥的粪桶。在靓女如云的橱窗里，在豪华亮丽的大饭店玻璃墙上，极不相称地反射着他们的影子。

## 跟着他们出车

早晨6时30分，我的闹钟响了，天还是黑的。7时15分出门，气象预报说今天最低温度零下8度。

东直门外斜街，沿东北方向往前，不多会儿就到了环卫局的清洁队。进大门，院里的地面上结了一层冰。清洁车喷着热气，整装待发。进门找背班，门口的人往后努努嘴，见一门挂企管组的牌子，进屋自我介绍完即有人伸过手来，说是背班班长，姓樊。他四十多岁的样子，穿一件破大衣，劳动布面的，像是有一段历史了。

樊问我："先跟我们领导谈谈吗？"

"不，先跟你们出车。"

上车，照顾我，让我坐驾驶室。剩下五六人爬上车，斜倚在后面的车罐上，旁边放了四个粪桶。

第一站在东四南大街的少儿出版社宿舍，这条大街是北京最繁华的商业中心，再往南，被称为"银街"。

清洁车停在街沿上，边上停着几辆奥迪、蓝鸟、桑塔纳什么的，闪着缎子般的光。几个人从车上卸下粪桶，那粪桶上宽下窄，差不多有一米高，木桶四周用铁片箍得紧紧的，瓷瓷实实。谁也没有理会周围人的诧异的目光，他们一人背一桶穿过窄道进楼群里去了。

化粪池的盖子冻上了，樊用石头砸了半天，再用铁杆把井盖挑开，上面一层是黑色的硬块，用铁杆捅半天，把硬块捣碎，然后用粪勺把它们舀到粪桶里，背桶的人下蹲，把背带背上肩，右脚一使劲站起来，桶就上肩了。粪勺有点长，难免把粪泼到桶的外面，他们的衣服头发上就都溅上一些黄的黑的污点，鞋子上就更免不了。他们穿着一种已经不多见的大头棉鞋。樊说，就这还是争取了半天才争取到的，我们的工作服一年就一身。我问为什么没有口罩，他说原来有，后来就不发了，不戴口罩还喘粗气，戴上就别呼吸了。

每个人背了十几桶后，第一车装满了，司机马师傅去卸粪。樊班长就带我到附近的大杂院看看那里的公共厕所。每进一个院就跟走迷宫似的，绕过各种煤堆、板房，到了院子尽头，对着一个铁皮钉上的破门，樊大喊一声："里面有人吗？"没人答应，他就径直推开门，让我进去瞧瞧。

我已经做好了各种思想准备，甚至准备好了要屏住呼吸，但仍无论如何也想不到在繁华现代的北京城，居然还有这样落后的厕所，地面上只有一个浅浅的坑，坑里的粪便快溢出来了，没有下水道，坑外一摊摊说不清是什么东西，四周是一个到处透风的简易房。樊班长和他的背班每星期必须来清扫一次，否则那院里十几户人家几十口人简直没法过日子。那天，我走了五六个院子。樊告诉我，这条街上，差不多有十几个院子都有这样的厕所。

我们回到少儿出版社宿舍院的时候，那里的活已经干完了，清洁车拉着我们又到了东四十字路口东边的一个大杂院，车进不去，停在大街边上。

院里厕所的粪池堵了，樊班长说，要是堵得严重就得下去了。我瞅着黄乎乎的粪便，臭味刺鼻，不敢想"下去"是怎么回事，胃里一阵难受。

见我们进院，居民赶紧招呼孩子回家，关紧了门。

一桶粪约百十斤，每天每人需要背数十桶。而且这些年要干的活越来越多了。就说刚才去过的少儿出版社宿舍，原来清洁车完全可以径直开进去，后来那条通道成了存车场。还有的通道上盖个铁皮房卖百货。他们就得多背几十米甚至几百米。

他们一桶桶往外背，我也跟着一趟趟来回走，见他们把桶卡在一个圆环里，然后摇动手柄，桶就被抬高，等抬到一定高度，一摇把，桶向前倾斜，哗——一桶粪倒进车里了。一位师傅说，站远点，当心溅你一身。

“能溅出来吗?”

“当然，我经常被浇得满头满脸。”

我往后挪了挪，回头忽然发现，我们的车正停在一家豪华美容厅边上，橱窗里的美人头像，潇洒飘逸。价格表上面写着：皮肤护理200元，文眉140元，文眼线160元。

“樊师傅，背一车粪你们能拿多少钱?”

“没钱，我们每月开支，多少车都拿一样的钱，现在比过去强点，全加起来差不多能有五六百。要是下粪池可以提成15%。150块钱的15%是多少?哥儿几个分。”

我简直不能相信自己的耳朵。五六百块钱?这甚至不够大款们一顿普通的饭费。

这是一群什么样的人?他们是北京人吗?他们为什么要来干这样的工作?

樊宝发、殷健康、蔡三中，我记住了这三人的名字。他们说一口地道的北京土话，经常把一句话的最后一个字“吃”掉，可走在北京的大街上，进出北京的大饭店，谁也不认为他们是北京人。就连外地进京打工的农民，也经常斜着眼瞧他们，见他们过来，赶紧让开，生怕蹭着自己。而这三个名字打从他们诞生，就记在了北京市公安局的户籍登记簿上，直到26年前。

## 当年曾居北大荒

26年前，8月的北京，上山下乡的热潮远比秋老虎更热。17岁的樊宝发和哥哥拎着自己简单的行李卷挤进了北京站月台。同行的人中，大概没有比他们更少的行李了。母亲望着儿子，一阵心酸。家里孩子多，实在没能力给去北大荒的儿子们准备棉衣，听人说北大荒冬天零下40度，儿子要受委屈了。哥俩安慰母亲：我们是去兵团，部队会想着的。

火车徐徐开动，在《大海航行靠舵手》的乐曲声中，殷健康、蔡三中也先后离开了故乡。

还回来吗?他们盯着缓缓驶过的东便门城楼子，突然心里一阵茫然。

10月，北大荒下了第一场雪。好大的雪啊，漫山遍野，一片白茫茫，每年打着雪仗过冬的樊宝发看呆了，这就是北大荒。30连的6 000多亩大豆被大雪盖住了，天还没亮，樊宝发拿着镰刀下地干活，曾是神气活现的康拜因被冷落在一边。为了自觉磨炼意志，颗粒归仓，兵团提出的口号是："小镰刀万岁！"到了中午，雪开始化了，一脚踩下去，冰碴雪水顺着鞋帮进到鞋里去了。不一会儿，两脚就失去了知觉。

北大荒的地一垄有2 000米，从这头望不到那头。樊宝发一天割六垄，四五亩地，晚上收工的时候，腰都直不起来了。

26年后，殷健康坐在北京东城一条小胡同自家窄小的房里，回忆起当年的那一幕幕，眼睛凝视着远方说："我们那时候是小镰刀胜过大机器，人手一把镰，战天斗地，人定胜天。我们就是这么过来的。"

一晃就这么过了九年。这九年中，他们当了班长或者排长，成了五好战士，年年有各种证书寄回家。九年，光滑的下巴上长出了胡须，他们分别娶了当地的姑娘，生下了北大荒的儿女。

然而，1978年，知识青年大返城开始了。

领导找樊宝发，塞给他一张表，说：把表填了，"婚否"那一栏写未婚，回头我们给开个证明，你就能走了。媳妇不相信他会走，每天下地喂鸡，什么也不耽误。"咱是爷们，不能把媳妇搁那儿。"正赶上妻子要临产，偏又是难产，连里的、团里的卫生员走光了，樊宝发急得火烧眉毛，这时他才真正意识到，战友们走了，兵团没了，他真的成了北大荒人。

他一如既往地干着战友们留下来的农活，每天一早三四点下地，天黑收工。在一望无际的北大荒里，红旗没有了，歌声没有了，樊宝发格外怀念红红火火的兵团生活。兵团改为农场，他成了康拜因手。16年后冬天的一个下午，在他北京的家中，樊宝发从床底下翻出一个用旧了的小箱子，从箱底抖落出一堆荣誉证书，他在中间翻了老半天，一边翻一边念叨："我的三等功证书哪儿去了？在东北我年年儿(先进)。"

终于找到了他要找的东西，因为年代久了，这个原本质地粗陋的立功证书显得有些破旧，打开它我发现里面用钢笔写的字也已经模糊了。我的录音机正开着，于是我就对着录音机磕磕绊绊地念了起来：

“四号康拜因手樊宝发工作积极肯干，能吃苦，起早贪黑，对车的使用比较熟练，对车的……”我卡壳了。“对车的保养检查精心，麦收排除故障，遇到一些较大的故障，为了不影响第二天麦收，连夜修复。”樊毫不犹豫地接了下去。我惊讶地抬起头看了他一眼，他披着一件老棉袄，站着离我二尺远，脸上闪着光。

他心底珍藏着这昔日的光荣。

1978年那个难忘的冬天，殷健康为战友们送行，望着那些急匆匆的背影，他对自己说：“赶明儿，等孩子大点，带他们回北京瞧上一眼，这心愿就了了。”

那是1985年，洪水席卷了北大荒，农场成了一片汪洋，殷健康承包的135亩田里几乎颗粒无收。干了一年，临过年了，手里总得有点买肉的钱吧。殷健康进了深山老林替人扛木头。整整一个冬天，白毛风刮了一场又一场，他想着家里的妻子和女儿，咬牙挺着。三个月过去了，总算熬到了结账的时候，万万没想到包工头跑了，三个月的辛苦全部被风刮走。殷健康流着泪走上了回家的路，在雪地里走了三天三夜，他不知道自己是怎么走过来的，兜里没有一分钱，回去怎么见妻子女儿？已经是年三十晚上，远远地看见农场的灯光，家家户户挂起了灯笼，孩子们在场上点燃了爆竹，饺子也准备下锅了吧？殷健康恨自己无能，过年了，不能让孩子吃一口肉馅的饺子。一推门，他愣住了，锅里的水咕咚咕咚冒着热气，饺子正准备下锅，桌上还摆着肉。妻子女儿争相告诉他，北京来人了，来慰问老知青，给了200块钱……殷健康的眼泪唰地流了下来：“北京没有忘记我！我还是北京人！”

在这片莽莽荒原上，如果不是有特殊的压力或特殊的机遇，他们将永远是北大荒人，他们的儿子女儿将是北大荒的第二代，还会有第三代第四代。事实上，孩子中最大的已经18岁了，比他们当年下乡的时候还大一些，他们自己的脊背却有些弯曲了。

## 回来没我们的位置了

1984年，樊宝发说什么也不打算在北大荒继续呆下去了。农场为了挽留他，把康拜因优先卖给他，还给了他一套新房子。这一年，黑龙江的国营农场实行改革，将农场全部承包给个人，樊宝发是农场中最看好的致富能手，也是最看好的家庭农场场主。可两个月后，他把地退了，带着一家人回到了阔别多年的故乡北京。

“为什么要回来，那么苦的日子都过来了，希望就在前头，你却放弃了？”1994年岁末，在他北京家中那间无比窘迫的小屋子里，我不解地问他。

“没人给开支啊！”他瞪大眼睛。

开支？我也睁大了眼睛。只一刹那，我明白了一切。

眼前这位中年男人额头爬满了皱纹，那不仅仅是岁月的烙印，更是时代的烙印。在那个时候，没有个人，只有集体、国家。个人是属于国家的，是集体的一分子，国家为每一个劳动者支付报酬。樊宝发喜欢这种活法儿，喜欢与国家、与集体总是以“开支”联系在一起的那种感觉。现在承包到户了，每个人只为个人干活，再也感受不到崇高，没有光荣，也没有牺牲。樊宝发忍受不了这种只为自己活着的生产方式。“咱这思想跟不上形势，一承包，当农民了，没人管了。我可不乐意单干，就想跟着集体干。”他终于离开了北大荒，回到北京来找“集体”。

殷健康和蔡三中也回来了。

可是，北京还有他们的位置吗？

殷健康没敢带妻子女儿一块回来，因为没有地方住。北京的家只有一间12平方米的小房子，母亲死后姐姐一家人住在里面，自己再带一大家子过来怎么住啊？直到一年后姐姐终于找到自己的房子，才把这间小屋子让给了殷健康一家。

蔡三中的不幸也总是跟房子有关系。当年在北京的小妹妹为了给哥哥留出一间房，跟后妈吵了一架后把原来家中的房子换成了两处，谁知换的是一间私房，落实私房政策的时候，房东执意要收回这间屋子，好说歹说，给换成了一间8平方米的小屋。还是不得安生，只好去郊区租农民的房，一月房租要150元。

樊宝发算是最幸运的了，跟父母弟妹住在一套三居室里。热热闹闹一大家子差不多有十口人。

他们发现，北京不光是没有他们栖身的地方，更没有他们挣饭吃的位置。他们站在北京的街头上，有时茫然问自己：“我回家了吗？”

他们觉得在北京甚至不如在北大荒活得踏实，心里没底，空落落的。可无论如何得活下去，还有四口人得养活呢。扛大件、看大门、卖菜、做工，凡能找到的活他们全干过了。

转了一圈，蔡三中在北京终于没能找到挣饭吃的地方，无可奈何地到了平谷县，在一家乡镇企业当电镀工人。算他走运，一位北京来的师傅把自己的电镀技术毫无保留地教给了他，他从此成了这家工厂惟一的技术员。妻子女儿也在平谷住了下来，工作读书各得其所。此时在北京市，蔡三中的姐姐几乎每星期都要去一趟劳动局知青科，希望能为弟弟找到一个更好的机会，找一个铁饭碗。

樊宝发没有找到“集体”。他给人蹬三轮，从通县拉铜版纸拉到王府井，那纸卷重600多斤，去70里，回来70里，每次挣九块一毛三。还有一次，货主让他拉古董，那是两个花瓶和几个缸，值好几千块钱。临走，货主叫住他叮嘱一句：当心点，别给碎了。樊宝发不敢骑着走，他推着车，一直走了三个小时，一路小心翼翼地护着车上的宝贝，嘴里不断吆喝着：劳驾，看车！这三个小时高度紧张的劳动只挣了三块七毛五。

干这活不能养家。樊宝发辞了工，买了一辆板车，开始卖菜了。他每天早上两点起床骑着车到北京南端的南苑批发一车菜，下午回来和母亲一起在家门口的街上摆摊。每天下午三四点钟，他的菜摊前就围满了人。娘儿俩卖的菜特干净，秤又高，分量足足的，人也和气。樊宝发的名气一下子传开了，一车菜用不了两小时就卖完了。干了两三年，樊宝发挣了两万多块钱，这在当时是一大笔钱，樊宝发俨然也是一个万元户了。可他还在期待着什么。

1989年秋天，一个街坊的孩子找到樊宝发，悄悄地问他，环卫局招人，招背粪的，去不去？去，当然去！樊宝发一阵兴奋。

头些年北京环卫局的背粪工大都雇的是外地临时工，惹了不少麻烦。到了1989年，最后一批老知青要回来，不好安置，环卫局提出愿意来背粪就给老婆、孩子办户口。最后，劳动局选了14个人给了环卫局，6个人留在了背班。半年试工期，一天6块钱，先交500元钱押金。樊宝发、殷健康、蔡三中和另外三位老知青就这样当了背粪工。

## 每月有单位给开支心里踏实

30多年前，身为北京市副市长的万里同志亲自走到背粪工人中间，背起了这100多斤重的粪桶，还让儿子也来背粪，也来体察一下背粪工人的甘苦。那张刘少奇主席和背粪工人握手的照片成了共和国历史上珍贵的一页。那时候的人仅仅有歧视背粪工人的念头就会受到良心的谴责。然而在今天的北京，人们经过他们身旁时，无不掩鼻而过。

“为什么放着万元户不当，非要去背粪不可？”

“我有单位，每天上班，下班，到月初就开支，心里踏实。”

…………

1985年春节的那个风雪之夜，一直铭刻在殷健康心底里，就冲这个，他说他要为政府好好干。“咱也是人，干这活看了也恶心。刚一开始老吐，现在也吐，吃一口东西全吐，早起不敢吃饭。也就是习惯成自然，五年了。”后来他终于有一次机会离开了背粪班，队里调他去当木工，他去干了一星期，死活要回来。他觉得背班的人义气。

这个感觉蔡三中最强烈了。背班的六个人中他最瘦，两眼深凹，体重还不到100斤，身体也不好。都是老知青，班上的人能帮就帮他一把，别人的粪桶盛三勺，只给他装两勺。

蔡三中有一个聪明任性的女儿，自打爸爸干上了背粪工，说什么也不让他再和面蒸馒头包饺子了。爸爸回家第一件事就是让他赶紧洗手，洗了一遍又一遍。家里的馒头必须到粮店里去买，要不就自己到外面买早点吃。粮店的馒头一块五一斤，对蔡家来说这又是一笔不小的开支。

“我不计较这事，孩子也不容易。”蔡三中说。

曾经有一句使用频率极高的话叫“理解万岁”，在采访的时候我提起这个话题。他们给我讲了一堆故事，然后说：“无所谓！”

“那次上港澳中心，化粪池堵了，我下到底下去抠，底下特窄，得弯着腰干，那些污水脏东西全顺着袖子进衣服里面去了。那底下有沼气，说把人撂那儿就撂那儿。化粪池通了，还得把粪背上来，那池子在饭店地下室的最底层。那天我们晚上去的，直到早上8点多钟才出来，胳膊腿已经不听使唤了。可早上还得出车，要不出车费就没了，奖金也得扣。给这些大饭店干活最麻烦，收了他们的钱，就跟把我们卖了似的，怎么干也不满意，张口闭口就是我们给钱了呀。我们就不爱听这个，其实我们还是照样每个月拿工资。”

“前些日子在外馆（斜街），干完活，人家给了250元，说100块钱你们自己留着，150元交上去，发票只开150元。那不行，咱是工人，车是公家的，一分钱我们也不能要。”

“您瞅见了没有，大街上尽有这样的人，指着我们教育孩子说，臭不臭，再不好好学习，赶明儿你也得背粪去。其实这些无所谓，我们也不朝心里去了。我们自个儿还挺看重自己的。”

那天在樊宝发家，看见一张集体的合影，是20多年前兵团的那个集体在今天又一次的集合。照片是一群40多岁的人，都在笑着，笑得很灿烂，比之于他们下乡前那张照片上的严肃表情，仿佛这20多年他们没有受苦，而是每人捡了一块金子。

樊宝发坐在这群人的最中间，他非常自豪。“我自己觉得比较幸福。您甭说这工作不好，是工作就得有人干，我不干，别人不是也得干吗？有这行我就干，组织上把老婆孩子户口办回来了，我就踏踏实实给北京市干活！”

## 都以为他们挣得很多

跟背班的清洁车采访，他们对我提起上电视的事，说北京电视台拍了一个电视系列剧，叫《真情曲》，第一集拍的就是他们。让我播出的时候别忘了看。

蔡三中挨个给姐姐妹妹打电话，通知她们播出的时间。三姐埋怨他，说别再打电话了，都快臭遍北京城了。他不在乎，连街坊邻居都通知一遍。

殷健康家的那台黑白电视机被冷落了好些日子了，不让女儿看，怕影响功课。可是那天晚上例外。12月7日，北京电视台播出《真情曲》第一集——《时传祥新传》，一家人早早地就守在电视机边上了。

那是他们自个儿演的电视剧，演的都是每天发生的事。第一次看见自己出现在屏幕上，全家人都觉得新鲜还有些激动。殷家两个儿女是爸爸的骄傲，殷健康不想让孩子在人前抬不起头，从不在家提班上的事。女儿只知道爸爸是掏粪工人，却从没去仔细想过掏粪工意味着什么。看着看着，女儿哭了，爸爸太不容易了。

他们听说电视台原打算找演员来演，后来说是钱给不起，只好还用生活中真实的人物自己来演。半个小时的片子，他们每人拿到了

100 元钱的报酬。

“人家说了，请演员简直不敢想，谁演啊。”殷健康说这话的时候表情挺复杂的。

蔡三中在电视中的台词最多，戏也最多。人家问他：“哥儿们，干这活挣多少钱？”

“两千。”说得跟真的似的。

“台词这么写的，现在谁见谁骂我，队里的人气得都关电视了。其实平常我就这么说：两千。总还得壮门面吧，免得跟人家抬杠。我们那儿一工地都是农民工干活，那厕所根本就脏得没地儿下脚。我们去掏粪，人家问我挣多少，我张口就是两千，人家不信，两千，给我五千我都不干。还有一次，一个换啤酒的问我挣多少钱，我问他背一桶给你 20 干不干？人家说给 50 也不干，四五百块钱就干这个，还北京人呢！”

电视剧播完了，环卫局宣传科的同志到区委走访，想听听反应。区里干部说：“瞎编的吧，这年头哪还有背粪工？”听说是真的，接着又问：“就算有，那每月还不得挣两千？”

…………

蔡三中的女儿 16 岁，在北京一所市属重点中学读初三。好多孩子交足了赞助费，找遍了关系才能进这所学校，自己的孩子完全是凭真本事考进来的，这是蔡三中最大的欣慰。

跟他一样，樊宝发、殷健康都有着令人自豪的儿女们。在吃了 20 多年的苦之后，这些出生在北大荒的孩子们成了他们的希望所在，他们觉得苦没白吃。

樊宝发说，什么是强者？强者就是什么都能忍，在别人面前挺得直腰板！

他们忍受着，忍受着生活上的窘迫、工作中的重负和心灵上的委屈。因为他们虽然还背着时传祥的粪桶，而时传祥时代的氛围已不会再现。他们也许是粪桶最后的北京传人了。可他们挺直了腰板。之所以如此，是因为早在 26 年前，他们就开始用自己的青春和热血为国家分担灾难，分担忧愁，分担痛苦。这是这一代人独有的活法儿。

他们还将这样走下去。

（《中国青年报》，1995-01-06）

# 核弹元勋的"三子"

◇ 中新社记者　李　春　王进昌

某些干部难过"三关"，往往为了房子、孩子、车子闹出事情来，遭老百姓指摘。

邓稼先是中国的核弹元勋，功高位显，他的"三子"如何呢？

## 房子旧　满足了

邓稼先一家住在北京西北角的一幢破旧楼房里。屋里没有在老百姓家已不属罕见的成套家具，更没有高干家里常有的高档"洋货"。除了几个书柜外，较引人注目的就是一对沙发了。邓稼先夫妇有一子一女，还有一个保姆，仅住三间房子。

"我们是五年前搬到这里来的，爸爸说，他已经感到满意了。"邓稼先32岁的女儿邓志典说。

在此之前，邓稼先住的是一套两居室，沙发、写字台等像样点的家具，还是1972年为接待邓稼先的挚友杨振宁博士，有关部门临时搬来的。

再早些时候，邓稼先家只有一间房子，与其他两家共用厨房和卫生间。

有一个记者来采访邓稼先，在院子里兜了几个圈没有找到邓宅，最后选了一幢最好的房子，一问，原来是幼儿园。

邓稼先自己对房子没有要求，对别的研究人员的住房却很关心，1984年10月16日，是中国爆炸原子弹20周年，胡启立来到了邓稼先所在的研究院，邓向胡汇报了一个副研究员住着没有窗子的房子的情况，引起了中共高层领导的重视，于是，四栋新楼先后在院子里盖起来了。别人搬进了新居，而邓稼先却还是住在原来的房子里，几乎没有人相信，这套极普通住宅的男主人是中国功高盖世的核弹元勋，女主人是人大常委会副委员长许德珩的长女，北京医科大学教授许鹿希女士。

## 爱孩子，但从不溺爱

邓稼先夫妇都是事业型的人，无暇更多地照顾孩子，“文化大革命”刚一开始，邓稼先的保姆被轰走，老伴被揪斗，儿子和女儿很小就学会了做饭、炒菜，女儿至今还清楚地记得她做的第一顿饭是冷水煮面条，结果面条煮成了糊糊。

1969年，14岁的女儿去了内蒙古生产建设兵团，本来，凭邓稼先的贡献和社会关系，完全可以早些把女儿调回城，可邓稼先没有这样做，他的女儿是研究院干部子女中，最后一个回城的。

是邓稼先不爱孩子吗？恰恰相反，他把孩子视为掌上明珠，一次核试验成功之后，他本来可以坐飞机回北京好好休息一下，可舐犊之情使他坐了几天几夜火车，又步行二十几里到内蒙古乌梁海去看女儿。

女儿赶上了“文化大革命”，上学没有正经念几年书。邓稼先夫妇把提高女儿的文化知识当做一项特殊任务，女儿每次来信，他们总是把信中的错别字和病句改正，再寄回去，女儿参加高考时，父母教育她要凭自己的本事上学，女儿基础差，邓稼先白天开会，晚上给女儿补课，一补就到凌晨四五点，有人说：“中国科学学部委员去教中学物理，真难为老邓了。”

## 坐车子　司机说他“好侍候”

按规定，邓稼先是可以坐专车的，但平时，他总是骑自行车上班，他夫人回忆说，有一次他边骑车边想原子弹，一走神连人带车掉进沟里。

当然，为了赶时间，邓稼先也坐车，但他对车子从不挑剔，小轿车、吉普车、卡车都行，只要能送到，司机说：“老邓是个大好人，好侍候。”有一次他坐在卡车的驾驶室里去机场，机场警卫人员盘问了半天，难怪，哪有首长坐卡车上机场的呢？

邓稼先还坐过牛车。1973年，他去内蒙看女儿，回北京时，女儿找了一辆小牛车送他去车站，有人问他感觉怎样，他风趣地说："很舒服，很自由。"

邓稼先平时不爱坐专车，病重时也是如此，1985年春节前夕，邓稼先做完手术在家休息，医生绝对禁止他看书和工作，他把引流瓶藏在羽绒服里，挤公共汽车去图书馆查资料，其实，如果他非要出去的话，打一个电话就会有小车来接他，可邓稼先说："乘公共汽车很方便。"

（中新社北京（1986年）8月27日电）

# 生命的支柱

## ——张海迪之歌

◇ 郭梅尼　涂家良

1983年春，“张海迪”这个响亮的名字，像春风一样，吹遍了祖国大地。“张海迪……”“张海迪……”人们在议论，人们在深思：这个20多年不会走路的瘫痪姑娘，为什么能开拓出广阔的生活道路，这个尚存1/3活力的身躯，为什么能放射出那么巨大的光和热？

3月7日，北京政协礼堂喜气洋洋。舞台中央，悬挂着鲜花的横幅：“优秀共青团员张海迪命名表彰大会”。主席台上坐满了中央领导同志，会场上千百双期待的眼睛，盼望见到自己崇敬的人。

她来了！

迎着热烈的掌声，她像一团火，燃烧着，闪烁着，来到台前。她激动地和人们握手，欢笑着向大家点头致意。她多么想站起来向大家鞠躬问好，她多么想奔到人群里和大家拥抱啊！但是，轮椅锁住了她病残的身子，20多年了，她不能站立，不能行走。这艰辛的生活道路，她不是用腿走过来的，而是用意志，用心血，一步一步开辟出来的。

“我叫张海迪……”在麦克风前，她开始讲述自己的故事。

这熟悉的声音，这感人的故事，使我回忆起和她相处的那些永远难忘的日子……

### 一

1983年2月20日，我接受了采写张海迪的任务，从北京匆匆赶到济南，又从济南赶到聊城。21日下午，来到张海迪的家。

“真不巧，海迪到莘县去了。今天省工会命名她为劳动模范。”海迪的母亲遗憾地说，“快坐下暖和暖和，喝点水吧。”这位年近50的妇女，剪着短发，穿着一身蓝色的中式罩衣，讲着一口山东话，给人以朴实、亲切的感觉。我们很自然地聊起来。

“玲玲（海迪的小名）从小爱跳舞，爱唱歌……”母亲充满感情地回忆着。

小玲玲像所有天真活泼的小姑娘一样，有一个童话般美妙的童年。爸爸妈妈都是文艺工作者，常带她到剧团去玩，回来还教给她一些舞蹈动作。小玲玲常常学着演员的样子，给爸爸妈妈表演节目。妈妈高兴地说：“长大当个演员吧！”

可是，从5岁起，病魔便紧紧地缠住了这个活泼可爱的小姑娘。妈妈抱着小玲玲四处求医，济南、武汉、北京，她们几乎跑遍了所有的大医院，但是，始终没有多大疗效。

她动过四次脊椎大手术。脊椎板被切除六块，现在脊椎严重弯曲变形，胸二椎以下全部失去知觉，整个上身完全靠胳膊支撑。

小玲玲双腿瘫痪了！她再也不能跳舞，不能当演员了。每天只能倚在床上养病。

一天，小朋友们来到玲玲床前，兴奋地说：“我们明天就要报名上学去了。”

晚上，妈妈下班回家，小玲玲天真地对妈妈说：“妈妈，我也要去上学。”

看着妈妈阴沉为难的脸色，小玲玲似乎懂得了母亲的心。她哀求着：“妈妈，你早上送我去，晚上接我回来。我不闹，我一定听老师的话。妈妈，你送我去吧！”

母亲的心啊，被这稚嫩的哀求声撕裂了！

清晨，孩子们都背着书包上学去了。小玲玲只能趴在窗台上，望着小朋友们一个个远去的背影。她暴躁地把布娃娃摔在地上，使劲地捶打着自己没有知觉的腿，哭喊着：“我要上学！我要上学！”

学校、教师和书包，紧紧地吸引着这颗幼小的心灵。她爱听小朋友们讲学校的故事，爱学老师教给他们唱的新歌。晚上，她常常梦见自己背着小书包和小朋友们一起走进课堂……

但是，20多年过去了，玲玲始终没有跨进学校的大门。

妈妈去上班，就把小玲玲锁在家里。床上放着各种玩具和书报，还有一只大白猫伴着她。点点泪珠常常挂在玲玲的脸上……

“难道就这样让孩子在寂寞和痛苦中度过一生？”母亲沉思着。

“有个孩子名叫高玉宝，”妈妈给小玲玲讲故事，“他小时候很想读书，可是没有钱，结果连一天学校门也没进过。但是，他勤奋自学写出了《半夜鸡叫》这本书。”

“不上学也能学习……”小玲玲的心动了。

“苏联有个英雄叫奥斯特洛夫斯基，他残废了，可他却写出了一部鼓舞千百万人的长篇小说《钢铁是怎样炼成的》。”

“残废了还能写书……”小玲玲冷静下来。

玲玲不再暴躁和哭泣了，她在床上开始了自学。她学会了汉语拼音，学会了查字典，学会了读书、看报。书，给了她知识；书，给了她力量。

在书的世界里，保尔·柯察金成了她的良师益友。“人的一生应该怎样度过……”玲玲开始思索这个人生的根本问题。

在书的世界里，她结识了刘胡兰、董存瑞、古丽娅、卓娅和舒拉等许多英雄人物。

“我要做这样的人。”玲玲给自己找到了人生的路标。

## 二

直到下午5点多，海迪才回到家。我急切地想见到这个以保尔为榜样的姑娘。尽管我从报纸上看到她做了许多了不起的事，但是，她毕竟是个2/3躯体已经失去知觉的人啊！这样的人怎样生活呢？我不敢想象。

“她今天开了一天会，又坐长途汽车颠簸了几个钟头，够累的了。你们千万不要和她多谈。”海迪的母亲叮嘱我们。

我们轻手轻脚地推开房门。完全出乎意料，轮椅上坐着一个容光焕发、充满朝气的姑娘。

“郭阿姨！”她热情地呼喊着，伸出手来，好像见到久别重逢的好友一样，紧紧地握着我的手。这热烈的气氛，这开朗的性格，把我的疑虑和担忧统统驱散了。

不用提问，更不用启发，我们便热烈地交谈起来。和她谈话，完全不是什么采访，倒像是和知心朋友在探讨人生。她的感受和思想越来越强烈地引起我的思索和共鸣。

23日清晨，我陪同海迪乘坐面包车奔赴济南，准备从济南再乘火车上北京，参加团中央召开的全国学习雷锋积极分子座谈会。人们把海迪从轮椅上抱起来，放到面包车的座位上。我挨着海迪坐下，汽车驶出了聊城。

“郭阿姨，你挤着我点，要不，我这边支不住。”海迪轻声对我说。原来，她脱开了轮椅，手臂不能支撑在扶手上，上身便失去了支撑，就会瘫软下来。“你摸摸，我这边的肋条拿掉了，能摸到肝脏。”我伸手摸着那没有肋骨的软绵绵的胸部，心里感到一阵难受。她后背因为脊椎变形不能支撑，前身的右侧又没有肋条，这20多年，她是靠什么支持这旺盛的生命的呢？

阳光灿烂，汽车在大道上奔驰。

“你是第一次上北京吗？”我问。

“不，我这是第三次上北京了。前两次我都是到北京去治病的。”海迪回忆着，“一次是1963年，一次是1964年。那时，北京正掀起学习雷锋的高潮，社会风气非常好。记得1964年那次，妈妈因为工作离不开，把我一个人放在医院，就回山东去了。当时我才几岁，医生、护士就像亲人一样待我。记得‘五一’节那天，卜阿姨买了两个大苹果，一个给我，一个给她自己的孩子，还送给我一些玩具、书籍和小金鱼。国庆节的晚上，护士阿姨把我们这些小病号一个个抱到医院的平台上去看焰火。当五彩缤纷的焰火飞上夜空时，我们都欢呼起来：啊，北京，真美啊！”

美丽的北京，在小玲玲的心灵上播下了爱的种子。

“但是，对我一生影响最大，给我的人生观打下基础的，还是尚楼三年的生活。”海迪深思着说。

海迪在自述中，在报告里，在谈话中，总是不断地提到尚楼。“我永远也忘不了尚楼。”第一次见面，她就这样对我说。

尚楼，这个在中国地图上连个小黑点的位置都没有的小村庄，为什么在海迪的心目中，占着这么重要的地位呢？我不禁想起昨天到尚楼访问的情景。

尚楼，是山东省莘县十八里铺公社的一个大队。1970年海迪的父亲带领知识青年下乡插队，海迪便随父亲搬到了尚楼村。

我走进尚楼大队，眼前是一片白花花的盐碱地。当时麦子还没返青，地里连点绿苗苗都很难看到。海迪的父亲带我来到海迪当年居住过的小屋旧址。小屋已经拆掉了，但从宅基地和周围的房屋看出，这是用土坯垒起的小屋。海迪的父亲说，从后窗户洞可以看见一片麦田。

海迪就是在这块土地上成长起来的啊！这贫瘠的土地，这土坯垒起的小屋，是怎样培育出这样美好的心灵的呢？

汽车颠簸着朝前奔驰。海迪满怀深情地回忆着："尽管当时是'四人帮'横行的年月，但那里的人民还是淳朴善良的，村里的老人、孩子，所有的人都对我那么好。"

海迪刚搬进村那天，乡亲们热情地围上来问长问短，帮着搬家安置。这时，人群中挤出一个五六岁的小男孩，有个小伙子揪着他的耳朵逗着说："孟方，快叫玲玲姐姐。"玲玲一看，这孩子虽然衣服上净是土，但却非常可爱，一双大眼睛乌黑乌黑，长长的睫毛还向上卷着，忽闪忽闪的，便情不自禁地说："哎呀，真漂亮，像电影演员似的。"孩子羞得一溜烟钻进人群，忙着抱起小锅、小凳帮助搬家去了。后来，这孩子常常躲在玲玲的小窗户洞上看，轻声问道："玲玲姐，你老呆在家看书，闷吧？"一会儿他抓来个小虫，说："玲玲姐，它会磕头，你玩吧。"一会又摸出一个鸡蛋，说："这是俺妈给俺煮的，你吃吧。"多么淳朴的孩子啊，玲玲和小孟方建立了深厚的感情。

有一次，小孟方抓来一只小燕子给玲玲姐玩。玲玲高兴地问："你怎么抓住它的？"

"它一条腿瘸了，不能飞了。"

玲玲的心猛一沉。小燕子也失去腿啊！它生着双翅不就是为了飞翔的吗？

玲玲给小燕子的伤腿搽上红药水，用纱布包扎好，放在窗台的小纸盒里养着。小燕子一天天恢复了活力。玲玲把它捧在手心里，怜爱地说："飞吧，小燕子，飞吧！"小燕子艰难地展开双翅，飞向蓝天。

小孟方高兴地叫着："玲玲姐治好了小燕子，你是个医生。"

一天，小孟方的妈抱着小孟方，慌慌忙忙地跑来，喊着："玲玲，你快看，这孩子是怎么了？"只见孩子翻着白眼，口吐白沫，脖子向后挺着。她忙说："大嫂，快，快送医院。"可是，医院离村子还有20里啊！

下午，玲玲听见惨痛的哭声，心一怔："呀，不会是小孟方吧？不，不会的，他还会来叫我玲玲姐，还会给我捉磕头虫的……"

"玲玲，孟方死了，孟方死了……"一个邻居喊着。

真的？这是真的！姑娘的心冰凉了！

“这是我第一次，第一次体会到我们的农村是这么贫穷，这么落后，我们的人民是这么苦啊！”海迪激动地回忆着。

“小孟方为什么会死呢？为什么会死呢？”玲玲喃喃着，她问父母，她问自己，她问那颗火热的心。

“玲玲姐治好了小燕子，你是个医生，你是个医生。”这天真稚嫩的童音又响在玲玲耳边。她自责自问：

我恨啊，我怨恨自己，我太无能了。我要是有点本事，我要真是个医生，不就能救小孟方吗？他就不会死得那么快啊！

晚上，玲玲在煤油灯下写日记。她写道：“开始进村时，我曾写过，人们啊，我真愿为你们做些什么！现在，我的愿望应该落实了。我要学医，我要为你们减少痛苦，不让村里再出现小孟方这样的悲剧……”

玲玲把妈妈给她的零花钱省下来，买了医学书、体温表、听诊器、银针、人体模型等，开始学针灸。她按书上的穴位在自己身上练针，体会针感。没有多久，她的胳膊和脸都扎肿了。经过一段学习和实践，她能用针灸治疗一些常见病了。村里有谁头疼脑热的，玲玲给扎上几针，病就好了。玲玲还把白天治病遇到的问题随时记下来，晚上在油灯下学习医书，从中寻找答案。在学习人体解剖学时，没有标本，玲玲为此十分犯难。

一天，妈妈买回一些猪心、猪肝、猪肺。这不也可以当标本吗？玲玲高兴极了。她对妈妈说：“妈，先别忙吃，让我先用来学习解剖。”她找来爸爸刮胡子的刀片，认真地一点点地解剖起来。后来，孩子们又给她捉来一些青蛙。她用筷子搭了个实验架。认真地做着实验。玲玲的医术一天天提高了。

一天，人们用排子车拉来一位老大爷。他叫耿其元。住在5里地以外，瘫痪多年了。老伴死后，丢下三个儿子，两个还很小。大爷一病，家里就像塌了天一样，生活更艰难了。

“耿大爷，您放心，我一定给您治好病。”玲玲一心想帮耿大爷解除痛苦。可是，话一说出口，她又害怕了。这样的疑难病，我能治得了吗？

玲玲查阅了医书，又在自己身上试针，每次耿大爷来，她都精心给大爷扎针。扎完针，还弯下身子帮老人扎好腿带，系上鞋带。耿大爷感激得不知怎么好，笑着连连说：“哎呀……哎呀……”

经过一段针灸治疗，耿大爷一天天好转。一天，玲玲对耿大爷作了一次全面检查后，对大爷说：“大爷，您站起来试试，试试。”

老人不敢相信，哆哆嗦嗦地想站又怕站。慢慢地，慢慢地，他站起来了！

“走，朝前走一步，走一步。”玲玲压住快要跳出来的心，鼓励着。

老人抬起了腿，朝前挪了一步，嘴里喃喃着：“那个——行！那个——行！”

他会走了，他真的会走了！

玲玲的心在颤，在抖，在唱啊！就是这小小的银针，就是这病残的身体，真的能帮助瘫痪的人站起来了。幸福，这就是幸福啊！

玲玲第一次懂得了，给别人带来幸福，就是自己最大的幸福。她在日记中写道：“有人说幸福是抽象的。那是因为他没有得到真正的幸福。而且他所谓的幸福是对最狭隘的个人而言。真正的幸福，是具体而实在的。”“记得马克思说过，能使大多数人幸福的人，他自己本身也是幸福的。我想做这样的人。”

玲玲给耿大爷治好病的消息，在五里三乡传开了，找玲玲治病的人越来越多，一天总有50多人，排子车、自行车在玲玲的院子门口，挤得黑压压一片。玲玲的脊柱不能支撑，她靠在扶手上给群众扎针，累得一身身冷汗。因为整天整天坐在车上，腿和屁股上长了一片片褥疮，妹妹给她洗褥疮时，看见那溃烂的疮口，难过得流下了眼泪。“姐，你光顾给人家治病，自己的身体也得注意点啊！”几个守在玲玲身边的“卫士”，心疼得忍无可忍，对来治病的人埋怨道：“你们要累死玲玲姐呀，不治了，不治了。”玲玲还是耐心地给群众治着。

玲玲真的累病了。她发着高烧，输着液，闭着眼睛躺在床上。乡亲们焦急地守在门口。老奶奶悄声问道：“闺女睁眼了吗？唉，都是叫俺们这些人给累的。”80岁的王奶奶，轻手轻脚走到玲玲床前，用手摸玲玲的额头，看看还烧不烧。然后，从怀里掏出几个热乎乎的鸡蛋放在玲玲枕头边，一声不响地走了。耿其元大爷拄着棍子，从几里外赶来，在门外哭着自语道：“叫我病，叫我死吧！”

几个淘气的孩子，跑到玲玲后墙的小窗户洞口，一个踩着一个，偷偷地看一眼玲玲姐，然后从窗户洞伸进小手，放上一个大鹅蛋，还有一把刚刚红了尖的大枣……

玲玲在朦胧中看见这个镜头，热泪一下涌了出来。

这些玲玲的小“卫士”整天和玲玲生活在一起。玲玲给他们讲故事，教他们唱歌，给他们理发，使他们懂得了生活的意义。为了让玲玲高兴，他们常常推玲玲到村外去玩。一次，他们推玲玲到金线河去捉青蛙，准备拿回来作解剖试验。高高的河堤，孩子们推呀推，小车怎么也推不上去。一个小男孩脱下自己的粗布裤子，一条裤腿捆在车上，一条裤腿搭在肩上，使劲拉，别的孩子推拥着：“一二，一二，……上去了!”他们把玲玲放在小桥上，开始做各种精彩表演。

这个说：“玲玲姐，你看，我会打扑腾。”说着，往水里一趴，扑通、扑通溅起了一串串水花。

那个说：“玲玲姐，你看，我会跳水。”只听扑通一声，笔直地从小桥上跳到水中，玲玲开心地哈哈大笑。

在这欢乐的生活里，这个失去双腿的姑娘，没有遭到白眼和歧视，更没有孤独，没有哀伤。

尚楼，没有美丽的海滨，没有富饶的土地，它像一个淳朴的农妇，用她洁白的乳汁，哺育这个瘫痪姑娘的心灵，使她懂得了爱生活、爱人民、爱人生。

1973年3月9日，玲玲要随父母搬到莘县城里去了。清晨，队里备了四辆大车，全村的人都围在车队两旁，送行的队伍拉得老长老长的。

玲玲坐在大车上，老奶奶、大嫂子扯着她的衣襟，千恩万谢，说不完的嘱托，表不尽的心意，真是一步一行泪啊！玲玲有满腹的话，可是啥也说不出来，泪水哽住了她的喉咙：玲玲想再看一眼乡亲，可是，啥也看不见了，泪水模糊了她的眼睛。她的心在呼唤着：

再见了，尚楼！再见了，乡亲！爷爷奶奶们，让我再为你们做一千次一万次事吧。亲爱的姑娘们，让我再为你们裁一次衣服。我的小伙伴们啊，让我再为你们理一次发，唱一支歌吧……我为你们做得太少，太少了。不是你们要感谢我，相反的，是我要感谢你们。是你们哺育了我，我是吃着你们的乳汁长大的。是你们那一颗颗淳朴的心，使我这个被病痛折磨的残废青年，饱尝了人间的温暖；是你们教育我懂得了什么是真正的幸福，懂得了生活的意义；是你们给了我生活的力量。在你们中间，我感到自己是一个对社会有用的人。

“人活着就是要为社会做贡献。”正是在为社会服务中，这个被病魔吞噬了2/3躯体的姑娘，实现了自己的人生价值，放射出了巨大的光和热。

## 三

来到济南这天，晚上8点钟，我们便坐上了驶向北京的列车。

海迪非常激动，她脱掉外衣，穿着一件天蓝色的高领毛衣，脸上泛起了红晕。

“郭阿姨，咱们下车后要经过天安门吗？”

“要路过的。”

“北海开放吗？我真想到北海去玩玩。”她充满感情地说，“记得那年，我的病治得有些好转，刚能走几步，爸爸带我到北海去玩过。”

多么热爱生活的姑娘啊！她虽然失去了双腿，但她对生活的向往和追求，却是那么热烈。

有一次，她对我说：

“我做过许多美好的梦。我梦见自己站着唱歌，我梦见在大道上奔驰，我梦见展开双臂在天空翱翔……”

夜深了，海迪躺在卧铺上安详地睡了。今晚她又梦见了什么呢？

……她梦见在天安门广场上奔跑，跑得真快呀，两条腿那么有劲，跑得头发都飘起来了，一口气就跑到了人民英雄纪念碑……

……她梦见自己在北海的岸边漫步，刚吐芽的柳丝在春风中飘动。“生活呀生活，多么美好。”她情不自禁地唱了起来……

“可是，梦总是要醒的。”海迪冷静地对我说，“醒来我并不沮丧，我必须面对现实。”

这个热爱生活、富于幻想的姑娘，并没有躺在金丝绒的飞毯上做着五光十色的美梦。她非常现实。残酷的病魔给她设下了比常人多十倍百倍的难关。

到达北京的第二天，我陪一位医生去给海迪检查身体。

当替她推车的姑娘帮她脱下衣服时，我的心嗖地一下紧缩了。

她这还能叫脊柱吗？已经完全弯曲变形了。脊柱两侧，一条条长长的刀伤疤痕，那大概是动过四次大手术留下的吧。

“看，脊柱都歪到边上来了，怎么能支撑身体呢？”医生感叹地说。

接着，医生拿出银针，扎着她的皮肤，检查她的知觉。

“有感觉吗？”医生问。

“没有。”海迪回答。

银针一点点朝上扎着，从脚尖一直扎到膝盖。

“没有……”

“没有……”

银针过了腹部，过了心窝……

“没有……”

“没有……”

还是“没有”。太可怕了！我屏住呼吸，期待着那肯定的回答。

“有了！”这是胸二椎的部位。

这就叫“2/3 的躯体失去知觉”啊！

走出门后，医生长叹一声，对我说：“我见过的瘫痪病人，她是最严重的。”她，完全是靠精神支撑着啊！

当你在人民大会堂看见海迪精神焕发地作报告，听到她动情地唱着“生活多美好”时，你可曾想过，就是这样的一个身躯，在支撑着她的生命？

这，就是张海迪的现实，面对这样一个现实，张海迪怎么办呢？

住在万年青宾馆的那些日子，我们常常在一起聊天。她对我说：“是的，像我这样的身体，躺着吃躺着喝，什么活也不干，人们也不会谴责我。但是，那样活着又有什么意义呢？”

她和我谈起了自己人生道路上一段永远难忘的经历：

海迪离开尚楼搬到莘县城里后，生活不再像尚楼那样欢腾而紧张，常常是一个人关在小屋子里。海迪感到孤独和寂寞。

不，我必须开辟新路，为社会做点事情。

——她开始学画画。当她画出一幅美丽的素描后，一个朋友看见了，说：“画家要一手拿调色板，一手拿画笔，你离开了胳膊的支撑坐都坐不稳，怎么能画画呢?!”此路不通。

——她又学音乐，学乐器。当她能弹出一手好琵琶时，一位阿姨摇头说：“哪见过演员坐着轮椅上台演奏的？”又是一瓢凉水。

——她四处报名，四处写信，要求工作。但是，一次次都被回绝了。

1974 年冬的一天。海迪一早就坐上轮椅，赶到劳动局，去看看这次招工被录取了没有。劳动局门口挤满了等通知的人。海迪真想挤进去问问。她多么想听见喊："张海迪，你被录取了。"可是她又害怕听见："没有你，这次又没有你。"

天气是那么冷呀，她在门口焦急地等着。她的脸冻紫了，手冻僵了，一直等到所有的人都走光了，还没有听见喊她。

她鼓起勇气，推着轮椅进去了。

"叔叔，给我个工作吧!"海迪几乎是乞求着："我能行，我会干好的。我不要工资，我只要有个工作，不管干什么都行。叔叔，你……"

"那么多好胳膊好腿的人都还没工作哩……"

冷，彻骨的寒冷。海迪的心冻僵了！为了找工作，她遭冷遇，受歧视；为了找工作，她乞求，她呼吁。她的心在呐喊：人们啊，我虽然失去了双腿，但我并不比你们低一等，在通往未来的征途上，我们是同路人，在理想的起点上，我和你们是一样的。我不是为了饭碗，我要的是工作的权利，是为社会做贡献的机会啊！可是，这一点点要求也得不到满足。这撕心裂肺的痛苦，超过任何一次大手术。

社会不需要我。如果不能给社会做贡献，还不如减少对社会的负担。乘着父母到聊城出差时，她服了大量安眠药……

> 亲爱的爸爸妈妈，女儿就要离开你们了。当我要离开你们的时候，心里是多么难过啊……
>
> 我深深懂得，一个热爱生活的姑娘，活着是多么好啊！但是，疾病使我失去了这一切权利。我不愿做一个沸腾生活的旁观者，而要和别人一样，做一个社会主义的建设者。……
>
> 爸爸妈妈，请原谅我吧……

海迪躺在床上，脑子里掀起了万顷波涛……

尚楼啊，美丽的土地，我多么想再看看那绿油油的麦田，再看看金线河那潺潺的流水，看看那小磕头虫……

乡亲们，我真想再看看你们，哪怕再看一眼。耿大爷，您的腿又犯病了吗？80岁的王奶奶，您千万别再感冒了；我的小伙伴们，你们的头发又该理了吧……我可爱的乡亲们啊，你们给了我多少温暖，多少欢乐，我舍不得离开你们……

她想起了保尔在海滨公园自杀的情景。……假如那扳机一扣，就不再会有《钢铁是怎样炼成的》了……保尔战胜了。

社会给了我那么多温暖，人民给了我那么多厚爱，我就这样离去了吗？尚楼三年，我不是也做了一些有用的事情吗？乡亲们需要我，我还是个对社会有用的人……

不，不，我不能死！我还要活着！

我还有一双手，我要用它开辟那荆棘丛生的生活道路。

“来人啊，救救我，我还年轻，我还有用，我要活着……我错了，快来救我……”海迪呼喊着。

回忆起这段往事，海迪对我说：“这件事，我给一些报刊写过，可是，他们都删掉了。也许有人认为，这对一个先进人物是不光彩的事吧。但是，我不把它看成是我的耻辱，相反，我认为是我的胜利。这说明我经住了考验。”喘了口气，海迪接着说：“说实在的，《钢铁是怎样炼成的》这本书，我不知看过多少遍，它无数次地给了我生活的力量和信心。但是，对我人生道路影响最大的，还是保尔在海滨公园自杀的这一场。我认为，他的伟大之处在于，他能够战胜这种消极悲观因素，重新振奋起来，更深刻地认识了人生的意义，钢铁就是这样炼成的。”对啊，不排除杂质，怎么能炼出纯钢呢！

稍稍平息了激动的心情，海迪又说：“在人生的道路上，谁都会遇到困难和挫折。人们遇到困难时，出现一些消极的想法和做法是很自然的。但是，就看你能不能战胜它。战胜了，你就是英雄，就是生活的强者。”

后来，海迪被分配到城关医院工作，她是多么高兴啊。因为高位截瘫，她大小便都不能控制。为了坚持工作，她白天不喝水，不吃流质食物。夏天干渴得嗓子冒烟，她也忍耐着。医院专门让她开设了针灸科，来看病的人很多，特别是赶集的日子，许多农民来看病，海迪常常下不了班。有时刚回家吃饭，半路碰见来扎针的农民，她又返回医院来给他们扎针。

海迪给病人扎针时，胳膊不能支撑，脊椎一天天变形，弯曲得更厉害了，肋间神经痛，折磨得她必须服用大量止疼片才能坚持工作。有人不解地说：“嗨，整天拖着病残的身子，这么干，一个月才挣 25 元钱，何苦呢！”

海迪到底图个什么呢？

有几个患了婴儿瘫的小朋友，经过海迪扎针治疗，孩子们会走了，他们天真地对海迪说：“姑姑，你也走吧！”海迪低声说：“姑姑永远也不会走了，只要你们会走，姑姑比什么都高兴。”孩子们满怀情意地说：“姑姑，我们推你走。”

海迪对我说：“美国盲聋女作家海伦·凯勒说，倘若我能看见三天，那么，用眼睛去观察到的该是一幅多么美丽的景象啊。但是，那些视力健全的人，对此却视而不见，他们认为，世界上的一切五彩缤纷的壮观景色，都是理所当然的。她讲得多么好啊！就像有些天天工作的人，他们习以为常，并不珍惜自己工作的权利。能为社会，为人民做点事，对我来说是最大的幸福！”

1981 年 10 月，海迪因为长年服用大量止疼片，药物中毒，间歇停止呼吸 1 小时 50 分，几天昏迷不醒。第 5 天她醒过来时，看见妈妈和妹妹坐在床边，高兴极了。她用微弱的声音对妹妹说：“我不想死，我还有好多事要干呢！”

突然，她发现对面床上放着许多对大脑有抑制作用的药，生气地喊起来：“我不要，我不要，这都是破坏记忆力的。我的身体已经残废了，大脑再坏，拿什么为人民做事情呢！”

一会儿，海迪又昏迷过去了，她断断续续地说着胡话。

第二天，海迪完全清醒了。她急忙要过纸和笔，手颤抖着，歪歪扭扭地写下了六个大字：

生命之树常青！

“太好了！我还能写字，我还能工作。我还能回到岗位上去给人民做点事情。”

这就是海迪的理想，这就是海迪的人生追求。为了它，她拼搏，她奋斗，战胜了人们难以想象的困难和痛苦。有的截瘫病人写信问她：“截瘫病人因大小便失禁，一般是不能工作的。你能坚持工作，是怎样解决大小便失禁问题的呢？”

海迪和所有的截瘫病人一样，小便必须用手挤压膀胱。为了坚持工作，上班前，海迪必须用手使劲挤压排尿，有时把膀胱挤破了，流出的不是尿，而是点点鲜血……

海迪悄声对我说：“有时我工作着，实在支持不了啦，我就想，要是旁边有张床该多好啊，让我躺一会儿，哪怕躺几秒钟……”是的，海迪姑娘也是有血有肉的活人啊，她怎么能不感到痛苦呢？但是，一种强大的精神力量支持着她，使她战胜了这一切，她常说："一个人就像一棵大树，有吸收，也要有付出，人民给了我那么多温暖，那么多厚爱，我要把自己的一切奉献给人民。"

## 四

青年们十分佩服，海迪 2/3 的躯体病残了，没进过一天学校，却自学了小学和中学的课程，还学习了英、日、德、世界语，甚至还翻译了十几万字的英文小说和资料。她为什么能学习得这样好呢？

海迪在日记中写道："大脑需要营养，除了在生理上需要血液的供应，在精神上还需要广博的知识去营养。否则，还是一个'低能儿'。而我们青年一代如果不努力，出现'低能儿'的可能性是有的，那便是一些不学无术的寄生虫。"

海迪不愿当"寄生虫"。她说："要想给人民做点事，没有文化知识，没有真本领是不行的。80 年代尤其是这样。"

在城关医院工作时，有位老同志拿着一瓶进口药，请她给翻译一下英文说明书。海迪笑了："我连学校的门也没进过，怎么懂得英语呢？"老同志失望地走了。海迪想，不懂，不懂为什么不能学呢？学会了英语，不是能够做更多的事情了吗？海迪请朋友买来了英语教材。可是，翻开书一看，连 26 个字母还认不全，A、B、C、X、Y 还是在学数学时认识的。此后，只要有叔叔阿姨到家里来玩，海迪就马上拿着书凑上去向他们请教。

开始背英语单词时，她怎么也记不住。

"study，这不就是五个字母吗？为什么背了三天还是默写错了？唉，没上过学的人就是不行啊！"她一抬头，看见墙上挂着一幅居里夫人的像，那双蓝色的眼睛仿佛在说：孩子，坚持下去！我们必须有恒心，尤其要有自信心。

"别人有学校，我有笨办法。"study，study……她一连写了几百遍，终于默写对了。海迪给自己布置了一个英语环境。她把桌子上、椅子上、灯上……只要眼睛能看到的地方，全都用英语单词标着，时刻帮助自己学习。

在这个小县城学英语，不仅看不到电视讲座，连本英语词典都买不到，海迪便搜集了一些标有英文词句的糖纸、香烟盒、商标……贴成一本红红绿绿的词典，帮助自己学习和回忆。

邻居的孩子去上中学，海迪指着英文书对他说："请你问问你们老师，公园（Park）是这么读的吗？"小学生放学回来告诉海迪："我们老师说你读得对。"海迪真想练习对话呀，可是周围的亲人都不会英语，和谁练呢？

她终于找到了一位"英国姑娘"，这就是镜子里的海迪。

"How do you do?"

"How do you do."

"What's your name?"

…………

海迪听说，中学里有位王老师，英语非常好，她兴高采烈地拿着书去请教。可是，头一次就碰了一鼻子灰。王老师冷冷地说："对不起，我没戴眼镜。"

海迪没有灰心，她知道王老师因为正在被"强制劳动"，不愿意牵连她才这样做的。她想，"一顾"不行，就"二顾"、"三顾"。她写了一封又一封信给王老师，说："我是一个瘫痪的姑娘，从小没上过学……"王老师被海迪坚韧不拔的学习劲头感动了。

在治疗室里，海迪和王老师装着大夫在给患者治病的样子，等没人看见，海迪便拿出自己的作业："王老师，您看看，这是我昨晚上翻译的一段。"突然，有人来了，海迪赶紧改口："今天你的血压一点也不高……"

从英文字母开始，海迪就这样一步步朝前走着，每当她艰难地读完一本英语书时，都要高兴地欢呼，有时把书扔上房顶："我胜利了！"妹妹说："别叫了，像个狂人似的。"海迪笑着说："我付出了比别人多几倍的精力才学到这点知识，怎么能不高兴呢！"

自学容易，坚持难。对海迪这样的人，坚持就更难了。动了第四次大手术后，海迪疼得无法忍受，她咬着被单在颤抖，朋友们心疼地说："海迪，你哭吧，哭出声来就好受了。"但是，稍稍平静后，海迪却央求说："让我看看书吧。"

她只能仰卧着，脖子不能朝左，也不能朝右，稍稍一动，都会揪心地疼。

"拿镜子来，放在床头柜上，……替我翻开枕头边那本《英语九百句》……"

镜子放着光。海迪通过镜子的反照，学着《英语九百句》。周围的亲人和朋友，被感动得流下了热泪。

海迪为什么有这么大的毅力呢？她在日记中写道："只要心在跳动，我就要努力学习和工作，顽强地与疾病抗争，相信我是一个胜利者。用生命的火花去照亮通往未来的征程。"

海迪说："我早有思想准备，将来有一天如果我全身瘫痪了，我要学保尔那样继续学习和工作。那时，英语不是可以帮助我翻译点东西，奉献给人民吗？"讲到这里，海迪的眼里闪着光芒。她说："一个人能发挥作用，能把学到的知识奉献给人民，这是最大的欢乐啊！"

源泉找到了。她的惊人的事业心，远比她惊人的毅力更加伟大。正是这种事业心，使她产生了正常人难以想象的毅力。

"我要像海伦说的那样，在知识的海洋里，不断吸取使生命之树常青的养料。"海迪对青年朋友说。

海迪说得好："不热爱生活的人，生活在他心中总是灰蒙蒙的。热爱生活的人，他总是相信，经过奋斗，生活会越来越好。"

海迪就是经过不停息的奋斗，改变了自身的现实，使一个最弱最弱的女子，变成了生活的强者。我们这一代青少年，如果能发扬海迪精神，不是就可以把贫穷落后的中国，建设成强盛的社会主义国家吗？

如今，海迪精神迈开了双腿，在祖国的大地奔驰；海迪精神展开了双翅，在祖国的天空翱翔。从首都北京到边防哨所，青少年们掀起了学习海迪的热潮。

海迪精神像春风，吹绿了青少年的心；海迪精神像海潮，冲刷着思想上的污泥。这一代青少年将从海迪身上汲取丰富的精神养料，树起自己坚强的人生支柱。

（《中国青年报》，1983-03-01）

# 王老师的小屋

◇ 李蕴藻

四中数学教师王培德，住一间 12 平方米的小屋。里边，王培德睡一张折叠床，同妻子、儿子共用一张小桌，地上锅呀盆的排成了行。

这屋子虽小，却常挤满了人。班里的学生来问功课，高考落榜的学生准备再考，已工作的学生来请教问题，再带上他们好学的伙伴……常常是：七八个人围住了王老师。十几条胳膊压在那张小桌上。有一次，那小桌承受不住这持续的重压，哗的一声塌了下来。常常是：学生们在这里“饱餐”了一顿数学，满意而去，可王培德一家还空着肚子。

小屋挤吗？王培德似乎不觉得。有人在门口探头，看见屋里这么挤，老师这么忙，犹豫着不肯进。他见了，总是连忙招手：“来呀，来呀，快进来！”侯笑茵现在是南开大学经济系一年级学生，在四中上高三时，是班里最不喜欢数学的学生，一上数学课就打盹儿。她觉得，反正自己文科功课不错，高考数学能及格就行了。一次全市数学统考，她只得了 40 来分，这下急坏了，去找王老师。王老师问她：你学文科是为了什么？是为了建设国家，可是搞现代化建设，不懂数学行吗？数学是基础课，数学不好，别的课程学好也难。从那以后，她也成了常找王老师问问题的学生。与侯笑茵同届毕业的刘宝和，也不愿学数学，可架不住王培德抓得紧。去年夏天，一次他去王培德那里请求答疑，10 道题，王培德足足讲了一个多钟头。王培德正犯病，讲一会儿，憋得喘不过气来，就从衣兜里掏出“气喘气雾剂”往嘴里打几下。讲完题，衣服都湿透了。王培德的汗水没有白流，刘宝和现在是天津冶金机电学校一年级的学生。

在这拥挤的小屋里，学生们得到的不仅是知识，还汲取了力量。孙健是四中 79 届高中毕业生。头年参加高考落榜，他有点灰心，认为自己不是上大学的材料。王培德对他说：“你脑子不笨，是努力不够。”他又念了一年，仍没考上。这对他打击不小，他觉得，自己一家好几口挤一间临建棚，这样的条件能念好书吗？心里憋气，想找王老师说说。那天晚上，孙健来到王培德的家——一间矮小的临建棚，看见王老师正坐在半尺高的小板凳上，把本子放在膝头上写教案呢。5岁的儿子不时搂着他的脖子撒娇，哄开了，又来缠。看到这，他想：王老师的课讲得这么好，没想到是这样备的课；可我，还能坐在床上，趴在缝纫机上写呢。我一捧起书本，一家人都不吭气了。什么条件不好，我就是没有王老师的这股子精神。他发奋读书，第3次高考，终于被天津师范大学录取了。

这小屋里，不只是艰苦和辛勤，也常充满欢乐。王培德是河北大学65届数学系毕业生，最近被评为市级劳动模范。他患有肺气肿、肺心病，多次住院治疗。一次病愈出院，几十个学生抱着各种营养品，鱼贯地进入这小屋，从他床前走过，向他表示祝愿。考上大学的学生，一接到通知书，就气喘吁吁地跑来，向他报告好消息。不少学生从这里体会到了教师工作的重要和精神的高尚。四中79届高中毕业生孙天宝，现在是天津师范大学物理系四年级学生。有人曾问过他将来想做什么，他回答说：我要做一名像王培德老师那样的中学教师。

王老师的小屋，是许多教师住房的一个缩影。这小屋，既是他们劳动力再生产的场所，也是他们生产精神财富的场所。

我们歌颂王老师的小屋，却并非歌颂他屋子之小。我们希望那些肩负教书育人重任的老师们，能够不再住这样的小屋。

（《天津日报》，1983-02-18）

# 阅读提示

人物通讯是写人的通讯。它通过较详细地再现某个人或某个人群的生活、事迹来展现人的思想和生活观念，折射出某时期的社会心理特征。这种文体较易达到沟通心灵、影响舆论、传播主流意识形态的作用。因此，在各类通讯文体中，人物通讯是我国新闻报道样式中数量较多、影响较大且几十年来一直备受重视的一种文体。

传统的人物通讯大多只写先进模范人物，通过宣传他们的先进事迹，弘扬其体现时代精神的先进理念和高尚情操。改革开放以来，人物通讯的报道理念发生了很大的变化，摒弃了“神”化先进人物，“鬼”化反面人物的极端做法，实现了向“人”的回归。在报道选题上，人物通讯出现了丰富、多元和均衡的特点，除了报道先进模范人物外，大量默默无闻的“小人物”也走上了人物通讯的舞台，使读者能够走进他们的生活，贴近他们的心灵，观察其生活轨迹，把握其脉搏的律动，倾听其内心的呼喊，从他们的各色人生中体验人的理想、人的善良、人的抗争和人的成功之路，同时也咀嚼人的弱点、人的无奈、人的心灵的丑恶和堕落的轨迹。总之，人物通讯使人在了解别人中了解自己，给读者提供了自我映照、自我反省的机会。这对于加强民族的心灵沟通，提高民族的文明素质，传递使一个国家和民族健康生存的基本价值观来说，都是迫切需要的。

这里所选择的通讯主人公，既有全国性的重大典型人物，又有名不见经传的平头百姓；既有在各时期风云一时的成功人士，又有与坎坷命运作顽强抗争的弱势群体；既有精神境界高尚的道德楷模，又有道德败坏、千夫所指的反面典型。读者可以通过他们了解到生活在中国的各个人群的心理状态，体验我们这个时代的社会心理特征。

采写人物通讯的难点，在于所选人物的命运是否具有社会意义上的针对性，是否能引起读者广泛的心理共鸣，使人们通过了解这些典型人物的故事唤起自省的意识，得到或是激励，或是警示的精神力量，唤起人们对人生不同角度的思考。因此，采写人物通讯首先要确定的是人物的选择和报道主题的开掘，即从哪个视角去表现一个真实存在的人，表现一种真实的人生哲学。主题的变化，往往反映出时代的变化、社会思潮的变化和社会心理的转型。例如在《生命的支柱——张海迪之歌》这篇通讯中，突出的并不是张海迪的突出事迹或坚强毅力，而是张在百倍的艰辛中对人生价值的追求，这无疑将激发读者的想象力，启发人们对人生作深刻的思考，使读者在参与通讯作品的再创造中获得审美享受，从而引发思考，提升心灵。

（张　征）

# 事件通讯

## 红豆杉被毁真相

◇曾　民　张　林

“这不是真的，这棵千年古树并没有被剥皮!”

9 月 28 日，一次次在雨雾弥漫的陡峭山坡上滑倒又爬起来时，记者在内心不断祈祷。

15 时 05 分，经过 7 小时的艰难爬行，当这棵历尽沧桑的大树出现在记者的眼前，雨水和泪水模糊了记者的视线——她的皮已经被剥得光光的，从根到树梢，体无完肤。枝叶扔了一地，剥不到的树枝也被砍下来。

她艰难地挺立在悬崖边上，庞大的身躯上不停地渗出树液，像是血，又像是泪。

翻阅大理州云龙县的一份资料，这是中国有据可查的最大的一棵云南红豆杉……

皮被剥光，树被齐根砍倒，裸露的树干鲜红鲜红的，像遮天蔽日的原始森林在泣血。

——摘自《被剥皮的红豆杉在流泪》，本报 2001 年 10 月 18 日 5 版

**■链接**

**红豆杉**：全世界有 11 种，中国境内分布有 4 种。在中国，80%的红豆杉集中在云南，而且云南红豆杉的紫杉醇含量最高。

1990 年以来的研究发现，红豆杉根、茎、叶、皮及果实中存有紫杉醇，由于紫杉醇对治疗乳腺癌、卵巢癌有特效，遂迅速成为国际上治疗癌症的热门药，为目前全世界公认的 36 种抗癌药物之一。

由于红豆杉的紫杉醇含量仅为 0.01%~0.02%，对资源的破坏比较严重，美国、加拿大等国家对红豆杉立法保护，药源地转向了中国等国家。

1999 年，国际市场的紫杉醇价格上涨。最高时曾卖到 2 000 美元 1 克。在暴利的驱使下，一轮轮的红豆杉剥皮大战在滇西北的横断山脉中上演。

据了解，由于毁灭性的破坏，红豆杉在云南境内已濒临灭绝。

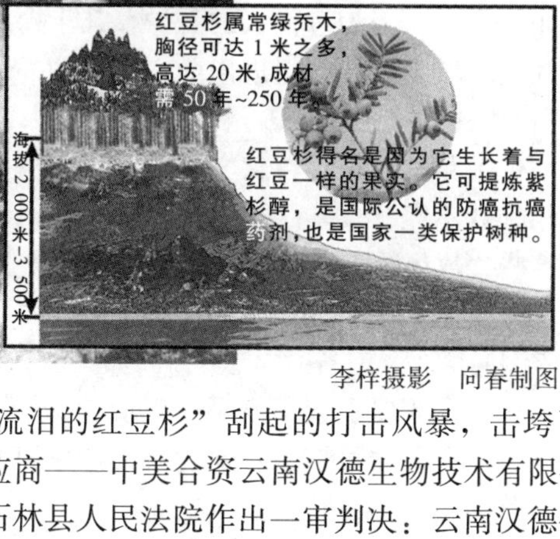


李梓摄影　向春制图

11 月 14 日，“流泪的红豆杉”刮起的打击风暴，击垮了全球第二大紫杉醇生产供应商——中美合资云南汉德生物技术有限公司。

是日，云南省石林县人民法院作出一审判决：云南汉德公司犯非

法经营罪及走私珍稀植物制品罪，判处罚金人民币 2 000 万元。公司法定代表人吴军因同样罪名被判处有期徒刑 18 年，并处罚金 200 万元；同时被判刑的还有该公司其他几名员工。另外，该公司 4 000 多万元的现金与实物被判没收。

这是云南开展“保护珍贵树种红豆杉专项行动”一年多来最大的一个案子，也是最严厉的一次判决。此前，因破坏红豆杉，先后有 50 多人在云南被逮捕，32 人被判处有期徒刑。

因涉案金额大，人数多，牵扯面广，背景复杂，此案被称为中国《野生植物保护条例》实施以来的第一大案。

## “全球第二大紫杉醇生产商”

自 1992 年到 2001 年，将近 10 年时间，云南红豆杉遭到了毁灭性的破坏（本报 2001 年 10 月 18 日曾作过报道），分布在滇西横断山区中的 300 多万棵红豆杉，绝大部分被剥了皮，现正在慢慢死去。

今年 4 月，云南省森林公安局曾组织一个调查组到丽江、迪庆的原始林区抽样调查，得出的结论是 92.5%的红豆杉林木被伐被剥皮。千山万壑中，无皮死亡的红豆杉树叶依然未落（红豆杉有个特点，死后一两年内树叶不掉），金黄金黄的，在风中凄然抖动，在原始林中像夜空中的繁星一样数不胜数，触目惊心。

调查组此行看到的活着的红豆杉大部分是在一个神山上，在这个有藏传寺庙的山上，因为有僧人的看护，几十棵红豆杉还活着。

在丽江县塔城乡，调查组进山前，带路的一位纳西族小伙对专家说：“红豆杉死树太多了，太多了，等会儿见了以后，你们不要哭！”

而另一位带路的护林员曾义文则说：“红豆杉死树，咋个数得完？数一年两年都数不完！”

正是这些“数都数不完”的红豆杉死树把汉德公司推上了审判台。

但情况并不这么简单。

2001 年 11 月，云南省森林公安局“斗胆”逮捕了汉德公司董事长吴军等人，这在当时引起了不小的震动。

在云南，汉德公司可谓一颗迅速崛起的耀眼明星。

这个坐落在昆明金鼎科技园区的企业，80%的股份是美国的，美方的投资者为美国德云公司——吴军的姐姐、美籍华人吴晓晶等在得克萨斯州创办的企业，主要业务就是经营红豆杉制品。在成为美籍华人之前，吴晓晶曾在云南省政府驻京办工作。汉德公司中方的投资者为云南民族地区经济技术研究所，法定代表人就是吴军。

1993年8月，汉德公司在昆明成立以来，它一直拥有合法证照及有效批文，一直是该省高新技术产业的一面旗帜，仅次于红塔集团的云南第二大出口创汇企业。此外，社会上风传该公司拥有复杂的官场背景，支持人们这一判断的事实是：多年来，林区触目惊心的资源破坏和汉德“高歌猛进”的产业开发一直在同时进行着，不断有领导去视察汉德公司，而且屡受好评。

要把这样的一个企业“拿下”，确实充满了风险。

“外来干预太大了，案子越办越复杂，困难重重。”一位办案警官说，“我们连汉德公司的材料都不敢放在办公室，转移到别处去了。”

案子的复杂和诡异还体现在审判前后。

据了解，此案侦查终结后，云南省森林公安局以涉嫌非法经营罪和走私珍稀植物制品罪、偷税罪移送石林县检察院审查起诉。但到开庭时，可能量刑最重的走私珍稀植物制品罪没有出现在起诉书中，石林县检察院只向法院提起了其他两项罪名。而在判决时，没有被起诉的罪名又奇怪地出现在判决书中。

“可以看出这个案子一直有两种力量在博弈，变过来变过去的，很不正常。”一个对此案很关注的人说。

## 100公斤紫杉醇与死去的红豆杉

11月1日、2日的审判已揭开了云南红豆杉被毁的大部分内幕。

1999年9月10日到2001年11月，在两年多时间里，汉德公司先后生产了111公斤纯度在98%以上的紫杉醇，除了13.1公斤被云南林业公安局扣押外，其余全部出口到了美国，价值2个多亿。

有专家算了一个账，仅这100多公斤紫杉醇就意味着30万～60万棵的红豆杉树皮被剥。这还不包括1999年9月10日前被剥皮的红豆杉的数量。

虽然汉德公司生产并出口了那么多的紫杉醇，但在法庭上，汉德公司的8个辩护律师作的均是无罪辩护。汉德的董事长吴军在法庭上也数次质问公诉人：“你能否指出我究竟具体违反了国家的哪条法令?”

吴军说这话的理由是：汉德公司没有直接收购、加工过红豆杉树皮。他们有合法的手续，他们只不过把别人加工的半成品提纯而已。

一位警官说，这一点确实构成了办理此案的难度。

从调查到的情况看，在红豆杉最为集中的滇西横断山区，最直接破坏红豆杉资源的，是当地农民，他们在利益的驱动下不顾《珍稀植物保护条例》的禁令，不分白天黑夜，把红豆杉剥皮、砍伐致死；

第二层次的是活跃在林区村庄的树皮贩子，他们走村串寨，非法收购树皮，再倒卖给散布各地的树皮加工厂；

第三个层次是这些非法收购并加工红豆杉树皮的加工厂；

云南汉德公司则处在整个产业的最下游，它从各地初级加工厂手中收购半成品，加以提纯并出口国外。

检察机关移送的起诉材料也证实了这一点，从1999年9月10日至2001年11月，汉德公司耗资1 200多万元，收购红豆杉树皮萃皮5 519.312公斤、半成品10 765.476克。

更关键的是，汉德公司拥有一般企业难以办到的证件——《云南省特种材加工许可证》，以及国家有关部门《关于同意云南汉德公司出口紫杉醇的批复》。

2000年，在云南本地媒体已披露了丽江红豆杉大量被毁的消息后，汉德公司还是拿到了由云南省林业厅颁发的这个许可证。

因此，在法庭上吴军振振有词地反问：“汉德公司存在了那么多年，其他政府部门都认为是合法的，只有森林公安局认为是非法的，难道森林公安局的眼睛这么明亮?”

## 出口批文是怎么拿到的

此前，汉德公司已获得了国家175.5公斤紫杉醇的出口批文，此次庭审中，批文的拿到过程也很让人瞩目。

国家《森林法》规定，凡进出口国家濒危物种及其制品、衍生物，必须向国家濒危物种进出口管理机构申请办理允许进出口证明书，海关凭允许进出口证明书放行。红豆杉属于国际公约保护的濒危物种，要出口紫杉醇，必须要有国家濒管办的进出口证明书。

在庭审中，汉德公司方面承认：他们是通过虚报库存量来获得批文的。但是虚报的库存量又是怎么通过国家濒管办检查的呢？

2000年8月4日，国家濒管办昆明办事处的几个工作人员来到汉德公司核查库存，汉德公司将废料桶搬到原料仓库，贴好标签，国家濒管办的工作人员“草草看了看”，“未对库存进行基本的取样化验”，核查就通过了。

对丽江公司原料的核查也一样，国家林业局和省林业厅的三名工作人员来到丽江汉德公司，公司经理带他们到车间和仓库看了一下，总工程师给他们简单介绍了生产工艺、含量，“轻松就应付过去了”。

2000年9月21日，在一棵人工种植的红豆杉都还不能被利用的情况下，汉德公司顺利拿到了国家濒管办允许出口175.5公斤紫杉醇的证明书批复。要生产出这么多紫杉醇，大约需要50万～100万棵红豆杉的树皮。

## 审判的与未审判的

一审判决后，汉德公司以及吴军等人不服，均已提出上诉，汉德公司案还要在法律程序上继续走下去。

一个疑问是：云南红豆杉资源遭到了如此巨大的破坏，除了汉德公司、除了被判刑的几十个树皮贩子和剥树皮的农民外，谁还该为此负责？

一个有意思的现象是，在此次专项打击行动中，云南汉德公司的最大原料供应商——丽江汉德玉龙生物技术有限公司并没有被追究责任。

这个公司是1995年云南汉德公司与丽江县林业局共同投资成立的，具有独立法人资格。云南汉德公司方负责技术及收购加工出来的产品，丽江县林业局负责收购树皮。

通过成立这个公司，云南汉德公司把风险最大也最关键的一块业务——收购树皮——交给了丽江县林业局，一个负责保护红豆杉的政府职能部门。

丽江县林业局与汉德公司一直亲密地合作到2001年8月，在打击的风暴到来之前，丽江县林业局慌乱之中致函云南汉德公司，表示不再合作，股份也可以不要了。

有了丽江县林业局坐镇收购红豆杉树皮，红豆杉的命运便可想而知。

自发保护红豆杉的丽江农民张春山曾有过这样的经历，他看到家乡的红豆杉被破坏得惨不忍睹，便四处去反映，后来，丽江县一位领导亲自召见了他，与他进行了半个多小时的谈话，主要内容是告诉他发展地方经济不容易，出口创汇的重要性，并叮嘱他有什么事先找他，什么事都好解决。

无独有偶，这一番意思相同的话，张春山在云南省林业厅的一位领导口中又再次听到。

这时，张春山终于理解了家乡一个基层干部的一次痛苦经历。这位乡镇干部和同事曾拦下过好几辆拉树皮的车子，他们要求司机把车子开到镇政府大院等候处理，但司机告诉他，车太大了，进去很麻烦，干脆不要进去了，反正一会儿还要出来。果不其然，不到半小时，就有好几个上级领导打电话要求放行，他只有放了，这让他在司机面前很没面子。

（《南方周末》，2002-12-05）

# 铁幕正被撕开一角

## ——南丹特大事故的发现

◇《人民日报》驻桂记者

"锡都"南丹，从未像今天这样令人瞩目。与南丹有关的"7·17"事故，已成为近日众多媒体特别是互联网上使用率极高的特指数字。

北京高度关注南丹。继国家经贸委主任李荣融率领的中央调查组到南丹实地调查之后，由国家安全生产监督管理局局长和国家公安部、监察部副部长分别担任正、副组长的国务院调查组，已紧接着于9日赶赴南丹。

闻风而来的老记们，也纷纷集结南丹。

全国各地，人们街谈巷议说南丹。

偏远的弹丸之地南丹，你怎么啦？

### 网上信息　似有似无决非空穴来风

南丹"7·17"事故，最早是出现在互联网上。有关网站在发表这一信息时，只是使用"据传"、"据不愿提供姓名的人士提供"等方式，以示将信息来源的可靠性方面给读者留有思考余地。

几乎在同一时间，上海、北京及海外一些传媒，也在传播此事。

7月28日，我们开始留意这一传播，并通过相关渠道进行了解。

就如同很多媒体同行所遇到的一样，对此，来自官方的信息，都是一个调子：不清楚，不知道。矿上的回答，则是十分斩钉截铁：绝无此事。

可是，人们私下流传的消息，又是另一种版本：南丹风云人物黎东明所在矿区发生了重大事故，矿工在矿井下作业时矿体打穿发生骤然性透水，使矿工们在离地表垂直近700米深、数千米长的窿道中猝不及防……

这个版本，通过电话举报到南宁多家媒体编辑部。接着，我们听到了先期赶赴南丹采访的广西地方媒体记者的"不寻常"遭遇：被阻截、驱赶甚至追杀！我们惊异：怎么在文明盛世仍有这种事情？

我们感到需要尽快弄清楚：传言中的南丹矿难是否确有其事？

## 多方查证　从扑朔迷离到获得确证

此时，正值7月底8月初，江泽民总书记在中国共产党建党80周年纪念大会上发表的重要讲话声犹在耳，“三个代表”正是报刊上和各种会议的中心议题。那么，南丹矿区关系到数以百计民工生命的这个“7·17”疑团，是否应实事求是地探出其本来面目呢？

应该。但不容易。

在那几天，几乎应打的电话都打了，能找的人都找了。甚至我们在前往南丹的路上，给南丹和河池地区打电话询问时，接电话的人竟都表示敢于用“党性”保证：流传中的事故“绝对没有这回事”。

两相比较，我们真没有理由不相信地县领导作的“保证”。难道我们应该去相信那些尚未找到根据的民间传言吗？

说句心里话，我们当时的判断，又确实是“宁可信其有”。我们通过诸多蛛丝马迹，感到种种传说绝非空穴来风：如果没有重大事故，为什么那么多人从不同角度冒死报案？为什么一贯素食斋饭似有慈善心肠的矿老板黎东明要对记者堵、拦、追、吓，甚至不惜出动黑恶势力进行追杀？

于是，我们无法相信“绝对没有发生死人”的说法。我们继续尽最大努力挖掘证据。

8月2日一早，我们取得了重大突破：掌握了12位家在都安县的死难者的名单及其家庭所在村屯。“绝对没有发生死人”的说法终于被证实为天大谎言。尽管这12个死难者仅仅是遇难民工中很小的一部分，但对于刺破那个谎言，已经足够了。

接着，我们获得了在矿难中一名侥幸逃生者的令人惊心动魄的叙述。此时，原先的“扑朔迷离”变得确凿无疑了。掌握了这些，作为职业新闻工作者，我们就更清楚应当做什么和怎样去做。

## 实地调查　其险其难外人无法想象

8月3日一早，一辆越野车载着4名乘客，风驰电掣驶向都安。

其实，这时，都安已经“不安”。尚未出门，就有当地朋友相告：此时来都安没有用，因为，所有受难者家属都已接到黎东明派来的人的警告：不许在家，不许与外人接触，不许对外透露任何与死难赔偿有关的风声，否则……

果然，我们到了都安，感到一种浓浓的肃穆气氛，大家都不由得压低了嗓门小声说话。中午，分别约了两名“7·17”事故的知情者，但等到下午3点，一个都没见着，两个人都说临时有事。

下午，我们按照名单上注明的村屯，找到死难者卢规、卢格兄弟的家。当地人讲壮话，听不懂普通话，我们交流十分困难。当问及“7·17”事故情况时，村里人讳莫如深。临走前，卢规的妻子黄杏燕悄悄提醒我们：出门的时候，一路小心。

8月5日，我们到南丹县“7·17”事故现场采访。一进矿区，迷惑的、张皇的、警惕的、奇怪的目光纷纷从矿区各处射出。矿区里自成一统，凡是在矿区里工作的人似乎都有一种相通的气息，在这种气息的反衬下，外来者是如此明显地与周遭格格不入。

我们立刻向周围的矿工打听情况，但一看到我们走过来，他们急忙躲避离开。闪避不及的，一提起“7·17”事故，一律摇头称“不知道”、“不清楚”。即便是7月17日前后当班的矿区办公室工作人员，也以各种理由回避这个话题。

凌晨2点，听说广西地方媒体一名记者在7月底进入矿区采访时，曾被黑帮追杀。

8月6日我们离开南丹县时，正碰上两个不明身份的人到我们入住的宾馆打听“有没有《人民日报》的记者”。

## 初露端倪　重重铁幕正被揭开一角

事情的转折发生在8月2日午夜。这个午夜，地处金城江的河池地区权力机关报给自治区的电话表露：南丹确实发生了重大透水事故，初步确认的死亡人数达70多人！

这个“初步确认”的电话，其中的内涵让人震惊！第一，死难达70多人（只是初步确认）的重大事故竟然在开始被层层谎报为“没有死人”；第二，如此重大事故从发生至今，竟然在信息高度发达的互联网时代被整整掩捂了17天！

获知这个信息，人们自然会提出疑问：这么大的事故为什么能掩盖这么严密、这么长久？到底是什么人隐瞒不报？为什么要隐瞒不报？通过什么方式和手段隐瞒不报？

这些疑问，中央调查组、国务院调查组和广西地方正在协力破解中，相信总有大白于天下的时候，这里且先按下不说。关于这次特大事故中的准确死难人数，现在也正在通过多种办法清查中，到记者写本报道时，确认的死亡人数已超过80人。这里需要考虑的是，这起特大矿难，为什么在一些有领导责任和管理责任的机关那里，变得如此“麻木”、“迟钝”和“固执”呢？

从地县看，在中央已决定派出调查组的8月3日前，南丹县和河池地区所有报给上级的报告，都认为南丹“7·17”事故没有发生死人。8月1日，自治区领导亲到南丹调查时，在有地、县和相关方面参加的汇报会上，汇报者仍持“没有发现死人”的认定。

再看自治区某主管部门的态度，直到中央领导对此做出严肃批示的8月2日，该部门传给国家安全生产监督管理局的文件还认定“没有发现有发生重大透水伤亡事故的情况，矿区局势平稳”。

是什么使那些应该对此负责的领导机关和行业管理部门在长达半个多月的时间中，失去了应有的、正确的调查力和判断力呢？

## 记者手记

按照中央领导同志“必须查个水落石出”的指示和国务院调查组三个“查清”的要求，南丹“7·17”事故的彻底查处尚需时日。就进展到目前的情况看，震惊社会和舆论的这一南丹事故，确实已留给我们深刻的思考和启示。

启示一，江泽民同志“三个代表”重要思想的旗帜必须高高扬起。关键所在，是真正落到实处。就南丹事故来说，生命无价，群众的生命重于泰山，如此事关数以百计群众生命的重大事故，必须迅速查清，严肃处理，以慰亡灵，怎能隐瞒不报欺骗中央和民心呢？

启示二，必须充分发挥舆论监督的作用。舆论监督，即是一个社会文明程度的检验，也是人民群众能否真正行使民主权利的表现。就这次南丹事故的揭露来说，如没有众多新闻记者的冒死挖掘和富有勇气的报道，这个特大事故可能会被掩盖更长时间，造成的影响和损失就更大。

启示三，党和人民群众有无穷的力量。从南丹事故看，南丹黑恶势力极其丑陋的一面，确是极为严重的。同时，从南丹事故中，更可以看到党的力量、人民的力量。尽管这里曾较长时间邪气很盛，以致这次如此重大的事故都敢于隐瞒和能够隐瞒这么长时间。但当党中央国务院一旦掌握情况痛下决心，就立即得到广大人民群众的支持帮助，广西区党委和政府又采取坚决措施，即使是像南丹事故这样集“邪”、“黑”、“假”、“贪”于一身的罕见“典型”，也是不难揭穿和攻破的。

（《人民日报·华南新闻》，2001-08-10）

# 爱国烈焰

## ——世界杯女足赛决赛追记

◇ 杨 明

高红在门前轻盈地跳动，猎手般敏捷。美国队的查斯顿亲吻了一下足球，退后。全场寂静得令人窒息。9万多观众和电视机前的数亿球迷，都屏息注视着那决定生死的一瞬，那决定着辉煌或失落的一瞬。

高红啊，高红，你说过你是最有自信扑救点球的。前一场中美对抗，你曾拍飞过这个美国人的点球。现在，神女应无恙，祈求上苍赐你神奇感应，摧毁她！

### 爱国，人类共同的情感

在这样一个特定的时刻，我们已经无法再用新闻记者的超然和平静，去压抑从心灵深处鼓荡起的为中华民族求胜的激烈情愫，面对狂热如火山喷发的美国球迷，在场的中国球迷和记者的爱国激情被撩拨得如万丈烈焰。

坐在上层记者包厢里，看到了高红白皙的面容凝起令对手生畏的冷峻，大概所有中国人的内心都在祈祷："扑出这个球，以12亿中国人的智慧扑出这粒球！"

然而，天地无光，太阳似乎突然被击落。随着那粒小球无声无息地躺在网窝中，死寂的玫瑰碗沸腾了。无法形容的巨大能量蓦然喷发，那声浪宛如尼亚加拉大瀑布飞流直下的上亿立方的洪流，发出石破天惊的巨大喧响。十几个美国球员表情兴奋得有些扭曲，那扑向球门的跃动烙伤眼目。在喧天的澎湃中，中国记者之角死一般寂静，我们再一次体验到"失落"的残酷涵义。

狂热的美国人用某种巨大的发射器轰炸出漫天的银色纸片，身边的几个中国记者都哭了。经历过无数次国际大赛的记者，让情感淹没，不知是否得当。但此时我们顾不了许多，我们是热血活人，是黑头发、黄皮肤的中国人，是不亚于美国球迷爱国情操的炎黄子孙。

眼泪是悄然滑落的，眼睛却固执地不相信眼前的场景。如果当场能放美国后卫顶出那个势在必进的球时是否已经站在门内的录像，如果裁判在罚点球时对美国门将能以法约束，如果若干个如果不出现……其实，这些念头当时可能根本没有闪现，所有中国记者的脑子里应该是一片巨大的空白，身体都变成了呆立凝固的躯壳。有人开始默默无言地收拾桌上的电脑。

我们且如此，姑娘们情何以堪！巨大嘈杂的狂欢声震耳欲聋，但我们已经充耳不闻。幸运女神的刹那裁决，带给中国女足姑娘们的苦涩，人间罕见。她们从无人喝彩的寂寞，到万众瞩目的关切，再到壮志未酬的失落，这如过山车般的似梦非梦的心理历程，让她们如何面对，如何填补？她们付出了整整一个花季的代价，她们对足球的痴爱，对金杯的向往，对成功的渴求，对用橄榄枝和花瓣编织成梦的企盼，瞬间化为乌有，谁能承受这样惨痛的失落？

用望远镜追寻着那束本该在玫瑰碗中灿烂绽放的火红玫瑰。每个姑娘都哭了，那眼泪夺目而出，晶莹透亮。她们本该笑的！她们本该发出世上最灿烂的笑容，她们应该笑出冻结在心中十几年的苦涩和失意。然而，用惨痛代价换来的笑容却被运气这个看不见、摸不着的东西残酷地剥夺了：悔恨从她们身上的每一颗细胞中渗出。她们已经让绚丽的色彩绽放在玫瑰场上，但最后的一刹那，花瓣收拢，代之而起的又是啼血之杜鹃，姑娘们再一次变成了填海的精卫鸟。难道啼尽最后一滴血也实现不了以整个青春为代价的兑换？幸运女神，你为何如此的残酷！

姑娘们显然意识到自己被摄像机追踪着，她们矜持地保持着亚军的尊严。她们没有输，这怎么能叫做输！120 分钟的较量不分高下，美国守门员的狡猾违规令裁判在主场球迷的压力下，不敢贸然吹响口中的公平哨。被扑出的那粒岂止是点球，那是剜走了的姑娘们的心，那是死神叩门的真实感受。虽然，今天美联社透露了美国门将斯卡里承认自己犯规的事实，但结局已经不可更改。

泪水和汗水交织在一起，32 岁的刘爱玲哭得肩头颤抖，这是她一生中最后一次参加世界杯了，她本可以用金杯盛满美酒，给新婚的郎君敬上一尊；一失足成千古恨的刘英掩面不敢看人，她的心都碎了，“罪人啊，罪人！我愿意砍断双脚来换取再一次的射门机会。”温利蓉失神地向记者看台上张望，那里有她的男朋友、中央人民广播电台的记者梁悦。他们曾计划在成功后举行婚礼，全国人民都会感谢她在大赛中成功冻结哈曼的出色表现。高红走到队友身边，该怎样评价自己，她不知道。她曾庆幸自己没有被美国人撞伤，但即便施展出杂技般的身手，皮球依然绕她而去。她和刘英紧紧拥抱，泪花飞洒。她们是在互相安慰吗？纵便是千言万语，万语千言，又怎一个“失”字了得！

凝固的一动不动的红色战旅，满场飞奔的白色冠军队；9 万名狂欢的美国球迷，5 000 名寂静的华人拉拉队和记者。爱国激情在体育赛场内像中子弹爆炸般扩散出千万吨能量，置身其中，每个人的热血都在沸腾，每个人的立场和归属都赤裸得不加掩饰，连美国总统克林顿都在挥拳欢呼。

爱国，这奔流在骨髓和血液中的激情，在球场上迸发得使每个人都无法游离于自己的祖国。在这片热浪簇裹下，已经没有了个体的存在，所有人的胸前似乎都明晰地刻着：“CHINA”或“USA”。这种立场无可厚非。和平时代的国威在体育场上可以得到最充分的体现，中国人不屈的意志和要登世界之巅的雄心，在这次大赛中对心存误解的美国人民是最好的展示。美国教练和美国总统以及美国人民对中国女足的评价是发自内心的。美国媒介一反往日的偏执，对中国女足的出色表现给予了极高的赞扬。

中国女足姑娘们压抑住巨大的遗憾向观众招手致意，美国观众友好地发出热烈掌声。这是一场英雄相惜的激战，是产生了两个冠军的对抗。中国女足姑娘们的表现，也照耀得我们心境澄明，感奋得我们昂扬向上。她们用淳朴和英勇征服了美国观众和媒体，她们用赏心悦目的全新战术使女足运动迈向又一个里程碑，她们用红色的旋风让东西海岸的美国人异口同声赞咏着“中国”这个名字，她们让全世界的炎黄子孙都手拉手骄傲地呼喊着：“祖国，我们在走向强大！”

和金杯擦肩而过使我们更感受到这些姑娘的可爱和真实。她们没有上帝的垂青，她们没有任何侥幸相助，她们是讴歌壮美的啼血杜鹃，她们是不用氧气，攀登珠峰的坚韧斗士。

## 爱国，神圣而燃烧的烈焰

爱国，在体育场上没有丝毫矫情和人为宣传的色彩，那是根的维系，那是灵魂的归属。

开赛前，一位姓芦的华人女歌手独唱中国国歌，不用任何器乐伴奏唱国歌是我们首次听到，那种朴素和豪壮使歌词生发出新的意境。中国女足姑娘侧身面对鲜艳的五星红旗，每人脸上都是严峻而崇高的表情，每人都用手贴住激动跳跃的心。国家是什么？国歌意味着什么？此时此刻可以准确地说出：国家就是奔涌在每个炎黄子孙体内的热血，国歌就是每一个中国人体内热血奔腾的喧响。神圣而激越的国歌，牵动着中国女足姑娘们的根根神经，燃起她们心中的熊熊大火。孙雯说，这是她和姑娘们第一次高声唱国歌，没有人布置她们这样干，她们遥看红霞漫天的国旗，俨然看到白发苍苍的母亲，看到雄伟的天安门，看到12亿父老乡亲期待的目光。

从来没有听过那样激越人心的歌。女歌手的脸庞在大屏幕上出现，她的嗓音已经嘶哑，但激情澎湃，热泪盈眶。在场的中国人似乎全化作了国歌中的音符，热血奔流，激动地战栗。容纳了9万多人的硕大体育场内，只有一个朴素而铿锵有力的声音在回荡，肃立的人群中，每一个炎黄子孙都在大声合唱。24看台上来自硅谷的中国工程师群体，用全身的力气向祖国的方向放声歌唱；女足姑娘们全身笔直，向着远隔太平洋的祖国放声歌唱；记者席上，中国记者用美国人听不懂的高昂旋律放声歌唱。“那是中华民族的呼喊，……”只有强大，才能赢得尊重。孙雯的话总结得何等的好！所有在场的中国人都强烈地感受到：中国人站在美国人身旁，一点不矮小，一点不自卑，一点不含糊！

“我们万众一心，冒着敌人的炮火，前进！冒着敌人的炮火，前进！前进！前进进！”女歌手高亢的声音已经变调，但那嗓音的力度却振聋发聩，如黄河奔流，长江咆哮，如珠峰般直入云霄。所有中国记者的眼睑都禁不住潮湿，这是全场中国人第一次不管不顾地大声高唱国歌。大家不想再谦逊地掩藏心底的爱国激情，大家自豪地在美国人群中纵情高歌。

爱国对中国女足球员们只有一个涵义：顽强奋战。人们一定无法忘怀女足姑娘们上场前用手臂相挽，围成一个圈，高声连喊三次“加油”的场面，那种坚不可摧的团队精神再现了她们铁的意志。加时赛时，她们埋头改变了口号，“拼！拼！拼！”全然进入舍生忘死的境界。

输得如此悲壮的比赛实为罕见。姑娘们为了祖国的荣誉竭尽全力，祖国和人民也用最高的礼遇为她们庆功。大赛前，一些球迷和记者不熟悉任何一个中国女足队员的名字，但今天，每看到一篇有关她们的报道，回想起她们在世界杯赛场上的拼搏，我们的眼前就会浮现出一组英姿勃发、面容严峻的组雕。

每一个女足姑娘的名字都应该镌刻在我们的心中，因为这些寻梦的天真女孩，曾经在崎岖的征程上坚韧执著地攀登，在没有喝彩的冷寂中独行多年。她们没有回眸一笑百媚生的柔美，她们却有朴实无华的心灵和永开不败的花季。她们曾除了信念和付出而一无所有，但她们将整个青春燃烧得如朝霞般绚丽。

有人说她们是铿锵玫瑰，有人说她们是啼血杜鹃，但生活中，她们只是些瘦小，喜欢吃零食，身上带着累累伤痕，爱说爱笑的女孩。然而，她们的精神世界却是何等的富足和超绝，她们的爱国之心又是何等的壮美。

感谢你们，中国女足姑娘们，你们让全国人民经受了一次爱国情操的洗礼，明晓了只有祖国强大才能赢得自尊的事实。爱我中华，强我国家！让我们高举爱国旗帜，在各个领域里奋攀世界峰！

（新华社华盛顿（1999年）7月13日电）

# 押猪四日

◇龚　雯

做梦也没想过有一天我会去当猪倌。

10月22日至25日，连续四天，我随供应港澳鲜活冷冻商品快运货车“三趟快车”之一的8753次列车，沿浙赣、京广线押运供港（澳）活猪，从浙江金华到深圳北站，全程1 600多公里。这是我有生以来第一次押猪，第一次乘坐货车，第一次亲身感受艰苦环境下的漫长旅程。

事后才知道，我竟是第一个体验押运生活的女记者。

## 上　路

当了几年外贸记者，恐怕没有比押猪对我更具挑战性的了。35年来，三趟快车风雨无阻，为港澳同胞源源载去内地货物，使该地区的繁荣稳定得到了切实保障。在这项工作中，最苦最累最脏的要数押运。

考虑到我是女孩，有关部门特地帮我联系了浙江省粮油进出口公司金华发运站，那儿有一批女押运员。

在设施良好的金华站，副站长骆向前满脸狐疑：“你行吗？押猪苦得很，而且，车上特臭！”我一笑：“臭能臭到哪里去！”骆站长说：“这么跟你讲吧，到了终点站深圳，你连洗几遍澡，换掉所有衣服，洒上香水，那身上的臭味也一时散不了。”

我一听，有点紧张，但还是硬着头皮走向我的工作岗位——8753次列车的8010480车厢。老远，就有一股刺鼻的怪味儿。车厢分上下两层，装有98头大猪，在二层中部即猪舍之间用薄铁板围成三四平方米的“地界”。站长将我托付给这节车厢的两位女押运员——翁惠英（37岁）和吴文香（26岁）。

我捂着鼻子问："咱们仨住哪？"翁惠英一指薄板内那一小块空间。

人猪同住？我一惊："那吃饭洗漱还有上厕所怎么办？"骆站长平静地答道："吃喝拉撒睡，全在这里边！"

我顿时目瞪口呆。

## 过 "关"

当押运员，得过好几"关"。

首先是气味。猪车没有窗户，闷罐似的，刚上车那会儿，浓烈的猪臭呛得我一个劲地干呕。翁大姐说："秋天还好一点，要是在夏季，车里臭得人直流眼泪。"两小时后，我下意识地嗅了嗅自己——天哪，臭极了！所幸没多久，我的嗅觉"失灵"，对满车恶臭竟渐趋麻木。反正"死活一身猪"，适者生存！

第二关是睡觉。我承认，这一关没过好，在车上的几夜一直失眠。两位女师傅将车内的所谓"吊床"让给我睡，她俩挤挨着打地铺。车上没灯，一到晚上，是地道的"伸手不见五指"，人猪之间仅一板之隔。

早听说猪鼾如雷，我原想，这好办，就当是人打呼噜。一押猪才明白不是那么回事儿。往往是正躺着，忽听左边猪舍里一阵尖叫或低吼，借着手电，只见身旁猪头攒动，你扑我咬，群情激愤，闹得个沸反盈天。刚把猪们呵斥住，猛然右边猪舍嚎叫不止，新一轮争战又开始了。一整夜，这98头猪此伏彼起，吵得人心里发毛，再加上车身的剧烈晃动、蚊虫的轮番袭击，简直无法入睡。记得第一夜，我在吊床上睁眼到天亮。

第三关是吃饭。车上没开水，方便面是吃不成了，要解渴就得喝上车前准备的一点凉白开。好在外贸部门投资修建了12个押运服务站，既为活口上水，也让押运员歇歇脚。翁大姐和文香都是自带饭菜，每当列车在货站停下编组，我们就以最快速度跑到附近的服务站热菜热饭，顺便洗把脸。这一趟，她俩照例带了梅菜烧肉，据说梅菜不易馊掉。

起初，粪臭扑鼻，我怎么也吃不下。第一顿午饭，正好车停鹰潭，我执意下车，三个人便蹲坐在铁轨上吃起来，尽管灰尘大，尽管那架势像盲流，但臭味比车里淡一些。后来就没那好事了，常常是到了饭口，车却不停，只好在车上开饭。饭菜冷热倒在其次，受不了的是入口的东西总像沾上猪尿臭。但次日情况就变了，也许是头几顿吃得太少，我居然像换了个胃，端着饭盆狼吞虎咽，直夸菜香。

接下来的一关是干活。押运员要给猪喂水喂料，外加清扫，一日两次。两位押运员分头协作，配合默契，我在一边插不上手，只能帮着递工具。看上去这仅是体力活，实际并不简单。大猪比中猪笨，也更倔，有时，你就是拼了老命连拉带赶，它也死守着一滩猪粪不肯挪窝不让打扫，或者为了争食搅得车内粉尘弥漫粪泥四溅，直折腾得你满身污垢满头大汗。看到瘦弱的文香拖着几十公斤重的饲料袋在双层猪车爬上爬下，我没法不揪心。

公司对押运员要求很严，规定猪到深圳不能出现掉膘、残次或死亡，否则罚扣工资。若猪残，一头要扣押运员每人100元，而他们押一趟猪的收入仅有200多元。24日，我们发现了一头“排腿”猪(即后腿不能直立)，大家立即实行重点护理，像照顾孩子一样百般呵护。翁大姐说：“虽然是打工挣钱，责任心还是要有的，这些猪，价值10万多块呢，质量不好的猪不能卖给香港人吃的。”

## 找　　乐

押运员有几怕：怕猪生病，怕人掉车，怕途中遭遇车匪路霸，怕猪到深圳因为暂无配额而压站——以及一切不可测因素。

翁大姐头一回押猪就掉车。当时车到衡阳北站，她去服务站热饭，岂料原定停一小时的车竟提前开动。掉队的她只好一路扒煤车，忍饥挨冻，直到韶关才追上8753次，那模样已脏得让人认不出了。她顾不得解释，赶紧上车查看猪是否安然无恙。打那以后，她再不敢在衡阳下车。

大姐说为押猪她就哭过一次。那是在归途中，突然飞来一块石子打中她的头部，鲜血淋漓，好不容易熬到家，一进门她就抱住了丈夫放声大哭。

不过，相比之下，押运员最怕的是寂寞。

翁大姐感叹：三四天的路程，没有广播没有灯，各车厢之间禁止串门，她和同伴大眼瞪小眼，聊天聊到再也找不着话题。特别是漫漫长夜，窝在奇臭而嘈杂的猪车里，性子再好的人也会着急上火，这一点我深有体会。今年春节期间，铁路运力吃紧，她们的回空车愣是走了半个月才返抵金华。路上，她们想家想得都快疯了。

唯一的办法，只有找乐。

翁大姐挺会逗趣。我的衣服溅上猪粪，她说："猪在给你留纪念哩！"我被车颠得东倒西歪浑身酸痛，她又说："你就当它是摇篮。"每次猪打得不可开交，她便上前用金华方言斥责一番，并说："我们金华猪听得懂金华话的。"

大姐和文香都带了不少零食，什么瓜子、米花糖、自家种的甘蔗、蜜橘，加上我的饼干和口香糖，日子仿佛一下子丰盈起来，惹得男押运员们垂涎不已，在株洲站，我们还去打了一次"牙祭"。

8753 次车始发于上海新龙华，途经 16 个大站，每过一站，押猪队伍就壮大一分，到深圳时全车共有 2 000 余头活猪。停站时，十几节车厢的押运员多在车旁席地而坐，玩扑克侃大山，苦中作乐。由于我的介入，这一趟大伙闹得更欢，他们当中，不乏干了近 20 年押运的劳模。

翁大姐爱玩爱笑，她的歌，在这条线上小有名气。对她来说，排遣寂寞解除烦恼的最好方式是唱歌。23 日晚，天黑得特早，我提议大姐唱一个，她果真爽快地唱了一支《洪湖水，浪打浪》，一鸣惊人，没料到她嗓子和乐感这么好。大姐来了兴致，放开歌喉唱起《英雄赞歌》、《红梅赞》、《十五的月亮》。她唱得极投入，沉沉的黑暗中，一束手电光映照着她的脸，很像一幅油画。车轮的轰隆变成了背景音乐，猪舍里安静多了，不知它们是不是也在聆听大姐的歌？此时此景，我真的被感动了，情不自禁跟着哼唱起来。大姐还会京剧，一会儿李玉和一会儿小常宝一会儿沙奶奶，惟妙惟肖，听得我和文香拍疼了巴掌。末了，大姐拉着我问："开心吗？"我由衷地点头："开心，真开心！"

听文香说，大姐原本白白胖胖，当上押运员后明显黑了瘦了，丈夫心疼，不让她干，她却坚持了下来。大姐告诉我，她就是想出来跑跑，看看外面的世界。好多人看不起押运员，她习惯了，反正走一路，唱一路，天大的烦事也抛在脑后。况且，除押猪外，剩下的时间都属于自己。"好自在的！"她满足地笑道。

## 感　悟

25 日黄昏，车终于驶入深圳北站。明天，如果顺利（即有配额），我们押的这车猪将经过罗湖桥，进入香港市场。如果不顺利，猪还要压站待命，那可就苦了押运员了。翁大姐说："给香港押了这么多趟猪，香港是个什么样子我还不晓得哩!"

走出站台，一见到接站的人我便急问："我臭不臭?"对方老老实实地说臭。我无心吃饭，跑进了浴室。

分手时，大姐、文香一再邀请我明年去金华，吃她们种的大葡萄。同甘共苦几日，我们已相处得亲如姐妹，彼此无话不谈。

回北京后我总在想：这一趟究竟得到了什么?

印象中，两位女押运员总是因陋就简，不急不躁，泰然自若。这个工种需要女人比男人付出更大的代价，可无论多脏多累，她俩吃得香，睡得甜，唱得高兴，每谈及押运的艰难与委屈，她们神态平和，像在转述别人的辛酸。车将至深圳时，大姐为我唱了一支电影《小花》插曲，算是作别："世上有朵美丽的花，那是青春吐芳华……"这歌应该献给大姐和文香。在三趟快车上，这样的押运员约有8 000名。

押猪可能不是世间唯一最苦最脏的工作，但无疑是其中之一，它可以最大限度地磨炼一个人的意志、韧性和适应能力。有几次，车上的臭气和噪声令我忍无可忍，特别是 24 日夜，我胸闷头晕得厉害，几乎窒息，当时只想下车回家。可是，咬咬牙，憋足劲，居然也就挺过来了。押一趟猪，我感觉身上的"毛病"改掉了不少，甚至觉得今后没啥吃不了的苦。或许，在翁大姐她们看来，平常人以平常心做平常事，乃是生命的本质。而在我看来，小至个人，大至民族，于逆境困境中锻造出来的坚忍、达观、从容和对生活的热爱，是最可宝贵的一笔财富，是最应弘扬的一种精神。

人生本该如此：一路风尘一路歌。

（《人民日报》，1997-12-08）

# 李岚清“管闲事”

◇本报记者　史稼轩
新华社记者　王　耕

4月11日上午11时30分。

中州宾馆三号楼前广场。

正在河南考察工作的李岚清副总理驾驶着一台行走式节水灌溉机械兴致勃勃地向远处驶去……

也许，很少有人知道，这台行走式节水灌溉机械是李岚清同志亲自创意和设计的。

河南是农业大省，又是缺水大省。干旱是制约河南农业进一步发展的主要因素之一。对河南农业发展十分关注的李岚清同志，于繁忙的国务活动之余，还一直思忖着如何设计开发出一种适合旱地作物的行走式节水灌溉装置。

这种装置，应该采用条灌法直接将水淋到作物的需水部位，实现局部灌溉，用最少的水，获得最好的效果。

这种装置，应该能够利用现有农田水利设施和拖拉机、三轮农用车等资源，在不改变原动力机结构和性能的前提下实施节水灌溉，以最大程度地减少用户投资。

这种装置，应该适用于旱地作物各生长期节水灌溉，使大量靠天收获的低产田变为良田，达到稳定增产目的……

长时间的思考，反反复复的酝酿。去年10月，李岚清同志终于在百忙中亲自绘制了《行走式节水滴（喷）灌溉机械创意图》，并写出了有关设计思想的8条详细说明。

创意图和说明书很快传回了河南。

按照李岚清同志的创意和设计，在省机械电子厅的支持下，由新郑市喷灌机厂制造生产出了第一台行走式节水灌溉机械样机。

而今，这台样机正在李岚清同志的操作下，缓缓行驶，喷洒出一道道甘霖……

省机械电子厅和水利厅负责同志向李副总理介绍说，经过测算，使用这种节水灌溉机械，比地面灌溉可以节约用水3/4到5/6，提高土地利用率15%，减少动力消耗30%，提高工效4倍，提高产量20%……

听着介绍，李岚清同志从操作台上跳下来，发出了会心的微笑。他高兴地对大家说：我本来不分管农业，但为什么要管这个“闲事”呢？第一，农业对于我们国家来说太重要了，每一个人都有责任关心农业；第二，河南是农业大省，又是缺水大省，中国是水资源缺乏的国家，节水迫在眉睫；第三，建设现代化农业，要有现代化农业观念。我们中国把灌溉叫做浇地，这个观念要改变，不是浇地，是浇庄稼！地不需要你浇，地浇多了，既浪费水，又对土地有害，对庄稼有害！要从认识上的误区里走出来，要把有限的水浇到庄稼上，这就是搞节水灌溉的缘由。

早已过了开饭的时间，但李岚清同志仍然意犹未尽。他一会儿与制造厂家的同志商讨这种装置的容器、容量和运距、洒水行程、喷水量与数量的优化组合问题，一会儿又与省委副书记范钦臣、副省长张世英一起研究如何建立农村服务体系，通过农业服务队这一载体把节水灌溉机械尽快推广开来……最后，李副总理还把自己精心收集的有关节水灌溉的一大批资料郑重地交到了范钦臣同志手上，他说：希望河南能在节水灌溉这方面走出一条成功的路子！

李岚清同志的话激起大家一阵热烈的掌声。

（《河南日报》，1996-04-15）

# 揭开怪病之谜

## ——关于杨小霞病原检验的报告

◇ 本报记者　张梅珍

今年年初，13 岁的山东农村姑娘杨小霞因患一种怪病，被北京军区总医院收治。当初，小霞的怪病及痛苦曾引起首都、全国乃至全世界的关注。经过医务人员的精心治疗，人们在为小霞即将痊愈出院而欣慰的同时，还希望医务界能对小霞的病因有个说法：究竟是什么细菌“蚕食”了小姑娘左手的 1/2，又“吃”掉她的右手和右小臂？

9 月上旬，中国预防医学科学院流行病学微生物学研究所（简称流研所）、中国药品生物制品检定所（简称药检所）和北京军区总医院正式提出报告，公布了首都 8 家医院和研究所培养分离杨小霞患部组织标本的结果。

药检所的动物室有一组被感染了 WY1 病菌的豚鼠，豚鼠的腹中明显发黑、腐烂，有血性渗出物。动物的左脚趾已经溃烂，趾心坏死。以前，小霞的感染症状就是这样。

科技人员魏涛介绍说：“2 月 15 日，北京军区总医院为我们采集了小霞病灶深层的标本。3 天后，我们培养分离出两株厌氧细菌。一株是革兰氏阴性杆菌 WY1，另一株是革兰氏阳性球菌 WY2。WY1 菌的毒力最可怕，0.6 毫升的剂量就可令豚鼠在 16 小时内死亡，使小白鼠在 12 小时内死亡。感染死亡的动物腹膜充血、粘连，坏死区伴有大量的 WY1 菌，组织切片观察骨骼肌呈无反应性坏死。低剂量感染试验中，实验动物大致都经历了这样几个阶段：局部红肿、脓血渗出、发黑溃烂、肌肉坏死、病灶向两端延伸、坏死面积增大不愈合、腐烂肉与骨骼分离脱落。感染时间最长的一只豚鼠目前已经活了 6 个月，伤口仍在恶化中。”

血清室的王立兰主任告诉我们，WY1 菌对 20 多种常用抗生素都不敏感，而对药物“泰能”却很敏感。对小霞后期的治疗正是运用了

“泰能”。当然，小霞还用了中草药，只可惜我国还没有中药的药敏实验项目，不能用数字表达中西医结合的威力。

那么，另外一种病菌 WY2 的情况如何？

WY2 菌单独用来感染动物，它并不致病。但是将它与 WY1 菌共同混合感染，其毒力则成倍增加。看来，它起着化学催化剂的作用。

面对这些致病毒力极强的细菌，我们不禁担心：“你们不怕传染上 WY1 病菌吗？”技师吕慧贤说：“我们做过实验，让正常的动物和生病的动物生活在一起，正常的动物依然健康活泼。这说明，正常人与 WY1 菌感染者接触，在无外伤的情况下不会被传染。”其实我们早该悟出这个道理，小霞的父母以及接触过她的医务人员，不是没有一个被传染的吗？

流研所微生物学专家、85 岁高龄的刘秉阳教授告诉记者：“我们的研究证明，杨小霞患的是多种细菌协同性坏疽，即多种病菌先后感染，相互协同，产生巨大毒力，使肌体溃烂坏死。”

今年 2 月 10 日，北京协和医院、解放军总医院、军事医学科学院、友谊医院、北医大一院的检验学专家，用外科无菌操作方法从杨小霞创面深层提取皮下组织，各自用厌氧和需氧技术分离出数种细菌。北京军区总医院、协和医院、友谊医院将这些菌种送交流研所微生物室鉴定，结果从临床标本中分离鉴定出 8 种细菌，其中有 7 种菌与杨小霞血清反应能产生特异性抗体，有 6 种细菌在人体伤口感染中极为罕见，有 2 种细菌在具有国际权威的《伯杰氏细菌学分类手册》中找不到名称及分类学位置。

两种“没户口”的细菌，一种状如“蒙古文”，编号为 Y6 菌。它被送到流研所后，在 37℃的温箱中“孵化”了 10 天，就是不繁殖。流研所副所长、研究员徐建国把培养皿“请”出温箱，放在暖气片上，10 余天以后，他惊奇地发现，培养皿中生长着 20 多个淡黄色的圆形菌落。镜检观察菌体弯曲，菌丝细长，有时呈打结状，恰似一堆蒙古文字。徐建国立即重新实验，把温箱温度由 37℃调到 30℃。第二天，看见细菌生长了。

这种细菌在常用的琼脂肉汤培养基中生长得非常缓慢，但换上含有兔血的培养基，则活泼地生长起来。它能破坏红细胞而发生溶血现象，在小白鼠、金黄地鼠和兔子耳朵上均可以引起坏疽性病变。

另一种“没户口”的细菌则是北京军区总医院送来的 YP 菌。这株菌刚到流研所“报到”时，并没有引起人们多大的重视，甚至还被认为是混入培养基中的“流窜犯”。血清凝聚反应为它平了反。科技人员对它重新鉴定，这株菌培养48小时后竟然产生了芽孢。芽孢是生命的特殊存在形式，有芽孢的细菌生命力较强，比如炭疽杆菌、破伤风杆菌等。这株细菌也能引起动物坏疽。

在鉴定的8种细菌中，有7种细菌与杨小霞血清反应产生特异性抗体。这个结果按说已经非常成功，但是科学家们并不就此满足。他们进一步给患者的父母抽血检查，发现有5种细菌能与其父母血清发生抗原抗体反应。这一发现，说明其父母也接触过这些细菌，只不过没有引起感染。

这种现象是偶然的巧合吗？小霞老家的乡亲们的血清与这些细菌会不会产生抗原抗体反应？有些细菌对30多种抗生素耐药，在什么条件下会诱发感染？

今年9月初，流研所和北京军区总医院的科技人员一起到杨小霞的家乡——山东临邑县临南镇农村，分别提取了4种标本：牛的皮肤和阴道分泌物、小霞亲属和同学们的血清、井水洼水等水样、牛圈土壤等样品，并将这些标本带回北京分析研究。

人类一直在与微生物较量。

科学家发明药物来杀死病菌，但少数变性了的病菌不再害怕抗生素的威胁，躲过药品的攻击之后，病菌便以数亿倍的速度繁殖起来，并悄悄地把自己的抗药基因遗传给后代。

于是，科学家重新鉴定细菌，重新发明药物，而细菌又产生新的变异。

人类与大自然的斗争就这样永无止境地循环看。

（《健康报》，1995-09-14）

一幢位于上海闹市的高档住宅楼，十多层上使用的竟是安定性不合格的劣质水泥，从而形成震动沪上的“锦普大厦事件”，这一事件的背后是什么？请看报道——

# 劣质水泥酿祸端

◇ 谢镇江　虞建华　连良民

韩国三丰大厦顷刻坍塌给国人带来的震惊未消，位于上海市普陀区长宁路的锦普大厦因使用劣质水泥停工8个月后，被上海市建设工程质量监督总站强令拆除（部分）重建。一起可能造成惨剧的隐患被排除了。然而，这一事件的曲折过程却令人深思。

锦普大厦是沪港合资、由上海锦海房地产发展有限公司投资开发的锦海花园的第一幢甲级住宅楼。锦海花园由一幢写字楼和两幢20层高的商住楼组成。其中第一幢建造的锦普大厦，1层～4层为商场，5层～20层为高档住宅。

按照工程合同，这一工程由甲方即锦海公司供料，由乙方即江苏南通市建筑安装工程总公司负责施工。据乙方锦普大厦项目部总工程师张文金介绍，这座大厦的地基和1层～4层用的是国家优质产品宁国海螺牌矿渣水泥，5层～10层用的是沪产奉贤矿渣水泥，11层～14层楼，用的是安徽睢溪县供电局水泥厂生产的电力牌普通水泥，问题恰恰就出现在11层～14层。

为什么一幢楼的主体结构用了三种品牌的水泥？为什么11层～14层使用的电力牌水泥出了问题？为什么用电力牌劣质水泥浇筑了4层楼后才被发现？为什么事件发生后，这幢大楼停工8个月，甲方才同意推倒重建？带着一连串的问题，8月7日，记者赶到蒸笼般的上海，头顶烈日，汗流浃背地来到锦普大厦工地，并搭乘四面半开放的工程电梯到40多米高的14层楼面采访。

工地上冷冷清清，40 多米高的塔吊孤零零地陪伴着迟迟不能封顶的灰楼。乙方的几名留守人员得知记者的来意后急切切地说：“劣质水泥害死人!”

在项目部办公室，我们见到了乙方项目总工程师张文金，他拿出了一份《关于锦海花园工程使用电力牌水泥的情况报告》，这份材料详细地记录了事件的过程。

据张文金介绍，锦普大厦由甲方指定的上海中山商务实业公司庄木分公司代办供应水泥。庄木公司负责人卢庄木是锦海花园港方股东卢××的亲戚，他们指定庄木公司供料是为了“肥水不外流”。

1994 年 9 月 28 日，在甲方锦海公司召开的工程协调会上，甲方一再要求乙方南通建筑安装公司保证年底 20 层封顶。当时供应使用的矿渣水泥早期强度发展慢，而且气温越来越低，不利于加快工程进度，乙方要求甲方改供普通水泥，并提出继续供应宁国水泥或上海水泥。甲方同意改用普通水泥，但提出供应宁国或上海水泥不太可能。

1994 年 10 月 15 日，甲方指定的庄木公司组织的第一批电力牌水泥运达工地，乙方南通建筑安装公司取样送普陀区检测分中心复试，10 天后乙方得知安定性和 7 天强度合格后，通知甲方批量送货，并从 10 月 28 日开始在 11 层以上结构使用电力牌水泥。从 10 月 25 日至 11 月 14 日，庄木公司陆续运进电力牌水泥 678.25 吨，同时通过甲方交给乙方两份质量保证书。

11 月 8 日，乙方南通建筑安装公司工地试验员查知这批进工地水泥已超过 400 吨。根据工程施工技术资料编制方法中的水泥检验报告要求，同批水泥超过 400 吨以上，必须再作一次抽样试验，于 11 月 9 日再次抽样送普陀区检测分中心试验，两次试验结果表明，这批水泥安定性不合格，属劣质水泥，不能用于建筑结构。

事件发生了，事件责任究竟在谁？然而，要分清造成事故的责任，却是一个颇为复杂的问题。

作为建设单位的甲方，本意大概是为了节省工程的开支。他们所购的这批水泥每吨仅 282 元，而当时上海水泥市场每吨在 400 元左右，可是他们却忽略了水泥的质量。难怪甲方项目经理谈到采购这批水泥时，不无委屈地说，当时选购水泥时，只看到电力牌水泥有进沪许可证和产品合格证，没有想到中间商会在当中作假坑害用户。

可是事实并不那么简单。事发后，施工单位找到了锦海公司的水泥代办商，开始他们还强调，所进的水泥第一批是在1994年10月25日，经过施工单位做了安定性复查是合格的，以后进来的水泥是同一批的，后来经过说明利害关系，代办商才说出这批水泥分别是来自上海铁路西站、龙华站、莘庄站和外面进来的，也有用汽车直接从厂里送到工地的，至此甲方、乙方才如梦初醒，工程所用的电力牌水泥的样品与批量产品并非同一批。然而建设单位对施工单位仍有微词，认为按规定水泥有进沪许可证还不行，施工单位必须送有关部门进行复试，合格以后才能使用，不知施工单位怎么建到14层才去复试？

施工单位对使用电力牌水泥,是根据第一批20吨复试合格,才同意运进工地的。但是从第一批进场到事故发生的长达一个多月总数为678.25吨的水泥,他们只依据供应商和甲方所说和第一批水泥是同一批的,按规定同一批水泥,只要复试一次就行了,因此就放心使用了。

值得特别提出的是，不合格水泥的制造者安徽省濉溪县供电局水泥厂的领导，他们将以什么样的心态来面对这起重大质量事故呢？人们都说“产品质量是企业的生命”，可他们的回答却令人大为吃惊。1994年12月19日，这家水泥厂的张厂长来上海处理水泥质量事故，当施工单位问张厂长，为何将不合格的水泥批准出厂时，张厂长答：“我厂供应的水泥就是安定性不合格的水泥，采购商是知道的，并写出了质量由采购商负责的书面保证。”如果真的像张厂长说的那样，不知张厂长是怎样取得进沪水泥许可证和产品合格证的。作为水泥生产企业的领导怎能让不合格水泥出厂？

事件发生了，该如何解决？从去年11月份至今，停工已达10个月，为什么善后工作拖了这么长时间？

据上海市建设工程质量监督总站总工程师顾国明介绍，事件发生后，市质监总站多次召集有关方面调查事件原因和研究善后处理办法。甲方锦海公司曾邀请上海市一家比较权威的建筑结构科研单位论证“加固”的可能性。这家科研单位的论证结果是“有加固处理的可能性”，然而这个结论没有国家有关规定依据。对此，工程设计单位华东建筑设计院拒绝了这个方案，很负责任地提出要拆掉重来，上海市质监总站考虑到问题出在11层～14层，不仅危及这4层楼层的安全，还要危及到上面6层的结构安全，也依据国家有关“安定性不合格的水泥不能用于建筑结构”的规定，做出“锦普大厦11层～14层结构必须拆掉重建”的决定。

乙方南通建筑安装公司提供的《关于锦海花园工程使用电力牌水泥的情况报告》中也有这样一段记载："在事故处理上，我方认为不合格的水泥用在主体结构上造成了严重隐患，为确保工程质量和结构安全，应立即上报有关部门。甲方要求我方按边浇筑、边观察、边处理的'三边'方针进行施工，后果由他们负责……甲方多次要求，不要扩散，暂不上报，等全部查清后再上报，质监站由他们去打招呼，竣工验收他们负责办理……"双方你来我去，工程就停了下来。

现在，虽然各方都已接受了"拆掉重建，根除隐患"的决定，可是，事故造成的损失是十分惨重的。据测算，目前仅建四层、拆四层、重建四层的材料费和建筑工程费用的直接损失即达 260 多万元。这项工程总投资是 5 000 万元，目前可以断定的工程拖期已将一年，这一项损失又是上百万元，678 吨水泥，总价值为 19.1 万元，可是造成的损失居然这样大。

近年来，大上海再一次成为举世瞩目的焦点。来到上海，人们首先看到的就是高低错落的楼群。超常规的建设速度更加重了上海市建设、建材主管部门肩上的压力。上海市质监总站的领导说，这个恶性事件发生在上海，我们不遮丑，该停建的停建，该返工的返工，该曝光的曝光，因为人民的生命财产是第一位的，韩国三丰事件绝不能在上海重演。

上海市建材集团总公司总经理姜在渭、副总经理费小弟就锦普事件发表意见。他们严肃地说，上海市每年需要 1 000 多万吨结构水泥，而本地产水泥只能满足 40%的需求，其余 60%都要从外地购进。这几年，上海市共颁发了 408 家外地企业进沪许可证，其中 80%是机立窑水泥。这种水泥的最大弱点是质量不稳定。所以，建设方应该相信国有主渠道的信誉，从正规的供应公司进货，用小水泥时，要严格执行复试制度。从长远看，国家应尽快改变小水泥比重过大的状况。

事件虽然发生在上海，其他地方就没有这类隐患吗？正如张文金所说，现在水泥品牌很杂，经营渠道很乱，建设单位和施工单位的素质也参差不齐，如何保证建筑质量是个非常严峻的问题，社会各界对此都不能放松警惕，建筑、建材管理部门更要严抓不放。

目前，"锦普事件"已在当地见诸报端，据悉，这起事件中的水泥代办商庄木公司卢庄木已不知去向，处理结果如何，人们拭目以待。

（《中国建材报》，1995-08-18）

# 落　日

◇ 朱启平

一九四五年九月二日上午九时十分，我在日本东京湾内美国超级战舰密苏里号上，离开日本签降代表约两三丈的地方，目睹他们代表日本签字，向联合国投降。

这签字，洗净了中华民族七十年来的奇耻大辱。这一幕，简单、庄严、肃穆，永志不忘。

天刚破晓，大家便开始准备。我是在七点多钟随同记者团从另一艘军舰乘小艇登上密苏里号的。密苏里号船的主甲板有两三个足球场大，但这时也显得小了，走动不开。到处都是密密簇簇排列着的身穿咔叽制服、持枪肃立的陆战队士兵，军衣洁白、折痕犹在、满脸笑容的水兵，往来互相招呼的军官以及二百多名各国记者。灰色的舰身油漆一新，十六英寸口径的大炮，斜指天空。这天天阴，灰云四罩，海风轻拂。海面上舰船如林，飘扬着美国国旗。舱面上人影密集，都在向密苏里号舰注视着。小艇往来疾驶如奔马，艇后白浪如练，摩托声如猛兽怒吼，几乎都是载着各国官兵来密苏里号舰参加典礼的。陆地看不清楚，躺在远远的早雾中。

## 签字场所

签字的地方在战舰右侧将领指挥室外的上层甲板上。签字用的桌子，原来准备向英舰乔治五世号借一张古色古香的木案，因为太小，临时换用本舰士官室一张吃饭用的长方桌子，上面铺着绿呢台布。桌子横放在甲板中心偏右下角，每边放一把椅子，桌旁设有四五个扩音器，播音时可直通美国。将领指挥室外门的玻璃柜内，如同装饰着织锦画一般，装着一面有着十三花条、三十一颗星、长六十五英寸、阔六十二英寸的陈旧的美国国旗。这面旗还是九十二年前，首次来日通商的美将佩里携至日本，在日本上空飘扬过。现在，旗的位置正下视签字桌。桌子靠里的一面是联合国签字代表团站立的地方，靠外的留给日本代表排列。桌前左方将排列美国五十位高级海军将领，右方排列五十位高级陆军将领。桌后架起一个小平台，给拍电影和拍照片的摄影记者们专用。其余四周都是记者们的天下，大炮的炮座上、将领指挥室的上面和各枪炮的底座上，都被记者们占住了。我站在一座在二十厘米口径的机关枪上临时搭起的木台上，离开签字桌约两三丈远。在主甲板的右前方、紧靠舷梯出入口的地方，排列着水兵乐队和陆战队荣誉仪仗队，口上又排列着一小队精神饱满、体格强壮的水兵。

## 白马故事

八点多钟，记者们都依照预先规定的位置站好了。海尔赛将军是美国第三舰队的指挥官，密苏里号是他的旗舰，因此从来客的立场讲，他是主人。这时他正笑吟吟地站在出入口，和登舰的高级将领们一个个握手寒暄。之后，美国太平洋舰队总司令尼米兹将军到了，海尔赛将军陪着这位上司步入将领指挥室，舰上升起尼米兹的五星将旗。海尔赛以前曾在向记者的一次谈话中说过这样一件事：他看中了日本天皇阅兵时骑的那匹白马。他说，想等击败日本之后，骑上这匹名驹，参加美军在东京街头游行行列。他还说，已经有人在美国国内定制了一副白银马鞍，准备到那时赠他使用。一个中士也从千里外写信给他，送他一副马刺，并且希望自己能在那时扶他上马。我还想起，第三舰队在扫荡日本沿海时，突然风传密苏里号上正在盖马厩。现在，马厩没有盖，银驹未渡海，但日本代表却登舰签字投降来了。

乐队不断奏乐，将领们不断到来。文字记者眼耳倾注四方，手不停地作笔记。摄影记者更是千姿百态，或立或跪，相机对准各处镜头，抢拍下这最有意义的时刻。这时候，大家都羡慕四五个苏联摄影记者，其中两个身穿红军制服，仗着不懂英语，在舰上到处跑，任意照相。可是我们这些记者因为事先有令，只能站在原定地点，听候英语命令，无法随意挪动。这时，上层甲板上的人渐渐多了，都是美国高级将领，他们满脸欢喜，说说笑笑。我还从来没有见过在这样一块小地方聚集这么多的高级军官。

## 代表到来

八点半，乐声大起，一位军官宣布，联合国签字代表团到。他们是乘驱逐舰从横滨动身来的。顷刻间，从主甲板大炮后走出一列衣着殊异的人。第一个是中国代表徐永昌将军，他穿着一身洁净的哔叽军服，左胸上两行勋绶，向在场迎接的美国军官举手还礼后，拾级登梯走至上层甲板上。随后，英国、苏联、澳大利亚、加拿大、法国、荷兰、新西兰的代表也陆续上来了。这时，记者大忙，上层甲板上成了一个热闹的外交应酬场所。一时间，中国话、英国话、发音语调略有不同的美国英语以及法国话、荷兰话、俄国话，起伏交流，笑声不绝。身移影动时，只见中国代表身穿深灰黄军服；英国代表穿全身白色的短袖、短裤制服，并穿着长袜；苏联代表中的陆军身穿淡绿棕色制服，裤管上还镶有长长的红条，海军则穿海蓝色制服；法国代表本来穿着雨衣，携一根手杖，这时也卸衣去杖，露出一身淡黄咔叽制服；澳大利亚代表的军帽上还围有红边……真是五光十色，目不暇接。

八时五十分，乐声又响彻上空，盟军最高统帅麦克阿瑟将军到。他也是坐驱逐舰从横滨来的。尼米兹在舰面上迎接他，陪他进入位于上层甲板的将领指挥室休息。舰上升起他的五星将旗，和尼米兹的将旗并列。军舰的主桅杆上，这时飘起一面美国国旗。

上层甲板上热闹的外交场面渐渐结束了。联合国代表团在签字桌靠里的一面列队静立。以徐永昌将军为首的五十位海军将领和五十位陆军将领，也分别排列在预先安排好的位置上。这时有人说，日本代表团将到。我急急翘首望去，只见一艘小艇正向军舰右舷铁梯驶来。不久，一位美国军官领先，日本人随后，陆续从出入口来到主甲板。入口处那一小队水兵向美国军官敬礼后，即放下手立正。乐队寂然。日本代表团外相重光葵在前，臂上挂着手杖，一条真腿一条假腿，走起路来一跷一拐，登梯时有人扶他。他头上戴着大礼帽，身穿大礼服，登上上层甲板就把帽子除下了。梅津美治郎随后，一身军服，重步而行，他们一共十一个人，到上层甲板后，即在签字桌向外的一面，面对桌子列成三行，和联合国代表团隔桌对立。这时，全舰静悄悄一无声息，只有高悬的旗帜传来被海风吹拂的微微的猎猎声。重光一腿失于淞沪战争后，一次在上海虹口阅兵时，被一位朝鲜志士尹奉吉投掷一枚炸弹炸断。梅津是前天津日本驻屯军司令，著名的何梅协定日方签字人。他们都是中国人民的熟人，当年在我们的国土上不可一世，曾几何时，现在在这里重逢了。

## 仪式开始

九时整，麦克阿瑟和尼米兹、海尔赛走出将领指挥室。麦克阿瑟走到扩音机前，尼米兹则站到徐永昌将军的右面，立于第一名代表的位置。海尔赛列入海军将领组，站在首位。麦克阿瑟执讲稿在手，极清晰、极庄严、一个字一个字对着扩音机宣读。日本代表团肃立静听。麦克阿瑟读到最后，昂首向日本代表团说："我现在命令日本皇帝和日本政府的代表，日本帝国大本营的代表，在投降书上指定的地方签字。"他说完后，一个日本人走到桌前，审视那两份像大书夹一样白纸黑字的投降书，证明无误，然后又折回入队。重光葵挣扎上前行近签字桌，除帽放在桌上，斜身入椅，倚杖椅边，除手套，执投降书看了约一分钟，才从衣袋里取出一支自来水笔，在两份投降书上分别签了字。梅津美治郎随即也签了字。他签字时没有入坐，右手除手套，立着欠身执笔签字。这时是九时十分，军舰上层传来一声轻快的笑声，原来是几个毛头小伙子水兵，其中一个正伸臂点着下面的梅津，在又说又笑。但是，在全舰庄严肃穆的气氛下，他们很快也不出声了。

麦克阿瑟继续宣布："盟国最高统帅现在代表和日本作战各国签字。"接着回身邀请魏锐德将军和潘西藩将军陪同签字。魏是菲律宾失守前最后抗拒日军的美军将领，潘是新加坡沦陷时英军的指挥官。两人步出行列，向麦克阿瑟敬礼后立在他身后。麦克阿瑟坐在椅子上，掏出笔签字。才写一点，便转身把笔送给魏锐德。魏锐德掏出第二支笔给他，写了一点又送给潘西藩。他一共用了六支笔签字。签完字后，回到扩音器前说："美利坚合众国代表现在签字。"这时，尼米兹步出行列，他请海尔赛将军和西门将军陪同签字。这两人是他的左右手。海、西两人出列后，尼米兹入坐签字，签完字，就各归原位。麦克阿瑟接着又宣布："中华民国代表现在签字。"徐永昌步至桌前，由王之陪同签字。这时我转眼看看日本代表，他们像木头人一样站立在那里。之后，英、苏、澳、加、法、荷等国代表在麦克阿瑟宣布到自己时，先后出列向麦克阿瑟敬礼后，请人陪同签字。陪同的人澳大利亚最多，有四个，荷兰、新西兰最少，各一人。各国代表在签字时的态度以美国最安闲，中国最严肃，英国最欢愉，苏联最威武。荷兰代表在签字前，曾和麦克阿瑟商量过。全体签字毕，麦克阿瑟和各国首席代表离场，退入将领指挥室，看表是九点十八分。我猛然一震，“九·一八”！一九三一年九月十八日日寇制造沈阳事件，随即侵占东北；一九三三年又强迫我们和伪满通车，从关外开往北平的列车，到站时间也正好是九点十八分。现在十四年过去了，没有想到日本侵略者竟然又在这个时刻，在东京湾签字投降了，天网恢恢，天理昭彰，其此之谓欤！

## 投降书脏了

按预定程序，日本代表应该随即取了他们那一份投降书（另一份由盟国保存）离场，但是他们还是站在那里。麦克阿瑟的参谋长苏赛兰将军本来是负责把那份投降书交给日方的，这时他却站在签字桌旁，板着脸和日本人说话，似乎在商量什么。大家都不知道出了什么事，记者们议论纷纷。后来看见苏赛兰在投降书上拿笔写了半晌，日本人才点头把那份投降书取去。事后得知，原来是加拿大代表在日本那份投降书上签字时签低了一格，占了法国签字的位置，法国代表顺着签错了地方，随后的各国代表跟着也都签错了，荷兰代表首先发现这错误，所以才和麦克阿瑟商量。苏赛兰后来用笔依着规定的签字地方予以更正，旁边附上自己的签字作为证明。倒霉的日本人，连份投降书也不是干干净净的。

日本代表团顺着来路下舰，上小艇离去。在他们还没有离舰时，十一架超级堡垒排列成整齐的队形，飞到密苏里号上空，随着又是几批超级堡垒飞过。隆隆机声中，我正在数架数时，只见后面黑影簇簇，蔽空而来，那都是从航空母舰上起飞的飞机，一批接一批，密密麻麻，不知有多少架，顷刻间都到了上空，然后向东京方向飞去。大战中空军将士厥功甚伟，理应有此荣誉，以这样浩浩荡荡的阵势，参加敌人的投降典礼。

我听见临近甲板上一个不到二十岁满脸孩子气的水手，郑重其事地对他的同伴说：“今天这一幕，我将来可以讲给孙子孙女听。”

这水兵的话是对的，我们将来也要讲给子孙听，代代相传。可是，我们别忘了百万将士流血成仁，千万民众流血牺牲，胜利虽最后到来，代价却十分重大。我们的国势犹弱，问题仍多，需要真正的民主团结，才能保持和发扬这个胜利成果。否则，我们将无面目给子孙后辈讲述这一段光荣历史了。

旧耻已湔雪，中国应新生。

（一九四五年九月三日写于横须贺港中军舰上）

（选自徐学增，李秀清，陈名编：《中外记者笔下的第二次世界大战》，北京，东方出版社，1987）

# 我看见历史在爆炸……

◇［美］梅丽曼·史密斯

11 月 23 日——这是一个十分迷人的、阳光和煦的中午，我们随着肯尼迪总统的车队穿过达拉斯市的繁华市区。车队从商业中心驶出后，就走上了一条漂亮的公路，这条公路蜿蜒地穿过一个像是公园的地方。

我当时就坐在所谓的白宫记者专车上，这辆车属于一家电话公司，车上装着一架活动无线电电话机。我坐在前座上，就在电话公司司机和专门负责总统得克萨斯之行的白宫代理新闻秘书马尔科姆·基尔达夫之间。其他三名记者挤在后座上。

突然，我们听到三声巨响，声音听起来十分凄厉。第一声像是爆竹声。但是，第二声和第三声毫无疑问就是枪声。

大概距我们约 150 或 200 码前面的总统专车立刻摇晃起来。我们看见装有透明防弹罩的总统专车后的特工人员乱成一团。

下一辆是副总统林顿·约翰逊的专车，接下去是保卫副总统的特工人员的专车。我们就在这后面。

我们的专车可能只停了几分钟，但却像过了半个世纪一样。我亲眼看见历史在爆炸，就连那些饱经风霜的观察家，也很难领悟出其中的全部道理。

我朝总统专车上望去，既没有看见总统，也没有看见陪同他的得克萨斯州州长约翰·康纳利。我发现一件粉红色的什么东西晃了一下，那一定是总统夫人杰奎琳。

我们车上所有的人都朝司机吼了起来，要他将车向总统专车开近一些。但就在这时，我看见高大的防弹玻璃车在一辆摩托车的保护下，嚎叫着飞速驶开。

我们对司机大喊："快！快！"我们斜插过副总统和他的保镖车，奔上了公路，死死地盯住总统专车和后面特工人员的保镖车。

前面的车在拐弯处消失了。当我们绕过弯后，就可以看到要去的地方了——帕克兰医院，这座医院就在主要公路左侧，是一座灰色的高大建筑物。我们向左边来了一个急转弯，一下子就冲进了医院。

我跳下汽车，飞快跑到防弹玻璃车前。

总统在后座上，脸朝下，肯尼迪夫人贴着总统的身子，用双手紧紧将他的头抱住，就像在对他窃窃私语。

康纳利州长仰面朝天躺在车里，头和肩都靠在夫人身上。康纳利夫人不停地晃着头抽泣，眼泪都哭干了。血从州长的上胸流了出来。我未能看见总统的伤口，但是我看见后座上一摊摊血斑，以及总统深灰色上衣右边流下来的暗红色血迹。

我已通过记者专车上的电话，向合众国际社报告了有人向肯尼迪总统的车队开了三枪。在医院门前目睹了总统专车上血迹斑斑的景象，我意识到必须马上找一个电话。

专门负责总统夫人安全的特工人员克利特·希尔正靠在专车后面。

“他伤势有多重，克利特？”我问道。

“他快死了。”他简单地回答说。

我已记不起当时的详细情景。我只记得一连串急促的吆喝声——“担架到什么鬼地方去了……快将医生叫到这儿来……他来了……快，轻一点。”在不远的地方，还有可怕的抽泣声。

我抄一条小路径直冲到了医院的走廊上。我首先看到的是一间小办公室，这根本不像办公室，倒像一个电话间。办公室里站着一个戴眼镜的男人，他正在摆弄一大堆乱七八糟的表格。在一个像银行出纳台那样的小窗口，我发现木架上有一部电话机。

“怎样接外线？”我气喘吁吁地问道。“总统受伤了，这是紧急电话。”

“拨 9。”他边说边将电话推到我身旁。

我连拨了两次，终于接通了合众国际社达拉斯分社。我用最快的速度发了一个快讯：总统在穿过达拉斯的大道上遭到枪击，总统伤势严重，可能是致命的重伤。

我正打着电话时，抬着总统和州长的担架从我身边经过，由于我背向走廊，直到他们到距我 75 或 100 英尺的急救室门前，我才看见他们。

我从窗口外的人的脸上突然出现的恐惧神情上知道他们已过

去了。

我站在通往急救室的淡褐色走廊上，一边向合众国际社打电话报告枪击时的情况，一边紧盯着急救室外面，看会出现什么新情况。这时，我眼前展开了一片忙乱的景象。

白宫新闻秘书基尔达夫上气不接下气地在走廊上跑来跑去。警官拼命地嚷嚷，“让开！让开!”两位神父，手里提着紫红色袈裟的衣角，紧跟在一名特工人员后面走了进来。一名警官中尉手捧一大瓶血浆走到走廊上，一位医生也来了，他说要将所有的神经外科医生都叫来。

神父从急救室里走了出来，说总统接受了天主教的最后圣礼。他们说，总统还活着，但昏迷不醒。总统办公室的人员陆续来到了，他们乘的车在我们后面，由于交通阻塞，被迫姗姗来迟。

当时在医院中急需电话，我将电话看得像生命一样重要，紧紧抓住不放。我不敢离开那儿，怕失去与外界的联系。

这时，我看见基尔达夫和白宫另一名工作人员韦恩·霍克斯从我身边跑了过去。霍克斯边跑边喊：“基尔达夫马上要在护士值班室发表声明。”

护士值班室就在上一层楼的尽头，我急忙撂下手中的话筒，紧跟在他俩后面。当我们一到值班室门口，就听见里头在大声地喊：“请安静!”基尔达夫抑制住自己的感情，宣布说：“约翰·肯尼迪总统约在一点钟逝世。”

我一下子闯进附近一间办公室，但是医院的总机乱成一团。这时，我在人群中发现了合众国际社西南分社编辑部主任的妻子维吉尼亚·帕耶特，她本人就是一名老记者。我告诉她到再上一层楼看看付费电话是否能打通。

医院总机还是接不通，我急得像热锅上的蚂蚁。我求一位护士帮忙。她领着我七弯八拐，穿过好几条走廊，拐到楼下一个付费电话间。我终于接通了达拉斯分社办公室。维吉尼亚在我之前就接通了。

接着，我又顺着原路，上气不接下气地跑回临时会议室。我刚一进门，白宫负责交通的官员吉格斯·福弗就一把将我拉住，他告诉我，基尔达夫要三名报业联营的记者立即乘总统专机“空军一号”返华盛顿。

福弗说：“他要你现在就到楼下去。”

我匆匆赶到楼下，冲到院子里，发现基尔达夫的车已开走了。

我和其他两名记者，《新闻周刊》的查尔士·罗伯茨与威斯汀豪斯广播公司的锡德·戴维斯恳求一名警官用他的警车将我们送到机场。特工人员叮嘱我们，车在机场附近不要鸣警笛。这名警官驾驶技术十分高超，当时公路上一片混乱，交通拥挤不堪，但他从容不迫，顺利将我们送到机场。

我们在离总统专机约200码的跑道边跳下车时，基尔达夫看见了我们。他示意要我们赶快。我们跑到他跟前，他说，机上只能上来两名记者，约翰逊就要在机上宣誓就职，飞机然后就立即起飞。

我看见跑道旁有一排公用电话间，问是否有时间让我向我的上司报个信。他说，“上帝保佑，要抓紧时间。”

接着，又是一场电话战，达拉斯总机占线。我拨华盛顿，所有电话都占线。我又拨合众国际社纽约分社，终于接通了。我告诉说，新总统就要在飞机上宣誓就职。

基尔达夫从飞机上钻了出来，直朝我这边招手。我扔下话筒，直向飞机跑去。一位侦探将我止住。他说：“您的梳子从口袋里掉出来了。”

我终于上了“空军一号”。作为一名专门采访肯尼迪总统的记者，我曾多次登上这架飞机。可是今天，座舱里所有的窗帘都拉上了，显得特别闷热和阴暗。

基尔达夫将我们推进飞机上总统的专用房间，房间是用来作起居室兼会议室的，可以坐八到十人。

我挤进房间，数了数，共有27人。站在中间的是约翰逊、约翰逊夫人伯德和美国地区法官萨拉·休斯。萨拉·休斯是一位和蔼的老太太，今年67岁，她手上拿着一本黑色封面的小圣经，等着领誓。

房间里越来越闷热。约翰逊担心肯尼迪手下的工作人员挤不进来，要大家尽量往前靠一靠，但是站在角落的一张椅子上的信号团的摄影师塞西尔·斯托顿说，如果约翰逊再移动一下，这张历史性的照片就照不好了。

原来，约翰逊正在等肯尼迪夫人，她还在飞机后面的卧室里尽量设法使自己镇静下来。她一个人孤零零地走来了，身上仍然穿着那件粉红色的羊毛外衣，这天早上，她就是穿着这件衣服，站在丈夫身边，兴奋地同机场上欢迎的人们一一握手的。

她面色苍白，眼泪都哭干了。当她心神恍惚地悄悄走过来时，人们都向她伸出了热情的手。约翰逊握着她的双手，示意让她站到自己左边。约翰逊夫人站在右边，勉强地笑了一下，看得出她心情十分紧张。

约翰逊向休斯法官点了点头，法官是他们家的老朋友，是由肯尼迪任命的。

“举起您的右手，跟着我念。”女法官对约翰逊说。

正在这时，传来一架飞机降落的嗡嗡声。

休斯法官托起圣经，约翰逊用他巨大的左手按在上面。他慢慢地举起右手，法官开始念誓词：“我庄严地宣誓，我将忠实地履行美利坚合众国总统的职责……”

简短的就职仪式在法官的领读下，以约翰逊深沉而坚定的“……我祈求上帝保佑”的声音结束。

约翰逊首先转向他的夫人、紧紧地搂住她的两肩，亲吻她的面颊。接着，他又转向肯尼迪的遗孀，用左臂挽住她，吻了吻她的面颊。

当其他人，如一些得克萨斯州民主党众议员、约翰逊和肯尼迪手下的工作人员，向新总统走过来时，他步步后退，好像不愿接受这种祝贺的表示。

仪式只进行了两分钟，在东部时间下午 3 点 38 分结束，过了片刻，总统就斩钉截铁地宣布：“现在立即起飞！”

专机驾驶员詹姆士・史温德尔上校立即启动右舷的发动机。这时，有好几个人走出了飞机，其中包括威斯汀豪斯广播公司记者锡德・戴维斯。由于飞机载人有限，白宫官员只允许两名报业联营记者留下。我和罗伯茨被选中了。实际上，我们在机上也没有座位。

在东部时间 3 点 47 分，“空军一号”的起落架离开了跑道。史温德尔将这个空中庞然大物一下子升到了 41 000 英尺的高空，飞机以每小时 625 英里的速度，向华盛顿郊外的安德鲁斯空军基地飞去。

当总统专机达到巡航高度时，肯尼迪夫人离开了卧室，向飞机后舱走去。这里是所谓的家庭起居室。就在这里，她曾同肯尼迪、同亲人和朋友们一道叙谈和用餐，度过了许多令人兴奋和激动的时光。

肯尼迪的遗体就停放在这里，是由一群特工人员抬上飞机的。

肯尼迪夫人走进后舱，拿起一把椅子，坐在棺材旁边。她一直待在那儿，直到飞机降落才离开。陪她守灵的还有肯尼迪的四名贴身工作人员：肯尼迪的挚友和私人顾问戴维·鲍尔斯，秘书及主要政治顾问肯尼思·奥唐奈，肯尼迪驻国会的首席联络官罗伦斯·奥布里恩，肯尼迪的空军助理戈弗雷·麦克休准将。

肯尼迪的军事助理切斯特·克利夫顿少将在飞机上成了一个大忙人，他又是打电报，又是商量到达仪式，又是安排将遗体运往比贝塞斯达海军医院，一刻也没有休息。

飞机起飞后，约翰逊又回到座舱。我的手提打字机在医院附近弄丢了，只得坐在一台大型电传打字机前写稿，这台打字机是肯尼迪的私人秘书伊夫林·林肯用来起草肯尼迪讲话稿的。

当我和罗伯茨正忙于记下刚才亲眼看到的历史性场面时，约翰逊走到我们跟前。

“我在几分钟后要发表一个简短的声明，这里是讲话的副本，是给你们的，”他说，“下飞机后，我要再宣读一遍。”

这是新行政首脑第一次公开表态，既简短，又动人：

“这是全体人民悲痛的时刻。我们的损失是无法估量的。对于我来说，这是一场沉痛的个人悲剧。我知道，全世界都像肯尼迪夫人和他们全家一样，心情十分沉重。我要竭尽所能、全力以赴。我祈求你们和上帝的帮助。”

飞机离华盛顿约有 45 分钟路程时，新总统通过特别无线电电话，与已故总统的母亲罗斯·肯尼迪夫人通了电话。

“我以上帝的名义起誓，我希望能分担您的悲痛，”他对她说，“我希望您能理解我的心情。”

接着，约翰逊夫人也要与老肯尼迪夫人通话。

“我们心中就像刀割一样。”约翰逊夫人说。她突然忍不住抽泣起来。过了一会儿，当她平静下来后，接着说，“我们永远爱您，并为您祈祷。”

离华盛顿约 30 分钟路程时，约翰逊与内利·康纳利通了电话，内利是身负重伤的得克萨斯州州长的夫人。

新总统对州长夫人说：

“我们为你们祈祷，亲爱的，我知道一切都会好起来的，对吗？替我拥抱他、亲吻他。”

天色黑下来的时候，飞机掠过华盛顿地区灯火辉煌的上空，向安德鲁斯空军基地飞去。飞机在东部时间5点59分降落到地面。

我谢过帮我收拾打字机的空中小姐，穿上风雨衣，就开始走下舷梯。罗伯茨和我站在机翼下，看见总统的遗体从飞机后舱抬下，又由一群士兵抬上一辆灵车。我们看见肯尼迪夫人和肯尼迪的弟弟——司法部长罗伯特·肯尼迪也从棺材旁登上了灵车。

新总统通过麦克风重新宣读了他的首次公开声明，他与前来迎接的一些政府官员和外交官员一一握手后，就走向他的直升飞机。

罗伯茨和我坐在另一架直升飞机上，向白宫的草坪飞去。在机舱里，我们身旁靠近窗户的地方，放着一张很大的椅子，椅子上坐着西奥多·索伦森，他是肯尼迪最亲密的助手之一，官方头衔是总统特别顾问。他没有与主人一道去得克萨斯，但是他却在这个空军基地等着主人回来。

索伦森坐在那儿，面容憔悴，泣不成声。他的沉重的悲痛是六小时前发生的这一场悲剧和人们心情的一面镜子。

当我们乘坐的直升飞机在暮色中盘旋，就要在白宫南草坪降落时，谁会料到，六小时前，约翰·肯尼迪还是一个欢快活跃、笑容满面、精力充沛的人啊！

（合众国际社（1963年）11月23日电）

（选自解力夫主编：《世界优秀通讯选》，北京，新华出版社，1988）

# 阅读提示

有人说："文学是人学，新闻是事学。"追踪新闻事件，报道新闻事件正是"新闻"二字的应有之义。在对新闻事件的报道中，消息以其简洁、快速的特点率先抓住人们的目光，引起人们"欲知其详"的阅读欲望，而事件通讯则以其细腻的笔法，展现事件的关键情节，讲述引人入胜的真实故事，再次吸引读者的目光。因此，事件通讯以其动态性和悬念感构成"卖点"，成为通讯文体中魅力无穷的一种样式。

事件通讯的内容可分为突发性事件和可预知事件。突发性事件因大多为天灾人祸，曾被列为新闻报道的禁区。随着改革开放的前进步伐，老百姓的知情权进一步得到尊重，新闻禁区大大缩小，读者可以尽快地知道"重大事件"或相关报道。但对突发性事件的采写往往是事后的追踪、挖掘，需要记者有较强的调查研究能力和高度的新闻敏感。相比之下，可预知事件的采写难度小一些，事前可以做较充分的准备，但要求记者有较强的现场观察和现场采访（捕捉）的能力。

收入本书的事件通讯，既有对突发性事件的报道，如《铁幕正被撕开一角——南丹特大事故的发现》报道了造成了81人死亡的广西南丹特大事故被隐瞒的真相；又有对可预知事件的报道，如《爱国烈焰——世界杯女足赛决赛追记》、《押猪四日》等；还有对于发展过程较长的事件的追踪，如《红豆杉被毁真相》。

采写事件通讯要求记者有较强的现场意识和现场采访能力。对于突发性事件要迅速赶往事发之后的现场，设法收集现场的遗迹，设法尽快找到并采访目击者或当事人，不仅将鲜活的材料迅速传达给读者，而且将记者身临其境的感悟、被现场激发的强烈印象一同传达给读者。如在《红豆杉被毁真相》中，记者不仅展示了成千上万棵国家珍贵树种红豆杉被剥皮、大面积死亡的触目惊心的画面，同时也记述了记者在采访中边跋涉边流泪，以至于目不能视物的痛彻心肺的状态，这对于深刻揭示事物的内涵，表现事件的新闻价值是相当必要的。而可预知事件则为记者的现场采访创造了“见证”的条件。记者通过自己的观察，详细地展示事件的过程，使读者未到现场也能体味到亲临现场、见证事件的感受，从而使报道扎实、可信，产生较好的传播效果。

（张　征）

# 工作通讯

## 假典型巨额亏空的背后

### ——郑百文跌落发出的警示

◇ 新华社记者　谢登科

郑州百文股份有限公司（简称“郑百文”）去年以来濒临关门歇业，有效资产不足6亿元，而亏损超过15亿元，拖欠银行债务高达25亿元。目前企业生死两难，2 000多名员工生活难以为继。

一个昨天还号称“全国商业批发行业龙头老大”、“国企改革一面红旗”的先进典型，为什么这么快就跌落到了穷途末路的境地？

## 一边是越吹越大的数字，一边是越戴越多的桂冠；红极一时的背后掩藏着弄虚作假、胡作非为

郑百文的前身是一个国有百货文化用品批发站。1996 年 4 月，经中国证监会批准，郑百文成为郑州市的第一家上市企业和河南省首家商业股票上市公司。郑百文称：1986 年～1996 年的 10 年间，其销售收入增长 45 倍，利润增长 36 倍；1996 年实现销售收入 41 亿元，全员劳动生产率 470 万元，这些数字当时均名列全国同行业前茅。按照郑百文公布的数字，1997 年其主营规模和资产收益率等指标在沪深上市的所有商业公司中均排序第一，进入了国内上市企业 100 强。

一时间，郑百文声名大噪，成为当地企业界耀眼的改革新星和率先建立现代企业制度的典型。各级领导频频造访，各种荣誉纷至沓来。1997 年 7 月，郑州市委、市政府召开全市大会，把郑百文树为全市国有企业改革的一面红旗。河南省有关部门把它定为全省商业企业学习的榜样。同年 10 月，郑百文经验被大张旗鼓地推向全国。公司领导也相继获得全国“五一”劳动奖章、全国劳动模范、全国优秀企业家等一系列殊荣。

然而，衰败似乎就发生在一夜之间。在被推举为改革典型的第二年，郑百文即在中国股市创下每股净亏 2.54 元的最高纪录，而上一年它还宣称每股赢利 0.448 元。1999 年，郑百文一年亏掉 9.8 亿元，再创沪深股市亏损之最。

郑百文的大起大落，引起从当地决策层到社会的一片哗然。

“郑百文其实根本不具备上市资格，为了达到上市募集资金的目的，公司硬是把亏损做成赢利报上去，最后蒙混过关。”郑百文一位财务经理回忆说，为了上市，公司几度组建专门的做假账班子，把各种指标准备得一应俱全。

郑百文变亏为“赢”的常用招数是，让厂家以欠商品返利的形式向郑百文打欠条，然后以应收款的名目做成赢利入账。为防止法律纠纷，外加一个补充说明——所打欠条只供郑百文做账，不作还款依据。1998 年，企业已举步维艰。年终出财务报表时，公司领导聚首深圳商讨对策，决策者的意见仍然是“要赢利”。但窟窿已经包不住了，一番争论之后，郑百文首次公布了重大亏损的实情。

郑百文利用上市后经营自主权扩大带来的方便，使其更多、更严重的违背经济规律甚至违法乱纪行为大行其道。据了解，郑百文上市募集的资金数以亿计地被公司领导以投资、合作为名拆借、挪用出去，总计 10 多家公司拆借的近 2 亿元资金不仅至今有去无归，还使郑百文陷入了一桩又一桩追款讨债的官司中。

由于郑百文的账目极为混乱，真实性和完整性不能保证，1998 和 1999 年度，郑州华为会计师事务所和北京天健会计师事务所连续两年拒绝为其年报出具审计意见。

## 一边是冠冕堂皇的理论，一边是移花接木的骗局；唬人一时的“郑百文经验”把银行牢牢套住

导致郑百文迅速膨胀的直接因素是郑百文家电公司曾与四川长虹和原中国建设银行郑州分行之间建立的一种三角信用关系，即曾被各方广为赞扬、被誉为“郑百文经验”精华的“工、贸、银”资金运营模式，其基本内容是：郑百文购进长虹产品，不需支付现金，而是由原建行郑州分行对四川长虹开具 6 个月的承兑汇票，将郑百文所欠货款直接付给长虹，郑百文在售出长虹产品后再还款给建行。

郑百文领导为这种三角合作的关系赋予了高深的内涵，说商业银行的信誉、生产商的信誉和销售商的信誉加在一起，就是中国市场经济的基本框架。郑州建行更认为，依靠银行承兑这种先进的信用工具，支持企业扩大票据融资，是很有意义的探索。

在有关各方的一片喝彩声中，这种模式 1996 年起步后业务量一路攀升，1997 年，建行为郑百文开具承兑总额突破 50 亿元，郑百文一举买断长虹两条生产线的经营权。这种模式后被推广到郑百文与其他厂家的业务中。三角关系建立后，家电公司立即成为郑百文下属各专业分公司中的“大哥大”和业务量增长的主体。迄今为止，郑百文拖欠银行债务的 90%以上仍然在家电公司。

原建行郑州分行和郑百文领导坚持认为，这是一种适应大生产、大市场、大流通要求，对工、贸、银三方都有利的合作模式，既能使工业企业增加销售，又能降低商业单位的经营成本，还可以促进银行存款的增长，可谓“一石三鸟”。

然而事实很快表明，在现阶段市场信誉普遍较低的背景下，这种

彼此之间没有任何制约关系的银企合作，很容易成为空手道，最终的风险都转嫁给了银行。一方面，银行无法保证郑百文能按承兑的期限把货卖完；另一方面，即使按时卖完货，郑百文也把货款大量挪作他用。1998 年春节刚过，建设银行郑州分行就发现开给郑百文的承兑汇票出现回收难，此后的半年间，累计垫款 486 笔，垫款金额 17.24 亿元。

中国人民银行调查发现，原建行郑州分行与郑百文签订的所有承兑协议，不但没有任何保证金，而且申请人和担保人都是郑百文，担保形同虚设。总额达 100 多亿元的银行资金，就这样被源源不断地套出。

## 一边是越铺越大的摊子，一边是越堆越高的债务；高速膨胀下的失控加速了郑百文神话的破灭

由于有银行作后盾，郑百文从 1996 年起着手建立全国性的营销网络，在没有一份可行性论证的情况下，大规模投入资金上亿元，建起了 40 多个分公司，最后把 1998 年的配股资金 1.26 亿元也提前花完。遍布全国各大中心城市的一幢幢楼房和一台台汽车，形成了大量的资金沉淀，使企业积重难返。

公司规定，凡完成销售额 1 亿元者，可享受集团公司副总待遇，自行购进小汽车一部。仅仅一年间，郑百文的销售额便从 20 亿元一路飚升到 70 多亿元；与此同时，仅购置交通工具的费用就高达 1 000 多万元。为完成指标，各分公司不惜采用购销价格倒挂的办法，商品大量高进低出，形成恶性循环。

急速、盲目的扩张直接导致公司总部对外地分支机构的监管乏力，郑百文遍及全国的分支机构如同一盘散沙。这些分支机构饥不择食地招聘各类人员达上千人，却从没有进行过一次上岗培训和考核，导致员工鱼龙混杂，良莠不齐，有的人进来的目的就是趁乱挖企业的墙角。

1998 年下半年起，郑百文设在全国各地的几十家分公司在弹尽粮绝之后相继关门歇业。数以亿计的货款要么直接装进了个人的腰包，要么成为无法回收的呆坏账，郑百文至今还有 4 亿多元的账款没有收回。但与企业严重资不抵债形成鲜明对比的是，郑百文养肥了一

批腰缠百万甚至千万元的富翁。任职几年，郑百文某分公司的一名经理便拥有了价值上百万元的宝马轿车和北京罗马花园300多万元的豪宅。

记者造访郑百文时曾向公司领导提出，请他们算一算，看看20多亿的银行垫款都亏在了哪里，花在了哪里，竟然无人能算得清楚。

## 一边要重组再生，一边要破产清算；资不抵债的郑百文生死两难

按《公司法》规定，企业不能清偿债务就应该破产。可郑百文却至今没有进入破产程序。1999年12月，在有关方面的斡旋下，郑百文欠建设银行的20多亿元债务被转移到中国信达资产管理公司。

作为专门为清理不良资产而设立的资产管理公司，信达对接收的债权，既可进行资产重组，也可申请破产清算。资产重组是指通过剥离不良资产，引进优质资产使企业起死回生。

信达方面要求，郑百文资产重组的前提条件是必须保证信达的资产回收数额不低于6亿元，即最大股东郑州市政府要拿出6亿元可变现良性资产注入郑百文。按照这一比例，信达公司的资产回收率只有28.2%。而郑州市政府认为，郑百文资不抵债完全是企业行为，银行的资产风险理应由银行自己承担。

由于最大股东未能在信达规定的期限内拿出被认可的重组资产，今年3月3日，信达公司一纸诉状把郑百文告向法院，申请郑百文破产还债，成为目前我国四家金融资产管理公司中的首例破产申请。后来人们发现，法院根本就没有受理。据了解，郑州市中级法院在接到信达的破产申请后，第一个反应是，上市公司申请破产在全国尚属首例，非同小可。另外，从手续上讲，信达提供的材料也不完备，暂不能受理郑百文破产案。

目前，有关各方又在就新的资产重组方案进行秘密磋商。

一些经济专家认为，目前的中国股市已给人造成印象，企业一上市就是“能上不能下”的终身制。这是导致我国上市公司亏损面逐渐扩大的一个重要原因。要使上市公司真正实现机制转变，就必须尽快改变这种只进不出的形式。河南一位教授则指出，一些领导总是乐于树典型，给企业披上浓厚的政治色彩，作为炫耀政绩的资本，最后企

业垮了，谁也不负责任，这应是郑百文的更大悲剧。

由此看来，郑百文是破产还是重组倒在其次，规范破产机制，强化风险意识，切实保护投资者利益，才是更为重要和紧迫的话题。

（新华网郑州（2000年）10月30日电）

# 1 503 亿赤字预算意味着什么

新中国近 50 年最高纪录　财政赤字会诱发通胀吗
赤字财政如何拉动经济　今年赤字预算是多是少

◇ 熊　波

1999 年，中央政府的财政赤字为 1 503 亿元，创成立新中国近 50 年来最高纪录。全国政协委员、中国国情研究会会长张塞称：此举一出，意味着 1999 年将成为近 20 年来，我国经济最为关键的调整时期。

财政赤字，专指政府支出超过收入的部分。财政赤字高，意味着政府“花”的钱比“挣”的钱要多。政府的收入来源主要靠税收，支出则每年不一样。1999 年的赤字预算是因为有“八项必须办的事情”。

国债和财政赤字相关。1999 年预算发行的国债，是以下两部分之和：一部分是 1999 年的财政赤字；另一部分是以前发行的、在 1999 年到期的国内外债务及利息，所谓“借新债还旧债”。

财政赤字会诱发通胀吗？改革开放 20 年来，其中有几年，财政赤字稍有增加，很快就引起通货膨胀。这一次会不会也出现通胀呢？

张塞委员说：“不会。”他分析说，第一，当前的经济形势是“货物膨胀”、“商品过剩”，不会出现抢购的现象；而以前的情况是在通货膨胀的前提下增加赤字，结果导致更严重的通胀。第二，这次的财政赤字是通过发债的方式解决，不是“印钞票”。

“宏观经济政策包括两个政策：货币政策和财政政策。”张塞回顾去年的情况时说，“1998 年，在运用财政政策之前，我们用的是货币政策，银行一年降息三次，两年降六次，其力度不仅我国历来没有，而且世界也罕见，但是货币政策仍不见效，企业惜投，居民惜购。”在这样的情况下，财政部增加赤字，发行特别国债，对经济的增长起到明显的拉动作用。

赤字增加了，政府的支出增加，拉动了经济总量的增长，政府的税收同步增加，这就是积极的财政政策。

赤字财政如何拉动经济？全国政协委员、水利部副部长张春园仔细地研究了财政部的各种数据，列举了“四大好处”：第一，企业活了。他举例说，水利部增加的50亿的节水灌溉项目，立刻救活180家企业。第二，银行的资金活了。因为买国债是银行最稳妥的投资。第三，卡脖子环节解决了。也就是说，制约经济发展的生态、环境、交通、能源等过去欠账很多的项目，这次解决了。第四，社会稳定了。因为企业开工，工人可以领到工资了。

张春园说：“更重要的是，为将来的发展创造了条件。”他认为，这次政府采取的措施，与美国“罗斯福新政”有异曲同工之处。1933年，为渡过经济危机，罗斯福运用了“赤字财政”，扩大内需，增加支出，美国一下建立了500个大型水利工程，开始修建高速公路，大规模改善环境，为现代美国经济打下基础。这一措施成为经济学中的“凯恩斯主义”经典案例。

赤字底线知多少？无论是张塞还是张春园，唯一的疑虑是：赤字是不是定少了。张春园还就1 503亿赤字的计算方式提出不同看法。他认为，去年的赤字应该转为债务，而不应该放在今年预算的赤字中，这是国际通用的计算方式。如果这样算，1999年的实际赤字远没达到1 503亿。

一个政府的赤字有一个底线，一般是财政支出的20%，1999年，财政支出约为1万亿，也就是说，财政赤字的预算最大可达2 000亿。

全国政协委员、国家经济体制改革委员会原副主任高尚全说：增加建设，财政没钱，这就要有赤字。但是，赤字不能无限增加，有一个安全线，今年财政赤字和累计国债余额占当年国内生产总值的比重分别为1.7%和10%左右，均低于国际公认的3%和60%的警戒线。1 503亿完全在安全线以内。他强调：“这是特殊时期的必要措施。”

（《中国青年报》，1999-03-08）

# 资本运营：找到了一把金钥匙

◇ 艾丰　张杰　魏劲松　牛文文

如果把中国版图比做一只昂首的雄鸡，湖北省便位于雄鸡的腹部。如果说长江像一条巨龙，那么武汉市恰好处于心脏部位。如今，在这里“上演”的一幕又一幕“资本运营”的活剧，正引起人们的普遍关注。

居地之优再加得天独厚，建国以来这里摆了许多国家级的大项目。而这笔雄厚的国有资产，如同——

## 有待进一步开发的宝库

湖北省摆放我国重点大工业项目之多之全，可能是全国之“最”。请看：这里有以“二汽”为骨干的鄂西北汽车工业走廊；有以武钢、鄂钢、冶钢为骨干的鄂东南钢铁工业走廊；有以武汉为中心的重型工业基地（武汉重型机械厂、武昌造船厂、武汉锅炉厂均在全国同行业中以资产巨大而著称）；更不用说已竣工多年的葛洲坝水利枢纽工程和正在紧张施工的三峡工程。记者站在武汉长江大桥桥头，沿江上下眺望，仿佛看到：整个荆楚大地简直是个聚宝盆，是个国有资产的巨大宝库。

它聚集着财富，创造着财富，同时又闲置着、“窝囊”着财富。武汉市共拥有 2 228 户国有企业，资产总额达 1 012 亿元。到 1995 年底，武汉国有企业平均资产负债率为 81%。扣除不良资产后，有近 1/2 的企业资不抵债。湖北全省的情况也大致如此。据省统计局对 4 000家企业测算，全省乡以上企业闲置资产达 33.5 亿元，其中仅设备闲置就达 16.5 亿元。

雄厚的财富，为何联结着沉重的包袱？这似乎很不合乎逻辑的现实，激励着武汉市乃至湖北省领导和群众进行深沉的思考和大胆的探索。深化改革的春风吹拂着荆楚大地。经过几年的探索，从整体搞活国有经济的工作终于获得了重要的突破。理性的认识，实践的效果向着一个清晰的思路集中，这里的人们用一个简明的词汇把它概括为：资本运营。

它像一个胎儿，先是躁动于母体，给人喜悦，也给人不安。但它一经降生，就演出——

## 一出出诱人的活剧

对许多读者来说，资本运营可能是个不甚明了也无须关心的经济学术语。可武汉三镇的老百姓，却是在“希岛风波”的震动中开始认识它的。

山东有个青岛海尔集团，人所共知。武汉有个希岛海尔，却鲜为人知。这两个“海尔”都是国有大企业，又都是靠80年代中期引进德国利勃海尔电冰箱生产技术起家的。然而在市场上，此海尔不敌彼海尔。就在希岛海尔产品积压、债台高筑、濒临破产之时，青岛海尔却蒸蒸日上，急于扩大生产规模。于是，两个海尔实行了兼并联合。希岛海尔60%的股权归了青岛海尔，同时变更企业工商注册登记，由青岛海尔实行控股经营。

一个大城市的大企业被外地的企业控股、兼并，对本地人来说，不能不是一个“刺激”。重组的是资产，冲击的是观念。此举引起了社会的广泛争议。《湖北日报》辟专栏连续20天刊登有关的讨论，“希岛风波”由此席卷武汉三镇和荆楚大地。

不到两年的时间，兼并后的武汉海尔公司偿还了原企业的到期债务，改进了产品，改进了管理，3.2亿元的沉淀资产被盘活了，1 000多名职工保住了工作岗位。一个即将倒闭的企业重新焕发了生机。

“希岛风波”震醒了许多人，资本流动不仅不是流失，而且是保值增值！资本运营一时间被当成了魔术，人们争着学习、掌握、运用。继“希岛风波”之后，是一个又一个“风波”。

曾现“花容月貌”的武汉荷花牌洗衣机，于1993年底陷入了严重的亏损，产品积压，企业停产。危难之际，走上了与无锡小天鹅洗衣机厂联合经营之路。由武汉洗衣机厂生产产品，小天鹅公司出管理、产品标准，并打小天鹅的品牌销售。此棋一出，全厂皆活。第二年该企业完成产值 8 000 万，减亏 1 200 万。1995、1996 两年更是上了一个大台阶。“小天鹅吃掉荷花”——品牌竞争和品牌兴衰，更使人明白了无形资产的奥妙。

“马应龙”是武汉的一家老字号国有制药厂。几十年来死不了，也没活好。1995 年通过转让股权，由深圳保安集团控股经营。结果厂还是那个厂，人还是那些人，可两年功夫，企业净资产增值 900 万元，幅度达 82%，利润由 341 万元猛增到 1 524 万元，成为武汉制药行业的一颗新星，当地舆论界称之为“宝马效应”。“宝马效应”使人们明白了，资本运营不只是能够“解困”，更是“攀升”之路。

一向散、小、乱的武汉纺织服装业，通过资本运营，几十家中小企业组成了“冰川”、“江南”、“一棉”三大集团。这一来好比手指头攥成了拳头。产业得以升级，设备得以更新，产品得以换代。一时间，“汉派服装”成了盛行中原的新名词。

由“希岛风波”等等起头的这场资本运营之潮，从企业又波及到政府机关，成了办公桌旁议论的热门话题。人们互相交流，读书学习，研究资本运营这个新课题。武汉市委、市政府抓住时机，把握航向，一项项规范扶植资本运营活动的法规、政策纷纷制定出台；新的国有资产运营实体宣告成立；直接负责资本运营工作的武汉市副市长张代重被邀请到一些地方交流情况；湖北省委书记贾志杰、省长蒋祝平及时肯定武汉的经验，并派出调查组总结他们的经验。资本运营的思路和实践在深化，在扩展！

在实践中思考，在思考中探索，在整体搞活国有经济的进程中，人们终于——

## 找到了一把金钥匙

从 80 年代末 90 年代初开始，武汉市实际上就开始探索以资本运营的思路搞活国有企业。省委副书记、市委书记钱运录，市长王守海告诉记者，这一探索过程，大体经历了三个阶段。第一阶段，从 90 年代初起，抓“五个一批工程”。即：对国有企业组建集团发展一批；实行股份制改造一批；利用外资嫁接一批；兼并破产转化一批；发展第三产业转向一批。“五个一批工程”实际上是从分析研究国有资产存量和运行状态入手，寻求搞好国有企业的办法，已具备了资本运营的雏形。第二阶段，从 1995 年开始，实行“抓大放小”战略。这一战略的实施，在战略的着眼点上，实际上完成了由搞活单个国有企业到整体搞活国有经济的转变。第三阶段，是近两年中在全市范围内推出资本运营活动，并形成了较完整的操作方法和体系，解决了为什么要抓资本运营、谁来抓资本运营和怎样开展资本运营等一系列问题。

在采访中，记者和省市领导同志，武汉市国资委的同志，国资经营公司的同志，在资本运营中发生变化的企业的经营者，还有荆门、宜昌、鄂州市委市政府的领导人，进行了广泛的交谈。我们好像是上了一堂资本运营的政治经济学课程，内容是丰富的。归纳他们的看法、说法，主要有三点：

第一，如果我们不用资本的眼光，而是只用实物的眼光看国有企业时，很可能只看到问题和困难，看到的是资产的沉淀。但如果用资本的眼光看国有经济，看到的是庞大国有资产的价值，看到的是希望和光明。

第二，用资本运营的眼光看国有经济，能看到它的病根。那就是它缺乏流动。资本的本性在于增值，而增值的条件是流动。国有资产如果不流动，便失去了活力，失去了生命。

第三，用资本运营的眼光看国有经济，在找到病根的同时，也使我们找到了医治这一病根的药方，即流动。

结论是简明的：资本运营是从整体上搞活国有经济的一把金钥匙。

（《经济日报》，1997-06-09）

# 兴旺背后的沉痛代价

## ——北京市土地开发评析

◇ 本刊记者　王　军

1992年5月北京市实行土地有偿使用制度以来，土地开发迅猛发展，房地产市场呈现一片兴旺景象。北京市供不应求的写字楼，在其销售情况最好的东城区，已创造了平均每平方米3 490美元售价的纪录，各城区写字楼的月租金也达到了令人咋舌的45至110美元的水平。统计资料表明，北京市写字楼的价位现已跃居世界第5，仅次于东京、香港、纽约和伦敦。出手不凡的楼价，显示着北京雄厚的产业基础和卓越的投资环境。

可是，北京市的房地产业也在发展中暴露出一些不容忽视而又是十分紧迫的问题。一些城市建设专家日前在接受记者采访时认为，对这些问题，必须进行实事求是的剖析，拿出对策。只有这样，才能在“九五”期间使北京市的土地开发步入更加规范的良性运行轨道。

### 强烈的反差令人深思

从1992年下半年至1994年底，北京市已批租土地280余幅，总面积约14至15平方公里。这一数字相当于香港同期批租土地的26倍，新加坡24年批租土地总量的7倍。

如此大的土地批租量给政府带来多少收益呢？据了解，北京市这一时期土地批租的合同金额为106亿元，可实际政府土地收益仅25亿元。与此形成对比的是，仅批租1平方公里土地，香港政府就可获得近300亿元人民币的土地收益，新加坡政府也可获得100亿元人民币的土地收益。

为什么北京市的楼价达到了世界各大经贸城市的水准，可政府部门的土地收益与这些城市相比，差距却如此悬殊呢？

专家认为，这虽与北京市的经济实力有关，但开发体制上的缺陷则是其深层原因。

由于政府没有垄断土地一级市场直接组织土地开发，而是直接将未开发的土地以各种方式“划拨”给国有房地产公司，形成了政府批地，开发公司进行土地开发的格局。少数开发公司在取得土地开发权后，将土地长期搁置，甚至炒卖地皮，影响了房地产市场的秩序，造成国有土地资产流失。

由于政府出让的土地大多是未经开发的生地或不完全具备七通一平条件的毛地，土地价格难以提高。根据北京市黄金地段土地价格分析，未开发成熟的土地批租价格只占开发成熟的土地价格的10%，即：一块开发成熟的土地的价格，一般包含10%的土地出让金，30%的基础设施及基地处理投资，60%的土地增值费。出让生地或毛地，政府只能得到10%的土地出让金，而60%的土地增值费就让开发商拿走了。

政府未垄断土地一级市场还造成土地的招商总量难以控制的局面。大量土地通过各种形式和渠道，分散地进入市场。据了解，北京市郊区现有20多个工业开发区（规划面积约100平方公里，起步区面积约20多平方公里）都在招商引资。市区各大商业中心和沿内环路两侧地段也大多急于招商。短时期抛出如此多的土地竞相招商，供大于求势难避免。各部门为了能拉到投资商，不得不压低土地价格，提供更多优惠条件，结果内部相争，外方得利。土地只能通过讨价还价、协议批租的方式成交，而最能体现土地价值的拍卖批租方式难以进行。据了解，北京市目前批租的土地，基本上都是采用协议方式成交。以协议方式成交土地，不能真实反映市场供求状况，无法形成土地的市场价格，特别是在外商投资踊跃的黄金地段，协议批租必然会造成国有土地资产的巨大流失。

## 城市规划为何屡受冲击

通过土地批租聚资敛财，实施城市总体规划，是推行土地有偿使用制度不可动摇的方向。可是在近几年的房地产开发中，北京市城市总体规划受到冲击的现象屡有发生。

## 问题之一：规划法规软在哪里

规划法规之软，一个突出的表现是在房地产开发中，规划的严肃性差，建设部门为了追求高额投资回报，想方设法突破城市总体规划确定的高度控制与容积率。

据介绍，为了促进房地产开发，北京市在总体规划的修订过程中，认真研究了商业黄金地段的开发价值，在保护古都风貌的前提下，较大幅度放宽了建筑高度控制，在确保绿化、环境与消防、停车等前提下，增加了建筑容积率。

经测算，按照北京市的城市规划进行开发建设，投资回报率可达100％左右，大大高于香港地区的10％至12％的回报率。根据有关部门的调查。外商在北京投资房地产，一般投资回报率能达到18％至25％即可，加上物价上涨因素和开发风险因素，预测回报率也只需60％至80％。因此，北京市的城市规划与房地产商的开发利益并不存在不可调和的矛盾。问题是开发商追求超额利润的欲望是无止境的。政府部门大量抛售土地，形成买方市场，等于是为开发商漫天要价打开了方便之门。一些部门害怕投资“飞”了，就采取牺牲环境、提高建筑容积率的下策把投资商拉过来，这样必然对城市总体规划造成巨大冲击。目前已审定在王府井、西单以及内环路上的建设项目，几乎无例外地突破了规划。一幢幢突破规划限高的建筑已形成对故宫的缠绕之势。

专家指出，城市规划屡受冲击的重要原因，是现行开发机制不利于发挥规划在城市建设中的龙头作用。由于多头招商，缺乏计划，一些单位不顾土地的规划用途和基础设施条件盲目招商，采取先签协议后补办出让和规划手续的办法，造成各项工作的被动。加上协议批租，决策不够公开，随意性大，长官意志无法在体制上进行根除，规划失控就难以避免。

## 问题之二：房地产何以成“扶贫”手段

房地产业最终是为实施城市总体规划服务的。可是，一些资金紧缺的部门和单位只看到了房地产业在聚资敛财方面的作用，不顾条件地利用其占有的土地招商引资。于是，体育场“以体养体”，公园

“以园养园”，学校“以校养校”，大家都搞起了开发。

据了解，北京市相当一批体育场近几年投入改造，其做法是拿出一部分体育单位的地皮，进行商业开发，所获收入用于改善体育设施、增加体育经费。一些公园，为了解决资金困难，也拿出部分公园用地搞开发。不少学校也加入这支队伍，利用学校操场招商引资。

这样的做法，在一定程度上确也起到了“扶贫”的作用，但在社会各界却引发广泛的争议。北京德胜门外人定湖公园改造工程引起周围群众的极大不满；北京动物园商业街建设也因侵占绿地遭到政协委员的强烈反对，而于近日被告停工；东长安街球场现已消失，原地盖起了工薪阶层望而却步的豪华俱乐部；月坛体育场的招商项目——月坛大厦也遭到社会各界人士的批评；而学校利用操场引资开发，更是引起广大师生和学生家长的不安：如果学校连操场都没了，学生的体育锻炼如何保证？

专家们在接受记者采访时指出，解决文教体育及城市园林等部门的资金困难，不能简单地采取此类“割地”开发的做法。国际经验表明，文教公益事业的经费除应通过内部运行机制的改革来寻找，政府的拨款是其重要的来源。如果我们能规范好土地一级市场，保证政府部门充足的土地收益，根本改变目前“开发商富、政府穷”的土地开发状况，这些单位的资金困难又何愁得不到解决？

专家们指出，见缝插针地搞开发，破坏了城市布局，从根本上看，是眼前利益和长远利益、局部利益和整体利益孰重孰轻的问题。这是新时期城市建设中的散乱现象。北京市公共活动场所本来就不足，如果都被这样蚕食掉，必将严重影响公众利益，引发一系列的社会问题，从长远着想，得不偿失，弊大于利。

## 问题之三：配套设施为何“缺胳膊少腿”

按照北京市目前的综合开发办法，开发部门在进行房地产开发的同时，应完成配套设施建设，可这项工作并未取得理想的效果。

据披露，北京市在新区开发和旧区改建中，实际配套学校与按规定应配套学校相比，相差114所，其中中学36所，小学36所，幼儿园42所；用地面积相差96.5万平方米，建筑面积相差26万平方米。有的小区楼都住旧了，学校还未建起来。西罗园小区从1984年就开始兴建，可规划的学校用地仍是一片楼群中的空地。学校配套建设长期欠账，造成数以万计的孩子入学困难。

学校建设的拖欠仅是小区配套建设诸多问题中的一个方面。据了解，北京市不少现已有居民入住的小区，各类配套设施建设都不同程度地存在拖欠现象。

配套设施建设怎么这样难？开发单位的理由大多是这样两条：一是资金紧张，二是小区尚未最后完工。

资金真是这么紧张吗？据专家分析，开发建设单位通过商品房的售卖，是完全有能力在配套设施的建设上实现资金平衡的。那么，为什么还会出现如此严重的拖欠现象？有关人士指出，这是由于利益因素在发生作用。配套设施对于开发商来说，是无利可图的。于是，能拖则拖，能不建则不建。特别是在当前商品房市场供不应求的情况下，这并不会直接影响销售。所以，开发商的心态多为：与其在配套设施上下功夫，还不如把资金转移到其他能迅速赢利的开发项目上。

专家指出，小区配套设施问题暴露了政府部门对于开发建设单位调控能力差的事实。现行开发机制是政府部门把土地先分给国内开发建设单位，这些单位在建售商品房的同时，完成配套设施建设的任务。对政府部门来说，这似乎是一种比较省心的办法，可在实际运作中却未必如此。开发商总是会找到各种各样的理由拖延配套建设的工期。而配套建设一旦出现问题，给居民的工作和生活造成影响，政府部门就会处于十分被动的局面。

## 城市拆迁何故频踩“雷区”

开发商进行房地产建设要从土地开发起步，城市拆迁的重任就落在了他们的肩上。对城市拆迁的安置与补偿，北京市政府有明确的管理办法，并以此约束开发单位和拆迁单位。开发商搞拆迁确也为政府省去了不少城市拆迁中资金与管理方面的压力，可在实际工作中，这种做法的负效应却十分明显。

专家指出，开发商搞拆迁，短期行为难以避免，虽有法规约束，但主动权掌握在开发商手里，政府职能实际上变成了简单的查处督办，而拆迁一旦引发矛盾，老百姓的“官司”往往又打到政府这边来，弄得政府替开发商“受过”。

据介绍，从1992年起，北京市与城市建设有关的群众上访骤然增加。1995年1月至7月，这类上访就有163批，3 151人次，分别占这一时期各种上访批数和人数的46.5%和43.2%。其中多数涉及城市拆迁。因城市拆迁导致群众上访多是这样的情况：

——开发单位不按拆迁安置的有关规定办事，无视拆迁协议的有效性，拆迁工作不细，方法过于简单。有的开发商给拆迁户提供的房屋，比事先协议约定的面积少；有的开发商为了加快拆迁速度，随意提高政府统一规定的拆迁补偿费用，造成拆迁户相互攀比，形成上访；有的开发商素质差，在拆迁工作中，不认真宣传与解释，要拆迁户签完协议后，几日内就必须搬走，引起群众的强烈不满。

——拆迁安置不理想，回迁工作不力，严重影响拆迁户的生活和工作。有的拆迁户本在市中心居住和工作，可一下子却要迁到远郊区县；有的拆迁房设施不配套，环境脏乱，卫生条件差，居民生活极不方便；有的开发商不能按期给居民提供回迁房，使居民长年在外投亲靠友，到处“打游击”。

——郊区县开发占地规模过大，开发单位资金不足，不能妥善解决拆迁户的转工安置问题，引发群众上访。

专家分析，近几年拆迁纠纷增加的一个重要原因是城市开发面积过大，速度过猛，一些不具备开发实力的单位不顾拆迁条件是否完善，拼命上项目。专家们特别强调，城市拆迁是一个系统工程，涉及社会经济结构的重新组合，在这项工作中，政府的作用是开发商取代不了的。因为开发商难以站在全市的高度，统筹安排拆迁工作，往往是能在哪里买到房子，也不管买到什么样的房子，就把拆迁户安置到哪里，其工作的合理性必然要大打折扣。另外，在市场机制的作用下，在拆迁户的利益与开发项目的利益之间，开发商顾忌的当然是后者，城市拆迁本来就极易引发开发商与拆迁户的矛盾，这项工作却偏要开发商去完成，其情形可想而知！

由于政府放弃了土地开发权，政府管理能力削弱了，政府应该得到的土地收益流失了，城市总体规划难落到实处，城市拆迁隐患丛生。城市建设虽然在房地产事业的推动下迈步向前，但每一步前行都付出了沉痛的代价。专家们呼吁，现在该是对不适应市场经济发展要求的土地开发机制动大手术的时候了！

（《瞭望》新闻周刊1996（1））

# 深圳特区还能“特”下去吗？

◇ 詹国枢　庹震　邹大虎

到深圳采访，记者不止一次感受到特区人的失落感和焦灼感。

失落，缘于从“一枝独秀”的昔日辉煌到“百花齐放”的今日平凡之间的心理反差，仿佛一位在前台引吭高歌的明星，忽然退居后排，与大伙儿唱起了差不多的旋律。

焦灼，则来自不再独领风骚后特区位势的微妙变化以及特区面临的日益严峻的考验。

## 考验之一——优惠政策弱化

谁都明白，特区是靠优惠政策起家的。随着改革开放在全国的普遍推开和逐步深化，随着我国“对外开放城市”的逐渐增多，尤其是随着近年来遍及神州的“经济开发区”、“高新技术试验区”雨后春笋般冒出来，什么“减二免三”，什么“地价优惠”，不但已经“普惠”全国，甚至有的地方为“后来居上”而优惠得“比特区还特区”了，没有优惠政策，特区靠啥吸引投资？没有特殊政策，特区还算不算特区？深圳人为此而议论、而焦灼。

## 考验之二——投资成本增大

过去，特区以劳动力和土地这两大生产要素的低廉成本吸引了大量投资。如今，随着特区经济发展和生活水平提高，工人工资升高了，劳动力已不再便宜；土地因级差地租而逐步“升值”，房租、水、电等费用也因城市功能的完善配套而逐渐增加。一方面是投资环境设施的日益完善，另一方面则是投资成本的日益增大，这矛盾着的现象使深圳人既困惑又焦灼。

## 考验之三——办事效率降低

伴随着“内地特区化”，一个耐人寻味的现象是“特区内地化”。过去以办事效率快著称并以“效率就是生命”为口号的深圳，如今办起事来也有些磨磨蹭蹭了。办事效率不高，已成为历届人代会代表们意见最多、反映最强烈的话题。该3天办完的事也许要拖5天，3个章可以盖完的手续也许要再盖3个或者13个章。办事慢一点耐心等一等也就罢了，可怕的是在办事过程中或明或暗的伸手索要多起来了，作为投资“软”环境的办事效率降低倘若再与投资“硬”环境的成本增高结合起来，“投资环境退化”的结论便会在投资者心中明晰起来，由此引起的特区企业近年来纷纷外迁，也成为深圳人既焦灼而又无可奈何的话题。

## 考验之四——增长速度减缓

深圳是以全国最有活力和经济增长速度最快的城市而自豪的，自1980年建特区，15年来，全市国内生产总值年均增长35.9%，工业总产值年均增长57.4%，远高于全国水平。然而，这个增长势头正逐渐减缓，去年分别降至年均增长27.9%和31%，虽仍在全国名列前茅，增速却已大大放慢，令人不无忧虑的是，今年1季度，深圳工业总产值比上年同期仅增长19.2%，不但低于广东省平均增速(19.9%)，而且只比全国平均增速（17.5%）多不到2个百分点，深圳的增长势头真的就此到头了吗？深圳会从此衰落下去吗？当惯了“排头兵”的深圳人不能不感到焦灼和忧虑。

初夏时节，深圳特区成立15周年前夕，记者来到这个年轻的城市，我们深为特区15年的巨大成就而鼓舞，也为特区面临的考验和今后的走向而沉思和担忧。对于深圳面临的严峻现实，记者听到了各种不同的甚至是截然相反的意见。

## 怎样看“优惠政策弱化”？

有人认为，这是特区经济发展的必然规律，特区特区，既然是以优惠政策先行一步，那么，它的做法在全国推广之后，其政策优势逐渐弱化，正是题中应有之义，说明大家都前进了，都“特”起来了，特区的历史使命也就完成了，因此，特区不应该再“特”下去了，再给它优惠就不合适了。那样，特区和内地的差距岂不拉得更大了？也有人认为，特区好比试验田，第一茬种子种下去，收成不错，推广开来，效果很好。为什么不可以接着再给一些优惠政策，步子再迈大一些，再种它一茬呢？特区再“特”一步，再来一次“试验”，岂不可以进一步推动全国改革开放再前进一步吗？至于沿海和中西部的差距，依靠沿海进一步发展，进而推动中西部进一步发展，岂不比抑制沿海以照顾中西部更好吗？沿海发展得更快，中央岂不可以从沿海抽取更多物力财力以扶持中西部发展吗？

## 怎样看投资成本增大？

有人认为，投资成本增大，说明特区投资环境在恶化，特区优势将让位于内地。也有人认为，投资成本增大是特区成长的必然结果，也是特区产业结构升级换代的契机，一些劳动密集型的“三来一补”企业向特区外迁移，符合“物竞天择，适者生存”的自然规律，特区理应因势利导，逐步建立起自己的以技术密集和知识密集为特征的电子、通信等高新技术支柱产业。从历史看，劳动密集型产业从日本等发达国家转移到亚洲“四小龙”；又由“四小龙”转移到我国沿海；目前再由沿海向内地转移，这很正常，应该说是好事，不是坏事，不必过于担忧。

## 怎样看办事效率降低？

有人认为，特区办事效率的降低，说明特区的办事机构也在内地化、官僚化，特区将由此而失去生命力，失去优势，走向平庸。南美一些国家曾因官僚主义和贪污腐化而使外资大量撤离，深圳切莫重蹈覆辙。也有人认为，特区办事效率的降低，既有官僚主义习染的一面，也有办事逐渐法制化、轨道化的一面。过去特区草创，市长、副市长一拍板就可划出若干土地，引进若干项目；如今土地需层层审批，项目要层层把关，不健全手续不行，而要健全手续，“效率”当然就会降低了。

## 怎样看发展速度减缓？

有人认为，深圳发展速度减缓的深层原因是投资成本增大、办事效率降低等“投资环境退化”所引起的企业大量内迁。企业纷纷内迁，产值必然降低，速度必然减缓。也有人认为，深圳企业内迁，并非发展速度降低的根本原因，因为内迁企业大多是产值比重较小的一些中小企业，有的大企业，生产厂外迁，总部仍在深圳。从根本上说，深圳发展速度下降，是特区发展到一定程度的不可避免的结果。去年，深圳国内生产总值已达560亿元，如此大的基数，要想长期保持每年递增35.9%，即三年“翻一番”，是不切实际的，近几年正值深圳产业结构调整期，劳动密集型产业大量让出的空间，一时难以为技术和知识密集型产业所填补，这也正是特区的阵痛期和低产出期，所以，发展速度下降不可遏制。

近些天来，记者在深圳机关、企业采访，深深感到，无论是市领导还是普通市民，无论是企业家还是职员干部，都在为深圳的前途和走向议论、操心。深圳所碰到的问题，据记者了解，在海南、厦门、汕头和珠海等其他特区，均有相当的普遍性。

人们在思索：

特区还能继续“特”下去吗？

特区究竟怎样“特”下去呢？

（《经济日报》，1995-07-02）

# 真正的“秘密武器”

## ——齐鲁纪行之一

◇ 范敬宜

站在从威海驶往刘公岛的轮船甲板上，披襟当风，遥望甲午鏖战的海面，回首碧树红瓦的新城，心旷神怡，不禁轻轻吟出杜甫的诗句：“江流大自在，坐稳兴悠哉！”

一个“稳”字，惹出无数联想。

从2月下旬到3月上旬，记者在山东进行了半个月的采访，行程三千里，涉足九市地，深深被这里经济繁荣、社会安定的景象所激动。所见所闻，印证了一句过去不甚相信的评价：山东在悄悄地崛起。

络绎不绝的来自全国各地的考察者，都在这块土地上研究、思索：这个历史上曾经哀鸿遍野、温饱难继的省份，如今不动声色地走到了全国经济发展的前列，究竟靠的是什么？它究竟有什么“秘密武器”？

答案是多种多样的。比如，山东坚持了以经济建设为中心，山东发挥了得天独厚的地理优势，山东的干部、群众吃苦耐劳，富有实干精神，等等。无疑，这些答案都完全正确，但是，记者印象最深的还是在省政府有关部门座谈会上听到的一句话：“山东只有‘常规武器’，没有‘秘密武器’。如果非要说有什么‘秘密武器’，那就是：稳。贯彻党的十一届三中全会以来的政策，不折腾，不翻烧饼，不忽左忽右、大起大落。没有这一条做保证，经济建设、改革开放都不可能按照既定目标稳步发展。”

这，也许说中了问题的实质。

### “这里没有断层”

“政策的稳定，来自班子的稳定，班子的稳定，又来自班子的团结。山东政策之所以稳定，关键在于上上下下没有断层!”莱芜市的一位干部列出这样一个“公式”。

对这个“公式”如何理解？记者在同省委书记姜春云、省长赵志浩的谈话中，得到这样一个强烈的印象：保持政策稳定，首先是保持政策的连续性。有了连续性，才有严肃性、权威性，才能取信于民，把广大干部群众的积极性调动起来。

群众不怕大干，就怕白干，尤其怕领导班子一届否定一届，“一个和尚一个磬，一个将军一道令”。从基层一个台阶一个台阶上来的姜春云、赵志浩，十分了解基层干部和群众的心情，因此，他们一上任，就规定一条：必须保持政策的连续性。历届省委班子制定的政策、规划、措施，凡是符合中央精神和实际情况，现在还适用的，都要加以肯定、继承，并在原有基础上完善和发展，决不能割断历史，另起炉灶。这样做，为的是尊重历史，尊重党的传统，也为了尊重和保护群众的积极性，避免不必要的震荡和波折。

看得出来，这种尊重是发自内心的。在与记者的交谈中，姜春云、赵志浩很少谈到自己的功绩，总是谦虚、诚恳地说：没有历届领导同志艰苦创业打下的基础，就没有山东的今天。他们举例说，“科教兴鲁”的方针，“东部开放，西部开发，东西结合，共同发展”的战略，就是上届省委提出来的；今天的“八五”规划，也是在前几届省委多年研究成果的基础上制定的。对省委的前几任老书记，对那些经验丰富、德高望重的老同志，新班子至今还经常向他们登门请教。

在山东，经常听到“五世同堂，和平交接”的说法，指的是60年代以来的五任省委书记，都定居在济南，尽管他们原籍并非都是山东。对此，山东的干部群众颇有几分自豪。泰安市委书记王建功对记者说：“这种少见的特殊现象，说明这里有一个非常团结、祥和、温暖的环境。我这个外省调来的干部，体会尤为深刻。”惟其如此，当新班子遇到麻烦困难的时候，老将们纷纷主动出马做工作，为他们排难解纷，也就是很自然的事情了。

新老班子如此，现任班子的关系如何呢？赵志浩的回答非常动人：“春云同志和我可以说是亲密无间，亲如兄弟。”当我们向姜春云“核实”情况时，他的回答更幽默：“完全属实，毫不夸张。”据熟悉内情的同志介绍，他俩确实彼此尊重，彼此理解，互相通气，互相商量，达到了心心相印的程度。

在济南开往烟台的夜行车上，一位富有齐鲁豪爽率直性格的干部，滔滔不绝地向记者倾谈自己的感受：

“一个省委班子是否团结，从常委开会的气氛就可以看得明白。由于常委们思想统一，配合默契，常委会总是气氛和谐，效率很高，即使讨论最复杂的人事问题，也从来没有面红耳赤、议而不决的时候……

“不仅省委、省政府的核心领导这般融洽，省顾委、纪委、人大、政协、济南军区、省军区以及各人民团体，也都齐心协力，紧紧围绕党的中心工作，互相支持，互相配合，捏成一个强有力的拳头。上行下效，下面的班子谁还闹摩擦？这样就形成了一股以团结为重、以团结为荣的正气，上面的政策在各级领导班子中也就畅通无阻、没有断层。古语说，政通人和，其实应该说是人和政通……”

## 勇气，来自稳固的后方

坚持稳定的政策，不仅需要和谐的环境，还需要坚持唯物主义的勇气。

提起几年来山东省为什么能够持续、稳定、协调地发展经济，干部、群众总是津津乐道两件事情：

——1989 年六七月间，社会上纷纷谣传农村家庭承包制和企业厂长负责制要变了，原来下放给基层的权力要收了，城乡人心惶惶，议论纷纷，眼看就要影响生产。就在这节骨眼上，山东省委、省政府连续召开会议，明确宣布“两不变、一不收”，一下子使动荡的人心稳定了下来。

——同年 10 月，有些地方在打击经济犯罪活动的时候，出现了一些偏颇，造成了极少数人误伤，有些厂长作了坐牢的准备，不少工厂采购人员都不敢出差了，生产受到威胁。省委、省政府及时发现情况，当机立断，马上召开紧急电话会议，郑重表态：必须划清罪与非罪界限。对确实贪污犯罪的一定要坚决依法查处；对由于政策界限不清而发生的某些问题，一概由省里承担责任，决不追究厂长经理的个人责任；对真正的改革者则一定要保护。此言一出，厂长经理们如释重负，激动万分，重新挺起腰杆，理直气壮地去抓工作。

对于省委、省政府在关键时刻的两次表态，人们比喻为大旱中的两场“及时雨”。近两年来，山东省的改革开放能够持续发展，不能不说与此有很大关系。后来的事实证明，山东省委、省政府的表态，完全符合党中央、国务院的精神。

在错综复杂的情况下，省委、省政府能够这样头脑清醒、态度明朗，反映了领导者有较高的马克思主义理论水平和政策水平，对坚持“一个中心、两个基本点”的基本路线有很强的自觉性。当时也有人“好心”地劝告他们：现在正是强调解决“一手硬、一手软”的时候，你们这样强调抓经济工作，弄不好会犯错误。他们毫不含糊地回答：“克服一手硬、一手软，为的是让软的一手硬起来，而不是让硬的一手软下去。以经济建设为中心是党的根本方针，任何时候都不能动摇。”这番话在基层干部中流传很广，印象很深，成为他们坚持经济建设这个中心的主心骨。

但是，认识是一回事，真正做到却要冒一定的风险。省委、省政府的主要领导同志敢于冒这个风险，勇气也来自班子的团结，全省上下的团结，在重大问题上的认识统一。有的同志说得很深刻：如果没有稳固的“后方”，一个班子里有人搞内耗，老踩你脚后跟，你得老防背后的暗箭，有天大的勇气也不济，执行政策非“扭秧歌”不可。

“看到省里这样团结一致，这样勇于承担责任，我们下面工作就有一种安全感。像走路一样，不用绕弯子，不用侧身子，尽走直线，速度就快了。”泰安市的领导这么说，烟台市的领导这么说，威海市的领导也这么说。

## 为 8 400 万山东人民的利益负责

山东省的领导班子为什么能这样团结？团结靠的是什么？

下面干部的回答也许更有说服力：“他们确实亲密无间，但绝不是拉拉扯扯、吃吃喝喝的酒肉朋友，他们的团结是建立在党的原则基础上的。”

记者曾问赵志浩：你在工作中难道从来没有遇到过不愉快的事情？他笑了，坦率地说：“山东不是与世隔绝的真空地带，社会上的矛盾同样会反映到各级班子里来，我们当书记、省长的也是食人间烟火的凡人，当然也有烦恼、生气的时候。但是，我们有一个基本出发点：要为 8 400 万山东人民的利益负责。党把你派到这里来，不是让你来搞'窝里斗'的，而是让你为8 400万人民造福的。山东是革命老区，无数革命先烈为了解放这块土地洒下了鲜血，可是建国几十年，山东还很穷，每年有大批农民为生活所迫闯关东，你不去带领他们发展经济，改变面貌，还称得上是共产党的干部吗？这么考虑问题，一种历史责任感和迫切感就上来了，压倒了个人恩怨和个人意气。"

新闻记者的眼光总是挑剔的。当听到一片赞美团结之声的时候，我们往往怀疑自己所获情况是否全面。在采访烟台市长杜世成的时候，记者不揣冒昧地提出了自己的疑问。

这位年轻的市长听了哈哈大笑："我们在省里领导面前可从来不讲这些哟！他们来了，我们不但不夸他们，还经常跟他们吵，要项目，要材料，要资金，有时还吵得厉害呢！"

"不过，这是不甘落后的吵，敢为人先的吵，团结进取的吵！"旁边省里干部的一句插话，引起一屋欢快的笑声。

我们起身告辞，继续驱车前进。这是难忘的1991年3月8日下午，去冬以来第一场好雪，正纷纷扬扬地洒向那一片新绿，那亟待灌返青水的麦田……

（《经济日报》，1991-03-19）

# 鲁布革冲击

◇ 杨飏

**编者按**：《鲁布革冲击》这篇通讯，报道了改革在基本建设工程施工中取得的突破，可以说是一首改革的赞歌。鲁布革发生的事情再一次生动地说明：改革焕发了中国人民的创造力。中国人民并不比外国人笨，也不比外国人懒散，我们现在的劳动效率所以大大落后于发达国家的劳动效率，除了技术装备这个因素外，主要是管理体制太落后。只要在管理体制方面来一番改革，发达国家已达到的劳动效率中国人民也能创造；高效率所需要的严格的纪律和紧张的劳动，中国人民很快就能适应。改革可以使社会主义的优越性更快地发挥出来。尽管改革面临着很多困难，但都是可以克服的。改革的步伐应该加快！这便是《鲁布革冲击》给我们的启示。

云贵边界。深山峡谷。黄泥河上。372 米落差。

据说，早年水力勘测人员惊喜地发现此地，问及地名，当地布依族人回答："鲁布革！"本意为"不知道"，勘测人员误作地名，标入地图。

如今，这个"不知道"，不仅全国闻名，而且为世界所知。

1981 年 6 月，国家批准建设装机 60 万千瓦的鲁布革水电站，并列为国家重点工程。

1984 年 4 月，鲁布革工程作为水电部第一个对外开放窗口，采取了一系列开放措施。此后，出现了魔术般的施工效率。

今年 7 月，李鹏副总理在全国施工工作会议上提出全面推广鲁布革经验。

"鲁布革冲击"迅速波及全国施工界。

其实，人们对它知道得仍然很少。

## 一石击起

鲁布革改革是靠“开放”冲撞出来的。

1984年4月，水电部决定在鲁布革工程采用世界银行贷款，这笔贷款虽只是工程总投资的一小部分，但却如一石投水。

根据使用贷款的协议，部分项目实行国际招标。鲁布革工程由原水电部14工程局施工，已开工3年。为了使用世行贷款，工程三大部分之一——引水隧洞这块“肥肉”被从14局的“饭碗”中捞出来，投入了国际施工市场。在中国、日本、挪威、意大利、美国、联邦德国、南斯拉夫、法国8国承包商的竞争中，日本大成公司以比中国与外国公司联营体投标价低3 500万元中标。同时挪威和澳大利亚政府决定向工程提供赠款和咨询。于是形成一项工程三方施工的格局：一方是挪威专家咨询，由14局三公司承建的厂房枢纽工程；一方是由澳大利亚专家咨询，由14局二公司承建首部枢纽工程；一方是日本大成公司承建的引水系统工程。

国际招标随之而来的是合同制管理，鲁布革工程两种管理模式并存：一种是以云南电力局为业主，鲁布革工程管理局为业主代表及“工程师机构”，日本大成公司为承包方的合同制管理；一种是以鲁布革管理局为甲方，以14局为乙方的投资包干管理。

局部突破，使小小的鲁布革成了个混合物；四国八方，两种模式，于是产生了摩擦、较量……

中国施工管理人员对合同制管理是陌生的。一条运输路，合同规定由中方提供三级泥洁碎石路。由于翻修不当，造成日方汽车轮胎损失严重，于是日商提出索赔200多条汽车轮胎。开始时管理局的同志直摇头：到底是资本家啊。渐渐地他们懂得了：这就是合同制管理——一经确定就不可动摇。而在那种单纯强调“风格”没有确立合同关系的体制下，自家“兄弟”间反而又有扯不完的皮。为一件不大的事，双方可以吵得口干舌燥，吵个没结没完。最带有刺激性的是中国工人，在大成管理下，创造了惊人的效率。日本大成公司派到中国来的是30人的管理队伍，从14局雇了424名（平均计算）劳务工人。他们开挖23个月，单头月平均进尺222.5米，相当于我国同类工程的2至2.5倍；全员劳动生产率每人每年4.57万元（不包括非生产人员以及各类服务人员)。去年8月，在开挖直径8.8米的圆形发电隧洞中，创造了单头进尺373.7米的国际先进纪录。消息传到东京大成总部，总部竟以为电传有误，要求重传。1986年10月30日，隧洞全线贯通，比合同计划提前了5个月。大成公司副总裁亲赴工地祝贺，并向中国劳务工人鞠躬致谢!

而14局承担的首部枢纽工程1983年开工，由于种种原因，进度迟缓，世界银行特别咨询团1984年4月、1985年5月两次来工地考察，都认为按期截流难以实现。

近距离的对比，面对面的"较量"，没想到初战竟是如此结果!鲁布革人被震动了!

水电部部长钱正英来到工地,话语沉重:我们既要坚持对外开放方针，学习国外先进技术和管理经验,又不能在外国人面前丢中国人的脸……

## "中国人，不可捉摸"

鲁布革人置身在历史与现实的反差中，怨气、冤气、不服气在一古脑儿喷发……

想想吧：10年前，这里荆棘遍野，蛇兽出没，他们就奉命进山安营扎寨，开始工程前期准备。顺理成章，以后的程序应该是：等拨款、施工、移交运行单位——这叫自营制管理模式。建国以来，14局的职工转战浙江新安江、福建的古田河、会泽的以庄河、下关的西洱河……不都是用这种干法立下赫赫战功吗?可现实在否定它。鲁布革工程管理局总工程师王音辉把自营制管理通俗地比喻成"爸爸管儿子"的方法。没钱了，"儿子"变着法儿到"爸爸"兜里去掏，而工期则是弹性很大的："五一"竣工，"七一"献礼，"十一"大捷，都是"胜利"，结果是：投资"无底洞"，工期"马拉松"，施工队伍越拖越庞大。公司每到一处都形成一座繁华的"城镇"，有学校、医院、幼儿园、托儿所、食堂、影院……

但是，真的否定这种体制又谈何容易，激起的情感是相当复杂的，一位中年工程师谈到施工招标，慷慨激昂："让我们'拉家带口'和外国人竞争?屁!农村包工队我们都争不过。说得多轻巧，'你们臃肿，没战斗力'，难道我们愿意吗?难道这不是一种牺牲吗?我们就像山沟里的吉卜赛人，长年累月，过着'流浪'生活，以山为家，以水为邻，吃住差点也罢了，关键是娃娃受不到良好教育，升不了学，就不了业。为了水电事业，我们献了青春献终身，献了终身献儿孙。没人对历史负责，却要我们对现实负责，这公平吗？”

理智和感情在这里打架，这痛苦是深沉的，因为问题是尖锐的：难道中国人的潜能非得靠外国人来挖掘不成？几乎每个平凡的鲁布革人都思考过这些本该是政治家思考的问题。民族自尊心、自信心被唤醒了！“为中国人争气！”一场没有裁判的角逐开始了。

14 局鲁布革工程指挥部在首部枢纽工程发动了千人会战。指挥部离工地只有 3 公里，许多人一个多月没回去。局长们都是清晨 4 点多钟进被窝，脑袋沾沾枕头，七八点钟又下了工地。基层干部干脆在洞里铺块板，累了躺一会儿，醒了再干。工人中推迟婚期的，放弃奔丧的……使外国专家惊叹的奇迹终于创造出来了：1985 年 11 月，大坝工程按期截流。

在庆功典礼上，一位外国专家说：“你们中国人，有时真令人难以捉摸。”

是的，按期截流进一步推动了施工者自己的“琢磨”。“会战，我们的优势。一靠领导带头，二靠强有力的行政组织，三靠科学地吸收外国专家建议。于是创造了这辉煌壮举。”

另一种看法恰好相反：“这恰说明了中国施工管理的弱点：均衡生产搞不好。会战总结起来总是成绩 1、2、3、4、5、6、7，问题 1、2、3。可这 1、2、3 造成的影响却远比 7 条成绩更深远。”

是的，就在截流出其不意地制胜的同时，厂房工程却莫名其妙地败北了，两次调整了领导班子，可工程进度还是上不去。

啊，鲁布革，你充满了可歌可泣的事迹，又提出了可思可考的问题！

## “主人”—“奴隶”思辨

一位在大成公司干活的中国劳务工人很坦率地说：“日本人的管理就是金银加鞭子（指惩罚）。有的管理人员开口闭口‘我是开过工钱的’。工人抽烟时间稍长一点，就跳起脚来骂。我总认为是在我们中国的土地上，我们是主人，怎么又成了奴隶了呢？”这感受是强烈的，又是模糊的。在这里，流传着外国人哭鼻子的故事：隧洞工程开挖到 40 米时遇到了复杂的 203 地层，工程进展迟缓。负责这个断面的日本系长，七尺男子汉，掩面痛哭。厂房工程上不去，负责咨询工作的挪威专家魏克先生茶饭不思。一再恳求延长工作期，没得到应准，在欢送他的宴会上，他负疚地哭了。

还有一个故事：厂房工地急需钻头，挪威专家想方设法，用最快的速度从奥斯陆空运过来，却被闲置在某办公室里半个多月，挪威专家直摇头。而后，一位挪威秘书小姐来工地，用手提箱提来40多个钻头，咨询组长夫人来工地探亲，亲自带来了急需的喷浆车配件……

这些事情究竟应该怎样解释？在日本大成公司，中国工人是被雇佣者，却创造了比当“主人”时更高的效率。在中国土地上，外国人却表现了相当的责任感。

14局鲁布革工程指挥部负责人张基尧这样回答：“如果鲁布革工程干垮了，让我上经济法庭。我有理由：人财物的主动权一样都不在我手里，你要我负什么责？我们工作中出了问题，常说‘由于种种原因’，既然有‘种种’自然要由有关人士共同负责，实际上是每个人都没了责任。我的责任感是靠时时想着党培养我这么多年的良心维持的。”啊，可爱的中国人，非改不可的旧体制！生活中的主人，从来是责权利的统一者，实践者呼唤：给我这样一个体制！

大成公司的管理，正是在这个意义上被研究着。

中国劳务工人体验了两种管理，有些一致的感触。他们赞成大成管理机构精简，说：“一看咱们办公楼那么多就来气。”他们感慨日本管理中“现场第一”的观念，说，“大成施工现场都停着吉普车，供工人办公事使用，以提高工作效率，我们的车都是领导‘视察’用。”

在一次座谈会上，有位工人说：“我们最好学习国外先进管理方法，但在人际关系上还是维持中国式的感情色彩，别搞‘金钱加鞭子’，动不动开除、解雇那一套。”有人当场出难题：“外国人能解雇你，也能多给你钱，中国干部不能解雇你，也不能多给你钱，你给谁干？”他笑了：“年轻时给外国人干，老了再给咱们干。”

新的，旧的，中国的，外国的，就是这样被人们掺在一起，咀嚼着，没有嚼烂，没有完全消化，但确实在咀嚼着。

## “国情”不能被当作遁词

议论的同时在行动。

经水电部上报国务院批准，1985 年 11 月，鲁布革工程厂房工地开始试行外国先进管理方法。

工程师黎汉皋被请出来担此重任，他痛痛快快地答应了，经理问："你凭什么干好？"

回答："凭中国知识分子的良心。"反问："你给我什么保证？"

经理："实行承包合同制，经济独立核算，人员由你组阁。"

"那行！"黎汉皋走马上任了。

厂房建设指挥所成立了。从原来负责这项工程的三公司 1 500 人中抽出 429 人，组成施工队伍，实行所长—主任—工长—班长—工人 5 级串联式管理。不设副职，党群团干部全部兼职，工人实行一专多能。指挥所成立以来，培训了 21 个工种，平均 6 人中就有一人取得了驾驶执照，一个过去需要 40 多人的班组，现在五六个人就够了。所长黎汉皋一抓工时利用率，二抓空间利用，三抓定额管理。指挥所成立 40 天，完成产值等于 1984 年全年总和。到 1986 年底，13 个月中，不仅把工程原拖后的 3 个月时间抢了回来，还提前四个半月结束了开挖工程，安装间混凝土提前半年完成。去年 11 月赵紫阳总理和李鹏副总理视察工地时说："看来我们同大成的差距，原因不在工人，而在于管理，中国工人可以出高效率。"

如果是只报喜不报忧的话，文章该在这里结束了。然而，我们不应掩盖黎汉皋们遇到的困难。

难在哪儿？

27 公里长的黄泥河上，有 5 种工资制度。报酬最高的是日本大成公司的劳务工人；其次是承包日本川琦重工斜井钢管制作安装的安装公司；再次是实行工资含量包干加效益分成的厂房指挥所；第四是实行工资含量包干的职工；最后是一般工资。有工人说："在黄泥河挣钱，不是看谁能干，而是看给谁干。"大家住在一起，酒壶一端，无话不讲。

心理不平衡的能量是惊人的。外国人承包的，不好左右。可你厂房指挥所能独立吗？你吃饭得进食堂，看病得上医院，有娃娃得上学……这么多人为你服务，你得奖金他不得，这了得！于是怪事多多：工人去领水泵，不给，拿奖金来；到修配厂加工一个螺丝，不干，拿奖金来……

其实，就连日本人，"分配"这条指挥棒在工地也有点失灵。标书规定，日方可以决定中国劳务工人的工资，可真要调，行不通了。理由是在中国降工资等级可是件大事，将来没法做工作。无奈，日方让步，只升不降，提出了 38 人的晋级名单。中方一审核，又摇头，认定，光提这些人会引起工龄长、资历深的人的不满，于是中方提出了 103 人的名单，两个名单一对照，重合部分只有 4 人，日方表示难以接受。双方就此终究未能形成一致意见。

……这类的事例，顺手可拈。改革，有时艰难得像在泥泞中行走，费大力迈出一步，待你拔出了脚，那脚印立刻又被周围的泥泞淤没了。难怪，虎将黎汉皋 5 次提出辞职！

有人无可奈何地说：这就是中国国情。

不，鲁布革人不服气，旧体制的短处毕竟不是全部的中国。“中国国情”，不应是放松改革的遁词，只能是奋力改革的依据。改革带来了阵痛，而阵痛中必将会诞生新的婴儿！

（《人民日报》，1987-08-06）

# 关广梅现象

◇ 庞廷福　杨　洁　谢镇江

本溪出了个关广梅!

1985 年 4 月，当“关广梅租赁经营”这件新鲜事儿，成了当地报纸头条消息的时候，很少有人预料到，租赁改革居然会如此强烈地搅动了平静但并不丰富的山城市场：

——1985 年，关广梅一鸣惊人，租赁了本溪市消防副食品商店，年终实现利润 25.2 万元，比上年增长 40%，居全市 36 家副食商店实现利润额的第二位。

——第二年 4 月，她再度夺标，租赁已经亏损 6.5 万元的光明副食品商店，到年底，这家连续亏损 6 年的商店扭亏为盈。

——同年 8 月，她第三次夺标，承担本溪市副食商业系统最大、利润最高的东明副食商场，5 个月赢利 33 万元，相当于上一年全年的利润额。

——今年 1 月，关广梅连夺五标，一次承租五家副食品商店，连同前三家，组成租赁群体，共拥有职工 1 000 人，总销售额占全市商业系统副食品零售商店总额的 1/3，利润额占 1/2。

较高密度的个人租赁门店，惊人的利润增长和一定程度上左右本溪副食品供应的市场，形成了本溪市独特的“关广梅现象”。

“关广梅现象”带来了什么?

## 一

说话嗓门很亮的蒋秀娥是关广梅租赁商店中从前“脾气最不好”的营业员。租赁以前，她几乎每天上班时，必不可少地要发生两件事：一是和同伴们聊天，二是挑顾客的毛病。“我过去是个不合格的售货员，”她直截了当地对我们说，“租赁以后，关经理告诉我，再犯过去的毛病，重罚。我压根儿不吃她那一套，过去哪个经理不是这么说，到头来罚过谁了？可有一天，店里一个营业员和顾客吵了一架。第二天，关经理罚了自己 20 元，又罚了营业部主任、营业组长各 10 元，再罚吵架的那位 50 元，最后，连一旁看到吵架没出声的一个营业员也罚了——因为她没有制止本来该制止的事儿。就是从那一天以后，我见了顾客，处处小心在意，时间长了，倒觉得顾客也变得通情达理了，您说怪不怪？现在，我每月的奖金都是全商店 220 来号人中最高的……”

蒋秀娥的变化，只是租赁企业中职工精神面貌和劳动态度的一个缩影。租赁把“百元销售工资率”等一整套管理办法，输入了本溪市长期以来缺乏活力的商业小型企业中，使营业员的劳动收入和劳动量直接挂起钩来，由此带来了劳动热情和服务质量，本溪人都看到了眼里。

一位顾客向我们讲了一个真实的故事：“我住在光明商店旁边。那商店，过去又脏又乱，你进门买菜，问话没人搭理你；搭理你那话也是硬邦邦的。有一天，我去买菜，突然发现墙刷新了，地扫干净了，商品也多了一些。一打听，原来这店让关广梅租赁了，一个过去和我吵过架的营业员迎上来笑着说：‘我们新进了白面包，您要不要？这儿还有新鲜的小香肠，您买吗？’就是从那一天起，商店营业时间延长了。我现在每次走进店里，都感到有点‘阿信’的味儿。”

## 二

1948 年参加解放军的宋士柱，是关广梅租赁商店从前的门市部主任。当了 20 多年的主任，他承认自己还站在生意人的门外，但他没有想到关广梅租赁后，会请他去烧茶炉，而他自己居然也认为这种安排没什么不合适——此事一度成为震荡本溪商界的新闻。

本溪市委政研室处长李明，是最早研究“关广梅现象”的人。理论上探索了一年以后，他居然“弃官经商”，辞去处长职务，去做关广梅的助手——此事引起的轰动是去年辽宁省十大新闻之一。

平庸的领导者开始去做力所能及的工作，一批敢冒风险的人急剧地向改革的实践流动。这是“关广梅现象”带来的另一个变化，有人统计过，在她租赁的 8 个企业中，商店经理一级的干部从 33 人减到

18人，科室脱产工作人员从78人减到40人。

本溪理论界对上述事实的评价耐人寻味。这种变化，是租赁机制对干部选拔方法的一个刷新，把过去行政部门的“静态任命式”改变为企业内外的“动态竞争式”，使经营能人得以脱颖而出。

## 三

50岁的于淑芹，已经有17年的商业工龄，但她做梦也没想到，关广梅租赁她所在的平山副食商店以后。她会对“头儿”的看法发生了这么大的变化。

在她的记忆中，平山副食店很少有过赢利的月份。她只记得，租赁前一年有几个月，营业员每人每月只发25元生活费。今年1月开始租赁，5个月以来，商店的财务报表上出现了正号：实现利润比去年同期增长315％，职工每个月可以拿到几十元的奖金。从不大声讲话的于淑芹忍不住给素不相识的关广梅写了一封信。当向我们谈到这件事时，这位3个孩子的母亲眼睛是湿润的：“租赁这5个月，日子再不像过去那么紧巴巴的了。我不会写字，就央求丈夫代我写封信给关经理，没别的想法，我就是想谢谢她……”

租赁，在把生产力向前推进的同时，也给生产关系带来了新的变化。关广梅租赁后，给职工办了12件好事：45岁以上的职工过生日，送寿桃；晚婚青年结婚，送礼品；女职工生育送5公斤鸡蛋；职工搬家，商店给“搬迁费”；商店配一台洗衣机，为职工洗工作服；职工父母病故，领导吊唁送花圈；逐步建立阅览室、游艺室、托儿所、浴室……

一位女职工谈到这些事时，讲了一个小例子。她说：“我们租赁企业的所有女职工，一个月有两天特殊假，记者同志，您在别的地方听说过这种事儿吗?”

## 四

“关广梅现象”究竟带来了什么？我们在采访中，不断向本溪人提出这个问题。

租赁企业的营业员说：现在挣多少钱要由我们干了算，“大锅饭”

吃不成了。

一位每天买菜的退休干部说：市场上发生了一些微妙的变化，走进租赁商店，你感到自己真的成为顾客了。

租赁商店上级公司的经理说：她的用人办法，解决了我们多年来想解决而解决不了的问题——“常败将军常挂帅”。

市委书记丛正龙说：本溪是改革的一块试验田，关广梅是试验田最早的开垦者之一。

省委书记全树仁说：这个试验是成功的。

国务院领导同志认为，这个情况说明了租赁制的作用……

然而，并非所有的人都对“关广梅现象”拍手叫好：

一位在本溪市蔬菜公司系统工作26年的党员干部情绪激动地抨击道：关广梅租赁后，就把党支部书记换了，这事儿发生在资产阶级自由化泛滥的1986年，难道是偶然的吗？他一口气提出了对关广梅租赁经验的12条“学不了”，其中上至关广梅不要党的领导，下至关广梅会跳交谊舞，洋洋洒洒。

另一位自称对理论“很有兴趣”的同志，则表现出更大的疑虑：关广梅一人可以租8个店，由此才形成企业群体，如果国家的企业任凭这样“租”下去，那么本溪钢铁公司可不可以租？

去年12月底，在“本溪市企业思想政治工作会议”上，有人一口气向关广梅提出十几条问题。其中，“不要党的监督”、“不要职工民主管理”、“贬低思想政治工作”等等，带有相当浓烈的政治气味。

4个月后的另一次很重要的会议上，为数不少的代表提出了更尖锐的批评：“关广梅的租赁，是坐收渔利，带有剥削性质”；“她一人租赁8个店，在本溪市形成了一个商业垄断集团，把市场的商品和物价都垄断住了”；“她干的是社会主义吗”……

新与旧、进与退、未来与以往、变化与僵化，环绕着“关广梅现象”，发生了冲突、碰撞，有时甚至是对峙。

“关广梅现象”引出了更多的社会现象，这些现象向改革的人们提出了一些迫切需要回答的问题。

这些问题是深化改革进程中所不能回避的。

（《经济日报》，1987-06-13）

# 觉醒了的“第三世界”

## ——沂蒙山采访札记

◇ 南振中

我们来到沂蒙山区之阴的蒙阴县，县委书记孙成顺说他们是“第三世界”；来到蒙山之阳的费县，县委书记徐朋杰也说他们是“第三世界”。我们觉得这绝不是“自谦之词”，它反映了沂蒙山人民的新觉醒。

说沂蒙山区是“第三世界”，并不是指种植业而言的。如果单看粮食和油料作物，建国以来沂蒙山区并没有拖山东省的后腿。1949年山东省粮食总产174亿斤，临沂地区粮食总产23亿斤；1983年全省粮食总产610亿斤，临沂地区是90亿斤。34年间，全省增长了2.5倍，临沂地区增长了2.9倍。

1949年山东省花生总产1 082万担，临沂地区花生总产234万担；1983年全省花生总产3 362万担，临沂地区是867万担。34年间，全省花生总产增长了2.1倍，临沂地区增长了2.7倍，粮食和油料作物的增长幅度均大于全省的增长幅度。

但是，如果看加工工业，那差距就大了。近几年来，山东省以加工工业为重点的乡镇企业迅猛发展，到1983年年底，全省已有乡镇企业22万多个，总收入100亿元，其中以农副产品为原料的乡镇工业产值18亿元，比1978年增长3.8倍，有26个县、市（区）的乡镇企业工业总产值超过1亿元。而沂蒙山区每个县的乡镇企业总收入不过二三千万元，其中以农副产品为原料的加工工业的产值更少。如果拿临沂地区同烟台市作比较，差距更为明显。1983年烟台市有乡镇企业74 000多个，临沂地区有27 000个，只相当于烟台市乡镇企业总数的1/3；烟台市乡镇企业总收入29亿元，临沂地区是7亿多元，只及烟台市的1/4。烟台市乡镇工业总产值相当于临沂地区的3.4倍。

如此明显的差距，前些年却被一些领导同志的自满自足情绪所掩盖。上几次来沂蒙山，不少同志总喜欢讲粮食平均亩产增长了多少斤，人均分配增加了多少元，山区资源如何丰富，宜林山滩如何辽阔。山里人苦惯了，如今，收入年年往上增，地瓜干换成玉米面，玉米面换成细白面，还有什么不满足的呢？

商品生产的激流冲击着沂蒙山。山外的“二道贩子”骑着摩托车、开着大卡车，成群结队地进山抢购山区的土特产品：苹果、山楂、花椒、兔毛、山羊板皮、名贵药材，他们什么都要，就连山里的陶土和石头，有人也肯出高价收买，大车小辆地往山外运。沂蒙山区的资源被他们贩出去以后，稍一加工，其价值就可以成倍增加。蒙阴县有丰富的陶土资源。据初步勘察，仅郑家乡一个小山包储藏的陶土就可供两个大隧道窑连续生产300年。这里的陶土纯净，含铁量低，适宜于烧制高级瓷器，可是当地老百姓却用来烧砖，1吨陶土制品的产值只有32元。今春以来，不少“二道贩子”进山收购陶土，出价就是6元1吨，后来又提到8元，运到淄博，1吨可得46元。干部社员都觉得卖陶土合算，有一个单位一次就同山外签订了出售40万吨陶土的合同。

今年5月，蒙阴县委副书记崔延恩同县陶瓷厂厂长公茂亮到淄博市淄川陶瓷厂取经，顺便参观了山东省陶瓷公司的“展品室”，那里陈列着供高级宾馆使用的成套餐具和精致的茶具，还有陶瓷桌凳和大花架，五颜六色，千姿百态，一层楼摆得满满的。据一位工程师介绍，沂蒙山的一吨陶土，在这里可以加工成价值上万元的陶瓷产品。

卖陶土，1吨8元钱；加工成高档瓷器，价值万元。这是1 000与1之比。这个比例数对蒙阴县委的刺激太大了。他们开始懂得：不走加工增值的路子，单纯出卖原料、资源，沂蒙山区就只能当“第三世界”，整个山区经济就很难振兴。

在沂蒙山区，类似的事例还可以举出许多。这里每年出产的苹果、山楂、核桃、板栗等干鲜果品有好几亿斤，不仅没有注意加工增值，就连地区差价和季节差价也大都落入他人手中。在蒙阴县，我们访问了盛产苹果的鸡宝峪大队，这个大队的果农要给苹果剪枝、施肥、浇水、治虫，从冬忙到秋，1斤苹果才卖2角钱；“二道贩子”往南方一运，1斤就变成了4角钱，我们算了一笔账：沂蒙山区如果每年春节前后销往南方1亿斤经过储存的苹果，每斤的季节差价和地区差价按2角计算，沂蒙山的果农就可多得2 000万元；如果加工成罐头、果脯、果汁、果酱、果干，果农的收入增加得更多。

一件又一件的事例使沂蒙山区的干部群众悟出了一个道理：在商品生产迅猛发展的新形势下，加工工业已成为山区经济的“命脉”。不加速发展加工工业，山区经济的命脉就会落到别人手中；有了强大的加工工业，沂蒙山区才有可能走上富裕之路。9月24日，中共蒙阴县委做出了关于大力发展乡镇企业的“决议”，明确提出“要从单纯出售农副产品、资源原料转到产品加工、综合利用和多次增值上来”。为加速乡镇加工工业的发展，中共费县县委也提出了区、乡、村、联户、个体“五个轮子一齐转”的口号。许多县把建材业、饲料加工和食品加工业作为山区经济的“三大支柱”。

在费县，我们问县委书记徐朋杰：“为什么沂蒙山区的许多县不约而同地提出要抓三大支柱?”徐朋杰说：抓“三大支柱”，第一能发挥沂蒙山区的资源优势，第二能满足农村潜在市场的需要。他联系费县的实际，畅谈了对发展农村建材工业、饲料加工工业和食品加工工业的总体设想。

费县地处蒙山以南，大理石、花岗石、石灰石、石英石、礁宝石、重晶石，单是能加工成建筑材料的石头就有十几种。这里有一种石头叫“泰山青”，黑中泛绿，亮光闪闪，建人民大会堂和毛主席纪念堂时都曾用过这种石头。据估算，全县“泰山青”的储量在1 000万立方米以上。像这样好的资源，稍一加工，即可变成高级建筑材料。再从农村消费趋势来看，近几年，农民对建筑材料的需求量越来越大。费县统计局曾对30户农民的经济活动做过调查：今年上半年这30户农民用于住房建设的支出比去年同期增长了将近1倍。社员说：“吃不愁，穿不愁，就是盼着住新楼。”今年上半年，有1/3的农户正在集资备料，准备盖新房。砖、瓦、水泥、玻璃、钢材已成为农村房舍建设的急需品。全县17万农户初步设想到1995年全都盖起新住宅，每户平均投资1万元，全县就是17亿元，每年平均用于建筑、建材方面的消费支出1.5亿元。沂蒙山区发展建材工业，既不愁没有原料，也不愁没有销路。

再拿饲料加工工业来说吧，费县去年粮食总产6.8亿斤，其中地瓜干总产3.4亿斤。这么多的地瓜干，社员不喜欢吃，国家不喜欢收，目前集市上每斤地瓜干的价格已经降到7分5厘。这些剩余的粮食是发展饲料加工业的物质基础。再从全县对饲料的需求来看，费县计划发动社员养 50 万头猪、30 万只羊、10 万头大牲畜、400 万只鸡、100 万只长毛兔。光这几样东西，一年就需要三四亿斤饲料。有了饲料加工业，就可以把剩余的粮食转化为肉、奶、蛋、皮、毛。现在，费县已经成立了饲料服务公司，56 个乡（镇）准备建饲料加工厂，有的专业户已经建起了饲料加工点，明年计划加工 1 亿斤饲料，1988 年形成 4 亿斤加工能力。到那时，仅饲料加工业一项即可为乡镇工业增加8 000万元的产值。

至于发展食品加工业，山区比平原的条件更加优越。去年费县生产了 1 800 多万斤苹果、900 万斤梨、500 多万斤柿子、147 万斤山楂、90 万斤板栗、14 万斤核桃，干鲜果品总产量接近 4 000 万斤，此外还收购了大量的猪、鸡、鹅、鸭等家畜家禽，这些都可以加工成不同档次的食品来供应市场。据典型调查，全县每个农户全年用于购买食品的消费支出是 250 元，17 万农户就是 4 000 多万元。徐朋杰同志说：大力发展这“三大支柱”，不用出境，每年即可为乡镇工业增加 2.7 亿元的产值。更重要的是，有了这“三大支柱”，就有了发展山区经济的主动权，再也不怕别人“卡脖子”了。

徐朋杰同志的这种看法是很有代表性的。领导干部的觉醒，唤起了成千上万人的自觉行动，汇集成一股变革现实的力量。在沂蒙山区采访的日子里，我们看到不少地方正在扩建陶瓷厂、水泥厂、石英厂、砖瓦厂和耐火材料厂；有的准备上大理石加工厂和花岗石加工厂；更多的区、乡（镇）在建设乳品厂、果酒厂、果脯厂、蜜枣厂、罐头厂和果干厂；有的正在集资筹建冷库和恒温库；大队和农户办的小型饲料加工厂在沂蒙山区已经是星罗棋布。可以预见，在今后的几年内，沂蒙山区的建材业、饲料加工业和食品加工业一定会以前所未有的速度向前发展。当这“三大支柱”真正在沂蒙山区屹立起来的时候，山区的资源优势就有可能转化为产品优势和商品优势，沂蒙山区全面的经济优势就能充分地发挥出来。

（1984 年 10 月于费县）

（选自南振中：《南振中作品选》，北京，新华出版社，1996）

# 阅读提示

工作通讯通常是围绕党和政府的中心工作展开的，着重针对不同地区、不同行业中出现的新经验、新矛盾和新问题进行较为详细的报道。在我国计划经济时期，由于各地各部门的工作在中央的统一领导下进行，步调比较整齐划一，因此当时的工作通讯主要是发现、展示各项工作中的新经验，提炼出具有普遍意义的新思路和新观念，对实际工作产生示范、指导的作用，是各级党报常用的有力武器。特别是报道某项工作的成功经验更是工作通讯的重头戏。随着我国经济体制改革的不断深入，社会经济生活空前活跃，飞速变化，新矛盾、新问题大量出现，因此在目前的工作通讯中，对新经验的报道固然重要，但围绕实际工作中出现的教训和问题所进行的揭示原因、探索出路的通讯更能满足受众的需要，并能收到立竿见影的传播效果。

收入本书的工作通讯，大多是总结工作中失败的教训，研究问题的报道。采写这类通讯，要求记者有破解难题的勇气和扎实的调查研究作风。如新华社记者采写的《假典型巨额亏空的背后——郑百文跌落发出的警示》，揭露了郑州百文股份有限公司（简称“郑百文”）依靠弄虚作假，“创造”了所谓“工、贸、银资金运营模式”，炮制所谓郑百文“经验”，成为“国企改革一面红旗”的假典型案例。无奈骗局终难长久。郑百文高速膨胀加速了其“神话”的破灭，仅支撑了两年便资不抵债，濒临破产。记者通过艰苦细致的调查研究，用详实的事实展示了这个公司在发迹—“辉煌”—衰败过程中大量的违规操作、胡作非为的行径，揭露了郑百文曾经使用过的种种欺骗手段及给银行、给国家、给上市公司的信誉造成的巨大损害，并剖析了郑百文现象背后的深层原因：一些领导为了炫耀政绩而刻意制造典型甚至伪造虚假典型。从这个意义上说，记者从郑百文跌落事件中发出的不仅是对上市公司弄虚作假行为的警示，也是对官场腐败的警示。

（张　征）

# 社会观察通讯

## “9·11”周年祭

◇ 本报纽约特派记者　詹得雄

8月20日上午9点30分左右，我来到纽约曼哈顿岛上的世界贸易中心“双子大厦”遗址，久久凭吊，心绪难平。瞬间的灾难，却给世界留下了永久的伤痛，一年的时间尚难抚平人们的仇恨和疑惑。眼前的废墟似乎是一个巨大的问号。

### 凭吊废墟

在现场我看到，象征现代文明的大厦只剩下一个巨大的、差不多正方形的坑，大约有六七层楼那么深。断梁残柱，诉说着破坏力的凶猛。坑内，推土机在轰鸣；头顶，高高的塔吊在转动。坑内有的地方仍在流水，凹凸不平。偶尔有几只海鸟匆匆飞来，又匆匆飞走，似乎很惊讶于这里异常的气氛。深坑的周围用幕布和栏杆挡了起来，只有一面是向公众开放的。

前来凭吊的有白人、黑人，还有其他有色人种，虽络绎不绝，但也不算很多。他们大多沉默寡言，凝望、沉思多于激愤。听当地朋友说，废墟刚开放时，参观者至少要排三四小时的长队。

望着深坑，我想起了曾经读过的一则报道。悲剧发生后，现场出现了一队特殊的救援人员，他们是已经退休了的警察和消防队员，到这里来寻找自己的、同样是当警察和消防队员的子女。有一位白发老人一边挖掘，一边喃喃地说："孩子，你在哪里？孩子，你在哪里……"最终，他没有找到自己的儿子，但发现了其他一些遇难者的遗体和遗物。他像对待自己的儿子那样对待它们，一一替它们寻找亲人。

"孩子，你在哪里？"华人遇难者曾喆的母亲岑娇娴也在苦苦地呼喊和默念着。29 岁的曾喆在世贸大厦出事时，本可以平安逃生，但他给母亲打了一个电话，说"妈妈，现在周围很乱，我要去救人"后，又毅然冲进了大楼。曾有人怀疑曾喆事迹的真实性，"世界上有这样高尚的人吗？"曾喆的妈妈为此一度以泪洗面，但后来发现的遗骨和当时摄影机无意中留下的 10 秒钟画面，证明了英雄的确存在。

我离开深坑走到附近的一个教堂，只见门口铁栏杆上放满了死难者的衣服鞋帽，还有已经干枯的花束和用塑封套装着的手写的诗。快一年了，衣服鞋帽都因风吹雨淋而显得陈旧，但我仿佛仍能看到它们的主人一张张生气勃勃的脸。多少个曾喆，多少个约翰，他们美好的人生刚刚开始，就被恐怖袭击一下子夺去了生命。

恐怖分子不仅是美国的大敌，也是人类的大敌，草菅人命的恐怖主义行为绝不应得到丝毫的姑息，不管他们打着什么旗号，标榜什么崇高的目标。我们决不能听任这样的悲剧再次发生。

## 面对疑问

纽约市将"简单而有力"地纪念"9·11"一周年。那天上午 8 时 46 分，即第一架飞机撞击大楼的时候，全市默哀。然后，当时的市长鲁道夫·朱利安尼将带头宣读 2 823 名遇难者的姓名。10 时 30 分，默哀结束，那正是世贸中心“双子大厦”第二座楼倒塌的时间。日落时分，世界各国领导人将点燃长明灯，祈愿冤魂安息，祈愿生者节哀。但是，人们心头的仇恨和疑问仍难抚平。

世贸大厦是资本主义繁荣的象征，也是人类文明的标志。为什么恐怖分子非要把它们轰倒？难道这就算是摧毁了资本主义？巨大的深坑像是人类在张开大嘴责问：这一切都是为什么？

“9·11”恐怖袭击后，布什总统多次在演说中问：“他们为什么这么恨美国？”美国的许多学者和普通人也在问：“他们为什么这么恨我们？”

美国前总统卡特 7 月 19 日对记者说：“冒昧地说，我认为‘9·11’袭击使许多美国人认识到一个事实，即有许多人不喜欢我们，不管这是否合理。他们惧怕我们，鄙视我们，甚至到了想杀死我们的程度……这些人可能深受贫穷的折磨，他们受了恐怖分子的引诱来袭击我们。”

美国当局现在确实深深感受到了这种仇恨。美国外交关系委员会今年委托 35 名专家学者进行了一个月的调查，他们在 7 月 30 日提交的报告承认：“环顾全球，从西欧到远东，许多人认为美国傲慢、伪善、刚愎自用和狂妄自大。”报告催促政府要赶紧改变形象。

政府果然立即采取行动。白宫在报告公布的当日即宣布成立“全球宣传办公室”。众议院也通过一项法案，决定在两年内开支 2.4 亿美元启动一个“形象工程”。今年 3 月，美国又开办了一个针对阿拉伯世界的广播电台，主要播放摇滚音乐和流行音乐，中间插播新闻。

这就够了？难道现在的根本问题只是误解？美国在中东如此坚定地支持傲慢的沙龙，巴勒斯坦人误解了吗？美国单方面退出《反导条约》，别人误解了吗？美国对进口钢材征收高额关税，别国误解了吗？美国拒绝《京都议定书》，别人误解了吗？……近两年来，美国的单边主义和强权政治倾向越来越强烈，如此下去，还需要有谁来向美国解释“为什么他们这么恨美国”吗？

## 治世之道

美国现在确实强大，它几乎是单枪匹马就把塔利班收拾了。

本·拉丹不知是死是活，但至少他是再不敢明目张胆跟美国作对了，可是美国人现在仍活得战战兢兢。散发炭疽粉末的元凶还没有抓到，个别人的行动能令整个社会不安。不断有情报说，基地组织仍在活动，不知何时还会有新的报复。

最近我到美国，多次领教了机场安检的厉害，但大家似乎已习惯了，并不抱怨。根据布什总统去年9月19日提出的“美国爱国法案”，执法部门现在拥有很大的权力，可以秘密拘捕他们认为有危险倾向的外国人。情报部门招募了几百万“线人”，监视着周围人的一举一动。

在解决了阿富汗之后，美国的矛头直指“邪恶轴心”，特别是伊拉克。美国当局已下决心不惜采取任何手段推翻萨达姆政权。然而，在攻打伊拉克的问题上，美国现在却是孤家寡人。国内很多人不支持，阿拉伯人不支持，连欧盟也不支持。法国和德国的领导人说得更是清楚明白：决不跟着干。美国倘若一意孤行，难道就不怕带来更大的仇恨？

美国《波士顿环球报》8月4日的文章说：“如果‘9·11’事件提出了一个明确的教训，那就是：尽管美国的军事和经济实力无人可比，可它仍不能有这样一个错觉，即它不需要别的国家和别国人民的友善。”“更重要的一个结论是，即便最高傲的超级大国也需要与其他国家合作。”

美国现在富甲天下，又有无人可比的高技术武装，如何慎用这样强大的国力，是当政者必须深思熟虑的头等大事。如果美国运用这些力量来为美国人民和世界人民造福，可以做很多事情。上可以清洁天空，下可以温饱众生。如果运用不当，听任军事工业集团的寡头们追求高额利润，企图用战争或紧张状态来强行推动停滞的经济，那就会带来无穷的灾难，也会招来更大的仇恨。美国现在一心反恐，一切以反恐划线。事实上，反恐行动如果不配合全世界的扶贫行动，恐怖主义是难以断根的。

今年5月30日，是世贸大厦清理工作结束的日子。那天，失去了亲弟弟和22岁的女儿的谭嘉慧女士，在现场失声痛哭。纽约前市长朱利安尼上前拥抱安慰。第二天，美国几乎所有报纸都刊登了这张大幅照片。8月，谭女士与另外4个受害者家庭应列支敦士登的邀请，到欧洲度假。当记者问她现在的心情时，她说：“我已经不难过了，我们一定要向前看。”她即将上大学的儿子说：“我们没有报复心理。否则报复来报复去，就没完没了了。”他们虽然不能代表所有的受害者，但祈求世界和平、希望慎用暴力的心情，是可以理解的。世界上的事情，谈总比打好。

不久前我去参观了赫赫有名的西点军校。那里曾培养出两位美国总统和许多名将。他们的教员自豪地说：“我们教的大部分历史是由我们教出来的人创造的。”

据报道，中国的《孙子兵法》也在他们的教材之列。我在西点美丽的校园里散步时，不禁想到：不知他们读懂了这部中国古代宝典没有？特别是这句话：“是故百战百胜，非善之善者也；不战而屈人之兵，善之善者也。”什么是不战而屈人之兵呢？《孙子兵法》里强调了“道”，所以中国人常讲“得道多助，失道寡助”。

美国很多人也懂这个道理，例如前国家安全事务助理、著名学者布热津斯基就说过：“美国自身的力量不足以推行美国式的‘世界新秩序’。同样重要的是，享乐主义文化倾向使美国更难与世界的大多数人有共同语言，这些人感到自己被排斥在外，不能真正参与世界事务。因此，他们可能寻求某种有鼓动作用的思想和他们可以仿效的榜样，以便团结在这个榜样的周围，向全球现状发出全面挑战。”此话写于1993年，现在也是醒世恒言。

那天，当我离开世贸大厦遗址，漫步在繁华的百老汇大街上时，心里翻腾着一种莫名的激动，难以言表。一年了，愿逝者安息，愿生者平安，愿迷者觉悟，愿当政者清醒，更愿世界和平。如果美国当政者能明察世界潮流之变，顺应亿兆百姓之心，则美国幸甚，世界幸甚。

（《参考消息》，2002-09-05）

# 马校长的眼泪

## ——一所民工子女学校的心酸事

◇ 本报记者　孙献涛

**编者按：**随着户籍管理的改革，人口流动日趋频繁，民工子女受教育成为一个广受关注的热点问题。办好民工子女学校，既关系人口素质的提高，也涉及义务教育法的落实，应该得到社会各界的积极支持。

北京市朝阳区东风乡是个典型的外地来京人聚集区，有正式户口的本地人不足4 000，长期在此谋生的外地人却达 46 000。数千名学龄儿童漂泊在社会上。

东风乡最大的一所民工子弟学校“辛庄红星小学”建在一条臭水沟旁。这儿原是一家石材厂，十几间水泥预制板搭起的平房围成一个大院子，教室和办公室就设在这些低矮的、没有窗户、没有暖气的平房里。

记者采访时正赶上放学，一辆载 11 人的“校车”，竟挤进了 40 多个孩子。校长马洪友介绍说，这辆车每天要跑四趟，最远的孩子离学校 20 多公里。“为什么家长要拐弯抹角地找到我们呢？最主要的是这儿收费低，每学期只要 300 元，教学质量有保证，家长们都是打工的，或者做小买卖的，比较穷。”

马洪友是河南人，今年 54 岁，1998 年从乡村小学校长的位子上退下来后，来北京看望上大学的儿子。到京郊看风景，看来看去，满眼都是上不了学的外地民工的孩子。他和新疆昌吉师专的退休副教授赵默反复商议，决定办一所小学。经过一番努力，把石材厂改造成了“红星小学”。现在学校共有教师 18 人，其中 11 人是大专学历；学生 580 名，其中 230 名是学前班的孩子；教师的工资每月 650 元，如果做班主任，每月加 50 元。

校长教师尽心尽力，教学质量逐步提高。

一年前，红星小学未开初中班，学生毕业，一部分回老家上初中，大部分辍学帮父母打工挣钱。一天，马校长路过一个西瓜摊，见到刚毕业的一位女学生喊“西瓜啦，西瓜啦”，马校长忍不住哭了。他说：“这个孩子才 13 岁，学习特别好，没学可上，真可惜。”

讲起心酸事，马校长下定决心，无论怎么难，也要再办一个初中班。

办学有多难？一是经费难，马校长算了一笔账：租房每年 9 万元，教师的工资每年 17 万元，校车的油钱、维修费，煤球炉，书本费是省不掉的，水电费比城里贵得多，添置办公用品，全靠学生每月 50 元的交费来支付。

最无法忍受的困难还不是经济看起来拮据，而是没有正式的办学许可证。据了解，北京市周边 200 多所类似的民工子弟小学，全都没有办学许可证，近 6 万名学龄儿童在非法学校内度过小学时代。

马校长说，从红星小学建校那天起，就没见过市、区教委的一份正式文件或通知。只是在前几天，区教委的一个调查员送来一页“社会力量办学基本情况摸底表”，让他们填写“师生总数、资产总额”之类的内容。

对于这种任其发展、自生自灭的生存状态，马校长很不适应，他特别希望政府主管部门能够下来看一看，制定一个切实可行的标准或规范，让他们有章可循，有目标可奔。“有一个婆婆管着，心里踏实，毕竟基础教育是一个社会性的、公益性的事业。我们就像一个无依无靠的孤儿，不知道明天还能不能开门，这五六百个孩子还有没有一个上学的地方。”

马校长希望在分配教育资源的时候，能够更合理一些。现在城里许多公立学校的办学条件已经接近发达国家水平了，教育主管部门应该分出一部分资源，帮助一下举步维艰的民工子弟学校。现在，有些地方的教育主管部门，一说要彻底解决民工子弟学校的问题，最先想到的招数就是全部关闭。关闭的理由非常充分：办学条件差、师资水平低、教学质量差、安全没有保障，一大堆问题，哪一个都足以将辛辛苦苦办起来的学校置于死地。对此，马校长很是不平：“一关了之，并没有充分考虑在京打工的 300 万民工的利益和十几万学龄儿童受教育的权力。300 万民工给国家创造了多少财富，向地方政府缴了多少税？地方政府为什么不能拿出一点钱来，为民工子弟创造最基本的受教育环境呢？”

马校长流着泪说：“事实证明，全部关闭的措施是简单的、没用的。公立学校每学期的收费最低也要600元，家长掏不起这些钱，孩子就只能辍学。你前脚关，后脚家长就找来了，要求再把学校建起来。丰台区的好几所学校都是关了开、开了关，最后主管部门也没有办法，只好听之任之。政府主管部门如果暂时没有钱，至少可以提出一些切实可行的、循序渐进的指导性方案，在政策上给予支持，让我们知道明天怎么做。”

从红星小学走出来，马上就进入了鳞次栉比的摊铺之中。记者见惯了城里学校的电脑教室、语音教室、实验室、图书室、鼓号队、合唱团，回头再看看这个位于北京东四环边上的、只有房子和桌椅的红星小学，同处一个城市，差别竟如天壤。

（《光明日报》，2002-01-20）

# “极品”活墓现黔江

◇ 朱强章

人没死，就修墓，有人称之为阴宅、活墓或生基。国家级贫困区县黔江，有一尊活墓，见过的人都说豪华气派，从规模到做工堪称“极品”。

## 阳宅引出阴宅

4月24日，记者来到与彭水交界的黔江石家区渗坝乡。刚到渗坝，远远就看见一幢三层楼的别墅，蓝玻璃窗户、仿古屋顶，周围有豪华灯饰，五彩缤纷的三角装饰旗迎风招展。当地群众说，别墅是冯经理的。冯经理在重庆烟草部门当干部。“他的活墓还要漂亮!”活墓？记者从侧面打听活墓情况，当地群众几乎都“无可奉告”。记者只好在别墅旁一家餐馆吃午饭，和邓相慧老板攀谈起来。邓谈到了冯经理，说他“仁义，有善心”，在乡里捐了不少钱，还修路，修学校。邓还特别提到冯经理有孝心，把自己的活墓和父母的坟墓修在一起。记者想去看看，邓有些犹豫，但还是带我前往。

## “极品”活墓

走进去，以为进入“烈士陵园”，错了。

墓地有两处，山上山下相距约500米，占地约1亩。山上是男墓，山下是女墓，每个墓都有两墓穴，右边墓穴已埋有尸体，分别是活墓主人的已故父母；紧挨着的是活墓主人及其夫人的墓穴，前面有块“福”字碑。

墓地由墓穴、天井坝、围墙、海坝、绿化带、堡坎、专设电线、地下管网和公路等组成。进活墓，得先进气势恢宏的朝门。“遐远合乾坤，巍峨同日月”，是朝门上的楹联。朝门上两只空心石花瓶为整石雕刻，瓶身图案精美细腻。

最为考究的是墓碑、天井坝和围墙。墓碑高约 2 米，大青石制作，平整如镜，碑冠刻满麒麟、蝙蝠、龙凤等图案。双面碑文清秀遒劲，文法考究。记者在已埋尸体的男墓正面碑文看到，死者冯佑忠，为其建墓的是“嗣男冯文超，媳傅永光”，即死者的儿子和儿媳。

天井坝即坟墓前的坝子，拼合的每块石板一般大，缝隙吻合，拼合成“万”字。邓相慧解释乃“万古”、“长久”的意思。

活墓四周有塔柏、桂花和万年青组成的绿化带，墓前有地下管网和堡坎，堡坎下堆积着厚达几寸的鞭炮碎末，坟墓上面架有电线。邓相慧说，坟墓春节期间要亮灯，放很多鞭炮。山上的男墓还专门修了一段公路，听说是供运输材料和祭扫之用。

徐天品是活墓的包工头之一，记者在渗坝乡渗坝村找到他。说起“统领”十几个工人修建如此浩大的“工程”，他满脸自豪。徐说，整个生基从 1998 年元月开始修建，历时 3 年，是他这辈子修建的 300 多座生基中最豪华的。冯经理要求很严，亲自到距墓地 4 公里外的山坡考察开山采石，采石就用去 800 多个工，很多条石长达 1 丈。冯经理还常来监工，曾对某施工队打造的墓碑不满意，将其辞退并返工。徐负责围墙，带领 16 个石匠日夜奋战两年，用去 1 900 个工，石匠工资就近 6 万元。后来又修天井坝，工资 3 万多元，两扇朝门工钱 6 000元。据徐回忆，每个石匠平均打断 20 多根铁錾，打烂 3 个手锤，活墓工程煎铁錾的煤达 8 吨，烧烂 3 个鼓风机。为方便工人加夜班，冯经理专门架设了电线到工地。冯经理对工人很好，每个工人发一件价值 200 多元的夹克，还发水果。完工后，冯经理很满意，专为徐天品发了 1 200 元奖金。

## 活墓违法

活墓于法于理不容。

国务院《殡葬管理条例》第二条规定，积极地、有步骤地实行火葬，节约殡葬用地，革除丧葬陋俗，提倡文明节俭办理丧事；第十条规定：不得在耕地、林地建造坟墓；第二十条规定：在公墓和农村公益性墓地外的其他地方埋葬遗体、修建坟墓的，由民政部门责令限期整改，拒不改正的，可以强制执行。《重庆市殡葬管理条例》第二十一条规定：埋葬遗体的单人墓占地不得超过 4 平方米，双人合葬墓不超过 6 平方米。

市民政局福利事务处李新慧处长对黔江“极品”活墓深感震惊。她称，国家有关法律法规及民政部明确规定不准修建豪华坟墓，更不准修活墓。活墓现象黔江较为突出，反映了修造者法制意识的淡薄和地方管理不力。

有群众建议，如果活墓被查处，干脆不要毁掉了，留作“警示教育基地”，对外开放。

## “造坟大军”

渗坝乡距黔江县城 70 公里，是黔江最偏僻的乡之一，几十幢房子组成一个乡场，大多是破败不堪的吊角楼，街面遍地泥泞。乡党委书记冯百练称，全乡 3 900 人，人均收入 1 000 多元。记者在现场看到，10 间低矮潮湿的砖混平房是乡里惟一的中心校，一落大雨，中心校就会被河水浸泡。

活墓不仅在黔江渗坝有，整个渝东南都有。据了解，黔江境内常年活跃着一支 400 多人的“造坟大军”。他们将家中的土地承包出去，在外打造墓碑和石狮，修建生基，生意兴隆。为此，黔江每年都有近 400 亩土地被活人占据。

国家级贫困区县自然条件恶劣，经济基础薄弱，教育滞后，这一切都因缺钱。为啥修建生基却如此“慷慨”？

（《重庆晚报》，2001-05-09）

为什么一个感冒在医院里也要花上上百元？
为什么肠胃病的药方子上会出现治心脏病的药？

# “医药代表”揭秘

## ——一位“医药代表”的自述（上）

◇本报记者　赵书华
本报通讯员　力伟

甄君，男，现年23岁，毕业于某名牌大学，1996年应聘到一家知名医药企业的河北办事处做医药代表。今年2月份，因不堪心灵的自戕而辞职。在夏日的一天，他向记者叙述了他的经历——

## “医药代表”素描

干医药代表这个行当，我是无意中闯进去的。

那时，初出校门的我，踏进省会的职业介绍中心，大厅里求职的人摩肩接踵，我在一个招聘“医药业务代表”的厂家招牌前坐了下来。简短的一番交谈之后，我知道所谓的医药代表就是推销药品，推销的对象是医院（确切地说是医院里的大夫）。我对他们提供的丰厚的待遇颇感兴趣，而他们显然对我所学的专业有些犹豫。最后，他们说：其实这种工作也主要是做人的工作，跟人打交道的。最后他们决定录用我。

经过短短的几天关于医药市场和药品知识的培训，我的推销开始了。我的工作范围是向省会的四家医院推销该厂的四种新特效药品。

干我们这个行当的人，只要在医院里坐一会儿，你就能发现哪些是医药代表。他们有的坐在走廊中，有的坐在科室里，但他们一看就不是病人：个个精爽干练步履矫健，手里拿着公文包，腰里挂着BP

机或手机，悠然自得，从容不迫。一俟哪位大夫面前病号空缺，便马上见缝插针地凑过来，谈天说地，聊得热热闹闹。最后的话是：请你支持一下。而大夫也会心领神会地说：没关系，常来啊！

从这个科室出来，他们转眼间又来到了另一个科室。有的是天天来，今天重点在这个科室、明天重点在另一个科室；也有的几天来一趟或一周来一趟，这叫联络感情。

与大夫认识了，中间再不时地送点小礼品，或者干脆送“红包”，进而搞定一盒（瓶）药的提成，这时候你就可以暂时放心了。过一段时间，你只要来兑“开方费”就行了。“开方费”即开一盒（瓶）药给大夫的提成，有的是按药品零售价的百分比，有的是固定的开一盒（瓶）多少钱。这些大夫比我们更清楚，10％或15％的提成合几块钱早在心里算好了，只要你定期来结。

许多初做“医药代表”的，由于和医院里各科室的大夫还不熟，还叫不出他们的姓名和职务，不免有些局促。这不要紧，你只要在科室里坐着，自会有人来问你了：“哪个厂家的？”“搞什么药？”要是你说出了他们熟悉的药名来，他们会说：“噢，你们厂家怎么换人了，没关系，我们会配合你工作的。”

当然刚开始时，你的业务主管得把药品先打进医院。有些棋高一着的厂家最初还不忘给各个科室的大夫发“信封”。

## “循循善诱”之策

如果你还认为医疗行业存在着态度冷淡、怠慢患者的服务态度问题，那你就大错特错了。对病人漠不关心那已是老皇历了。现在的大夫对患者有着满腔热情。

患者一进门，大夫马上笑脸相迎。那年逾花甲的老医生，有着几十年行医经验，慈眉善目的容颜又给人几多放心与安全。病号坐下，一番望闻问切之后，大夫问：“你是公费还是自费？”如果对方回答“公费”，老大夫便说：“开一点好药不要紧吧？效果很好的。”于是，提笔落处，尽是“开方费”高的药，病人满心温暖地离去，但就在患者出门的瞬间，德高望重的老先生已在抽屉里的小本本上记下：“×月×日，开×药×瓶。”

在“医药代表”行当里，我们称大夫这种行为叫“循循善诱”。

尤其是内科病人，这也疼那也疼，这也不舒服，那也不通畅，多开几瓶药总是有理由的。老大夫有经验、有权威，挂号看病的人多，循循善诱多开几味药自然不费吹灰之力，而让人感到好笑又好玩的是一些名气不大却又性急的女大夫，“善诱”起来不免让人觉得又气又恼。某日上午，一位患者坐在某院内科一位刘姓大夫面前。一段病人自述过后，刘大夫说：“开点××药吧。”当时正赶上该药的医药代表就在身旁，于是刘大夫提笔落处：“××药10盒”。谁知这位病人对大夫说：“大夫，这种药我刚吃过，效果对我好像不太明显。”大夫一听脸马上掉了下来：“你是大夫还是我是大夫？你上次没效果是没这样搭配着吃，这次肯定有效果！”他还想再和大夫商量一下，可大夫的方子已经写好了。

有的大夫，没听患者陈述几句，问清了“能不能报销”，就下笔开方了，一个方子下来不下十几种药，当患者惊讶地说：“这么多啊？”大夫马上提起笔对着最后的两三种药说：“那不要这个了？”患者拿不定主意，大夫又接着说：“拿两盒吧，你看我也没给你多开，要不，你这病没准会病变呢。”大夫这样一说，你终于下定决心了，“要吧。”你的心里会一片感激。

我至今还记得一个咽炎患者拿着医生开的全身“CT”单不知道该不该去做的情形。据说，开一个CT的提成是40元～60元，与开CT相比，开药方费的提成显得少多了，但业内人士讲：搁不住开得多呀。在某医院，我认识的一位不甚知名的大夫单靠这种“开方”，稳坐办公桌一个月竟能拿五六百元。

有的主任级的大夫，由于同时为好几家药厂“开方”，每次医药代表去时，他显然已记不清是哪位代表了，于是，从抽屉里拿出厚厚的一叠开方纸，查找半天，终于找到了：“噢，400瓶，该合600元。”

按照现在流行于医药代表这个行业里的回扣标准计算，一瓶20元钱左右的药的“开方费”一般在2元到5元左右，而为了这5元钱，许多肠胃患者的药方子上出现了治心脏病的药，而一个感冒至少也要给你开上三味抗生素类的新特药，不花个上百元才怪呢！

（《燕赵都市报》，1998-07-09）

# “医药代表”揭秘

## ——一位“医药代表”的自述（下）

◇ 本报记者　赵书华
本报通讯员　力伟

### 首次“统方”遭遇尴尬

“统方”有两层意思，一层是医药代表去兑“开方费”时，由有关人员把整个科室开的药方全部统计一下，这时候，有的科室主任还兼有“统方员”的工作。但真正的“统方”指的是药房里的工作。

在医院里，并非所有的病人都会按方取药，往往会有人由于各种原因未按方取药。这时，作为厂家的医药代表还有一项工作：“统方”，即请药房人员实际再统一下。这也要给费，叫做“统方费”。一瓶（盒）药的“统方费”一般是2角～3角，如此一来，利用公家的机器简单地把数字叠加一下也能给这些不能“开方”的药房人员带来不菲的收入。

和大夫一样，药房人员对这笔额外收入同样十分看重。一天，我迈进省会某医院药房大门，司药李女士就拉着我的手亲切地说：马上就统。不一会儿，统完了，该付“统方费”300元左右，遂伸手讨要。可那天我身上没带钱，便说下一次一并补上。李女士一听顿时杏眼圆睁：“说的比唱的好听，不行，马上给！”我说我真的没带钱。李女士竟跳起脚骂起来，可怜我一个刚出校门的大学生顷刻间成了“流氓”、“无赖”、“骗子”，委屈的眼泪沿脸颊淌下，我不知该恨这些被钱锈蚀的人们，还是该恨自己从事了这个职业。

### “白衣”众生相

某女，省级医院内科大夫，四十开外，体态肥胖，一双亮晶晶的眼睛，闪着攫取的光。

我第一次见到她时，自我介绍说自己是某厂的“医药代表”。她打量了我一下，问：“多少提成?”我说：“15个点吧。”她说：“还行。你知道吗?我们这儿病号多的是，只要我们合作好，上量是没有问题的。”我正高兴着“开门即有戏”，谁知胖大夫忽然从抽屉里拿出一包丝袜来，说：“呶，8元一双，这4双归你，优惠点，算5块钱一双吧。”这一招把我惊得目瞪口呆，我正不知如何是好，女大夫在一旁笑着说：“小伙子，不跟阿姨合作了吧?”这一语双关的话提醒了我，我赶快笑笑去接那几双女长筒丝袜，掏出几张十元票币。这不禁让我惊叹：行医挣工资，开药拿开方费，却还兼营袜子行当。

还是在我刚做医药代表的时候，有一次，我来到省会某医院推销一种妇科新药，我走近一位正闲着没事的大夫，当我嗫嚅着说出，这儿能不能尝试一种新药时，女大夫顿时喜上眉梢说：“怎么不找药房?”我说：“药房还不得征求你们的意见?”女大夫眉毛一挑说：“明白人!”她直截了当地说：“你就说给多少吧!”我说：“别的厂家多少?”女大夫说：“你先说个数吧!”我说：“15%怎么样?”女大夫说：“我们这儿来的厂家可都比这个数高啊，20%怎么样?”我答应了。其实，厂家给我们的额度也就是15%，剩下的部分只好由我自己倒贴了。

我至今对石市某医院的一位刘大夫记忆犹新。第一次兑“开方费”时，因为药房的统计比她的记录少了4瓶，因而少给了她5元钱。女大夫一下变了脸，声音提高了八度道：“你别走!”她双手哆嗦着从抽屉里拿出她的记录本说道：“每个月我开了你们多少药?谁有我给你们厂做的贡献大?”我赶紧从自己腰包里掏出5元钱给了她。

## 这个行当不好做了

我同行都感叹这个行当不好做了。其中原因，与其说是由于各路厂家的激烈竞争，倒不如说是一些医生的心太黑了。

我几乎每次到医院去，都能碰上七八位面孔已不陌生的同行。虽然我们表面上互不影响，但各施绝招抓住大夫的做法，彼此都心照不宣。我们厂给大夫们发过茶叶、饮料，还送过瓷器，但这都太一般了。有一次，一位大夫向我暗示，有个厂家给他们送了游泳票和保龄球票。实际上，我们已弄不明白，大夫们到底缺啥。鹬蚌相争，得利的还是大夫。而其他诸如让你报个热水器发票、电饭锅发票、出租车票，医生们还有点兴趣。而这对于大多数医药代表来说，是他们根本无法做主的。

我觉得我已经不能再做这个工作了。这主要倒不是因为我受的委屈和辱骂，也不是因为我感到了工作的日趋复杂，而是我再不能进医院。当那些面容愁苦、心情低沉的病人和家属迈进医院大门时，他们对医生抱着多么大的希冀和幻想啊！我还曾在一家医院的收费处伫立良久，我看到那些穿着破旧衣衫、拎着破旧包裹的乡下人，还有那些步履沉重的下岗职工，他们手中那几乎要攥出水来的一点钱，给几张化验单和几味未必治病的药吞光了。而此时，他们真正必需的治疗还没有开始。还有那些蜷缩在医院角落里的病人，每每看到他们，我就感觉到某些医生是在乘人之危，趁火抢劫，他们的行为实际上和小偷在医院的收费处抢去了病人的救命钱差不多。也有让我感动的好大夫，在我做医药代表一年中，我所走动的省会几家大医院里，的确有一些大夫拒绝“开方”。对于他们，我从心里升起崇敬之情。我憎恨我所从事的这个工作，趁我的良心还未被吞噬，我得赶紧退出来。

**附记**：甄先生向我自述时，他说至今保留有过去一年他给各医院大夫付“开方费”、“统方费”的详细记录，他还有他们每个人家中和科室的电话。

（《燕赵都市报》，1998-07-09）

# 夜探"虎"穴

◇顾　伟

连日来，不少读者向本报反映，我市已明令禁止的有奖电子游戏机在一些娱乐场所竞相上马。11月18日晚，记者暗访了部分电子游戏机娱乐场所。

18日21:10，记者首先来到五四路成龙大酒店。二楼游戏厅铁门紧闭。经过询问，记者穿过三楼"红苹果自酿啤酒城"，拐了好几个弯，才找到游戏厅另一个门。厅内"魔术帽机"、"跑马机"、"数字机"、"滚球机"等生意兴隆，聚集了不少"赌"客，除了少数人外，多数人的"赌"资在500元以上。记者问服务员："假使游戏赢了能不能换现金?"服务员答道："可以换钱，不换钱傻瓜才到这儿来。"

21:40，记者来到"永德信"游戏机厅，厅内玩的人不是很多，记者穿过用衣柜围成的档板，发现内厅烟雾缭绕，人满为患。记者向一位中年人询问："'魔术帽机'怎么玩?"这位中年人一脸愁容，他从衣袋里掏出几张代用券说："你千万别再介入，我在这儿已输了六七万元，我现在是为了还钱翻本才到这儿来，每次下注我手都会发抖。"

22:00，记者来到海山宾馆地下层游戏厅，看到一些有奖机上贴着"本机纯属娱乐，每台机每小时收费15元"的字条。记者假装天真，拿出15元请服务小姐开机，小姐直言道："15元想玩一小时?想得美！我们这儿对客人免费送茶水和快餐，假使每小时15元，我们吃啥?这字条是为了应付那些不懂行情的人检查的。"

22:25，记者登上东街口百货大厦6楼，这儿没电梯，走台阶走了5分钟。这儿的有奖游戏机是记者当晚见到数量最多、机种最全的，包括"不倒翁"、"快乐小丑"、"仙桃乐园"、"猫女郎香烟坊"等。一服务员介绍，这儿大厅小赌，小厅大赌。记者走进小厅，看到一年轻人正碰上"炸机"，一下子赢了16 000分（8 000元人民币）。

记者上前“道喜”，他说：“我是输了十几万元才遇上一次好运，喜从何来？”

22:50，记者来到“双福楼”娱乐厅，服务员对记者说：“这几天我们被有关部门点名了，赌机全收起来了，要避避风头。”

23:10，记者来到“长冠”娱乐厅，这儿有十几台电脑在赌数字，每次下注最少 20 元，最高 3 000 元，几十秒内定胜负。查访中，有的游戏厅正遇上有关部门检查或点名，昔日生意红火的赌博机为避风头已经关机或暂时收起来了。

两个多小时的暗访，记者虽不能走完榕城所有有赌博行为的电子游戏厅场所，但可以看出，福州的“赌”风已盛，到了坚决查禁的时候了！

（《福州晚报》，1997-11-20）

# 伸向口腔的骗术

◇周　石

在熙熙攘攘的早市上，鳞次栉比的地摊令人眼花缭乱。一块铺在地上的白布格外刺眼，那上面印着歪歪扭扭、红红绿绿的字：“中华牙科新技”、“现代科技镶牙”、“点药成牙”。连白大褂都不穿的游医口若悬河：“我们采用最新科技镶牙，不用咬模，10 分钟就能镶好，回去什么都能吃，年糕、花生、炒崩豆、排骨都能吃，三四十年不会坏……”

经过多年的“打假”，群众对这些东西不是一点没有戒心，但游医自有花招。

为了诱人上钩，他们故弄玄虚，声称气功拔牙，不疼，而且不要钱。一旦患者心动坐在牙摊小凳上，游医手指一比划，让其倒吸两口凉气，咳嗽一声，乘机拔下一颗摇摇晃晃的牙，十分得意地说：“看！拔牙不出血，一点不疼！”他嘴里这么说，手却从敞开的罐头盒中捏起一两个棉团塞进患者口中冒血的牙窝……

北京口腔医院刘萍副主任医师指出，因患牙周病而明显松动的牙，称为“舞蹈牙”。这种病牙与牙龈脱离，容易拔掉，而且仅牙根尖带点血丝。游医们避实就虚，专找这种牙拔。他们的操作一是不卫生，二是不规范，三是不科学。游医的手从一个人的口腔摸到另一个人的口腔，不洗手，不擦器具，为乙肝等传染病的传播大开方便之门。他们拔牙不做消毒，不搔刮牙窝肉芽，使伤口易感染，不易愈合。

表演完拔牙小技，游医利用患者镶牙心切的心理，就势在牙窝两侧的邻牙绕上钢丝伸向缺牙处，再把不知何物的粉末调成膏状，抹在血糊糊的牙窝、钢丝及其周围，自称是钢筋水泥工程。接着游医用他那没戴乳胶手套的手指蘸点凉水抹平膏状物，勾出牙形，几分钟后膏体凝固便“大功告成”。患者掏出钞票送到游医手中。

北京医科大学口腔医院分院钱端申主任医师指出，游医们所谓“快速镶牙”用的是自凝塑料，这是一种很普通的牙科材料。其特点是调成膏状后，在常温下很快即自行凝固。这种材料硬度差，做义齿（假牙）不结实，牙科仅用其做些小的修补。另外，自凝塑料凝固前放热，大量糊在牙龈上会造成不良刺激。游医把自凝塑料堵在拔牙的牙窝上，形成死腔，为厌氧菌生长提供条件，严重的可能引发菌血症、骨髓炎。

游医一边操作，一边信口雌黄：“点药成牙是北京口腔研究院张建新教授走访了德国、日本后研制出来的，不用取模，直接在口内成型，10 分钟后即与自生牙龈连成一个整体，美观耐用。”经了解，牙科学中根本没有“点药成牙”这项成果，所谓口腔研究院和张建新教授等也是编造出来的。

一个小酒盅里倒点自凝塑料粉，加几滴溶剂，打火机略加温，待塑料呈面团状，捏起伸向口腔……在游医这儿倒是简单，你要“药物牙”，他说给你做的就是药物牙；你要“种植牙”，他说给你做的就是种植牙。游医一边用手指在患者口中涂抹着，一边问做什么材料的牙。“塑料的 25 元，可不结实；树脂的 80 元，烤瓷的 180 元。烤瓷的可用一辈子。”旁观者看得清楚，不管患者要什么材料，游医旁边的助手调的粉末都是从同一个没有标签的瓶中倒出来的。甚至患者还没考虑好要什么材料，那边早把粉末调好了。

这些游医不仅漫天要价，而且推销“快速镶牙”不择手段。遇有人镶有义齿，他们就说什么卡环把好牙都磨坏了，塑料牙托那么大戴着多难受……居民郑德宽本来镶有固定义齿，近来金属牙冠处有点松动，经游医一鼓动，拆掉义齿换上“快速牙”，两个月后咬东西竟颤乎乎的。他再去找游医，却不见踪影了。新来的游医又振振有词地说：“这种塑料牙怎么能用？我给你换个好的吧！”

北京口腔医院张振庭副主任医师指出，镶牙是门科学，必须充分考虑口腔的特殊环境。口腔中存在微生物、温度、湿度等效应和机械应力等作用。因此，义齿的制作和设计既要考虑生物学因素，又要考虑力学因素；既要考虑局部，又要考虑整体。临床镶牙包括采集病史、初步诊断、复制模型、诊断设计、制作修复体、试验、就位调整、定期复诊等一系列过程。像街头游医那种“快速镶牙”，不分青红皂白，一律用自凝塑料糊弄，完全违反口腔修复原则，不仅镶的牙不能持久，还会造成医源性疾病。其中，最常见的是牙龈糜烂。

一位中年妇女缺了 3 颗门牙，镶上“快速牙”不久，发现漱口水呈粉红色，前来牙摊询问。游医不答，一旁有人诙谐地说，莫非“快速牙”掉色吗？

北京医科大学口腔医院分院魏克立主任医师指出，这位患者的不良反应很可能是由“快速牙”刺激牙龈引起的炎症渗出。我们在临床上见到一些镶“快速牙”的患者，牙龈红肿、出血，甚至“快速牙”边缘的牙龈增生隆起；拆下这些糊在牙龈上的塑料疙瘩，常见牙龈溃疡并发出臭味。这时如不及时治疗，会进一步发展为牙周炎，引起牙龈萎缩、邻牙松动，不仅镶的“快速牙”不能用，还毁了旁边的好牙。

“快速牙”的弊端是逐渐显露的，而填补缺牙却是“立竿见影”。游医正是钻这个空子。一些缺少口腔卫生知识的人，最容易中圈套。一位老大爷在早市做了“快速牙”，不知上当，第二天又把老伴领来。当然能及时察觉问题的患者也大有人在。某安装公司退休干部柳希冒在镶“快速牙”的第 3 天就感到牙龈硌得慌，要求拆除。游医做贼心虚，拆下那颗带钢丝的塑料疙瘩忙藏进黑挎包，老人要看看究竟镶的什么东西，他却说扔在地上找不到了。

凭着“快速牙”的“光环”，游医又用自凝塑料补牙洞、接断牙、堵牙缝，经过他们如同抹墙似的“口腔治疗”，患者当时从小镜子中看到自己的牙齐整了些，可这又能维持几天呢？仅一个早晨，记者就见到好几个人拿着口中掉下来的塑料充填物来找游医。

北京医科大学口腔医院分院王欢副主任医师指出，补牙是治疗龋齿的常用疗法，首先得除去龋坏的牙组织，然后制备有利充填物固位和抗压的洞窝，进行消毒、隔湿，必要时治疗牙髓，最后再用合适的材料充填。游医见洞就堵，既不卫生又不牢固，轻者充填物脱落，重者引起感染，造成牙龈牙髓炎。修复折断或缺损较大的牙，不仅要恢复其外观形态，还得保证能承受较大的咬秴力，因此必须做桩冠、牙冠或嵌体，岂是在断牙上堆一块自凝塑料就能解决的！

游医自知骗术难持久，摆摊无定所，骗到钱便骗，骗不了就走。他们背个黑挎包，提把折叠凳，转移起来倒也灵活。遇有患者来找，来不及逃避时，他们也是能赖就赖。某天早上，一位妇女路过劲松早市时，看见两个月前在管庄早市给自己镶过牙的那位游医移至此地，上前打招呼，没想到，游医躲躲闪闪，推说是几年前的事了。并非游医记性差，而是他们心里有鬼，想给自己留条退路——如果“快速牙”坏了，他会说塑料牙就保一两年。反正他镶牙也无病历，还不由他狡辩？

记者在劲松早市跟踪牙摊采访数天后，游医有所觉察，改日便不辞而别，转移到东北方向的金台路早市。面对接踵而至的求治者，记者更感到有责任揭露游医伸向口腔的骗术，把专业牙医的告诫转达给读者：看牙病要讲科学，不能图省事去游医摊上瞎凑合，否则可是花钱损害健康！

（《健康报》，1997-11-15）

# “老鼠会”盯上了保健品

## ——京城非法传销目击记

◇ 本报记者　邢远翔　阎立新

上周的一个下午，北京市某酒家，一个神秘的某保健品传销点。

酒家的周围徘徊着六七个神色警觉的男女，自称“下岗工人”的记者在酒家门口稍一停留，即被一50多岁的妇女盯住。简单盘问后，我们被引入酒家后面狭长的厅堂。人不多，仅坐满了前几排座椅，但气氛相当热烈。

台上，一位自称当过大夫的崔姓女士热情洋溢地演讲着某保健品的传销经验，并不时请台下听众即席发言，会场掌声不断。巡视四周，几行标语赫然入目：“人生就像回力镖，你给什么，就得什么”；“人生成功的秘诀在于：当机会来临时，你已准备妥当”……

台下的几十人中，中老年女性居多。引我们入内的女士紧挨我们坐下，自我介绍是“北大的李老师”，并对不明就里的我们解释：“你们想听课应星期二到星期日来。星期一是‘线上人’聚会，所以人不多。”

“线上?”短暂的愕然后，我们即刻明白，今天我们确实打入传销网内部来了。而李，自然成了我们的“上线”。只听她喋喋不休地与台上相呼应，讲了一番此保健品可使你身体“良性循环”及治病的种种奇迹，又对衣着过于普通的我们这两个“工人”大发感慨：“你们其实不必入这个，花1 980元买套产品吃仨月贵了点，不如入个便宜的。”于是，她嘱我们次日上午10点在某地集合，带上身份证和78元钱，为新成立的另一公司传销一种洗洁用品。我们表示这产品怕不好销。她只好“点化”我们：“只要拉一个人去听课，动员他买份产品，你们就可到手15元。”说话间，她被主持者点名上台介绍经验。

好容易松弛了神经，我们定定神，考虑下一步如何行动，坐在后排的另一中年妇女又凑上来搭话儿。只见她从黑书包里拿出几盒鱼油，并告诉我们把这个推销给病人很容易，还给我们写下了去听课的地址。不同的是，这是个“中档货”，要我们交468元钱。

一会儿，李某已在掌声中返回。听我们说对鱼油这个产品更感兴趣，她忙说：“对，这个也不错。高、中、低三档，你们随便挑。”像是不经意地，她又补充道：“刚才那位是我的‘下线’，有事找我们俩谁都行。”

适才间断听了主持人的点滴“生财秘诀”，知道那种高档保健品的传销者，原先是“吃四代”（即“上线”吃下四代“下线”的人头费回扣），现改革为“吃无限代”，我们才明白为什么李某对其“下线”穿插过来游说并不介意。

为“凿死”我们，李某要了我们的姓名、电话，并一再追问：“明天的课你们听不听？”我们终于变被动为主动：“您入了几个公司，赚了多少？”“实话告诉你们，我入了14个，就说少了，一个月也有几千块钱！”“买××××，能开出公费医疗报销单据吗？”“能，得找我。你们得出发票钱，我有办法从医院开出来。”“推销不出去怎么办？”“你们谁没有几个亲戚朋友？邻居谁有个疑难病、慢性病，拉他来听课，一看这气氛，他能不掏钱试一把吗？拉这么几个，钱不就来了吗？”“这种东西到底能不能治病？可别坑了亲戚朋友。”“你们怎么这么傻呀？拉他们入网，等于给了他们一个发财的机会。有了钱想怎么保健不行？等入了网，我再教你们点望闻问切的知识，一看就能说出病人哪儿不好，这样他们就更容易掏钱了。”“那么，肾衰能治吗？要吃多久？”（我们随便编了个病名），她想了想：“能治，那起码得吃一年。你得看病人经济实力怎么样，没钱少吃几个月也管用。”

约5点钟，被传销者称为“加油站”的传销经验交流会宣告结束，但仍有十几位传销者不愿离去。

一位30来岁、容貌较俏丽的女性向主持人请教：“我妹妹得了白癜风，吃了一个半月的××××，怎么不见效？”“还得吃，要坚持下去！”主持人语气坚定。一旁的我们问另一男子：“还治什么病？”“多了，瞧，这不全是病例介绍和照片。”

一对来自东北的夫妇称：他们才干不久，已发展了4个“下线”。据说，花1 980元入网（买3个月的产品），发展一个“下线”就可提成700元。看来，他们的本儿已经赚回来了。

另一位肤色较晦暗的中年妇女面带愁容：“我现在遇上坎儿了，

推销总不见起色。”主持人关切地询问后仍是两个字：“坚持！”接下来便是令人瞠目的几句：“奸商、奸商，不奸就赚不到钱。咱们这是内部会，这话只能在这儿讲。你只要坚持做下去，肯定能发财。你们看，我一年赚了 20 多万，现在光吃‘下线’，一个月就是几千，我还只是投入了 1/3 的精力。”一位传销者随声附和道：“要想实现自我价值，提高做人层次，就得落实到一个字——钱！”

在早日赚到更多钱的前景驱动下，传销者们的精神头儿更大了。而我们，则带着沉重的心情离开了会场。

此前，我们都曾受过另外几种产品的传销员的纠缠，同样是保健品，同样可开医药费报销单，同样疗效神奇。据了解，1990 年进入我国的传销发展速度惊人，目前全国已有传销企业 163 家，传销员 40 万人～50 万人，其中 70％是未经工商部门批准的非法传销。而由于需要演示或亲身体验证明，保健品和化妆品就成为传销业的两大拳头产品。我国现有传销企业经营的产品中，保健食品和器械已占一半以上。

先不论公费和劳保医疗由此流失多少资金，也不论这些被外界称为“老鼠会”会员的非法传销者们靠“杀熟”骗了多少钱，我们更想弄明白的是：面对保健品市场由地上转到“地下”作战的形势，有关的管理能否跟上？毕竟，这是一种关系到我们生命健康的特殊商品。

采访归来，我们拨通了国家工商行政管理局的电话，得知，近日该局向全国 41 家审批合格企业颁发了《准许多层次传销经营意见书》，而我们所接触的那几个产品根本不在其内。于是，对非法传销如何进行法制管理，又成了我们关心的问题。因为，他们的组织实在严密，“上下线”之间一环扣一环，外人很难获知详情。而更令人担忧的是，对于保健知识欠缺，对健康的需求又从未如此迫切的国人来说，他们在急于发财的非法传销商手中买到的高价保健品，到底有多少保健作用？也许，众多消费者损失的不只是金钱。

（《健康报》，1996-08-28）

# 侵略者战舰摆上玩具柜台<br>该不该？行不行？

◇ 本报记者　王方杰

1995年12月初，因郑州紫荆山百货大楼出售日军二战时期的“大和”号和“武藏”号战舰玩具，郑州发生了一场激烈的大讨论：侵略者战舰该不该摆上玩具柜台？

据郑州紫荆山百货大楼介绍，他们通过上海西西利商贸有限公司购进了顺德一家玩具公司生产的一箱玩具，内有“大和”号和“武藏”号战舰，每艘标价176元，到12月15日，已出售完毕。

“大和”号和“武藏”号是二战期间日本海军的著名战舰。“大和”号是当时世界上最大的超级战列舰，1942年2月12日下水后，就成了日本海军联合舰队司令山本五十六的旗舰。1943年2月，“武藏”取代了“大和”号，成了山本五十六的新旗舰。1944年在冲绳岛战役中，“大和”号中了13颗鱼雷被盟军击沉。两艘战舰在50年前的那场战争中，是日本侵略者的得力杀人武器。

日本侵略战舰“开上紫百柜台”的消息在郑州民众中产生了极其强烈的反响。一些人言辞激烈地谴责这种做法是对“民族感情和自尊心的严重伤害”。他们说，50年前，中华民族以3 500万人的伤亡、数千亿元的损失、八年的血泪抗战，才赶走了日本鬼子。如今我们讲中日友好，但不是不要原则忘记国耻。一些厂家和商家为了赚钱，竟然生产和销售臭名昭著的日寇战舰，是在腐蚀和伤害儿童心灵，是丧失了国格、人格、廉耻，是丧失了民族气节！

更多的教育工作者和大学生认为，生产和出售日本侵略战舰的做法是不能被容许的，他们至少是对历史耻辱的淡漠和忘却，是自觉不自觉地、有意无意地充当了美化侵略、忘却历史耻辱的宣传员角色。因为玩具不仅仅是玩具，它还是孩子的天使和伴侣，对孩子的成长教育起着潜移默化的重大影响。郑州工学院学生张松杰说，小时候玩什么，长大了仍然会有一种亲切感，甚至会对相关物象产生崇拜。如果孩子们整天玩的是日本侵略者的战舰玩具，几十年后，他们还能牢记着那段历史吗？

一些人还说，在德国等国家，法律禁止以各种武器为儿童玩具。在同是遭受日本凌辱的韩国，在每年的 3 月和 8 月，日本人是不受欢迎的。韩国人宁可放弃丰厚的利润，也不愿接待日本游客，为的是牢记着 3 月和 8 月是日本人的入侵和投降纪念月。在商言商，在赚钱之上的，还应该有民族利益和民族感情。

但也有不少人认为，紫荆山百货大楼卖日本战舰玩具无可厚非。战舰是系列产品，只是介绍兵器知识。至于说它的政治影响，儿童本身并不知道那段历史，关键是家长和教师如何引导、教育，如何介绍那段历史。

记者没在紫荆山百货大楼看到玩具实物或文字介绍，但在郑州新开业的一家大商场看到了正在销售的“大和”号、“武藏”号战舰玩具。对于战舰的文字介绍，一是纯军事数据，二是关于战舰历史的介绍：“舰上的官兵全部遇难”，“尽管战舰不存在了，但它的雄姿和风采，将永远不会消失”。

面对一片指责声，紫荆山百货大楼感到难以接受。总经理刘家万说：“我们是国有企业，赚的钱不是装个人腰包，而是上交国家。不至于为了赚钱而丧失民族气节，卖国求荣。受党培养教育多年，咱怎么可能帮助日本军国主义复活？”公关处长管墨成说：“只有研究二战史的人才了解两条战舰，一般人不知道，仅仅认为是儿童玩具。”

商场玩具部经理方俊松说，听生产厂家说，这种玩具已经在上海、北京、广州的大商场卖了几年了，并且至今还在卖，也没听说过有什么不对。

方俊松说，他们卖的是二战期间的战舰、飞机、坦克系列等兵器玩具。在这些系列兵器玩具里，既有同盟国的，也有德、日轴心国的。既然这些产品是厂家被批准生产的，他们应该可以经销吧？他拿出一份中日港合资的中国福万（福建）玩具有限公司的产品广告册。果不其然，上面介绍的玩具就有“第二次世界大战主要坦克精密大再现”，在 21 种拼装坦克系列中有 18 种是纳粹德国的坦克，铁卍字徽标赫然在目。在 12 种拼装战舰玩具系列里，就有纳粹德国的“俾斯麦号”和“杜必滋号”战舰。

刘家万说，目前，商场已经把所有德国、日本的战舰、坦克玩具都撤下来了。美国独资企业、可高天津玩具有限公司生产的价格为680多元的“海盗船”玩具也撤下了柜台。撤是撤下来了，但他感到困惑。如果都上升到政治高度，商场不仅仅要考虑卖不卖德国、日本的战舰、坦克玩具，还要考虑能否卖带米字旗、星条旗的商品以及东洋刀、德国士兵玩具。这是个大问题，他们要慎重处理。

截止到记者发稿时，紫荆山百货大楼始终没有对出售日本侵略战舰一事明确表态，郑州另外一些大商场也有人仍在销售二战时期日军、德军战舰、坦克的玩具。此事的是与非、对与错到底如何，侵略者战舰玩具该不该摆上玩具柜台，看来是一个远远超出郑州地界、又亟待解决的一个大问题。

（《中国青年报》，1996-01-04）

# 一位母亲的呼吁

## ——摘自一封震撼人心、发人深省的举报信

◇ 曲志红

一位苏州的普通女工，在今年11月21日给江苏省副省长、苏州市委书记杨晓堂写了一封举报信。在这封信中，她讲述了突然发生在她幸福家庭中的一段痛心不已的故事，令读到此信的人无不为之动容。她也向全社会提出了一个严肃问题，在我们社会主义国家里，难道竟能坐视那些黄色出版物侵蚀毒害我们的青年一代吗？我们将此信摘录如下，希望来自这位普通母亲泣血的呼吁，能进一步唤起全社会对黄色出版物所带来的灾难性后果的足够的重视，也希望那些为牟取暴利而“制黄”、“贩黄”的人们，能意识到自己的罪恶而悬崖勒马！

我是一位普通的中年妇女，原本有一个幸福的家庭。可近来，我每每以泪洗面，夜不能寐。思前想后，我下决心给您写这封信，因为我相信我们的党、我们的国家、我们的政府。

我和丈夫都在企业中工作，生活条件比较差，但我们认为这没什么，我们有我们的骄傲——我们的儿子。儿子很聪明，读书成绩一直不错，我和丈夫把所有的希望都倾注在他身上。我们希望他能争气、能成材。可是最近发生的一件事，却彻底打碎了我们的梦想。

事情还要从年初说起，儿子从去年开始自学电脑，而且学得不错。丈夫和我商量了半年，终于咬咬牙花了8 000多元钱给他买了一台电脑。我的家庭经济并不富裕，不怕您笑话，家里的电视机还是黑白的，可是我们认为值得。谁想到，事就出在这电脑上。

近两个月来，我发现儿子一直神神秘秘，经常把自己锁在自己房间里，当时也没觉得怎样。可后来发现他近期几次考试成绩直线下

降，好几门功课竟只有六十几分。问他原因，他一直说粗心，未答好试题。有一天，班主任打电话给我，说我儿子几个月来上课一直不认真，神情恍惚，最近几个下午竟没来上课。我接了电话，气得不行，马上请了假冲回家，打开儿子的房门，发现儿子正和他的两个同学在看电脑放的电影（后来才知道叫 VCD）。可待我仔细一看，天啊，那是什么镜头啊！我当时气得手脚冰凉，呆呆站了十几分钟不知该怎么办。

晚上，我丈夫回来了，他一生第三次，也是最狠的一次打了儿子。他问儿子这些黄色 VCD 是哪来的，儿子说是托人从苏州宝碟激光电子有限公司买的，很便宜，而且就是这家公司生产的。丈夫和我简直不敢相信自己的耳朵，这家公司并不是什么地下工厂，它是一家正式的中外合资企业。前几天我们还在吴江电视台的节目中看到这个企业的领导出现过，而且是介绍先进经验。这难道是真的吗？

可事实回答我是真的。杨书记，我想问一下，在我们国家里，中外合资企业难道可以为所欲为地生产这种黄色的东西吗？这难道不是违反国法吗？

当然，出了这件事，我们做父母的有不可推卸的责任，但我想，我们共产党领导的社会主义中国也决不允许有这样的企业。我的儿子只有 16 岁呀！如果没有好的社会环境，他该怎样走完他的人生啊！

（新华社（1995 年）12 月 17 日电）

# 让历史警示未来

## ——在日本看“8·15”

◇ 李仁臣　孙东民　张国成

悠悠岁月，尘封了多少茫茫世事。然而，“8·15”却是个令人不能忘怀的日子，它的特殊意义，至今仍在人们思绪中萦绕，尽管纪念它已经是第50个年头了。

半个世纪前的8月15日，日本宣布无条件投降。这对中国人民来说，是抗击日本帝国主义侵略的胜利日；这对朝鲜半岛上的人民来说，是朝鲜民族的光复节；这对从日本帝国主义铁蹄下解放出来的亚洲其他国家人民来说，又是争取民族独立的新起点。那么，对于当年发动侵略战争的当事国日本来说，“8·15”意味着什么？在日本，看待“8·15”的眼光，对待“8·15”的心情，又是怎样的呢？

今年的“8·15”前夕，我们来到日本采访。在东京，在广岛，我们强烈感到，8月是日本思考战争与和平的季节，日本列岛又经历了一个不寻常的“炎热夏日”。

### 战败与解放——“8·15”是日本帝国主义战败命运的必然归结，又是日本国民摆脱战争重压的精神解放日

直面历史，有时也需要勇气。

有学者称，日本人不愿意回忆过去，日本是一个健忘的民族。这种看法或许有其根据，但却不宜一概而论。50年前的那场战争，日本人没有忘记。

日本视50年为“大年”，有关纪念战后50年的活动远比往年为甚。报刊上有关“二战”的特刊纷纷面世；电视上有关“二战”的史料频频播放；有关“二战”的展览会、座谈会接连不断；“二战”题

材的书刊占据了书店的显著位置；广岛、长崎的和平祭典规模宏大……对那场侵略战争，有真诚的反省，有正视历史的举动。揭露臭名昭著的“731部队”搞细菌武器试验的展览，从去年起在日本巡展，反响强烈，参观者达23万人之众；良知唤起的战时旧军人，提供了数以百计的揭露军国主义罪行的证言。这是主流的一面。另一方面，掩饰侵略罪行、拒绝反省的聒噪也不时冒出，那些鼓吹“侵略有理”、“谢罪有害”的论调依然时有所闻。尽管50年过去了，两种历史观和战争观的激烈对立依然存在。8月9日，新任文部大臣岛村宜伸拒绝承认日本过去进行的那场战争是侵略的言论，就是最近的事例。

出现这种认识上的强烈反差并不是偶然的。

人们记得，50年前那个闷热难耐的中午，广播里传出伴着噪声的天皇“玉音”：“……耐其所难耐，忍其所难忍……”在似火骄阳下，聚集在皇宫广场前的人群有的长跪不起，有的哭泣，有的则以呼喊“万岁”发泄感情……听惯了大本营总是发布胜利战报的日本人，不得不猝然面对一个现实：侵略战争已经失败，接受《波茨坦公告》，无条件投降。茫然若失中，许多人又松了口气，一丝生存的庆幸涌上心头：战争的结束毕竟意味着不再遭受轰炸，青年不再被赶上战场，亿万苍生将免受宪兵的恐吓、保甲的举报和“报国会”的监视。“8·15”毕竟是对旧帝国的告别，一个新时代的开始。

这仅仅是结论的一部分。

历史学家们证实：当年7月26日盟军敦促日本无条件投降的《波茨坦公告》发表，在日本统治阶层内部就有一场战与降的争斗，《波茨坦公告》被歪曲成要日本屈服的“阴谋”。当苏军势如破竹围歼关东军，当两颗“新型炸弹”在广岛、长崎上空爆炸，数十万平民死于非命时，法西斯军部仍妄图驱使疲惫不堪的子民们准备“本土决战”，鼓吹“一亿玉碎”；当日本天皇决定投降，录制“终战诏书”后，军部又为夺取天皇录音盘不让发表而发起一场失败的军事政变。人们混乱、惊恐、茫然，“8·15”成为日本“历史上最长的一天”。

对“8·15”，从一开始在日本就有不同的认识。正视历史的人说它是“战败日”，不愿承认日本失败者称之为“终战日”，日本政府则把“8·15”定为“纪念阵亡者，祈求和平日”。《朝日新闻》评论主笔有马先生谈到日本“8·15”的历史意义时说，它是从1895到1945年50年来的日本帝国主义从产生到走向灭亡的归结，是日本战后文化复兴的起始，也是日本人精神上从战争的阴影下走出来的解放日。

战败与解放，本是一个问题的两个方面，军国主义的失败就是日本人民的解放。学者们说，从历史的角度看，以“8·15”为开端，日本社会既有断层，又有连续。作为战前政治的断层，表现为民主化和解放性。战后，日本变帝国宪法为否定战争的和平宪法，从神权天皇制到主张主权在民，从改变封建的家庭制度到进行废除寄生地主制的农地改革；其连续性表现在另一股势力仍在顽强表现自己，旧梦难舍，体现了一种军国主义思想的惯性。著名评论家加藤周一认为，把“8·15”说成是“终战”，既掩盖了战败的事实，又模糊了从军国主义摆脱出来的解放性。德国把1945年5月8日当作解放日，这已成为德国大多数人的共识。而在日本，深刻认识解放性的一面则是需要补上的一课。

## 加害与受害——越来越多的人呼吁：要正视日本加害的历史，不要再把历史的包袱留给年轻一代

广岛原子弹爆炸50周年纪念日——8月6日刚过，我们来到广岛。这座破碎过的美丽城市，无处不在诉说战争给人类带来的惨重灾难。广岛的和平公园在城市中心，公园的正中有座肃穆的慰灵碑和不熄的长明火，碑的对面就是和平纪念资料馆，这里每年平均接待150万参观者，是日本当今“最热”的博物馆。

馆长原田浩先生告诉我们，纪念日这天，从早上4点到午夜12点，慰灵碑前一直排着前来悼念的长队，好多人想起当年的惨状悲痛放声。

广岛没有忘记过去。慰灵碑下的石棺内装着死难者的名单，去年新死去的受难者的名单又加了进去，使广岛的核爆受难者增加到19.2万人。

侵略战争是一个怪物，是对正义的否定，是以生命为代价的。侵略战争又是一柄双刃剑，它残害的不仅是他国人民，同时又为玩火者自掘坟墓，苦果自尝。战争是少数人发动的，承受战争苦难的却是人民大众。据日本战后的经济安定本部估算，日本在战争中的财富损失为460亿日元（1945年价格）；“二战”中日本失去310万人的生命，其中在海外战场上的死者达150万人，另有20多万广岛、长崎市民

在原子弹的闪光中倒下，10多万东京市民死于空袭。高喊“本土决战”的日本军部强令被赶上战场的冲绳民众“集体自决”，送往中国东北的日本“开拓团”，在日军灭亡的末日成了弃民……这是日本军国主义带给日本普通百姓的战争苦果。

50年前亚洲的那场浩劫，日本军国主义首先加害于亚洲各国人民，同时也加害于日本人民，这是不争的事实。直到50年后的今天，日本军国主义的战争犯罪证据仍多有发现。

加害与受害的关系，不言自明，但是这个问题一直困扰着日本社会。每年夏季，在一些新闻媒体和各种集会上，突出的话题是战争的悲惨，谈论最多的是日本如何受害，似乎最大的受害者不是中国，不是亚洲各国，而是当年发动战争的日本。人们还没有忘记80年代在教科书里把侵略说成是“进入”，前不久日本又通过措词含混的“国会决议”，不敢痛快地坦率认错，从而造成一种日本不诚实的灰暗形象。有人说，在承认过去的侵略问题上，日本给世界的印象如同昔日足着木屐迈着小碎步走路的女人，不肯向前迈出大步。

有识之士分析，日本社会上强化受害意识，回避加害亚洲问题，这与有人利用视野狭窄、以自我为中心思维的“岛国根性”有关。这使许多人只看到自己的受害，念念不忘本国在战争中死去的几百万人，而不去认真对待由于日本的侵略战争给其他国家造成的超出日本多少倍的损害，几千万人的牺牲。另有图谋的政客更是利用这种狭隘的民族心理恫吓日本国民，说什么如果承认日军向亚洲人民挥舞过战刀，日本从事过侵略，就会被贴上“日本民族是残忍的民族的标签”，同时，这种思维定式又往往使日本只有在外压下，甚至是被击一猛掌后，才会向前迈出半步，妨碍了日本正确认识历史，消减了自我超越的勇气。

在受害与加害的问题上，近年来特别是今年以来，日本越来越多的人士和广大国民开始从加害角度，正视日本对亚洲各国造成的损害，这无疑是一大进步。在广岛的和平纪念资料馆里，去年新加进了有关广岛与战争关系的资料，揭示了广岛作为日本发动战争的“军都”与被炸之间的内在联系。作为日本受害象征的广岛和长崎，在今年为纪念原子弹受害50周年而发表的宣言中，都强调必须从受害和加害两方面正视战争，对日本过去的殖民统治和战争对亚洲各国造成的难以忍耐的苦痛表示道歉。广岛市长平冈敬说，日本受原子弹之苦，绝对不能成为忘记加害别国的遁词。他认为应该对广岛、长崎在历史和战争中正确定位。他说，“事实上，日本一直没有通过自己的手清查过‘战争犯罪’问题。只要这个问题不解决，无论怎样高喊挨炸的惨状，都不会使亚洲各国动情。”日本报纸指出，记住广岛和长崎受害，不仅是为了回忆过去，更重要的是我们需要在今后决定未来方向时得到警示。记忆也是一种力量，记忆是过去和未来的接点。

“日本需要与亚洲有共同的历史认识，日本应该正视加害亚洲的历史事实”，这是日本社会近来出现的一个积极动向。持有这种认识的人越多，日本真正实现与亚洲各国的和解就越有希望。

## 过去与未来——日本从哪里来？又到哪里去？从哪里来需要解开“历史情结”；到哪里去需要明确方向。过去连着现在，又关乎未来

当日本在战后的和平环境中一次次抓住良机，求得经济迅速发展的同时，却未能及时抓住彻底反省发动侵略战争的机会。已经成为经济大国的日本，如果不彻底解开与亚洲国家间的这个“历史情结”，不仅违背亚洲人民的意愿，更影响日本的未来。

正如德国前总统魏茨泽克所说：“闭眼不看过去的人，对现在和未来也是盲目的。”日本认错也罢，道歉也罢，说到底，无非是以坦诚的态度协调日本与亚洲各国的关系，形成友好相处、共同发展的共识。日本能这样做，首先符合自己的利益。

高知县一位16岁的中学生已经看清了这一点，这位孙子辈的遗族在“8·15”当天《朝日新闻》晚报上发表的读者来信中说：“对日本战时的侵略行为，向亚洲国家道歉是先决条件。应该一直道歉到亚洲各国人民满意时为止。只有这样，才能建立与亚洲的友好，才能建立没有战争的未来。”

村山首相在纪念战后50周年举行的记者招待会上发表谈话说：“日本在过去的一段时期，国策有错误，走了战争道路，使国民陷入存亡危机，殖民统治和侵略给许多国家，特别是亚洲各国人民带来了巨大的痛苦和损害。”

村山首相今天在书面回答本报记者提问时明确表示，“痛切反省

由于我国（日本）的殖民统治和侵略对中国人民造成的巨大损害和痛苦，在此表示衷心的道歉。”

村山首相“8·15”谈话，是迄今日本首相就战争问题最明确的表态，是日本首相第一次在声明中承认日本的侵略，并就日本侵华明确道歉。日本评论家们对村山首相的谈话也给予积极评价。

应该说，广大的日本国民是反省日本过去发动的侵略战争的。就是在政界，主流也是反省战争的。各政党在纪念“8·15”之际纷纷发表声明，自民党在声明中表示反省过去的战争，谦虚学习历史教训，不再重复悲剧；新进党的呼吁书表示反省日本的侵略行为和殖民统治；社会党书记长声明要正视日本对中国等亚洲国家进行的侵略战争，承担加害者的责任，进行道歉；日本共产党“对日本军国主义的侵略战争中牺牲的亚太各国和日本国民表示哀悼”。人们认为，这表现了日本各界对历史认识上的深入和对历史认识上趋于接近。

8月15日上午，日本政府举行了天皇和国会议长出席的“全国战殁者追悼式”，向战争的死难者志哀。与此同时，不少民间团体举行了各种纪念活动。在东京的山手教会，东京市民举办的以介绍日本战前70年的侵略史为内容的展览，吸引了不少青年人；在东京的千岛渊战殁者墓苑，从一早就挤满了祭奠和献花的市民；由军人的遗属组成的“和平遗族会”，今天与韩国的太平洋战争牺牲者遗族会共同举办了“亚洲共生‘8·15’集会”。和平遗族会负责人表示，如果不承认日本的侵略战争，不明确日本的加害责任，日本便不能做到与亚洲共生。

与此同时，日本社会上美化侵略的行径仍在招摇过市。在祭有甲级战犯的靖国神社，数十个团体今天又在上演为侵略者招魂的丑剧，70多名国会议员和8名政府内阁成员仍以各种名目前往祭奠。

日本从哪里来，又到哪里去？一位评论家说，从哪里来和到哪里去的问题是日本亟待解决的课题。在从哪里来上，日本对历史问题还没有彻底清算；在到哪里去上，至今找不到明确的方向。日本尚没有对侵略战争进行彻底清算，这是日本向政治大国发展的障碍，日本至今仍背着过去的包袱，还没有真正向亚洲人民敞开心扉。

以日本宪法学者知名的众议院议长土井今天在出席追悼战死者的悼词中说，战后经过了半个世纪，日本对亚洲的殖民统治和侵略带来的侵犯人权、歧视、蔑视的历史，至今都没有得到清算，没有向亚洲的人们伸出真正和解的手，这与德国形成明显对照。例如，据统计，战后日本向遗族发放的抚恤金约40万亿日元，而日本政府至今对外国的赔款只有1万亿日元，两者比例是40∶1；德国对外赔款和对内抚恤金基本是1∶1。日本舆论指出，战后50周年，日本要抓住彻底反省侵略的千载难求的时机。

以历史为镜，可以知兴衰。

历史证明，侵略扩张危害世界，侵略和损害他国的国家，自己也要招致灾难。只有和平发展，才有持久繁荣。

（《人民日报》，1995-08-16）

# 苏州人的性格变了

◇ 范敬宜

苏州在变化。苏州人的性格也在变化。从苏州采访归来，我总爱用这两句话回答向我询问苏州情况的友人。

近几年来，新闻媒介对苏州改革开放的重大成就，作了大量报道，可谓“前人之述备矣”。然而，报道多是侧重于有形的变化，至于无形的变化，特别是苏州人在性格方面的变化，似乎未见有人涉笔。这也难怪，外地人无从作纵的比较，本乡人又身在此山，习以为常。也许只有“少小离家老大回”的“游子”，才会在这方面特别敏感。

我出生于苏州，成长于上海，长期工作于北方。随着年龄增长，思乡之情渐深，常常出现“梦向夫差苑里游，门前一片横塘水”的幻觉。但是，坦率地说，我并不太喜欢苏州——倒不是不喜欢它的小桥、流水、人家，而是不喜欢由小桥、流水、人家孕育出来的苏州人的性格，尽管这种性格的遗传因子，在自己身上有时也表现得相当明显。

今年 5 月，我在苏州盘桓 10 天，这是数十年来时间最长的一次。城乡面貌的巨变固然令我惊叹，更使我难以置信的是，苏州人的性格特征发生了那么大的变化。这种变化不仅反映在待人接物、语言谈吐上，更重要的是反映在对待现代化建设和改革开放的胸襟和气度上。

在历史上，“空”曾经是苏州人的主要性格弱点。“苏空头”这个“雅号”加在苏州人身上，至少已有数百年之久。所谓“空”，主要是指虚多实少，尚清淡而轻实务。不久前在北京参加一次会议，一位领导同志在讲话时还带点调侃的口吻说：“回去要好好抓落实，不要像苏州人打架那样，嘴里喊着来来来，双脚却步步后退……”作为苏州人，我当时听了心里有股说不出的滋味。这次来到苏州，真想寻找一番“空”字在当代苏州人身上的表现，而且作好了在社交场合表演

"空对空"的思想准备。遗憾得很，都落空了。开会、下乡、吃饭，我原想肯定少不了无尽无休的客套、推让、寒暄、叙旧、劝酒，想不到一概免了。上自市委书记，下至乡镇干部，一落座便开门见山，讲速度、讲效益、讲产值、讲利润、讲外向型经济、讲转换政府职能……全是实的政策，实的措施，实的数字，实的行动，甚至吃饭敬酒时说的也不是什么"感情深，一口闷；感情浅，舔一舔"，而是新发明的"酒逢知己千杯少，能喝多少算多少"。置身其间，几乎错把苏州当广州了。

5月4日，我去吴江参加撤县建市庆祝会，只见会场内外，最醒目的标语是"空谈误国，实干兴邦"。它针对的是历史还是现实，我不清楚，但是实干是吴江乃至整个苏州市经济腾飞的主要原因，这个实践的总结确已深入人心。实，逐渐成为苏州人性格的一部分。

苏州人性格的另一特征是："文"。这个"文"，既有斯文、儒雅的一面，又有经济细胞不发达的一面。苏州历来是文人墨客荟萃之地，苏州人引为自豪的是自唐朝至清末出过的60多位状元，以及吴门画派、南社诗人、草桥学舍、东吴大学。即使到了上海成为繁华的万国商埠，无锡、常州等地出了富甲一方的实业巨子，苏州人还是安于诗书之乡的传统地位，对于从事工商实业者多有鄙薄之意，一位颇有声望的学者，与一富商对门而居，为了表明自己书香门第的清高竟写了一副门联："籴谷那边去，问字这里来"，便是一个反映这种重文轻商观念的典型例子。

解放以后，苏州这个消费城市逐步改造成为生产城市。人们的旧观念有了不小的变化，但是办实业总远不如上海人精明，常锡人勇敢。在全国著名的经济界、企业界人士行列中，苏州人仍是寥寥无几。情况发生大变化是在党的十一届三中全会以后，特别是乡镇企业在苏南大地风起云涌之后。传统的文化积累一旦与改革开放的时代潮流融会，文绉绉、软绵绵的苏州人突然变"野"了，琴棋书画的才能转移到商品生产上来，迸发出一种苏州人特有的刚柔相济的聪明和勇气。当"长城"、"春花"、"骆驼"这些名牌产品以高频率夜夜出现在电视荧屏，人们发现，对"苏空头"必须刮目相看了。于是，苏州人开始以新的形象、新的气质搏击于商品经济的大海之中。"百无一用是书生"——清代诗人黄仲则的慨叹，已成为一种历史现象。

在苏州，我接触了许多不同层次、不同类型的企业家，他们中间既有现已升任苏州市政府副秘书长的长城电扇厂厂长范敬中，年产值达1.2亿元的昆山化工厂厂长施杲棣、身为全国纺织业劳模的吴江新生丝织总厂厂长张正昌那样的“正规军”，又有在“异军突起”中叱咤风云的农民企业家沈其南、萧水根、陆德馨，等等。他们的共同特点是“亦狂亦侠亦温文”（龚自珍句），既有远见、有魄力、有办法，又不乏江南人的细腻、致密。他们不愧为新一代的苏州人。

在与苏州市委书记王敏生交谈时，我提出一个问题：苏州人性格的这种变化是怎么来的？他沉吟半晌，以浓重的乡音文雅地回答：“商品经济是一座改造人的大学校、大熔炉，它不仅改造人的脑袋，也改造人的性格。”

我认真地记下了这句话，并在它下面重重地画了两条蓝杠，在边上注了一句感想：没有这种性格，就适应不了改革开放的时代潮流，适应不了发展商品经济所必需的进取、创造、竞争……

苏州是这样，广东、山东不也是这样过来的么？

（《经济日报》，1992-06-03）

# 死在故乡

◇［日］本多胜一

“久蒙关照。”七十八岁的 T 子，留下这样一张简短的字条，离开东京巢鸭的寓所，出走了。那是 6 月末的一天，再过不久，就是她七十九岁生日。她没有庆祝自己的长寿，而是静悄悄地在宇都宫的深山里自杀了。9 月 14 日，遗族们将她的遗体在宇都宫火化。

据厚生省统计调查部的资料，最新（1962 年）国际统计表明，日本老年女子的自杀率为世界第一位（老年男子为世界第七），从 1964 年度老人自杀统计数字来看，年龄越大，自杀率越高。T 子的死，可以说是一个典型。所谓“敬老日”，恐怕也是我们正视这样一个现实的机会吧。

到今年春天为止，T 子一直住在东京的赤羽。五个子女之中，三男二女，长子是某公司的副经理，各自都过着优裕的中流以上的生活。七年前，T 子的丈夫以七十九岁高龄过世。此后，T 子便和长女（五十岁）一起在赤羽生活。

赤羽的房子，是三十年前为了永久居住盖起来的。约二百平方米的宅地上，有一处庭园，T 子终日流连忘返，在那里一边欣赏花木，一边读书。据说这是她最喜欢的。有时，她也作短歌。

今年春天，长子的女儿，也就是 T 子的孙女，决定结婚。尽人皆知，现在，要在东京觅得一处宽敞的新居，该是多么的困难。于是，决定把赤羽的房子让给新婚夫妇，老人由大儿子接去抚养，长女自己另外租房子住。

离开久居的老家，离开自己赖以生存的“窝”，T 子顿时蔫儿下来，变得无精打采了。儿子那里本也有一处庭园，但是，她无心去欣赏，多年来那么喜欢的读书，也从此放弃了。儿子、媳妇无意中说的一句话，做的一件事，都会引起她的误解，使她产生忧虑和烦恼。5 月末，她终于“逃亡”出来，跑到长女的寓所，尔后，又在附近找了一间小屋暂住下来。

然而，这样的年龄，迁入一个全新的环境，终日过着孤独的日子，她到底无法忍受了。有时，大白天她会突然大叫“用刮脸刀自杀算了”，使房东提心吊胆。长子和次子也曾商量，为了老人，打算再盖一处房子，并且决定6月28日去见T子，把这个意思告诉她。不料，由于台风，新干线停车，去大阪出差的次子，那天没有及时赶回东京。

T子出走是29日。她跟房东说了一句：“稍稍出去一下。”就走了。不大一会儿，她又返回来，笑着说：“把重要的钱包忘了。”然后，重又出去了。这一去，便再也没有回来。发现遗体的宇都宫，是T子的故乡，是她出生的地方。

法国一位心理学家曾经说过：“造成自杀的，是社会道德方面的原因。”

（《朝日新闻》，1966-09-15）

# 阅读提示

社会观察通讯是运用了一种新的命名，来指称那些站在独立的观察者的角度去观察社会现象、剖析社会问题的通讯。这类通讯强调观察者视角的独家性和思考的独立性，它是在中国改革开放大背景下，中国新闻业面对剧烈变革中的中国社会和蜂拥而来的大量社会问题，而产生的角色调整的产物，是新闻工作者为了迅速反映社会现实，全面、深入地监督社会生活的一种创造。

社会观察通讯的着眼点在于记者独立的观察与思考。与工作通讯不同的是，它的选题不受已列入党和政府议事日程的中心工作范围的限制，而是依据新闻工作者深入、广泛的调查和敏锐的洞察力来确定选题和报道思想的。另外，社会观察通讯既然主要出自记者观察社会、破解社会难题的初衷，在报道中就包含了既报道事实、又探索解决出路的报道者和研究者的综合视角，这一点在记者获取事实、梳理事实和表达事实的过程中是必须予以关照的。

这里所选用的社会观察通讯，题材广泛，立意多元，大多基于记者对社会问题的独立观察。如：腐败干部为自己修建豪华陵墓问题，药品购销黑幕问题，非法传销问题，色情光盘对青少年的毒害问题……在中国改革开放的今天，社会生活每时每刻都在发生着剧烈的变化。有些事物在刚刚出现时尚难辨善恶；有些事物则已经带来明显的负面社会效果，但尚未引起全社会的普遍关注，更没有提到各级政府的议事日程。此时，敏感的新闻工作者便可以捕捉到这些事物，对其进行追踪调查，梳理辨析之后展现给读者。社会观察通讯既可以满足人们及时了解社会动态的需要，又可以实现设置议题，引起人们的关注和思考，从而引导舆论的社会功能。社会观察通讯所提出的问题，还可能引起各级政府的警醒和关注，为政策层面的调整提供新鲜和有力的依据。

社会观察通讯的采写，首先要求记者具有敏锐的社会洞察力，能够较快地捕捉社会上出现的新事物、新动向、新倾向，能够迅速地察其真伪，理其脉络，辨其善恶，预测其未来走势及产生的社会效益。其次，还要求记者建立自己的新闻线索网络和专家咨询网络。前者可以为记者提供大量的选题线索，后者则可以帮助记者较快地认识问题，提炼观点。

（张　征）

# 风貌通讯

## 安娜·卡列尼娜之旅
### ——莫斯科开出首列文学专列

◇ 本报驻莫斯科记者　杨　政

11月9日上午9时整，一列满载俄罗斯作家、文学工作者、文学爱好者和记者的“亚斯纳雅·波良纳”文学专列在军乐团雄壮的进行曲中，从莫斯科库尔斯克火车站缓缓驶出，开往列夫·托尔斯泰的故居——亚斯纳雅·波良纳。

列夫·托尔斯泰故居位于莫斯科以南约200公里的图拉州境内的亚斯纳亚·波良纳庄园，占地338公顷。亚斯纳亚·波良纳意为“阳光明媚的林中草地”。列夫·托尔斯泰于1828年生于这块世袭的贵族庄园，1910 年去世后也葬于此。托尔斯泰一生的大部分时间是在亚斯纳雅·波良纳度过的，并在这里写下了不朽巨著《战争与和平》、《安娜·卡列尼娜》等。

文学专列每一节车厢的布置虽各具特色，但都和托翁及托翁作品紧密相联，有着浓厚的托翁时代文化氛围。在“托尔斯泰与铁路”的车厢里，身着深色裙衫、头戴黑面纱的贵族少妇安娜·卡列尼娜和风流倜傥的贵族青年军官沃伦斯基“不期而遇”，列文和吉提如刚刚坠入爱河的恋人相拥而至……这一切，使人仿佛又置身于托翁时代。

首批乘客被分别安排在等级不一的车厢里：头等车厢里装有放像设备，轮番放映根据托翁多部不朽之作改编的电影和记录作家伟大生平的资料片。车厢的设备不同，票价也不等：头等车票 125 卢布，二等车票 80 卢布，三等车票 60 卢布。

俄罗斯作协理事会的巡回会议在“托尔斯泰和孩子们”车厢内举行。俄作协主席卡尼切夫和著名作家拉斯普京在亲切交谈，刚刚获得托尔斯泰文学奖的老作家阿列克谢耶夫在捧书阅读。记者们被安排在“战争与和平”车厢，车厢墙壁上挂满了书中的人物肖像。书中女主人公娜塔莎·罗斯托娃头戴插满羽毛的帽子，飘然走进车厢，向记者们一一微笑致意。在“托尔斯泰与高加索”车厢里，铁道部的官员们正热烈地讨论着铁道部的改革之举……

众所周知，托尔斯泰与火车有着不解之缘。他生前非常喜欢坐火车旅行。作家曾写道，“乘火车出行，真是一大享受，又便宜，又方便。”

90 多年过去了，俄罗斯的铁路员工没有忘记托翁对铁路的厚爱。他们把破旧不堪的亚斯纳雅·波良纳火车站按照托翁生前的原貌修葺一新，并恢复了历史上小站的名称“卡兹洛沃·扎谢卡”。

莫斯科铁路局局长介绍说，文学专列现在每天都从莫斯科发车，今后可能会视客流量大小进行调整。他相信，大多数游客都愿意乘坐文学专列沿着安娜·卡列尼娜的路线潇洒走一回。

（《光明日报》，2001-11-29）

# 雪域高原第一乡

◇ 刘 伟

1961年6月，在加多村一片杨树环抱的草地上，刚刚经过民主改革的翻身农奴们，行使主人的权利，投票选举了西藏有史以来的第一个乡级人民政权。

今天，西藏自治区已走过30年的岁月，西藏的第一个乡——堆龙德庆县古荣乡发生了什么样的变化呢?

沿青藏公路北上，出拉萨40公里，经过堆龙河上的铁架桥，进入一处绿色的山谷。

副乡长赤列遥指山坡上绿树簇拥的山村说："那就是加多村。"

这是一个安静而美丽的山村，流水潺潺，芳草萋萋，山风微微，杨柳依依，林间鸟雀鸣叫，村中鸡啼狗吠此起彼伏。

副乡长拍着齐胸高的石墙，向里叫了一声"旺堆"，一个中年汉子应声而出。

旺堆今年53岁，是加多村村长。当记者说明来意，旺堆"哦"了一声，笑指着林间说："就在这片草地上，当年我们选举了西藏最早的乡级人民政权。我那时也参加了选举。"

听说古荣乡第一任乡长欧珠就住在加多村，记者便问旺堆："欧珠在家吗?"

旺堆说："在，就住在坡上。"

清澈的溪水从村子中间流过，踏过搭在溪水上的石板，旺堆拍打一座白墙院落的门。

一位瘦小的老人走出门来。

记者问起当年民主选举乡政权的情况，欧珠望着宽阔的山谷，沉默了一会儿说："那是1961年的夏天。我不识字，还是旺堆帮我填的选票，村民们呢，则是问同意谁，就由别人帮助填上谁的名字。"旺堆介绍，当年古荣附近几个村的老百姓太穷了，日子过不下去，许多人翻山到外地流浪乞讨。后来，听说家乡民主改革，要成立人民政权，流落在外的古荣人相互转告，许多人立刻赶回了家乡。

“为什么要选你当乡长呢?”

“我当时是民主改革的积极分子，在县里学习过。”欧珠颇为得意地说。

旺堆接过话说：“欧珠人厚道，是我们这儿的种地好手，为人正直，我们就选了他。”

1976年，欧珠从乡长的岗位上退了下来。乡亲们仍很尊重他。前几年欧珠家盖了三间新房，村里人都来帮忙，最近欧珠家又买了一间大一些的房子。

欧珠有一儿一女，女儿在家务农，儿子现在是解放军的一名中校军官。

如今与过去不同了。旺堆向记者介绍，全村45户村民中有37户买了手扶拖拉机，村民家大都有收录机、缝纫机。有9户村民组建了农民建筑队，专为附近村庄的农民盖新房。

辞别欧珠，沿溪流而行，记者看到一座水磨。旺堆介绍说，水磨坊的主人叫格桑多杰，是村里比较富的一家。

走进宽大的院子，格桑多杰的妻子卓玛正在和面做馒头。旺堆解释：“我们藏族农民并不像外面人认为的那样，只是吃糌粑，喝酥油茶，平时村民常做馒头、饼子吃。”卓玛说：“我们也经常炒上几盘菜，吃米饭。”

古荣的糌粑在拉萨很有名，乡里搞了个乡镇企业“巴热糌粑公司”。另外乡里还有3家私人办的糌粑公司。

古荣乡距拉萨不远，也是到西藏名寺楚布寺的必经之地。一些富了的农民买了汽车跑运输，有9户农民还买了面包车，专到拉萨跑出租，拉去楚布寺的中外游客。有个叫顿珠的农民，已更新了3次出租面包车。

（《人民日报》，1995-11-16）

# “赵光腚”的后代，富了

## ——访周立波《暴风骤雨》中写过的元宝村

◇董　伟

3月28日，记者坐着黑龙江省尚志市元宝村的轿车，沿着当年“老孙头”赶着马车几步一陷的马路，去48年前东北土地改革时就因周立波的《暴风骤雨》而闻名的元宝村（书中称元茂屯）采访，想探寻“赵光腚”的后代们今天过得怎样。

这里位于张广才岭深处，是个典型的山沟沟。记者坐在轿车里，追寻着荏苒光阴，想象“老孙头”当年沿着这条路赶马车的样子，眼前不断延伸的路就像渐渐展开的一幅历史画卷。

48年前，在中国共产党领导下，这里发生了一场伟大的历史变革，农民成为土地的主人。“赵光腚”——这个书中代表翻身农民的艺术典型，穿上了裤子，过上了温饱生活。在《暴风骤雨》中妇女主任的原型70岁的李淑芹家中，至今仍放着土改时分得的一个大炕柜，老太太说：“那是胜利果实，不能扔。”

农民分得土地，仅仅是摆脱了封建剥削；走向富裕，没想到却经历了那么长的时间。

傍晚时分，轿车开进了村子，这里已没有书中描写的“低矮的土墙”了，宽宽的街道，整齐的砖房，分明是一座小城镇。村子里有餐具厂、铅笔板厂、铅笔厂和综合建材厂等，还有好几个舞厅。看到这些，很难相信这就是周立波笔下的“元茂屯”。村子里唯一能和书中相吻合的地方就是村后的那座历经沧桑的元宝山。

已经深夜12点了，元宝村的党支书张宝金还在兴奋地和记者唠着。唠到过去，他说村里人都知道周立波和《暴风骤雨》，明白是周立波的小说让元宝村出了名；唠到现在，他们对自己所做的一切感到满意，可以骄傲地让世人看看今天的“赵光腚”了。

“我们村富起来，是在农村大包干以后。”张宝金介绍说。1983

年，“大帮哄”实在过不下去了，队里欠债 27 万元，社员干一年挣不到 20 元钱，全村大约 30%的农户有变成“赵光腚”的危险。无奈，只好承包到户了。

生活很快就好起来了。但是，全村 1 300 多口人，耕地只有4 000 多亩，单纯种地是不够的。1985 年，张宝金带着村里的 4 个“大能人”去了山东、广州等地取经。这成为元宝村的一个历史性转折。

“开头很艰难，但我们终于有了自己的工业。”张宝金说。1994 年，元宝村的工业总产值已达 5 175 万元，人均收入达 3 200 余元，铅笔和卫生筷子大都出口到日本、韩国和东南亚国家，其中“YBS”牌卫生筷子成为日本的免检产品。为了感谢元宝村常年提供质量上乘的卫生筷子，一次，日本新的合作伙伴佐藤中雄先生邀请张宝金访问日本，并带他去当地最好的商场，让他随意选最好的商品，由日方记账。可是，张宝金只买了一套价值 3 000 多元人民币的筷子生产线用的高级切割刀具和磨石。在日本人惊愕不解的目光中，流露的是对中国现代农民的由衷敬佩。

在残留着农村气息的鸡叫狗吠声中，迎来了我到元宝村的第二天。

元宝村有一个中外合资的黑龙江元宝山木制品有限公司，村办的企业都在这个公司属下。公司的总会计师姓牛，他介绍说，全村只有几十户种田大户在种田，主要劳力都在工厂了。由于工厂发展很快，元宝村的劳力只能满足其一半需要。所以，这个偏僻山村的企业走出山沟，异地建厂。现在，元宝村在大连就有一个公司和一个工厂。同时外地工人走进山沟。记者在车间里，见到许多来自山东、河北和黑龙江省其他地区的工人。一个叫关玉红的女工引起记者的注意，她的母亲原是元宝村人，因受不了山沟沟多年的贫穷，外嫁到黑龙江省方正县。现在，元宝村富了，这位母亲又把女儿送了回来。关玉红说，她一个月能挣 400 多元钱，生活蛮好，以后有机会想学学唱歌。

我很想见见“赵光腚”的后代，镇党委书记富伟说，《暴风骤雨》中唯一没有生活原型的就是“赵光腚”，他只是代表最贫困农民的一个艺术典型。“不过，元宝村姓赵的老户倒有不少。”

记者见到了一位姓赵的农会干部的后代，他叫赵发青，今年 42 岁，是工厂里开汽车的。他的媳妇快人快语：“赵家很穷的，当初嫁给他，我家都不同意。”可现在生活好了，住上了 140 多平方米的砖瓦房，两个孩子也在工厂上班，全家都是工人了 。“虽然家中彩电、音响齐全，我家在村里只算中等生活水平。”他媳妇补充说。

元宝村富了，全村有80余人坐飞机旅游，孩子上学和医疗全部免费，“赵光腚”的梦想终于实现了。新一代的元宝人并不满足，张宝金告诉记者：“我们新上的铅笔厂和大连的分厂，今年将新增产值4 000余万元。今年，我们将成为亿元村。”

（《人民日报》，1995-04-03）

# 哭墙前的沉思

◇ 高秋福

不寻常的大墙，世界上至少有4座。其中，最广为人知者，要数中国的万里长城——长城在外文中就意译为“大墙”。另两座经常见诸报端的，是柏林墙和巴黎公社社员墙。耶路撒冷的哭墙，在世界上也颇有名，但由于中国与那里长期隔绝，我们就难免感到陌生，有幸目睹者恐怕就更是寥寥无几了。

现在，作为首次访问以色列的中国记者，我就站在哭墙前，端着照相机，正寻求最佳拍摄角度。

这里是被犹太教、基督教和伊斯兰教均视为圣地的耶路撒冷老城区。脚下是有半个足球场大的用石头铺修的广场。广场东边的锡安山峰顶之上，金碧辉煌的萨赫莱清真寺和气势恢宏的阿克萨清真寺，掩映在苍松翠柏之中。峰顶之下，是一堵南北巍然横陈的大墙。大墙长约50米，高逾18米，由一方方巨石砌成。石面上濡染着一片片枯黄的苔痕，石缝中衍生着一丛丛碧绿的草木。墙脚下，挤满来自世界各地、操着不同语言、身着不同服饰的男女香客。他们虽然未必都是犹太教徒，但却多是来这里朝拜的犹太人。他们有的围着一张张方桌在做宗教仪式，有的端坐在一条条长凳上在念诵经文，有的面壁肃立在默默祈祷，有的长跪在地正悲戚地啜泣。

这是一幅极为肃穆的画面。一个个虔诚的身影，映现在我的双眸中，存留在我的胶片上。一声声嘤嘤哭诉，萦回在我的耳畔，在我的脑海中掀起一道道历史的波涛和涟漪。

哭墙原名西墙。公元前961年，以色列国王所罗门在位，国势兴隆，决定在耶路撒冷的锡安山上修建神庙，以存放国家的圣物诺亚方舟，并为犹太人提供一个祈祷的场所。4年后，神庙竣工，后世称之为第一圣殿。圣殿两厅一廊，外有一道很长的围墙。墙内大院此后就成为犹太人进行政治和宗教活动的中心。公元前586年，巴比伦人攻占耶路撒冷，将圣殿付之一炬，把大批犹太人强掳而去。公元前538年，巴比伦王国为波斯帝国的居鲁士大帝所灭，被称为“巴比伦之囚”的犹太人获释返国，重建圣殿。圣殿建后又毁，毁后又建，历经沧桑。到公元前20年，希律国王又对圣殿进行重建和扩建，历时40年完工，后世称之为第二圣殿。岂料，圣殿刚建成不久，就暴发了犹太人反对罗马帝国统治的大起义。罗马帝国大将狄托一怒之下，于公元70年将这座象征犹太民族精神的雄伟建筑夷为平地，并迫使许多犹太人流散到世界各地。从此，圣殿再也没有修复。在圣殿的遗址上，残留下来的只有庭院西边的一段围墙，史称西墙。

圣殿不存，犹太人就将西墙奉为圣物，奉为故国不灭、民族长存的象征。犹太教士宣称，圣殿虽毁，圣灵未死。西墙墙基深埋地下，“圣灵就避居于斯”。因此，从圣殿坍毁之日起，许多犹太人就经常不约而同地聚集到西墙下，集体朗读经文，乞求上帝赐福，集体号啕大哭，宣泄心中的亡国之痛。西墙附近，经常是哭声不断，因而又被称为哭墙。

犹太民族是个伟大的民族。它为全人类的生存与发展做出过巨大贡献。马克思、爱因斯坦、弗洛伊德、卡夫卡等一大批杰出人物就是这个民族的骄傲。但历史有时很不公正。它回报这个民族的是一次又一次的民族奴役和亡国灭种之祸。尤其是在第二次世界大战期间，在希特勒的屠刀下，有600万犹太人丧生，占当时整个民族人口的1/3以上，成为人类历史上罕见的大屠杀。现在，全世界有1 400万犹太人，其中美国有600万，以色列有350万。其余450万分散在五大洲几十个国家和地区。历史上的苦痛和地域上的分散，不但没有使这个民族分崩离析，反而使它顽强地生存下来，不断加强了它的内聚力。从美洲到欧洲，从亚洲到非洲，许多犹太人梦寐以求的是，到圣城耶路撒冷朝拜，到西墙下为民族痛哭一场。美国作家劳伦斯·迈耶指出，“对全世界的犹太人来说，没有比西墙更为重要的犹太教的标志了。”据以色列旅游部门统计，近年来，来这里朝觐的犹太人每年有50多万。在我的相机镜头下出现的是，一队刚入伍的男女新兵来到大墙前举臂宣誓，一群穿黑袍、戴黑帽的犹太教狂热分子在墙角处伤心地哭喊，一个头挽发髻的老妪在教孙儿把抄有祷文的一张张小纸片塞进墙缝，一对来自北欧的新婚夫妇在把一个插着鲜花的玻璃瓶打碎在地……这些举动，据说都有所依据，或是传统的习俗，或是宗教的经典。其涵义是什么呢？不同人有不同的解释。《希伯来百科全书》主编耶沙亚胡·莱博维茨教授认为，对西墙的这种“非理性的狂热”，是一种“病态感情”，是“十足的偶像崇拜思想”发作。但陪同我们前来的一位笃信犹太教的美国朋友却说：“这是一种发自内心深处的神圣的思想感情在升华。人们在以不同的方式，倾诉昔日的亡国灭种之恨，抒发今日的求团结、争生存的美好意愿。”

我无意于判断这两种不同说法的是非曲直。但这两种不同说法的互相撞击，却在我心中激起对两个不同民族的不同命运的沉思。

在耶路撒冷周围这片古已称之为巴勒斯坦的土地上，犹太人几度兴衰。到公元 638 年，阿拉伯人占领耶路撒冷，成为这片土地的主人。他们清除掉圣殿废墟上的残石乱瓦，先后修建了萨赫莱和阿克萨两大清真寺。残留的西墙又成为两大清真寺围墙的一部分。这就招致犹太人同阿拉伯人在西墙归属和利用问题上的长期争论。但是，耶路撒冷及其周围这片多难的土地，长期遭受拜占庭帝国的奴役、欧洲十字军的多次践踏、奥斯曼帝国的占领、英国殖民主义的统治，犹太人和阿拉伯人都处于无权的地位，这一争论也就无法解决。1947 年 11 月，联合国通过决议，结束英国在巴勒斯坦的殖民统治，在那里分别建立犹太人和阿拉伯人的两个国家。翌年 5 月，犹太人的以色列国建立，旋即对相邻的阿拉伯国家挑起战争，侵吞阿拉伯土地和西耶路撒冷。1967 年，以色列再次发动战争，在侵占大片阿拉伯领土的同时，占领整个耶路撒冷，“收复了失却长达一千多年之久的神圣的西墙”。

由长期遭受异族奴役的犹太人为主体而建成的以色列，竟将自己昔日的苦痛转嫁于人，立即使自己变成一个欺凌、奴役他人的国家。它反对阿拉伯人在巴勒斯坦土地上建立自己的国家。它发动一次又一次侵略战争，侵占大片阿拉伯土地，霸占被阿拉伯人视为仅列于麦加和麦地那之后的第三大伊斯兰教圣地耶路撒冷，并迫使近 200 万巴勒斯坦人流亡异邦，成为生活无着的难民。但是，像历史上的犹太民族一样，阿拉伯民族也是一个英勇不屈的民族。他们进行的反侵略斗争从未停止过。从 1987 年 12 月起，被以色列占领的阿拉伯土地上的巴勒斯坦人，发动人民大起义，要求结束以色列的军事占领，要求实行民族自决。以色列当局调动军警进行残酷镇压，先后打死起义民众 500 多人，打伤上万人。但起义民众越战越勇，斗争迄今已进入第 18 个月份，仍在如火如荼地进行。在参观萨赫莱和阿克萨大清真寺时，在那宽敞的圣殿里，头挂黑纱巾、身穿黑长袍的妇女，盘坐在地，双手放在胸前，在默默地祈祷；头戴白线帽、身着大白袍的男子，或手捧《可兰经》诵读，或匍匐在地跪拜。一个个，虔态可掬，诚意感人。在场的一位须发斑白的阿訇告诉我，这些穆斯林男女，大多是来自起义前线的战士，他们是在为自己的民族独立、为一个新生的国家而祈祷。当他们转过身来时，我看到，这些曾以扔石块来对付全副武装的以色列军警的巴勒斯坦起义战士，个个有泪花挂在眼角。

我站在哭墙前。此时此刻，我突然感到，我的双眼好似蒙上了一层云翳。用手一抹，我才发现，我这个很少掉眼泪的人不知怎么也哭了。是为犹太民族的悲惨的历史而伤心，还是为作为阿拉伯民族一部分的巴勒斯坦人的苦难现状而愤愤不平；我想，也许是两者兼而有之。我多么希望，有共同遭遇的两个民族能携起手来，冲破以色列统治集团人为设置的重重障碍，都获得真正的自由与解放。想到这里，在我的眼前，哭墙下的泪水与清真寺中的泪水好似交汇到一起，形成滚滚洪流，冲决一切拦阻，奔涌向前。这是幻觉，还是对犹太和阿拉伯这两个伟大民族光明前程的憧憬？我一时说不清楚，只是按照东方人的习惯合十胸前："但愿是后者!"我祝愿，真诚的祝愿。

（《环球》，1989（5））

# 西去羌塘

◇ 卢小飞

绿色羌塘虽是我国五大牧场之一，但却没有“风吹草低见牛羊”的景色。短小得像“寸头”的牧草，当地名叫“那扎”，蛋白含量极高，极适于牛羊的生长。

去了羌塘，最好先停车去尝尝刚刚挤出的牛羊奶。如果主人慷慨地递来生肉和小刀，不要回绝，也不必惊愕，要故作老练地削上一条，慢慢地咀嚼。这就是羌塘，如今仍然是这样一种古老的生存状态。

羌塘，唐朝的吐蕃地图上就标有这个地方。藏语叫“北方高原”，传说是格萨尔王驰骋的疆场。羌塘占西藏面积的2/3以上，相当于8个浙江省，通常认为其北界是昆仑山、唐古拉山，其南界是冈底斯山、念青唐古拉山。这里平均海拔4 500米以上，是地球上拥有阳光最多、含氧却最少的地方。

羌塘的两端各有一名镇：青藏线上的那曲镇和新藏线上的狮泉河镇，分别是中共那曲和阿里地委及行政公署所在地。那曲在历史上就是重要的商品集散地，相对繁荣一些；狮泉河是新兴的城镇，地处古代阿里的三围之中。

从那曲西去，人烟逐渐稀少。县与县之间的旅途格外漫长，途中没有城镇、村落，有时车行一天也难得见到几个牧人。朝圣者留下的经幡、嘛呢（石头圣堆）似乎是仅有的人文景观。忠实伴侣是高原、荒漠、砂碛、湖泊和冰川，甚至可能遇到巍峨的火山岩、欧亚板块的缝合带、阶地上的中石器时代遗存、美丽的溶洞和深海的各种岩积。地质第三纪前的古海，给这里留下许多意想不到的遗产，在一些岛上，可以见到数以万计的地中海黑头鸥；在奇林湖畔，地质队员和牧民都曾见到似马似牛似羊的湖兽；措勤县牧民见过扎日南木湖里有形似巨龙的水兽。顺便说，西藏是我国湖泊最多的省区，其中88%分布在羌塘，5 平方公里以上的湖有 307 个，100 平方公里以上的湖有 42 个，前面提到的两个湖和纳木湖、当若雍湖都在 1 000 平方公里以上。

羌塘是探险家的乐园，凡去过的，无不感叹那造化的神奇。而此时，你或许正穿行无人区，可能正面临一场突如其来的暴风雪，可能遇到汽车难以通过的沼泽，也可能会遇到野兽。如果单车行驶，又出了故障，前不见古人后不见来者，事情就有些麻烦。在草原过夜，戏称为“当团长”，受冻挨饿，还要防备野兽的突然袭击。此时此刻，轻松的草原浪漫曲被沉重的自然压迫感取代了。怎么样？大自然给予的美妙与严酷同时而来。这时，想想羌塘牧民在死亡面前的沉静，想想杰克·伦敦的《热爱生命》，你会坦然起来。不是么？走到哪儿也不能躲过人生的命题，只有搏击，才会超越人生的各种障碍。

似乎有些沉重，说个笑话。据传旧政府的税务官曾到西部羌塘，只觉枪叉子碰着了天（海拔极高），喝水只能用口袋（冰块），火种都拴在腰上（火镰），实在是鞭长莫及，他调转马头，不再收税了。

大概是经历过西部羌塘的磨难，我对于世居的羌塘人和不远万里从祖国内地来参加建设的新羌塘人怀有深深的敬意。记得 1981 年在措勤县遇到一个汉族教师，当时县里其他汉族干部都陆续内返了，只有他还安心地教着他的藏族学生。前次去那曲，因为采访风能发电，认识了主管这项工作的孙光明同志。这是位饱经风霜的老者，却有着青年人的创造热情。1984 年 4 月 12 日，他和几个同志顶着 11 级大风，在零下 34 摄氏度的室外安装起那曲的第一台风能发电机。在这之前，那一带人还没见过电灯。如今全区已安装了 287 个风能发电机，有 9 个风能发电示范村，1 个太阳能发电示范村。在古老的生活方式和现代文明面前，羌塘牧民选择了后者。

如同日喀则地区的亚东、樟木、吉隆等边境口岸，阿里边境也发育着许多边境市场，成交额不算大，内容挺丰富，早几年，可以在秋季见到驮羊组队的“轻骑兵”，到边贸市场从事交易。“盐粮交换”是这一活动的传统叫法，顾名思义，牧民用盐（草原上盐湖极多）换农民的粮，当然不限于这个，还有诸如畜产品换工业品等等。这种古老的以物易物贸易今天依然存在，但新市场扩展了，交通工具也由驮羊改为卡车。前不久，北京科影厂的同志告诉我，为了拍到《万里藏北》中的驮羊队，他们几乎跑遍了羌塘，好不容易在草原深处找到一支。

从羌塘草原上发现的几处中石器时代遗迹来看，至少在一万年以前羌塘就有人类生存。一万年呐！在人类历史的长河中，也不过沧海一粟，羌塘现在看上去还那么“原始”。但有一点深为人们信服：经济体制改革打破了羌塘的封闭，古老的生存状态发生变化了，这是继西藏民主改革后的又一次历史性巨变。

（《人民日报》，1989-08-07）

# 阅读提示

风貌通讯又称为旅游通讯，重在反映一个地区、一个行业的概貌或变化。记者通过一种“走马观花”或巡礼式的扫描，向读者展示大千世界“无奇不有”的风采。风貌通讯可以开阔人们的视野，丰富报道的选题，还可以起到启迪心灵、陶冶情操的作用。

风貌通讯的内容比较丰富，既可以报道各行各业各地区新的建设成就，又可以展现各地区的风土人情，或是领略各地的历史文化遗产，借以启发思绪，感受时代气息。

采写风貌通讯的几个关键是：游、察、记。

“游”：是指记者的亲历性和广阔的视野。记者经长途跋涉，到现场采集第一手材料，以见证者、目击者的身份向读者报道自己亲历的事情，具有较高的可信度。

“察”：是指记者“慧眼”独具，以“新鲜”、

“好奇”和“外来人”的视角，用“粗细结合”式或边走边看的“步移”式观察法捕捉素材，向读者展现记者的所见所闻，带着读者“边走边看”，“边走边想”，使读者通过记者捕捉的素材获得亲临现场的感觉。这对记者的观察力是很大的考验。

“记”：是指记者须掌握收集的技巧，将看到的、听到的、触摸到的现场画面、声音、语言、细节材料一一用笔记录下来，越具体越好，越细致越好地记录下来，写作时就可以“言之凿凿”，游刃有余了。

选入本书的风貌通讯数量不多，两篇报道有关国外的历史文化遗产，两篇写的是西藏的风貌，一篇表现的是作为中国农村历史变革见证者的元宝村的变迁。一篇通讯就是一个窗口。读者可以透过这些窗口乘上俄罗斯的文学列车、参观以色列著名的哭墙、探访中国西藏雪域高原第一乡……足不出户便可以了解世界，感知时代，这就是风貌通讯给予读者的馈赠。

（张　征）

# 特　写

## “我们的飞船回来了”

——“神舟”三号飞船返回指控现场速写

◇ 本报通讯员　张月潭　唐文俊
本报记者　李志伟

4月1日，中国北京航天城。

倾注了亿万中国人理想和希望的“神舟”三号飞船将遵照这里发出的指令于下午返回地面。

指控大厅里，120台终端计算机整齐地排成5个阵列。内容各异的显示屏幕，变化莫测的数字，令人眼花缭乱，透着一种神秘。领导、专家、指挥员、操作手，各系统参试人员各就各位，严阵以待。

大厅正前方，长 12 米、宽 4 米的大屏幕一分为四，左右相连。最左端一幅，显示着内蒙古自治区中部地区着陆场景况。中间两幅合二为一，色彩斑斓的全球陆地和海洋版图，还有如同万花筒般的飞船飞行轨迹，铺满幅面、绚丽多彩。最右边一幅，三维动画显示的飞船及其飞行轨迹形象逼真，与实况无异。

16 时，环绕地球作第 107 圈飞行的“神舟”三号进入南大西洋上空，指挥员发出返回准备指令。“神舟”三号飞船返回控制准备工作进入最后时刻，大厅一片沉寂。稍顷，游弋在好望角西北大西洋海域的远望三号测量船发出第一次调姿指令。显示屏幕上，只见飞船缓缓水平转动 90 度，第一次调姿到位。紧接着，飞船返回推进舱与留轨舱成功分离。不多时，飞船按照指令再次调整姿态，三维动画显示：返回舱和推进舱联合体尾部朝向飞行方向，制动点火姿态准确建立。

万事俱备，只待点火令。

16 时 5 分，制动发动机点火指令发出并成功执行。反方向推力减缓了飞船飞行速度，使其脱离了原轨道，沿着人们铺就的返回轨道直奔地球而来。

16 时 15 分，飞船由北向南穿越赤道上空，开始了第 108 圈也是“神舟”三号飞船环绕地球的最后一圈飞行。某测控站适时发出指令，飞船推进舱和返回舱分离，返回舱开始向祖国作惯性飞行。

大屏幕显示，飞船着陆场地面搜索雷达张开恢恢天网，四架搜索直升飞机升空待命，地面回收人员严阵以待，一切按计划进行。

“回收一号发现目标”，“回收二号发现目标”，报告声此起彼伏。返回舱刚刚飞临中巴边境上空，布阵在西北某地的雷达便发现了它的踪影。在雷达的严密监视下，返回舱继续向东北方向飞行，然后洞穿厚厚的大气层直奔预设的着陆场。

离最后胜利只有一步之遥。

神情庄重的领导、聪慧睿智的专家，肩负千钧重担的指挥操作人员和各系统试验队的人们，目不转睛地盯着屏幕，紧张兴奋，激动不已。

16 时 33 分，着陆场传来洪亮的报告声：“主着陆场雷达发现目标。”直升飞机迅速飞向目标空域，地面回收人员紧急行动，飞船返回舱按预设程序在预定高度先后打开引导伞、减速伞、主伞，在太空游弋了7天的“神舟”三号飘然下落，于16时51分安全着陆。

“我们的飞船回来了！”

着陆现场欢呼雀跃，旷野沸腾。

指控大厅掌声雷鸣，经久不息。

（《光明日报》，2002-04-02）

# 赤子心　赤子情

## ——朱镕基总理中外记者招待会侧记

◇ 刘　刚　唐卫彬　王雷鸣

“我将恪尽职守，奋力拼搏，以不辜负人民对我的信任。”今天下午，朱镕基一番慷慨激昂的话语，赢得了600多名中外记者的热烈掌声。人们再次强烈感受到这位共和国总理的赤子情怀。

朱镕基接着又深情地道出心声：“我只希望在我卸任以后，全国人民能说一句，他是一个清官，不是贪官，我就很满意了。如果他们再慷慨一点，说朱镕基还是办了一点实事，我就谢天谢地了。”话音未落，大厅里又一次响起如潮的掌声。

这是今天朱镕基总理记者招待会上，感人至深的一幕。

人民大会堂三楼大厅青竹翠绿，鲜花绽放，座无虚席。两年前的3月，也是在这个大厅，刚刚当选为共和国总理的朱镕基面对中外记者，庄严宣誓：“不管前面是地雷阵还是万丈深渊，我都将勇往直前，义无反顾，鞠躬尽瘁，死而后已。”

从那以后的两年间，亚洲金融危机冲击，百年不遇的洪水灾害，特别是去年国际形势剧烈动荡，国内三场政治斗争的严峻考验……面对错综复杂的国内外形势，党中央、国务院审时度势，把握大局，开拓进取，破解难题，取得了政治、经济、外交领域的一个又一个重大胜利。就在刚刚闭幕的九届全国人大三次会议上，2 713位人大代表对朱镕基所作的政府工作报告投下神圣的赞成票，代表全国人民对本届政府的工作表示出高度的赞扬和充分的信任。

下午4时30分，中外记者用热烈的掌声，迎接刚刚从闭幕大会会场走来的朱镕基总理，闪光灯如闪电交织辉映。身着深蓝色西装的朱镕基总理向大家拱手致意。

在1小时40分钟的记者招待会中，朱镕基自信坦诚，激情洋溢，先后回答了16位记者的提问。由于台湾领导人变更在即，两岸关系成为关注焦点，涉及台湾问题的就有6个。朱镕基总理神色凝重，严正地指出："谁要是搞台湾独立，你就没有好下场!"话语掷地有声，震撼人心。

他深情地说："回想当年，中国是何等的贫穷积弱，但是，我们还是喊出了'起来，不愿做奴隶的人们'，并且为此进行了前赴后继的英勇斗争。""救亡的歌曲，现在我还记得清清楚楚，每逢唱这些救亡歌曲的时候，我的眼泪就要流出来，我就充满了要为祖国慷慨赴死的豪情。"

这时，全场的人们都看到他眼里的泪光。全场中国人的心，都在和他的心一起怦然跳动。

"今天中国人民已经站起来了，我们能够允许自古就属于中国领土的台湾从祖国分裂出去吗？绝对不能!"话音刚落，总理的拳头重重地砸在桌上。

这是全中国人民的坚定意志，海内外中华儿女的共同心声。爱国主义的热情，维护祖国统一的信念，使人们心潮激荡。

记者招待会高潮迭起，扣人心弦。对一个个问题的答问，关乎国家改革发展大业，关乎21世纪中华民族走向全面振兴，关乎维护世界和平，也向全世界传递着许多重要的信息。

招待会结束后，俄罗斯《劳动报》记者普里瓦洛夫感慨地说："有这样一位爱国爱民的总理，中国政府一定会在新的世纪开创更加伟大的事业。"

（新华社北京（2000年）3月15日电）

# 难忘这一刻

◇ 本报记者　高　琼

9月11日早上9点。

来自察雅县王卡乡然西村47岁的白玛曲珍，静静地躺在昌都地区人民医院五官科手术台上，心中充满着期待，她是昨天做的白内障复明手术。15岁的女儿站在她身边。“视觉第一中国行动”赴西藏医疗队昌都小分队队长、副主任医师刘翔用熟练的动作轻轻取掉她左眼上的胶布，随后揭开蒙着的白纱布。白玛曲珍慢慢睁开眼睛，医疗队员微笑的双眸立时映入她的眼帘，她看见了他们身上洁白的大褂；看见了透过窗户玻璃照进手术室的阳光；看见了已长得与自己一般高的女儿。霎时，欣喜、激动齐涌心头。白玛曲珍翻身坐起一把搂住眼噙泪花的女儿，哭着说，没想到你都长这么大了。4年呀，我看不见外面的一切，我真想马上回去看看其他几个孩子长得什么模样，看看我生活的村庄、田园、牛羊……母女二人紧紧拥抱着，幸福的泪水溢满眼眶，在场的人无不为之动情动容。白玛曲珍双手拉着医疗队员的手，将它紧紧贴在额前，千言万语难表心中感激之情，唯有把心中深深的祝福献给这些让她重见光明的使者。

灿烂的阳光照在白玛曲珍的身上，勿需女儿的搀扶，她稳步行走在医院内鲜花盛开的水泥路旁，不时抚摸一下娇艳的花瓣，不时看看蓝天上的朵朵白云，垂笑的柳叶拂在眼前，已皱的脸上全是笑意。她驻足四顾，似乎要把这大自然的美景尽收眼底。

这一刻，太阳温暖而人心更是滚烫。白玛曲珍双手合十，从内心感谢党中央为她们派来的好“门巴”。

（《昌都报》，1998-09-17）

# 目击九江决堤合龙

◇ 本报记者　王　冬　李洪明

8 月 12 日，备受关注的长江九江段大堤决口，经过上万名解放军和武警官兵连续 5 昼夜的奋战，于 18 时 30 分胜利合龙，本报记者在大堤决口处目击了这一壮举。

8 月 12 日，长江九江段水位达 22.47 米，比前一天低 0.05 米，已经连续 19 天高于历史最高水位。17 时 35 分，记者从南昌赶到九江市，正赶上九江供电局副局长余柳宾要到江堤上去，我们搭上余副局长的车，直奔大堤。

18 时整，汽车涉水来到长江南岸大堤 8 号闸口。南京军区某部的近百名官兵正用石渣袋围护堤脚。战士们身上红色的救生衣已看不出本色，从上到下全是煤粉和石灰，从他们身边走过，老远就能闻到扑鼻的汗味。

江面上停泊着几十条大大小小的船只，有货船，也有客轮，指挥部就设在江申 6 号游轮上。九江供电局在这里安装了一台皮带机，可以把船上的石渣直接送到岸上，战士们飞快地背起袋子往决堤口跑。

在 4 号闸和 5 号闸之间的 50 多米的决口处，我们看到水势已经得到控制，但仍有哗哗的漏水从钢石混合的堤脚流出。在大堤和临时围堰之间，横着一条 80 米长的大煤船，据说船上的煤是九江电厂的，正是这条大船在堵口时发挥了关键作用。

越往前走，堤上的官兵越多，说这里是一段血肉长堤一点也不过分。在大堤对面的楼房上，挂满了红底白字的大幅标语："有我忠诚卫士在，九江人民请放心"，"硬骨头六连与大坝共存亡"，"抗洪抗到水低头，堵口堵到水不流"。从标语就可以看到，大堤上的几千人来自不同的部队。

九江大堤之所以垮坝，是因为这里的大坝上面是黏土，底层是沙土，经过近 20 天的浸泡，很容易冒水决口。长江水面是平静的，战士们的神情也是平静肃穆的，但九江大堤时时处处都有可能发生险情。

在大堤内侧的煤船上，有一群肩挂“红军团”红色标牌的战士，格外引人注目。记者问一名叫罗胜的战士：“你们是从哪里来的?”“我们是南京军区的，我们部队最早是红军的一个团。”“你们来了多少人?”“总共多少我不清楚，我们连来了64人。”“累不累?”“我们已经在这里4天4夜了，每天只睡两三个小时，当然累。可灾区的群众也都一样累！我们的军长、副军长都在这里，副司令员也来过，跟我们一起干。这是我们的责任。”

在煤船与决口中间的钢管构架上，一位肩扛少将军衔的军人正和几位电力职工抢修刚刚碰断的照明线路。九江供电局配电工区主任郑火林爬过钢架把电线拉向新大堤，在龙口处接上主电源。

正在我们和电力职工搭话时，大堤上突然响起了雷鸣般的掌声和欢呼声——合龙开始了！只见士兵们一字排开，一个接一个飞快地向堤外侧传递石渣袋。

不知是谁起的头，堤上响起嘹亮的歌声：“团结就是力量，团结就是力量，这力量是铁，这力量是钢……”开始是几个人、几十人，后来就变成了几百人、几千人的大合唱。石渣袋还在飞快地传送，一袋、两袋、十袋、百袋……

从将军到士兵，从官员到百姓，只要还有感觉，就没法不激动。因为这是一场战斗，一场为了87万九江人民和699平方千米城区的战斗。在这一刻，人们参与了历史，参与了一场与本世纪最大洪水搏斗的历史。记者在无意中看了一下表：时针指向6时30分。

18时40分，大堤上开始静下来，堤外的流水越来越少，又有一拨战士上去换班，合龙后的大堤正在加固。地方单位送来了快餐盒饭，战士们在船上、堤上开始就餐。当然，就餐前照例是唱一首歌，有唱《一二三四歌》的，有唱《说句心里话》的。

在大堤上，我们遇上了几位慰问者，其中一位很文静的妇女说她是九江六中的胡老师，别人送的是吃的喝的，她送来了三条烟。她是同爱人一块来的。

19时02分，记者离开大堤，回来的路上，来慰问的人越来越多……

（《中国电力报》，1998-08-15）

# 激情十秒

◇ 新华社记者　王永治　曲志红　涂江善
李京华　李　烽　殷丽娟
杨　青　王　蔚
编辑　范丽青　王海证

北京，天安门广场，1997年6月30日23时59分50秒。

6名鼓手一起抡圆了双臂，12只系着红绸的鼓槌同时擂响了那面直径3.3米的牛皮大鼓。

伴着如雷的鼓声，聚集在广场上的10万人，运足全身力气，喊响了香港百年回归之路的最后10秒：

“10—9—8—7……”

强大的声浪喷薄而发，人们的耳鼓隐隐轰鸣，脚下的大地微微震颤。

“这是历史的脚步！这是祖国母亲的脉动！”诗一样的语言还是无法尽述北京大学学生李颖此时的心情。她和同学们一起挥舞着双手，又喊又跳，来不及擦一把满脸的泪水。

这是天安门广场最明亮的夜晚。160盏大红灯笼，映得每一张笑脸红扑扑的。人民英雄纪念碑前，“庆祝香港回归”6个大字光彩夺目。数十里外就能看到这里的天空被映红了，有如晚霞重现。

从四面八方赶来的10万北京人，晚上8点多就欢聚在此。人们唱啊跳啊，敲锣打鼓，龙舞狮腾。“我们太高兴了，太高兴了！”总后医专女子军乐队的俞莹，脸上溢满止不住的兴奋，“香港回归祖国，这是天大的喜事，是我们全民族的庆典。”她把身上的军鼓敲得山响，似乎想让鼓声说出她此时的心情。

10万人彻夜狂欢，守候着一个历史性的时刻。中华民族等候这一时刻已经整整一个半世纪了——10万人爆出的喊声恍若历史的回响。

82岁的焦若愚，在震耳欲聋的喊声中默然肃立。这位曾任北平市宛平县县长和北京市市长的老人，面对眼前的盛景，如烟的往事萦绕心头。“1900年八国联军打进北京，大炮就架在正阳门上。2 900多名侵略者，还在天安门前耀武扬威。1952年重新修缮天安门城楼时，西侧梁架上发现了3颗当年未爆炸的炮弹，上面刻着英文字母。”回顾过去，老人百感交集，“这一页终于翻过去了，但是，我们无法忘记这一切。”

庄严的人民英雄纪念碑可以作证，中国人民从来没有忘记那血与火的历史。碑座东面汉白玉雕成的《虎门销烟》图，永久地记载着150多年前先烈们抵御列强的英勇抗争，也镌刻出一个民族洗雪耻辱的深沉渴望。一个多世纪来，为了国家强盛，有多少仁人志士、民族英杰英勇献身。

历史，在今天的欢乐中显得沉重，正因为这沉重，今天的欢乐就愈加酣畅。顺义县农民孙洪元带着他的舞狮团在广场上尽情翻腾，甩出的话也带着腾腾热气：“还是那句话，落后就要挨打。祖国强盛了，咱才能挺直腰杆说话。”质朴的语言，道出的却是国事沧桑、百年兴衰的昭示。

时钟一秒一秒跳动，呼喊声一浪高过一浪——10万人的喊声凝聚着全民族的感情。

西城区市民李志宽的妻子和老岳父此时都在香港，一家人虽天各一方，却在一同盼望祖国的团圆。越到最后的时刻，他显得越是焦急。“这就像在机场迎接久别的亲人一样，飞机落地时刻，心情最激动。”

正在国家行政学院进修的澳门政府工作人员何天家女士，第一次来京正赶上这千载难逢的盛事。和首都群众共度这难忘的时刻，使她备感欢欣。“有强大的祖国作后盾，明天的香港一定会更好。”

国家统一，骨肉团圆，这是中华民族的共同期盼。

在万众一心、激情无限的呼唤中，悬挂了925天、跳动了7 000多万秒的倒计时牌悄无声息地最后一闪，倒计时终于走到终点——0!

西方殖民者践踏中国的历史如同一个充满噩梦的长夜，永远留在了昨天。

“香港，回家了！啊！噢！呵！……”欢呼声从蕴藏了一个半世纪的祈盼里迸射而出，如决堤之水惊涛拍岸，如万马奔腾撼地动天。

此刻，2 000多公里外的香港，英国米字旗徐徐降下，中国的五星红旗冉冉升起。《中华人民共和国国歌》的激昂旋律在维多利亚海湾奏响，在天安门广场回荡。

缤纷的礼花绽开在苍穹，金光闪闪的五星和怒放的紫荆花照彻夜空。

身披金鳞的巨龙盘旋升腾，红头长鬃的醒狮抖擞跳跃；上百位“武士”敲响威风锣鼓，欢快的鼓乐令人喜不自禁，舞之蹈之。

这是一段屈辱史的终结，这是一个新纪元的开端。

（新华社北京（1997年）7月1日1时30分电）

# 万米红霞

◇杨　明

身穿红衣、红裤的王军霞依然没有抖开神秘的面纱。这位被誉为“东方神鹿”的姑娘不动声色地站在跑道上。

全国田径奥运选拔赛女子万米预赛即将开始，看台上的观众寥寥无几，连敏感的记者多数都没有光顾今天上午的赛场。预赛通常只是选手们进入决赛的热身，谁也没指望王军霞会跑出什么惊天动地的成绩。

然而，这个判断使众多人后悔不迭。

枪响、人动。一切都在静悄悄地进行。但是，记者突然发现一个瘦削的姑娘简直是在用一种“自杀”的速度飞奔。

王军霞，正是前天在5 000米决赛中创造今年世界最好成绩的王军霞！

不到3 000米，王军霞已经把最后一名选手“扣”了一圈。她把所有的选手远远地甩下，用每圈平均73秒的速度精确而潇洒地跃进。

“王军霞疯了吗？”法新社的记者操着生硬的中国话问，“她为什么在预赛中跑这么快？”

记者无言以对。是的，照这样跑，虽然不会打破世界记录，但绝对能创今年世界最好成绩。

王军霞，实力莫测的王军霞。

七运会后因种种风波而训练受到影响的王军霞，虽然在去年世界田径锦标赛选拔赛上，跑出31分23秒24世界第五的成绩，但未能参加哥德堡世界大赛。

憋着一股劲的王军霞去年冬训至今训练得极为系统和刻苦。她在南京体院采取了封闭式训练，连新闻界赛前也不知她到底具备什么样的实力。

跑道上，王军霞已经超过最后选手两圈。跑过8 000米时为25

分 1 秒。

场边，记者群中又是一阵骚动。法新社记者翻开今年的最好成绩表，上面标明：31 分 22 秒 08，是西班牙名将朱·瓦克罗 4 月 6 日创造的。

再翻开去年世界排名表，第一名的成绩为 31 分 04 秒 99，是葡萄牙名将里贝罗所创。这一成绩使她在世界锦标赛上赢得金牌。

场上，王军霞鲜红的身影在跑道上拉出一道霞光。她通过 9 000 米的时间是 28 分 09 秒。

"加油，加油!"连外国记者都在高喊。明显地，一个震惊世界的新成绩即将诞生。王军霞越跑越快，最后一圈只用了 64 秒。成绩牌上赫然显示着：31 分 01 秒 76！不但超过今年世界最好成绩 20 多秒，也比去年的世界冠军成绩快出 3 秒多。

"不可思议，不可思议!"法新社记者摇着头惊呆了。

"不太好，不太好。"王军霞也摇着头，平静得像什么也没发生一样。

"超越世界冠军和去年的世界第一是今天预赛的目标。明天的决赛自然另有计划。"王军霞的教练毛德镇神秘地说。

王军霞尽没尽全力？她到底具备什么样的水平？赛后，人们依然揭不开她神秘的面纱。但是，人们已经看到了她在跑道上展现的万米红霞。

（新华社南京（1996 年）5 月 7 日电）

# 今夜天使不休息

## ——北京红十字朝阳医院夜班见闻

◇ 本报记者　李仁丰

记者就读医科大学时，曾有过在医院值夜班的经历，懵懵懂懂的临床实习生活并未对“夜班急诊”一词有过太深的记忆。然而，时隔近10年后，我有幸在北京红十字朝阳医院急诊外科度过了18个小时夜班，留下了深刻的印象。

7月8日晚6点，我如约来到朝阳医院急诊科。

走廊靠墙一侧一字排开的长凳上，坐的卧的全是病人，每人都吊着一个输液瓶，来来往往的病人家属把一条窄窄的走道塞得满满的。挤在人群中，闻着汗水和各种药品的混合气味，有一种窒息的感觉。找到急诊外科103室，值班大夫骆辉和蒋宏传已在正点上班前到岗了。简单的寒暄后，我穿上白大褂，当上了“见习大夫”。

为了采访到丰富的素材，我选择了周末这个夜班。可骆辉大夫说，急诊不受时间限制，哪天都有大量的急病患者。朝阳医院地处北京东部，又是城乡接合部，急诊病人较其他医院多。

正说着，一位衣服、裤子已被血染的民工模样的人被同伴扶进来。“怎么回事?”“钢钎砸的。”“先缝合，再拍片，看伤着骨头没有?”正当骆辉处理这个病人时，又一位捂着右眼呻吟的病人进来了。他臂膀上的血已呈褐色，头上的血将头发粘成一绺一绺的，右眼肿得老高。蒋大夫立即为他清创缝合、包扎伤口。

“大夫，大夫，快请看看我的同学，他是从四楼摔下来的。”说话的小伙子一脸惶恐，被搀扶的学生是正在参加今年高考的学生。白色的T恤衫成了“血衣”，手、脸、腿上多处伤口还在渗着血水。

血！血!! 血!!! 急诊外科成了血的世界。我看了一下表，不到1小时，就有五六位“血人”光顾。尽管我曾在医院与血打过交道，但看到眼前血淋淋的景象，依然是惊骇和手足无措。可面前这两位年轻大夫却镇定自若，熟练而麻利地处理着一个个病人。我想，在这样的环境里工作，没有良好的心理素质是绝对不行的。

晚7点30分，总算处理完了所有的病人。从下午4点30分即从家里出来的骆辉终于有空到外面去解决“肚子问题”了，而我也才有机会与蒋宏传大夫聊聊。

蒋宏传是6年前由安徽医大毕业后进京的。这位曾在学校任学生会体育部长和临床实习大队长的优秀学生，现在每月的收入有900多元。他已结婚，有一个3岁的孩子，住在向朋友借的一间9平方米的房子里。名为借，实际上每月也要拿出工资的1/3去打点人情债。孩子在家出水痘发烧快一周了，只好让爱人请假照管，自己唯一能做的是在同事们的帮助下提前一小时回家帮忙照料。他说，曾有同学拉他“下海”，许诺每月薪水5 000元，但他未曾动摇。他承认，他太爱医生这个职业了，一段时间不拿手术刀手就发痒。他自己也不明白为什么会对这个职业这么痴迷，就像一个酷爱音乐的人，为了自己喜爱的某种乐器而不惜倾囊，甘愿受贫一样。

骆辉与蒋大夫一样，他最大的难题不是房子而是今后的发展。他从首都医大毕业后已在医院工作了11年，仅在外学习两个半月的外语，此外就是这样时时刻刻地紧张工作。“手术刀玩得再熟又有什么用？没有时间学习，也没有研究课题，今后晋升有希望吗？”

除了不停地看病人、写处方外，他们还要回答病人的各种提问。一位老太太患泌尿系统结石被告之要保守治疗。“吃点消炎药，可减轻石头周围组织的水肿程度，减轻疼痛。”老太太的女儿先后问了3次，蒋大夫解答了3次。我问他们最忙时到什么程度？“怎么说呢，没时间上厕所，一憋就是几个小时，不停地为病人检查、开处方，没有时间抬头。”这时，我才发现，这么热的天，两位大夫竟没有自己喝水的杯子。

晚9点多，隔壁注射间突然传来争吵声，我闻声赶去才知缘由。一位头部外伤的病人经大夫处理后，竟在注射室的水池里洗起身上的血污来。护士王哲劝阻他：这地方是无菌区，不能在这儿洗涮，以免造成污染。病人不以为然，满肚子委屈，他是在马路上仗义执言说了公道话才遭流氓殴打的，到了医院还要受气？他还拒绝王哲为自己做皮试。可急诊值班注射护士就王哲一人，没辙，还得找她，于是很不情愿地伸出了手臂。正当王哲刚把针头推进患者皮下，站在一旁的患者的儿子，冷不防打了王哲后背一拳。王哲一个踉跄，脸色煞白，“你……你……”气得说不出话来。记者和大夫拼命拉住这个蛮横的小伙子，一时间注射室大乱，闻讯而至的保卫人员按响了直通医院派出所的警铃，警察及时赶到，将打人者带走。

打人者被处以100元罚款并当面道歉了事。王哲眼含泪花，可她还是继续自己的工作。我在想：这一晚上王哲的心里能平衡吗？这种情绪难道不影响她的工作吗？后来的患者哪里知道为他们服务的这位护士小姐刚受了这么大委屈！后来我才知道，如果病人不承认动了手，反告你一个态度不好，说不定院方会给你一个处分或扣除当月奖金。我说，我可以作证，护士是无辜的！王哲惨淡地一笑。这一笑除了一丝感激外，更多的却是苦涩与无奈。

夜深了，病人稀落下来，躺在担架车上浑身是血的那位车祸患者，在大伙的帮助下终于与家属联系上了。神经外科的大夫也赶来了，忙着为病人剃头拍片……

凌晨2点40分，我实在熬不住了，悄悄回到院方特为我准备的临时床铺上，迷迷糊糊地睡去了。

一觉醒来，已是7月9日早晨6点，待我赶到103室，蒋大夫已在看病人了，只是眼睛布满了血丝，一脸倦容。他忙里偷闲眯了两个小时，骆辉睡了1个小时，还是断断续续的，因为诊桌上已经排上13个号了。“我们就有这本事，随时可睡去又随时能起来。”

8点整，换班的大夫来了，两位大夫交班后说，必须赶快回去睡觉，否则会影响到下一个班的工作。

离开了医院，离开了这些白衣使者，我骑着车往回赶，眼前依然是昨晚的一幕幕。我脑子里萦绕着一个问题：都讲“理解万岁”，可在这里日复一日、年复一年默默工作的医生、护士们，又有多少人了解他们、理解他们呢？我要尽快将我的所见所闻写出来，但愿能为建立理解的桥梁起到一点作用。

（《健康报》，1995-07-23）

# 阅读提示

中国新闻体裁中的“特写”二字与西方新闻体裁中的特写有较大差别：前者只“截取新闻事实中某个最能反映其特点或本质的‘片断’、‘剖面’或者细节，作形象化的再现和放大”，而后者则是指新闻报道中除消息以外的所有样式，有些类似我国的通讯文体，叙事详细，富于故事情节。

特写是一种需要在现场观察的基础上写作的文体，因其现场素材丰富，感染力强，加上描述细腻，篇幅短小，因此颇具可信性和可读性，是报刊编辑和读者都较喜欢的一种文体。但好看的文体却不一定好做——因其现场感强，采写特写首先需要记者的“脚底板功夫”：凡是遇到新闻事件，只要有一分可能性，记者都要迈开双脚，奔赴现场，尽管有时新闻现场或远在千里之外的荒漠，或充满刀光剑影的险恶。每一个新闻现场都是世界上的唯一，是不可复制且转瞬即逝的，这就要求记者不仅脚“勤”而且腿“快”。其次，需要记者的现场捕捉能力——独具慧眼。在这里，记者的眼睛是读者眼睛的代表。记者通过现场观察，将那些历史性的场景和情节传达给读者，其可信度与生动性，是任何第二手材料都不能比拟的。第三，特写短小简洁，还需要记者有过硬的文字功底，精通文字“表现”的手法，这包括白描手法和跳笔的运用，才可以将一个复杂的画面或一个精彩的瞬间收纳进一篇几百字或千字短文之中。

收入本书的特写，再现了“神舟”三号飞船返回地面预定现场时的瞬间画面，展现出朱镕基总理履新时刻记者招待会上的风采，记录了 1998 年特大洪灾时九江决堤合龙的历史时刻，追踪了我国著名长跑运动员王军霞在田径场上的万米历程……有些特写所描述的场景，如在《今夜天使不休息——北京红十字朝阳医院夜班见闻》中，记者对朝阳医院夜班医护人员紧张忙碌场景的记述虽然不是历史性场景，但却是一种典型性场景，说明当人们熟睡的时候，夜班医护人员却是如此辛苦、如此紧张忙碌地救死扶伤。这些老百姓关心、感兴趣却无缘见到的历史性场面和典型场景，被记者刻意捕捉并展现在广大读者面前，使人如临其境，如闻其声，往往能够收到很好的传播效果。

（张　征）

# 专　访

## 我在幕后仍挥棒

◇苗　野

**编者按**：余隆的名字可能并不为广大读者所熟悉，但提起近两年举办的北京国际音乐节却是家喻户晓，而余隆则是北京国际音乐节的始作俑者。最近，余隆的名字又同刚刚成立的中国爱乐乐团联系在一起，他成为这个中国第一支爱乐乐团的艺术总监。

其实，余隆是近几年来在国内外音乐舞台上最活跃的中国指挥家之一。他1964年出生在黄浦江畔，后就学于上海音乐学院和德国西柏林高等艺术大学，师从中国指挥教育家黄晓同和德国著名歌剧指挥家鲁宾斯坦教授。毕业后，余隆在世界各地指挥了众多世界著名歌剧的演出，并与德国汉堡歌剧院、柏林广播交响乐团、英国圣马丁乐团等著名剧院和乐团有过成功的合作。1997 年起，余隆放弃了在国际上许多的合作机会，回到北京，并成功地举办了北京国际音乐节。之后，他被任命为中国爱乐乐团艺术总监，工作重点从指挥台转向了乐团的艺术管理。

**苗野（以下简称“苗”）：** 几年前你从国外回来，在北京创办了“北京国际音乐节”，这个音乐节已经办了两年了，反应怎么样？

**余隆（以下简称“余”）：** 反应不错，国际上的评论称它为名列前茅的音乐节，对此我也非常骄傲。

**苗：** 有没有被评为第几名？

**余：** 没有，这又不是比赛。

**苗：** 国际什么机构评的？

**余：** 国际上的专业机构，它们认为这是让它们认可并认为值得推崇的。

**苗：** 北京国际音乐节从一开始的创意都是你自己的吗？

**余：** 对呀，全是我一个人的想法。最初有这个想法是在 1992 年，当时我觉得北京作为一个文化中心应该有自己相应的专业文化活动，尤其应该有一个让世界瞩目的文化活动，作为一个音乐家，我非常关注音乐方面的活动。

**苗：** 当时你自信自己能做好吗？

**余：** 这怎么说呢，从专业上讲应该是没问题的，因为我是有了想法才去做，而不是去做了才有想法。

**苗：** 做的过程中碰到过什么困难？

**余：** 那是很多了。第一届的时候，国际上的音乐人士对它没有太多的了解，邀请音乐家来演出有些困难。另外，资金上也有问题，但我还是办下来了。

**苗：** 你是怎么说服别人给你资助的？

**余：** 也谈不上是说服，要靠自己的工作吧。我是音乐家，在国际上指挥过很多音乐会，音乐界我有很多朋友，另外，国际上的一些基金会也很了解我。

苗：音乐家往往只具备了一些技巧，而你现在做了很多协调与组织的工作，现在的工作很容易吗？

余：人的潜在能力是很大的，如果你真的有心想去做的话，每一个人都可以做很多事情。

苗：那你为什么对这样一种协调和组织工作感兴趣呢？

余：我一直是个不安分的人，我总是爱胡思乱想，对一些事情发狂，着迷。我觉得中国也需要这样的人。

苗：你说的“不安分”是什么意思？

余：是希望完成得更多，创造得更多。

苗：你的回答太泛泛了。

余：就是这样的。我这个人不是很好采访的，坦率地说，我不是喜欢讲很多东西的人，很多事情做得好更重要。另外，我在德国那么长时间所受的教育就是踏实地工作。如果你一定要让我讲的话，我也没什么故事好讲，因为对于我来说，事情很简单，如果我要做一件事，那就一定要把这件事情做好。当我说我不太安分的时候并不是说我在做一件事的时候还在想着另外一件事，而是我觉得世界上有很多的可能性你可以去尝试。这种尝试并不是说你想向别人证明你自己，只是觉得作为一个人你要对得起自己的生命。通过尝试，你又可以学很多新的东西，比如我原来是指挥，现在我做组织、策划，我又学到了许多管理方面的知识，我又学会了跟各种各样的人沟通，学会了跟各种各样的人共同工作。其实，艺术家是比较以自我为中心的，他有自己的一套风格。但是，作为一个组织者，你就要与各种合作伙伴协调，你有的时候要妥协，以便求得一个共同的解决办法，这些都是另外一种新的风格。

苗：让一个自恋的人去妥协不会觉得很难过吗？

余：如果这种妥协是合理的，那就该妥协。我觉得人应该学会知道什么叫“合理”。

苗：那你就没有自己的风格了。

余：不，不会的，这个风格是大家共同创造的，我觉得我们应该学会跟很多人一起工作。在这一点上，我觉得这是我跟其他人不太一样的地方。我一直跟人家说，社会的存在是共性的，而不是以个性存在的；个性只是在展现自己的时候才用得上，在做一件事情的时候，他必须以共性为基础。所谓的“共性”就是其中有人进、有人退。只要合理的，没有什么是不能够沟通的。作为一个艺术家最重要的是在艺术上坚持自己，但作为一个组织者就要学会妥协，我也正在学。这需要耐性也需要悟性，好在一个艺术家的悟性可能高过别人，他可能学得快点儿。

**苗**：人是不太喜欢改变自己的。

**余**：所以，不是所有的艺术家都能成为组织者的。

**苗**：你现在上台指挥的机会就少了。

**余**：没办法，人要有得就要有舍。我现在已经拒绝了很多音乐会的邀请，我现在也会开音乐会，我会挑几个非常重要的音乐会。我现在演出的时候是艺术家，台下就是组织者，演出的时候也没想到跟以前不一样了。

**苗**：现在你的时间和精力更侧重在管理上，对吗？

**余**：对。

**苗**：你喜欢这样吗？

**余**：也不是很喜欢，但是我觉得中国需要像我这样的人。在中国的文化领域还没有专业人士在做组织管理者，现在是组织管理者不懂艺术，而懂艺术的人又不能做组织管理者，现在尝试着两边都去做也是出于责任心吧，我觉得应该让自己身上的优点为社会服务，这对于我来说是很重要的事情。

**苗**：中国爱乐乐团的出现将是很有意义的一件事。

**余**：它肯定是件好事，至少它使得音乐界有一些竞争，这无论对国家还是乐团都有一种进步的推动作用。另外，整个北京的文化气氛也是与这些音乐活动相符合的。

**苗**：你是怎么接受做中国爱乐乐团的艺术总监的？

**余**：这其中没什么细节。我们的上级单位是广电总局，中国爱乐乐团是原来的中国广播交响乐团，广电总局在慎重考虑之后任命了艺术总监和团长两个职位。我想本来指挥就是我的专业，在“爱乐”我只做艺术总监，不管其他行政上的事情。

**苗**：爱乐乐团的其他成员要在世界各地挑选对吗？

**余**：这有什么大惊小怪的？只要是好的音乐家，我们都要，何必去想他是哪个国家的人，他是黑人或白人……

**苗**：我并没感到吃惊啊！

**余**：我知道，我的意思是只要他是个出色的音乐家，我们不在乎他的肤色。当然，我们也考虑到，在能力相同的音乐家之中我们希望用中国的音乐家。

**苗**：那为什么要给中国音乐家优惠呢？既然你说人人平等。

**余**：如果两个人的能力一样好的话，我愿意用中国人。

**苗**：事实上中国有那么多国际一流的音乐家吗？

**余**：绝对有的，中国音乐家的概念被大家弄得很不好，其实中国有许多好的音乐家在国外的乐团里做首席。

**苗**：为什么现在才采用这么好的管理机制呢？

**余**：这都是一步步走到这儿的，中国国家交响乐团的管理机制已经走到很健康的阶段，他们真是先驱。

**苗**：你的工作就是把"爱乐"做成世界一流的乐团之一，对吗？

**余**：我认为谁都希望把自己国家的乐团变成世界瞩目的乐团，但这需要通过很大的努力。

**苗**：你对此有多大的把握？

**余**：我还没开始工作呢。我是个很现实的人，我不愿意讲很多没做到的事，尤其是像我这样一个人。你看过我的新年音乐会演出，你以为我是个很开朗的人，其实我并不是那样，我是个很严谨的人，而且我很理性。

**苗**：你是个严谨又理性的人？

**余**：对，这是我的风格，我觉得这样舒服，尤其用在工作上，一是一，二是二，每件事都很简单、清晰。

**苗**：我觉得你对采访一点儿也不合作。

**余**：没有，我很合作。说实话，我跟所有的人都这么说话，我刚才是从很远的地方急忙赶回来见你的。我只是喜欢谈实际的问题，不喜欢夸夸其谈。我对我手下的员工也是这样要求的，我喜欢的员工都是能踏踏实实做事的人，而且他们都有自己的计划，我认为有计划的人才能成功，否则你每天想来想去，只是白日梦。

**苗**：你对"爱乐"有什么计划？

**余**：如果按既定的步骤走的话，应该可以做到很好。但这其中的距离是：中国目前的问题是国内所有的乐团或机构都缺少两种东西：纪律和秩序。我们应该从这上面着手去做这件事。

**苗**：什么时候开始工作？

**余**：应该是今年10月份，首场演出是在12月16日。

**苗**：你对“爱乐”有什么担心吗？

**余**：基本上没有。

**苗**：你在北京的组织活动还算顺利吧？

**余**：有很大的空间，很自由，自己的想法可以实现。北京音乐节是合作最多的活动，我跟各种各样的人打交道。全世界我走过这么多地方，我自己又是上海人，但我最后还是选定北京，北京不愧是个文化中心，同样的一些文化活动放到上海和广东未必能够完成，最大的差别就是北京有观众。

**苗**：你为什么决定跟“爱乐”而不是世界上的其他交响乐团合作？

**余**：因为北京需要我，我毕竟是中国人，中国需要我们这样的一批人完成一些有待于改进的工作。

**苗**：你的艺术理想在国外也可以实现。

**余**：未必，我不认为这样，人家已经有音乐节了，另外，你拿什么去做？在北京除了交响乐还有民乐，这都是可以探索的空间。

**苗**：目前北京的氛围对于你来说是一个很好的机遇，对吗？

**余**：这只是其中的部分原因，另外还有一部分就是责任感，我们这一代的音乐家很明白自己该去做什么。

**苗**：这种责任感是出国以后才有的吗？

**余**：不知道，与生俱来，真的。我也不想说大话，每个人的想法和受教育的背景不一样，一句话：当你不得不去做某事，那就去做吧。

**苗**：跟小时候受的教育有关吗？

**余**：没有。我小的时候挺无聊的，我成天也不好好念书，瞎玩儿，也没好好练过琴。

**苗**：你后来的成绩为什么那么好？

**余**：因为我聪明。

**苗**：从什么时候知道自己聪明的？

**余**：都是别人说的，我不好好学习，考试成绩又好，别人就说我聪明。

**苗**：是不是因为你有天赋啊？

**余**：对，我想艺术上还是要靠天赋的，总有一部分是在人的血液里的。

**苗**：我在听交响乐的时候，总对一点一直耿耿于怀。每个交响乐都有某个旋律或华彩乐段特好听，可是中间又有很多不好听的乐章和句子，为什么不能反复演奏最好听的那一部分，为什么要让我们去等呢？

**余**：这是结构，这就是秩序。就像过马路一样，你要等红绿灯。你不能说我很讨厌红绿灯，我就要过去。

**苗**：音乐是这么理性的东西？

**余**：对呀，音乐是很理性的东西，音乐跟哲学是一样的，所以德国只出音乐家和哲学家，而画家都出在法国和荷兰，意大利。

**苗**：理性的东西很难感染人呀。

**余**：不对，感动的最高阶段就是理性阶段，因为只有到了理性阶段，音乐才更能冲击你的心灵。

**苗**：我觉得艺术的感染力在于一种扑面而来的冲击，而不是分析和等待。

**余**：不对，没有有机的组合也不能称其为艺术。

**苗**：音乐在你的生命中处于什么样的位置呢？

**余**：仅仅是工作，这是我在社会里的分工。

**苗**：那么，你真正的生活是什么？

**余**：做人，你活在世界上就要努力去做个完善的人。一个人首先要学会做人，然后才能去做其他的事；如果一个人连人都不会做，那他还能做别的什么吗？如果一个人做人做好了，其他东西都会好起来，反之也一样。

**苗**：你心中的完善的人是什么样的。

**余**：一个人要有原则，对社会要尽义务，对家庭要负责任。

**苗**：有点像英国音乐家梅纽因。如果一个人张口闭口都是责任的话，那么，他有乐趣吗？

**余**：每个人的乐趣都是不一样的，我对音乐节着迷，我觉得这是对社会的贡献。工作之外我很少有业余时间，业余时间我就在家里看看书，跟好朋友聊聊天。

**苗**：没有别的爱好了？

**余**：没有了，我是个没什么情趣的人，很乏味的人。我觉得自己就是一个普通的人，我做多点儿，你做少点，这并不意味着我比你强，上帝给每个人分了工，每个人对自己的工作尽了责，他就是一个完善的人了。

**苗**：我觉得一些人一天到晚运动、保命，这种业余爱好也挺无聊的。

**余**：他们这么做当然可以，因为人只有这么一条命嘛。但我不太在乎，我没有时间做运动，我现在越来越胖，生活不太健康，但我并不为此操心，我的乐趣在工作里面，工作里面乐趣无穷。

**苗**：你是不是工作狂啊？

**余**：是，每个人都这么说我，但我觉得还没到“狂”的地步，我只是觉得工作中有无穷的乐趣。

**苗**：乐趣是什么？

**余**：我觉得你我能做个人就已经很有乐趣了，我没变猫变狗，我能做个人，我能做很多事，有很多朋友，已经很有乐趣了。

**苗**：你的老师是鲁宾斯坦，弹钢琴的鲁宾斯坦吗？

**余**：不是，那个鲁宾斯坦已经去世了，我在德国的老师姓鲁宾斯坦。

**苗**：他对你的影响很大吗？

**余**：对，他在歌剧的指挥上教会了我很多东西。一个老师不在于他教你时间多长，关键是他对你这个人的影响有多大。他对我的影响是直接的，很技术性，他教给了我指挥的工作风格。德国老师讲课很实用，没有那么多废话，我现在很严谨的工作态度都跟我的老师有关。

**苗**：你是哪一年出国的？

**余**：1987年，后来在西柏林艺术学院硕士毕业。

**苗**：然后去了美国？

**余**：没去美国，我在欧洲工作多年，结婚后去了香港，然后我回到了北京。

**苗**：你在指挥的时候心里很激动吗？

**余**：最好的指挥是自己很冷静但观众很激动；最差的指挥是自己很激动但观众不激动。

**苗**：我读过一些交响乐的总谱，那时候我想，一切不都是在总谱上吗，要指挥干吗？

**余**：你可以试一下。乐队里有一百多人，需要有人管理，就像公司为什么要有总经理呀，每个人都做自己的事不就行了嘛？指挥这件事说到底了就是“管理”，管理音乐，也管理人。

**苗**：指挥中有没有过特困难的合作？

**余**：很多了，不是所有的人都愿意跟你合作，你要去说服，要去面对这些困难，都解决了最后才能开音乐会。指挥最大的问题是与人合作，要学会跟各种人合作。

**苗**：你妻子是香港管弦乐团的首席小提琴，刚才你的同事告诉我你经常说：“我爱孩子，但我实在没时间去照顾孩子。”

**余**：确实是这样的，她们是挺理解我，她们表现出最大的耐心。

**苗**：如果家人抱怨，你会减少些工作吗？

**余**：不会的，工作上要尽责任，家庭里也要尽责任，只能在两者中找平衡，而不能放弃其中一个。

**苗**：可是你的时间和精力是有限的。

**余**：那我就在双方上同时多投些时间和精力。

**苗**：你多付出些？

**余**：那当然了，这是我的生活。

**苗**：具体说来呢？

**余**：减少我的睡眠时间，比如我原来每天睡 5 个小时，现在我只睡 4 个小时，拿出一个小时陪家人，这只是其中的一部分，总之，我要计划，我自己要妥协。

（《北京晨报》，2000-06-10）

# 胡絜青的菊花情

◇ 宋淮生

胡絜青爱花，最喜欢的就是菊花。

菊花其形俊雅、其身高洁、其性刚烈，当深秋时节百卉凋零之时，唯有菊花傲霜盛开，即使花谢蕊枯依然紧紧结在枝头。“宁肯抱香枝上老，不随黄叶舞秋风。”这是人们给予菊花“高风亮节”的赞誉，也正是胡絜青偏爱菊花的由来。

提起养花，胡絜青兴致极高。常言道：“栽培之难，唯菊为甚。”在老舍故居时，他们一家养了200多盆菊花，从春夏到秋冬，每日精心呵护，对于养菊的技巧胡絜青说起来头头是道：小盆养芽，清明移栽在土地上，立秋装盆；每三天施一次肥，肥料都是自制，夏天用大缸装鸡毛、鱼肠脏放入韭菜等沤成肥料；遇雨将盆倒放，以免烂根，菊长高了则用细竹支撑，花开大时便以铁丝圆环烘托……

在胡絜青看来，养花是一门学问，也是一件苦活儿，要付出许多辛劳。北京的气候对养花来说不是很好，冬天冷，春天多风，夏天不是干旱就是大雨倾盆，而秋天又会闹霜冻。赶上天气不好，或风、或雨、或雪、或霜，胡絜青便带全家抢救花草，几百盆花搬到屋里，待天气好了又要搬出去，每每变天如同打仗，弄得腰酸腿疼热汗直淌。即使如此，她也心甘情愿，因为养花给她带来了无穷乐趣。胡絜青说，当画画疲倦时就到院子里去看看，给这盆花浇点水，给那盆花剪剪枝，回来再接着画，画累了再出去，如此循环往复，脑体结合，有益健康，胜过吃药。

胡絜青最高兴的事莫过于赏花了。她说，赏花可以养心怡神、陶冶情操。窗台上，胡絜青总摆几盆形、色俱佳的菊花。夏天，开着窗，风儿轻轻吹动花与叶，屋中一阵阵清香；冬天，阳光照射在花上，使满屋平添了几许颜色与生气。每逢一盆盆菊花千姿百态、香气四溢时，老舍夫妇便把亲朋好友请到家里，边品茶边赏花，全家人陶醉在无限欢乐之中。如果赶上分根，就送给朋友一些，看着亲友拿走自己的劳动成果，他们心中甜甜的，这又是另一番乐趣。

胡絜青喜欢画花，画得最多的自然还是菊花。她从书架上取下一本画册，这是由北京出版社出版的她的画集《百菊图》，她一页页翻动，一页页介绍，专注的神态，轻轻的话语，仿佛捧在手中的是她的孩子。

这本画册倾注了胡絜青三十余年的心血，也是她养菊品种的记录。一百种菊花，一百种形状，有的像龙爪、有的像佛手、有的像绸缎。更令人惊奇的是叶子都不一样，或宽、或窄、或长、或短、或疏、或密。胡絜青介绍说：菊花的品种不一样，叶子也不相同，有三歧两缺的，五歧四缺的，多到七歧六缺的，其中以五歧四缺最为常见；根据叶子的形状可以区别花朵的类型，叶裂缺刻圆钝的多为宽瓣花类，叶裂缺刻尖锐的多为细瓣花类，而叶背中肋有深色纹的则以紫色花为多。要想画得逼真就要细细地观察和品味。随即，胡絜青讲了一段往事。

1952年，中国人民保卫和平委员会向齐白石老人要一幅和平鸽的画，让胡絜青前去扶持、帮忙。白石老人叫人拿来几只鸽子放在笼子里，眼巴巴地看了好几天，终于完成了这幅佳作。还有一次，胡絜青给白石老人送几条鲫鱼，他见是活鱼，十分高兴，便把鱼放在水盆里，蹲下身子，目不转睛地盯着水中的鱼，许久才抬起头来对胡絜青说：你看，鱼背上有条白线，从这条线就可以知道这条鱼有多少鳞片。

这两件事，胡絜青至今记忆犹新。白石老人在创作上严谨、细微、一丝不苟的画风对这位弟子后来的创作起了极其关键的作用。

胡絜青的画别具特色，与传统工笔画直抒其言、直言其志、直画其形不同的是，胡絜青笔下的菊花求真、求活、求在灵气上显个性。工笔画最大的弱点是它的匠气和呆板，且只能近观不能远看，为克服这个毛病，胡絜青在用笔敷彩、布局结构中都特别注重意境和神韵，力求表现出菊花生机勃勃的内涵。对每一片绿叶她都精雕细琢，使其纹理格外清晰、脉络似透明凸起，远近透视感异常强烈，令人赏心悦目、心旷神怡。为了突出菊花的傲骨，她先用碧叶衬托妍丽的花朵，再以苍劲挺拔的焦枝加以支撑。胡絜青说：菊花的枝干是最能体现精神的，要挺而不直，曲而不垂，坚而不像荆棘，柔而不像曲藤，如果达到仰而不直，就更能显现出菊花带露傲霜的姿态。这种对传统花鸟画所忽视的开掘与变革是她积多年心血，潜心研究的结晶。

访谈中，胡絜青走向画案，手握画笔，边画边讲："作画运笔必须要运气，气到力到自然水透纸背。"胡老下笔稳健有力，虽已96岁高龄，但手丝毫也不颤抖，一点一勾得心应手，挥洒自如。她告诉我，菊花品种繁多，花瓣有尖、团、单、卷之分，叶子也有正、反、卷、折等形态，正面叶子的颜色应浓而偏青，反面的叶则淡而偏绿……

看着流畅、苍劲的笔墨线条，生机勃勃、神形兼置的画幅，面对这位慈祥、专注的老人，蓦地，在我脑海中浮现出一条坎坷、弯曲的小路，那画笔正在画着一个个清晰的脚印，那样扎实，那样稳健……浮现出胡絜青在几十年风雨历程中洁身自律、自强不息的形象。

胡絜青在继续画着，那菊花、那脚印……

（《人民日报》，1998-06-06）

# 心脑血管病防治“秘诀”
## ——三个半分钟与三个半小时

◇本报记者　祁　芳

7月中旬，北京出现了多年来罕见的持续高温天气，中老年心脑血管病人发病骤然增多，医院病床爆满。

北京安贞医院干部保健老年心内科凉风习习的空调病房里不见人影，唯一没有空调设备的休息室内却坐满了穿病号服的患者。原来是科主任洪昭光在给病人们上健康教育课——夜间起床千万勿忘“三个半分钟”，要想长寿坚持做到“三个半小时”。

据世界卫生组织1992年统计，全世界每年有1 200万人死于心脑血管病。近年来，心脑血管病的发病年龄明显提前，不时发生的猝死事件，使心脑血管疾病患者的心头笼罩一片乌云：不知何时“达摩克利斯之剑”会无情地降落到自己的头上。

全国心血管病防治科研领导小组副组长、中华心血管学会委员、中国高血压联盟常务理事洪昭光告诉患者：如果能采取有效预防措施，至少可以使1/2的心脑血管病人免于死亡！措施之一就是简单易行的“三个半分钟”。

“三个半分钟”就是，夜间起床，先继续平卧半分钟，再在床上坐半分钟，然后双腿下垂床沿坐半分钟，最后再下地活动。

为什么要对心脑血管病人特别强调“三个半分钟”呢？从事心脑血管病临床工作多年的洪昭光介绍，临床上，脑血栓、脑溢血、心脏猝死等常发生在夜间。24小时动态心电监测显示，许多病人的心脏跳动一天都很平稳，唯独夜里有几次大的波动，经询问，多发生在病人夜间起床上厕所时。这主要是由于体位的突然变化，造成心脑血管供血不足，特别是老年人神经调节慢，更容易发生危险。即使是普通人，也应该注意避免因体位突然变化造成晕厥。

“很多人不知道注意避免突然体位变化有多么重要，因此造成了无可挽回的严重后果。”洪昭光在几十年的临床工作中遇到的夜间猝死病人不计其数，至今让他痛心不已并作为典型病例经常告诫患者的是一位58岁的教授，平素患有高血压，那天白天一切正常，半夜突发脑溢血。事后听她的家属讲，凌晨1:30左右，她上厕所回来，躺到床上只说了一句“有点儿头疼”，接着就呕吐起来，马上被送到医院抢救室。尽管医生们尽了全力，仍回天乏术，她没有给亲人留下一句话就去了。

洪昭光提醒有心脑血管疾患的人，防止夜间出问题最有效、最可靠的方法就是做到“三个半分钟”。“三个半分钟”简单易行，不花一分钱，却能起到药物起不到的预防猝死的作用。

“三个半小时”是指早上走半小时，晚饭后散步半小时，中午午睡半小时。

瑞典医学科学工作者对两种人群的统计结果表明，冠心病患者坚持每天午睡半小时的人比不午睡的人死亡率减少30%。世界卫生组织也曾在国际睡眠会议上强调了午睡的好处。

生命在于运动。许多人没有把运动摆在与膳食、睡眠同等重要的位置。世界卫生组织认为，最好的运动是步行。洪昭光特别提醒心脑血管病患者，步行运动应注意“三五七”。“三”是每天应步行3 000米以上，且保证30分钟，并坚持做到“有恒”、“有利”、“有度”，过分剧烈的运动对身体不利；“五”是指一星期要运动5次以上，“七”是运动后心率+年龄=170。例如，50岁的运动后心跳达到120次，70岁的运动后心跳达到100次（身体极好者，可达到190左右。身体不好的，不要超过150)。这样中等量的运动能保持有氧代谢。运动量过大，心率过快，会变成无氧代谢，不利于身体健康。

现代医学认为，动脉粥样硬化尤其是早期阶段是个可逆的过程，能从无到有，从轻到重，也能够从有到无，从重到轻。有研究证明，规律的步行运动一年后，能使动脉粥样硬化斑块消退10%以上。洪昭光指出，从某种意义上说，健康的钥匙就掌握在我们自己手中，心脑血管病人如果能持之以恒地坚持做到“三个半小时”和“三个半分钟”，无异于掌握了一把健康长寿的钥匙。

讲座仍在继续，20多名听众中绝大多数是60岁～80岁的离退休老干部，也有几个是患者家属。他们手摇纸扇，听得津津有味，有人还认真记着笔记。洪昭光以临床上生动真实的病例告诉大家，什么叫心脏生物钟，心脑血管病人为什么不能突然用力，为什么不能情绪波动，为什么生活方式不当也会引发心脑血管意外：

一年四季，每周，每天，大风降温前后，心脏都有一种生物钟现象，即中医所谓的“天人合一”。在一天中，早晨 6 时～11 时是心脏最易缺血、最易受损的时间，早搏、心绞痛、心肌梗死发生最多，被称为“魔鬼时间”。北京市副市长李润伍就是早 8:55 左右准备开会时，从沙发上站起来，感到一阵头晕，倒下后就再也没起来，诊断是急性心肌梗死。

一位老教授，上午还在科里查房，下午却因整理书架活动量过大，造成心跳骤停，至今仍是“植物人”。

一位住院的老先生，病情已稳定下来，却因和前来探视的老伴争论电视节目，情绪过于激动，当场诱发心梗。

年仅 42 岁的经理，出门有车代步，烟酒娱乐无度，工作繁忙，饮食失控，两年多体重增加了 10 公斤，终因心绞痛住院。经检查，其心脏冠状动脉左前降支 99%堵塞。

1992 年，世界卫生组织在加拿大召开国际心脏会议，并发表了《维多利亚宣言》，告诉人们心脏健康的四大基石是合理的膳食、适量的运动、戒烟限酒、心理保健。

一个小时过去了，听众无一人中途退席。

每月一次的健康教育讲座，在安贞医院干部保健老年心内科病房已坚持了 4 年。洪昭光说，有的病人出院后还带着录音机回来听。还有一位老先生听完讲座大哭起来，原来他在两年前因起夜发生头晕，第二天早晨发现半身不遂了，半年多以后才恢复。他感慨地说，要是早两年听到这个讲座，就不会受那么多罪了。洪昭光说，健康教育实在是太重要了。有些很简单的道理不懂，很简单的预防措施不做，很多本可以避免的悲剧就发生了。

常有人说，随着经济的发展，人民生活水平的不断提高，出现了越来越多的“生活方式病”、“文明病”。洪昭光不赞同这种说法，他认为心脑血管病的增多并不是经济发展的必然结果。例如，美国白人比黑人生活水平高，“白领”比“蓝领”收入高，而白人却比黑人发病率低，“白领”也比“蓝领”发病少。当前心脑血管病发病直线上升，发病年龄日趋下降，说明经济发展快而健康教育相对滞后。洪昭光指出，吸烟、喝酒、不运动、膳食不合理等不健康的生活方式造成了心脑血管病，这恰恰是不文明造成的疾病，应该称为“不文明病”，真正文明健康的生活方式会大大减少这些病的发生。他急切地呼吁全社会都来关注健康教育工作，让更多的人懂得自我保健，提高生活质量，减少无谓的疾患和死亡。

（《健康报》，1997-08-13）

# 为丰碑奠上一块基石

## ——访斯英琦

◇ 本报记者　陈寅

朋友在电话中告诉我："深圳有一位参加了《汉语大词典》主要编纂工作的学者，斯英琦，你知道吗？你应该写写他。"

我当然认识斯英琦。1985 年 2 月，他受深圳大学之邀从上海到该校讲授《红楼梦》，不久，他转教于宝安电大，成了深圳人。以后我就认识了他。他是深圳文坛名声卓著的文艺评论家。他撰写的文艺评论，每每视角独到，视野高远，令同行侧目。

但他作为词典编纂专家，则是我第一回听说。而且，他所曾从事的，是编纂那部煌煌 12 卷的《汉语大词典》。我相信，那将是另一个斯英琦。

在友人的陪同下，我来到了他的寓所。49 岁的斯英琦教授就坐在我的对面，同我谈他的身世和参与编纂的词典。他谦和地对我说："没有什么太多值得一说的，我只是一个读书较多的儒生而已。"

那部 12 卷、收词 37.5 万余条的《汉语大词典》终于从他的书柜上取下来。在"主要编纂人员"数十人的名录中，赫然印着斯英琦的名字。

编纂出版《汉语大词典》，是中国语言文字学界、教育界、出版界共襄的盛举。风雨 18 年，一批知名的专家、前辈参与了全书的总体设计。华东五省一市 1 000 多人先后参加了编纂工作。以吕叔湘为首的学术顾问委员会和由罗竹凤任主编的编辑委员会，荟萃了中国语言学界的泰斗和权威学者。阵容之强大，在中国辞书出版史上亘古空前。斯英琦，就是其中之一员。

他是在 1978 年 12 月被选入《汉语大词典》编写组的。其年他 33 岁，是编写组中年轻的一位。在他那个年龄段，由于众所周知的原因，贯通古今、学识渊博的青年知识分子已属凤毛麟角。在当时，拔乱反正刚刚开始，中国的知识界、学术界正处于青黄不接的阶段。

斯英琦的学识得益于他所出身的书香门第。他的父亲早年毕业于日本早稻田大学，母亲毕业于东京帝国大学。他从四岁起就浸淫着东西方文化。家中的 9 万册藏书，似乎注定了他一生下来就与著书立说有不解之缘。他无疑是典型的书斋式学者。在那个动乱的年代，他生活在牛棚里，但矢志不渝，埋首于古籍，漫游于现代语言学海洋，为日后的“派上用场”作了大量的知识积累和学养准备。

“个人才能要服从规范，”斯英琦深有感触地说，“编纂如此大型的辞书，规范是第一要素。编纂者无论学识多么深邃博大，学富五车，都要在规范之下从事这项工作。”丰碑将立，必固基石。他说，“丰富的资料是编纂语言大典的基础”。在编纂过程中，他先后收集资料制作卡片数十万张，在这本 5 000 万字的大典中，他独立完成了其中的 100 多万字。

他讲述了这样的经历：不少词条的资料卡片多达上百张，上千张，桌子上放不下，只能在床上、地下铺开，给自己织上一张铺天盖地的字网。上海的夏天热浪灼人，却不敢使用风扇，怕吹散卡片，只好赤膊趴在地板上反复揣摩，冥思苦想，像被字网罩住的人一般，欲罢不能。个中滋味，常人绝难想象。

改定每个词条都如况钟断案难下千斤之笔。如元曲中的一句“义男儿，你上马慢慢走”，其中“义男儿”一词，“义”字作何解？“义”字通常的解释是①仁义，②恩谊，③不取报酬的。但在这句元代人的话中，上述几种解释显然不确。斯英琦查证了无数本典籍才断定为“假”的意义，则“义男儿”作“情人，情郎”解。

斯英琦指着这摞 12 卷的《汉语大词典》对我说，这项耗时 18 年的浩大文化工程总算竣工了，中国数代前辈学者的梦想终于成为现实，这是可以告慰英灵的。他说：“在这 18 年中，陈翰伯、边春光、吴文祺、叶圣陶等出版家和语言学家先后辞世，14 名学术顾问中有 7 名离开了我们，8 位副主编中有 4 位没能看到本书的最后付梓。几乎每一卷出版时，卷首的名录中都会增加几个黑色方框。他们为这部中华文化的盛典，青灯黄卷，焚膏继晷，筚路蓝缕，千粿万合，耗尽了心血。《汉语大词典》作为集古代汉语和现代汉语词汇之大成，它向世界展现了古往今来汉民族语言的历史全貌。在中华民族5 000年文明史中，这是当代中国学者集体建造的一座文化丰碑。而我，只是为这座丰碑奠上了一块基石而已。”

《汉语大词典》在今年1月获得了第一届国家图书奖，这是中国出版界的最高荣誉。而汉语大词典出版社对斯英琦的评语是：“斯英琦业务能力强，为《汉语大词典》的出版作出了很大的贡献。”为此，今年5月，国家新闻出版署向斯英琦颁发了荣誉证书。

作为辞书专家的斯英琦当之无愧。鲜为人知的还有，他曾参与编纂迄今为止最为权威、收词条最多的《中国成语大词典》（上海辞书出版社出版），该词典自1987年8月问世以来，已重印8次，发行量达80万册。该词典获得第二届全国图书金钥匙奖。此前，斯英琦还参与编纂了《中国科技史探索》一书，该书是为纪念世界著名科技史专家李约瑟八十大寿而出版的。在斯英琦的书柜上，这本封面已略为发黄的典籍不特别起眼，尽管它也获得了1978—1987年全国古籍优秀图书二等奖。“正是从编纂这本书开始，治学的谨严态度在我身上确立起来。”

“其实，站讲台和写文章才是乐事。我最主要的兴致是著述。”怪不得深圳人熟悉的是作为教授和文艺评论家的斯英琦，而非辞书编纂专家的斯英琦。

（《深圳特区报》，1994-05-29）

# “捏积冯”谈捏积

◇ 本报记者　邢思邵

老北京人没有不知道“捏积冯”的。谁家的孩子食欲不振、面黄肌瘦，又查不出什么大毛病，就会有好心的老太太告诉你，您这孩子八成是有了“积”啦！找“捏积冯”给捏捏吧！

“捏积冯”在北京少说也有100年历史。如今健在的冯泉福已是第四代，现在是北京中医医院主治医师。虽说已经80高龄，身子骨蛮硬朗，每天还能上半天班。给几百人做学术报告，声音洪亮，一点不含糊。在一次报告会休息时，我在后台见到冯泉福老大夫，请他谈谈“捏积疗法”。一提起捏积，冯老就打开了话匣子。

原来，“积”是一种小儿常见病，由于饮食不节，引起脾胃功能失调。用西医的话说，就是消化系统功能紊乱。“积”分为乳积、食积、痞积和疳积四种。据《活幼心法》上说，这种病“皆因哺乳不节，过食生冷坚硬之物，脾胃不能消化”所致。得了乳积、食积不及时治疗，就会发展成痞积和疳积，病就比较重了。

我问：“‘积’的主要症状是什么？”冯老说，不思饮食、恶心呕吐、舌苔厚腻、睡卧不安、面黄肌瘦、肚腹坚硬、口干舌燥、困倦喜卧、头发枯干、头大脖子细……都是“积”的表现，当然并不是每一个患儿都把这些症状占全了，但多数孩子都有一个特征，就是食指上有一条明显的青紫纹。

我来到捏积门诊参观“捏积”。只见一个小男孩趴在母亲的双腿之上，露出后背。冯老站在旁边，两手半握拳，两个食指抵在病儿的脊背上，用拇指提起肌肉，自尾端骨开始，轻轻地向上推捏，反复6次，只用两三分钟就捏好了。小男孩不哭不闹，脸上笑眯眯的，好像挺舒服。

我问冯老为什么要“捏”脊背？冯老说，这个部位叫“督脉”，主“一身之阳”。经过推捏，能够疏通气血，促使脾、胃、肠的功能得到调整，从而消化正常，食欲好转，体重增加，身体慢慢地就复元了。凡100天以上到14岁的女孩或16岁的男孩，有了“积”都能“捏”。但发热性疾病、严重心脏病、痴呆、背部皮肤有感染以及极度衰弱的病儿都不能“捏”。在治疗中，还要禁吃芸豆和醋，三年内也不要吃螃蟹。

每个疗程6天。捏到第4天，给一包由生军、熟军、黑丑、白丑、砂仁、三棱和莪术等中药研成的细末，用红糖水送下。到第6天，也就是最后一次，在肚脐上贴一贴同仁堂生产的“阿魏化痞膏药”，至少贴7天。整个疗程，包括挂号、药费、6天捏积全部费用才6角钱。群众称赞捏积疗法“花钱少、方法巧、疗效好”。

有人说，“捏积疗法”缺乏科学依据。其实，这种说法才没有“科学依据”呢！冯老拿过一本1981年第7期《中医杂志》，这期杂志上有一篇论文——《捏积疗法对疳积患儿胃泌素分泌功能的观察》，经过对照，证实“捏积疗法”可以使患儿的血清胃泌素恢复至正常范围，还证实“捏积疗法能促进血红蛋白及血清蛋白的增长，改善小肠的吸收功能”。

60年来，冯老给患儿捏积已不计其数，带出的徒弟也有300多。按说这么大的岁数，满可以不再亲自捏积了。可他闲不住，一天不“捏”几个就像心里少点什么似的。一个年轻的妈妈抱来一个胖娃娃，追着冯老叫爷爷。冯老愣了一会儿，唉呀！您瞧我这记性，这不是去年捏过“积”的那个又黄又瘦的小阿宝吗？现在又白又胖，多水灵，真招人喜欢！冯老对记者一笑：“您说我能离开孩子吗？”

（《健康报》，1981-12-06）

# 何大一谈艾滋病研究的未来

出生于中国台湾的何大一是纽约艾伦·戴蒙德艾滋病研究中心的领导人。这个中心去年被美国的《科学》周刊评为同艾滋病斗争“最有战斗力的实验室”。这位44岁的医生和病毒学家在临床治疗方面取得了引起轰动的成就。下面是他同《时代》周报记者的谈话。

**《时代》周报记者问：**至少在富裕国家中，越来越多的患者受益于所谓的综合疗法。这样一来艾滋病是不是就不令人害怕了？

**何大一答：**在艾滋病流行方面我们第一次看到新的艾滋病病例的死亡率在下降。但是，药物对某些病人不起作用。在成功的病例中，患者身上最多的已有两年没有发现病毒了。可是，艾滋病病毒并没有在患者体内消失，有些病毒存活在淋巴组织的某些细胞中。如果对这些病人停止治疗，那么隐藏的病毒可能重新在体内扩散和繁殖。

**问：**是否有希望找到新的生物活性物质来消灭这些隐藏的病毒？

**答：**我们倒是想到了新的疗法，但这是遥远的梦想。

**问：**医生们在猜想，在感染后应当如何以及在什么时候采用综合疗法。您有什么建议。

**答：**在治疗方面不存在有约束力的标准。但是临床医生大多有这样的一种感觉，即尽可能早地开始治疗。一旦感染进入活跃期，成功率就会降低。现在已经明确的是，患者至少同时接受3种生物活性物质才能破坏艾滋病病毒的细胞机制。也许4种物质更合适。我的一些同事已经在试验用5种药物的治疗方法。

**问：**您主张已经受感染、但仍然健康的人服用药物。但是，某些人因害怕副作用而不愿服用。

**答：**这是一个往往被低估的问题。必须及早地服用药物，并且一天服用3次。即使是已被确诊的病人在这方面有时也缺乏必要的纪律。药物剂量过低会有助于病毒恢复抵抗力。所以我们迫切需要比较好受的、服用比较方便的综合药剂，例如一天只服一次。这会进一步提高成功率。

**问：**您对长期的副作用有什么了解？是不是有这样的可能，即不是艾滋病病毒，而是强烈的药物会毁坏身体？

**答：**我有这样的担心，因为病人在好多年的时间里必须每天服药。到病人年老的时候我们才能知道这种长期作用。

**问：**研究人员正在加紧研究一种疫苗。什么时候会有防艾滋病的疫苗？

**答：**世界上90％的艾滋病病毒感染者得不到综合药物，因为太贵。所以我们迫切需要一种疫苗。可是，我怀疑我们能在最近的将来开发出这种疫苗。

（德国《时代》周报，1997-10-17）

# 阅读提示

专访既然强调的是“专”和“访”，它的学问大体也包含在这两个字中。

首先，专访强调的是“专”，非“专”不访。记者就专门的问题去访问专门的人，目的是写人、问事、谈问题、索取意见。因此，只有找准读者关心的话题，找到最有发言权的人物，并且争取到独家的采访机会，写出的专访才可能新鲜、可信、独具特色。

其次，既然专访强调的是访专门的人，谈专门的事，讨论专门的问题，记者对这个人、这件事、这个问题的了解就要达到“准”专家的层面，这对访问者的知识素养和工作责任心都是一个考验。专访不仅需要记者具有主动采访的意识，而且要求记者做好扎实的访前准备工作，根据报道目的设计出有效的提问方案，才可能在有限的时间内进行高质量的采访。有了“专”的水平才可能理解专门的采访对象提供的事实，双方才可能有共同语言，“访”才能进行得下去。

第三，专门去“访”，没有挑选其他采访对象的余地，“访”的责任就很重大，就“只能成功，不能失败”，不能“打一枪换一个地方”，那么，学会沟通、善解人意就应是专访记者的必备素质了。

收入本书专访部分的作品，“专”味儿很浓：一部分是记人的专访如《我在幕后仍挥棒》、《为丰碑奠上一块基石——访斯英琦》，较多的是记言为主的问题专访和观点专访，如就当前常见多发的心血管病防治问题访心血管专家的《心脑血管病防治‘秘诀’——三个半分钟与三个半小时》等。

（张　征）